U0569294

国家哲学社会科学成果文库
NATIONAL ACHIEVEMENTS LIBRARY OF PHILOSOPHY AND SOCIAL SCIENCES

絲路梵華：
出土文獻所見中印文學交流研究

陳明 著

北京大學出版社
PEKING UNIVERSITY PRESS

圖書在版編目（CIP）數據

絲路梵華：出土文獻所見中印文學交流研究 / 陳明著. -- 北京：北京大學出版社，2025.4. --（國家哲學社會科學成果文庫）. -- ISBN 978-7-301-36227-3

Ⅰ．I206；I351.06

中國國家版本館 CIP 數據核字第 2025KX0151 號

書　　　名	絲路梵華：出土文獻所見中印文學交流研究 SILU FANHUA: CHUTU WENXIAN SUOJIAN ZHONG-YIN WENXUE JIAOLIU YANJIU
著作責任者	陳　明　著
責 任 編 輯	嚴　悅　譚術超
標 準 書 號	ISBN 978-7-301-36227-3
出 版 發 行	北京大學出版社
地　　　址	北京市海淀區成府路 205 號　100871
網　　　址	http://www.pup.cn　　新浪微博：@北京大學出版社
電 子 郵 箱	編輯部 pupwaiwen@pup.cn　總編室 zpup@pup.cn
電　　　話	郵購部 010-62752015　發行部 010-62750672 編輯部 010-62754382
印 刷 者	北京中科印刷有限公司
經 銷 者	新華書店 720 毫米 ×1020 毫米　16 開本　30.75 印張　423 千字 2025 年 4 月第 1 版　2025 年 4 月第 1 次印刷
定　　　價	168.00 圓

未經許可，不得以任何方式複製或抄襲本書之部分或全部內容。
版權所有，侵權必究
舉報電話：010-62752024　電子郵箱：fd@pup.cn
圖書如有印裝質量問題，請與出版部聯繫，電話：010-62756370

《國家哲學社會科學成果文庫》
出版説明

　　爲充分發揮哲學社會科學優秀成果和優秀人才的示範引領作用，促進我國哲學社會科學繁榮發展，自 2010 年始設立《國家哲學社會科學成果文庫》。入選成果經同行專家嚴格評審，反映新時代中國特色社會主義理論和實踐創新，代表當前相關學科領域前沿水準。按照"統一標識、統一風格、統一版式、統一標準"的總體要求組織出版。

全國哲學社會科學工作辦公室

2025 年 3 月

导 言

2014年，習近平總書記在亞洲相互協作與信任措施會議第四次峰會上，首次提出召開亞洲文明對話大會，推動不同文明、不同宗教交流互鑒、取長補短、共同進步的重大倡議。在《文明交流互鑒是推動人類文明進步和世界和平發展的重要動力》（《求是》2019年第9期）這篇重要文章中，習近平總書記鮮明地闡述了"文明因交流而多彩，文明因互鑒而豐富"的深刻哲理。這一論述也成爲指導我們研究中外文化關係的指南。

南亞地區的"印度"在古代中國的典籍中有許多譯名，它所指的內涵與外延陸續經歷了一些變化，至少涉及從地理概念、文化（或文明）概念到國家概念的變動。筆者傾向於古代"印度"更多的是用來指代一個文明體系，而非政治層面的國家。因此，在某些語境中，"印度"就類似於常見的"天竺"一詞，用來表述古代的印度次大陸，或者大部分的南亞地區。

中國與天竺同爲古老文明興起、發展與繁榮之地。南亞（古代天竺）自古就是與中國交流非常頻繁的地區之一，尤其是由於東漢末期以來的佛教的中介作用，南亞與中國的文化交流別具特色。雙方交流已歷兩千多年，經久不衰。中印交流涉及時間之長久、內容之深廣、影響之遠大，在世界文明史中是真正的"明星"和典範。從漢末到宋初，一方面，法顯、玄奘、義淨等高僧大德赴天竺求法，留下了大量關於天竺風土人情和宗教習俗的記載，《佛國記》（《高僧法顯傳》）、《大唐西域記》和《南海寄歸內法傳》等著作成爲研究印度文化和歷史的寶貴資料庫。另一方面，安世高、鳩摩羅什、不空等天竺和中亞等地的高僧紛紛到中國傳法，帶來並翻譯了許多文學作品、宗教文獻，並將天竺的哲學、醫學、科技、民俗等許多知識傳入中國。古代中印文化交流一直是中外文化交流史研究的重鎮，而西域出土的文獻、文物和圖像史料，更是豐富了古代中印文化交流的篇章。

根據季羨林先生長期的研究，古代中印文化交流的整體趨勢是"雙向道"的，絕不是印度對中國的單向文化輸入。儘管由於印方典籍對此敘述甚少，但還是有不少地方反映了中國的精神與物質文化在古代天竺流傳的痕跡。中印雙方交流與互鑒的痕跡在敦煌吐魯番等絲綢之路要道出土的文書、文物乃至圖像，也是較爲明顯的。如果能以原典語言爲基礎、以全球史的視野及其研究方法，通過多語種文獻的比勘，以及文本與圖像的對證，切入中印文學與文化關係的深層，必能揭示中印文化雙向互動的複雜特性。

絲綢之路是"一帶一路"的前身，是古代中外交流與合作的重要途徑之一，西域（以今中國新疆地區爲主，廣義的西域也涉及今部分西亞、南亞和中亞的相關地區）所出土的大量與中印交流相關的史地文獻、科技記載、醫學寫卷、文學作品以及圖像史料，尤其是新刊中亞木鹿城出土的梵語佛教譬喻集等新史料，與漢文典籍、中國民間故事進行比較研究，具有重要的學術價值。

本書通過細讀敦煌吐魯番等絲路重鎮出土的梵漢寫卷及相關資料，從故事、詩詞、典故、壁畫等不同載體中，爬梳隱含於內的中印文化與文學的元素，尤其是交流與互動的痕跡，以小見大，全面論證老鼠噉鐵、唱歌的驢子、三魚共水、吝嗇鬼（盧至長者）、奢婆火中取子、摩尼畫死狗、二鼠侵藤等民間故事，涉及多語種民間故事的不同形態、跨時空和跨文化的故事流變、故事文字文本與圖像的相互關係等議題，揭示古代絲路的中印文學交流的豐富性與藝術表現的複雜性。一方面，希望能繼續深化以絲綢之路爲橋樑的古代中印文學與文化交流研究，特別強調多元文化語境下的多層次互動性研究；另一方面，也期待這種長時段、跨區域和跨文化的多元研究模式，在比較文學、東方文學、中國古代文學、民間文學等研究領域產生一定的示範作用。

目　錄

第一章　佛教譬喻故事"略要本"在西域和敦煌的流傳——以敦研 256 號寫卷爲例

　　第一節　敦研 256 與敦研 255 的錄文 / 002

　　第二節　敦研 256 中的譬喻故事源流探析 / 008

　　第三節　絲綢之路梵漢佛教譬喻故事的摘錄與流傳形態 / 016

　　第四節　餘　論 / 036

第二章　"老鼠嗷鐵"型故事及圖像在古代亞歐的源流

　　第一節　"老鼠嗷鐵"型故事在古代印度的源流 / 039

　　第二節　"老鼠嗷鐵"型故事在伊斯蘭世界的流變 / 049

　　第三節　"老鼠嗷鐵"型故事在古代歐洲地區的流傳 / 057

　　第四節　"老鼠嗷鐵"型及其亞型（ATU1592A、1592B）故事在中國西北地區的流傳 / 060

　　第五節　"老鼠嗷鐵"型故事的圖像在古代歐亞的流傳 / 067

　　第六節　餘　論 / 073

第三章 "唱歌的驢子"故事的來源及在亞洲的傳播——從敦煌本道經中的譬喻"批麻作獅子皮的驢"談起

　　第一節　烏爾都語本《鸚鵡故事》中的故事：唱歌的驢子　/ 076

　　第二節　"唱歌的驢子"故事的天竺源頭　/ 078

　　第三節　兩個波斯語本《鸚鵡的傳說》(*The Tooti Nameh, or Tales of a Parrot*) 中的故事：唱歌的驢子　/ 084

　　第四節　維吾爾語《鸚鵡的故事》中的第 41 則故事：驢子吟詩　/ 086

　　第五節　土耳其語《鸚鵡傳》中的故事：在不合時宜的時候啼叫的驢　/ 090

　　第六節　哈薩克斯坦語《鸚鵡傳奇》中的故事：公牛和驢　/ 091

　　第七節　三個不同民族的民間故事異本　/ 093

　　第八節　與《黔之驢》相似的故事文本補説　/ 096

　　第九節　小　結　/ 100

第四章　古代歐亞"三條魚的故事"圖像的跨文化流變與圖文關係

　　第一節　古代歐亞"三條魚的故事"的文本補説　/ 102

　　第二節　"三條魚的故事"在古代亞歐的圖像譜系　/ 110

　　第三節　"三條魚的故事"的圖像比較與圖文關係探析　/ 135

　　第四節　小　結　/ 140

第五章　"伊利沙"與"盧至長者"——敦煌寫本與佛經中的吝嗇鬼典型及其故事的跨文化流變

　　第一節　巴利文《本生經》中的《伊黎薩本生》(*Illīsa Jātaka*) 與古希臘的平行故事　/ 143

第二節　漢譯佛經中的《盧至長者因緣經》與吝嗇鬼形象　／147

第三節　印度民間故事集中的同類故事　／151

第四節　盧至長者故事在中國的流傳　／153

第五節　印度伊利沙／盧至故事在朝鮮半島和日本的流變　／160

第六節　緬甸的一幅伊利沙本生故事的泥塑圖像　／162

第七節　餘　論　／164

第六章　"火中取子"——佛教醫王耆婆故事圖像的跨文化呈現

第一節　耆婆與火生童子譬喻故事的文本　／167

第二節　犍陀羅石刻中的"火生童子譬喻"與耆婆圖像　／173

第三節　克孜爾石窟中的火生童子的菱格故事畫　／182

第四節　耆婆與"火生的故事"在西藏佛教藝術中的呈現　／185

第五節　《釋氏源流》系列中的"火中取子"故事插圖　／190

第六節　明清佛寺壁畫中的"火中取子"與"火中取佛"圖像　／193

第七節　餘　論　／196

第七章　波斯"摩尼畫死狗"故事的文圖源流探析

第一節　摩尼畫技：來自波斯史詩《列王紀》和傳說中的記載　／199

第二節　摩尼畫死狗：波斯文學作品中的畫師故事及其印度淵源　／210

第三節　波斯二畫師競技故事的文本與圖像源流　／220

第四節　餘　論：伊斯蘭學者眼中的中國藝術　／238

第八章 跨宗教語境中的波斯摩尼故事書寫——以《藝術家的史詩事迹》爲例

第一節 伊斯蘭文獻中的藝術雙峰：摩尼與貝赫札德 / 250

第二節 伊斯蘭文獻中的摩尼競技及其畫死狗的故事 / 260

第三節 小　結 / 270

第九章 佛教譬喻"二鼠侵藤"在古代亞歐的文本源流

第一節 敦煌文獻中"二鼠侵藤"譬喻的運用 / 272

第二節 "二鼠侵藤"譬喻意象在中古中國及後世的流傳 / 277

第三節 單個譬喻、譬喻故事與譬喻經：漢譯佛經中的"二鼠侵藤"源流 / 285

第四節 印度史詩《摩訶婆羅多》與耆那教文獻中的"二鼠侵藤"譬喻 / 291

第五節 從"二鼠"到"月鼠"：東亞文獻中的"二鼠侵藤"譬喻 / 296

第六節 "井中男"與"空井喻"："二鼠侵藤"譬喻在古代西亞與歐洲的演變及其在東亞的回流 / 300

第七節 餘　論 / 314

第十章 "二鼠侵藤"譬喻在古代亞歐的圖像流變

第一節 古代印度的"二鼠侵藤"故事的石刻與繪畫 / 321

第二節 "二鼠侵藤"故事在中國的圖像表現 / 325

第三節 伊斯蘭世界的"二鼠侵藤"故事的插圖 / 329

第四節 歐洲多語種插圖本中的"二鼠侵藤"譬喻的圖像 / 364

第五節　歐洲多語種譯本《人生指南》(*Directorium Humanae vite/ Guide for Human Life*)中的"二鼠侵藤"譬喻的插圖　/ 395

第六節　歐洲其它藝術種類中的"二鼠侵藤"譬喻的圖像　/ 403

第七節　近代以來東亞地區的"岸樹井藤"圖像　/ 418

第八節　小　結　/ 438

結　語　/ 443

主要參考書目　/ 447

後　記　/ 471

CONTENTS

CHAPTER 1   **THE DIGEST TEXT OF BUDDHIST AVADANA STORIES IN THE WESTERN REGION AND DUNHUANG: A CASE STUDY OF NO.256 FRAGMENT IN THE DUNHUANG ACADEMY**

1.1   Transcription of No. 256 and No. 255 Fragments in the Dunhuang Academy / 002

1.2   Analysis of the Origins and Transmission of Avadana Stories in No. 256 Fragment in the Dunhuang Academy / 008

1.3   Excerpts and Dissemination of Sanskrit-Chinese Buddhist Avadana Stories Along the Silk Road / 016

1.4   Additional Remarks / 036

CHAPTER 2   **THE FOLKTALES SUCH LIKE "THE IRON-EATING MICE": THE ORIGINS AND DISPERSAL OF ITS TEXTS AND IMAGES ACROSS ANCIENT EURASIA**

2.1   The Origins of the "Iron-Eating Mice" Story in Ancient India / 039

2.2   The Transformation of the "Iron-Eating Mice" Story in the Islamic World / 049

2.3   The Spread of the "Iron-Eating Mice" Story in Ancient Europe / 057

2.4   The Spread of Type ATU 1592, 1592A, and 1592B Stories in the Northwest China / 060

2.5　The Circulation of Images of the "Iron-Eating Mice" Story Across Ancient Eurasia / 067
2.6　Additional Remarks / 073

CHAPTER 3　"A SINGING DONKEY": THE ORIGIN OF AN URDU TALE AND ITS TRANSMISSION IN ASIA

3.1　The Story of "A Singing Donkey" from the *Tales of a Parrot* in Urdu / 076
3.2　The Indian Origins of the "A Singing Donkey" Story / 078
3.3　The Story of "A Singing Donkey" in Two Persian *Tooti Nameh* Manuscripts / 084
3.4　"The Donkey Recites Poetry": No. 41 Story in the Uyghur *Tales of a Parrot* / 086
3.5　The Story of "The Donkey That Crowed at the Wrong Time" from the Turkish *Legend of the Parrot* / 090
3.6　The Story of "The Ox and the Donkey" from the Kazakh *Legend of the Parrot* / 091
3.7　Variants of the Story Across Three Ethnic Traditions / 093
3.8　Supplementary Notes on Stories Similar to *The Donkey of Guizhou* / 096
3.9　Summary / 100

CHAPTER 4　CROSS-CULTURAL TRANSMISSION OF THE IMAGES OF "THE STORY OF THREE FISHES" IN ANCIENT EURASIA AND THE RELATIONSHIP BETWEEN TEXTS AND IMAGES

4.1　Supplementary Texts on the "The Story of Three Fishes" in Ancient Eurasia / 102
4.2　The Iconographic Genealogy of the "The Story of Three Fishes" in Ancient Eurasia / 110
4.3　Comparative Analysis of Imagery and Text-Image Relationships in the "The Story of Three Fishes" / 135
4.4　Summary / 140

CHAPTER 5 "ILLĪSA" AND "ELDER RUCI": A TYPICAL MISER IN ANCIENT INDIAN BUDDHIST TALES AND THE TEXTUAL CHANGES ACROSS CULTURES

5.1 The *Illīsa Jātaka* in the Pāli *Jātakas* and Its Parallel Tales from Ancient Greece / 143

5.2 The *Avadana Sūtra of Elder Ruci* in Chinese Buddhist Canon and the Archetype of the Miser / 147

5.3 Analogous Stories of *Illīsa Jātaka* in Indian Folklore Collections / 151

5.4 The Dissemination of Elder Ruci's Story in China / 153

5.5 The Evolution of the Indian Illīsa/ Elder Ruci's Story in Korean Peninsula and Japan / 160

5.6 A Clay Sculpture Depicting the *Illīsa Jātaka* in Myanmar / 162

5.7 Additional Remarks / 164

CHAPTER 6 "TAKING A CHILD FROM FIRE": CROSS-CULTURAL PRESENTATION OF THE IMAGES OF BUDDHIST VAIDYA-RAJA JIVAKA'S STORIES

6.1 Jīvaka and Texts of the Fire-Born Child's Allegory / 167

6.2 The "Fire-Born Child Allegory" in Gandharan Stone Carvings and Jīvaka Imagery / 173

6.3 Diamond-Grid Narrative Paintings of the Fire-Born Child in the Kizil Caves / 182

6.4 The Representation of Jīvaka and the Fire-Born Child's Allegory in Tibetan Buddhist Art / 185

6.5 Illustrations of "Taking a Child from Fire" Story in the *Shishi Yuanliu* Series / 190

6.6 "Taking a Child from Fire" Story in Ming-Qing Temple Murals and An Image of "Taking a Buddha from Fire" / 193

6.7 Additional Remarks / 196

CHAPTER 7 "MANI PAINTING A DEAD DOG": ON THE SOURCES OF ITS TEXTS AND IMAGES IN ANCIENT PERSIA

    7.1 Mani's Artistic Skill: Accounts from the Persian Epic *Shāhnāmeh* and Legends / 199

    7.2 "Mani Painting a Dead Dog": Stories of Painters in Persian Literature and Their Indian Roots / 210

    7.3 Textual and Visual Origins of the Persian "Two Painters' Contest" Story / 220

    7.4 Additional Remarks: Chinese Art Through the Eyes of Islamic Scholars / 238

CHAPTER 8 MANI'S TALES IN CROSS-RELIGIOUS CONTEXT: A CASE STUDY OF *MANAQIB-I HUNAR-WARAN*

    8.1 Twin Peaks of Art in Islamic Literature: Mani and Kamāl al-Din Bihzad / 250

    8.2 Mani's Contests and the "Mani Painting a Dead Dog" Story in Islamic Texts / 260

    8.3 Summary / 270

CHAPTER 9 A STUDY ON THE TEXT SOURCES OF BUDDHIST METAPHOR "TWO RATS GNAWING A VINE" IN ANCIENT EURASIA

    9.1 The Use of the "Two Rats Gnawing a Vine" Allegory in Dunhuang Manuscripts / 272

    9.2 The Dissemination of the "Two Rats Gnawing a Vine" Motif in Medieval and Later China / 277

    9.3 Single Allegory, Allegorical Tales, and Avadana Sūtras: The Evolution of "Two Rats Gnawing a Vine" in Chinese Buddhist Translations / 285

    9.4 The "Two Rats Gnawing a Vine" Allegory in the *Mahābhārata* and Jain Literature / 291

    9.5 From "Two Rats" to "Moon Rats": The "Two Rats Gnawing a Vine" Allegory in East Asian Texts / 296

9.6 The "Man in the Well" and "Empty Well" Metaphors: The "Two Rats Gnawing a Vine" Allegory's Evolution in Ancient West Asia, Europe, and Its Return to East Asia / 300

9.7 Additional Remarks / 314

CHAPTER 10 A STUDY ON THE TRANSMISSION OF IMAGES OF METAPHOR 'TWO RATS GNAWING A VINE' IN ANCIENT EURASIA

10.1 Stone Carvings and Paintings of the "Two Rats Gnawing a Vine" Story in Ancient India / 321

10.2 Visual Representations of the "Two Rats Gnawing a Vine" Story in China / 325

10.3 Illustrations of the "Two Rats Gnawing a Vine" Story in the Islamic World / 329

10.4 Images of the "Two Rats Gnawing a Vine" Allegory in European Multilingual Illustrated Texts / 364

10.5 Illustrations of the "Two Rats Gnawing a Vine" Allegory in the European *Directorium Humanae Vitae (Guide for Human Life)* / 395

10.6 The Images of "Two Rats Gnawing a Vine" Allegory in Other European Art Forms / 403

10.7 The Images of "Bank-Tree-and-Well-Vine" Imagery in Modern East Asia / 418

10.8 Summary / 438

CONCLUSION / 443

REFERENCES / 447

POSTSCRIPT / 471

第一章
佛教譬喻故事"略要本"在西域和敦煌的流傳
——以敦研 256 號寫卷爲例

在佛教文獻中，譬喻是一種修辭手法或因明三支（宗、因、喻）中的一支（譬喻支），也是佛教"九分教"或"十二分教"中的一個重要分支。佛經中故事繁多，且好以譬喻説法，譬喻也就成爲佛教文學的一個重要門類。從簡要的譬喻、連串的譬喻、到單個的譬喻故事、數個譬喻故事匯聚而成的譬喻經集（或稱譬喻鬘），譬喻經歷了比較漫長而複雜的發展過程，因此，對佛教譬喻的研究，自然成爲佛教文學研究界的一個重要話題。[1] 梵語佛教譬喻作品數量不算太多，[2] 但有幾種重要的文本流傳至今，包括 *Avadāna-śataka*（《百譬喻經》，或謂《撰集百緣經》）[3]、*Divyāvadāna*（《天譬喻經》《天神譬

---

[1] 郭良鋆：《佛教譬喻經文學》，《南亞研究》1989 年第 2 期，第 62-66、73 頁。丁敏：《佛教譬喻文學研究》，東初出版社，1996 年。李小榮：《漢譯佛典文體及其影響研究》，第六章《漢譯佛典之 "譬喻" 及其影響》，上海古籍出版社，2010 年，第 285-364 頁。

[2] 岡野潔《インド仏教文學研究史》（網絡版）。(Cf. http://homepage3.nifty.com /indology/ [訪問日期：2014-10-07])

[3] J. S. Speyer, ed., *Avadānaśataka: A Century of Edifying Tales Belonging to the Hīnayāna*. Vol. I & Vol. II. St. Petersburg: Imprimerie de l'Academie Imperiale des Sciences, 1906-1909. P.L.Vaidya, ed., *Avadānaśataka*, (Buddhist Sanskrit Texts, 19), Darbhanga: Mithila Institute, 1958. Mitsuyo Demoto, "Fragments of the *Avadāna-śataka*", in: Jens Braarvig ed., *Manuscripts in the Schøyen Collection: Buddhist Manuscripts,* Volume III. Oslo: Hermes Publishing, 2006. pp.207-244.

喻經》或《天業譬喻經》）[1]、*Aśoka-avadāna*（《阿育王譬喻經》）[2]、*Mahāvastu-avadāna*（《大事譬喻經》）[3]、安主（Kṣemandra）的 *Bodhisattva Avadāna Kalpalatā*（《菩薩譬喻如意藤》）[4] 等，梵漢譬喻的對勘研究尚大有可爲。而結合敦煌等地出土的殘卷、相關的故事及其圖像資料，來探究印度佛教譬喻在古代西域和敦煌的書寫與流傳，亦有較大的空間。

敦研 256 號殘卷是一種佛教譬喻故事的"略要本"，乃供佛教司講唱的僧侶講説譬喻故事時所用。敦研 256 的形成既與印度和西域的胡語佛教譬喻故事的傳寫有關，也與敦煌所傳漢語佛教故事綱要本的形式相關，應該是印度佛教文學與中土文化混融的産物，對該類型文本的分析有助於進一步認識印度佛教文學的流傳及其對中土的影響。

第一節　敦研 256 與敦研 255 的録文

甘肅蘭州的敦煌研究院收藏的敦煌殘卷中，編號爲敦研 256 的一件寫卷[5]，屬於尚未被充分識讀和研究的寫卷之一。其字迹以及抄寫方式，與敦研 255《增一阿含經摘要》較爲相似，基本上可以判定，二者是同一人所抄，

---

[1] Joel Tatelman, *The Heavenly Exploits: Buddhist Biographies from the Divyāvadāna* (Clay Sanskrit Library), NYU Press, 2005. Andy Rotman tr., *Divine Stories*, Part 1, Boston: Wisdom Publications, 2008. Cf. Sharmistha Sharma, *Buddhist Avadānas: Socio-Political Economic and Cultural Study*, Delhi: Eastern Book Linkers, 1985.

[2] John S. Strong, *The Legend of King Aśoka: A Study and Translation of Aśokāvadāna*, New Jersey: Princeton University Press, 1983.

[3] J. Jones, trans., *Mahāvastu*, London, 1949. London: The Pali Text Society, 1978. Akira Yuyama. ed, *The Mahāvastu Avādana: In Old Palm Leaf and Paper Manuscripts*, Tokyo: Centre for East Asian Cultural Studies for Unesco, Toyo Bunko, 2001.

[4] P.L.Vaidya, ed., *Avadāna-kalpalatā*, 2 vols (Buddhist Sanskrit Texts, 22). Darbhanga: Mithila Institute, 1959.Cf. Padma-chos-phel, tr., *Leaves of the Heaven Tree: The Great Compassion of the Buddha*, Berkeley: Dharma Publishing, 1997.

[5] 甘肅藏敦煌文獻編委會、甘肅人民出版社、甘肅省文物局編：《甘肅藏敦煌文獻》第一卷，甘肅人民出版社，1999 年，第 244 頁。

第一章　佛教譬喻故事"略要本"在西域和敦煌的流傳

同爲北朝時期的寫本。敦研 255 殘卷現存文字共 26 行，録文如下：

1：[淫] 欲飲酒，此二法无有厭足。盖屋不

2：密，天雨則漏；人不惟行，漏淫怒癡。

3：盖屋善密，天雨不漏；人能惟行，无淫怒癡。

4：三族姓子：阿難（那）律、難提、金毘羅是。

5：羅閲城中跋提長者多財饒寶，

6：然復慳貪，作鐵籠絡覆中庭

7：中，恐有鳥雀來入。時大目健連、

8：迦葉、賓頭盧、阿那律教化之。

9：有妹，字難陀，亦化。

10：卅三天上有四園觀浴池：難檀槃那

11：浴池、麁澀浴池、晝度（夜）浴池、雜種浴池。

12：水者是四流：欲流、有流、見流、无明流。

13：一施遠來人，二施遠去人，三施病人，四儉

14：時施，五初菓蓏穀食熟先布

15：施持戒清逢（精進）人，然後自食，大得福。

16：[真] 實僧，有慚有愧僧，无慚无愧僧，

17：瘖（㾕）羊僧[1]。舍衛城中有梵志長者，

18：字耶若達，欲飯毗婆尸如來，從

19：牧牛人尸婆[羅] 買酪，因酪施佛，尸婆羅

20：出家得羅漢道。佛在卅三天上，爲母説

21：法，佛隱身不現。四部之衆渴仰。

---

[1] 此處的第 16-17 行列舉了四種僧。可參見《大方廣十輪經》卷五〈衆善相品第七〉："復次，族姓子！有四種僧。何等爲四？第一義僧、淨僧、啞羊僧、無慚愧僧。"（《大正新修大藏經》第十三册，第 703 頁上欄）又，《十誦律》卷三十："佛語優波離：'有五種僧：一者無慚愧僧；二者㾕羊僧；三者別衆僧；四者清淨僧；五者真實僧。'"（《大正新修大藏經》第二十三册，第 220 頁上欄）

22：阿那律天眼灌（觀）佛，故在卅三天上，四部

23：遣目連問訊，云："佛閻浮地生、得道，

24：何 [不] 下還？" 佛許目連，卻 [後] 七日當至僧迦

25：[尸國大水池側。四部] 問 [佛] 興居輕利，遊步

26：[康強乎？……此三行] 中，意 [行] 最重，口行、[身行][1]

施萍婷早已指出，敦研 255 殘卷乃抄錄東晉罽賓三藏瞿曇僧伽提婆譯《增壹阿含經》多卷中的文字，涉及該經卷九、十六、二十、二十三、二十四、二十五、二十八等，包括九個故事，屬於比較罕見的綱要本，"它是某法師根據自己講經的需要所摘抄的提綱。"[2] 敦煌寫本中類似的《增壹阿含經》摘抄本，還有屬於《金藏論》（或名《眾經要集金藏論》《金藏要集經》《眾經要略集》等）寫本的俄藏 Дх.00977+Дх.02117（原擬名《諸經要略》），其中注明 "出《增一阿含經略要》"。Дх.00977+Дх.02117 現存 12 行文字，第 1-8 行文字，實出自《撰集百緣經》卷七〈現化品〉中的 "頂上有寶蓋緣" 故事。但它並不是照抄《撰集百緣經》，而是略抄。道世《法苑珠林》卷三十七中的 "又《百緣經》云……"，亦摘引了《撰集百緣經》中的此故事[3]。隋翻經沙門及學士等撰《眾經目錄》卷二的 "賢聖集傳_{賢聖所撰，翻譯有原}"，始謂 "《撰集百緣經》七卷，吳世支謙譯"[4]。梵本 *Avadāna-śataka* 與漢譯的《撰集百緣經》之間有密切的關聯性，但二者不是能夠完全對應的

---

1 甘肅藏敦煌文獻編委會、甘肅人民出版社、甘肅省文物局編：《甘肅藏敦煌文獻》第一卷，第 243 頁。

2 施萍婷：《新發現〈增一阿含經摘要〉——敦煌遺書編目雜記之二》，《絲綢之路》學術專輯第 1 輯，1998 年，第 4-6 頁。此據施萍婷：《敦煌習學集》（上），甘肅民族出版社，2004 年，第 268-274 頁。

3 道世：《法苑珠林》卷三十七："又《百緣經》云：佛在世時，迦毘羅衛城中有一長者，財寶無量。……乃至今者得值於我，出家獲道。聞佛所說，歡喜奉行。"（釋道世撰，周叔迦、蘇晉仁校注：《法苑珠林校注》第三冊，中華書局，2003 年，第 1195 頁）

4 《大正新修大藏經》第五十五冊，第 161 頁中欄。

第一章　佛教譬喻故事"略要本"在西域和敦煌的流傳　005

原典與譯本的關係[1]。當代學者從佛教經録、該經被抄寫的情况、經文中的詞語選用與語法現象等多個角度，對《撰集百緣經》進行研究，基本上認定《撰集百緣經》不是三國時期支謙所譯，而是出現於西晉之後，甚至到了六世紀中葉，比《賢愚經》要稍晚[2]。與《撰集百緣經》的原經文比較可知，Дх.00977+Дх.02117對此處徵引的文字進行了大量删節，同時爲了故事情節的通暢，也添加了《撰集百緣經》中所没有的文字。此處亦可視爲《撰集百緣經》的故事流傳的另一種方式。

而Дх.00977+Дх.02117現存的第9-11行文字，乃是出自《增壹阿含經》卷三十二之《力品》第三十八之二中的第（一一）部小經，其文字是對《增壹阿含經》的摘要。不過，需要注意的是，Дх.00977+Дх.02117的這一段故事也不是直接抄自《增壹阿含經》，而是對《增壹阿含經》進行了"略要"化的處理。從第9行中的《增壹阿含經略要》一名來看，敦研255確實可視爲《增壹阿含經略要》的一種。

在《甘肅藏敦煌文獻》中，敦研256號殘卷没有給予確切的擬名，衹是簡單地標注爲《佛經》。敦研256現存文字共33行，録文如下：

1：[　　　]三人見金，各懷

2：[　　　]得食凔土，泥洹

1　Prabodh Chandra Bagchi, "A Note on the *Avadāna-śataka* and its Chinese Translation," in: Tansen Sen and Bangwei Wang, eds., *India and China: Interactions through Buddhism and Diplomacy, A Collection of Essays by Professor Prabodh Chandra Bagchi,* London, New York and Delhi: Anthem Press, 2009, pp.41-45.

2　出本充代：《〈撰集百因緣經〉の訳出年代について》，《パーリ學仏教文化學》第8卷，1993年，第99-108頁。辛嶋靜志：《〈撰集百緣經〉的譯出年代考證——山本充代博士的研究簡介》，《漢語史學報》第六輯，上海教育出版社，2006年，第49-52頁。又，季琴認爲該經的譯出要晚於三國，參見季琴：《從詞彙的角度看〈撰集百緣經〉的譯者及成書年代》，《宗教學研究》2006年第4期，第64-67頁；季琴：《從詞語的角度看〈撰集百緣經〉的譯者及成書年代》，《中國典籍與文化》2008年第1期，第19-23頁；季琴：《從語法的角度看〈撰集百緣經〉的譯者及成書年代》，《語言研究》2009年第1期，第105-109頁。陳詳明則認爲該經的翻譯大約在東晉以降，參見陳詳明：《從語言角度看〈撰集百緣經〉的譯者及翻譯年代》，《語言研究》2009年第1期，第95-104頁。又，段改英認爲該經的翻譯年代不會晚於六世紀。參見段改英：《對"頗……不"疑問句的歷史考察——兼論〈撰集百緣經〉的翻譯年代》，《西南科技大學學報》2011年第4期，第63-65、88頁。

3：[　　　] 以辨地，辟（璧）琉

4：[　　　　　　] 地

5：[　　　　　　] 嘆品、不可計品、

6：[　] 阿惟越致 [品]、遠離品、釋提桓因品、

7：[　] 屬累（累教）品、曇无竭 [菩薩] 品十、

8：[　] 人有五婦，産一女，死亡，水中葬，名淨

9：[　] 故尸有六萬六千人，皆同一字長壽。

10：[　] 一家喪子，三處父母哭，何者？此是父母

11：[　] 嚎喪，女念之無以，有二人詐作沙門，

12：[　] 言：我見女屬（囑）索珍寶，婦即與之。

13：夫行還，騎馬逐，并亡馬。

14：昔有人寄主人五百斤鐵，云：鼠噉

15：鐵盡。主倩小兒買肉，云：鶹持去。

16：昔有人兩婦，大婦妬嫉，煞小婦子，小婦

17：惱死，作大婦女七返。

18：昔有人兩婦，大婦有子，小婦任（妊）身，期

19：夫喪亡。大子從小母索財，小母剖腹，

20：母子俱死。

21：[舍] 衛城人天竺取（娶）婦，到産二子。婦

22：任（妊）身，夫婦乘車，欲至天竺。蛇煞牛，

23：煞夫，兒狼噉，婦復傷身，問人父母

24：平安不？云：失火燒盡。問姑妐平安，遇賊

25：死盡。

26：狗敬沙門，二年之中，命過生安息國

27：王作女。月支王遣一使者到安息，便嫁

28：女与之。念恩，日飯五百沙門。

29：兄弟二人俱食信施，兄精進得羅［漢道］，

30：［　］牛，背上負鹽。

31：［　］留無子，禱祠求子，有

32：［　］留命過，作汝福子，

33：［　］陶上併人夫婦得

與敦研255《增壹阿含經摘要》的性質一樣，敦研256也不是對某一部漢譯佛經的原文抄錄，而是摘要性質的抄寫。敦研256由三部分組成，其前4行文字殘缺較多，可能不止是一則故事。第1行的"三人見金"，或出自《譬喻經》[1]。第2行殘存的"得食噉土，泥洹"，與《經律異相》卷十六中"出《羅旬踰經》"的"羅旬踰乞食不得，思惟結解，食土入泥洹"的故事題名，頗相吻合。第3、4行則無法找到相應的記載。第5-7行則是西晉竺法護譯《道行般若經》的品目；而第8-33行也是一些佛經故事。不過，敦研256的第5-7行，也沒有將《道行般若經》原經的品目名稱依次抄錄完整，而是從中挑選了一部分。《道行般若經》原經相關的卷次品目爲：卷四〈嘆品〉〈持品〉〈覺品〉；卷五〈照明品〉<u>〈不可計品〉</u>〈譬喻品〉〈分別品〉〈本無品〉；卷六<u>〈阿惟越致品〉</u>〈怛竭優婆夷品〉；卷七〈守空品〉<u>〈遠離品〉</u>〈善知識品〉；卷八<u>〈釋提桓因品〉</u>〈貢高品〉〈學品〉〈守行品〉〈強弱品〉；卷九<u>〈累教品〉</u>〈不可盡品〉〈隨品〉〈薩陀波倫菩薩品〉；卷十<u>〈曇無竭菩薩品〉</u>〈囑累品〉。可見，從下畫綫部分來看，與原經品目相比，敦研256此處基本上是抄錄了《道行般若經》的卷四至卷十（共七卷）的每卷開篇的那一品

---

[1] "三人見金"，目前找到三種對應。其一，見《經律異相》卷四十二中"出《比方世利經》"的"闍利兄弟以法獲財終不散失"故事。此故事亦見姚秦竺佛念譯《出曜經》卷十二。其二，或出自《舊雜譬喻經》的第二十四則故事，"三人後來，見道邊有聚金，便止共取"（《大正新修大藏經》第四冊，第515頁上欄）。其三，或可參見《經律異相》卷四十四中的"三人共施僧一錢後身獲自然之金二十七"，該故事"出《雜譬喻經》第三卷"。

的名稱，其分卷與傳世的《道行般若經》版本亦不盡相同。敦研 256 的第 7 行中的"曇无竭品"之後，還有一個"十"字，正好表明該品所在的卷次爲第十卷。敦研 256 之所以如此挑選抄録品名，並不是爲了記憶原經的品次内容，而是起一個簡易提醒的作用，以供原抄寫者（很可能是一位法師）講説經文時所用。葉貴良業已指出，敦研 256 "介於佛經與世俗文書之間，皆爲記述因緣報應之事，主旨在於宣傳佛教，勸人事佛從善，顯然應屬於《冥報記》《靈驗記》之類的作品，劃歸'佛經'，似乎不妥"[1]。再考察敦研 256 所抄略的故事，讀者不難看出，敦研 256 的性質就是作爲講唱時的提綱或綱要書，其性質與《金藏論》基本上是相同的，與主要用來閱讀的《冥報記》《靈驗記》之類文本仍然有一定的差異。

第二節　敦研 256 中的譬喻故事源流探析

1. "老鼠噉鐵"故事

敦研 256 的第 14-15 行："昔有人寄主人五百斤鐵，云：鼠噉鐵盡。主倩小兒買肉，云：鵄持去。"此故事可名爲"老鼠噉鐵"，雖然在現存的歷代漢文《大藏經》中，尚未發現該故事的痕跡，但從敦研 256 來看，該故事不僅見於印度等地區的民間故事集，也見於佛教本生和譬喻故事集之中，因此，該故事很有可能是從印度傳到西域，再口頭流傳到敦煌的，而且還廣泛流傳於歐亞地區，除敦研 256 號殘卷之外，目前能找到的還有其他十一個相似的故事，主要如下：

（1）巴利文《佛本生經注》（*Jātaka atthakatha*）中第 218 個本生故事"奸商與鐵槌本生"（*Kūṭa vāṇija jātaka*）。[2]

---

[1] 葉貴良：《〈甘肅藏敦煌文獻〉殘卷未識原因初探》，《敦煌研究》2003 年第 4 期，第 90-91 頁。

[2] H.T.Francis, tr., *The Jātaka or Stories of the Buddha's Former Births*, Vol.2, ed. by E.B. Cowell, Cambridge at the University Press, 1901; London: Pali Text Society, 1981.

（2）印度民間故事集《五卷書》第一卷第二十八個故事"老鼠吃秤"[1]。

（3）月天《故事海》(Kathāsaritsāgara) 第十部中的"吃鐵秤的老鼠"故事。[2]

（4）印度民間故事集《鸚鵡故事七十則》(Śukasaptati) 中第三十九則故事"持諦與秤"[3]。

（5）伊本·穆格法（Ibn al-Muqaffa）的阿拉伯語故事集《凱迪來與迪木奈》(Kalila wa Dimna) 的《獅子與黃牛篇》中的"商人及其朋友"故事[4]。

（6）侯賽因·卡斯菲（Kamal al-Din Husayn Kāshifī）的波斯語故事集《老人星之光》(Anvār i Suhaylī, /The Lights of Canopus) 的第二章第二十八則故事"聰明的商人"。[5]

（7）維吾爾族民間故事《能吃鐵的老鼠》。其結尾的詩句解釋了該故事的主旨："蘊倩花蕾應該説是美麗的，/有刺的草應該説是扎手的；/欺騙朋友的人啊，/將會受到加倍的懲罰。"[6]

（8）法國拉封丹《拉封丹寓言詩全集》第九卷中第一個故事《不誠實的受託人》[7]。

---

[1] 季羨林譯：《五卷書》，人民文學出版社，1959年，第154-158頁。

[2] Somadeva Bhatta, *The Ocean of Story: Being C.H.Tawney's Translation of Somadeva's Kathāsaritsāgara*, Volume 5, London : Privately printed for subscribers only by Chas. J. Sawyer, 1924-1928. pp.62-63.

[3] *Shuka Saptati: Seventy Tales of the Parrot*, Translated from the Sanskrit by A.N.D.Haksar, New Delhi: HarperCollins Publishers India, 2000, pp.130-132. 另參見潘册：《鸚鵡夜談——印度鸚鵡故事的文本與流傳研究》，中國大百科全書出版社，2016年，第258-260頁。

[4]（阿拉伯）伊本·穆格法著，李唯中譯：《凱里來與迪木奈》，天津古籍出版社，2004年，第132-135頁。

[5] Cf. http://persian.packhum.org/persian/main?url=pf%3Ffile%3D12402020%26ct%3D87 [訪問日期：2016-01-10]

[6]（俄）莫·咯必洛夫、維·沙河馬托夫原譯，劉華蘭、陳勳譯，蔡時濟校：《維吾爾民間故事》，時代出版社，1954年。劉發俊編：《維吾爾族民間故事選》，上海文藝出版社，1980年。維吾爾民間故事《能吃鐵的老鼠》，《民間文學》1962年第6期，第23-24頁。

[7]（法）拉封丹著，李玉民譯：《拉封丹寓言詩全集》，漓江出版社，2014年，第168-170頁。又，楊松河譯：《拉封丹寓言詩全集》，第九卷第一個故事《謊言的報應》，譯林出版社，2004年，第365-368頁。

（9）印度民間故事《針尖對麥芒》[1]。

（10）印度民間故事《兩樁奇事》[2]。

（11）俄國托爾斯泰《故事》一書中的故事《兩個商人》[3]。

劉守華在《印度〈五卷書〉和中國民間故事》一文中指出，維吾爾民間故事《能吃鐵的老鼠》來自《五卷書》第一卷第二十八個故事《老鼠吃秤》，其中介是阿拉伯的故事集《凱里來與迪木奈》（或譯《卡里來和笛木乃》）[4]。劉守華還認爲，該故事中的"以子之矛，攻子之盾"的思維方式，也見於中國藏族阿古頓巴故事中的《銅鍋生兒》、苗族的《巧媳婦》等故事之中[5]。

"老鼠噉鐵"這個小故事從印度流傳到中國（敦煌、新疆地區）、波斯與阿拉伯地區、乃至歐洲的法國和俄羅斯，其時間相當悠久，範圍相當廣闊。該故事的結構、形態與主旨各有不同之處。該故事流傳背後所隱含的商業、貿易流通與誠信等社會因素，值得進一步地探討。

2. "大婦煞小婦子"故事

敦研 256 的第 16-17 行："昔有人兩婦，大婦妬嫉，煞小婦子，小婦惱死，作大婦女七返。"該故事可取名爲"大婦煞小婦子"。其文字源頭來自漢譯佛經，具體有三個不同的版本：

（1）鳩摩羅什譯《衆經雜撰譬喻經》卷二第三十七個故事。

---

[1] 王樹英等編譯：《印度民間故事》，北京大學出版社，1984 年，第 198-200 頁。
[2] 此故事爲忻儉忠編譯。參見忻儉忠等編譯：《世界民間故事選》（全五冊），福建人民出版社，1982-1983 年。
[3]（俄）列夫·托爾斯泰：《列夫·托爾斯泰文集》，第十二卷《故事》，陳馥譯，人民文學出版社，1989 年，第 41 頁。
[4] 劉守華：《印度〈五卷書〉和中國民間故事》，《外國文學研究》1983 年第 2 期，第 63-69 頁。又，楊富學：《古代回鶻民間文學雜述》，《民族文學研究》2004 年第 4 期，第 24-28 頁。
[5] 劉守華：《比較故事學論考》，黑龍江人民出版社，2003 年，第 185-186 頁。又，《銅鍋生兒》類型的故事另見於王世清選譯《朱哈趣聞》（阿拉伯民間故事）中的故事《能生育的就得死》《中國穆斯林》，1957 年第 2 期，第 17 頁）、蒙古民間故事《借鍋》（陳慶浩、王秋桂主編：《蒙古民間故事集》，遠流出版事業股份有限公司,1989 年，第 305-306 頁）、青海民間故事《和加納斯爾的故事》中《死了的鍋》（陳慶浩、王秋桂主編：《青海民間故事集》，遠流出版事業股份有限公司，1989 年，第 153-154 頁）。

（2）《大方便佛報恩經》卷五"慈品"中的華色尼故事。

（3）《賢愚經》卷三的"微妙比丘尼品"故事。

此外，類似的故事還有：

（4）巴利文《長老尼偈》（*Therīgāthā*，古譯《涕利伽陀》）第六十四"蓮花色尼篇"第 224-225 偈。

該故事還收錄於佛教類書以及敦煌抄錄的故事集之中，即：

（5）道世《諸經要集》卷九引《賢愚經》。

（6）道世《法苑珠林》卷五十八引《賢愚經》。

（7）北圖藏敦煌本（北 8416）《諸經雜緣喻因由記》第一篇。

3. "小母剖腹"故事

敦研 256 的第 18-20 行："昔有人兩婦，大婦有子，小婦任（妊）身。期夫喪亡，大子從小母索財。小母剖腹，母子俱死。"該故事可取名爲"小母剖腹"。其文字源頭來自漢譯佛經，即後秦佛陀耶舍共竺佛念譯《長阿含經》卷七，內容如下：

> 迦葉復言："諸有智者，以譬喻得解，我今當更爲汝引喻。昔者，此斯波醯村有一梵志，耆舊長宿，年百二十。彼有二妻，一先有子，一始有娠。時，彼梵志未久命終，其大母子語小母言：'所有財寶，盡應與我，汝無分也。'時小母言：'汝爲小待，須我分娩，若生男者，應有財分；若生女者，汝自嫁娶，當得財物。'彼子慇懃再三索財，小母答如初；其子又逼不已，時，彼小母即以利刀自決其腹，知爲男女。"[1]

從《長阿含經》卷七可知，此故事確實是一個譬喻，它是迦葉"爲汝引喻"而講述的。

---

1 《大正新修大藏經》第一册，第 46 頁中欄。

4. "蛇煞牛"故事

敦研256的第21-25行:"[舍]衛城人天竺取(娶)婦,到產二子。婦任(妊)身,夫婦乘車,欲至天竺。蛇煞牛,煞夫,兒狼噉,婦復傷身。問人父母平安不?云:失火燒盡。問姑妐平安,遇賊死盡。"該故事是漢譯佛經中有名的蓮華色尼故事之一,具體可參見:

(1)《賢愚經》卷三〈微妙比丘尼品〉。[1]

(2)《大方便佛報恩經》卷五"慈品"中的華色尼故事,涉及夫被蛇咬噬、生兒被狼吃、兒被水溺、自身生埋、自食兒肉、父母被火燒、蓮花色尼屢嫁、與女共嫁其兒等故事情節。

(3)《根本說一切有部毘奈耶雜事》卷三十中的商主之婦瘦瞿答彌故事,涉及毒蛇蜇夫死、小兒被野干銜去咬死、大兒溺水而亡、父母并諸親屬俱遭霹靂、復嫁藥叉般織師、被織師強迫自食兒肉、復嫁商主與賊帥、自身生埋爲國王殉葬等情節。

(4)《四分律》卷六中的"母女共事一夫"故事。

漢譯佛經中相關的蓮華色比丘尼故事,由陳寅恪發軔[2],普慧、趙欣、廖宣惠等學者多有措意,討論逐漸深入[3]。

5. "狗敬沙門"故事

敦研256的第26-28行:"狗敬沙門,二年之中,命過生安息國王作女。月支王遣一使者到安息,便嫁女与之。念恩,日飯五百沙門。"該故事可取名爲"狗敬沙門"。該故事與《經律異相》卷三十四的"安息國王女先從狗來"故事相同,其內容如下:

---

[1] 另見周季文、謝後芳譯:《藏文佛經故事選譯》,中國藏學出版社,2008年,第72-74頁。
[2] 陳寅恪:《蓮花色尼出家因緣跋》,《清華學報》第7卷第1期,1932年,第39-45頁。
[3] 普慧、趙欣:《漢文佛典中的蓮華色尼文學故事類型敘述》,《政大中文學報》第14輯,2010年,第31-54頁。廖宣惠:《漢譯佛典蓮華色比丘尼敘事探析——以〈四分律〉〈五分律〉〈毘奈耶〉爲例》,《中華佛學研究》第十三期,2012年,第137-169頁。

第一章　佛教譬喻故事"略要本"在西域和敦煌的流傳

> 昔外國有城，名頭迦羅。中有白衣，日日請沙門還家中食。沙門是羅漢。沙門坐飯，內中有狗。沙門食時，常揣飯分狗。狗得飯噉，便生好心向沙門。沙門日往，狗便習待。沙門食時，狗思見沙門。沙門來便復持一揣飯與狗，狗有好心向沙門。積年命終，乃爲安息國王女。生便識宿命，知本是狗。云：我棄狗身，得王女身。國中都無佛寺沙門。時月支王遣使詣王。見使賢明，意欲女與作婦。使將女去，女見沙門，心大歡喜。憶先作狗，沙門與飯，好向沙門。今得人身，今當大供養沙門。月支國中大有沙門，婦常日日飯食三五百人。手自斟酌，不使人客。飯食適訖，手自掃地。……出《明狗命終作國王女自識宿命經》，又出《福報經》。[1]

漢譯佛經中，類似的故事還有康僧會譯《舊雜譬喻經》中的第八則故事、《生經》卷五中的一個"狗聽經轉生爲女人"故事。《舊雜譬喻經》與《生經》中的相關譯文基本相同，內容如下：

> 昔有沙門，晝夜誦經，有狗伏床下，一心聽經，不復念食。如是積年，命盡得人形，生舍衛國中作女人。長大見沙門分越，便走自持飯與，歡喜如是。後便追沙門去，作比丘尼，精進得應真道也。[2]

在藏文本《百緣經》中，有一個"母狗轉世"的故事[3]，也是屬於"狗敬沙門"類型的故事，可以作進一步的對比研究。

---

[1]《大正新修大藏經》第五十三冊，第185頁上至中欄。本故事由劉麗文同學比定，特此感謝。又，《經律異相》中來自《福報經》的故事還有：《經律異相》卷十三的"須菩提前身割口施僧得生天上"（出《福報經》）、卷二十二的"沙彌救蟻延壽精進得道"、卷三十六的"以擣衣石施人起塔生天"、卷四十三的"彌蓮持齋得樂踢母燒頭"、卷四十六的"金床女裸形著衣火然"。

[2] 分見《大正新修大藏經》第四冊，第512頁中欄；《大正新修大藏經》第三冊，第108頁中欄。另見《諸經要集》卷二、《法苑珠林》卷二十四。

[3] 周季文、謝後芳譯：《藏文佛經故事選譯》，中國藏學出版社，2008年，第145-147頁。

6. "牛背負鹽"故事

敦研 256 的第 29-30 行:"兄弟二人俱食信施,兄精進得羅[漢道],[　]牛,背上負鹽。"

該故事可取名爲"牛背負鹽"。該故事有兩個詳略不同的版本。其一,後漢月支沙門支婁迦讖譯《雜譬喻經》(一卷本)第十一個故事,較爲詳細。該故事亦摘錄於道世《諸經要集》卷四、《法苑珠林》卷二十二。其二,姚秦涼州沙門竺佛念譯《出曜經》卷三"無常品下",其故事較爲簡短,但文中有五言偈頌一首。該故事內容如下:

昔罽賓國兄弟二人,一人出家得阿羅漢道,一人在家修治居業。爾時,兄數至弟家,教誨弟言:"布施持戒,修諸善本,生有名譽,死墮善處。"弟報兄曰:"捨家作道,不慮官私、不念父兄妻子,亦復不念居業財寶。若被毀辱,不懷憂慼;若遇歡樂,不孚用喜。"數數諫誨,不從兄教。弟後遇患,忽便無常,生受牛形,爲人所驅,駄鹽入城。時兄羅漢從城中出,即向彼牛而說偈曰:

"脊負爲重擔,涉道無憩息,爲人所驅使,今日爲閑劇。

穿鼻爲靷繫,破脊癰疽瘡,爲蠅所嘬味,今日爲閑劇。

食以芻惡草,飲以雨潦汁,杖捶不離身,今日爲閑劇。

以受畜生形,爲行何權計?爲可專意念,三耶三佛德。"

時牛聞已,悲哽不樂。牛主語道人曰:"汝何道說,使我牛不樂?"道人報曰:"此牛本是我弟。"牛主聞已,語道人曰:"君弟昔日與我親親。"羅漢說曰:"我弟昔日負君一錢鹽價。"是時,牛主即語牛曰:"吾今放汝,不復役使。"時牛自投深磵,至心念佛,即便命終,得生天上。[1]

---

[1] 《大正新修大藏經》第四册,第 625 頁上欄至中欄。

據此，敦研 256 的第 30 行所缺漏的文字，或許可補爲"弟轉生爲牛"。

7."鳩留求子"故事

敦研 256 的第 31-32 行，僅存"留無子，禱祠求子，有"和"留命過，作汝福子"等文字，意思並不非常清晰。不過，根據這些殘存的語句，大致可以推斷出，該處敘述的是佛弟子須菩提的父親鳩留求子的故事，當然，其完整的故事名稱應該是"須菩提初生及出家"。該故事見存於《經律異相》卷十三，内容如下：

> 須菩提初生及出家十
>
> 昔舍衛國有大長者，名曰鳩留，財富無數，無有子息。遍禱諸神，了不能得。空中天曰："卿當得福子。有一天王垂應命終，生長者家。"長者大喜。却後七日，第一夫人即覺有身（娠）。月滿生男，名須菩提。色像第一，聰明辯才，博愛多曉，貴賤推敬。其見聞者，有所作爲。轉以法樂，勸益一切。諸父兄弟共嫉恚之，語其母言："此兒不念治家，遊蕩無度。"母言："此兒福德，不與凡同。"後須菩提索食，母令婢預洗空器，答其無有。須菩提發器視之，自然百味，飯食香美。一切共食，皆得安隱。諸父兄弟方知非凡。請佛及菩薩，大衆設食，食畢，兒從父母求作沙門，父即聽之。隨佛還祇洹，即作沙門。應時得阿惟顏，在弟子中現作羅漢 出十卷《譬喻經》第一卷。[1]

《經律異相》引用了多種名稱略異、卷數不同、出自不同作者、譯者（或編撰者）之手的《譬喻經》[2]。此"須菩提初生及出家"故事實際出自康法邃編

---

[1] 僧旻、寶唱等撰集：《經律異相》，影印磧砂藏大藏經版本，上海古籍出版社，1988年，第69頁。《經律異相》的整理本，可參見董志翹主撰、張淼等參校：《〈經律異相〉整理與研究》，巴蜀書社，2011年。又，有關須菩提出生的另一故事"須菩提前身割口施僧得生天上"，出《福報經》，亦摘引於《經律異相》卷第十三。

[2] 陳洪：《〈經律異相〉所錄譬喻類佚經考論》，《淮陰師範學院學報》2003年第3期，第384-389、393頁。收入氏著：《佛教與中古小說》，附錄二，學林出版社，2007年，第240-254頁。

撰的十卷本《譬喻經》。梁代釋僧祐《出三藏記集》卷二兩處提及："《譬喻經》：十卷《舊錄》云：《正譬喻經》十卷。右一部，凡十卷。晉成帝時，沙門康法邃抄集衆經，撰此一部。""康法邃出《譬喻經》十卷"。[1]慧琳《一切經音義》卷十收錄了玄應對《明度無極經》第一卷"善業"一詞的解釋，其中引用了"晉沙門康法邃《雜譬喻經》云：舍衛國有長者名鳩留，產生一子，字須菩提，有自然福報，食器皆空，因以名焉。所欲即滿後，遂出家，得阿羅漢道是。"[2]此條引文恰好證明鳩留求子的故事與康法邃的十卷本《譬喻經》有密切關聯。康法邃所造《譬喻經序》見於《出三藏記集》卷九：

> 《譬喻經》者，皆是如來隨時方便四説之辭，敷演弘教訓誘之要。牽物引類，轉相證據，互明善惡罪福報應，皆可寤心，免彼三塗。如今所聞，億未載一，而前後所寫，互多複重。今復撰集，事取一篇，以爲十卷。比次首尾，皆令條別，趣使易了，於心無疑。願率土之賢，有所遵承，永升福堂，爲將來基。[3]

康法邃編輯十卷本《譬喻經》的目的就是使讀者能在重複煩亂的諸多譬喻經中，方便閱讀到條目清晰、簡潔明了的故事。

敦研256的第33行，僅存"陶上併人夫婦得"七字，與"須菩提初生及出家"內容沒有聯繫，疑是另一故事。筆者目前尚未找到其相應的漢譯佛經，待考。

第三節　絲綢之路梵漢佛教譬喻故事的摘錄與流傳形態

西域和敦煌的漢語佛教譬喻故事已經得到學界的較多關注，其中最重

---

[1] 釋僧祐撰，蘇晉仁、蕭鍊子點校：《出三藏記集》，中華書局，1995年，第46、77頁。
[2] 徐時儀校注：《〈一切經音義〉三種校本合刊》，上册，上海古籍出版社，2008年，第670頁。
[3] 釋僧祐撰，蘇晉仁、蕭鍊子點校：《出三藏記集》，中華書局，1995年，第354-355頁。

第一章　佛教譬喻故事"略要本"在西域和敦煌的流傳　017

要的一種文獻是北齊道紀的《金藏論》。荒見泰史在中國國家圖書館藏敦煌文獻中，最先發現了北京8407（烏16號）《衆經要集金藏論》的寫本，並對其在東亞講唱文學與佛教文學交流史上的意義進行了初步的闡釋[1]，開啓了《金藏論》研究的一個小高潮[2]。本井牧子指出，《金藏論》的敦煌寫本共七個編號，實爲六件殘卷（或殘片），主要是其卷五、卷六的部分抄寫，可分四類，即：（A）BD3686[=北京1322（爲字86）]、俄藏Дx.00977+俄藏Дx.02117、北京大學D156；（B）BD7316[=北京8407（烏16）]；（C）S.3962；（D）S.4654[3]。

S.4654抄寫於大周廣順四年（954），内容繁富，包括變文、押座文、願文、功德文等，其中第143-156行也屬於《衆經要集金藏論》。遇笑容《〈撰集百緣經〉語法研究》一書中，將S.4654看作是《撰集百緣經》的一種敦煌抄本[4]，實際上，S.4654此處並不是對《撰集百緣經》原文的照抄，而是摘録，不宜當作《撰集百緣經》的梵漢對勘語料。不過，S.4654可以與前述Дx.977+Дx.02117一樣，作爲《撰集百緣經》中的故事在敦煌等地流傳的又一證據。《撰集百緣經》的敦煌寫本有P.5590（14），現存11行，每行上半部分完整，而下半部分殘缺[5]，其文字對應《撰集百緣經》卷十〈諸緣品第十〉中的第（九一）號故事"須菩提（Subhūti）惡性緣"。此故事亦收入

1　（日）荒見泰史：《漢文譬喻經典及其綱要本的作用》，載張涌泉等編：《漢語史學報》第三輯《姜亮夫　蔣禮鴻　郭在貽先生紀念文集》，上海教育出版社，2003年，第326-347頁；《敦煌文學與日本説話文學——新發現北京本〈衆經要集金藏論〉的價值》，載國家圖書館善本特藏部敦煌吐魯番學資料研究中心編：《敦煌與絲路文化學術講座》（1），北京圖書館出版社，2003年，第225-240頁。二文均收入陳允吉主編：《佛經文學研究論集》，復旦大學出版社，2004年，分別見第271-290頁和第607-624頁。又，荒見泰史：《中國國家圖書館藏敦煌寫本北京8407(烏16)〈衆經要集金藏論〉校録》，《西北出土文獻研究》第3號，2006年，第67-90頁。荒見泰史：《敦煌講唱文學寫本研究》，中華書局，2010年，第117-148頁。

2　（日）宫井里佳、本井牧子：《〈金藏論〉本文と研究》，臨川書店，2011年。

3　（日）本井牧子著，桂弘譯：《東亞的唱導中的〈金藏論〉——以朝鮮版〈釋氏源流〉空白頁上的填寫内容爲端緒》，《中國俗文化研究》第九輯，巴蜀書社，2014年，第12-29頁。

4　遇笑容：《〈撰集百緣經〉語法研究》，商務印書館，2010年，第8頁。

5　上海古籍出版社、法國國家圖書館編：《法藏敦煌西域文獻》第34册，上海古籍出版社，2005年，第312頁。

《法苑珠林》卷七十六的"又《百緣經》云",因此,P.5590(14)也有可能是《法苑珠林》的一個抄本。

《金藏論》的抄寫形式值得關注。現存中國國家圖書館的北京8407(鳥16)《眾經要集金藏論》的抄寫形式有如下幾種方式:

《出曜經》説:

婆竭多竭利過去掃塔得報緣,出《菩薩本行經略要》。

《譬喻經》説:

功德意掃塔緣香燈供養得生天[緣],出《百緣經略要》。

婦憶夫掃塔治寺得生天緣,出《雜寶藏經略要》。

《增壹阿含經》説:

老比丘由掃塔得道緣,出《分別功德論略要》。

《雜寶藏經》説偈:

寶手過去金錢著下得緣,出《百緣經略要》。

像緣第十六:

若人佛像得報緣,出《優填王作佛像形佛像經略要》。

《法花(華)經》偈説:

難陀過去作辟支佛像得報緣,出《智度論略要》。

《無上依經》説:

迦葉夫人過去金薄薄像面得報緣,出《付法藏經略要》。

……出《薩婆多傳》。説未[來]成佛,出《法花(華)經》。

燈指過去治像得報緣,出《燈指因緣經略要》。

象護過去治塔中素白象(像)得報緣,出《賢愚經略要》。

香花緣第十七:

旃檀香過去坌塔地得報緣,出《百緣經略要》。

> 同邑百人過去香花供養塔緣，出《百緣經[略]要》。
>
> 菌監持王花散佛得授記緣，出《阿闍世王受記（決）經》。
>
> 《智度論》說：……《法花（華）經》偈說：
>
> 花天過去以一花散僧得報緣，出《賢愚經略要》。
>
> 威德過去拂塔中萎花塵得報緣，出《百緣經略要》。
>
> 燈緣第十八：
>
> 聖友牟尼燃燈供養佛得成佛緣，出《賢愚經略要》。
>
> 貧女難陀燃燈供養佛得受記緣，出《賢愚經略要》。
>
> 女人塔中燃燈供養得生天緣，出《譬喻經略要》。
>
> 阿那律及（過）去正佛前燈得天眼第一緣，出《譬喻經略要》。
>
> 幡蓋緣第[十]九：
>
> 波多迦過去造幡懸塔上得報[緣]，出《百[緣]經略要》。
>
> 放羊[人]以草蓋覆佛得報緣，出《菩薩本行經略要》。
>
> 寶蓋過去以覆佛塔得報緣，出《百緣經略要》。

北京8407（烏16）保存了故事的分類次序和兩種抄略形式，即"……緣，出《……經略要》"和"《……經》說"，而後者常常在前一個故事（"緣"）之中，並不單獨成段。北京大學所藏敦煌寫本 D156（原擬名《經緣略要》）的前半部分有"出家緣第廿"，可見它的內容應排列在北京8407（烏16）之後。

荒見泰史曾經列舉了敦煌文獻中的十八種摘要譬喻故事的綱要本，即：敦研255《增一阿含經摘要》、P.2301《別譯雜阿含經卷第一》略出、S.1366v《諸經因緣涅槃經內說》、S.4464《賢愚經綱要》、P.3000r《雜寶藏經綱要》、北京8407《眾經要集金藏論》、P.4326v《眾經要集金藏論》、S.4654r 中的《眾經要集金藏論》綱要、P.3849v《佛說諸經雜緣喻因由記》、北京8416r《佛説諸經雜緣喻因由記》、P.3236r《佛頂心觀世音菩薩救難神驗經》卷下抄錄、P.2303v《佛本行集經綱要》、P.2837r《佛本行集經綱要》、S.4194r《佛本行集經》卷二十八和卷二十九綱要、P.3317r《佛本行集經第三卷已下緣起簡子目號》、S.192r諸經抄錄、北京8670r諸經抄錄、S.3096v《佛本行集經》抄錄。[1]這些故事綱要本多用於佛寺的唱導或講經儀式。很顯然，這十八件抄本並不是敦煌譬喻故事綱要本的全部，還有不少類似的文獻（亦包括《經律異相》《諸經要集》和《法苑珠林》等佛教類書）匯聚了大量的佛教故事。比如，與《金藏論》形式相近的敦煌寫本還有S.779之（四）《諸經要略文》，該卷的抄寫年代不晚於吐蕃佔據敦煌時期，其抄錄形式如下：

  首題：《諸經要略文》

  《尊婆須蜜經》説：……。

  《地獄寶即經》説：……。《罪福決定經》云：……。《大乘莊嚴論》説：……。《入佛境界經》説：……。《決定毘尼經》説：……。准《罪福決定經》……。上座教云：……。《日藏經》云：……。《寶集經》：……。

  蛤聽法得生天緣。出《善見律毘婆抄（沙）要略》。

  鳥聞比丘誦經得生天緣。出《賢愚經》。

  鸚鵡聞説四諦得生天緣。出《賢愚經》。

  謹檢大小乘經，食胡菜，得惡趣報。《大順經》云：……。《華報經》云：……。《天畔經》云：……。《大集經》云：……。《菩薩戒經》中，……。《龍樹論》云：……。《五明論》云：……尊者婆頭（須）蜜識其弟子婆眉多言：……。[2]

1　（日）荒見泰史：《漢文譬喻經典及其綱要本的作用》，收入陳允吉主編：《佛經文學研究論集》，復旦大學出版社，2004年，第271-290頁。

2　郝春文、金瀅坤編著：《英藏敦煌社會歷史文獻釋錄》第四卷，社會科學文獻出版社，2006年，第92-98頁。

比較可見，S.779《諸經要略文》的"蛤聽法得生天緣，出《善見律毘婆抄（沙）要略》"、"鳥聞比丘誦經得生天緣，出《賢愚經》"、"鸚鵡聞説四諦得生天緣，出《賢愚經》"，這三條的書寫形式與《金藏論》相同，而其他經文的引用方式（《某某經/論》云）則與之不同。這説明，S.779不屬於《金藏論》系統。

《法藏敦煌西域文獻》第二十四册中的P.3426v《佛經疏釋》，擬名不確，實際上也是將幾個故事匯集在一起的抄本。P.3426v中所注明的故事出處有四：

1：傾側，低頭禮拜。王遣虜上（與）人頭，人无取者。出《大莊嚴論[經]》[1]

2：比丘財乞丐作福得報緣，出《譬喻經略要》

16：四梵志避死不得脱緣，[出《出曜經略要》]

31：厭三界五道受苦勸生淨土緣，出[《略要》][2]

P.3426v中的"比丘財乞丐作福得報緣"這一故事摘録於《經律異相》卷十八的故事"二比丘所行不同得報亦異二十七"，乃"出十卷《譬喻經》第三卷"；又摘録於《法苑珠林》卷三十三的"又《譬喻經》云"。但P.3426v中的文字與《經律異相》中的引文不同，而與《法苑珠林》的引文一致。換言之，P.3426v中"出《譬喻經略要》"的這一故事，乃是出自十卷本《譬喻經》的一種略要本[3]。該故事末尾所抄寫的《大愛道經》佛偈與《法

---

[1] 此故事出自馬鳴菩薩造、後秦三藏鳩摩羅什譯《大莊嚴論經》卷三之（一六）。參見《大正新修大藏經》第四册，第274頁上欄至275頁上欄。其對應的故事參見《舊雜譬喻經》卷下第四十九個故事（《大正新修大藏經》第四册，第518頁下欄）。

[2] 上海古籍出版社、法國國家圖書館編：《法藏敦煌西域文獻》第二十四册，上海古籍出版社，2002年，第172-173頁。

[3] 有關《經律異相》所引十卷本《譬喻經》，亦參見陳洪：《佛教與中古小説》，學林出版社，2007年，第240-254頁。

苑珠林》中的完全相同，因此，P.3426v 可能是從《法苑珠林》直接轉抄過來的。P.3426v 中的"四梵志避死不得脫緣"這一故事在漢譯佛經中有兩個版本，其一是《出曜經》卷二〈無常品第一〉，其二是《法句譬喻經》卷一〈無常品第一〉。該故事也被摘錄於《經律異相》卷四十的"梵志兄弟四人同日命終九"和《法苑珠林》卷四十七的"又《出曜經》云……"。從 P.3426v 的現存文字（第 16-28 行）來看，"四梵志避死不得脫緣"與《法苑珠林》中摘錄的文字相同，據此可知，"四梵志避死不得脫緣"的源頭是"出《出曜經略要》"。與以上四個版本不同的是，P.3426v 的第 28-30 行還有對此故事評述的文字，很可能是抄寫者（或作者）自己的闡述。與 S.779《諸經要略文》一樣，P.3426v 也可能不屬於《金藏論》系統。P.3426v 中的"厭三界五道受苦勸生淨土緣"，尚未找到其文本的源頭。它的故事性不強，而理論色彩較爲濃厚，很有可能屬於講經的一部分。

六朝隋唐時期，敦煌文獻中之所以出現數量不菲的佛教故事綱要本，這一現象的存在有多種原因。一方面，是出於佛教徒宣傳佛法的內在需要，佛教寺院講唱活動（唱導）流行而需要簡明扼要的底本[1]。另一方面，從本土文學和文化的角度來看，學者們已經指出三種原因：

其一，齊梁之際盛行的抄經之風，亦受本土儒家典籍之"鈔"或"鈔略"風氣興起的影響。"鈔"就意味著對原書的部分摘錄且可作一定程度的改動，與照本不動而謄錄的"寫"有所不同[2]。與"鈔"有關的另一個詞是"撮"。慧琳《一切經音義》卷八十一對"撮集"的解釋爲："撮集：上纂捋反。《韻詮》云：略要也。纂音，祖卯反；捋音，魯括反。"[3]《一切經音義》卷八十四對"撮其"的解釋爲："撮其：鑽捋反。鈔略要文，去繁就略，顯

---

1 何劍平、周欣：《南北朝佛教唱導的底本》，《西南民族大學學報》2013 年第 9 期，第 64-70 頁。
2 童嶺：《"鈔"、"寫"有別論——六朝書籍文化史識小録一種》，《漢學研究》第 29 卷第 1 期，2011 年，第 257-280 頁。
3 徐時儀校注：《〈一切經音義〉三種校本合刊》，下册，上海古籍出版社，2008 年，第 1944 頁。

明教體也。從手,最聲。"[1] 釋僧祐《出三藏記集》卷五中的〈新集抄經錄第一〉指出:"抄經者,蓋撮舉義要也。昔安世高抄出《修行》為《大道地經》,良以廣譯為難,故省文略説。及支謙出經,亦有《孛抄》。此並約寫胡本,非割斷成經也。而後人弗思,肆意抄撮,或苞散衆品,或苽剖正文。既使聖言離本,復令學者逐末。"[2] 在"抄經"的風潮中,被"抄"的經文有多種,既有從某部或多部佛經中摘錄故事者(包括"別生經"之類),也有將大篇幅的佛經進行壓縮者。《出三藏記集》卷二記載:"《大智論抄》二十卷_{一名《要論》}:右一部,凡二十卷。晉安帝世,廬山沙門釋慧遠,以論文繁積,學者難省,故略要抄出。"[3]

其二,本土類書與佛教類書的興盛,導致大量的故事以概要的形式進入類書文本或對類書的二度鈔略之中[4]。《諸經要集》卷四引"又《文殊文經》云",中間在"久後石上自生珍寶"一句後添加了一個注釋,即"簡要略述,餘廣依經"[5]。《法苑珠林》卷三十六與之相同。道世此處以注釋來説明該引文進行了"略述"化的處理,提醒讀者要理解整個所引文本的涵義需要,則需查看原經。《諸經要集》卷四的"燃燈緣第三"引"又《施燈功德經》云",在引文的最後,也有一個注釋"此經一卷,略之要言"[6]。道世同樣説明此處的"略要"情形。這與前引敦煌寫經中的"出《某某經略要》"大致是相同的。《法苑珠林》卷六十三中引有"又《大雲輪請雨經_{一卷}略要》云"。《法苑

---

[1] 徐時儀校注:《〈一切經音義〉三種校本合刊》,下册,上海古籍出版社,2008年,第1984頁。

[2] 釋僧祐撰,蘇晉仁、蕭鍊子點校《出三藏記集》,中華書局,1995年,第217-218頁。

[3] 同上書,第64頁。又,《歷代三寶紀》卷七記載廬山慧遠:"遠名重隣國,聲價若是。以《智度論》文句繁廣,初學難尋。删略要綱,為二十卷。序致淵雅,使夫學者有過半功。"《大正新修大藏經》第四十九册,第72頁下欄。

[4] 鄭阿財:《敦煌佛教文獻傳播與佛教文學發展之考察——以〈金藏論〉、〈法苑珠林〉、〈諸經要集〉等為核心》,國際佛教學大學院大學學術フロンティア實行委員會、京都大學人文科學研究所21世紀COE實行委員會編《佛教文獻と文學:日臺共同ワークショップの記録2007》,國際佛教學大學院大學學術フロンティア實行委員會,2008年,第199-218頁。

[5] 《大正新修大藏經》第五十四册,第35頁上欄。

[6] 同上書,第37頁中欄。

珠林》卷九十六中引有"又《法華經藥王菩薩本事品略要》云"。佛教類書中以"略要"之方式來引用佛經，是較爲普遍的。

其三，本土文學與外來佛教及其逐步在地化的交互作用，促進了佛教譬喻故事的大量擴散，並傳入東亞的文學文本乃至多民族的口頭流傳的民間故事之中[1]。

正如梅維恒（Victor Mair）在《繪畫與表演——中國繪畫敘事及其起源研究》一書中，追溯敦煌變文看圖講唱故事的外來文化源頭一樣[2]，敦研256號寫卷這類形式的文本出現，也與域外宗教文化，尤其是佛教譬喻文獻在西域的書寫和流傳，有著密不可分的關係，尤其需要深入的探析。

雖然從文本的篇幅與數量來看，印度與西域留存的非漢語佛教譬喻文獻，遠遠比不上漢譯的佛教譬喻經典，但是，出土文獻中的佛教譬喻故事提供了漢譯文本所不具備的重要信息。阿富汗出土的早期犍陀羅語佛教文獻中，有一些佛教譬喻故事的殘片，以provayoge/pruvayoge（梵語pūrvayoga，"前生的故事"，或譯"本事""往古"）和avadāna的文體形式呈現，屬於譬喻類文獻的早期形態。[3] 樂至（Timothy Lenz）在《犍陀羅語〈法句經〉與佛本生故事集》[4]和《犍陀羅譬喻經》[5]兩書中已經作了較爲精深的探討，爲我們的後續研究提供了重要的參考。

---

[1] 劉守華：《佛經故事與中國民間故事演變》，上海古籍出版社，2012年。

[2]（美）梅維恒著，王邦維等譯：《繪畫與表演——中國繪畫敘事及其起源研究》，中西書局，2011年。

[3] Richard Salomon, *Ancient Buddhist Scrolls from Gandhāra: The British Library Kharoṣṭhī Fragments*. Seattle and London: University of Washington Press, 1999, pp.35-39.

[4] Timothy Lenz, with contributions by Andrew Glass and Bhikshu Dharmamitra, *A New Version of the Gāndhārī Dharmapada and a Collection of Previous-Birth Stories: British Library Kharoṣṭhī Fragments 16+25*(= Gandhāran Buddhist Texts, Volume 3), Seattle and London: University of Washington Press, 2003.

[5] Timothy Lenz, *Gandhāran Avadānas: British Library Kharoṣṭhī Fragment 1-3 and 21 and Supplementary Fragments A-C*(= Gandhāran Buddhist Texts, Volume 6), Seattle and London: University of Washington Press, 2010.

現存的犍陀羅語譬喻多爲殘卷,但有些故事的結構比較完整,從其構架來看,它們都沒有較長的篇幅,缺乏詳細的細節描述,基本上祇保留了一個非常簡要的情節框架。就内容而言,其中的一些作爲修辭的譬喻以及相對獨立的譬喻故事,可以在漢譯佛經、印度古代故事集等文本中找到相應的平行故事。這些平行文本爲印度古代佛教譬喻的流傳劃出一道道綫索。[1] 就形式而言,最有價值、最值得注意的是這些故事的書寫方式。比如,太子須大拏的故事,内容轉譯如下:

> 須大拏（Sudaṣa）。作爲一個例子,這個將要被廣説。既然太子是"一切施者"（sarvadado,音譯"薩婆達"）,那麽,王國的大象被送給了一位婆羅門。此（馬車）被太子遺棄了,而且孩子們也被放棄了。衆神之王因陀羅（帝釋天）從天而來,説了偈頌:"顯然地,這個邪惡的人（吃）壞的食物。"擴展。所有的應該被廣説。（故事2）。[2]

此故事的書寫程式依次包括如下幾項:

（1）標題:放在故事的開頭。

（2）故事開頭部分的 udaharaneno karyam=ido,即"作爲一個例子,這個將要被廣説",意思是指"爲了闡釋一個特别的佛教義理,這則故事應該被講述"。

（3）末尾的"擴展。所有的應該被做",意思是"完整的故事應該被講述",即"該故事應被廣説"。

---

[1] 陳明:《文本與語言——出土文獻與早期佛經翻譯研究》,蘭州大學出版社,2013年,第23-120頁。另見陳明:《印度佛教神話:書寫與流傳》,中國大百科全書出版社,2015年。

[2] Timothy Lenz, *A New Version of the Gāndhārī Dharmapada and a Collection of Previous-Birth Stories*, p.157. 另見陳明:《文本與語言——出土文獻與早期佛經翻譯研究》,蘭州大學出版社,2013年,第84頁。

（4）故事的編號：一般放在故事的末尾。

從內容來看，犍陀羅語本須大拏太子故事的情節極其簡略，從篇幅與描寫上看，它與現存其他版本的須大拏太子故事無法相提並論[1]，但其提供的故事結構方面的信息是非常重要的。在犍陀羅語本"邪命外道的譬喻"中，也有數處程式化的書寫，其形式如下：

（1）傳統如是。與漢譯佛經的開篇"聞如是"或"如是我聞"頗為接近。

（2）邪命外道的譬喻（The Ājīvika Avadāna）。該譬喻的名稱，點明故事的主人公。

（3）(*擴展)。邪命外道的譬喻。"擴展"均表明此故事是縮略本。

（4）擴展（應該）如此（做）。"擴展應該如此做"，意即"當作一切廣說"。

（5）所有的擴展（廣說）根據模型。這樣的程式表達，有時候還出現於譬喻故事的中間部分，而不是故事的結尾處。其意在指出讀者應該明白該故事的完整形態。

（6）(*譬喻)1。此為故事在該故事集中的排列次序編號。[2]

從犍陀羅語的故事文體中，樂至歸納了譬喻經中的多種程式[3]，主要如下：

（1）開篇的 evo ṣuyadi（= Skt. evam [mayā] śrutam），即"聞如是"或

---

1 陳明:《新出犍陀羅語本須大拏太子故事跋》,《出土文獻研究》第九輯，2010年，第297-308頁;《文本與語言——出土文獻與早期佛經翻譯研究》，蘭州大學出版社，2013年，第83-97頁。

2 Timothy Lenz, *Gandhāran Avadānas,* University of Washington Press, 2010, pp.53-54.

3 Timothy Lenz, *A New Version of the Gāndhārī Dharmapada and a Collection of Previous-Birth Stories*, University of Washington Press, 2003, pp.85-91.

"如是我聞"[1]。相類似的另有 evo pariśave（"傳統如是"），意指"'傳統的'講説如是"。這兩者都説明這些故事屬於口頭講説的。這也與古代印度故事多以口口相傳爲主的流傳方式相吻合。甚至印度最著名的兩大史詩《摩訶婆羅多》和《羅摩衍那》的産生與流傳，都與講唱藝人有著密不可分的關係。

（2）故事的名稱。並不是所有的譬喻故事都有類似"如是我聞"的開篇，有些故事直接以故事的名稱爲開頭。

（3）在故事名稱之後，有時會列出故事的地點與人物。

（4）在故事的前半部分、中間或者末尾，常有關於"擴展"的説法，其形式包括 vistaraḥ / vistaraṃ / vistareṇa / vistareṇa kāryam / vistare sarvo karya / vistare janidave siyadi / sarva vistare yasayupamano siyadi / vistare janidavo yasayupamano siyadi 等，即"整個故事應該被講述 / 應被廣説 / 應被詳細知曉 / 應被如常廣説"等，大同小異。類似的這類説法此後也出現在《天譬喻經》等文獻之中。

（5）另有一種程式 X pūrvavadyavat Y，意思是 "X [is to be cited] as previously, up to Y"，指漢譯佛經中常見的"如往昔所説，乃至……"或者"廣如前説，乃至……"。此類形式也出現在部派律典的故事之中，比如《根本説一切有部毗奈耶破僧事》（Saṅghabheda-vastu）中就有。其卷一中有："若少食者身有光明，因相輕慢，廣如前説，乃至地餅皆没。"[2] "若少食者身有光明，因相輕慢，廣如前説，乃至林藤没故。"[3]

---

1 有關"如是我聞"的研究，可參見 John Brough, "Thus Have I Heard...", *Bulletin of the School of Oriental and African Studies*, vol.13, 1950, pp.416-426. 船山徹：《"如是我聞"か"如是我聞一時"か——六朝隋唐の"如是我聞"解釋史の新視角》，《法鼓佛學學報》第 1 期，2007 年，第 241-275 頁。Jan Nattier, "Now You Hear it, Now You Don't: The Pharse 'Thus Have I Heard' in Early Chinese Buddhist Translations", in: Tansen Sen, ed., *Buddhism Across Asia: Networks of Material, Intellectual and Cultural Exchange*, Volume One, Manohar: Institute of Southeast Asian Studies, Singapore, 2014, pp.39-64. 李欣：《"如是我聞"首譯時代與早期漢譯佛經辨誤、辨僞》，《史林》2014 年第 1 期，第 29-39 頁。

2 《大正新修大藏經》第二十四册，第 99 頁下欄。

3 同上。

對這些故事程式的作用，筆者曾經認爲："這些程式化的文字實際是希望讀者在閱讀過程中，利用已有的佛教故事知識，去填補那些被省略的故事的'空白'部分。換言之，該故事是壓縮了的，讀者可以在閱讀的同時進行'擴展'。這種文本強調讀者主動性的閱讀，與那些僅僅要求讀者死記硬背的文本相比，無疑更具'前衛性'。"[1] 如今看來，這個看法是有些偏頗的，並沒有完整理解這些故事文本的根本性質。這些程式並不等同於敘事中的套語（不同故事中的同類型情節的敘述話語），雖然二者均可重複出現於不同的故事之中，但是程式多起提示性的作用，與故事的內容關聯不大，而套語則與故事的內容有密切關係。這些故事文本過於簡短，中間有許多省略，它們一般沒有對人物形象的描寫，沒有人物的對話與心理活動的刻畫，也沒有對故事情節起承轉合的描寫，敘事方面留下了大量的空白點。以這些程式表述出來的故事，實際上是一個被高度壓縮的"扁平型"故事。因此，基本上可以認爲，這些犍陀羅語佛教譬喻故事文本不是用來供一般讀者"閱讀"的，即不是作爲閱讀文本來使用的，它的作用不是爲了方便普通讀者的閱讀，而是用來作爲"提示性"的故事綱要文本，供故事的講唱者使用。它們的存在是爲了提醒講述該故事的人——大多數是佛教寺院的講唱者或者所謂的"譬喻師"，它能讓講述者有一個綫索和印象，實際上在講述者的心中或許早就有了該故事的一個完整面貌。對講述者而言，它是作爲講述者所使用的提綱（即提示性的簡要文本）。而對故事文本的編集者而言，它可能起到一個模式的作用。因此，這些故事文本中纔會出現那麼多"提示性"的程式話語。

故事綱要本並不僅僅出現在早期的犍陀羅語佛教譬喻故事集中，作爲印度口傳文學的產物，它也影響到西域多個語種的故事文本，略舉三例，如下：

其一，粟特語的故事與譬喻文本。德國柏林吐魯番收集品中，有一批用

---

[1] 陳明：《文本與語言——出土文獻與早期佛經比較研究》，蘭州大學出版社，2013年，第84-85頁。

摩尼教和粟特文字體抄寫的粟特語民間故事與譬喻的殘片，可能分屬兩個故事集的寫卷。其中編號爲 M127 的殘片，正背雙面用晚期的草體摩尼教字體書寫，每面存 14 行文字，現存約 8 個簡略的故事[1]。其中有一個比較完整的故事，即"三條魚的故事"，內容如下：

> 有一個大池子，池子裏有三條魚。第一條魚是"一智"，第二條魚是"百智"，第三條魚是"千智"。有一次，一個漁夫來了，撒下了網。他抓住了那兩條多智的魚，而沒有抓住"一智"。

粟特語"三條魚的故事"極爲簡略，沒有任何細節化描述，與其他的印度與阿拉伯文本中的此故事情節描述有較大的不同[2]，它很可能是作爲口頭流傳的，或者是作爲講故事者的提要型文本而存在的。在實際講故事的場合，此"三條魚的故事"當有更爲詳細的内容講述及其主旨闡釋。

其二，于闐語《本生讚》(Jātaka-stava)。敦煌出土的于闐語文獻分爲早、中、晚三個時期，晚期的于闐語文獻中，般若類經典、禮懺文、譬喻故事、本生故事開始流行[3]。大英圖書館藏于闐語詩體本生故事集《本生讚》[4]，編號 Ch.00274，寫於 Visa' Sūra（967—978？在位）時期。此乃 51 個菩薩艱難成道的本生故事的于闐語簡編，每個故事被用向佛致敬的套語分隔開，其中僅僅一小部分在其他文獻資料中可找到對應。開頭的故事用五節詩來敘述，隨後的故事比較簡短，每篇結尾都有敬辭。所包含的故事有《大光明王

---

1 Enrico Morano, "Sogdian Tales in Manichaean Script", in: Desmond Durkin-Meisterernst, Christiane Reck und Dieter Weber, ed., *Literarische Stoffe und ihre Gestaltung in mitteliranischer Zeit: Kolloquium anlässlich des 70. Geburtstages von Werner Sundermann*, Wiesbaden: Dr. Ludwig Reichert Verlag, 2009, pp.173-200. Cf. W.B. Henning, "Sogdian tales", *BSOAS*, vol.11. no.3, 1945, pp.465-487.

2 陳明:《三條魚的故事——印度佛教故事在絲綢之路的傳播例證》，《西域研究》2015 年第 2 期，第 63-83 頁。

3 (挪威)施傑我撰，文欣譯:《于闐——西域的一個早期佛教中心》，《西域文史》第一輯，科學出版社，2006 年，第 87-110 頁。

4 范晶晶:《于闐語〈佛本生讚〉的"結構精妙"與"文彩鋪贍"》，《首都師範大學學報》(社會科學版) 2024 年第 1 期，第 11-19 頁。

本生》《龍王本生》《帝釋天主馬王本生》《月光王本生》等。用詩讚的形式來描寫本生或譬喻故事，這是印度佛教文學中的一個常用手法。義淨《南海寄歸內法傳》卷四云：

> 其《社得迦摩羅》（Jātaka-mālā）亦同此類_{社得迦者,本生也。摩羅者,即是貫焉。集取菩薩昔生難行之事,貫之一處。}若譯可成十餘軸。取本生事，而爲詩讚，欲令順俗妍美，讀者歡愛，教攝群生耳。時戒日王極好文筆，乃下敕曰："諸君但有好詩讚者，明日旦朝，咸將示朕。"及其惣集，得五百夾。展而閱之，多是社得迦摩羅矣。方知讚詠之中，斯爲美極。南海諸島有十餘國，無問法俗，咸皆諷誦。如前詩讚，而東夏未曾譯出。[1]

這說明《社得迦摩羅》是非常優美的詩讚。與玄奘同時代的戒日王（Śīlāditya，606—647 在位）收集這些好的詩讚，不排除還有其他國王亦有同類的愛好。將本生故事用詩讚的形式來表達，這樣做的目的就是："欲令順俗妍美，讀者歡愛，教攝群生。"詩體編寫的本生或譬喻故事，所謂大衆"咸皆諷誦"，不僅僅是用於閱讀，也可用於說講故事。無論是長篇的史詩，還是短篇的故事綱要，都是印度與西域佛教僧衆說講故事風氣中熱衷的題材[2]。

于闐語《本生讚》的第 23 個故事"多髮醫生 [本生]"（The physician, Keśava），其英譯如下：

> The woman in the fire of separation from her beloved husband you tranquillized in mind, like the huge cloud, from which the heavy mass of water quenches the fire arisen in a forest full of bushes.

---

[1] 義淨原著，王邦維校注：《南海寄歸內法傳校注》（修訂本），中華書局，2009 年，第 182-183 頁。
[2] H.W.Bailey：《中亞佛教時期的說講故事》，收入許章真譯：《西域與佛教文史論集》，學生書局，1989 年，第 3-33 頁。

第一章 佛教譬喻故事"略要本"在西域和敦煌的流傳 031

You were the skillful and practised physician, Keśavä by name. Afterwards with a plan for the woman you long carried on your shoulder the stiff, heavy corpse [?]. For others you got rid of calamities. I come to you with homage.[1]

此故事（全名"美髮醫生度化思婦"）的結尾並沒有本生故事常見的"古今對應關係"，即"爾時……者，則/今……是"。比如，西晉竺法護譯《生經》卷一"佛説那賴經第一"，"爾時方迹王者，則此比丘是；那賴仙人者，則我身是"[2]。因此，《本生讚》的有些故事雖名爲"本生"，實際上與譬喻沒什麽差别。"多髮醫生[本生]"故事所對應的漢文本詩句有兩種：

其一，見於《大寶積經》卷第八十"護國菩薩會第一十八"（隋三藏法師闍那崛多譯）

又作菩薩名多髮　見有婦人喪其夫
晝夜思念不能捨　纏綿裸形心發狂
菩薩爾時生慈悲　化作死女言喪妻
漸漸教化彼狂婦　還令醒悟得本心[3]

其二，見於北宋施護譯《佛説護國尊者所問經》（*Rāṣṭrapāla-paripṛcchā-sūtra*）卷第二：

又昔曾爲蓮目王　愍見衆生在苦惱
時有女人懷憂病　我行悲愍令解脱
又昔曾爲大醫王　常救病苦諸衆生

---

1 Mark J. Dresden, "The Jātakastava or 'Praise of the Buddha's Former Births': Indo-Scythian (Khotanese) Text, English Translation, Grammatical Notes, and Glossaries", *Transactions of the American Philosophical Society*, vol.45, no.5, 1955, pp.397-508.

2 《大正新修大藏經》第三册，第70頁下欄。

3 《大正新修大藏經》第十一册，第462頁上欄。

或出身血及髓腦　救療疾病令除愈
如是勇猛精進心　未曾暫捨於情物
又昔曾爲成利王　以自所愛如蓮目
施諸衆生療彼疾　一心爲求無上道[1]

"護國菩薩會"與《佛説護國尊者所問經》中的數個故事，基本上是以詩體來諷誦的，情節簡潔而沒有任何細節描述，也可當成是故事綱要本的一種形式。這些出現在不同文本的平行故事，更有效地擴展了該故事的傳播範圍[2]。

其三，新刊中亞出土的梵語譬喻故事選集。1965年，今土庫曼斯坦的木鹿城（Merv），出土了一批寫在樺樹皮上的梵語殘卷，現存俄羅斯科學院東方學研究所聖彼得堡分所。它們抄寫於五世紀左右，其中有一部譬喻選集，共有195個編號的故事。這些譬喻爲研究印度佛教文學的傳播史，提供了重要的新資料[3]。這些譬喻篇幅簡短，有些雖含有偈頌和對話，但沒有詳細的情節展現。例如，故事104《緊那羅婦》（Kiṃnarī）的內容轉譯如下：

（因爲她）對世尊的貪戀（愛著），耶輸陀羅（Yaśodharā）遭受了很多困苦。比丘們問云：（昔作何業？）世尊答曰："比丘們！（此事）不獨今次（發生）。往昔，比丘們！一位緊那羅與諸緊那羅婦正在一山洞中遊戲娛樂，他被迦西（Kāśi）國王所殺。諸緊那羅婦出於對其丈夫的哀傷，投身於現場的火堆之中。[4]

---

[1]《大正新修大藏經》第十二册，第5頁下欄。

[2] Cf. Daniel Boucher, *Bodhisattvas of the Forest and the Formation of the Mahayana: A Study and Translation of the Rāṣṭrapāla-paripṛcchā-sūtra,* Honolulu: University of Hawai'i Press, 2008.

[3] Seishi Karashima and Margarita I. Vorobyova-Desyatovskaya, "The *Avadāna* Anthology from Merv, Turkmenistan", in: Seishi Karashima and Margarita I. Vorobyova-Desyatovskaya, eds., *Buddhist Manuscripts from Central Asia: The St.Petersburg Sanskrit Fragments (StPSF),* Volume I, Tokyo, The Institute of Oriental Manuscripts of the Russian Academy of Sciences, The International Research Institute for Advanced Buddhology, Soka University, 2015, pp.145-523.

[4] Seishi Karashima and Margarita I. Vorobyova-Desyatovskaya, "The *Avadāna* Anthology from Merv, Turkmenistan", pp.232-233.

該譬喻對應的平行故事之一，見於《根本説一切有部毘奈耶破僧事》卷十二，内容如下：

> 耶輸陀羅既見佛知，心便息念，更不尋求，即昇七重高樓，不惜身命遂投於地，佛以神力接不令損。諸人既見不有傷損，心生驚怪。諸苾芻衆見便問佛："此耶輸陀羅，爲愛佛心故，不惜身命投於高樓，放身於地。"
>
> 佛告諸苾芻："耶輸陀羅，爲愛我心故，不獨今生不惜身命，過去亦復爲我不惜身命。"告諸苾芻："汝等諦聽。往昔波羅痆斯城有王，名曰梵受，於一時間，遂出遊獵，廣殺衆生。行至山谷，見一緊那羅睡卧，婦在傍邊而守護之。王遂張弓射緊那羅，既著要處，一箭便死，捉得緊那羅婦，欲取爲妻。時緊那羅婦尋白王曰：'唯願大王！放我殯葬其夫，待了即隨王去。'王便作是念：'此豈能走？看作其禮。'作此念已，遂即放行。時緊那羅婦，遂積柴四面放火，追念其夫不惜身命，即投於火，夫婦俱燒。諸天空中而説頌曰：
>
> 欲求於此事，翻乃更遭餘，
>
> 本希音樂天，夫婦皆身死。"
>
> 爾時世尊告諸苾芻曰："往昔緊那羅者，即我身是。緊那羅婦者，即耶輸陀羅是。於往昔時，爲愛我故，已投於火；今爲貪愛復墜高樓。"[1]

《緊那羅婦》與《根本説一切有部毘奈耶破僧事》中的故事相比，最大的差異表現在：後者是一個本生故事，有明確的本生故事結構形式——"往昔緊那羅者，即我身是。緊那羅婦者，即耶輸陀羅是。"《緊那羅婦》並没有這樣的本生形式，它祇是一個譬喻故事，而且是一個概要型的故事，祇有對照

---

[1] 《大正新修大藏經》第二十四册，第161頁下欄至第162頁上欄。

《根本説一切有部毘奈耶破僧事》，讀者纔能瞭解該故事的詳情。

木鹿城的這一梵語譬喻故事選集，來自印度本土無疑，且與説一切有部有密切關係。在結構方面，該選集諸故事也具有和前述犍陀羅譬喻故事相似的一些程式，主要如下，

（1）譬喻開篇有標題。故事133《難陀迦》（Nandaka）的開篇就可能是Nandakasyāvādānaṃ，即"名爲《難陀迦》的譬喻"[1]。Nandaka可譯爲"難陀迦"，是佛經中的固有譯法[2]。

（2）開篇的bhūtapūrvvaṃ，英譯"In the past"，在漢譯佛經中有多種譯法，如"昔""昔時""昔日""往昔"等。

（3）譬喻的開頭、中間或者結尾部分，有多種表示省略的程式。故事50《梨軍支》（Lakuṃcika）的結尾是evaṃ vistareṇa vaktavyam iti，英譯"In this manner, (the story) should be related in detail"[3]，即"如是，[此譬喻故事]應被廣説。"

（4）用一句話來交代故事。故事9《鵝[王]治國》（Goose Dhṛtarāṣṭra）衹有一句話yathā Vinaye，即"如同在律典中[的故事]"[4]。故事11《婆羅訶》（Vālāha）也衹有一句話，即iti vistareṇa yathā Vinaye，即"如同於律典中

---

1 Seishi Karashima and Margarita I. Vorobyova-Desyatovskaya, "The *Avadāna* Anthology from Merv, Turkmenistan", pp.276-277.

2 Nandaka可譯爲"難陀迦"，見於《增壹阿含經》卷三〈弟子品第四〉："常好教授諸後學者，難陀迦（Nandaka）比丘是。"（《大正新修大藏經》第二册，第558頁上欄）另有《難陀迦經》之名，《大智度論》卷三〈序品第一〉："復次，現前樂故，如《難陀迦經》中説：'以今世樂故聽法。'"（《大正新修大藏經》第二十五册，第82頁下欄）

3 Seishi Karashima and Margarita I. Vorobyova-Desyatovskaya, "The *Avadāna* Anthology from Merv, Turkmenistan", pp.198-199.

4 Seishi Karashima and Margarita I. Vorobyova-Desyatovskaya, "The *Avadāna* Anthology from Merv, Turkmenistan", pp.154-155. 在説一切有部和根本説一切有部的律典中，有兩個不同的《鵝[王]治國》故事，而此處衹表明是一個故事。這説明當時口頭創作（或講述）這部譬喻故事集的譬喻師實際上知道該故事的具體内容，也知道該故事是與説一切有部的律典相一致的。

廣説"[1]。

根據與木鹿城梵語譬喻選集同一批次中的佛教戒律的節選本的題記，該批梵語殘卷出自説一切有部的僧團之手。因此，就部派屬性而言，此梵本譬喻選集也應該是説一切有部的譬喻師的作品。有關木鹿城的這一梵語譬喻選集的文本性質，辛嶋靜志和瑪維德（Margarita I. Vorobyova- Desyatovskaya）指出："在此選集中，vistareṇa vācyaṃ、vistareṇa vaktavyaṃ、vistareṇa karttavyaṃ 等表達方式，均意味著'（某某譬喻）應被廣説'。這説明此寫卷是爲講故事的僧人抄寫的，該僧人一定早已記住了大多數譬喻的内容，也就不需要將所有故事内容全部詳細地寫下來。很有可能，一位講故事的好手（師傅）爲了他的繼承人或者徒衆而親自動筆，（或者令別人）寫下這個文本，以傳播這些譬喻的内容。對他或者他的弟子們來説，這些譬喻是爛熟於心的，他們覺得没有必要把它們一清二楚地詳細寫出來。然而，對於我們來説，如果没有完整的對應（或平行）文本，這些摘抄是不清晰的（有時候甚至不知所云）。"[2] 可以説，這一判斷是完全符合該文本的實情的，也與西域佛教譬喻故事的講唱風氣相吻合。

上述三個文本雖然屬於不同語言、不同時代、不同地域的産物，而且還有散文與詩歌的體裁之别，但是，每一個故事都非常簡短，且與講説活動不

---

[1] Seishi Karashima and Margarita I. Vorobyova-Desyatovskaya, "The *Avadāna* Anthology from Merv, Turkmenistan", pp.156-157. 漢譯佛經中類似的表達方式，見於《根本説一切有部毘奈耶藥事》卷十一："如《增一阿笈摩・第四品》中廣説。"（《大正新修大藏經》第二十四册，第48頁中欄）《根本説一切有部毘奈耶藥事》卷十五："大王諦聽！於《中阿笈摩・僧祇得分・藥叉經》中廣説。"（《大正新修大藏經》第二十四册，第69頁中欄）

[2] Seishi Karashima and Margarita I. Vorobyova-Desyatovskaya, "The *Avadāna* Anthology from Merv, Turkmenistan", p.148. 有關其中一些故事性質的探討，還可參見：Margarita I. Vorobyova-Desyatovskaya, "A Sanskrit Manuscript on Birch-bark from Bairam-Ali: II, avdāanas and jātakas"(I-VIII), *Manuscripta Orientalia: International Journal for Oriental Manuscript Research, Russian Academy of Sciences*, Institute of Oriental Studies, St.Petersburg Branch, vol.6, no.3, 2000, pp.23-32; vol.7, no.1, 2001, pp.10-23; vol.7, no.2, 2001, pp.10-19; vol.7, no.3, 2001, pp.9-14; vol.7, no.4, 2001, pp.12-21; vol.8, no.1, 2002, pp.18-26; vol.8, no.2, 2002, pp.20-28; vol.8, no.3, 2002, pp.26-33。

無關聯,因此,它們都可視爲是故事綱要本的形態,對促進印度故事文學在西域和敦煌的傳播發揮過重要的作用。

第四節 餘 論

以譬喻來演說故事,以弘揚佛法,這是從印度、中亞到中原、東南亞、東亞等地區的一種喜聞樂見的方式。從東漢末期開始,漢譯佛經中的印度譬喻、本生、因緣等文體中的故事,日漸進入民衆傾聽與閱讀的範圍,其影響至今不絶。公元一、二世紀正當犍陀羅佛教興盛的時期,在當時的印度本土及周邊地區,佛教僧團內的譬喻師的作用非常重要,他們不僅講唱譬喻故事,也編撰譬喻文本,供弟子們或其他僧衆們使用,而且還促使譬喻從單個的譬喻故事、綱要性的譬喻選集、到譬喻故事集成的文本(譬喻鬘)的生成[1]。雖然這是一個較爲漫長的過程,但是,中外的僧徒與世俗學人在其中付出了各自的努力。正如宫井里佳指出,道紀以北朝廢佛爲契機,爲化導衆生學佛而編纂了《金藏論》,以故事(因緣譚)的形式而增強宣導的吸引力[2]。敦研256也是北朝時期的寫本,其文本的寫作背景與《金藏論》大體是一致的,它不僅是中土的抄略與類書風氣的産物,而且作爲印度以及中亞流傳的譬喻故事的講唱和底本使用,也有著相當密切的關係。因爲就文本的時代而言,阿富汗出土的犍陀羅語佛教譬喻故事殘卷是公元一、二世紀的産物,與説一切有部等佛教部派有一定的關聯。木鹿城出土的梵語佛教譬喻選集的成書時間,可能也略早於敦研256。敦研256的源流與使用,同中土《賢愚經》

---

[1] 王邦維:《譬喻師與佛典中譬喻的運用》,收入王邦維、陳金華、陳明編:《佛教神話研究:文本、圖像、傳説與歷史》,中西書局,2013年,第1-12頁。

[2] 宮井里佳:《中國佛教類書と〈金藏論〉》,國際佛教學大學院大學學術フロンティア實行委員會、京都大學人文科學研究所21世紀COE實行委員會編:《佛教文獻と文學:日臺共同ワークショップの記録2007》,國際佛教學大學院大學學術フロンティア實行委員會,2008年,第3-16頁。

第一章　佛教譬喻故事"略要本"在西域和敦煌的流傳　037

的成書過程有一定的相似性[1]。作爲從于闐地區的佛教大法會上聽講之後到高昌編譯的佛教故事集,《賢愚經》中所輯録的故事無疑是從印度流傳到于闐,再東傳入高昌以及敦煌的。雖然《賢愚經》的故事書寫非常詳盡,而敦研256非常簡潔,二者的用途性質有一定的差異,但直接促成二者生成的原料(譬喻故事)的源頭以及流傳方向是一致的。從時代稍後的于闐語、粟特語故事的書寫方式來看,這種講唱"略要本"在包括西陲敦煌和西域的廣大地區流行過相當長的一段歷史時期。雖然敦研256中没有犍陀羅語佛教譬喻故事以及類似木鹿城出土譬喻選集中的程式話語,但是其作用卻並無分别,均是作爲講唱故事的綱要本而產生和存在的。因此,類似漢語寫成的敦研256號這種文書形式,並不純粹是從西域傳播到敦煌後再寫成那樣的卷子,因爲它没有照抄犍陀羅語或者梵語譬喻故事集當中常見的程式話語,但是我們也無法否認或者忽視它受到西域胡語譬喻綱要本的影響,再者我們也從中看到它與同時期的《金藏論》等中土故事集有著相當的契合。换言之,敦研256是中印兩種文化、文學以及日常宗教活動(唱導)交互作用的結果,既是印度佛教文學與中土文化混融的產物,也是北朝時期中印佛教文學交流密切化的一個例證。至於這類型的文本在佛教講唱活動中的具體使用過程,還有待新材料的發現,纔能有更深入的揭示。

　　除較爲純粹的故事文本之外,漢地佛教經疏中,常用簡短的語言來表述一個佛教故事,具有高度的概括性,就像"簡要略述,餘廣依經"所説的那樣。比如,敦煌S.2551《藥師經疏》:"如好施菩薩,求如意珠,抒大海水。正使筋骨枯盡,終不懈廢。"[2]其中就概述了一個大施抒海的神話故事。這與木鹿城出土譬喻選集中的第191個故事《木杓》一樣,都是抒海故事的流傳

1　梁麗玲:《〈賢愚經〉研究》,台北法鼓文化事業有限責任公司,2002年。
2　參見于淑健:《敦煌佛典語詞和俗字研究——以敦煌古佚和疑僞經爲中心》,上海古籍出版社,2012年,第296頁。

變體[1]。因此，筆者認爲，有必要提倡以世界文學和全球史的研究視野，廣泛地匯集梵語與胡語（吐火羅語、粟特語、于闐語、回鶻語等其他西域地方語言）寫卷、漢譯佛經、敦煌等地出土的漢語寫本、傳世的唐宋傳奇與小説、民間故事文本以及西域各地的壁畫等相關的圖像史料[2]，進行綜合性的比較與分析，那麽，中古時期的印度文學傳播史的研究、中外文化關係史研究等領域，則會別開生面，引人入勝。

---

1 有關抒海神話的研究，參見陳明：《抒海、竭海、弈海與擬海——印度佛教抒海神話的源流》，《外國文學評論》2013 年第 1 期，第 215-239 頁。
2 李小榮：《圖像與文本——漢唐佛經敘事文學之傳播研究》，福建人民出版社，2015 年。陳明：《古代東方文學的圖像傳統初探》，《國外文學》2016 年第 1 期，第 36-46 頁。

第二章
"老鼠噉鐵"型故事及圖像在古代亞歐的源流

敦煌研究院收藏的一件敦煌卷子，編號爲敦研256，抄錄了一組與印度佛經有關的故事，本書第一章探討過該件寫卷作爲佛教譬喻故事的流傳形態方面的價值。該號寫本中的第14-15行也是一則小故事，即"昔有人寄主人五百斤鐵，云：鼠噉鐵盡。主倩小兒買肉，云：鵄持去。"[1]筆者將此故事定名爲"老鼠噉鐵"，并列條了與此相關的11個故事[2]。本章擬進一步討論此"老鼠噉鐵"故事類型與相關圖像在古代亞歐地區的源頭及其流變，爲探討絲綢之路佛教故事文學的複雜性提供新的例證。

第一節 "老鼠噉鐵"型故事在古代印度的源流

敦煌本《老鼠噉鐵》故事

敦研256號寫本的第14-15行內容簡潔。它的具體情節可細分爲：寄鐵、[問鐵]、鐵盡、請兒、鵄持、[歸還]。因爲該文本是供講唱時參考所用，所以其中的兩個情節並未提及。

---

[1] 甘肅藏敦煌文獻編委會、甘肅人民出版社、甘肅省文物局編：《甘肅藏敦煌文獻》第一卷，甘肅人民出版社，1999年，第244-245頁。

[2] 陳明：《佛教譬喻故事"略要本"在西域和敦煌的流傳——以敦研256號寫卷爲例》，《文史》2016年第4期，第201-228頁。

此"老鼠噉鐵"故事在世界民間故事中有它的一個類型。湯普森（Stith Thompson）的《民間文學類型索引》（*Motif-Index of Folk-Literature*）一書中，編號爲J1531.2的類型，即名爲"吃鐵的老鼠"（The Iron-eating Mice），其故事梗概歸納爲："受託人聲稱老鼠吃掉了託付給他的鐵器。主人綁架了受託人的兒子，並説一隻獵鷹把孩子帶走了。"該書中列舉的七則參考文獻中，涉及印度、阿拉伯、印度尼西亞、意大利、西班牙等地的同類故事。

2004年，德國學者烏特（Hans-Jörg Uther）的《國際民間故事類型》（*The Types of International Folktales*）一書中[1]，編號爲1592的故事（以下簡稱爲ATU1592）亦名爲"吃鐵的老鼠"（The Iron-eating Mice），其故事梗概歸納爲："商人要出遠門，把一些鐵（鐵製品、鉛、金子）託付給某人（另一個商人、旅館老闆、朋友、猶太人）。等他回來要回自己的東西時，受託人説鐵被老鼠吃了。商人綁架了受託人的兒子，説孩子被獵鷹（其他猛禽）捉走了。法官判決兩人交換。"并指出，"中東版本中，商人向智者（納賽爾丁·霍德嘉·拜赫魯）求救。智者威脅受託人，爲了懲罰偷鐵的老鼠要把他的房子拆（燒）掉。受託人妥協了。"烏特指出，該類型故事見於《五卷書》《本生經》和《故事海》，又因爲與《五卷書》相應的阿拉伯文譯著《凱迪來與迪木奈》（*Kalila wa Dimna*）的關係，故在歐洲廣泛流傳。古羅馬著名學者老普林尼（Pliny）的《自然史》（*Naturalis Historia*）中就有吃鐵的老鼠的母題。此條目下，烏特提供了更多的異文和參考文獻，據此可知，該類故事遍及拉脫維亞、立陶宛、西班牙、意大利、馬其頓、保加利亞、希臘、烏克蘭、土耳其、敘利亞、伊朗、巴基斯坦、馬來西亞、印尼、

---

[1] Hans-Jörg Uther, *The Types of International Folktales: A Classification and Bibliography. Based on the System of Antti Aarne and Stith Thompson*. FF Communications no. 284. 3 vols. Helsinki: Suomalainen Tiedeakatemia, 2004.

日本、突尼斯、阿爾及利亞、摩洛哥、蘇丹等地，可見這是一個世界性的故事。

雖然在現存的歷代漢文《大藏經》中，尚未發現"老鼠噉鐵"型故事的痕迹，但從敦研256號寫卷的上下文來看，該故事夾雜在佛教故事集之中，説明該故事從民間故事吸納到佛教文獻之中，具備佛教的色彩。就該故事文本在印度的演變情況來看，"老鼠噉鐵"型故事不僅見於印度等地區的民間故事集，也見於佛教本生和譬喻故事集之中，因此，該故事很有可能是從印度傳到西域，再口頭流傳到敦煌，被從事佛教故事講唱的人把它記録了下來。該故事還廣泛流傳於歐亞地區。除敦研256號殘卷之外，目前筆者能找到的還有近20種同類型的故事，主要如下：

（一）古代印度同類的"老鼠噉鐵"故事

1. 巴利文《本生經》218《奸商與鐵槌本生》

巴利文《佛本生經注》（*Jātaka atthakatha*）中的第218個本生故事，名爲《奸商與鐵槌本生》（*Kūṭa vāṇija jātaka*）[1]。郭良鋆、黃寶生譯《佛本生故事選》中收録了這個故事，名之爲《奸商本生》，其故事的主要情節如下：

（1）梵授王治理波羅奈國時，菩薩轉生爲法官。

（2）一鄉村商人與一城市商人結爲朋友。

（3）鄉村商人將五百個犁頭存放在城市商人處。

（4）城市商人變賣五百個犁頭，將耗子屎撒在原存放處。

（5）鄉村商人來索取犁頭，被告知已經被耗子吃掉。

（6）鄉村商人接受這一解釋，去洗澡時，帶走了城市商人的兒子。

1　H.T.Francis, tr., *The Jātaka or Stories of the Buddha's Former Births*, Vol.2, ed. by E.B. Cowell, Cambridge at the University Press, 1901, pp.127-129.

（7）鄉村商人讓人將城市商人的兒子藏了起來。

（8）鄉村商人回到城市商人家，城市商人詢問兒子的下落。

（9）鄉村商人解釋在岸上的孩子被老鷹抓住飛走了。

（10）城市商人不相信這一解釋，兩人去法官處。

（11）鄉村商人敘述情由，法官意識到此人所用的以毒攻毒的方法。

（12）法官念了兩首偈頌，判定兩人各自歸還對方之物（人）。

（13）失子者得到兒子，失犁者得到犁頭[1]。

法官所念誦的兩首偈頌爲：

> 以毒攻毒好計謀，其人之道還其身。
> 倘若耗子能吃犁，老鷹也能抓童蒙。

> 以眼還眼牙還牙，強中自有強中手。
> 失犁者還人兒子，失子者還人犁頭。

一般而言，巴利語本生經中的偈頌部分要比散文部分早很多。此處偈頌中有"耗子能吃犁"和"老鷹也能抓童蒙"，這說明該"老鼠啖鐵"故事的起源是很早的，至少應該是在公元前三世紀。此處故事的主旨看起來是敘述對付不善之人時，要"以毒攻毒"或"以眼還眼"，但實際上，在佛教的語境之中，該故事的主要目的是體現菩薩的無上智慧，他看出鄉村商人所用的計謀，因此做出了最合情合法的判決。

巴利文本生故事中，有不少與古代希臘故事相似的母題，引起學者的關注。但穆琳·皮瑞斯（Merlin Peris）在討論巴利文本生故事中的希臘母題

---

1 郭良鋆、黃寶生譯：《佛本生故事選》，人民文學出版社，1985年，第131-132頁。巴利文《佛本生故事》中另有一個故事，也譯作"奸商本生"（見《佛本生故事選》，第72-73頁），乃是"二友爭金"型的故事，與此不同。後者的相關研究可參見星全成：《古代印度與我國藏族民間文化交融發微——印藏民間故事比較研究之一》，《青海民族研究》1990年第2期，第75-86頁。

時，並未提及此故事（Jātaka No.218）[1]。

2.《五卷書》第一卷中的《老鼠吃秤》故事

印度民間故事集《五卷書》（Pañcatantra）的"修飾本"是1119年耆那教徒補哩那婆多羅（Pūrnabhadra）編纂的。其第一卷"朋友的決裂"中的第二十八個故事，名爲"老鼠吃秤"。美國學者荷特（Johannes Hertel）整理出版的《五卷書》版本名爲Tantrakhyayika，其中第一卷"朋友的疏遠"中的第十六個故事爲"吃鐵的老鼠"。愛哲頓整理的《五卷書》版本中，其第一卷第十五個故事爲"吃鐵的老鼠"。這幾個版本的底本有不少的差異，因此，三個不同版本中的故事次序編號不同。今據季羨林先生的《五卷書》譯本，"老鼠吃秤"故事是迦羅吒迦對達摩那迦講述的，其主要情節如下[2]：

（1）商人之子那杜伽財產耗盡，想去遠方。用兩首偈頌表明其原因。

（2）那杜伽將祖傳的千斤鐵打成的秤委託給大商人羅什曼那照管，去了遠方。

（3）那杜伽後來返城，請羅什曼那還回鐵秤。

（4）羅什曼那解釋鐵秤已經被老鼠吃掉。

（5）那杜伽認同此解釋，并讓羅什曼那之子曇那提婆幫他拿洗澡用具去河邊。

（6）羅什曼那讓兒子去幫忙，并說了兩首偈頌。

（7）那杜伽把曇那提婆關進山洞之中。

（8）那杜伽回來，羅什曼那詢問其子的下落。

（9）那杜伽解釋孩子被老鷹叼走，羅什曼那不相信，兩人爭吵走到國

---

1 Merlin Peris, "Greek Motifs in the Jatakas", *Journal of the Royal Asiatic Society Sri Lanka Branch*, New Series, vol.25, 1980-1981, pp.136-183.

2 季羨林譯：《五卷書》，人民文學出版社，1959年，第154-158頁。

王的家門口。

（10）法官讓那杜伽交出孩子。那杜伽用一首偈頌説明老鷹叼小孩與老鼠吃鐵秤，并講述後者的故事。

（11）法官明白了事由，讓雙方各自歸還其物。

這是一個連環穿插型故事的一個組成部分，并沒有重點説明該故事的主旨，而是暗含兩件事情均存在荒謬之處。比較有特色的是，該故事中出現了多處偈頌，體現了韻散夾雜的文體特點。

3. 《故事海》中的《吃鐵秤的老鼠》故事

十一世紀，月天（Somadeva）編寫的大型民間故事集《故事海》（*Kathāsaritsāgara*）堪稱"印度古代故事大全"。該書第十卷《那羅婆訶那達多和舍格提耶娑姻緣》的第四章中，有一個"吃鐵秤的老鼠"的故事。根據黃寶生、郭良鋆、蔣忠新譯《故事海選》，"吃鐵秤的老鼠"故事也是迦羅吒迦對達摩那迦講述的，其主要情節如下[1]：

（1）一青年商人敗光家產，僅剩下一台用百斤鐵打成的秤。

（2）他將鐵秤寄存於另一商人處，然後出國。

（3）他回國後請求還回鐵秤。

（4）該商人解釋鐵秤味道好，已經被老鼠吃掉了。

（5）青年商人認同此解釋，得了一點食物，并哄對方的小兒子去河邊洗澡。

（6）他將孩子藏在另一朋友家中後，又回到商人家。

（7）商人詢問其子下落，得到的回答是孩子被老鷹叼走。

（8）商人不相信，兩人發生爭執，并到公堂對質。

---

[1] Somadeva Bhatta, *The Ocean of Story: being C.H.Tawney's translation of Somadeva's Kathāsaritsāgara*, Volume 5, London: Privately printed for subscribers only by Chas. J. Sawyer, 1924-1928. pp.62-63.（印）月天著，黃寶生、郭良鋆、蔣忠新譯：《故事海選》，人民文學出版社，2001年，第295-296頁。

（9）法官不相信孩子被老鷹叼走，青年商人答以老鼠吃鐵秤之事。

（10）法官判定雙方各自歸還其物。

此處故事突出的是運用巧計，強調的是"聰明的人運用巧計，實現願望"這一主旨。此處的敘事比較簡短，以對話爲主，沒有任何偈頌，也沒有什麼細節描寫。

董曉萍教授在《〈佛經故事〉數據庫：民俗學者的問題與方法》一文中，注意到《賢愚經》的"長者檀若世質"故事中包括了商人向他人的兒子借債不還的情節[1]。她認爲，該類的同型故事即見於前述《五卷書》（第1卷第28個故事）、《佛本生故事》（《奸商本生》）、《故事海選》（"秤和兒子"），這些故事有利於中印佛經故事類型的比較[2]。

4.《鸚鵡故事七十則》中的《持諦與秤》故事

印度民間故事集《鸚鵡故事七十則》（Śukasaptati）有多種版本，其中簡本的第三十九則故事名爲《持諦與秤》[3]。該故事情節主要如下：

（1）女主人有光（Prabhāvatī）問鸚鵡要外出約會之事，鸚鵡說："您需要知道在危機中應該說些什麼，就像有秤的商人那樣。"

（2）有光不明白此話的含義，鸚鵡給有光講述如下故事。

（3）商人持諦（Bhūdhara）破產，人們躲著他，有詩爲證。

（4）持諦離開，將鐵秤存放在另一商人家。

（5）持諦經商發財後，回到家鄉，索取鐵秤。

（6）其人説鐵秤被老鼠吃掉了。

（7）持諦在他日將此商人的兒子帶跑了。

---

[1] 王邦維選譯:《佛經故事》，中華書局，2013年，第161-167頁。
[2] 董曉萍:《〈佛經故事〉數據庫：民俗學者的問題與方法》，《勵耘學刊》第20輯，2014年，第1-32頁。此見第12-13頁。
[3] *Shuka Saptati: Seventy Tales of the Parrot*, Translated from the Sanskrit by A.N.D.Haksar, New Delhi: HarperCollins Publishers India, 2000, pp.130-132. 另參見潘珊：《鸚鵡夜談——印度鸚鵡故事的文本與流傳研究》，中國大百科全書出版社，2016年，第258-260頁。

（8）此商人去找持諦索取兒子。

（9）持諦說該小孩在河邊洗澡時被老鷹抓跑了。

（10）此商人不信，去國王的法庭控告持諦。

（11）持諦被大臣審問時，就以老鼠吃鐵和老鷹抓小孩二事來對應。

（12）大臣判定此商人歸還鐵秤，持諦歸還小孩。各得其所，事情解決。

（13）有光聽完此故事後，就去睡覺了。

此故事的主題是危機中要有智慧。此故事中還有一首詩，意思是富時多親友，窮時無榮耀，相當於中國的諺語"貧居鬧市無人問，富在深山有遠親。"

與《鸚鵡故事七十則》有關的烏爾都語本《鸚鵡故事》[1]、維吾爾文版《鸚鵡故事》[2]、土耳其語本《鸚鵡傳》[3]、哈薩克語本《鸚鵡故事》中並沒有收錄此故事。馬來語本《聰明的鸚鵡故事》（*Hikayat Bayan Budiman*）中，也沒有與此類似的故事[4]。

（二）"老鼠啖鐵"故事在近代印度的兩個變體

1. 印度民間故事《針尖對麥芒》

王樹英等編譯《印度民間故事》中，有一則名爲《針尖對麥芒》的故事，其主要情節如下[5]：

（1）富商納杜格經營不善，破産後，變賣家産去還債，祇剩下一根

---

[1] 孔菊蘭、袁宇航、田妍譯：《鸚鵡故事・僵尸鬼故事》（烏爾都語民間故事集），中西書局，2016年。

[2] 阿布都外力・克熱木：《淺論維文版〈鸚鵡故事〉的主要母題及其文化內涵》，《西北民族大學學報》2012年第5期，第46-54頁。

[3] 魏麗萍：《古代印度〈鸚鵡故事〉在土耳其的翻譯傳播和本土化》，《西北民族大學學報》2016年第3期，第114-120頁。

[4] （新加坡）廖裕芳著，張玉安、唐慧等譯：《馬來古典文學史》（下卷），崑崙出版社，2011年，第25-45頁。

[5] 王樹英等編譯：《印度民間故事》，北京大學出版社，1984年，第198-200頁。

鐵棍。

（2）納杜格要出遠門找活路，臨行前，將鐵棍交給朋友勒柯莫拉，放在他家中保管。

（3）多年後，納杜格經商致富，回到家鄉，去找勒柯莫拉要回鐵棍。

（4）勒柯莫拉想私吞鐵棍不還，就說鐵棍被倉庫中的老鼠吃掉了。

（5）納杜格說有禮物相送，勒柯莫拉讓兒子拉姆跟著納杜格去取。

（6）納杜格將拉姆關進地下室。

（7）勒柯莫拉來納杜格家找兒子拉姆。

（8）納杜格假裝難過，說拉姆被禿鷹抓住飛上天了。

（9）勒柯莫拉不相信，與納杜格吵架，眾人圍觀。

（10）兩人去法院打官司，勒柯莫拉說納杜格偷了自己的兒子，而納杜格說拉姆被禿鷹抓跑了。

（11）法官不相信，納杜格以老鼠可以吃鐵一事反駁。

（12）法官瞭解事情原委後，判定納杜格歸還拉姆，而勒柯莫拉歸還鐵棍。二人和解。

這個故事中，納杜格騙小孩去做的事不是洗澡，而是有禮物相贈，符合他發財返鄉的情形。該處也沒有特別提及故事的主旨，從其敘述中，可以看出的是"以牙還牙"之類的觀念。

2. 印度民間故事《兩樁奇事》

忻儉忠等編譯《世界民間故事選》的第五卷中，收錄了一個印度民間故事《兩樁奇事》，其主要情節如下[1]：

（1）南杜加的房子被雷電擊中所燒，僅剩一口火燒不壞的鐵鍋。

（2）南杜加決定出遠門，以忘記不幸。

（3）南杜加出門前，將唯一的鐵鍋交給鄰居拉克什門。

---

[1] 忻儉忠等編譯：《世界民間故事選》（第5卷），福建人民出版社，1983年，第101-102頁。

（4）南杜加離家三年後，因思念而返鄉。

（5）南杜加去拉克什門家看自己的鐵鍋。

（6）拉克什門推脫説鐵鍋被老鼠吃了。

（7）南杜加説要去河邊洗澡，讓拉克什門的兒子幫忙將洗澡用具搬到河邊，小孩就跟隨而去。

（8）南杜加洗完澡後，將拉克什門的兒子藏到山洞裏，自己回家了。

（9）拉克什門來找兒子，南杜加説小孩被燕子抓走了。

（10）拉克什門不相信，二人去法官那裏打官司。

（11）法官判南杜加歸還拉克什門的兒子，南杜加説出緣由。

（12）法官判二者歸還對方的物品，二者和好。兩人做了交換。

（13）村民們説：在老鼠吃鐵鍋的地方，燕子會帶走一個七歲的男孩。

同一故事亦見於邵焱譯《兩件離奇古怪的事》，收入邵焱等譯《亞洲民間故事選》[1]，但邵焱譯本中没有出現兩個人的名字。又，恩·霍兹編寫，徐亞倩譯《神罐：印度民間故事集》中，也有該故事[2]，其人物名譯爲南杜卡、拉克什馬那。

（三）東南亞流傳的"老鼠啗鐵"故事

馬來語文本《五卷書》中的《一個背信棄義的商人的故事》

阿布杜爾·門希翻譯的馬來語文本《五卷書》，中間有迪木乃所講述的"一個背信棄義的商人的故事"（Hikayat Seorang Saudagar yang Khianat）。現根據廖裕芳著、張玉安、唐慧等譯《馬來古典文學史》，該故事的簡要情節如下：

---

[1] 邵焱譯：《兩件離奇古怪的事》，收入邵焱等譯：《亞洲民間故事選》，黑龍江人民出版社，1982年，第89-92頁。又，邵焱譯：《兩件"奇案"》，收入祁連休編：《外國民間故事選》第2輯，春風文藝出版社，1983年，第326-328頁。

[2]（蘇聯）恩·霍兹編寫、徐亞倩譯：《神罐：印度民間故事集》，少年兒童出版社，1957年，第76-78頁。

（1）一個商人將1000擔鐵託付給另一位商人朋友。

（2）朋友將鐵賣掉，卻對商人說鐵被老鼠吃光。

（3）商人把朋友的兒子藏起來，說孩子被老鷹叼走。

（4）兩人訴訟至法官處。

（5）法官不相信老鷹叼走小孩之事。

（6）商人敘述鐵被老鼠吃光之事，揭發了朋友的欺詐。

（7）法官判定兩人各自歸還其物。

此故事的結尾是總結其主旨，即"常言道：'誰想挖坑陷害別人，最終自己將跌入坑中。'"[1]很顯然，此處重點在於對不當行爲的嚴厲批評，強調的是"害人終害己"或"搬起石頭砸自己的脚"的觀念。《五卷書》在東南亞有多個語種的譯本，不過，在爪哇語本《五卷書》中，似乎沒有與此相似的故事[2]。

第二節 "老鼠啖鐵"型故事在伊斯蘭世界的流變

1. 阿拉伯語本《凱里來與迪木奈》中的《商人及其朋友》故事

七世紀中葉，伊本·穆格法（Ibn al-Muqaffa）翻譯的阿拉伯語故事集《凱迪來與迪木奈》（*Kalila wa Dimna*）源自印度民間故事集《五卷書》，但又與《五卷書》有不少差異。余玉萍比較了《凱里來與迪木奈》和兩種《五卷書》的故事目錄，發現《凱里來與迪木奈》中來自《五卷書》的那些故事中，就包括"吃鐵的老鼠"類型的故事[3]。《凱里來與迪木奈》的

---

[1] （新加坡）廖裕芳著，張玉安、唐慧等譯：《馬來古典文學史》（下卷），崑崙出版社，2011年，第20-21頁。

[2] A. Venkatasubbiah, "A Javanese Version of the *Pañcatantra*", *Annals of the Bhandarkar Oriental Research Institute*, Vol. 47, No. 1/4, 1966, pp.59-100.

[3] 余玉萍：《伊本·穆格法及其改革思想》，中國對外經濟貿易出版社，2007年，第117頁。

《獅子與黃牛篇》中，有一則名爲"商人及其朋友"的故事，其主要情節如下[1]：

（1）某商人外出做生意，將一百磅生鐵託付給朋友保管。

（2）商人外出歸來，去朋友處取寄存的生鐵，得知生鐵已被老鼠吃掉。

（3）商人接受了此解釋，把朋友的兒子帶回家藏了起來。

（4）第二天朋友去找商人要孩子，答復是孩子被獵隼叼起飛走了。

（5）朋友不相信此說法，商人用老鼠吃生鐵之事回應。

（6）朋友妥協，承認自己貪污了生鐵，答應賠錢，要求商人歸還其子。

很顯然，此故事中，沒有兩人去王宮門口或法官處進行訴訟的情節，而是以朋友直接認錯的方式解決了問題。此處講述這一故事的目的是，"我之所以給你講這個例子，目的在於讓你知道，你一旦背叛了自己的朋友，毫無疑問，別人也會背叛你的。"可見此處強調的是朋友之間的忠誠不欺。

2. 波斯語本《凱里來與迪木奈》中的《吃鐵的老鼠》故事

《凱里來與迪木奈》最初是從梵語《五卷書》譯成波斯語，後來從波斯語本譯成阿拉伯語。其後，又從伊本·穆格法的阿拉伯語譯本，再度轉譯成波斯語本。其中，波斯詩歌之父魯達基曾將《凱里來與迪木奈》改寫爲故事詩，但未留存後世。現在流行的達理波斯語譯本《凱里來與迪木奈》是伽茲尼王朝的文人納斯里（Nasr Allah Munshi）1121年翻譯的。劉麗譯、葉奕良審校的《克里萊和迪木乃》（精選）一書是從波斯語本《凱里來與迪木奈》選譯的，其中也收錄了"吃鐵的老鼠"故事，其主要情節如下[2]：

（1）某商人外出做生意前，將一百斤鐵交給朋友保管。

（2）商人外出時間較長，其朋友將鐵賣了，并花了這筆錢。

---

1 （阿拉伯）伊本·穆格法：《凱里來與迪木奈》，李唯中譯，天津古籍出版社，2004年，第132-135頁。

2 劉麗譯，葉奕良審校：《克里萊和迪木乃》（精選），少年兒童出版社，2006年，第158-161頁。

（3）商人回來，找朋友索回保管的鐵，朋友撒謊説鐵被老鼠吃了。

（4）商人認可這一說法，沒有當面拆穿朋友。他把朋友的兒子帶走藏了起來。

（5）朋友來找孩子，商人説孩子被老鷹帶走了。

（6）朋友不相信此説法，商人用老鼠吃生鐵之事回應。

（7）朋友慚愧認錯，買了一百斤鐵還給商人，商人也還回孩子。

此處也沒有兩人找法官斷案的情節。從上述情節來看，阿拉伯語版和波斯語版故事基本相似。二者間最大差異是波斯語版故事中，朋友買了一百斤鐵，而阿拉伯語版故事中，並無這一行爲，而祇是提及賠款。

3.《老人星之光》中的《聰明的商人》故事

十五世紀，侯賽因·卡斯菲的波斯語故事集《老人星之光》是古印度《五卷書》的另一個波斯語版本，它與上述的波斯語版《凱里來與迪木奈》有密切的關係，但也有不少改寫的地方。《老人星之光》的第一部第二十八則故事名爲"聰明的商人"（The Story of the Clever Merchant），該故事是凱里來（Kalila）所講述，其主要情節如下：

（1）一位商人外出旅行前，換了一百曼（mans）的鐵。

（2）商人把鐵寄存在朋友家。朋友把鐵賣掉，所得的錢據爲己有。

（3）商人旅行返回，去朋友家索取鐵。

（4）朋友帶他去存放鐵的地方，説鐵被老鼠吃光了。商人認可了這一說法。

（5）朋友認爲商人好騙，要請他吃飯，被婉拒。

（6）商人將朋友的一個兒子帶走藏了起來。

（7）第二天，商人去見朋友，朋友因爲孩子丟失而痛苦。

（8）商人説看見一隻雀鷹叼起一個孩子飛走了。

（9）朋友不相信雀鷹能叼走孩子，商人答以老鼠吃鐵之事。

（10）朋友認錯，商人答應獲得鐵之後，將孩子也還給朋友[1]。

《老人星之光》中的《聰明的商人》故事與《凱迪來與迪木奈》中的"吃鐵的老鼠"基本相同，也沒有出現法官判案的情節。

4. 伊朗民間故事《吃鐵的老鼠》

王一丹主編的《伊朗民間故事》從波斯文的《四十個故事》《傳說故事集》《諺語中的故事》《花兒與杉樹》《老書裏的新故事》等伊朗民間故事集中，選譯了五十多個故事，其中包括《吃鐵的老鼠》，該故事的主要情節如下：

（1）一個商人想出門辦貨，但不敢把本錢全帶在身上。

（2）他用部分本錢買了一百曼鐵，存在朋友家。

（3）一年後，商人歸來，鐵價上漲，他去朋友家取鐵。

（4）朋友遺憾地告知鐵被倉庫中的老鼠吃掉了。

（5）商人明白其中的貓膩，但他心平氣和地接受了這一解釋。

（6）朋友認爲商人好欺騙，要請商人吃飯，但被婉拒。

（7）朋友的小孩在家門口玩耍，商人把孩子抱回了家中。

（8）第二天中午，商人來到朋友家，朋友爲丟了孩子而苦惱。

（9）商人詢問朋友其孩子的穿著打扮，并説看見一隻黑烏鴉叼走了該孩子。

（10）朋友不相信烏鴉能叼走小孩，商人答以老鼠吃鐵之事。

（11）朋友醒悟致歉，答應歸還鐵，以換回孩子。商人説明爲何報復的原因。

此伊朗民間故事《吃鐵的老鼠》與波斯語本《凱里來與迪木奈》中"吃鐵的老鼠"故事相比，二者大體的故事結構相同，但有更豐富的細節，也體

---

1 *Anwār-i Suhailī or Lights of Canopus, Commonly known as Kalilah and Damnah,* tr. from Persian by Arthur N. Wollaston, London: John Murray, 1904, pp.139-140.

現了該故事從書面（來自印度故事集的譯本）到民間（口頭流傳）更細膩的表述。商人自言自語把本錢換成鐵的原因、鐵價上漲而急於取回存貨的心情、明白朋友謊言之後的不動聲色、報復朋友之後的說明，都體現了口頭敘事中人物形象的進一步豐滿，也反映了當時社會商業活動的一個側面。

5. 伊朗民間故事《巴赫魯勒和吃鐵的老鼠》

伊朗民間故事中，還有一個類似的故事，名爲《巴赫魯勒和吃鐵的老鼠》。該故事的前半部分與《吃鐵的老鼠》基本相同，後半部分的主要情節如下[1]：

（1）巴赫魯勒在街角碰到被驛站老闆和法官合謀騙光家財的鐵匠。

（2）巴赫魯勒來到老闆家，聲稱自己是鼠王，命令吃鐵的老鼠來觀見。

（3）巴赫魯勒同樣來到法官家，如此說法。

（4）老闆和法官在巴赫魯勒前立下字據，聲明老鼠不會吃鐵。

（5）巴赫魯勒用類似的方法迫使老闆和法官認錯。

（6）老闆和法官在字據面前，被迫賠付原屬於鐵匠的七個倉庫的鐵錢。

（7）巴赫魯勒向鐵匠索取一個銅板作爲報酬。

很顯然，與上述的印度或伊斯蘭世界的"老鼠噉鐵"型故事不同的是，此故事中多出現了一個解決困難的人物巴赫魯勒（包赫魯爾）。伊朗的巴赫魯勒的故事與中亞的毛拉納斯爾丁的故事很相似，二者都是智者的形象，機智幽默，喜歡幫助弱者，并嘲諷爲富不仁者。該類智者故事中最爲流行的是阿凡提的故事。但筆者暫未在阿凡提的故事集中發現此類"老鼠噉鐵"型故事。《巴赫魯勒和吃鐵的老鼠》中對老闆和法官進行"以毒攻毒"式的懲罰，體現了民間對黑心官員的痛惡，在巴赫魯勒的身上也寄託了對"青天大老爺"式人物的渴求，可見故事之中包涵的社會現實是比較清楚的。

---

1 張玉安、陳崗龍等著：《東方民間文學概論》第二卷，崑崙出版社，2006年，第64-65頁。

6. 伊朗民間故事《商人、裁判官和包赫魯爾的故事》

與"老鼠吃鐵"故事類型相似的還有伊朗民間故事"老鼠吃寶石"。《世界民間故事選》第二輯收錄了出自伊朗的民間故事《商人、裁判官和包赫魯爾的故事》，其主要情節如下：

（1）珠寶商人哈桑·哈特積聚了一筆財富，渴望去麥加朝覲，但擔憂財產的處置。

（2）他用全部家財購買了珍珠寶石，并寫下遺囑，放進錢袋中。

（3）他去城中心的裁判官那裡請求其保管此錢袋中的財物。

（4）裁判官答應其請求，將錢袋放在裁判官指定的圖書館閣樓上。

（5）商人哈桑去麥加朝覲後返回，帶上禮物去見裁判官。裁判官讓隨從收下禮物。

（6）哈桑要求裁判官歸還保存的錢袋。裁判官帶他去取錢袋，但錢袋底部穿洞，珠寶不見了。

（7）哈桑說明自己的困境，裁判官說自家的老鼠吃掉了這些寶石。

（8）哈桑走在街上，痛苦地哭泣，碰上了包赫魯爾。

（9）包赫魯爾詢問哈桑原因，聽了哈桑講述事情的經過，答應幫忙取回珠寶。

（10）包赫魯爾去國王哈魯·阿爾·拉賽德那裡請求任命自己為全城捕鼠長官。

（11）國王同意任命，并派人隨包赫魯爾去裁判官家拆房子、挖地捕捉吃寶石的老鼠。

（12）裁判官派隨從詢問包赫魯爾，得知國王的命令。

（13）裁判官同意並歸還了商人的全部珠寶。

（14）包赫魯爾向國王報告此事，裁判官受到倒騎驢子遊城以及被驅逐的懲罰[1]。

葉緒民較早注意到此則《商人、裁判官和包赫魯爾的故事》"明顯受到《五卷書》卷一第二十八故事'老鼠吃秤'的啓發"[2]。與《巴赫魯勒和吃鐵的老鼠》相比，《商人、裁判官和包赫魯爾的故事》中沒有立下字據這一重要細節，其他的細節也有諸多不同，比如，將故事中的工具角色由鐵、鐵秤等變成了寶石。因此，不宜把這兩個故事視爲同一。這說明該型故事在伊朗地區經歷了不少變化。寶石在故事中的出現，也表明其與伊朗地區的珠寶貿易有一定的關係。波斯人善於從事珠寶貿易，在唐代的一些傳奇故事中就有所描述，同類的題材被歸納爲"胡人識寶"或"胡人別寶"型故事。

7. 阿拉伯民間故事《聰明的朱哈》

阿拉伯民間故事中還有一位類似阿凡提的機智人物朱哈[3]。朱哈的逸聞趣事流傳甚廣，《朱哈趣聞軼事》和其他的故事集收錄了不少以朱哈爲主角的故事[4]。其中有一篇名爲《聰明的朱哈》，該故事是由兩個小故事組成的，前一小故事的主要情節如下：

（1）朱哈智慧超群，深得百姓喜歡。

（2）朱哈有事出遠門，把幾塊生鐵寄存在一個貪財的商人家中。

（3）幾個月後，朱哈回家，去商人家取生鐵。

（4）商人說鐵被老鼠吃掉，朱哈表面相信。

---

[1]《商人、裁判官和包赫魯爾的故事》（伊朗民間故事），收入王維正、曉河：《世界民間故事選》第二輯，福建人民出版社，1982年，第128—132頁。另見忻儉忠、王維正、高山、曉河編譯：《世界民間故事選》（上冊），福建少年兒童出版社，1994年，第269—273頁。此故事又改名爲《包赫魯爾抓老鼠》，收入葉穗、金風主編：《幼兒故事口袋》（紅寶石卷），安徽少年兒童出版社，1997年，第101—103頁。

[2] 葉緒民：《印度古代寓言在世界上的流傳與變異——從佛本生故事談起》，《外國文學研究》"比較文學專號"，1988年5月。此據葉緒民：《原始文化與比較文學研究》，山東畫報出版社，2007年，第92頁。

[3] 戈寶權：《從朱哈、納斯列丁到阿凡提》，王堡、雷茂奎主編：《新疆民族民間文學研究》，新疆人民出版社，1986年，第135—144頁。

[4] 戈寶權主編，劉謙等譯：《朱哈趣聞軼事》，中國民間文藝出版社，1982年。

（5）幾天後，朱哈把商人最疼愛的小兒子藏起來了。

（6）商人發現孩子不見了，急忙尋找，詢問朱哈。

（7）朱哈說看見小鳥將孩子叼起飛走了。商人不相信。

（8）朱哈答以老鼠吃生鐵之事，商人慚愧低頭。

（9）朱哈將孩子還給商人。

周光明《巧妙的反駁》一文中引用了此則故事的前半部分[1]。此故事的下半部分還有另一個小故事，其主要情節如下：

（1）朱哈招待朋友，借了鄰居的鍋子。

（2）朱哈還鄰居鍋子時，多給了一隻小鍋。

（3）朱哈說大鍋生了小鍋。鄰居夫婦因爲佔便宜而快樂。

（4）過了幾天，朱哈又向鄰居借鍋。

（5）鄰居向朱哈索回大鍋和小鍋。

（6）朱哈說鍋已經死了。

（7）鄰居不相信，朱哈說既然鍋能生鍋，那麼鍋也會死的[2]。

這個小故事就是"老鼠噉鐵"型故事的亞型，命名爲"鍋子死了"或"大鍋生小鍋"（ATU1592B）。此則《朱哈的故事》是將"老鼠噉鐵"型故事及其亞型之一直接放在一起敘述，是因爲這兩類故事具有同樣的"以子之矛攻子之盾"的核心觀念。在《朱哈的故事》的前文中就有"用針鋒相對的辦法去對待愚蠢，是最大的聰慧"的表述，很顯然，這句話就是"老鼠噉鐵"型及其亞型"鍋子死了"故事的主旨，正符合朱哈這一智者的形象。不過，與前述巴赫魯勒故事不同的是，朱哈成爲當事人，即寄放物品的主人，而不是一個從旁幫助當事人的智者。"鍋子死了"型故事也出現在朱哈、納

---

1 周光明：《巧妙的反駁》，《邏輯與語言學習》1993年第1期，第13頁。

2 曾長清等編譯：《一天一個好故事》，河北少年兒童出版社，1987年，第197-198頁。

斯列丁、阿凡提的故事集中，可見其流傳廣泛，頗得民間百姓的喜愛。[1]

8. 阿拉伯民間故事《老鼠吃鐵鷹叼象》

《阿拉伯民間故事》中有一篇《老鼠吃鐵鷹叼象》[2]，非常簡短，沒有什麼細節性的描述，與伊朗民間故事《吃鐵的老鼠》（即本章例12）基本相同，此不贅言。

第三節 "老鼠噉鐵"型故事在古代歐洲地區的流傳

《五卷書》《凱里來與迪木奈》等亞洲民間故事在歐洲的傳播，對歐洲故事集《羅馬事迹》（*Gesta Romanorum*）、《十日談》《坎特伯雷故事集》等的影響，可謂有目共睹。這方面的研究在早期東方學家眼中極爲重要，并由此導致歐洲比較文學的建立。"老鼠噉鐵"型故事在歐洲也有流傳，略舉兩例如下：

1. 法國拉封丹寓言《不誠實的受託人》

法國十七世紀著名作家拉封丹創作的寓言故事集是世界文學史上的名作之一，熔煉古希臘、羅馬和古印度的寓言以及一些民間故事，妙手化裁，膾炙人口。《拉封丹寓言詩全集》總計十二卷，共244篇。其第二集第九卷中的第一篇名爲《不誠實的受託人》。此篇在講述故事之前，拉封丹對說謊和虛構進行了簡要的比較，強調虛構對文學創作的作用，而抨擊說謊是人性的弱點之一。他以"若像某個受託人"爲喻，從而引出故事，其主要情節如下：

---

[1] 比如，《大鍋生小鍋》的笑話故事，見劉謙、萬曰林、徐平合譯：《朱哈趣聞軼事》（阿拉伯民間故事），中國民間文藝出版社，1982年，第23-24頁。又，《銅鍋生兒》類型的故事另見於王世清選譯《朱哈趣聞》（阿拉伯民間故事）中的故事《能生育的就得死》（《中國穆斯林》1957年第2期，第17頁）。《鍋死掉啦》見戈寶權譯：《納斯列丁的笑話》（土耳其的阿凡提的故事），中國民間文藝出版社，1983年，第12頁。《鍋生兒》故事見於戈寶權主編：《阿凡提的故事》，中國民間文藝出版社，1981年，第128-129頁。

[2] 揚帆編譯：《阿拉伯民間故事》，世界知識出版社，1987年，第61頁。

（1）某波斯商人出門做生意前，將一百斤鐵寄存鄰居家。

（2）商人歸來後，去找鄰居取回鐵。

（3）鄰居告知鐵被一隻老鼠吃掉，商人假裝相信。

（4）幾天後，鄰居的孩子被拐騙。商人請鄰居吃飯，遭到傷心人的拒絕。

（5）商人説看見貓頭鷹叼走孩子，飛到舊樓頂上。

（6）鄰居不相信貓頭鷹能叼走孩子。

（7）商人説出老鼠吃鐵一事。

（8）鄰居醒悟改過，歸還鐵，換回孩子[1]。

《不誠實的受託人》的内容祇有一部分與此故事有關，其他的文字多是拉封丹的演繹。從該故事的第一句"話説波斯一商人"來看，該"老鼠啖鐵"型故事來自波斯，有可能直接（或間接）受到波斯故事集《凱里來與迪木奈》（或其他波斯民間故事）的影響。

2. 俄國列夫·托爾斯泰《兩個商人》

俄國大文豪列夫·托爾斯泰以《戰爭與和平》《安娜·卡列尼娜》《復活》等名著，閃耀十九世紀的俄羅斯文壇。他還爲了"向人民説法"，廣泛吸收、改編并創作民間故事[2]。他的《故事》一書中有不少來自古代東方的民間故事，包括《烏龜和老鷹》《獅子和老鼠》《猴子》《説謊》《水怪和珍珠》等，分别對應"大雁銜龜""老鼠救獅子""猴子拔楔""狼來了""瓦罐碎了/夢想破滅型""抒海"。此外，托爾斯泰筆下的寓言《兩個商人》（選自《俄語讀本》第一冊）就屬於"老鼠啖鐵"型故事，其主要

---

[1]（法）拉封丹著，李玉民譯：《拉封丹寓言詩全集》，漓江出版社，2014年，第168-170頁。又，楊松河譯：《拉封丹寓言詩全集》，第九卷第一個故事《謊言的報應》，譯林出版社，2004年，第365-368頁。Jean de La Fontaine, *The Fables of La Fontaine*, Translated from the French by Elizur Wright. A new edition with notes by J. W. M. Gibbs, Book 9, fable 1, London: George Bell and Sons, 1888, pp.220-223.

[2] 金留春：《托爾斯泰的民間故事》，《瀋陽教育學院學報》2010年第6期，第1-9頁。

情節如下：

（1）某窮商人出門前，把全部鐵器寄存在闊商人家。

（2）窮商人歸來後，去找闊商人取回鐵器。

（3）闊商人早已賣掉鐵器，託詞説鐵器被糧倉中的老鼠啃光了，窮商人假裝相信。

（4）闊商人的孩子在街頭玩，窮商人把孩子抱回家中。

（5）第二天，窮商人遇到傷心的闊商人詢問是否看見孩子。

（5）窮商人説看見鷂鷹叼走了孩子。

（6）闊商人不相信鷂鷹能叼走孩子。

（7）窮商人以老鼠吃鐵一事作答。

（8）闊商人醒悟改過，答應賠付鐵器雙倍的錢。窮商人也同意交還孩子[1]。

從内容上看，《兩個商人》與《凱里來與迪木奈》中的故事相近，後者可能是在俄國流傳的這類故事的直接源頭。兩個《凱里來與迪木奈》的格魯吉亞語譯本曾在十九世紀初被當作禮物送到俄羅斯，現收藏在俄羅斯東方學研究所聖彼得堡分所的圖書館之中。其中一個帶插圖的譯本（現編號爲P2）最初是爲格魯吉亞國王瓦赫坦六世（Vakhtang VI, 1675—1737）製作的[2]。托爾斯泰可能有機會接觸到類似的《凱里來與迪木奈》讀本，因此，托爾斯泰是從某書中直接翻譯了此故事，還是從民間摘録了此故事，二者皆有可能，目前没有確切的資料來下一個論斷。托爾斯泰對此故事也没有進行改寫或者評述，保留了故事簡潔的面貌。

---

1 （俄）列夫·托爾斯泰：《列夫·托爾斯泰文集》，第十二卷《故事》，陳馥譯，人民文學出版社，1989年，第41頁。

2 M.I.Vorobyova-Desyatovskaya, "An Illustrated Copy of A Georgian Translation of 'Kalila and Dimna'", *Manuscripta Orientalia: International Journal of Oriental Manuscript Research*, vol.6, no.2, 2000, pp.58-64.

第四節 "老鼠嗽鐵"型及其亞型（ATU1592A、1592B）故事在中國西北地區的流傳

（一）維吾爾族民間故事《能吃鐵的老鼠》

《民間文學》1962年第6期上刊登了由阿卜都拉買合遜記錄、井亞翻譯的《維吾爾族故事》一文，其中有一短篇故事《能吃鐵的老鼠》，其主要情節如下：

（1）一旅行者出門前將一百斤鐵寄存在朋友家。

（2）朋友起了貪心，趁黑夜將鐵偷偷賣了高價。

（3）旅行者回來向朋友索取寄存的鐵。

（4）朋友說存放在房中的鐵被老鼠吃了。旅行者並未反駁，就離開了。

（5）幾天後，朋友爲兒子舉辦割禮儀式，旅行者獲邀參加。

（6）旅行者藉口先行離席，趁機抱走了朋友的兒子。

（7）第二天，因找不到兒子而垂頭喪氣的朋友來到旅行者家。

（8）朋友看到自己的兒子在旅行者家玩耍，就生氣質問。

（9）旅行者說看到孩子被百靈鳥叼起正要飛走，自己喊叫纔救下孩子，朋友應該感謝。

（10）朋友不相信百靈鳥能叼飛孩子，旅行者以"老鼠能把鐵吃掉嗎"反問對方。

故事結尾的詩句解釋了該故事的主旨：

蘊倩花蕾應該說是美麗的，
有刺的草應該說是扎手的；

第二章　"老鼠噉鐵"型故事及圖像在古代亞歐的源流　061

欺騙朋友的人啊，

將會受到加倍的懲罰。[1]

劉守華先生最早注意到此《能吃鐵的老鼠》故事與域外民間故事集之間的關係。他在《印度〈五卷書〉和中國民間故事》一文中指出，維吾爾民間故事《能吃鐵的老鼠》來自《五卷書》第一卷第二十八個故事《老鼠吃秤》，其中介是阿拉伯的故事集《凱里來與迪木奈》[2]。

劉守華指出維吾爾民間故事《能吃鐵的老鼠》源於《凱里來與迪木奈》中的《老鼠吃鐵》："二者的情節完全一致，均採用'以子之矛，攻子之盾'的方式，嘲諷不講信義，騙取財物的朋友。"[3]筆者認爲，若作更細緻的比較，二者之間的情節並非完全一致。此處故事中的幾個特點是：爲孩子舉行割禮儀式、朋友在旅行者家中先看到自己的兒子、沒有提及朋友是否認錯賠退（鐵器或相應的錢）。不過，劉守華還指出，"維吾爾族口頭文學家保持了原來故事的'梗子'，增添了'枝葉'，對環境氣氛、人物語言、動作、心理的描寫及事件經過的敘述都比原作豐富生動得多。它不是簡單的轉述，而是文學上的再創造。"[4]

維吾爾族民間故事《能吃鐵的老鼠》確實源自《凱里來與迪木奈》，但很可能不是來自阿拉伯語本的《凱里來與迪木奈》，而是與《凱里來與迪木奈》的維吾爾語譯本有密切的關係。1717年，喀什人毛拉・穆罕默德・鐵木爾將阿拉伯文本《凱里來與迪木奈》譯成維吾爾語。從梵本《五卷書》到阿拉伯語譯本《凱里來與迪木奈》，再到《凱里來與迪木奈》的維吾爾語轉譯

---

[1] 維吾爾民間故事《能吃鐵的老鼠》，《民間文學》1962年第6期，第23-24頁。
[2] 劉守華：《印度〈五卷書〉和中國民間故事》，《外國文學研究》1983年第2期，第63-69頁。又，楊富學《古代回鶻民間文學雜述》，《民族文學研究》2004年第4期，第24-28頁。
[3] 劉守華：《〈卡里來和迪木乃〉與新疆各族民間故事》，收入《比較故事學論考》，黑龍江人民出版社，2003年，第254頁。
[4] 同上書，第260-261頁。

本，該故事集中的内容已經有了相當多的改變。就《能吃鐵的老鼠》這一小故事而言，它已經有了新疆維吾爾族强化的宗教色彩，比如故事中的割禮儀式，就不見於該故事的其他版本之中。清代姚元之（1773—1852）《竹葉亭雜記》卷三中就有記載："耐損，回俗大喜事也。凡未成丁者，十五歲以下，勢前必小割一刀，名曰耐損。其禮，擇日請阿吽阿吽者，老師傅也，至其家爲割之。親友咸賀，有以禮物餽遺者。富家仍置酒饌，留賀者飲食。"[1] 由此可見，該耐損儀式之日，有親友相賀，場面頗爲喜慶。其場景與故事中趁亂帶走小孩的情節是非常吻合的，因此，維吾爾族的這一民間故事將穆斯林的宗教習俗加入其中，使故事更加符合穆斯林的生活樣態。

就上述19種"老鼠噉鐵"型故事而言，它們的出處不同，有書面和口頭之別；分佈的地域廣泛，涉及南亞、中國西北地區、西亞、東南亞和歐洲；延續的時間也很久遠，從公元前三世紀起源的佛本生故事，到十九世紀俄國文豪托爾斯泰的筆下；所涉及的宗教語境也有佛教、印度教、伊斯蘭教和基督教的差別。就故事本身來說，也有不少的差異。

其一，故事主旨有多種，分別爲"以毒攻毒"或"以眼還眼"、體現菩薩的無上智慧、聰明的人運用巧計而實現願望、危機中要有智慧、害人終害己或搬起石頭砸自己的脚、背叛朋友的人也會被朋友背叛、以子之矛攻子之盾、欺騙朋友的人會受到加倍的懲罰。這些主旨有正有反，但基本上不出"智慧"和"誠信"兩大範疇。該故事在不同區域能夠得以廣泛流傳，其原因在於不同族群的人們對該故事存在相同或相似的觀念，即對"誠信"原則的認可，這一原則對絲綢之路的商業活動有著極爲重要的意義。這就是支持該故事流傳的重要的觀念基礎。一般而言，如果故事中存在與人性相關的母題或者原則，那麼該故事就比較容易得到不同文化語境的人們的討論和關注。

---

[1] 姚元之撰，李解民點校：《竹葉亭雜記》，中華書局，1997年，第82頁。

其二，故事主人的身份也多種多樣，有鄉村商人、破產的商人、敗家的青年商人、因天災（雷電）而毀家的青年、外出做生意的商人、鐵匠、波斯商人、旅行者、外出朝覲的商人等。從主人公的身份來看，其職業主要集中在商業領域，表明這個故事誕生的環境與商業活動或許有密切的關聯。

其三，故事的情節不僅有詳略之分，而且有結構之別。故事可分爲三種類型：第一類最簡單，祗有寄物的主人公及保管物品的人，可歸納爲欺騙與反擊兩個階段。第二類，另外出現了判案的法官或者國王，即欺騙、反擊、判案三個階段。第三類，除了法官或國王之外，還出現了智者（包赫魯爾、朱哈等）主動（或被請求）參與判案的情節。正如烏特所指出的那樣，最後一類故事祗出現在中東阿拉伯的民間故事之中。這可能與中世紀以來阿拉伯智慧文學的發展有一定的關聯。二者之間是否存在確切的關聯，還有待進一步研究。

其四，故事的細節也有不同，比如，在小孩問題的設計上，有請小孩去買肉、請小孩去洗澡（或者幫忙拿洗澡用具）、在大街上或在宴會中帶走小孩等多種不同的場景。在藏小孩的細節方面，有藏在山洞、藏在朋友或者自己家中、直接放在家中而沒有藏起來等不同。所謂抓走小孩的動物也有鶬、老鷹、禿鷹、燕子、獵隼、雀鷹、黑烏鴉、小鳥、貓頭鷹、鴟鷹等區別。所寄存的物品有鐵犁頭、鐵秤、鐵、鐵棍、鐵鍋、生鐵等差異。

其五，寫作方式上有散文、詩歌以及韻散夾雜三種形式。文本的形態上也有兩種：純文字文本、帶插圖的文字文本。可以說，這個"老鼠噉鐵"型故事正如常言所說的"麻雀雖小，五臟俱全"，充分反映了民間故事在古代亞歐流傳的複雜變化和地方性的不同處理。

（二）亞型故事（ATU1592A和ATU1592B）系列的簡要梳理

劉守華還認爲，該《能吃鐵的老鼠》故事中的"以子之矛，攻子之盾"

的思維方式，也見於中國藏族阿古頓巴故事中的《銅鍋生兒》、苗族的《巧媳婦》等故事之中[1]。這就涉及ATU1592型故事的亞型故事（ATU1592A和ATU1592B）系列的流傳問題了。因爲篇幅的關係，筆者此處不擬展開對相關亞型故事的詳細分析，祇是列舉相關的材料，略爲梳理其脈絡。

金榮華《民間故事類型索引》中列出兩種亞型故事，即：

其一，1592A金子變銅、人變猴

金榮華列舉了《中國民間故事集成》中的《六吊錢和一匹馬》（河南）、《兩個朋友》（西藏）和《銀子和馬》（河南），以及《中國民間故事大系》之中的《機智故事》（傣族）等故事文本[2]。此外，還有蒙古族故事《金子變土，兒子變猴子》[3]、藏族《阿古登巴的故事》中的《孩子變猴子》的故事[4]以及部分相似的故事《財神爺借馬》等[5]。

其二，1592B會生孩子的飯鍋也會死

（1）柬埔寨民間故事《窮人借鍋》（鍋子死了）[6]。

（2）《銅鍋生兒》類型的故事另見於蒙古民間故事《借鍋》[7]。

（3）青海民間故事《和加納斯爾的故事》中的《死了的鍋》[8]。

（4）藏族《阿叩登巴的故事》中的《生孩子的鍋》[9]。

（5）蒙古族民間故事《銅鍋生了餅鐺》。

---

[1] 劉守華：《比較故事學論考》，黑龍江人民出版社，2003年，第185-186頁。
[2] 金榮華：《民間故事類型索引》中冊，中國口傳文學學會，2007年，第578-579頁。
[3] 勒·烏蘇榮貴主編：《德都蒙古民間文學集成》（蒙古文），內蒙古教育出版社，2008年，第844-845頁。
[4] 《阿古登巴的故事》，西藏人民出版社，1980年，第142-146頁。
[5] 冰夫：《氣球貓買時間》，天津人民出版社，2012年，第143-145頁。
[6] 張玉安、陳崗龍等：《東方民間文學概論》第三卷，崑崙出版社，2006年，第267頁。
[7] 陳慶浩、王秋桂主編：《蒙古民間故事集》，遠流出版事業股份有限公司，1989年，第305-306頁。
[8] 陳慶浩、王秋桂主編：《青海民間故事集》，遠流出版事業股份有限公司，1989年，第153-154頁。
[9] 《阿叩登巴的故事》，四川民族出版社，1963年，第35-37頁。

（6）維吾爾族民間故事《鍋生兒》[1]。

（7）藏族民間故事《阿古頓巴的故事》中的《銅鍋生兒》[2]。

（8）《大鍋產小鍋》。

（9）《借鍋》（蒙古巴拉根倉的故事）[3]。芒·牧林指出，"《寶罐》《飯鍋生了個平鍋》似乎與藏族的《阿古頓巴的故事》中的《貪心的商人》里的第一段和《銅鍋生兒》有某種親緣關係。"[4]

（10）阿富汗民間故事《如果鍋能生鍋的話》[5]。

該故事類型的情節基本結構有（a）（b）兩種：

A（a）一個窮小子和一個富人成了鄰居。（b）口齒伶俐的僧格向一個吝嗇的富人借了一口鍋，歸還時把自家的小鍋也一起給他，說"您的鍋到我家生了一口小鍋"。

B（a）窮小子向富人借了一口鍋，返還時加了一口小鍋，說富人家的鍋生了孩子，富人很高興地接下。（b）之後口齒伶俐的僧格又向富人借了鍋，還沒還就搬走了，富人追上去要自己的鍋，口齒伶俐的僧格說"您的鍋來我家後去世了"。

C（a）幾天後窮小子借了富人最大的一口鍋，半個月仍不還，富人來要自己的鍋。（b）吝嗇的富人聽完很生氣地說"鍋怎麼會死"，僧格說"鍋能生孩子當然也能死"，富人無話可說。

---

[1] 劉發俊編：《維吾爾族民間故事選》，上海文藝出版社，1980年，第105-106頁。
[2] 劉發俊等編：《中華民族故事大系》第2卷《藏族民間故事、維吾爾族民間故事、苗族民間故事》，上海文藝出版社，1995年，第282-283頁。又，本書中相關的故事還有《兩個朋友》（第375頁）、《銅鍋》（第379頁）、《借鍋》（第419頁）、《大鍋》（第437頁）。
[3] 陳慶浩主編：《蒙古民間故事集》，遠流出版事業股份有限公司，1989年，第305-306頁。陳清章、賽西、芒·牧林：《巴拉根倉的故事》（漢譯本），內蒙古人民出版社，1959年。
[4] 芒·牧林：《〈巴拉根倉的故事〉淵源考》，《內蒙古師範學院學報》1982年第4期，第86頁。
[5] （阿富汗）伊德里斯·沙赫著，戈梁譯：《納斯爾丁·阿凡提的笑話》，陝西少年兒童出版社，1983年，第3頁。

D 窮小子看到富人來，顯得很難過地説他的鍋死了，富人很生氣地説：“鍋還能死嗎？”窮小子説：“您祇相信鍋會生孩子，不相信鍋會死嗎？”富人羞紅了臉回了家。

（11）青海蒙古族故事《“好”朋友》。該故事的情節基本結構爲：

A 古時有沙拉和哈拉兩個好朋友，沙拉有一袋金子，哈拉有達西和巴特爾兩個兒子。

B 有一天，沙拉家來了一位客人，跟他説不要太相信朋友哈拉，哈拉心眼很壞。沙拉不相信，就想考驗一下朋友哈拉。他帶上自己的一袋金子，留給哈拉幫著保存，便出了遠門。

C 哈拉拿出袋子裡的金子，裝進沙子，朋友沙拉回來時給了他那袋沙子，説：“你的運氣好差，運氣差的人的金子也會變成沙子。”

D 沙拉知道了朋友的本性，想報仇，有天買了兩隻猴子，給他們起名叫達西和巴特爾，並鍛煉它們記住名字。有一天，他説讓哈拉的兩個兒子幫忙幹點活，帶著他們到遠處，並將兩隻猴子送給哈拉，説：“您的運氣好差，運氣差的人的孩子也會變成猴子。”

E 哈拉雖然不相信，但那兩隻猴子知道自己的名字，還能按照指示做事，哈拉相信了，以爲因爲自己拿了沙拉的金子作了孽纔會如此，便向沙拉坦白了。沙拉把他的兩個兒子叫來，兩人交換了孩子和金子，結拜爲兄弟，過上了幸福生活[1]。

此外，“老鼠嚙鐵”型故事還有另一種形態，或可稱之爲“變異本”，即波斯語本《鸚鵡故事》（*Tūti-Nāma*，或譯《鸚鵡夜譚》）中的“木匠和

---

[1]《“好”朋友》，載《青海蒙古族民間文學集成》（蒙古文），內蒙古教育出版社，2008年，第844-845頁。感謝陳崗龍教授提供這兩段蒙古文故事的翻譯。

金匠的故事"[1]。該故事並不是出自印度梵文本《鸚鵡故事七十則》，而可能來自《五卷書》。《鸚鵡故事》與《鸚鵡故事七十則》雖有淵源關係，但二者之間的結構與主旨存在較大區別。《鸚鵡故事》另有烏爾都語本[2]、維吾爾語本、哈薩克語本和馬來語《聰明的鸚鵡的故事》[3]等不同語種的版本，相互之間有一定的差別，值得進行深入的比較研究。

第五節 "老鼠啖鐵"型故事的圖像在古代歐亞的流傳

除了文字文本、口頭故事之外，"老鼠啖鐵"型故事還以圖像的方式在古代歐亞地區有所傳播。"老鼠啖鐵"型故事沒有太子須大拏本生故事、睒子本生故事、一角仙人故事等著名的佛教故事那樣豐富的圖像（有石雕、壁畫、雕塑、插圖紙本、單幅畫等形式），而僅僅祇有一些繪圖出現在插圖本之中。據筆者目前檢索所得，"老鼠啖鐵"型故事的圖像主要依賴三種文本（《凱里來與迪木奈》《老人星之光》《拉封丹寓言故事集》）的插圖本。各種插圖的圖形、風格和繪製方式都呈現很不一致的地域風格。

根據伯納德·凱恩（Bernard O'Kane）《早期波斯繪畫》（*Early Persian Painting*）一書中的記錄，有五種十三至十四世紀的《凱迪來與迪木奈》插圖本中描繪了"老鼠啖鐵"型故事，這些圖像的出處為：Rabat, f.50a; Istanbul 363, f.78b; Paris 913, f.68b; Cambridge 578, f.57a[4]; Paris

---

[1] 該故事的中譯本參見：最雅耶·賴赫舍備著，劉書翰譯：《波斯寓言鸚鵡夜譚》（連載故事），載謝清揚等主編《風土什誌》第1卷第3期，1943年，第91-98頁。

[2] 孔菊蘭、袁宇航、田妍譯：《鸚鵡故事·僵尸鬼故事》（烏爾都語民間故事集），中西書局，2016年。"金匠和木匠因藏匿共有金像而決裂"（金匠木匠與金像的故事），見該書第23-28頁。

[3] 馬來語《聰明的鸚鵡的故事》中的第4個故事"木匠和金匠的故事"。見（新加坡）廖裕芳著，張玉安、唐慧等譯：《馬來古典文學史》（下卷），崑崙出版社，2011年，第32頁。

[4] Cambridge, Corpus Christi College, Parker Library, MS 578, f.57a. Probably 1389, in Egypt, Syria, or Anatolia.

3465, f.71a¹。筆者目前僅獲取上述五種插圖本中的兩種，加上筆者發現的另外三幅插圖資料，現將"老鼠啗鐵"型故事的五種圖像分述如下：

1. 法國國家圖書館藏阿拉伯文《凱里來與迪木奈》插圖本（MS Arabe 3465）

法國國家圖書館（Bibliothèque nationale de France in Paris）收藏了伊本·穆格法（Ibn al-Muqaffa）翻譯的阿拉伯文《凱里來與迪木奈》的多種不同時期的抄本，其中的一種插圖本（編號MS Arabe 3465），大約是十三世紀的早期（1200-1220）複製於敘利亞地區，具有古典時期的藝術特徵²。該插圖本中繪製了一幅有關"老鼠啗鐵"故事的插圖（見圖一）。此插圖本中，常將圖像繪製在一頁的上下文字之間。多幅插圖在人物（兩個人或多個人）中間描繪了造型簡單的植物，起到分隔視綫或者裝飾畫面的作用。圖一中，祇有兩個人物和三株植物，畫面最左側的那株植物上還畫了一隻鳥。插圖中爲兩人標注了阿拉伯詞語，其中左邊的詞語爲al-tājir，意即"商人"；而右邊的詞語爲muwājih，意即"對手"。兩個人物呈現激烈對話的狀態。《早期波斯繪畫》一書中，對此圖的簡要描述爲"不誠信的商人

圖一　法國國家圖書館藏阿拉伯語《凱里來與迪木奈》中的"老鼠啗鐵"（BNF MS Arabe 3465, fol.71a）

1　Bernard O'Kane, *Early Persian Painting: Kalila and Dimna Manuscripts of the Late Fourteenth Century*, London & New York: I.B.Tauris, 2003, pp.305-306.

2　Kazue Kobayashi, "Some Problems on the Origin of the Illustrations of *Kalila wa Dimna* (Paris B.N.MS Arabe 3465)", *Journal of Art History*, vol.40, no.2, 1991, pp.183-197+ pp.2-3.

和他的同僚：商人將同僚的鐵歸還給他以換回自己的兒子"[1]。對比文字文本，不難發現，畫面中的兩人即商人和他的朋友（"對手"），但插圖顯然缺乏故事的任何背景，也沒有文字文本中描述該故事的許多核心元素：鐵、孩子、更沒有鳥兒叼起孩子的畫面。這說明此插圖與文字文本之間存在巨大的差異。儘管旁注的詞語指明了畫中兩人的身份，但是單單看畫面中的這兩人以及三株植物，還是無法與"老鼠噉鐵"故事的内容聯繫起來。這說明此處的圖文關係是有差異的、不緊密的，從"圖"中無法正確讀取"文"的獨特信息，圖文是分離的。這也為我們瞭解插圖本的圖文關係提供了一個特殊的例子。

2. 法國國家圖書館藏波斯文《凱里來與迪木奈》插圖本（MS Supplément Persan 913）

法國國家圖書館收藏的一個波斯文《凱里來與迪木奈》插圖本（編號為MS Supplément Persan 913）是1391年繪製的。該繪本中也有一幅"老鼠噉鐵"故事的插圖（fol.68b），名為"商人向朋友解釋老鼠怎樣吃了他的鐵"（見圖二）。此幅圖中，也是兩個站在院子中對話的人物，沒有任何植物，祇有背後的圍牆、帶門的房屋的一角、緊閉著的門。兩人的服飾打扮雖有不同，但是無法辨認誰是那位寄存鐵的商人，誰是那位沒有誠信的商人。因此，就圖文關係而言，此處的插圖也是圖文分離的，即圖像雖然描繪了文本中的某一部分信息，但無法準確地反映出文本的内容，也就是說，從

圖二 法國國家圖書館藏波斯語《凱里來與迪木奈》中的"老鼠噉鐵"（BNF MS Supplément Persan 913, fol.68b）

---

[1] Bernard O'Kane, *Early Persian Painting*, London & New York: I. B. Tauris, 2003, p.306.

圖像中無法讀出文本故事的獨特性。此處的圖像也就不屬於萊辛在《拉奧孔》中所說的"最富於孕育性的頃刻"。

3. 法國國家圖書館藏波斯文《老人星之光》插圖本（MS Supplément Persan 921）

法國國家圖書館收藏的一個波斯文《老人星之光》插圖本（編號爲MS Supplément Persan 921）是1547年繪製的。該繪本中有123幅插圖，其中的一幅插圖（fol.83a）與"老鼠嘫鐵"故事有關（見圖三），該插圖名爲"可憐的商人和他那不忠誠的保管者"。與一般的插圖本將插圖安置在帶邊框（或者不帶邊框）的文字之中不同，此繪本中的許多插圖被描繪在每頁帶邊框的文字之外。此幅插圖就是被安排在該頁的左下角，其高度約佔9行文字。就一頁的整體來看，該插圖所佔的頁面比例較低，頗符合細密畫的樣子。該插圖的內容是室內兩位男子對面跪坐在地毯上，地毯上有許多花紋，地毯的上方繪製了五排紅磚，用來表示牆壁。兩位男子分別包裹著黑色和白色的頭巾，穿著紅色和黃色的半袖長袍。從形象來看，兩位應該是商人的打扮。由於畫面中沒有文字標注，因此，我們無法分辨出哪一位是出遠門的商人，哪一位是保管者。就文圖的關係而言，此圖選擇了故事中的"對話"（即商人歸來之後向對方索取所保管的鐵器）的情節片段。單純從畫面來看，如果不閱讀畫面右側的文字，一般的讀者還是無法看出該圖所描繪的是"老鼠嘫鐵"故事。

圖三 法圖藏《老人星之光》中的"老鼠嘫鐵"（BNF MS Supplément Persan 921, fol.83a）

4. 美國巴爾的摩華特斯藝術博物館藏《老人星之光》插圖本（MS W.599）

美國巴爾的摩華特斯藝術博物館（Walters Art Museum）收藏了一部1847年的《老人星之光》插圖本（編號爲MS W.599）。該繪本中也有一幅"老鼠嗷鐵"故事的插圖（fol.56b），名爲"一位商人和他所信任而寄存了鐵的朋友"（見圖四）。這幅插圖也是對面側坐在地毯上的兩人正在對話。畫面右邊的男子身穿紅色長袍，長長的鬍鬚，包著暗紅色的頭巾，用手指著對方，似乎正在解釋。畫面左邊的男子身穿藍色長袍，長長的鬍鬚，包著白色的頭巾，雙手交叉放在胸前，似乎正在耐心的傾聽。兩人的背後似乎是一個窗子，透過窗戶，可以看見遠方的樹木和山巒。和圖二、圖三相比，雖然圖四的人物及背景均不相同，但是，其構圖的理念，以及圖像與文字文本的關係基本是一樣的。二者均屬於那種圖文分離的例子。

圖四　華特斯藝術博物館藏《老人星之光》中的"老鼠嗷鐵"（Walters Art Museum, MS W.599, fol.56b）

5.《拉封丹寓言故事集》插圖本中的"老鼠嗷鐵"版畫

法國作家拉封丹的《拉封丹寓言故事集》問世後，引起了畫家的注意，有不少的插圖本，比如，法國國王路易十五和蓬皮杜夫人的御用畫師查爾斯·多米尼克·艾森（Charles Joseph Dominique Eisen，1720—1778）1762年爲《拉封丹寓言故事》創作了銅版畫插圖85幅[1]。十九世紀最成功的插圖畫家古斯塔夫·多雷（Gustave Doré，1832—1883）也爲《拉封丹寓言故事集》繪製了精美的版畫插圖320幅。多雷在該書第九章第一個故事的前面繪製了一個交流的場景（見圖五），圖中坐著幷攤開雙手的那位應該就是不誠實的朋友。多雷在故事結尾處還繪製了一隻老鼠作爲一個類似徽標的圖案，用來暗示此故事與老鼠有關[2]。多雷的插圖與故事文本聯繫也不密切，沒有直接描繪該故事中具有代表性的元素。《拉封丹寓言故事》另一個插圖本中繪製的"老鼠嗽鐵"故事場景（見圖六）則要直接得多，讀者一眼就能看出該圖像與故事文本之間的關聯性。

圖五　多雷繪製的插圖本中的相關故事場景　　圖六　《拉封丹寓言故事集》插圖本中的"老鼠吃鐵"版畫

圖六這幅版畫插圖明確地描繪出老鼠正在啃食鐵條以及一隻貓頭鷹叼起一個比自身還要大得多的胖孩子的情形。這兩個場景在文本中都是虛構的，

---

[1] *Tales and Novels in verse of J.De La Fontaine*, with Eighty-five Engravings by Eisen, Two Volumes, Paris: J.Lemonnyer Publisher, 1884.

[2] Jean de La Fontaine, *Fables de La Fontaine*, avec les dessins de Gustave Doré, Paris: Hachette, 1868, pp.563-567. Cf. *The Fables of La Fontaine*, translated into English verse by Walter Thornbury, with illustrations by Gustave Doré, London and New York: Cassell, Petter, and Galpin, 1886. 帶插圖的漢譯本：（法）拉封丹原著，（法）多雷繪圖，樊兆鳴等譯：《拉封丹寓言》，上海科學技術文獻出版社，2004年。（法）讓·德·拉·封丹著，多雷繪圖，李玉民譯：《拉封丹寓言：多雷插圖本》，安徽人民出版社，2013年。

是發生在不同時間（一前、一後）、不同空間（倉庫、室外）的情節。二者卻被描繪在一幅室外曠野的畫面中，屬於"異時同構"的圖像敘事方式。與前述的第一至五幅圖相比，圖六雖然沒有描繪商人和他的朋友這兩個故事中的主角，但與文字文本的關係顯得更爲緊密，屬於圖文基本一致的情況。不過，從另一個角度來說，圖六也缺乏前五幅圖那樣的"想象的空間"。雖然圖六所描繪的內容都是虛構的，但通過視覺材料，圖六留給讀者的看起來卻像是更爲寫實的"真實"圖景。

第六節　餘　論

綜上所述，敦煌寫本（敦研256）中的兩行字中所包含的"老鼠噉鐵"這一個小故事，具有豐富的内涵，從印度分別流傳到中國（敦煌、新疆地區）、波斯與阿拉伯地區、乃至歐洲的法國和俄羅斯，其時間相當悠久，範圍相當廣闊。該故事的結構、形態與主旨在各文本中又有不同之處。該故事流傳背後所隱含的商業、貿易流通與誠信等社會因素，值得進一步探討。這個小故事能夠在這麼大的區域、這麼長的時間裡流傳，是因爲其中隱含了共通的主題，即強調"誠信"的價值觀。人際交往中的誠信是基本的要求，如果一方違背了誠信的原則，做出不應當的事情，那麽，必然就會遭到對方（或者第三方：執法者或智者）的反擊（或者懲罰）。正是人們普遍認識到誠信原則，纔讓這個小故事到處得到人們的傳頌。對該故事内涵的認識和研究，也有一定的現實意義。它有助於我們在實踐"一帶一路"倡議的過程中，與不同區域的人們交往時，增強對不同文化的認知和理解。

"老鼠噉鐵"故事的圖像主要依託於插圖本之中，而未見於壁畫、雕塑或者單頁的繪畫。這些插圖本創作於十三至十九世紀，主要分佈在西亞和歐洲，這說明單就圖像而言，該故事流傳的時間至少在六個世紀以上，但其影響的程度不一，西亞的《凱里來與迪木奈》和《老人星之光》那些插圖本是寫本，祇能在有限的範圍內被閱讀。《拉封丹寓言故事》插圖本是印刷術流行歐洲之後的產物，是公開出版的大衆讀物，其影響範圍要大得多。目前找到的這五幅"老鼠噉鐵"故事插圖基本是文字與圖像並存的編輯方式，有的圖像是夾雜在上下文字之間，有的圖像是在文字框之外，可視爲所謂的"語圖合體"或者"語圖互文"的狀態，也就是説，其圖像和文字是同時呈現的，相互之間處在共爲互文的關係之中，但插圖本中圖像的重要性顯然要次於文字文本。就文圖關係而言，這六幅插圖有兩種情形，其一是文圖的關係不密切，前五幅圖雖然描繪了文字文本中的一個情節，但没有體現出帶有該故事特色的場景或圖像符號。其二是文圖的關係較爲密切，圖六描繪了故事中有代表性的元素（即"老鼠"和"老鷹"），從圖像符號中可以容易辨認出它與"老鼠噉鐵"故事相關。因此，這六幅圖像資料也是非常有價值的，其圖文關係的表達可以豐富我們對古代宗教文學插圖本的認知。

第三章
"唱歌的驢子"故事的來源及在亞洲的傳播
—— 從敦煌本道經中的譬喻"批麻作獅子皮的驢"談起

中古時期，道教經文不僅是外來佛經翻譯時所利用的本土資源，而且也受到印度和西域佛教不少的影響。這些影響不時體現在道教的術語、傳說、思想、習俗、典籍之中，尤其是道教的有些故事也模仿、改寫或者直接承襲佛教經文。敦煌出土的道教典籍既是中古道教的典籍珍寶，也是研究佛道關係的重要史料。敦煌遺書P.3021+P.3876《道教中元金籙齋講經文》中引用了一則譬喻，名爲"披麻作獅子皮的驢"，其內容如下：

> 如大（太）行山南是澤州，山北是路（潞）州，兩界山内有一家驅驢馱[□]（物），每日興生。後時打驢脊破，放驢在於山中而養。有智惠人語道山中有大蟲，及無數，則何計校而免於蟲咬？取麻，假作師子皮，在驢成著。後時此驢乃作聲，被他大蟲掔（驚）喪，咬[□]（吃）[1]。

該道教講經文中的這則"披麻作獅子皮的驢"譬喻，與柳宗元《黔之

---

[1] 李小榮：《敦煌道教文學研究》，巴蜀書社，2009年，第369-370頁。

驢》故事同類，該類故事無疑與佛教有密切的關係[1]。此則道教故事還屬於"唱歌的驢子"故事系列，廣泛流傳於亞洲各地。烏爾都語民間故事集《鸚鵡故事》（*Tōtā kahānī*）中就有唱歌的驢子的故事。本章追溯該故事的源頭以及它在古代亞洲多個地區的傳播情形，梳理該民間故事在多語言、多民族、不同時空中的演變，比較該故事不同版本之間的結構、意義差異及其宗教涵義，以揭示其在多元文化交流中所起的作用。

第一節　烏爾都語本《鸚鵡故事》中的故事：唱歌的驢子

烏爾都語《鸚鵡故事》[2]是由海德爾·波赫西·海德利（Sayed Haidar Bakhsh Haidarī）于1801年編譯而成。其直接來源是十七世紀穆罕默德·卡迪利（Muhammad Kādir）的波斯語本《鸚鵡的故事》（*Tooti Nameh*）。此《鸚鵡的故事》是印度梵語故事集《鸚鵡故事七十則》（*Shuka-saptati*）的第三個波斯語本，共有35則故事。在此之前，1314年，伊瑪德·本·穆罕默德（Imad bin Muhammed）首次把梵本《鸚鵡故事七十則》譯成波斯語，即《珠璣夜譚》（*Cevahirul-Esmar*）。1329—1330年，印度的波斯裔醫生、蘇菲學者納克沙比（Ziya al-dīn Nahšabī,?—1350）翻譯的《鸚鵡的傳說》（*Tuti-nama/Tuti-nameh*，或譯《鸚鵡傳》《波斯鸚鵡譚》）是《鸚鵡故事七十則》的第二個波斯語本，共包括52則故事。《鸚鵡故事七十則》是印度著名的民間故事集，共有72個故事。該書有簡本和繁本之別，而且有多個語

---

[1] 季羨林：《柳宗元〈黔之驢〉取材來源考》，原載1948年《文藝復興》上冊（中國文學研究專號），後收入季羨林：《季羨林文集第八卷·比較文學與民間文學》，江西教育出版社，1996年，第40-46頁；陳允吉：《柳宗元寓言的佛經影響及〈黔之驢〉故事的淵源和由來》，原載《中華文史論叢》第46輯，1990年，後收入陳允吉：《佛教與中國文學論稿》，上海古籍出版社，2010年，第419-446頁；李小榮：《佛教與〈黔之驢〉——柳宗元〈黔之驢〉故事來源補説》，原載《普門學報》2006年第2期，後收入李小榮：《晉宋宗教文學辨思錄》，人民出版社，2014年，第86-94頁。范晶晶：《黔之驢：一個文學形象的生成與物種遷徙、文化交流》，《民族藝術》2022年第2期，第35-44頁。

[2] 孔菊蘭、袁宇航、田妍譯：《鸚鵡故事·僵尸鬼故事》（烏爾都語民間故事集），中西書局，2016年。

種的譯本、再譯本或轉譯本。上述的梵本《鸚鵡故事七十則》[1]、波斯語譯本《鸚鵡的傳説》和《鸚鵡的故事》以及烏爾都語譯本《鸚鵡故事》等，這些文本之間均非嚴格意義上的原本、譯本與再譯本的關係，大多情況下，它們是譯者編譯而成的，有不同程度的删節與改編，因此，各文本之間的故事數目與内容亦多有出入，反映了不同時期的變化[2]。不過，《鸚鵡故事七十則》及其相關的文本，均採取了連環穿插式的結構，將大小不同的故事串聯在一起，形成一個故事集的網絡。

烏爾都語本《鸚鵡故事》是巴基斯坦民間文學的一部重要故事集，與印度民間故事有著很深的關聯[3]。烏爾都語本《鸚鵡故事》中的第三十四個故事名爲"驢和麋鹿一起被捉了起來"（ēk gathā aur bārah sangē aur in kē pakrē jānēkī）。該故事是由鸚鵡在日暮時分向急於出門去與情人會面的女主人胡吉斯塔講述的。由於丈夫遠行在外，胡吉斯塔想晚上去與情人幽會，但一直被家中的鸚鵡以故事的方式阻攔，没能實現心願。她向鸚鵡表述自己想堅守美德的念頭，受到鸚鵡的嘲笑。鸚鵡把她的行爲比作是一頭毛驢在不適當的時候唱歌，從而引出了該毛驢的故事。該故事情節並不複雜，概述如下：

（1）毛驢與麋鹿一起到花園中吃草。

（2）填飽肚子後，毛驢想唱歌。

（3）麋鹿反對，并以賊人到富人家偷東西時喝醉吵鬧被捉的典故來勸説毛驢。

---

1 A.N.D.Haksar, tr., *Shuka Saptati: Seventy Tales of the Parrot*, New Delhi: HarperCollins Publishers India Pvt Ltd., 2000.

2 潘珊：《鸚鵡夜譚——印度鸚鵡故事的文本與流傳研究》，中國大百科全書出版社，2016年。

3 孔菊蘭：《〈鸚鵡的故事〉與印度民間故事之比較》，收録於東方研究編輯部編：《東方研究》，經濟日報出版社，2007年，第45-58頁。又，孔菊蘭：《巴基斯坦民間故事》，寧夏人民出版社，2008年，第9-11、58-59頁；孔菊蘭：《巴基斯坦民間文學的特點》，收入張玉安主編：《東方研究》，經濟日報出版社，2008年，第112-113頁。

（4）毛驢不停勸阻，堅持高歌一曲。

（5）驢和麋鹿一起被園丁所捉。

該故事的主旨就是鸚鵡所說的"人人都應該認準做事的時機"。胡吉斯塔聽了鸚鵡的這個故事，也就耽誤了去夜會情人。天明之際，她傷心地哭了起來，并吟誦了詩句[1]。

烏爾都語本《鸚鵡故事》也有不同的版本。1921年，在勒克瑙（Lucknow）城發行的一個烏爾都語本《鸚鵡故事》，被蘇聯學者M.克里雅金娜—孔德拉切娃譯成俄文本。1958年，烏國棟將該俄文本轉譯成中文，以《印度鸚鵡故事》之名出版。該《印度鸚鵡故事》共有38篇故事，其中出自鸚鵡之口的共有35個故事，而唱歌的驢子的故事排列爲全書的第36個故事，即"講驢和鹿結交，以及它們怎樣被園丁捉住"[2]。

這個簡要的"唱歌的驢子"故事，是整個鸚鵡故事中的一環，然而即便在這個小故事中，我們仍然能夠看到其中串聯了一個有關小偷的典故，它充分反映了古代南亞的故事講唱者和學者們對大故事套小故事這一"連環穿插式"手法的熟練運用。

第二節 "唱歌的驢子"故事的天竺源頭

烏爾都語本《鸚鵡故事》中的這個"唱歌的驢子"故事，並非首見於此書，該故事的源頭是在古代天竺。筆者目前發現了與該故事相關的兩個文本，分別討論如下。

---

1 孔菊蘭、袁宇航、田妍譯：《鸚鵡故事·僵尸鬼故事》，中西書局，2016年，第159-162頁。
2（蘇聯）M.克里雅金娜-孔德拉切娃俄譯，烏國棟中譯，周彤校，《印度鸚鵡故事》（原本烏爾都文），天津人民出版社，1958年，第117-119頁。

1.《五卷書》（*Pañcatantra*）中的故事：唱歌的驢子

《五卷書》是天竺最有名的故事集，也是史上流傳最為廣泛的故事集之一[1]。《五卷書》的文本體系比較複雜，有"簡明本""修飾本""擴大本"等區別。其中的"修飾本"是1199年耆那教徒補哩那婆多羅（Pūrṇabhadra，滿賢）編訂而成[2]。現存《五卷書》至少有四個不同的版本，包括愛哲頓（Edgerton）的重構本、*Tantrākhyāyika*本、南方本（指《益世嘉言集》）和滿賢本。漢譯本《五卷書》就是季羨林先生從滿賢的梵本"修飾本"譯成的。

《五卷書》中唱歌的驢子故事，是該書卷五"不思而行"中的第五個故事。卷五的第四個故事是"三條魚的故事"（詳見本書第四章），其末尾以"一個朋友說的話也不應該置之不理"為題，引出一首偈頌：

> 不要再唱了吧，舅舅！
> 我勸過你，你卻照樣唱；
> 掛上了這一塊無比的寶石，
> 得到了唱歌的紀念章。（37）

得到金子的人給頂著輪子的人講的一個故事，就是愛唱歌的驢子優陀多（Uddhata）的故事。其具體情節如下：

（1）驢子和豺狼夜間去瓜地偷吃。
（2）驢子想唱歌，豺狼認為要偷偷幹事、且驢唱歌難聽而反對。

---

[1] 季羨林：《梵文〈五卷書〉：一部征服了世界的寓言童話集》，原載《文學雜誌》第2卷第1期，1947年。收入季羨林：《比較文學與民間文學》，北京大學出版社，1991年，第24-32頁。薛克翹：《〈五卷書〉與東方民間故事》，《北京大學學報》2006年第4期，第75-83頁。François De Blois, "The *Pañcatantra*: From India to the West—and Back", in: *A Mirror for Prince from India*, ed. by Ernst J.Grube, Bombay: Marg Publications, 1991, pp.10-15.

[2] McComas Taylor, *The Fall of the Indigo Jackal: The Discourse of Division and Pūrṇabhadra's Pañcatantra*, Albany: State University of New York Press, 2007.

（3）驢子講述唱歌的知識，且堅持要唱。

（4）豺狼先逃走。

（5）驢子唱歌被守田人發現，遭到痛打。人們在它的脖子上綁上一個木臼子。

（6）驢子帶著木臼子逃跑，被豺狼看見，遭到嘲笑。

豺狼諷刺驢子用的就是前文第37首的偈頌[1]。《五卷書》中的這個唱歌的驢子故事中並未穿插小偷的故事。該故事強調的是要善於聽取朋友的建議，如果一意孤行，就會落得不好的結局。該故事中最有特色的部分是驢子講述的唱歌的知識，這是古代天竺音樂文化的縮影。

2. 漢譯佛經中的本生故事：特牛與叫驢

漢譯佛經是古代天竺故事的寶庫之一，歷代《大藏經》中不僅有專門的本生、譬喻和佛傳故事集，如《生經》《六度集經》《賢愚經》《雜譬喻經》《舊雜譬喻經》《佛本行集經》《菩薩本緣經》《菩薩本生鬘論》等，還有一些故事散落在佛教三藏（經、律、論等文獻）之中，尤其是在根本說一切有部的系列律事之中。漢譯佛經中以動物爲主角的故事，數量衆多，常用作本生或者譬喻，來闡述佛教義理[2]。在漢譯佛經中，以驢爲主角的故事主要有《百喻經》（尊者僧伽斯那撰，蕭齊天竺三藏求那毘地譯）卷二的"雇借瓦師喻"、《群牛譬經》（西晉沙門法炬譯）等。在這些故事中，驢常被描繪爲愚蠢、無自知之明、受諷刺和嘲笑的形象，甚至被視爲"弊惡畜生"的象徵。

---

1 季羨林譯：《五卷書》，人民文學出版社，1981年，第377-380頁。Cf. C.Rajan,ed., *Viṣṇu Śarma: The Pancatantra*, London: Penguin,1993, p.413. A.W.Ryder, ed., *The Panchatantra*, Chicago: University of Chicago Press, 1956, p.446. Also Cf. Viṣṇu Śarma, *The Five Discourses on Worldly Wisdom*, New York: New York University Press, 2006. Patrick Olivelle, *Pañcatantra: The book of India's Folk Wisdom*, Oxford University Press, 1999. p.163.

2 梁麗玲：《漢譯佛典中的動物故事之研究》，文津出版社，2010年。

驢的故事也見於佛教戒律文本之中。大衆部《摩訶僧祇律》（東晉天竺三藏佛陀跋陀羅共法顯譯）卷六的"驢與豆主"的故事，是佛陀講述的二摩訶羅的本生故事，屬於律本生之一。此故事用來批評"更相欺誑和合已，然後歡喜"這一違背戒律的行爲。比《摩訶僧祇律》時代稍晚的根本説一切有部的系列律事譯本，基本上出自初唐求法高僧與譯經大師義淨之手。他翻譯的《根本説一切有部毘奈耶破僧事》，共二十卷，其中的卷十收録了一個驢唱歌的故事。其内容并不太複雜，現引用如下：

> 于時二尊對薄伽畔並諸大衆，具爲説彼提婆達多（Devadatta）及高迦離迦（Kokālika）並晡刺拏（Pūraṇa）捺落迦（Naraka）中所受苦事。既廣陳已，時諸苾芻咸共疑念，遂便請問斷疑世尊曰："大德世尊！何故提婆達多，尊所告言不肯見用，墮阿毘止（Avīca），受大極苦，以至斯耶？"世尊告曰："汝諸苾芻！非但今日不用我言受斯刑酷，曾於往世不受我言遭其苦惱。汝等應聽！我曾於昔在不定聚行菩提薩埵行時，中在牛趣，爲大特牛。每於夜中，遂便於彼王家豆地隨意飡食。既其旭上，還入城中，自在眠卧。時有一驢，來就牛所，而作斯説：'大舅！何故皮膚血肉悉並肥充？我曾不覩暫出遊放。'牛告之曰：'外甥！我每於夜，出飡王豆，朝曦未啓，返迹故居。'驢便告曰：'我當隨舅同往食耶？'牛遂告曰：'外甥！汝口多鳴，聲便遠及，勿因斯響反受纓拘。'驢便答曰：'大舅！我若逐去，終不出聲。'遂乃相隨至其田處，破籬同入，食彼王苗。其驢未飽，寂爾無聲，既其腹充，即便告曰：'阿舅！我且唱歌。'特牛報曰：'片時忍響，待我出已，後任外甥作其歌唱。'作斯語已，急走出園。其驢於後遂便鳴唤。于時王家守田之輩，即便收掩，驅告衆人：'王家豆田，並此驢食。宜須苦辱，方可棄之。'時守田人截驢雙耳，並以木臼，懸在

其咽。痛杖鞭骸,趁之而出。其驢被辱,展轉遊行,特牛既見,遂於驢所,說伽他曰:

善歌大好歌,由歌果獲此。
見汝能歌唱,截却於雙耳。
若不能防口,不用善友言;
非但截却耳,舂白項邊懸。

驢復伽他而答之曰:

缺齒應小語,老特勿多言。
汝但行夜食,不久被繩纏。"

世尊告曰:"汝諸苾芻!勿生餘念。往時特牛者,即我身是。昔日驢者,即提婆達多是。往昔不用我言,已遭其苦。今日不聽吾說,現受如斯大殃。"[1]

李小榮在討論《黔之驢》故事的源流時已經關注過該故事,有發覆之功[2]。據唐西京西明寺沙門圓照《貞元新定釋教目錄》卷十三記載,《破僧事》的翻譯年代是在大周證聖元年(695)至大唐景雲二年(711)之間[3]。而從吉爾吉特(Gilgit,今屬巴控克什米爾地區)出土的梵本《破僧事》(*Saṅghabhedavastu*)約抄寫於六、七世紀[4],這說明此故事在天竺流傳並被收入佛經中的時間至少要早於七世紀中期。該故事應是一個民間故事,後被根本說一切有部的譬喻師收錄到《破僧事》之中,作為批判提婆達多(佛

---

1 《大正新修大藏經》第二十四冊,第 151 頁上欄至中欄。
2 李小榮:《佛教與〈黔之驢〉——柳宗元〈黔之驢〉故事來源補說》,《普門學報》2006 年第 2 期。修改稿收入李小榮:《晉宋宗教文學辨思錄》,人民出版社,2014 年,第 86-94 頁。
3 《大正新修大藏經》第五十五冊,第 869 頁上欄。有關義淨的律典研究,參見陳明:《唐代義淨的律典翻譯及其流傳:以敦煌西域出土寫卷為中心》,《文史》2015 年第 3 輯,第 145-176 頁。
4 Raniero Gnoli, ed., *The Gilgit Manuscript of the Saṅghabhedavastu: Being the 17th and Last section of the Vinaya of Mūlasarvāstivādin*, part I, Part II, Rome: Instituto Italiano par il Medio ed Estremo Oriente, 1977-1978.

陀的堂兄弟，從事破壞僧團和合的主要人物）的系列故事中的一個。該故事中出現了特牛和驢兩種動物，分別是佛陀和提婆達多的前生形象。該故事的目的是說明"不用我（指佛陀）言，受斯刑酷"或"不受我（指佛陀）言，遭其苦惱"，其中的驢所犯的最大錯誤並非本性難改，而是不能聽從善意的勸告。因此，該故事的主旨是要善於聽從勸告，否則必然受到懲罰。此故事中，驢被痛辱是咎由自取，驢因鳴喚而暴露真實面目的情節，如李小榮所言，亦見於《群牛譬經》中世尊所說的一個譬喻，内容如下：

> 爾時，世尊告諸比丘："譬如群牛，志性調良，所至到處，擇軟草食、飲清涼水。時有一驢，便作是念：'此諸群牛，志性調良，所至到處，擇軟草食、飲清涼水。我今亦可効彼，擇軟草食、飲清涼水。'時彼驢入群牛中，前脚跑土，觸嬈彼群牛，亦効群牛鳴吼，然不能改其聲：'我亦是牛。我亦是牛。'然彼群牛，以角觝殺，而捨之去，此亦如是。"[1]

該譬喻在《本事經》（唐代玄奘法師譯）卷六的一首偈頌中被歸納爲："如世間有驢，與牛形相異。/ 而逐牛群後，自號是真牛。"[2]

雖然《破僧事》與《五卷書》的驢子唱歌故事背後所隱含的宗教分別爲佛教和印度教，但從主旨上看，二者均表達了要善於聽取別人的意見或建議，反之則會受害的觀點。《破僧事》中，出於批評反面人物提婆達多的需要，根本説一切有部的譬喻師（或愛好講說故事的僧衆）將源自民間的此故事，引入該部派所執持的律典之中，使之完成佛教化的過程。這類引用天竺民間故事入佛經中的做法較爲常見。

---

[1] 《大正新修大藏經》第四册，第800頁中欄。
[2] 《大正新修大藏經》第十七册，第691頁上欄。

第三節　兩個波斯語本《鸚鵡的傳說》(*The Tooti Nameh, or Tales of a Parrot*)中的故事：唱歌的驢子

前述《鸚鵡故事七十則》有三個波斯語譯本。其中，伊瑪德的譯本，筆者尚未獲取，本章暫不涉及。在其餘兩個波斯語譯本中，均出現唱歌的驢子的故事，現簡要討論如下：

1. 納沙比克譯本《鸚鵡的傳說》的故事：《唱歌的驢子和跳舞的砍柴者》

在梵文本《鸚鵡故事七十則》中，並沒有與唱歌的驢子類似的故事。納沙比克的《鸚鵡的傳說》譯本中的故事並非全部來自《鸚鵡故事七十則》，其中有些故事來自《五卷書》或者其他故事集。納沙比克譯本《鸚鵡的傳說》第一卷中收錄了《唱歌的驢子和跳舞的砍柴者》這一故事。納沙比克譯本也有漢文的選譯本，被稱作波斯寓言《鸚鵡夜譚》，連載在《風土什志》之中[1]。不過，《鸚鵡夜譚》選譯本並不完整，選譯了"海折絲小姐的故事""木匠和金匠的故事""神鳥""美麗的女神"等，沒有"唱歌的驢子"故事。

納沙比克譯本《鸚鵡的傳說》第一卷中的第三個故事"唱歌的驢子和跳舞的砍柴者"（Derez Ghoush oo Hezm Feroush, / Singing Ass & Dancing Faggot-maker）中，女主人赫杰斯塔對是否外出與情郎相會有些猶豫，而鸚鵡故意慫恿她外出，以"你爲了守住貞潔而承受的苦難正像那頭突然喜歡上嘶叫卻要保持沉默的驢子忍受的一樣多"，而引出這個故事。該故事的簡要

---

[1] 最雅耶·賴赫舍備著，劉書翰譯：《波斯寓言：鸚鵡夜譚》（連載故事），《風土什志》卷一第一期（創刊號），1943 年，第 75-83 頁；《波斯寓言：鸚鵡夜譚·續》，《風土什志》卷一第五期，1945 年，第 128-143 頁。又，劉書翰、謝揚青合譯：《波斯寓言：鸚鵡夜譚·續》，連載《風土什志》卷二第二期，1948 年，第 66-74 頁；卷二第三期，1948 年，第 51-56 頁；卷二第四期，1948 年，第 59-64 頁；卷二第五期，1949 年，第 39-44 頁；卷二第六期，1949 年，第 48-54 頁；卷三第一期，1949 年，第 50-52 頁；卷三第二期，1949 年，第 63-66 頁。

第三章 "唱歌的驢子"故事的來源及在亞洲的傳播　085

情節如下：

（1）一頭驢和一隻牝鹿結伴在花園中偷偷覓食。

（2）驢出現幻象而打算放聲歌唱。

（3）牝鹿爲了阻止驢，講述了入室偷竊的賊人酒醉大鬧而被主人殺死的故事。

（4）驢傲慢地拒絕了牝鹿的建議，而牝鹿再次講述了得到寶物的砍柴人因跳舞導致寶貝損毀而後悔的故事，即"砍柴人、仙人和滿滿的碗"的故事。

（5）驢仍不聽牝鹿的警告而放聲高歌，牝鹿逃走，驢被園丁們捉住打死，驢皮被做成包書的封皮[1]。

該故事中穿插了兩個小故事，而其最大的特色是，納克沙比的話語仿佛是電影中的話外音一樣，起到補充説明的作用。值得注意的是，此故事中穿插的第二個小故事"砍柴人、仙人和滿滿的碗"，不是來自《五卷書》或佛經，而有可能來自印度月天（Somadeva）的《故事海》。《故事海》第十卷《那羅婆訶那達多和舍格提耶娑婚姻》第一章中有"樵夫須跋達多（Śubhadatta）和如意罐的故事"。須跋達多是一位樵夫，他在樹林中精細服侍四位藥叉一個月，藥叉們很滿意，就賜給了他一個如意罐。回家之後，他每天從如意罐中獲取食物，不再勞作。有一天須跋達多喝醉了，扛著如意罐跳舞，結果摔碎了罐子，再度陷入貧困之中。該故事的主旨是"一旦受到命運詛咒，得到的東西也會失去。"從結構和内容來看，該故事與"砍柴人、仙人和滿滿的碗"基本一致，應是其源頭。該故事的結尾指出："那些不幸的人染上酗酒等惡習，喪失理智，即使得到了財富，也不知道怎麽保持財富。"[2]這實際上説的是做事要有節制而不能過度，因此，其涵義就

---

[1] M. Gerrans, tr., *Tales of a Parrot: Done into English, from A Persian Manuscript, Intitled Tooti Nameh*, Vol.I, London: Minerva Press, 1792, pp.37-52.

[2] （印度）月天著，黄寶生、郭良鋆、蔣忠新譯：《故事海》，中西書局，2024年，第455-456頁。

與驢唱歌的故事比較吻合了。類似的因惡習使寶物得而復失的故事，在印度佛經中也有。巴利文《本生經》第291個故事《寶瓶本生》（*Bhadra Ghaṭa Jātaka*）就是一例，不過，《寶瓶本生》與"砍柴人、仙人和滿滿的碗"故事有不少的出入，不是其源頭。

2. 卡迪利譯本《鸚鵡的故事》中的故事：一同被關入監牢的麋鹿和驢

卡迪利譯本《鸚鵡的故事》中第三十四個故事，名爲《一同被關入監牢的麋鹿和驢》。在赫傑斯塔（Khojistch）有禁欲的想法而對是否外出猶豫不決的時候，鸚鵡以"萬事總有皆宜的時候，眼下禁欲就像是驢子的歌聲那樣使人不快"爲由，向赫傑斯塔講述了這個故事。其故事情節非常簡略，大致如下：

（1）驢子和麋鹿在花園中偷草吃。

（2）驢子突然激動想要唱歌，麋鹿阻止，

（3）麋鹿講述了小偷在盜竊時因酒醉放聲高歌而被主人抓住。

（4）驢子堅持嘶叫，園丁和房主把驢子和麋鹿捆了起來。[1]

與《五卷書》相比，此處既沒有《五卷書》中有關音樂知識的大段描述；與納沙比克譯本相比，卡迪利譯本中的這個故事還缺少了三個主要成分，即：（1）納克沙比所插入的話語。（2）跳舞的砍柴者的故事。（3）對驢子形態和心態的描繪。此處故事的主旨是：做事要審時度勢，見機行事，否則下場不妙。

第四節　維吾爾語《鸚鵡的故事》中的第41則故事：驢子吟詩

印度民間故事（包括佛本生故事）在維吾爾族民間流行頗爲廣泛，回

---

[1] Francis Gladwin, tr., *The Tooti Nameh, or Tales of a Parrot: In the Persian Language, with An English Translation*. London: J. Debrett, 1801. Calcutta reprinted, 1977, pp.161-163.

鶻時期的回鶻民間文學受到印度宗教文化的較大影響。在故事的傳承方面，《五卷書》和《佛本生經》中的一些故事出現在回鶻語文獻之中[1]，并流傳到後世的維吾爾族民間文學之中。比如，維吾爾族民間故事《獅子和大雁》與印度佛教故事《慧鳥本生》有密切的關聯[2]；十六世紀葉爾羌汗國時期用察合台語創作的維吾爾族敘事長詩《世事記》受到印度民間童話《活了的木偶》的影響[3]。實際上，《活了的木偶》故事有多個版本流傳於世，略舉數例如下：

（1）納沙比克的波斯語譯本《鸚鵡的傳說》卷一中的故事《被美貌瓦解的友誼和七個情人的智慧樹之旅》[4]。

（2）卡迪利的波斯語譯本《鸚鵡的故事》中的第五個故事《爲一個女木偶而爭吵的金匠、木匠、裁縫和苦行僧》[5]。

（3）烏爾都語《鸚鵡故事》的第五個故事《木匠、金匠、裁縫與苦行僧因一個木偶而相互欺騙，羞愧難當》[6]。

（4）維吾爾語本《鸚鵡的故事》中的第六則故事《四個人大顯神通，七個人鐘情一女子，最後全部都失去了》[7]。

（5）哈薩克語本《鸚鵡傳奇》第十二章《木匠、首飾匠、裁縫和學者

---

[1] 楊富學：《印度宗教文化與回鶻民間文學》，民族出版社，2007年。

[2] 王繼平、楊富學：《從〈慧鳥本生〉到〈獅子和大雁〉——印度佛本生故事影響維吾爾民間文學之一例》，《民族文學研究》2005年第2期，第88-91頁。

[3] 楊波：《論維吾爾族文學的印度文化淵源——從〈世事記〉與一則印度民間童話的比較談起》，《新疆大學學報》2011年第3期，第129-133頁。

[4] M. Gerrans, tr., *Tales of a Parrot: Done into English, from A Persian Manuscript, Intitled Tooti Nameh,* London: Minerva Press, 1792, Vol.I, pp.53-66.

[5] Francis Gladwin, tr., *The Tooti Nameh, or Tales of a Parrot: In the Persian Language, with An English Translation,* Calcutta reprinted, 1971, pp.49-53.

[6] 孔菊蘭、袁宇航、田妍譯：《鸚鵡故事·僵尸鬼故事》，中西書局，2016年，第37-41頁。

[7] 帕麗旦木·熱西提：《維吾爾文版〈鸚鵡故事〉研究》，西北民族大學碩士論文，2013年，第51-53頁。

四個人的故事》[1]。

（6）土耳其語本《鸚鵡傳》中第九個夜晚鸚鵡所講的故事《用樹做的女孩與她的愛慕者們的故事》[2]。

（7）馬來語本《聰明的鸚鵡故事》（Hikayat Bayan Budiman）中的第六個故事《苦行者和木匠、金匠以及織匠的故事》[3]。

（8）哈薩克民間故事《三個同路人》[4]。

另一個與該故事結構類同但內容稍異的故事，爲印度《僵屍鬼故事二十五則》中的第二個故事，亦見於月天的《故事海》第十二卷第九章[5]，但烏爾都語本《僵屍鬼故事》中沒有此故事。

維吾爾語本《鸚鵡的故事》是從波斯語本翻譯而來的，與梵文本《鸚鵡故事七十則》有較大的不同。維吾爾語本《鸚鵡的故事》至少有兩個版本：第一個是譯自卡迪利的波斯語本《鸚鵡的故事》，共有三十五個故事。1982年，善平出版了此維吾爾譯本《鸚鵡的故事》的漢譯本[6]。第二個是1992年的現代版，共收錄了五十二個故事，因此，後者或譯作《鸚鵡故事五十二則》。"1992年，新疆古籍辦研究人員尼加提·穆合力斯和艾合買提·依米提在兩個察合台文獻的《鸚鵡故事書》的基礎上整理出版了維文版的《鸚鵡的故事》。"[7]可見，這個現代維文版的《鸚鵡的故事》的來源途徑爲：梵文本《鸚鵡故事七十則》—波斯語本《鸚鵡的故事》—察合台文《鸚鵡故

---

[1] 畢桪：《〈鸚鵡故事〉的哈薩克文譯本：〈鸚鵡傳奇〉》，林繼富主編：《中國民間故事講述研究》，中國社會科學出版社，2013年，第435-441頁。此見第440-441頁。

[2] 參見貝赫切特·內賈蒂吉爾編譯的現代土耳其語版《鸚鵡傳》，魏李萍漢譯本（待刊稿）。

[3] （新加坡）廖裕芳著，張玉安、唐慧等譯：《馬來古典文學史》，下卷，崑崙出版社，2011年，第33頁。

[4] 畢桪：《〈鸚鵡故事〉的哈薩克文譯本：〈鸚鵡傳奇〉》，林繼富主編：《中國民間故事講述研究》，中國社會科學出版社，2013年，第440-441頁。

[5] （印度）月天著，黃寶生、郭良鋆、蔣忠新譯：《故事海》，中西書局，2024年，第651-652頁。

[6] 善平譯：《鸚鵡的故事》，《新疆民族文學》1982年第4期，第107-135頁。

[7] 阿布都外力·克熱木：《論維吾爾文版〈鸚鵡故事五十二則〉的主題思想與結構特點》，《內蒙古師範大學學報》2014年第4期，第80-85頁。

事書》—現代維文版《鸚鵡的故事》。西北民族大學維吾爾語言文學學院阿布都外力·克熱木教授指導的碩士生帕麗旦木·熱西提在2013年完成了碩士學位論文《維吾爾文版〈鸚鵡故事〉研究》。其論文中還包括現代維吾爾文版《鸚鵡的故事》的全文漢譯[1]。根據此漢譯本可知，維吾爾語《鸚鵡的故事》涉及的母題主要有求子、背叛和考驗等母題，其內涵十分豐富，對探究中國新疆與印度的文化交流，以及故事中的多元宗教意涵的關聯及其轉變，具有重要的價值[2]。

如上所述，維吾爾民間故事與古代天竺的故事有不少的關聯。穆罕默德吐爾遜·吐爾迪《〈五卷書〉與維吾爾民間故事》一文中列舉了十二個與《五卷書》對應的維吾爾民間故事，其中沒有提及"唱歌的驢子"故事[3]。維吾爾語《鸚鵡的故事》中的第四十一則故事爲《一頭驢因爲吟詩陷入霉運，樵夫愚蠢地打破罐子的故事》，這是在第四十一天的夜晚鸚鵡所講的故事。女主人胡佳斯坦以奧馬爾·依本·阿卜杜艾則孜哈里發的行爲爲楷模而準備走向虔誠純潔之路，鸚鵡則以"純潔與善行應擇時而爲"爲據，點明女主人"選擇走虔誠純潔之路，無異於驢子吟詩秀風雅般，不合時宜"，從而引出該故事。其故事的情節如下：

（1）驢子和野馬去莊園覓食。

（2）驢子春心蕩漾，想吟誦詩歌。野馬反對，並講述强盗的故事。

（3）驢子反駁野馬，野馬講述樵夫因跳舞砸爛寶罐而後悔的故事。

（4）驢子不聽勸阻而叫喚吟詩，野馬逃離，而驢子被園丁抓住暴打至死，且被剝皮。

---

[1] 帕麗旦木·熱西提：《維吾爾文版〈鸚鵡故事〉研究》，西北民族大學碩士論文，2013年。

[2] 阿布都外力·克熱木：《淺論維文版〈鸚鵡故事〉的主要母題及其文化內涵》，《西北民族大學學報》2012年第5期，第46-54頁。

[3] 穆罕默德吐爾遜·吐爾迪：《〈五卷書〉與維吾爾民間故事》，《喀什師範學院學報》1995年第2期，第92-94、88頁。

在故事的結尾,還有一首詩,即:

乃夏比,朋友的規勸,
你要無條件地得以接受,
不聽勸告終會臉面發黃,
決不信賴敵人的勸說。[1]

這也是該故事的旨意。此旨意與《五卷書》《破僧事》等上述故事大致相同。從情節來看,該故事與納沙比克譯本《鸚鵡的傳說》中的《唱歌的驢子和跳舞的砍柴者》基本一致,這也說明此處是從納沙比克譯本中挑選譯成的。當然,二者也有一些不同,比如,伴隨驢子的動物由麋鹿變成了野馬,因爲野馬的出場更符合新疆維吾爾族民衆生活區域中的"動物世界"。此外,將"唱歌"改爲"吟詩",也與維吾爾族遊牧詩人的生活特徵吻合。

第五節　土耳其語《鸚鵡傳》中的故事:在不合時宜的時候啼叫的驢

最早的奧斯曼語譯本《鸚鵡傳》成書於1538年,其後又經過多次的增刪和修訂,有多個版本存世。目前所通行的現代土耳其語版《鸚鵡傳》,是貝赫切特·內賈蒂吉爾(Behcet Necatigil)在1974年編譯的,其中收錄了七十三個故事,涉及三十個晚上。此現代土耳其語版《鸚鵡傳》與梵本《鸚鵡故事七十則》已經有了非常大的差距,較多體現了印度文化、伊斯蘭文化和突厥文學傳統及宗教文化的融合。北京大學外國語學院的博士生魏麗萍將此現代土耳其語版《鸚鵡傳》譯成漢文。根據她的漢譯本,在第二十六個晚上,鸚鵡共講了四個故事,即《狡猾的謝赫爾·阿拉姆的故事》《羅馬公主

---

[1] 帕麗旦木·熱西提:《維吾爾文版〈鸚鵡故事〉研究》,西北民族大學碩士論文,2013年,第124–125頁。

的故事》《在不合時宜的時候啼叫的驢的故事》和《在不合時宜的時候跳舞的樵夫的故事》。其中前兩個故事與本章所討論的問題無關，暫且不論。後兩個故事與納沙比克譯本《鸚鵡的傳説》中的《唱歌的驢子和跳舞的砍柴者》、維吾爾語《鸚鵡故事》中的《一頭驢因爲吟詩陷入霉運，樵夫愚蠢地打破罐子的故事》大體相同，不一樣的地方主要體現在故事引出的場合與方式不同。土耳其語《鸚鵡傳》中的驢鳴的故事是在《羅馬公主的故事》結尾處引出來，以點明時候不當所做事情的後果就如同驢亂叫被殺一樣。驢鳴故事的簡要情節如下：

（1）驢子和野牛去花園偷食。

（2）驢子想啼叫，野牛反對。驢子諷刺野牛不懂音樂。

（3）野牛講述樵夫因在不適當的時候跳舞而遭遇災難的故事。

（4）驢子不聽勸阻而叫唤，野牛與驢子一起被園丁捉住，下場悲慘。

《鸚鵡傳》此處沒有插入小偷的故事，其結局也與前文所述的幾則相關故事略有不同。從文體來看，它也沒有像納沙比克譯本、維吾爾語本中那樣採取韻散結合的形式，即大部分故事中均有夾雜在散文中的詩歌。《鸚鵡傳》中的此故事還引用了《古蘭經》中的話語。其故事主旨是説明做事要在適當的時候，否則結局不妙。

第六節　哈薩克斯坦語《鸚鵡傳奇》中的故事：公牛和驢

哈薩克族散居新疆天山以北的草原地區，其民間文學也是絲綢之路文學百花園中的一朵鮮花，體裁多樣，内容豐富[1]。哈薩克民間流傳的一些故事也與天竺故事有著千絲萬縷的聯繫。天竺故事集《僵尸鬼故事二十五則》傳

---

[1] 畢桪：《哈薩克民間文學概論》，中央民族大學出版社，2006年；《哈薩克民間文學探微》，中央民族大學出版社，2012年。

入西藏，成爲《尸語故事》[1]，再度傳入蒙古族[2]和滿族生活的地區[3]，而《尸語故事》中的一些故事在哈薩克民間口傳文學中也能找到相應的痕迹[4]。哈薩克民間流傳的霍加·納斯爾（即阿凡提）的故事以及《兩隻大雁和一隻青蛙》《三句話》等故事，也與印度《五卷書》等古代故事集以及佛教文學有著不解之緣[5]。不過，因爲時代和地域文化的差異，印度故事流傳到哈薩克民間之後也會産生新的演變，并逐漸成爲哈薩克當地文化的養分而被充分吸收[6]。

哈薩克民間故事中有不少的動物故事，與周邊民族的動物故事有不少關聯，其中亦不乏源自印度者[7]。或謂收録了四十個故事的哈薩克《鸚鵡故事四十章》（或譯《鸚鵡四十枝》）是來自印度的《鸚鵡故事七十則》，但後者傳入哈薩克族的具體時代並不清楚。當代哈薩克文譯本《鸚鵡傳奇》是1904年從塔塔爾文本翻譯過來的。《鸚鵡傳奇》共七十二章，每章基本上是一個故事。畢桪教授指出，"哈薩克文譯本《鸚鵡傳奇》也和烏爾都語《鸚鵡故事》一樣，其中包括和《五卷書》以及其他印度故事集裡相似的故事"，不過，"《鸚鵡傳奇》有許多故事並不是照搬《五卷書》《故事海》等印度故事集裡的故事，它們祇是大體相同，在情節上多有詳略的區別。"

---

1 班貢帕巴·魯珠著，李朝群譯：《尸語故事》，西藏人民出版社，1983年。Sandra Benson, tr., *Tales of the Golden Corpse: Tibetan Folk Tales*, Massachusettes: Interlink Publishing Group, 2007. 又，李連榮、諾日尖措：《簡論安多口承〈尸語故事〉》，《民族文學研究》2007年第4期，第139-143頁。

2 陳崗龍、色音：《蒙藏〈尸語故事〉比較研究》，《民族文學研究》1994年第1期，第55-60頁。陳崗龍：《〈尸語故事〉：東亞民間故事的一大原型》，《西北民族研究》1995年第1期，第206-219、202頁。

3 季永海譯：《尸語故事》，中央民族大學出版社，2001年。

4 畢桪：《哈薩克族民間的口頭〈尸語故事〉》，《伊犁師範學院學報》2016年第1期，第14-17頁。

5 畢桪：《霍加·納斯爾和印度故事》，《民族文學研究》2003年第1期，第41-48頁。劉守華：《佛經故事與哈薩克民間故事》，《西北民族研究》2010年第1期，第178-183頁。郭建新：《〈五卷書〉與哈薩克民間故事》，《佳木斯大學社會科學學報》2015年第1期，第135-136頁。

6 再娜甫·尼合買提：《印度故事在哈薩克文學中的演變》，《新疆教育學院學報》1998年第3期，第52-54頁。

7 畢桪：《哈薩克民間源自印度的動物故事》，收入氏著《哈薩克動物故事探析》，民族出版社，2014年。又，畢桪：《哈薩克族與其他民族的動物故事》，《伊犁師範學院學報》2013年第3期，第1-4頁。畢桪：《哈薩克族與其他兄弟民族的動物故事》，《伊犁師範學院學報》2015年第2期，第1-4頁。

他還拈出《鸚鵡傳奇》第六十章《公牛和驢的故事》與《五卷書》第五卷第五個故事是很相似的[1]。《鸚鵡傳奇》中的《公牛和驢的故事》不是獨立出現的故事，而是連接在第五十九章《秦皇帝珐胡爾的故事》之後，以"不合時宜地做事，就如同驢不合時宜地嘶叫一樣，到頭來是要倒霉的"而引出該故事。《公牛和驢的故事》的情節如下：

（1）犍牛和驢進入花園偷食鮮果。

（2）驢兒嚎哭，想嘹亮高歌，犍牛勸阻。

（3）犍牛講述《砍柴人的故事》（第六十一章）。

（4）驢不聽勸阻，大聲嘶叫，引來園丁。

（5）犍牛被殺，驢被抓住幹活。

《鸚鵡傳奇》中的唱歌的驢的故事，與土耳其語《鸚鵡傳》一樣，也是橫跨了兩個故事。犍牛還引用了《古蘭經》第三一章《魯格曼》中的話語"最討厭的聲音，確是驢子的聲音"[2]。可見，該故事中亦染上了伊斯蘭教的色彩。

第七節　三個不同民族的民間故事異本

除了上述的各種故事集當中所收錄的唱歌的驢的故事之外，該故事的各種異本也以單個故事的形式在多個民族的民間流傳，至少有如下三個文本：

1. 印度民間故事《愛唱歌的驢》

《愛唱歌的驢》是一個單獨的民間故事，其前後文未出現與其他故事的關聯，中間也沒有插入其他的故事，因此，它並非是連環穿插式故事中的一

---

[1] 畢樺：《〈鸚鵡故事〉的哈薩克文譯本：〈鸚鵡傳奇〉》，林繼富主編：《中國民間故事講述研究》，中國社會科學出版社，2013年，第435-441頁。畢樺：《〈鸚鵡故事七十則〉與〈鸚鵡傳奇〉》，《伊犁師範學院學報》2014年第2期，第6-9頁。

[2] 馬堅譯：《古蘭經》，中國社會科學出版社，2003年，第308頁。

環，其敘事也沒有採用本生故事的形式[1]。《愛唱歌的驢》的情節並不離奇曲折，相當簡明。其情節大致如下：

（1）洗衣匠的一頭老驢，與豺結交爲朋友，然後結伴去瓜地偷瓜吃。

（2）驢吃飽後，想放聲歌唱。豺勸阻。

（3）驢指責豺不懂音樂，堅持要唱。豺先行逃走。

（4）驢高聲練唱，被人發覺，飽受毒打，脖子上套上了大石頭。

（5）豺諷刺驢，驢認錯。

與前引《五卷書》中的故事相比，《愛唱歌的驢》沒有詳細的有關音樂的敘述，也沒有採取框式結構。與《破僧事》的驢鳴本生相比，《愛唱歌的驢》相當於該本生的前生故事部分，沒有與今世的對照關係，而且在兩隻動物的對話中，也沒有夾雜偈頌。這體現了《愛唱歌的驢》在口頭流傳過程中的簡明性，不像《五卷書》和《破僧事》已經過學者的"文本化"過程。此外，還有一個細節值得注意。在《五卷書》的漢譯本中，驢稱豺爲"外甥"，豺稱驢爲"舅舅"。而《愛唱歌的驢》的漢譯本中，驢和豺相互之間稱"侄子"和"大叔"。前者與《破僧事》的驢鳴本生中的稱呼相一致，而且也符合古代天竺的稱呼習俗。比如，義淨譯《根本説一切有部毘奈耶》卷二十六云："聖方國法，喚老者爲舅、名少者爲外甥。牛見野干年老喚言：'阿舅！豈可溫風吹身困極垂耳耶？'野干報曰：'外甥！何獨溫風吹我身體，更有音息有同火焰。'"[2]這種互稱甥舅的習俗僅僅是古代天竺的習俗，在其他地方不常見。

2. 哈薩克民間故事《牛和驢》

與絲綢之路上的多個遊牧民族一樣，哈薩克族也有豐富的民間文學，其

---

1 王樹英、石懷真、張光璘、劉國楠編譯：《印度民間故事》，北京大學出版社，1984年，第125-126頁。又，王樹英、雷東平、張光璘、臧峻編譯：《印度神話與民間故事選》，中國社會出版社，2013年，第162-163頁。

2《大正新修大藏經》第二十三册，第768頁上欄至中欄。

民間故事頗具特色[1]，其中與本民族社會生活息息相關的動物故事[2]，亦引人入勝。哈薩克民間故事中有一則《牛和驢》的故事，茲轉引畢桪教授對該故事的漢譯如下：

> 一天，牛和驢同路。它倆來到一個地方，進了一個大果園。在那裡吃飽了以後，驢想大聲叫喚。這時，牛勸它說："咱們是偷偷進來的，你不要大聲喊叫。"驢說："我吃飽以後沒有比喊叫更好的了。"它還是扯著嗓子喊。園丁們聽見驢的喊叫聲，趕過來，抓住了牛和驢，狠狠折磨了一番，給驢上了套，讓它拉磨，把它朋友牛做成了烤肉吃。就這樣，驢的叫聲讓它一生受折磨。

畢桪教授指出，此則《牛和驢》的故事與哈薩克語《鸚鵡傳奇》第六十章《公牛和驢的故事》情節相似，雖然前者刪略了不少對話成分，也沒有穿插有關砍柴人的故事。郭建新《〈五卷書〉與哈薩克民間故事》一文中，對哈薩克民間的一則故事《牛和驢》與《五卷書》第五卷第五個故事進行了比較研究。作者認爲，《牛和驢》在細節上發生了些許變化，包括出場的動物、故事的地點、故事的結局等方面，但"兩則故事的主題和情節結構保持了一致"，就二者的關係而言，"哈薩克的這則《牛和驢》的故事原型來自於《五卷書》的說法是合理的。"[3]就故事的源頭而言，哈薩克的民間故事《牛和驢》與《鸚鵡傳奇》第六十章《公牛和驢的故事》均與《五卷書》中的故事有很深的淵源關係。

---

1 《哈薩克族民間故事選》，上海文藝出版社，1982年。銀帆：《哈薩克族民間故事》，上海文藝出版社，1986年。
2 李晶：《試論哈薩克動物故事的形成原因》，《現代交際》2011年第8期，第63頁。
3 郭建新：《〈五卷書〉與哈薩克民間故事》，《佳木斯大學社會科學學報》2015年第1期，第135-136頁。另見郭建新：《〈五卷書〉與哈薩克民間文學的比較研究》，伊犁師範學院碩士學位論文，2015年6月，第8頁。

3. 阿拉伯民間故事《本性難改的驢子》

《誰是百獸之王：世界寓言選》中有一則故事，名爲《本性難改的驢子》[1]，其情節如下：

（1）驢和野牛去園子中偷食。

（2）驢要放聲嘶叫，野牛勸阻。驢認爲自己有音樂天賦。

（3）野牛講述了庫爾德凡的一個"硬是要跳舞的樵夫"的故事。

（4）驢不聽勸阻，大聲嘶叫，引來園丁。

（5）野牛被殺，驢被套上鞍具幹活，直到累死。

該故事末尾注明出自《鸚鵡書》，有人認爲"《鸚鵡書》實爲印度《五卷書》的波斯語和突厥語的譯本。此書對西方學者有著極大的影響。"[2]此注釋顯然不確，一來所謂《鸚鵡書》並未注明是何種版本，或許是指《鸚鵡傳》（*Tūti-nāma*）一書。二來該書並非《五卷傳》的譯本。從上述故事情節來看，《本性難改的驢子》應出自《鸚鵡傳》（*Tūti-nāma*）一書。《本性難改的驢子》作爲單個故事在阿拉伯民間流傳的可能性也是很大的。

第八節　與《黔之驢》相似的故事文本補説

在中國文人作品中，與驢相關的最有名的故事是唐代柳宗元的《黔之驢》。就故事的來源而言，《黔之驢》並非是中土自有的，而是與印度民間故事和佛經故事有密切的關係。季羨林先生早在1947年就追溯了《黔之驢》

1（德）巴爾巴拉·格爾茨搜集整理，袁丁譯：《誰是百獸之王：世界寓言選》，安徽人民出版社，1982年，第135-137頁。

2 吴廣孝等主編：《世界經典文圖寓言故事·波斯阿拉伯卷》，吉林人民出版社，1996年。

的取材來源，他找出了六個相關的故事文本，如下[1]：

（1）《五卷書》第四卷第七個故事：披虎皮的驢

（2）《嘉言集》（《益世嘉言集》）第三卷第三個故事：披虎皮的驢

（3）《故事海》英譯本第五冊的一個故事：披豹皮的驢[2]

（4）巴利文《本生經》第189個故事：《獅皮本生》（*Sīhacamma Jātaka*）

（5）《伊索寓言》中的故事：蒙獅子皮的驢

（6）《拉封丹寓言》中的故事：《驢蒙獅皮》[3]

在季先生論文的基礎上，陳允吉先生在漢譯佛經中，又找出三例相關的史料，即：

（7）西晉法炬譯《佛說群牛譬經》（另見《增一阿含經》卷二十、《經律異相》卷四十七引之）

（8）鳩摩羅什譯《衆經撰雜譬喻》：師子皮被驢

（9）玄奘譯《大集地藏十輪經》：驢被師子皮[4]

從論述的角度來說，季先生涉及該故事在歐亞世界的傳播，揭示了黔之驢之形象的域外影響。陳允吉先生比較偏重追尋該故事在中土漢譯佛教文獻語境中的中介。二者的論述均有重要的學術價值，對後續的研究有極大的啓發作用[5]。李小榮在《佛教與〈黔之驢〉——柳宗元〈黔之驢〉故事來源補説》中又找到與之相關的兩則新的文本史料，即：

---

1 季羨林：《柳宗元〈黔之驢〉取材來源考》，原載《文藝復興》上冊（中國文學研究專號），1948年。收入季羨林：《比較文學與民間文學》，北京大學出版社，1991年，第48-54頁。

2 黃寶生、郭良鋆、蔣忠新譯：《故事海選》，人民文學出版社，2001年，第317頁。

3 《拉封丹寓言》第五卷第21個故事：披著獅皮的驢。李玉民譯：《拉封丹寓言詩全集》，灕江出版社，2014年，第84頁。又，楊松河譯：《拉封丹寓言詩全集》，譯林出版社，2004年，第206頁。

4 陳允吉：《柳宗元寓言的佛經影響及〈黔之驢〉故事的淵源和由來》，收入《古典文學佛教溯源十論》，復旦大學出版社，2002年，第201-233頁。

5 曹剛華：《以史證文："黔之驢"的真正殺手》，《歷史學家茶座》第十輯，山東人民出版社，2007年，第148-155頁。

（10）敦煌遺書P.3021+P.3876《道教中元金籙齋講經文》中所引的一則譬喻：披麻作獅子皮的驢。

（10a）《根本說一切有部毗奈耶破僧事》卷十：驢鳴本生[1]。

與《黔之驢》類似的民間故事，並不止上述十種。就內容而言，《破僧事》的驢鳴本生與《黔之驢》之間的差別較大，它不屬於後者的故事系列。

筆者目前找到的與《黔之驢》類似的民間故事（或曰"披動物皮的驢"型的故事），共有如下十幾種：

（11）波斯文《鸚鵡故事》中的第三十一個故事《披獅子皮的驢》。

（12）維吾爾文《鸚鵡的故事》中的第三十一個故事《商人的毛驢原形畢露》[2]。

（13）哈薩克語《鸚鵡傳奇》第五十一章《商人的驢的故事》[3]。

（14）土耳其語《鸚鵡傳》第二十三個夜晚鸚鵡所講的《披著獅子皮的驢的故事》[4]。

（15）法國寓言故事《驢子披上獅子皮》。

（16）西班牙寓言故事《披著獅子皮的毛驢》。

（17）希臘寓言故事《披著獅子的毛驢》。

（18）印度寓言故事《披著豹皮的毛驢》。

---

1 李小榮：《佛教與〈黔之驢〉——柳宗元〈黔之驢〉故事來源補說》，《普門學報》2006年第2期。修改稿收入李小榮：《晉宋宗教文學辨思錄》，人民出版社，2014年，第86-94頁。另見李小榮：《敦煌道教文學研究》，巴蜀書社，2009年，第369-370頁。

2 帕麗旦木·熱西提：《維吾爾文版〈鸚鵡故事〉研究》，西北民族大學碩士論文，2013年，第104頁。又，穆罕默德吐爾遜·吐爾迪《〈五卷書〉與維吾爾民間故事》（《喀什師範學院學報》1995年第2期，第92-96、88頁）一文中，歸納了12個故事，未提及"披獅皮的毛驢"這一故事。另參見阿布都外力·克熱木教授和帕麗旦木·熱西提同學翻譯的維吾爾語《鸚鵡的故事》漢譯本（待刊稿）。

3 參見畢桪教授翻譯的哈薩克語《鸚鵡傳奇》漢譯本（待刊稿）。

4 參見魏麗萍翻譯的土耳其語《鸚鵡傳》漢譯本（待刊稿）。

（19）《托爾斯泰文集》第十二卷《故事》中的《披著獅皮的驢》[1]。

（20）西藏《薩迦格言》中"五品"第一百五十個故事《驢蒙豹皮》[2]。

（21）青海藏族民間故事《狡猾必損己》[3]。

（22）蒙古族《如意鑰匙》第五章第二個故事《披虎皮的毛驢》[4]。

（23）印度民間故事《欺騙的下場》[5]。

"披動物皮的驢"的故事在丁乃通編著的《中國民間故事類型索引》中，編號爲214B，名爲"身披獅皮的驢子一聲大叫，現出原形"。其下列舉了兩個故事：即江介石，第25-26頁；代尼斯，第148頁[6]。艾伯華《中國民間故事類型》一書中，將《黔之驢》類型的故事，編爲第4號，名爲"老虎和驢"。其下列舉了兩個故事，即柳宗元集和戴尼斯，第149頁[7]。後者與丁乃通所列舉的是同一個故事。該類故事在金榮華《民間故事類型索引》中，編號亦爲214B，名爲"驢披獅皮難仿聲"。金榮華列舉的四個故事（即出自《五卷書》《故事海》《佛本生》《伊索寓言》），均爲季先生早已討論過的文本。

從以上列舉的文本資料可見，"披動物（虎、獅或豹）皮的驢"的故事流傳頗廣，涉及歐亞大陸的多個地區，也流傳到多個民族的民間故事大潮之中。除了這些文字文本之外，"披動物（虎、獅或豹）皮的驢"的故事還有一些相關的圖像資料，乃是古代的藝術家們用精美的圖像來描繪這一膾炙人口的故事。

---

1 陳馥譯：《托爾斯泰文集》第十二卷《故事》，人民文學出版社，1989年，第49頁。
2 萬么項傑：《論〈五卷書〉與〈薩迦格言〉的關係》，《西藏研究》2012年第4期，第98-104頁。
3 《青海藏族民間故事》，青海人民出版社，1984年；參見星全成：《從〈五卷書〉看印藏民間故事的交流與影響》，《青海民族學院學報》1987年第2期，第112-117頁。
4 滿達：《〈五卷書〉在蒙古地區的流傳——以〈如意鑰匙〉爲例》，《內蒙古師範大學學報》2014年第2期，第152-156頁。
5 李中傑譯：《天竺夜譚——印度民間故事選》，山東文藝出版社，1987年，第148-149頁。
6 丁乃通編著，鄭建成等譯，李廣成校：《中國民間故事類型索引》，中國民間文藝出版社，1986年，第41頁。
7（德）艾伯華著，王燕生、周祖生譯：《中國民間故事類型》，商務印書館，1999年，第13頁。

第九節　小　結

　　1926年，魯迅先生在《癡華鬘》（即《百喻經》，王品青標點）的題記中曾經指出，"嘗聞天竺寓言之富，如大林深泉，他國藝文，往往蒙其影響。"[1]不僅"披動物（虎、獅或豹）皮的驢"的故事可作爲一個例證，"愛唱歌的驢"這一故事也是如此。綜上可見，"愛唱歌的驢"這一故事發源於古代天竺的民間，後被文人利用，進入故事集《五卷書》，也演變爲佛教律藏文獻中的本生故事。該故事從天竺向外流傳，以《鸚鵡故事七十則》等系列的譯本和轉譯本爲中介，在中國（中原與新疆等地）、波斯、阿拉伯、中亞、土耳其等多個亞洲地區傳播，目前能找到的相關故事史料，共有10餘則之多。該故事涉及的語種有梵語、漢語、波斯語、烏爾都語、維吾爾語、哈薩克語、土耳其語等。該故事涉及的宗教背景至少有婆羅門教（印度教）、佛教、伊斯蘭教等三種不同形態。該故事既有民間口頭傳播的，也有以書面文本形式流傳的，甚至還有以圖像的形式作爲輔助方式流傳的。作爲動物故事，每個文本中或多或少點明了該故事的主旨。其主旨又大體可分爲兩大類型：其一，要聽取朋友的規勸；其二，做事要合時宜。維吾爾語《鸚鵡故事》中該故事的前後文甚至將兩個主旨都分別進行了說明。就敘事的形式而言，該故事文本系列中，有些是以單個故事的形式出現，有些則是以框架敘事（即連環穿插式）的形式出現；還有的是以較爲特殊的本生故事方式來敘述。其中插入的樵夫跳舞而損壞寶物的那個故事，與《故事海》中的"樵夫須跋達多和如意罐的故事"有明顯的同源關係。

　　本章雖然是一個比較簡要的民間故事的個案分析，但揭示該故事的源流對理解古代天竺故事在歐亞世界的傳播具有積極的意義。祇有在進行數量較多的、類似的個案分析的基礎上，我們纔能歸納或總結古代東方民間故事體

1　魯迅：《魯迅全集》第七卷《集外集·集外集拾遺》，人民文學出版社，2005年，第103頁。

系的複雜關聯性以及長時段、多區域的文化流通的多元性特徵。

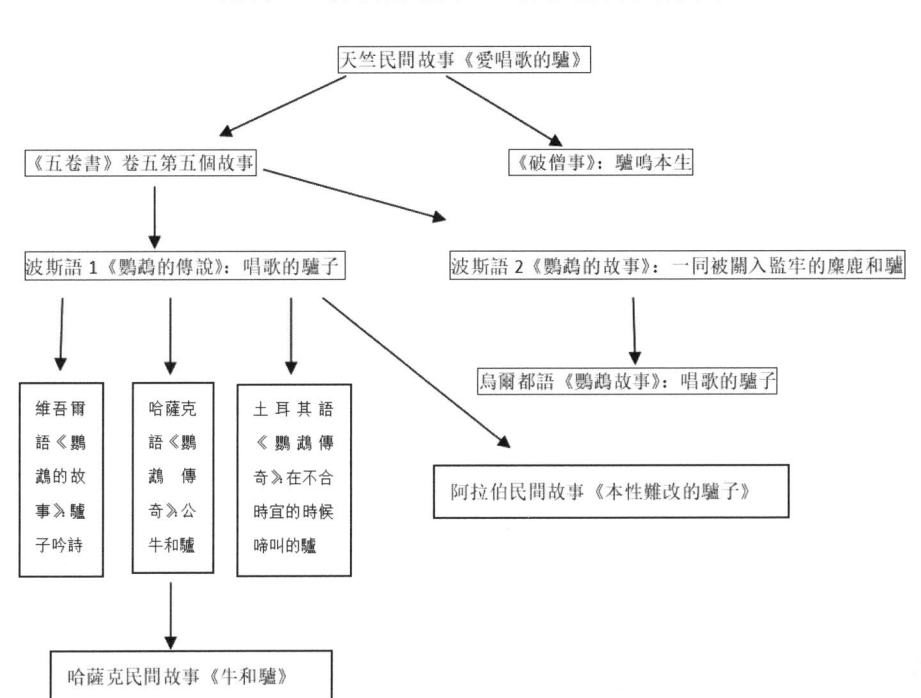

附錄："唱歌的驢子"故事流傳關係圖

```
                天竺民間故事《愛唱歌的驢》
                    ↙              ↘
    《五卷書》卷五第五個故事        《破僧事》：驢鳴本生
         ↙        ↘
波斯語1《鸚鵡的傳說》：唱歌的驢子    波斯語2《鸚鵡的故事》：一同被關入監牢的麋鹿和驢
   ↙    ↓    ↘                              ↓
                                    烏爾都語《鸚鵡故事》：唱歌的驢子
┌─────┐┌─────┐┌─────┐
│維吾爾││哈薩克││土耳其語│              ┌──────────────┐
│語《鸚││語《鸚││《鸚鵡傳│              │阿拉伯民間故事│
│鵡的故││鵡傳 ││奇》在不│              │《本性難改的驢子》│
│事》驢││奇》公││合時宜的│              └──────────────┘
│子吟詩││牛和驢││時候啼叫│
│     ││     ││的驢   │
└─────┘└─────┘└─────┘
         ↓
  ┌──────────────┐
  │哈薩克民間故事《牛和驢》│
  └──────────────┘
```

（致謝：本章使用了三種待刊的譯本資料，分別爲畢桪教授翻譯的哈薩克語《鸚鵡傳奇》漢譯本、阿布都外力・克熱木教授和帕麗旦木・熱西提同學翻譯的維吾爾語《鸚鵡的故事》漢譯本、魏麗萍同學翻譯的土耳其語《鸚鵡傳》漢譯本。經筆者同事陳崗龍教授居中聯繫，本章的引用得到上述譯者的同意，特此說明，並致以誠摯的謝意！）

第四章
古代歐亞"三條魚的故事"圖像的跨文化流變與圖文關係

　　印度古代佛教故事在絲綢之路流傳甚廣，並通過伊斯蘭文化的中介，遠播歐洲。巴利文佛教《本生經》中的"三條魚的故事"，不僅出現在印度史詩《摩訶婆羅多》、民間故事集《五卷書》《益世嘉言集》和《故事海》之中，也出現在阿拉伯語《凱里來與迪木奈》、粟特語民間故事寫卷、波斯語《瑪斯納維》、波斯語《老人星之光》、泰語《娘丹德萊的故事》以及《凱里來與迪木奈》的多種譯本或轉譯本（比如格魯吉亞語譯本、拉丁語譯本等歐洲多種語言的譯本）等多元與多語種文字文本之中。該故事不僅以文字文本的形式流傳亞歐大陸，而且還依託這些文本的插圖本，以圖像的形式進行跨時空、跨文化的流傳，本章透過梳理這一故事的文圖源流與文圖關係的變化，展示古代印度文學與宗教對外傳播的複雜性，並爲理解古代歐亞的文化交流提供一個有效的實證事例。

第一節　古代歐亞"三條魚的故事"的文本補説

　　筆者在《三條魚的故事——印度佛教故事在絲綢之路的傳播例證》一

第四章　古代歐亞"三條魚的故事"圖像的跨文化流變與圖文關係　103

文中，曾初步討論了該故事的文本與三幅圖像[1]。該文中所論述的"三條魚的故事"的文本主要有9種，即：巴利文佛教《本生經》中的"中思魚本生"、印度史詩《摩訶婆羅多》、民間故事集《五卷書》《益世嘉言集》《故事海》、粟特語民間故事寫卷、阿拉伯語《凱里來與迪木奈》（*Kalila wa Dimna*）、波斯語《瑪斯納維》、泰語《娘丹德萊的故事》。這些文本主要涉及南亞的佛經、史詩、民間故事集及其西亞或東南亞的譯本。

在古代歐亞地區，源自《五卷書》的《凱里來與迪木奈》有著複雜的文本傳播過程，其中，伊本·穆格法（Ibn al-Muqaffa，？—757）在750年翻譯的阿拉伯語本《凱里來與迪木奈》是非常關鍵的中介性文本。該書又有多個語種的再譯本或轉譯本，包括波斯語、希伯來語、馬來語、希臘語、拉丁語、格魯吉亞語、西班牙語、意大利語、法語、德語、英語、維吾爾語等。其中波斯語再譯本的情況值得特別關注，1144年（或謂1143—1145年間），納斯里（Naṣr Allāh Munshī）完成了一個新的波斯語譯本《凱里來與迪木奈》。該譯本的一個特點是較多引用了阿拉伯語詩句以及《古蘭經》中的內容，因此，一度較爲流行。帖木兒帝國時期，在贊助人速檀·忽辛·米兒咱(Sultan Ḥosayn Mīrzā Bāyqarā，1469—1506在位）的支持下，侯賽因·卡斯菲（Ḥusayn Vā'iẓ Kāshifī，？—1504/5）完成了一個更新的波斯語改譯本，一般依書名的字面意而稱之爲《老人星之光》（*Anvār-i Suḥaylī*，學界將其英譯爲：*The Light of Canopus*）。

據在北京大學任教的波斯語專家相告，此書名中的 *Suḥaylī*（老人星）並不是實指天上的星星，而是人名"蘇海力"或一種帶有寓意的稱號。卡斯菲並未將該譯本獻給速檀·忽辛·米兒咱，而是獻題給速檀·忽辛·米兒咱手下的一位伯克阿合買德·蘇海力（Aḥmad Sohaylī）。此人即《巴布

---

[1] 陳明：《三條魚的故事——印度佛教故事在絲綢之路的傳播例證》，《西域研究》2015年第2期，第63—83頁。

爾回憶錄》中的舍希姆·伯克（Sheikhim Beg）。"因他的筆名爲蘇海力（Suheili），故人們稱他爲舍希姆·蘇海力。他什麼樣的詩都寫，詩中常用令人驚恐的詞彙與比喻。"[1] Suḥaylī原本指天上的老人星。在《巴布爾回憶錄》中，巴布爾曾經提到過該詞，比如：

> 以前我還從沒有見過老人星（Suhail）。在我登上山時，見到南方出現一顆又亮又低的星。我問道："那莫不是老人星嗎？"人們回答我說："正是老人星"。巴基·石汗那背誦了這麼兩句詩：
> 老人星呀，你的光芒照往何方，你從哪裡升起？
> 當你的眼光落到誰的身上，這就是幸福的徵兆。[2]

由此可見，老人星的光芒乃是一種"幸福的徵兆"。書名 Anvār-i Suḥaylī 中取 Suḥaylī 一詞，有兩層含義，即舍希姆的筆名和天上的老人星。該詞也是爲了表達對贊助人或者高官們的感謝和讚美，這是中世紀以來波斯和中亞文學界常用的手法。此外，李玲莉同學還注意到，在後世的《凱里來與迪木奈》察合台語譯本——《伊瑪目之書》前言中，譯者毛拉·穆罕默德·鐵木爾曾經指出："哲理和智慧是屬於老人星的，學問從它的光芒裡汲取修養。"[3] 由此可知，所謂的"老人星之光"是一種譬喻，代表的就是"幸福的徵兆"或者"學問與智慧的來源"。根據上述對書名背後隱含意義的追溯，Anvār-i Suḥaylī 的漢譯名可音譯爲《蘇海力之光》，但依慣例仍取《老人星之光》之名。

---

[1]（印度）巴布爾著，王治來譯：《巴布爾回憶錄》，商務印書館，2010年，第274頁。
[2] 同上書，第196-197頁。
[3] 李玲莉：《從〈五卷書〉到〈老人星之光〉——文本與圖像流傳的梳理》，《西域研究》2021年第3期，第106-119頁。

《老人星之光》中删去了原波斯語譯本《凱里來與迪木奈》中的一些内容，特別是開篇有關白爾澤維（Burzuyah）的事迹部分，卻添加了其他一些故事[1]，因此，看似比納斯里的譯本更爲簡便（*āsān*），不過，該書整體風格上依舊顯得相當華麗。《老人星之光》深得讀者喜歡，成爲後世最流行的版本。1510年，阿里·切勒比（Ali Chelebi）將《老人星之光》翻譯爲突厥語文本，取名爲《胡馬雍之書》（*Humāyūn-nāme*）。

雖然《老人星之光》頗爲流行，但有一位身份獨特的讀者對此卻並不認可。該讀者就是不認識字卻又喜歡"聽讀"的莫卧兒王朝阿克巴（Akba）大帝。阿克巴認爲《老人星之光》仍然過於華麗難懂，尚未達到通俗易曉的程度，因此，他讓當朝最有學問的大臣法兹爾（Abū al-Fazl，？—1602）對其進行改編。1578年，法兹爾將該書編譯爲《智慧的試金石》（*'Iyār-i dānish,/ Touchstone of Wisdom*）。與《老人星之光》相比，《智慧的試金石》就要通俗得多，且將有關白爾澤維的開篇部分又補了回來。

"三條魚的故事"並不是一個很複雜的故事，在《凱里來與迪木奈》系列（譯本、再譯本、轉譯本等）中，該故事的内容大體上沒有太大的變化。其敘事情節可簡要歸納如下：

（1）在某水域中生活著三條魚。
（2）某次，三條魚聽到漁夫想要捕魚的談話。
（3）第一條魚在漁夫下網之前就預先逃掉了。
（4）另一條魚在漁夫下網之後隨機應變，也設法逃脱生天。
（5）第三條魚聽天由命，在漁夫下網後沒能逃脱被捉殺的命運。

回顧阿拉伯、波斯文學史，記載了"三條魚的故事"的諸文本中，中古波斯大詩人莫拉維（Mathnawī；又名魯米/Rumi，1207—1273）的長詩

---

[1] Christine van Ruymbeke, *Kāshefi's Anvār-e Sohayli: Rewriting Kalila and Dimna in Timurid Herat*, (Studies in Persian cultural history, Vol.11), Leiden/Boston: E.J.Brill, 2016.

《瑪斯納維》最有特色。根據《凱里來與迪木奈》中的故事情節,《瑪斯納維》將"三條魚的故事"分成三段穿插在不同的詩行中,因此,形式上獨具一格。

《老人星之光》中的第十五個故事就是"三條魚的故事",通過兩種不同的人生態度——最謹慎(在災難來臨之前就事先脫身)和謹慎(面臨災難而不恐懼慌亂,尋找機會安然無恙),引出該故事。雖沒有像《瑪斯納維》那樣採取分拆穿插的方式,但《老人星之光》中對"三條魚的故事"的再書寫,也是非常有特色的,因此,值得進一步分析。該處對自然環境、季節的描繪顯得非常優美,這三條魚的性情分別被稱作"Very Cautious""Cautious"和"Helpless",類似於"全智""半智"和"愚昧"。在面臨漁夫捕魚這一大難臨頭之際,對三條魚不同的心理活動以及行為方式,都進行了比較細緻的刻畫。尤其突出的是,該譯本插入了不少詩頌,將詩頌與對故事情節的闡釋聯繫在一起,極大地擴展了故事分析的內涵。

就文本內容而言,阿拉伯語、波斯語本《凱里來與迪木奈》中的"三條魚的故事"均比較簡略[1]。馬來語譯本《凱里來與迪木奈》(*Kalilah dan Dimnah*)中也是闡釋不同處事態度的三種人:精明者預先做好準備;聰明人遇事靈活應變;柔弱者遇事一觸即潰。該故事內容如下:

> 有三隻魚兒安靜地在一個魚塘裡生活。第一條魚兒非常聰明,第二條魚兒也很聰明,可不比第一條魚兒聰明,而第三條魚兒既愚笨又弱勢。魚兒們都居住在靠近一條河流的魚塘裡,這兩個地方由一條水道連通。這樣一來,魚兒可以在這兩個地方來回遊動。
>
> 有一天,兩位漁夫走在河邊,他們見魚塘裡有魚兒,便說:"待會

---

[1] 相關漢譯,分別參見(阿拉伯)伊本·穆格法:《凱里來與迪木奈》(全譯本),李唯中譯,天津古籍出版社,2004年,第100-101頁。劉麗譯,葉奕良審校:《克里萊和迪木奈》(精選),少年兒童出版社,2006年,第214-215頁。

兒，我們在這魚塘裡撒網，這樣就可以取得這裡所有的魚兒了。"

那三隻魚兒聽到這兩位漁夫的對話。聰明的第一條魚兒一聽，就飛奔地往河邊遊去，逃走了。第二條魚兒在那裡等了一會兒，當漁夫來的時候，他纔察覺漁夫要來捉它，便立即通過水道遊到河裡去。那水道好像被漁夫堵住了，它在心裡說："我已經遲了，我太疏忽了，現在該怎麼辦纔好呢？如果這樣急急忙忙，也活不下來。"那條魚心裡又想："可是有智慧的人是不會放棄的，不管他的處境被怎樣威脅，自救的努力還是得繼續。"於是，它便假裝讓自己的身子在水面上漂浮起來，一會兒又傾斜身子。當漁夫一看到魚兒漂浮起來，他便把魚兒撈起，放在河和魚塘的交接處。接著，魚兒就躍進又廣又深的河裡，成功地逃脫了，避免成為漁夫的戰利品。可是第三條魚兒，愚蠢地遊到水池裡，結果就被漁夫捉住，放入袋裡。[1]

《凱里來與迪木奈》的維吾爾語譯本中，在"獅子和兔子的故事"的末尾部分，從有關"警覺者"和"軟弱者"兩種人的論述，導向一個譬喻——"全智者、半智者和無知者的情況就像是生活在同一片湖水裡的三條魚的故事一樣"，從而由迪木奈講述了"三條魚的故事"。但因為受到《老人星之光》的影響，維吾爾語本《凱里來與迪木奈》不僅對湖邊的景色進行了想象力極強的描繪，並在景色的描繪中灌注了宗教的教義與情感（比如："此地的水就像蘇非的信仰一樣純淨，它的樣子能使一切祈求生命之水的人得到滿足。"），而且文中還穿插了六首詩頌。比如，第一首詩云：

賢勇之人著手做事時，
會夯實事業大廈之基；

---

[1] Baidara, *Kalilah dan Dimnah*, tr. by Haji Khairuddin Bin Haji Muhammad, Kuala Lumpur: Dewan Bahasa dan Pustaka, 1964, pp.70-82.《凱里來與迪木奈》馬來語譯本的漢譯文，由北京大學外國語學院南亞學系博士生吳小紅同學提供，特此感謝！

若一個人僅私智小慧，

大廈之根將危如累卵。[1]

雖然，印度梵本《五卷書》原典中多處採用了韻散夾雜的形式，但伊本・穆格法的阿拉伯語譯本《凱里來與迪木奈》中並未採用夾雜詩頌的形式，可見維吾爾語譯本《凱里來與迪木奈》所受的直接影響並非來自伊本・穆格法的譯本，而是來自《老人星之光》系列的波斯文學作品。

《五卷書》中的不少故事也見於南亞地方語言的民間故事中，泰盧古語（Telugu）民間故事中就有"三條魚的故事"。根據諾曼・布朗（W. Norman Brown）在《泰盧古的民間傳說》（Folklore of Telugus）中"三條魚的故事"的英譯文，轉譯如下：

該民間傳說如下。三條魚生活在一個湖泊中。其中的一條魚注意到湖水快乾涸了，建議它的同伴離開，以免它們被漁夫抓住，但是其同伴拒絕離開。它祇好自己先跑了。後來漁夫來了，抓住了兩條魚。一條魚假裝死了，一旦漁夫轉身，它就跳進臨近的河水中跑了，但另一條魚搞得動靜太大而被殺死。

可見這個傳說非常簡潔，與粟特語殘卷中收錄的那個"三條魚的故事"差不多，都是極爲簡潔的、綱要型的故事構架，幾乎沒有具體的細節描述。這也是該類故事在古代亞洲多個地區口頭傳播的特點之一。

現存《五卷書》爪哇語譯本有多個版本，最早的是用古爪哇語翻譯的，大約成書於十一世紀上半葉。該譯本的第二十三個故事即"三條魚的故事"。其內容與泰米爾語《五卷書》的一個版本（被簡稱爲 Tantru）中的第一卷第十九個故事、南方本《五卷書》（Southern Pañcatantra）的第一卷

---

[1]《凱里來與迪木奈》維吾爾語譯本的漢譯文，由北京大學外國語學院南亞學系碩士生李玲莉同學提供，特此感謝！

第十一個故事相似，大致對應於耆那教僧人滿賢（Pūrṇabhadra）的梵文本《五卷書》（有季羨林先生的漢譯本）的第一卷第十七個故事。故事中三條魚的名字分別爲"遠謀"（Anaṅgavidūta）、"隨機"（Pradyumnamati）和"由命"（Yatbāhaviṣyati）[1]。

"三條魚的故事"出現在古代亞洲多種不同的文本中，但該故事的平行文本幾乎沒有出現在中國本土的漢語文獻中，祇有漢譯佛經《出曜經》中的"三魚失水"可視之爲"三條魚的故事"的一個敘事變體。在中國各民族的民間故事集中，也暫未發現該故事的類似文本（或者口頭傳播）的痕跡。從故事的主旨而言，由於"三條魚的故事"出現在多種文本之中，其主旨難免發生一些變化，爲了更好地理解該故事的相關圖像，現將在亞洲不同地區流傳的該故事的主旨比較補充列表如下（見表一）：

表一 "三條魚的故事"的主旨比較表

序號	出處	文本地域	故事主旨/寓意	備注
1	巴利文《本生經》中的《中思魚本生》	印度/斯里蘭卡	懈怠懶惰者常誤事。	重點在批評懈怠懶惰者，而不是強調要未雨綢繆。
2	梵本《五卷書》之一（1.17）	印度	要未雨綢繆，想到未來的事情。	
3	梵本《五卷書》之二（5.4）		聰明並不能決定一切。	強調命運的力量。
4	《益世嘉言集》		強調事先要未雨綢繆。	
5	《摩訶婆羅多》		運用智慧應對未來之事和突發之事至關重要，行動遲疑導致毀滅。	強調智慧和行動力。
6	《故事海》		強調隨機應變的才能。	
7	《泰盧古的民間傳說》			僅敘述故事綱要，未點出故事的主旨。
8	《凱里來與迪木奈》阿拉伯語譯本	西亞	智者謀事，必在事情發生之前。	

---

[1] A.Venkatasubhiah,"A Javanese version of the *pañcatantra*", *Annals of the Bhandarkar Oriental Research Institute*, Vol.47, No.1/4, 1966, pp.59-100.

續表

序號	出處	文本地域	故事主旨/寓意	備注
9	《瑪斯納維》	西亞	人不管年齡的大小，重要的是有智慧。 尋找歸宿要有明智的棄取。 不要爲了過去的事情而痛苦。	故事被分拆，故有多個主旨。
10	《凱里來與迪木奈》波斯語譯本	西亞	智者謀事，必在事情發生之前。	與阿拉伯語本《凱里來與迪木奈》相同。
11	《老人星之光》	西亞		灌輸智慧和謹慎的價值。
12	《粟特語故事》殘卷	中亞、西域/中國西北		僅敘述故事綱要，未點出故事的主旨。
13	《凱里來與迪木奈》維吾爾語譯本	西域/中國西北	應在事情發生之前想好對策，待事情過去之時纔不致憂愁。	與阿拉伯語本《凱里來與迪木奈》相同。
14	《凱里來與迪木奈》馬來語譯本	東南亞	精明者隨時做好準備。	
15	《娘丹德萊的故事》	東南亞	有智者能夠逃脫死期。	其主旨也是強調未雨綢繆。
16	《五卷書》爪哇語譯本	東南亞	要未雨綢繆。	

第二節 "三條魚的故事"在古代亞歐的圖像譜系

迄今爲止，筆者共發現直接描繪"三條魚的故事"的近三十幅圖像資料。這些圖像均來自插圖本（包括寫本和印本），而未見來自於壁畫、雕刻（石雕、木雕、牙雕等）、塑像、單幅紙畫、貝葉畫或布畫、乃至印染與陶瓷上的畫像等其他形式。根據該故事圖像所依託的插圖本的不同，可以分爲至少四大類型，具體梳理如下。

（一）阿拉伯語譯本《凱里來與迪木奈》插圖寫本中的圖像

伊本·穆格法的阿拉伯語譯本《凱里來與迪木奈》的插圖寫本，流傳甚廣[1]。這些插圖寫本有些沒有繪製"三條魚的故事"的圖像，目前共發現

---

[1] Bernard O'Kane, *Early Persian Paintings: Kalila and Dimna Manuscripts of the Late Fourteenth Century*. London: I.B. Tauris, 2003.

第四章　古代歐亞"三條魚的故事"圖像的跨文化流變與圖文關係　111

有該故事圖像的十一個插圖本，按照寫本的時代順序，其具體情況大致梳理如下：

1. 法國國家圖書館藏阿拉伯語《凱里來與迪木奈》插圖本（MS Arabe 3465）

第一種是法國國家圖書館（Bibliothèque Nationale de France，簡稱BNF）收藏的阿拉伯語本《凱里來與迪木奈》插圖本，編號為BNF MS Arabe 3465[1]。此插圖本是不完整的，原本乃是1200—1220（或謂1200—1250）年間所繪製（但法圖的官網上標明其出品日期為1301—1400年），其中有些是後世重繪的。其中的插圖或者頁面均沒有繪製邊框，諸多插圖之間的風格有所不同，可能至少是由來自不同地區的兩位畫家所繪製。一類插圖中的人物旁邊沒有標注文字，而另一類插圖中被描繪的主要人物角色旁邊注明了阿拉伯語名字，類似壁畫中的榜題。這種畫家給圖畫中人物題名的方式，亦見於下文所提及的插圖本BNF MS Arabe 3470，這說明題名在圖中的出現，其由來已久，至少是從十三世紀延續到十六世紀，可見該形式并不僅僅是早期細密畫的做法。

該插圖本中有"三條魚的故事"的一幅圖像（見圖一）。此圖在該頁中採取上圖下文的結構。右邊包著頭巾的漁夫正在用左手拉起漁網中的一條魚兒。該漁夫的左手側旁有阿拉伯語詞

圖一　法國國家圖書館藏阿拉伯語《凱里來與迪木奈》中的"三條魚的故事"（BNF MS Arabe 3465, fol.60r）

1　Wafaa Rizkallah, *The Earliest Arab Illustrated Kalila wa Dimna Manuscript (BN Arabe 3465): A Study of its Miniatures*. Cairo: The American University in Cairo Press, 1991.

ṣayyādayn，意爲"漁夫"，是雙數的賓格或屬格形式，指"兩個漁夫"。在漁網和植物所夾之處，也有阿拉伯語詞shabaka，意爲"漁網"。左邊的漁夫也包著頭巾，其左肩上扛著一根棍子，棍子上穿著一個用來裝魚的兜狀容器。該插圖中，祇有一條被網住的魚兒，其他的兩條魚兒並無蹤迹。此圖中的河流形似小水池，藍色的水波有蕩漾之感。水池的上方有缺口，暗示文本中所敘的第一條魚兒早已從缺口處逃跑，而第二條魚兒也是從岸邊跳進了缺口旁邊的深水之中。兩位漁夫的眼睛都盯著漁網中的魚兒，則表明此第三條魚已經是無可逃遁了。此圖中與兩位漁夫交錯的是兩株長條形的淡綠色植物，該植物起到相隔并作爲裝飾的作用，最右邊的那株植物上還站立著一隻鳥兒。類似植株上的鳥兒也見於該插圖本中的其他故事插圖。另外值得注意的是，該圖的左下方還有兩行阿拉伯文，或許是對該圖的解説，值得進一步釋讀。

2. 德國巴伐利亞州立圖書館藏阿拉伯語《凱里來與迪木奈》插圖本（BSB Cod. arab. 616）

第二種是德國慕尼黑的巴伐利亞州立圖書館（Bayerusche Staatsbibliothek，簡稱BSB）所藏的阿拉伯語本《凱里來與迪木奈》插圖本，編號爲BSB Cod. arab. 616。此插圖本是1310年在埃及或者敘利亞繪製的，其頁面和插圖均無邊框。有的插圖中的人或物的旁邊，標注了阿拉伯語詞。該插圖本中有"三條魚的故事"的圖像（見圖二）。該插圖的結構是"圖

圖二 巴伐利亞州立圖書館藏阿拉伯語《凱里來與迪木奈》中的"三條魚的故事"（BSB Cod. arab. 616, fol.54v）

第四章 古代歐亞"三條魚的故事"圖像的跨文化流變與圖文關係　113

在文中",而且畫面呈左右對稱的形式。兩位有頭光的漁夫相對而立,正在撒網捕魚,且每人的漁網中均有一條魚。其水面呈半月形,水爲藍色,三排連接的波浪符號用來表示水面的波動,一株造型簡潔的植物在兩人之間,起到分隔和裝飾的作用。值得注意的是,畫面右邊的漁夫,身穿淺紫色綴花長袍,但其面部遭到後世的修改,因爲其雙眉和嘴巴綫條粗黑,毫無美感,與原來的面部形象不符,顯然是後人任意塗抹所致。該圖的右側有一行阿拉伯文,中間有些殘缺,或許是對該圖的解說,也值得進一步釋讀。

3. 英國劍橋帕克圖書館藏阿拉伯語《凱里來與迪木奈》插圖本（Parker Library MS 578）

第三種是劍橋大學基督聖體學院（Corpus Christi College）的帕克圖書館（Parker Library）收藏的阿拉伯語本《凱里來與迪木奈》（MS 578）插圖本,繪製於1300—1339年間。該寫本中也有"三條魚的故事"的圖像（見圖三）。該圖也是夾雜在文字之間,位於頁面的上方,但整頁沒有畫出邊框。該圖中的河流形狀與圖二相似,可見該寫本也許同樣出自埃及或敘利亞地區。該圖的佈局也是左右對稱的結構,在分置左右的兩位帶頭光的漁夫中間,有一株開紅花的簡單植物作爲畫面的分隔。這樣的畫面設計是早期阿拉伯語

圖三　帕克圖書館藏阿拉伯語《凱里來與迪木奈》中的"三條魚的故事"
（Cambridge, Parker Library MS 578, fol.43r）

《凱里來與迪木奈》插圖本的共同特徵之一。但與圖二不同的是,該圖右側的穿著淡綠色長袍、有大鬍子、白色頭巾的漁夫,右肩膀橫挎著一個淡紅色的袋子,其右手拿著一條魚。其左手上舉,抓住有紅色桿子的魚兜,正準

備將魚放進兜子中。該圖左側的穿著紅色長袍、戴黃色頭巾的漁夫正彎腰拉起漁網，在漁網中有一條魚。這兩條魚的頭部均衝向左側。該圖中沒有繪製的那條魚兒應該就是早已逃跑的聰明魚。但是，與圖二一樣，該圖中的大水池（或湖泊）是封閉型的，沒有繪製出可以供魚兒逃跑的"通道"。因此，畫家並沒有給讀者留下一個想象的空間，而是祇將這兩條魚"封閉（或禁錮）"在一個畫面之中。

4. 英國牛津鮑德利圖書館藏阿拉伯語《凱里來與迪木奈》插圖本（Bodleian Library MS Pococke 400）

圖四　鮑德利圖書館藏阿拉伯語《凱里來與迪木奈》中的"三條魚的故事"（Bodleian Library, MS Pococke 400, fol.53a）

第四種是英國牛津大學鮑德利圖書館（Bodleian Library）收藏的一個阿拉伯語版《凱里來與迪木奈》插圖本，是1354年在敘利亞地區繪製的。該插圖本屬於愛德華·波科克（Edward Pococke, 1604—1691）的收集品，其編號爲MS Pococke 400。該插圖本每頁有紅綫邊框，但有些插圖或者文字突破了邊框。每幅插圖的上方有紅色文字，作爲該圖的標題，説明其大致的內容。其中"三條魚的故事"插圖（見圖四）或被稱作"魚兒與漁夫"（The fish and the fisherman）。該圖中所描繪的也是一個單一的場景，即兩個漁夫正在捕魚的那一時刻。此插圖頁有紅色邊框，插圖居中，其上下各有五行和兩行文字。此幅圖像上方紅色的字意爲"他在河邊，漁夫們已經抛出了漁網"。很顯然，這是對該幅圖內容的描述，其作用相當於該圖的標題。本頁面的左邊有一行文字、人物的手脚部位和湖的左端溢出了邊框。該插圖呈兩層上下結

第四章　古代歐亞"三條魚的故事"圖像的跨文化流變與圖文關係　115

構，上層是兩位帶頭光的漁夫，下層是環形的封閉河流和河中的三條魚。兩位漁夫均頭纏白色的頭巾，以表明其穆斯林的宗教身份。兩人的中間有一棵開藍紅花兒的小樹，與兩人基本等高，起到分隔視綫的作用。兩人的眼光偏向右下，視綫指向脚下的河流。兩人赤足，踩在河流的邊沿。左邊的漁夫面色白皙，沒有鬍鬚，穿紫色袍子，雙手握著一條紅色的網綫，指向漁網已經撈住水塘中間的那條魚。右邊的漁夫有濃密的鬍鬚，穿黃色袍子，扭過身軀，雙手正在將漁網張開，準備將網撒入水中。下層的水塘中繪有一道波紋，表示水的流動。波紋兩側則由類似石頭的塊狀構成，表示水下遍佈的石頭。河流中的水是藍色的。左右兩邊的兩條魚均向左遊，而中間被網住的那條魚則頭向右遊動，以此來標識三條魚的區别。從視角的效果來看，河流不僅面積小，而且是完全封閉的環狀，沒有任何出口。與漁夫的體型以及三條魚的大小相比，河流顯得比例不符，看起來倒好像是一個小魚缸。用封閉的小池形狀來表示河流、湖泊、大海，是早期伊斯蘭藝術中的常見手法。

5. 法國國家圖書館藏阿拉伯語《凱里來與迪木奈》插圖本（MS Arabe 3470）

第五種是法國國家圖書館收藏的阿拉伯語本《凱里來與迪木奈》插圖本，編號爲BNF MS Arabe 3470。此插圖本是1501—1600年間所繪製，其中也有"三條魚的故事"的插圖（見圖五），採用上文下圖的構圖形式，且文字部分有黑色雙綫邊框，而圖像

圖五　法國國家圖書館藏阿拉伯語《凱里來與迪木奈》中的"三條魚的故事"（BNF MS Arabe 3470, fol.32v）

部分無邊框。從畫面的整體來看，該圖與出自BNF MS Arabe 3465的圖一，有異曲同工之妙。不過，從細節上看，圖五和圖一也有不少差異，比如，圖五多了右邊的一株植物；圖中的阿拉伯語題詞是紅色的，位置在左邊人物的側上方，且兩個詞語寫在了上下兩排；漁夫的衣服顏色不同；右側漁夫是雙手分開執網。這説明二圖之間存在傳承關係。事實上，這兩個插圖本之間存在親緣關係。

6. 德國巴伐利亞州立圖書館藏阿拉伯語《凱里來與迪木奈》插圖本（BSB Cod. arab. 615）

第六種也是德國巴伐利亞州立圖書館所藏的阿拉伯語本《凱里來與迪木奈》插圖本，編號爲BSB Cod. arab. 615。此插圖本是十六或十七世紀在埃及繪製的，其中有"三條魚的故事"的圖像（見圖六）。此頁無邊框，採取了上文下圖的結構形式。圖六中的兩位漁夫一人在捕魚，一人在觀看，其構圖與圖一、圖五，有大同小異之感。主要的不同有五點：其一，圖中確實有三條魚，一條魚在漁網中，而另兩條魚在網外，呈上下之勢；其二，人物的服裝顏色不同，且穿著尖頭的鞋子；其三，兩位漁夫中間的植物已經消失，且右側植物之上的鳥兒也不見蹤影；其四，右側漁夫的動作形態，尤其是左手食指直接指向左側漁夫；其五，圖中沒有用來作爲標誌的詞語。此圖是一個典型的圖例，圖上的那行文字是由兩個不同的人書寫的，也就是説，紅色字體的標題可能是畫家所寫，與文字的抄寫有異。

圖六　巴伐利亞州立圖書館藏阿拉伯語《凱里來與迪木奈》中的"三條魚的故事"（BSB Cod. arab. 615, fol.49v）

紅色字體的短句爲：sūrat al-maṣādayn wa-i-salās samakān，其中，sūrat意爲"圖"；maṣādayn意爲"漁夫"；salās意爲"三"；samakān意爲"魚"。此短句合起來的意思是"漁夫與三條魚之圖"。值得注意的是，其中的"魚"字採用了波斯語的複數形式，或許表明了波斯語本的某些影響痕迹。

7. 法國國家圖書館藏阿拉伯語《凱里來與迪木奈》插圖本（MS Arabe 3472）

第七種是法國國家圖書館收藏的阿拉伯語本《凱里來與迪木奈》插圖本，編號爲BNF MS Arabe 3472。此插圖本是1669年爲薩伊蒂·阿赫邁德（Sayyidī Aḥmad）繪製的。該插圖本的前三分之二每頁有雙紅綫邊框，而後三分之一部分没有邊框。大部分插圖的旁邊（或邊框之外）常有阿拉伯語短句。整體上，該插圖本中的插圖風格比較古拙，人物綫條簡潔，衣服或者背景多爲塗抹，看起來帶有幾分漫畫的意味。令人驚訝的是，有三幅插圖是倒著畫的，其中就包括"三條魚的故事"的圖像（見圖七）。若將該幅插圖倒置，作爲正向的圖像形態來觀察（見圖八），可以發現左右對稱的兩位漁夫正在拉網，而漁網中竟然有一紅一黄兩條大魚。該圖中除一株塗抹而成的植物之外，基本上没有山水背景，且水面的繪製也是很抽象的。頁面上方的一行文字爲：

圖七　法國國家圖書館藏阿拉伯語《凱里來與迪木奈》中的"三條魚的故事"（BNF MS Arabe 3472, fol.44v）

　　fihi　thalāth　samakāt
　　這兒　三　魚（複數）

118　絲路梵華

圖八　圖七倒置之後的放大圖

此句的意思是："這兒[是]三魚[之圖]"。該圖的右側邊框外，還有三行背面透過來的文字，其意思是："就像這三條魚和那兩個漁夫在一起發生的奇事一樣，[他們]在這裡[這個地方]相遇。"很顯然，前者是該圖的題名，後者是對該圖的簡要解說。

圖九　法國國家圖書館藏阿拉伯語《凱里來與迪木奈》中的"三條魚的故事"
（BNF MS Arabe 5881, fol.27v）

8. 法國國家圖書館藏阿拉伯語《凱里來與迪木奈》插圖本（MS Arabe 5881）

第八種是法國國家圖書館收藏的另一個阿拉伯語本《凱里來與迪木奈》（編號BNF MS Arabe 5881）插圖本。此插圖本是1681年完成的。其中也有"三條魚的故事"的圖像（見圖九）。該幅插圖夾在文字之間，且圖中有上下畫紅綫的一行紅字，作爲該圖的題目。此圖與上述其他插圖最典型的差異是：圖中有四條魚，除了右邊的漁夫手中抓住的那條魚之外，還有三條魚在水中暢遊。此圖實際上採用了左右對稱的空間佈局法，用分置左右的兩位漁夫和漁夫身後的植物來表達這種對稱。

9. 法國國家圖書館藏阿拉伯語《凱里來與迪木奈》插圖本（MS Arabe 3475）

第九種是法國國家圖書館收藏的又一種阿拉伯語本《凱里來與迪木奈》插圖本，編號爲BNF MS Arabe 3475。此插圖本是1762年所繪製的，沒有邊框。它共有一百八十幅插圖，其中也有"三條魚的故事"的圖像（見圖十）。該幅插圖夾在上下文字之間，呈現對稱式構圖。最主要的是該幅圖具有很強的"魔幻"色彩，畫面中祇有兩個戴著尖帽、上身穿紅衣、下身穿黑褲、貌似漁夫的人各拿著漁網，既沒有繪出魚兒、水等重要的故事元素，更沒有山、樹等任何其他的背

圖十　法國國家圖書館藏阿拉伯語《凱里來與迪木奈》中的"三條魚的故事"（BNF MS Arabe 3475, fol.60r）

景。單純從視覺而言，該插圖絕對無法與"三條魚的故事"相聯繫。這説明畫家在繪製此圖的時候，已經將此圖與文字的內容進行了分割，圖文之間已經沒有關聯。在觀者眼中，該圖是完全"獨立"的"一幅插圖"。該插圖本均採用了這類風格的插圖，十分獨特。

10. 美國紐約大都會博物館藏阿拉伯語《凱里來與迪木奈》插圖本（MS 1981.373）

第十種是美國紐約大都會博物館（The Metropolitan Museum of Art）藏阿拉伯語本《凱里來與迪木奈》的插圖本，屬於艾利斯與納斯利收集品（The Alice and Nasli Heeramaneck Collection, Gift of Alice Heeramaneck）之一，編號爲MS 1981.373。該插圖本是十八世紀在敘利亞或者埃及繪製的。該書中插圖所在的頁面有些是與文字相連的，有些是插圖佔據一單頁而

沒有任何文字。該插圖本中也有一幅"三條魚的故事"（見圖十一）的圖像。該幅插圖與圖四構圖非常相近，僅僅存在視覺"正反"的關係。這説明圖十一與圖四之間存在圖像的傳承關係。

11. 英國牛津鮑德利圖書館藏阿拉伯語《凱里來與迪木奈》插圖本（MS Fraser 100）

第十一種是英國牛津大學鮑德利圖書館藏的阿拉伯語本《凱里來與迪木奈》的插圖本，編號爲MS Fraser 100。該插圖本没有日期的記録，也没有抄寫者和繪圖者的名字，據推測大約是十五世紀晚期完成的。該書中有五十五幅插圖，大部分的插圖有脱落損壞的痕跡[1]。凡是帶插圖的頁面都有邊框，且插圖也是帶邊框的，而單純的文字頁面就没有邊框。整體的畫面背景較爲淡雅，基本上没有畫出山和樹景，衹有淡雅的花草。該書中也有一幅"三條魚的故事"（見圖十二）的圖像。該圖在頁面居中位置，其上下分别有四行和五行文字。其畫面中，兩位均偏向左側

圖十一　紐約大都會博物館藏阿拉伯語《凱里來與迪木奈》中的"三條魚的故事"（MET MS 1981.373, fol.36）

圖十二　牛津鮑德利圖書館藏阿拉伯語《凱里來與迪木奈》中的"三條魚的故事"（MS Fraser 100, fol.35a）

1　B.W.Robinson, *A Descriptive Catalogue of the Persian Paintings in the Bodleian Library*, Oxford: The Clarendon Press, 1958, pp.71-74.

的漁夫站在溪流中捕魚，其中右邊穿淡紫色衣服的漁夫右手舉著一條魚，而左邊穿淡紅色衣服的漁夫雙手緊緊地拉著漁網，網中有一條魚。

12. 英國牛津鮑德利圖書館藏阿拉伯語《凱里來與迪木奈》插圖本（MS E.D.Clarke Or.9）

第十二種是英國牛津大學鮑德利圖書館藏的阿拉伯語本《凱里來與迪木奈》的插圖本，編號爲MS E.D.Clarke Or.9。該插圖本共一百二十五頁，雙面書寫，有紅色邊框，插圖的畫面常常溢出邊框。該插圖本中也有一幅"三條魚的故事"（見圖十三）的圖像。此圖與前述的圖一、圖五和圖六都比較相似，所見的構圖元素基本上是一致的。

圖十三　牛津鮑德利圖書館藏阿拉伯語《凱里來與迪木奈》中的"三條魚的故事"（MS E.D.Clarke Or.9, fol.50v）

（二）波斯語譯本《凱里來與迪木奈》插圖本中的圖像

納斯里的波斯語譯本《凱里來與迪木奈》的插圖寫本也有多種，比如，法國國家圖書館就有好幾種，其中包括BNF Supplément Persan 1965。目前發現波斯語本《凱里來與迪木奈》插圖本中，有"三條魚的故事"圖像的共有三種。按照寫本的時間順序，敘述如下：

1. 法國國家圖書館藏波斯語《凱里來與迪木奈》插圖本（MS Supplément Persan 913）

第十三種是法國國家圖書館藏的波斯語本《凱里來與迪木奈》插圖本，編號爲BNF MS Supplément Persan 913。此插圖本是1392年8月10日完成繪製的，共有一百八十幅插圖，其中也有"三條魚的故事"的圖像（見圖十四）。該圖中，兩位漁夫相對站立，在流動的溪流中，雙手拉著漁網。在

122　絲路梵華

圖十四　法國國家圖書館藏波斯語《凱里來與迪木奈》中的"三條魚的故事"（BNF MS Supplément Persan 913, fol.54r）

圖十五　伊斯坦布爾大學圖書館藏波斯語《凱里來與迪木奈》中的"三條魚的故事"（Istanbul University Library, Yildiz F.1422, fol.22a）

漁網中，有兩條魚兒。值得注意的是，與阿拉伯語本《凱里來與迪木奈》插圖本中的上述圖像相比，波斯語本的插圖顯然在風景的繪製上更加豐富多彩，藍色的天空、小草與山後的樹木等爲故事提供了更多的背景元素。

2. 土耳其伊斯坦布爾大學圖書館藏波斯語《凱里來與迪木奈》插圖本（Yildiz F.1422）

第十四種是土耳其伊斯坦布爾大學圖書館（Istanbul University Library）收藏的一部十四世紀下半葉的波斯語《凱里來與迪木奈》的細密畫插圖本，編號爲Yildiz F.1422。該插圖本原繪製於1370—1374年，後不幸被薩赫·哈里發（Shah Quli Kalifa）在1553—1558年間切割，粘貼到一幅爲薩法維王朝沙阿塔赫瑪斯普（Safavid shah Tahmasp）所製的畫册之中，畫册現存四十九幅插圖。其中被稱作"第二條魚的詭計"（The Ruse of the Second Fish）插圖乃是"三條魚的故事"的圖像（見圖十五）。該圖中有兩位漁夫站在溪水中，左邊的漁夫右手抓住了一條魚兒，右邊的漁夫雙手拉住網繩，其網中已經網住了另一條魚兒。此圖的山石、樹木的畫法隱約透露出波斯畫家所受中國畫的影響。

3. 印度蘭普爾市拉兹圖書館藏波斯語《凱里來與迪木奈》插圖本（MS IV.2）

第十五種是印度蘭普爾市（Rampur）的拉兹圖書館（The Raza Library）收藏的一種波斯語《凱里來與迪木奈》的細密畫插圖本，編號爲MS IV.2。該插圖本繪製於1500—1510年間，在中亞的赫拉特（Herat）繪製完成。該插圖本中也有一幅"三條魚的故事"的插圖（見圖十六）[1]。不難發現，該插圖與圖十五幾乎是一樣的，很可能Yildiz F.1422就是MS IV.2的原本，或至少圖十六是圖十五的翻版。這說明在不同時期的同一著作的幾種插圖本中，可能存在圖像相互傳抄的現象。

圖十六　拉兹圖書館藏波斯語《凱里來與迪木奈》中的"三條魚的故事"
(The Raza Library, MS IV.2, p.61)

就這三種波斯語版《凱里來與迪木奈》的插圖而言，其藝術風格存在一定的相似性，且比阿拉伯語版插圖本中的畫面內容更爲豐富。還有一個共同點是，波斯語版本中均是繪製兩條魚兒，而沒有表現出那條遠謀的魚兒。

---

[1] Babara Schmitz & Ziyaud-Din A. Desai, *Mughal and Persian Paintings and Illustrated Manuscripts in The Raza Library, Rampur*, New Delhi: Indira Gandhi National Centre for the Arts, 2006, Pl.265.

（三）《老人星之光》插圖寫本中的圖像

筆者目前搜集到波斯語本《老人星之光》共有十三種插圖本，而其中有四種繪製了"三條魚的故事"的圖像，根據寫本繪製成書的年代，分別敘述如下：

1. 法國國家圖書館藏《老人星之光》插圖本（MS Supplément Persan 921）

第十六種是法國國家圖書館所藏《老人星之光》插圖本，編號爲BNF MS Supple Persan 921。該插圖本是1547年繪製完成的。與一般的插圖本不同，本插圖本中的少量插圖在頁面的邊框之內，大部分是在頁面邊框之外，這可充分説明該插圖本是先抄寫好文字之後，再在頁面上補上畫作的。其中也有一幅"三條魚的故事"的插圖（見圖十七）。由於處在左上部邊框外，受空間的局限，該幅插圖可謂真正的"細密畫"，畫面較小，不容易看清。祇有放大，纔能看清楚畫面及其局部（見圖十八）。兩位漁夫站在河流（或者溪流）的彎道處，右側穿黃色上衣的漁夫雙手拉著漁網，網中有一條魚兒。而左側的漁夫好似一位旁觀者，並未呈現參與捕魚的具體動作。兩位漁夫中間的一隻較大的鳥正扇動翅膀，給畫面增加了生機與動感。直觀上看，該幅插圖不是爲解説"三

圖十七　法國國家圖書館藏《老人星之光》中的"三條魚的故事"（BNF MS Supplément Persan 921, fol.60r）

圖十八　圖十七的細節圖

第四章 古代歐亞"三條魚的故事"圖像的跨文化流變與圖文關係 125

條魚的故事"而作，可能僅是爲頁面裝飾而作。

2. 阿迦汗博物館藏《老人星之光》插圖本（AKM 289）

第十七種是阿迦汗博物館（Aga Kham Trust for Culture Museum）收藏的《老人星之光》插圖本，編號爲AKM 289。該插圖本是1593年繪製完成的。其中也有一幅"三條魚的故事"的插圖（見圖十九）。該幅插圖有比較典型的波斯藝術風格，並且有中國繪畫藝術元素的影響，主要表現在對風景的描繪上。該圖中有三位漁夫和三條魚。在小河的旁邊有一條水道，有一條魚兒正在游動。右側穿淡黃色套裝的漁夫右手拿著一條魚兒，正準備放到岸邊。中間和左側的兩位漁夫正在收拾漁網中的一條魚兒。可見，該圖比較全面地詮釋了文本中的三條魚的不同境遇。

圖十九 阿迦汗博物館藏《老人星之光》中的"三條魚的故事"（Aga Khan Trust for Culture Museum, AKM 289）

3. 美國華特斯藝術博物館藏《老人星之光》插圖本（W 599）

第十八種是美國馬里蘭州巴爾的摩城中的華特斯藝術博物館（Walters Art Museum）收藏的《老人星之光》插圖本，編號爲W 599。該插圖本是米爾咱·拉希姆（Mirza Rahim）在伊曆1264年5月26日（即1848年4月30日）在伊朗繪製完成的。該寫本使用了黑色和紅色墨水，是用納斯塔克體（nasta'liq）字體書寫的，帶有斷續背離書法字體（shikastah）的影響。該寫本中共有一百二十三幅插圖，其中也有一幅"三條魚的故事"的插圖（見圖二十）。該插圖是在四面帶有邊框的一頁的正中位置，且四周圍繞著文字。該插圖描繪了兩個漁夫在湖邊捕魚的場景，湖中有三條大魚。此圖或被命名爲"兩個漁夫與三條魚"。

圖二十　華特斯藝術博物館藏《老人星之光》中的"三條魚的故事"（Walters Art Museum, MS W 599, fol.39b）

4. 一種出處待考的《老人星之光》插圖本（13AS6112）

第十九種出處不明。編號爲13AS6112的《老人星之光》插圖本中，也有一幅"三條魚的故事"的插圖（見圖二十一）。筆者目前暫未搜尋到該圖的具體收藏單位、繪製時間和地點等信息，祇是一幅黑白版插圖，

圖二十一　一種出處待考的《老人星之光》中的"三條魚的故事"（13AS6112）

而其原圖估計是彩圖。儘管其相關信息欠缺，但該圖所描繪的兩位漁夫捕魚的場景，仍然能提供不少視覺資訊。其繪製的時代應該不早於十六世紀。

（四）《智慧的試金石》插圖寫本中的圖像

除上述四種波斯語本《老人星之光》插圖本之外，另外，還有一種波斯語本《智慧的試金石》插圖本中，也有"三條魚的故事"圖像。

瓦拉納西印度美術館的波斯語本《智慧的試金石》插圖本（MS 9069）

第二十種是收藏於印度瓦拉納西（Varanasi）的印度美術館（Bharat Kala Bhavan）的波斯語本《智慧的試金石》插圖本，編號爲MS 9069。該插圖本是印度莫卧兒時期在拉合爾（Lahore）製作的紙質寫本，紙張上使用了一種不透明的水彩、金銀粉，用墨水書寫。該插圖本中有一幅圖，後人稱之爲"魚兒智勝漁夫"（The fish outwits the fisherman），即是"三條魚的故事"的插圖（見圖二十二）。該幅插圖是典型的莫卧兒細密畫，整個畫面非常繁複，比上述所有的該故事插圖内容都要豐富得多[1]。畫面的下方，在湍急的溪流中，一位光著上身的漁夫在水中撒網捕魚，漁網中已經撈進了一條魚，而另一條大魚在網外的水面蹦跳，就是那條隨機的魚。

圖二十二　瓦拉納西印度美術館藏波斯語本《智慧的試金石》中的"三條魚的故事"（Bharat Kala Bhavan, MS 9069, fol.61）

---

[1] Mika Natif, *Mughal Occidentalism: Artistic Encounters between Europe and Asia at the Courts of India, 1580-1630*, Leiden/Boston: E.J.Brill, 2018, p.176.

（五）格魯吉亞語譯本《凱里來與迪木奈》的插圖本中的圖像

俄羅斯科學院東方學研究所聖彼得堡分所圖書館藏格魯吉亞語譯本《凱里來與迪木奈》插圖本（Manuscript P.2）

第二十一種是現藏俄羅斯科學院東方學研究所聖彼得堡分所圖書館的格魯吉亞語譯本《凱里來與迪木奈》插圖本，編號爲Manuscript P.2[1]。據介紹，《凱里來與迪木奈》在十一至十二世紀首次被譯成格魯吉亞語，但並未流傳下來。第二個格魯吉亞語譯本在十六世紀末期由卡特利·大衛（Kathetia David）國王譯自新波斯語本《凱里來與迪木奈》。第三個格魯吉亞語譯本是格魯吉亞國王瓦赫唐（Vakhtang）六世在1712—1724年間主持翻譯完成的，乃譯自波斯語《老人星之光》。另一個格魯吉亞語譯本是詩人蘇爾坎·奧貝里亞尼（Saba Sulhan Orbeliani，1659—1725）在1717—1724年間編譯而成的，也分爲14章。聖彼得堡現藏的這個格魯吉亞語《凱里來與迪木奈》插圖本（Manuscript P.2）。該插圖本的繪製時間大約是在十八世紀中期或之後[2]。根據所刊布的三幅插圖，該插圖本應該是連續敘事型的，在每一個有插圖的頁面，基本上是劃分爲數格，每一格內描繪一個單一場景，各格相連則成爲連續敘事。該插圖本中有一頁"三條魚的故事"插圖（見圖二十三）。該頁插圖從左到右，由三格單一場景構成一幅連環敘事圖。其單一場景的內容分別如下：左格，兩條魚在山間的河流中間游動，另一條魚朝河流下方遊走。三個漁夫手持漁網站在河邊右側。中格，一條魚在山間的河流中間游動，一位漁夫捉住一條魚，另兩位漁夫在岸邊做準備捕魚狀。右格，一位漁夫用漁網撈住水中的一條魚，其他的兩條魚都不見

---

[1] M.I.Vorobyava-Desyatovskaya, "An Illustrated copy of a Georgian Translation of Kalila and Dimna," *Manuscripta Orientalia: International Journal for Oriental Manuscript Research*, Vol.6, No.2, 2000, pp.58-64.

[2] Ibid.

第四章 古代歐亞"三條魚的故事"圖像的跨文化流變與圖文關係 129

了。另兩位漁夫在岸邊做準備收網狀。很顯然，這一幅連續敘事圖分別表現了三條魚的不同狀態，即左格向下游動的魚，相當於"遠謀"；中格被漁夫在岸邊捉住的魚，相當於"隨機"；右格被漁夫捕撈在網中無可逃遁的魚，相當於"由命"。因此，該幅帶有連續敘事意味的視覺景觀與純粹的單幅敘事圖存在非常大的差別。畫家透過插圖中魚兒的狀態，很好地表述了該故事的內在含義，而單幅敘事圖中，畫家是無法表現出三條魚兒的內在差異的，如圖一等圖中所描述的那樣，三條魚的情形很多情況下是完全相同的。

圖二十三 聖彼得堡藏格魯吉亞語譯本《凱里來與迪木奈》中的"三條魚的故事"（St.Petersburg Branch of the Institute of Oriental Studies, MS P. 2, fol.71a）

（六）《凱里來與迪木奈》歐洲語言諸譯本的插圖本中的圖像

《凱里來與迪木奈》有衆多的歐洲語言譯本，其中有部分譯本是帶插圖的印本。這些插圖印本中有"三條魚的故事"的插圖版畫。這些版畫雖然同樣描述的是"三條魚的故事"，但是其畫面所體現的內容和風格也有較大的差異。筆者目前找到了十三種插圖印本，其中均有"三條魚的故事"的插圖版畫。不過，有些印本插圖是彩色的，有些插圖則是黑白套印的。大體根據插圖本的出版年代，簡要介紹如下：

1. 德國海德堡大學圖書館藏德文譯本《古代智者之書》插圖本（Manuscrit Cod Pal Germ 84）

第二十二種是德國海德堡大學圖書館（Universitätsbibliothek, Heidelberg, Allemagne）中收藏的《凱里來與迪木奈》德文譯本《古代智者之書》（*Buch der Beispiele der alten Weisen*,簡稱*Buch der Beispiele*）。的插圖本，編號爲Manuscrit Cod Pal Germ 84（簡稱爲cpg84）。該圖書館收藏了數百種中世紀以來的珍貴寫本和印本，包括848種德語文獻，其中《古代智者之書》乃是安東・馮・普福爾（Anton von Pforr）在1483年完成的譯本。該書的源頭可追溯到：（1）讓・卡普亞（Jean de Capoue, /Giovanni da Capua, active 13th century）的拉丁文譯本《人生指南》（*Directorium Humanae Vitae*,1263），（2）拉比・約珥（Rabbi Joel）的希伯來語譯本《凱里來與迪木奈》（*Kalila wa Dimna*, circa 1250），（3）伊本・穆格法《凱里來與迪木奈》。該寫本大約是1475—1482年之間出自德國西南部的歷史名地士瓦本（Schwaben）。該書中就有"三條魚的故事"的插圖（見圖二十四）。該圖中有兩位漁夫分站在某一城鎮旁邊的一條小溪兩岸，拉著一張大網在捕魚。溪流中共有三條魚，其中第一條魚已經游至溪流上游，脫離了危險；第二條魚在溪流的下方，肚皮朝上，正在裝死，也表明其不在漁夫關注的範圍之內；第三條魚正在漁網中挣扎，無可逃遁，即將丟掉性命。該圖沒有邊框，採用上文下圖的形式，圖上方有10

圖二十四　海德堡大學圖書館藏德文《古代智者之書》中的"三條魚的故事"
(Universitätsbibliothek, Heidelberg, Manuscrit cpg84, fol.42r)

第四章 古代歐亞"三條魚的故事"圖像的跨文化流變與圖文關係 **131**

行文字,第10行的末尾有兩個紅色詞語,其意待考。

2. 德國海德堡大學圖書館藏德文譯本《古代智者之書》插圖本(Manuscrit Cod Pal Germ 466)

第二十三種也是德國海德堡大學圖書館收藏的《凱里來與迪木奈》的德文譯本《古代智者之書》,編號爲Manuscrit Cod Pal Germ 466(簡稱爲cpg466)。該寫本也是約1471—1477年(或謂1475)出自德國上士瓦本(Obserschwaben)地區,用彩筆和墨水在紙上繪製而成。該書中也有"三條魚的故事"的插圖(見圖二十五)。該圖採用上圖下文的形式,圖在一個框中,框的上方有一行紅字,應該是該圖的題目。該圖中沒有繪出城堡,兩位漁夫在一條小船中,拉著一張大網在捕魚。溪流中有三條魚,其中第一條魚已經游向上方遠處,脫離了危險;第二條魚躺在草地上,正準備趁機跳躍進溪流的下方,逃之夭夭;第三條魚正在漁網中挣扎,無處可逃。

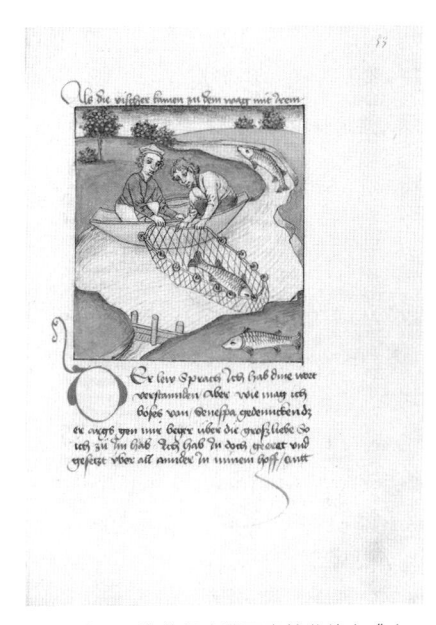

圖二十五 海德堡大學圖書館藏德文《古代智者之書》中的"三條魚的故事"
(Universitäts-bibliothek, Heidelberg, Manuscrit cpg466, fol.53r)

3. 德國海德堡大學圖書館藏德文譯本《古代智者之書》插圖本(Manuscrit Cod Pal Germ 85)

第二十四種也是德國海德堡大學圖書館收藏的《凱里來與迪木奈》的德文譯本《古代智者之書》,編號爲Manuscrit Cod Pal Germ 85(簡稱爲cpg85)。該插圖本也是1480—1490年出自德國士瓦本地區。該書中也有"三條魚的故事"的插圖（見圖二十六）。該圖與圖二十四非常相似，構圖元素大體相似，人物的動作與形態也是相同的，衹是畫面的背景色彩略微偏綠，山石部分沒有表現出來。但值得注意的是，第二條魚兒也是在溪流的下方，但不是肚皮朝上，而是正常的背脊朝上的姿態。這説明畫家在繪製此圖時，參考了類似圖二十四的粉本，但沒有透徹理解故事文本的含義，因此在細節上出現了誤差。

4. 羅馬尼亞國家圖書館藏拉丁文譯本《人生指南》插圖本（Inc. II. 72）

第二十五種是羅馬尼亞國家圖書館（National Library of Romania）所藏的喬瓦尼·達·加普亞（Giovanni da Capua）拉丁文譯本《人生指南》（*Directorium Humanae Vitae, Guide for Human Life,* 1263）插圖本，編號爲Inc. II. 72。該插圖本大約是1489年約翰·普魯斯（Johann Prüss）在斯特拉斯堡（Strasbourg）出版的。該書中也有一幅"三條魚的故事"的插圖版畫（見圖二十七）。該版畫中有兩位漁夫，一位站在水邊的船上，左手將一條大魚高舉過頭，準備投擲到岸邊的草地上。另一位漁夫靠在船邊，正準備將水中的漁網收起，網中也有一條魚。

圖二十六　海德堡大學圖書館藏德文《古代智者之書》中的"三條魚的故事"（Universitätsbibliothek, Heidelberg, Manuscrit cpg85, fol.39v）

圖二十七　羅馬尼亞國家圖書館藏拉丁文譯本《人生指南》中的"三條魚的故事"（National Library of Romania, Inc. II.72, fol.22）

5. 德國巴伐利亞州立圖書館藏拉丁文譯本《人生指南》插圖本（BSB Rar 1741）

第二十六種是德國慕尼黑的巴伐利亞州立圖書館所藏的另一個拉丁文譯本《人生指南》插圖印本，編號爲BSB Rar 1741。該書中的"三條魚的故事"的插圖（見圖二十八）與圖二十七是一樣的，但該頁的版式與圖二十七中所在的那個頁面不同。不過，二者可以算是同一個版本。

6. 德國巴伐利亞州立圖書館藏《古代智者之書》插圖本（BSB-Ink I-378-GW M13178）

第二十七種是德國慕尼黑的巴伐利亞州立圖書館所藏的另一部《古代智者之書》，編號爲BSB-Ink I-378-GW M13178。該書是1484年3月17日在德國奧格斯堡（Augsburg）印製的。書中也有一幅"三條魚的故事"的插圖（見圖二十九）。該圖與圖二十七、圖二十八是一樣的，但它套印了彩色（主要是紅色）。此外，其整體版式與前二者也略有不同，該圖置於當頁的上方，而不是下方。但就插圖本身而言，該書顯然是直接利用了類似前二者的版畫，套印了色彩，顯得略爲逼真一些。此插圖從單色到套印彩色，也是歐洲印刷技術發展的一個縮影。

圖二十八　巴伐利亞州立圖書館藏《人生指南》中的"三條魚的故事"（BSB Rar 1741, fol.70）

圖二十九　巴伐利亞州立圖書館藏《古代智者之書》中的"三條魚的故事"(BSB-Ink I-378-GW M13178, fol.38)

7. 德國巴伐利亞州立圖書館藏拉丁文譯本《人生指南》插圖本（BSB-Ink I-380-GW M13187）

第二十八種是德國慕尼黑的巴伐利亞州立圖書館所藏的拉丁文譯本《人生指南》插圖印本，於1485年3月12日在德國烏爾姆城（Ulm）出版。該書編號爲BSB-Ink I-380 - GW M13187。該書中也有"三條魚的故事"的插圖（見圖三十）。

圖三十　巴伐利亞州立圖書館藏《人生指南》中的"三條魚的故事"（BSB-Ink I-380-GW M13187, fol.38r）

8. 德國巴伐利亞州立圖書館藏拉丁文譯本《人生指南》插圖本（BSB Rar 2143）

第二十九種是德國慕尼黑的巴伐利亞州立圖書館所藏的另一部拉丁文譯本《人生指南》插圖印本，編號爲BSB Rar 2143，印製的年份爲1501年。該插圖本中也有相應的"三條魚的故事"的圖像（見圖三十一）。此外，該館所藏的BSB Rar 2144、2145、2146、2147等四種《人生指南》與BSB Rar 2143是同一個版本，均出自德國士瓦本地區，印製的年份分別爲1529年、1536年、1539年、1545年。從圖像初步判斷，圖二十四、圖二十六、圖三十、圖三十一等四幅圖，可稱作是"二漁夫河邊張網捕魚圖"，但在細節上，諸圖相互之間還有不少差異。比如，在圖三十一的插圖中，不僅風景的佈局不同，而且在左下方游動的第二條魚兒被"挪到"到該

圖三十一　巴伐利亞州立圖書館藏《人生指南》中的"三條魚的故事"（BSB Rar 2143, fol.28r）

的右下方。

第三節 "三條魚的故事"的圖像比較與圖文關係探析

綜上所提及的二十九種插圖本中的"三條魚的故事"的插圖，所依託的不止一個特定的文字文本，而是對應共同源頭的、但是在不同時期（從十三至十九世紀）、不同語言（阿拉伯語、波斯語、格魯吉亞語、拉丁語、德語等）、不同地區（西亞、歐洲等地）產生的六大類型的文本。雖然該"三條魚的故事"大意相同；三條魚代表的分別是三種不同的人生態度，即大體象徵"遠謀""隨機"和"由命"，但這些文本之間的關係相當複雜，並非是簡單的相互平行或者遞進的關係，而是存在譯本、再譯本、轉譯本、編譯本等多層的文本交織的關聯性。因此，在討論上述插圖的圖文關係時，應該特別注意文字文本的層次差異，而不能用一個單一的文字文本（如《五卷書》《凱里來與迪木奈》或《老人星之光》等）來作爲討論圖像的依據。

就插圖的整體情況來看，上述的插圖基本上是單一場景的敘事。單幅圖中的連續敘事圖僅見於一處，即出自格魯吉亞語譯本《凱里來與迪木奈》的插圖本，而且該圖中不是連續的敘事場景出現在一幅畫中，而是採用了單幅敘事相疊加的方式，類似連環畫式的一幀接著一幀的敘事連續。此類型中的幾幅單場景圖畫被分隔開來，分爲幾個部分，每個部分描繪的也是單一性場景；但通過排列在一起的幾格單幅場景相連接，而形成一個單幅畫的連續敘事，即對應故事文字文本中的幾個連續場景的內容鏈條。

上述的插圖具有不同的地域、時代和藝術流派的風格，涉及西亞、南亞（莫卧兒帝國）、歐洲（以德國爲主）等廣大的區域，所跨越的時代也長達數百年（從十三世紀至十九世紀）。阿拉伯語本《凱里來與迪木奈》中的那些插圖較爲簡潔（最爲簡潔而不太明晰的是圖十），基本上没有多餘的背景。波斯語本《凱里來與迪木奈》中的那些細密畫插圖，有比較明顯的波斯繪畫風格，并從風景的描繪中透露出一些中國繪畫藝術的影響痕迹。《老人星之光》及其系列文本中的那些插圖較爲繁複（尤其是莫卧兒時期的插圖二十）。而歐洲系列著作（寫本或印本）中的那些插圖形式多樣化，有手繪、單色印製、套色印製等方式，其建築形制、人物形象等有明顯的歐洲色彩。

此外，還應該注意到，上述的插圖本中也有幾幅捕魚場景的圖像。法國國家圖書館藏《凱里來與迪木奈》（BNF MS Arabe 3465）插圖本中，在"三條魚的故事"的圖像之前，還有一幅描繪了漁夫與魚兒的插圖（見圖三十二）。從畫面來看，此圖採用了"圖在文中"的形式。該圖中確實有三條魚，一條在網中，另外兩條分别在網邊的水中，似乎與"三條魚的故事"有關。但實際上，該圖描繪的是《凱里來與迪木奈》"本書宗旨篇"中的漁夫故事。該漁夫因貪心將水中的貝殼誤

圖三十二　法國國家圖書館藏阿拉伯語《凱里來與迪木奈》中的漁夫與魚兒（BNF MS Arabe 3465, fol.33r）

認爲是珍珠，急於撈取而將漁網丟掉了。第二次該漁夫因爲祇關心網中的魚而錯過了真正的珍珠。該故事的主旨是勸導讀者不要祇關注動物故事的表面而忽視故事的真正含義。該圖中的水邊左右各有裝飾性的植物，戴著小帽子的漁夫正在水中捕魚，但水中並未描繪任何與珍珠有關的東西。圖中也有兩個阿拉伯文詞語，分别爲al-ṣayyād和al-baḥr。ṣayyād與baḥr都是單數形式，

第四章 古代歐亞"三條魚的故事"圖像的跨文化流變與圖文關係 137

其意分別爲"漁夫"和"大海"。可見其題詞表明該漁夫是在大海捕魚。圖中描繪的三條魚與"三條魚的故事"沒有任何關聯，這也説明脱離了文本語境的插圖有時候會給讀者帶來誤導，因此，在讀圖的時候，不僅要觀察圖中所直接呈現的各種形象和意象，還必須與該圖的文字文本相聯繫，纔能理解該插圖所要表達的真正意涵。

另一個法國國家圖書館藏《凱里來與迪木奈》（BNF MS Arabe 3470）中也有繪製了三條魚的圖像（見圖三十三），該圖同樣與"三條魚的故事"無關。從整體上看，該圖倒是

圖三十三　法國國家圖書館藏阿拉伯語《凱里來與迪木奈》中的漁夫與魚兒（BNF MS Arabe 3470, fol.22v）

與圖三十二極爲相似，這説明兩圖之間存在傳承的關係。與圖三十二、圖三十三大體相似的插圖還有牛津鮑德利圖書館藏《凱里來與迪木奈》（MS E.D.Clarke Or.9）中的另一幅捕魚圖（圖三十四）。該圖與前兩者不同的是，圖中祇是畫出了網中的一條魚，而沒有畫出水中的另外兩條魚。與該故事有關、但圖像表現不同的還有牛津鮑德利圖書館藏插圖本（MS Marsh 673）中的一幅捕魚圖（見圖三十五）。該圖所在的整頁文字無邊框，但其中的插圖有邊框。此圖的畫面有些駁雜脱落的感覺。圖中的一位漁夫正用三角形漁網在捕魚，網中有一條魚。水爲黑色，畫出了波紋，背景有紅色的雜花，貌似山巒起伏，雲彩湧動。該圖的內容與"三條魚的故事"無關。

图三十四　牛津鮑德利圖書館藏阿拉伯語《凱里來與迪木奈》中的漁夫與魚兒（MS E.D.Clarke Or.9, fol.26r）

图三十五　牛津鮑德利圖書館藏阿拉伯語《凱里來與迪木奈》中的漁夫與魚兒（Oxford, MS Marsh 673, fol.29v）

就總體的圖文關係而言，"三條魚的故事"的圖文二者之間的差異主要如下：

其一，最大的圖文差異體現在：所有的文字文本中有關"三條魚的故事"敘事的主角是三條不同的魚兒，漁夫則是次要的角色，故事的主旨也基本上沒有涉及漁夫。而所有的插圖主要凸顯了漁夫的形象及其動作，圖像是以漁夫為中心，這與文本中以三條魚為中心是不相吻合的。作為寓言類的故事，故事中的動物可以在文本中"人格化"，即以擬人的方式將動物的種種心態與行爲揭示出來，并在時間的鏈條中，展示故事的發展過程。但作爲空間藝術的插圖，無法表達或難以描繪三條魚的語言與行爲，更無法觸及三條魚不同的心理。圖像很難區別出三條魚之間的行爲差異及其各自的特點，畫家祇能以魚兒處在不同的空間位置來暗示魚兒的行爲及其命運。與文字文本凸顯魚兒爲故事核心不同的是，圖像所表達的重點在於強調漁夫的行爲與舉止而不是魚兒的活動。從這個角色來說，該故事的插圖是對文字文本的一種顛覆。

其二，圖像對文字文本的突破。不同畫家的筆下分別出現了三條魚、兩條魚、一條魚或者四條魚的形象；也分別出現三個漁夫、兩個漁夫或一個漁夫的形象。畫家所安排的城堡、風景甚至日常生活的場景均不一致，即便就捕魚這一場景而言，畫家的表現也是五花八門的。插圖中繪製了風景作爲故事的活動空間，雖然有些插圖中的風景元素比較簡單，但山景或者城堡的出現更突顯了漁夫的主體性。插圖之間的差異，既反映了不同時期的畫家們對同一故事理解的不同、在選擇故事不同元素加以表達時的差異；也反映了不同地區的畫派之間的藝術手法之特色。

在具有傳承關係的相似圖像之間，也有一些差異值得注意。比如，圖二十六和圖三十，前幅圖中的第二條魚兒頭部是向下游的，背離漁網的方向，表明該魚要逃離被網住的命運。而後幅圖中的第二條魚兒頭部是向上游的，正對著漁網的方向，這明顯與文字文本的情節相矛盾。這說明畫家或許並沒有細緻地理解文本中該故事的涵義，即便在有可借鑒的圖像的時候，也祇是模仿了大概的畫面，而沒有透徹地觀察畫面的細節及其所代表的涵義。

其三，正確認識插圖中的文字標識的作用，以此考察圖文之間的内在關係。比如，圖十九的構圖形式不太規則，是與衆不同的，其右上有兩行墨書的波斯語文字，轉寫與翻譯如下：

mujir ay dust, ta yabi rahay ki pay-i murdan naya pay-i ashnayi

庇護者啊！朋友，爲了得到解放，你不要跟隨死亡而來，而要跟隨認知。

該圖左下的波斯語文字大意是："另一條魚漫不經心，在行動上虛弱猶豫，表現出驚慌失措，意識不清，在網中左右衝突，高低亂跑，直到最後被抓住。我沿用了這個寓言，是爲了使國王能同意。"

圖十四是上圖下文的格局，圖下的五行波斯語文字的大意是："漁夫把它撿起來，看起來它好像是死的，放在岸邊。它機敏地跳進水中，跑了，生命得以保全。而另一條魚兒虛弱無力（猶豫不決），疏忽大意，表現得驚慌失措，意識不清，在網中左右衝突，高低亂跑，直到最後被抓住。我爲了那個目的，講了這個寓言，爲了使國王能明白。"很顯然，上述兩幅插圖中的文字對理解圖像是有重要作用的。

圖三十三中邊框內的阿拉伯語紅字爲：surat al-sayyad，意思是"漁夫之圖"。該插圖所在頁面中的紅點標記並無規律，或爲閱讀者在閱讀時用的點讀標記。該插圖的題名說明此圖祇是與"漁夫"的行爲有關，而與"魚兒"無關。與此相反的是，"三條魚的故事"圖像本來要表現的是"魚兒"的處理方式，而不是"漁夫"的動作行爲，但最終所導致的視覺效果卻成了描繪"漁夫"的動作行爲。

第四節 小　結

"三條魚的故事"的情節看似較爲簡單，但主旨卻可作不同的解釋。源自印度民間的"三條魚的故事"進入佛教的本生故事系列，又以口頭傳播的形式在絲綢之路上流傳，並且被記錄下來。該故事又以改寫或變形的方式，進入新的宗教文化場域。因此，它在印度、波斯、阿拉伯、粟特、格魯吉亞、歐洲其他地區流傳，實際上是印度文學向外傳播的一個縮影。除了文字文本的不同層次的譯傳之外，該故事的圖像也以自身的方式在傳播（尤其是整體相似而細節變異的插圖之間的繼承關係），加深了該故事在不同社會、不同讀者之間的影響力，可以視爲理解古代歐亞文化交流的一個實證事例。

第五章
"伊利沙"與"盧至長者"
——敦煌寫本與佛經中的吝嗇鬼典型及其故事的跨文化流變

吝嗇鬼是世界文學大觀園中的常見形象，讀者耳熟能詳的典型形象就有：夏洛克（莎士比亞《威尼斯商人》）、阿巴貢（莫里哀《吝嗇鬼》）、葛朗臺（巴爾扎克《歐也妮·葛朗臺》）、潑留稀金（果戈理《死魂靈》）、嚴監生（吳敬梓《儒林外史》）等[1]。印度古代宗教文學典籍中，也有類似的吝嗇鬼典型。敦煌寫本《佛說諸經雜緣喻因由記》（P.3849背、BD5746V1、北敦3129）中的第十個摘錄文本"盧至長者因緣"（擬），就是一個吝嗇鬼的因緣故事，其內容如下：

> 昔日，依（於）王舍城，有一長者，家中大富，號名盧至，不能判一針一草。此長者忽有他心至（智）通，乃見天帝釋燕會之樂。長者便思念："我亦大富，何不受樂？便買三五個胡餅，酤五升酒，將於野外，夫妻二人設樂，豈不是一生樂？"爐（盧）至便行，得五里已來，准擬喫食。見一猺來，亦不見我飯食喫。更行一二里，依（於）一蘆中而坐喫食。喫食了，盧至夫妻便踏歌："今日毗沙門天王神及天帝釋，不似某乙得燕設樂。"天帝見已，遂便來依盧至家中去來，變作盧至長者身，入到家中，語男女曰："比日已前，被窮鬼把咽，不非理喫食。

---

[1] 成良臣：《論中外文學中的吝嗇鬼形象》，《重慶大學學報》（社會科學版）2001年第2期，第60-63頁。

今日出城去來，打斷得此把命鬼。任若入來便打，莫放近門户。"如是之間，天帝釋作長者身，長者作乞兒身。到門來，男女便打。"莫打我上，是汝父母。"男女答曰："某乙父母，今在家中。"便被天帝取長者家中財物，廣開四門布施了。帝釋却與印櫃及庫，天帝變作本身而去，乞兒亦與變作盧至身。盧至入到家中，先看函櫃，印封並全。長者便自思惟："是何之罪，得如是苦事耶？"便向佛問去來。至於佛前，佛便説上事：其長[者]前生依（於）波羅柰國，見一僧教化來，便將物事布施與僧。僧去了，便生不布施心。布施之中，得五百生富貴；又生惜心，雖有財物，不得所用，其由如是[1]。

本章以佛經故事中的"伊利沙"與"盧至長者"爲例，探析該吝嗇鬼形象的書寫方式及其故事的流變，爲世界文學中的吝嗇鬼典型形象的比較，提供另一種文化語境中的例證。

第一節　巴利文《本生經》中的《伊黎薩本生》(*Illīsa Jātaka*) 與古希臘的平行故事

本生，梵語、巴利語名Jātaka（音譯"闍陀伽"等），是佛教的"九分教"或"十二分教"之一。無著菩薩造、玄奘法師譯《顯揚聖教論》卷六〈攝淨義品第二〉中的解釋爲："本生者，謂諸經中宣説如來於過去世處種種生死行、菩薩行，是爲本生。"[2] 本生常用佛過去世的種種故事來對應現世的行爲，因此，該文體特別注重故事性，也是研究古代印度敘事文學的重要資料來源。巴利文《本生經》屬於南傳佛教三藏的經部中的"小部"，共

---

[1] 王子鑫、張湧泉：《敦煌寫本〈佛説諸經雜緣喻因由記〉校注》，《敦煌吐魯番研究》第十九卷，2020年，第75-103頁，此見第100-102頁。

[2] 《大正新修大藏經》第三十一册，第509頁上欄。

有五百四十七個佛本生故事，大多數的故事原爲印度民間故事，經過"佛教化"之後成爲宣傳佛教教義的載體。這些本生故事情節多樣，生動有趣，常常膾炙人口。《本生經》常闡釋多個佛教義理，描繪五彩繽紛的人物形象，其中第七十八個故事名爲《伊黎薩本生》（Illīsa Jātaka，或譯《伊利薩長者本生譚》），以描繪一位慳貪者的形象著稱。

與《本生經》中其他本生故事的體例相同，《伊黎薩本生》也由序分、主分、結分三部分組成，黃寶生與郭良鋆合譯《佛本生故事選》中的《伊黎薩本生》祇有主分，而未譯序分和結分的内容。《伊黎薩本生》的序分主要敘述的是"當前"（即"今生"）的事由，乃是佛陀在祇園精舍與一位富商之間的談話，敘述了一位慳貪的富商在回家的路上因爲過於節儉忍受飢餓而生病，讓妻子躲到七階高樓上替他做一個饅頭，佛陀派目連去他家顯示神通並説服，讓他的那個饅頭可以供整個寺院的僧人食之不盡。該富商由此不可思議的事情而受到教化，轉變了心態，將自家的財産布施給僧團。這段序分的重點是描述富商從"强欲"到"無欲"的轉變，其中還有兩個小的情節值得注意。其一，一個饅頭可以供食僧團，就相當於《聖經》中耶穌的"五餅二魚"的故事，體現的都是宗教人物的非凡神通。覺音《清静道論》第十二品"神變之解釋"中的"身自在神變"，就引述了這一情節，即"其次，伊利沙長者之故事中，大目犍連長老以少爲多"。其二，目連去富商家之行受到稱讚，佛陀的告誡是"比丘應不害不惱其家，恰如蜜蜂由花中往取花粉，接近其家，使知佛之威德"。佛陀還使用了《法句經》中的一首偈頌："不損花色香，蜂取其味去。然更如牟尼，遊行聚落間。"這一"如蜂採花"譬喻在佛經中流傳甚廣[1]。

《伊黎薩本生》的主分部分敘述了佛的前生事迹。其主要情節如下：

---

[1] 參見陳明：《印度佛教神話：書寫與流傳》，第十一章《"如蜂採華"與"鵝王別乳"——出土文獻與絲綢之路佛教譬喻的流傳》，中國大百科全書出版社，2016年，第372-396頁。

（1）梵授王統治的時候，波羅奈城有一位巨富，名爲伊黎薩（Illīsa），是十足的守財奴。

（2）某日，伊黎薩回家途中，見農夫飲酸酒、食腐魚，自己很想吃，卻又捨不得，如此壓抑，憂慮致病。

（3）其妻問候，得知緣由。伊黎薩出一文摩沙迦錢，購酒後躲入城外河岸叢林中，獨自品嘗。

（4）伊黎薩之父生前樂善好施，升天轉生爲帝釋天，在天上知曉了兒子的慳貪惡行，決定下凡。

（5）帝釋天化身爲伊黎薩之相貌，面見國王，表達捐獻全部家產的心願。

（6）帝釋天的化身進入伊黎薩家，命令守門人不能放進與家主長相相似的人，並通告四方，施散家財。

（7）一農夫前來牽牛駕車，滿載七寶而歸，途中大聲讚揚，被伊黎薩聽到。

（8）伊黎薩大怒，與農夫爭奪，而遭受毆打。他酒醒之後，奔回家中，被門衛所拒。

（9）伊黎薩向國王求援，國王招來帝釋天，二人真假難辨。

（10）其妻、子女、家僕、理髮師（即佛的前身）等人均無法分辨，伊黎薩爲之昏眩。

（11）帝釋天現出原形，眾人用水將伊黎薩潑醒。帝釋天教導伊黎薩要樂善好施，否則以金剛杵奪其性命。

（12）伊黎薩畏懼而發下誓願，從此轉性，多行施與，得生天界[1]。

造成伊黎薩轉變的是帝釋天，二者之間存在親緣關係。帝釋天採取的方法就是化身爲對方，形成一對真假難辨的人物形象。這個故事中實際包涵

---

[1] 黃寶生、郭良鋆譯：《佛本生故事選》，人民文學出版社，1985年，第62—66頁。

了兩個民間故事的母題：其一是"吝嗇鬼"；其二是"化身下凡"母題中的"化身對方"（即"真假化身"）類型。讀者們耳熟能詳的《西遊記》中的"真假美猴王"的橋段，就是源自此處。帝釋天原本是婆羅門教的天神因陀羅（Indra），在佛教語境中，成爲具有護法性質的三十三天主[1]，而且喜歡化身下凡的帝釋天兼具多重角色，不僅有懲罰、教誡、恩惠、救濟等功能，還具有考驗者、滿願者、戰鬥者、醫療者、巡查者等不同的角色，是佛經中最爲多變的神話人物之一[2]。

《伊黎薩本生》的結分部分點明了故事中的各個人物的前生與今世的對應關係。但總體看來，該故事的主要人物不是佛陀，也不是帝釋天或目犍連，而是那位慳貪至極的伊黎薩長者（強欲長者的前身）。故事的主旨就是批評那些不願意布施的大富長者，通過顯示神通以及懲罰的方式來迫使這些慳貪者產生轉變，從而宣揚布施的巨大功德。在極力宣揚布施理念的背後，實際上是與生存息息相關的經濟問題，因爲布施的作用乃在於以此滿足佛教僧團的公共開支、以及不事生產的僧眾的日常生活的需要。古往今來，如果沒有布施，僧團的存在就會非常困難。這是顯而易見的宗教與社會相關聯的現象。

有關神奇化身的母題，不僅出現在印度宗教文學作品《本生經》中，也出現在古希臘的史詩之中，梅林·皮爾斯（Merlin Peris）對此有深入的比較分析，值得參看[3]。

---

[1] 郭良鋆：《帝釋天和因陀羅》，《南亞研究》1991年第1期，第54-57頁。

[2] 辛嶋靜志：《初期仏典に現れわたる帝釈》，《印度學仏教學研究》第32卷第2號，1984年，第708-709頁。另參見陳明：《印度佛教神話：書寫與流傳》，中國大百科全書出版社，2016年，第320-331頁。

[3] Merlin Peris, "Illisa's bump and Amphitryon's bowl: Divine impersonation in a Greek myth and an Indian Jataka", *The Sri Lanka Journal of the Humanities*, vol.xxiii, no.1 & 2, 1997, pp.65-75.

第二節　漢譯佛經中的《盧至長者因緣經》與吝嗇鬼形象

1.《舊雜譬喻經》中的伊利沙

《舊雜譬喻經》（託名吳天竺三藏康僧會譯）卷上第一十五個故事，是《伊黎薩本生》的平行文本，其內容如下：

> 昔有四姓[1]，名伊利沙，富無央數，慳貪，不肯好衣食。時有貧老公，與相近居，日日飲食，魚肉自恣，賓客不絶。四姓自念："我財無數，反不如此老公。"便殺一雞，炊一升白米，著車上，到無人處。下車適欲飯，天帝釋化作犬來，上下視之。請（謂）狗言："汝若不能倒懸空中，我當與汝不。"狗便倒懸空中，四姓意天（大）恐，何圖有此？曰："汝眼脱著地，我當與汝不。"狗兩眼則脱落地，四姓便徒去。天帝化作四姓身體語言，乘車來還，勅外人："有詐稱四姓，驅逐捶之。"四姓晚還，門人罵詈令去。天帝盡取財物大布施，四姓亦不得歸，財物盡，爲之發狂。天帝化作一人，問："汝何以愁？"曰："我財物了盡。"天帝言："夫有寶令人多憂，五家卒至無期。積財不食不施，死爲餓鬼，恒乏衣食。若脱爲人，常墮下賤。汝不覺無常，富且慳貪不食，欲何望乎？"天帝爲説四諦、苦空非身，四姓意解歡喜，天帝則去。四姓得歸，自悔前意，施給盡心，得道迹也[2]。

與《伊黎薩本生》相比，《舊雜譬喻經》中的這個故事大體相似，卻有數處不同。首先，伊利沙的妻子沒有出現。其次，帝釋天與伊利沙沒有"父子"關係。帝釋天一共有三次化身。他下凡的時候，先化身爲犬。伊利沙讓

---

[1] 四姓：常指四種種姓。《摩訶僧祇律》卷二十一云："家者，四姓家：刹利家、婆羅門家、毘舍家、首陀羅家。"（《大正新修大藏經》第二十二冊，第399頁上欄）但此處的四姓，偏指第三種姓"毘舍"，相當於指居士或商人（大富長者）。

[2] 《大正新修大藏經》第四冊，第513頁中欄。

犬倒懸空中以及脫眼著地,卻沒有實現諾言給予飯食,這纔引起帝釋天第二次化身爲伊利沙,去其家散盡家財,實施了報復。當然,這種報復不是帝釋天的目的,祇是他實施教化的一種方式,因此,帝釋天的第三次化身是人,向伊利沙傳授了四諦、苦空非身、無常等佛教義理,促使伊利沙轉變了觀念,樂於施捨,而獲得道迹。此故事中沒有伊利沙請國王,以及衆人辨別真假的那段情節,因此,總體上顯得不如《伊黎薩本生》那樣曲折生動。

2.《盧至長者因緣經》

和《伊黎薩本生》一樣,《舊雜譬喻經》中的伊利沙故事也是故事集中的一個故事而已,不過,漢譯佛經中還有一部與之內容平行的單本佛經——《盧至長者因緣經》一卷(失譯人名,今附東晉錄)。《盧至長者因緣經》沒有一般佛經那樣的開篇——即"聞如是"或"如是我聞",以及之後的"一時佛在……"。這樣的開篇或許表明該經屬於佛教早期時代的經文,尚無固定的格式。該經以講故事的口吻開篇,卻沒有明確提供該故事的講述者,祇是在第一段講述之後,穿插了"羅睺羅即說偈言",似乎該故事是羅睺羅所說的。但該經的最後一段卻擁有一般佛經那樣的"流通分"部分,即:"時,天龍八部,及以四衆,見聞是已,得四道果,種三業因緣。諸天四衆,聞佛所說,歡喜而去。"這樣的結尾格式表明該故事的實際講述人還是佛陀。

《盧至長者因緣經》的主要情節如下[1]:

(1)往昔有一位盧至長者,非常富有,但意常下劣,慳悋無比。

(2)一次城中節會,大衆皆樂。盧至取五錢,購買麨、酒和葱,躲到僻靜處獨自享用。

(3)盧至酣醉起舞唱歌,誇耀自己超過天帝釋和毘沙門,惱怒了天上的釋提桓因(即天帝釋、帝釋天)。

---

[1]《大正新修大藏經》第十四冊,第821頁下欄至第825頁上欄。

（4）釋提桓因下凡，化身爲盧至的模樣，來到盧至的家中。

（5）假盧至（帝釋天）招來家人，敘述自己擺脫了慳鬼作祟，決定施捨家財，並告誡門衛，不讓那模樣相同的人（慳鬼、盧至）進門。

（6）因爲施捨，假盧至與家人一起狂歡，全城人皆來觀之。真盧至回來，見此情形，極大驚愕。

（7）真盧至進門，見到假盧至與家人在一起，他急欲分辨，但母親、妻子等眾人皆認爲其是慳鬼。

（8）真盧至被驅逐出門，向城中人訴說因緣，一起到國王那裡申辯。真盧至借貸二氎獻王，帝釋天將其變成了二束草。

（9）真盧至和眾人向王敘述其家財被人施捨殆盡之事，國王爲之檢校。國王喚來似盧至者，但難以分辨二人的真假。

（10）國王讓盧至母親以私密之事相詢，但二人皆有，無法判斷，祇好帶領眾人來至佛所。

（11）帝釋天在佛前現出原形，並敘述事情原委。佛爲眾人開示，真盧至正信佛語而徹底覺悟。

盧至的名字雖不能與伊利沙（Illīsa，伊黎薩）勘同，目前也沒有發現其梵文（或巴利文）的原名，但二者的故事是大致相同的，無疑出自同一個民間故事原型。《盧至長者因緣經》開篇揭示的故事主旨是："若著慳貪，人天所賤，是以智者應當布施。"此經中描繪盧至躲避家人而獨自飲食時那手舞足蹈的滿足感，場景描繪十分細膩，非常具有喜劇感，而他見到家財被施捨，則立即由喜轉悲，心情大起大落，戲劇效果十足。與《伊黎薩本生》相比，帝釋天下凡是聽了盧至的誇耀之後而臨時報復。此經中也沒有《舊雜譬喻經》中的帝釋天變化成犬的情節，但比諸平行文本多出不少情節，比如，慳鬼之說，使"假盧至"突然施捨家財一事合理化了，彌補了以往情節上的邏輯漏洞。真盧至向國王獻價值四銖金的二氎，引發諸人皆笑，更體現了盧至慳悋的特性。《盧至長者因緣經》中有關盧至身體上的私密印記（左脇下有小豆許瘢），也被認爲是後世文學著作中有關身體真假判定之類情節的源頭[1]。《盧至長者因緣經》中最重要的是凸顯了佛祖至高萬能的形象，佛祖不僅是故事的講述者，更是故事中的參與者和問題的最終解決者，是佛而不是帝釋天促使了盧至的根本改變。此經的結尾處沒有本生經中的人物前生與今世的對應關係，因此，《盧至長者因緣經》不是本生經，其經名中的"因緣經"表明它屬於"緣"類的敘事文體，漢譯佛經中的這類文體對中國敘事文學的發展也有一定的影響[2]。

3. 漢譯佛經中的其他吝嗇鬼形象

漢譯佛經中的"慳貪者"形象不止是盧至/伊利沙，還出現在衆多的故事之中。以下略舉幾例：

（1）《生經》

《生經》是一部本生故事集，乃西晉竺法護譯。《生經》卷一的"佛說是我所經第五"是一部小經，描寫了一位尊姓長者，財富無量，但所作慳貪，少福無智，對自己和家人都非常苛刻吝惜，最後壽終，所有財寶皆沒入官。佛陀指出其前身爲一隻名爲"我所"的鳥兒，過於貪著全樹的果子，因無法阻止其他鳥兒取食而悲痛而死[3]。三國邯鄲淳《笑林》中的"漢世老人"故事或與此類佛經故事相關[4]。

（2）《菩薩本行經》

《菩薩本行經》（失譯人名，今附東晉錄）卷上描繪了巨富居士摩訶男摩，爲人慳貪，不敢衣食，時病困篤喪亡，財產被波斯匿王沒收。摩訶男

---

[1] 王立、孫忠權：《"情人身上特徵"母題與個人隱私權——〈聊齋志異·霍生〉的佛經故事溯源》，《瀋陽師範大學學報》2005年第1期，第75-79頁。

[2] 范晶晶：《"緣"：從印度到中國——一類文體的變遷》，《中國比較文學》2017年第2期，第26-40頁。另見范晶晶：《緣起：佛教譬喻文學的流變》，中西書局，2020年。

[3] 《大正新修大藏經》第三冊，第73頁下欄至第74頁上欄。

[4] 孟稚：《〈笑林〉與佛經故事》，《樂山師範學院學報》2008年第6期，第29-32頁。

摩因爲不肯布施，甚至墮於盧獦地獄之中，千萬年受苦無盡[1]。很顯然，摩訶男摩也是雖爲巨富卻不願布施的反面形象之一。佛經中對其死後結局的安排，強烈地暗示了不樂布施的可怕後果，給讀者敲響了警鐘。

（3）《撰集百緣經》

《撰集百緣經》（託名三國支謙譯）卷五〈餓鬼品第五〉收錄了"長者若達多慳貪墮餓鬼緣"，在該組餓鬼故事中，都強調了要"捨離慳貪，厭惡生死"的主題。《撰集百緣經》卷六〈諸天來下供養品第六〉中的"賢面慳貪受毒蛇身緣"，也是一個慳貪者（賢面）受惡報的故事。

以上摩訶男摩、若達多、賢面等角色基本上都是受佛教抨擊的反面形象，而佛教所推崇的樂善好施最極端典型的是須大拏太子，其故事與圖像流傳甚廣[2]，爲宣揚布施有福的思想起到很大的作用。

第三節　印度民間故事集中的同類故事

印度民間故事集《鸚鵡故事七十則》（*Shuka Saptati*）是繼《五卷書》《故事海》之後，印度最著名的梵語故事集之一。該故事集收錄了七十二個故事，其中第三個故事，名爲"鳩提羅（Kuṭila，意即'僞真''假冒'）與維摩羅（Vimala，意即'離垢'）"。該故事是鸚鵡給女主人有光（Prabhāvatī）講述的，其情節如下：

（1）毘舍離城有一位商人維摩羅和一位流氓鳩提羅。

（2）鳩提羅見維摩羅的兩個妻子很漂亮，就禱告大母女神，將其變成維摩羅的模樣。

（3）在維摩羅外出之時，鳩提羅以假冒的模樣去其家，將一切都據爲

1　《大正新修大藏經》第三冊，第109頁下欄。
2　陳明：《文本與語言：出土文獻與早期佛經比較研究》，蘭州大學出版社，2013年，第83-118頁。

己有,并顯得極爲大方。

(4)維摩羅回家時被拒之門外,發現有人假冒,就和親屬去王宮告發。

(5)國王派大臣去調查,大臣被鳩提羅收買,胡亂判案。

(6)真假維摩羅被帶到國王面前,一時無法判定,給國王的名譽帶來損害。

(7)國王先分別詢問了商人的兩位妻子艷光和孫陀利新婚之時的情形,再分別詢問真假維摩羅。

(8)國王以偉大的智慧,從中判出了真假,懲罰了假冒者鳩提羅[1]。

潘珊已經注意到《鸚鵡故事七十則》中的這則"鳩提羅與維摩羅"故事,與《伊黎薩本生》和《盧至長者因緣經》之間的關係,并作了簡要的論述[2]。與佛經故事相比,"鳩提羅與維摩羅"故事中對"吝嗇鬼"這一主題幾乎沒有涉及,其重點是"真假化身"以及國王對真假人物的判定,體現的是對國王智慧的稱讚。此外,該故事中沒有出現具有神奇化身功能的天神帝釋天這一重要角色。鳩提羅之所以能夠化身他者,是大母女神的神奇能力所致,而不是他自己有什麼能耐,他要求化身的目的也是很卑劣的,而相關佛經故事中化身的出現是爲了懲罰或者教化吝嗇鬼。

在《五卷書》和《故事海》中,均未發現此類型的故事,這說明它很可能是引自佛教文本中的故事,對之進行了吸收和改編。《伊黎薩本生》和《盧至長者因緣經》中有關佛教的義理,在《鸚鵡故事七十則》中被極度弱化,既不再強調佛祖的教化作用,也沒有宣揚"六度"中的布施觀念。這是《鸚鵡故事七十則》整體世俗化所導致的結果,而且該故事集本來就與佛教沒有什麼必然的聯繫。

---

[1] 潘珊:《鸚鵡夜譚——印度鸚鵡故事的文本與流傳研究》,中國大百科全書出版社,2016年,第205-207頁。Cf. *Shuka Saptati: Seventy Tales of the Parrot,* Translated from the Sanskrit by A.N.D.Haksar, New Delhi: Harper Collins Publishers, 2000, pp.14-17.

[2] 潘珊:《鸚鵡夜譚——印度鸚鵡故事的文本與流傳研究》,中國大百科全書出版社,2016年,第24、43-46頁。

《鸚鵡故事七十則》有波斯語（三個譯本）、維吾爾語、哈薩克語、烏爾都語、土耳其語、蒙古語、馬來語、印尼語等多個語種的譯本（改譯本、或轉譯本），涉及佛教、印度教、伊斯蘭教等宗教，但在這些譯本中均未找到與"鳩提羅與維摩羅"故事的對應部分。這說明化身（或布施）觀念在不同宗教中的分量不同，因此，有些譯本就沒有選擇這個故事進行翻譯，而是將其刪去了，譯者的態度是其宗教與文化觀念的反映。

第四節　盧至長者故事在中國的流傳

巴利文《本生經》中的《伊黎薩本生》在古代中國並未發現有影響的痕迹，但漢譯佛經中的伊利沙和《盧至長者因緣經》卻有流傳，具體梳理如下：

1. 佛教類書中的摘錄

南朝梁代寶唱等集的《經律異相》是一部重要的佛教故事類書，其卷十九中第一個摘引的故事名為"伊利沙四姓慳貪為天帝所化"[1]，很顯然，該故事就是《舊雜譬喻經》中的伊利沙故事，但《經律異相》在該故事的結尾處注明是"出《雜譬喻經》第五卷"。現存的《雜譬喻經》有兩種：一為三卷本（失譯人名，附後漢錄）、一為一卷本（比丘道略集）；但這兩種佛經中均沒有發現伊利沙的故事，這說明寶唱時代的《雜譬喻經》《舊雜譬喻經》《譬喻經》之類的譬喻故事集有多種形態，卷次各異，相互之間所收集的故事多有交錯。

唐代西明寺沙門釋道世撰《法苑珠林》是篇幅最大的佛教類書，堪稱中古中國佛教的百科全書之作。其卷七十七屬於"十惡篇"中的"慳貪部"，道世在"述意部第一"中指出，"夫群生惑病，著我為端。凡品邪迷，慳

---

[1]《大正新修大藏經》第五十三册，第101頁中欄。

貪爲本。所以善輕毫髮，惡重丘山。福少春冰，貧多秋雨。六情之網，未易能超。三毒之津，無由可度。……似飛蛾拂焰，自取燒然。如蠶作繭，非他纏縛。良由慳惜貪障，受罪飢寒。施是富因，常招豐樂也。"[1]道世所引用的批評慳貪之人的諸故事中，就包括了"又《盧志長者經》云"，很顯然是引用了《盧至長者因緣經》，可見，中古時期的寫卷中，常將"盧至"寫成"盧志"，"至"與"志"同音，二者均爲譯名，亦無不可。

此外，清代徐昌治受《法苑珠林》影響而編撰了《醒世錄》，其卷七的"慳貪部"，也引用了"如《盧至長者經》云"。

2. 佛教經疏等文獻中的引用

唐清涼山大華嚴寺沙門澄觀《大方廣佛華嚴經疏》卷五〈世主妙嚴品第一〉中，用排比的手法，列舉了屬於"大業"一類的佛教故事："至如堅常啼之心，施雪山之偈，成尸毗大行，破盧志巨慳；談般若於善法堂中，揚大教於如來會下等，皆是發起廣大業也。"[2]其中列舉的"堅常啼之心，施雪山之偈，成尸毗大行，破盧志巨慳"是四個有名的佛教故事，但此段落沒有指出這些故事的出處。澄觀在《大方廣佛華嚴經隨疏演義鈔》卷十九中對此有清楚的交代，"堅常啼之心，《大品般若》。施雪山之偈，即《涅槃》十三。成尸毗大行，即《方便報恩經》。破盧志巨慳，即《盧志長者經》。談般若等者，《大品》廣說。揚大教等者，《淨名》《大品》等。其類非一，恐厭文繁，不能具出。"[3]由此可見，"破盧志巨慳"指的就是《盧志長者經》（《盧至長者因緣經》）中的相關故事。

遼代義楚《釋氏六帖》卷二十三的"鐵網覆宅"條，云："《異相》云：盧志長者太慳，以鐵網覆宅，恐鳥雀犯物也。"[4]所謂《異相》，應該

---

1 《大正新修大藏經》第五十三冊，第860頁中欄。
2 《大正新修大藏經》第三十五冊，第540頁上欄至中欄。
3 《大正新修大藏經》第三十六冊，第151頁上欄。
4 CBETA, B13, no. 79, p.478a.

第五章　"伊利沙"與"盧至長者"　155

是指《經律異相》。經核查，《經律異相》中祇有一處提及"盧志"，即卷十"轉輪王身發願布施八"中的一句"盧志婆羅門從乞兩足"。[1]《經律異相》中提及"盧至"的則是卷五中的"化盧至長者改兵杖爲雜花八"，該盧至長者故事乃是出自《大般涅槃經》（即宋代沙門慧嚴等依泥洹經加之）卷十四，相當於北涼天竺三藏曇無讖譯《大般涅槃經》卷十六。此故事在後世多以"佛化盧至（盧志）"爲名流傳，如在《釋迦如來應化録》等書中。但該盧至（盧志）與巨慳者盧至（盧志）是同名的不同人物，其事迹完全没有關聯，我們不能將二者混爲一談。《釋氏六帖》中所説的"盧志長者太慳，以鐵網覆宅，恐鳥雀犯物也"，顯然指的是巨慳者盧志，因此，《釋氏六帖》中所謂"《異相》"可能有誤，因爲現存的《經律異相》中没有巨慳者盧志的故事。此外，還需注意的是，無論是《舊雜譬喻經》中的伊利沙故事（或《經律異相》所引"伊利沙四姓慳貪爲天帝所化"），還是《盧至長者因緣經》中，均没有"以鐵網覆宅，恐鳥雀犯物"這一情節，而類似的情節見於另一位豪富貪嫉、不喜布施的梵志摩耶利的故事，《佛説乳光佛經》（西晉月氏三藏竺法護譯）中云：

  時佛世尊適小中風，當須牛乳。爾時維耶離國有梵志，名摩耶利，爲五萬弟子作師。復爲國王、大臣、人民所敬遇。豪富貪嫉，不信佛法，不喜布施，但好異道。常持羅網覆蓋屋上、及其中庭，欲令飛鳥不侵家中穀食之故。所居處去音樂園不近不遠。[2]

這段經文纔是《釋氏六帖》"鐵網覆宅"的源頭，而《經律異相》中並無相應的内容。

又，明代智旭《閲藏知津》卷三十一中有對《盧至長者因緣經》的内容

1　《大正新修大藏經》第五十三册，第53頁下欄。
2　《大正新修大藏經》第十七册，第754頁中欄至下欄。

簡介，如下：

> 《盧至長者因緣經》一卷　當
>
> 失譯人名，今附東晉錄。
>
> 長者生平最慳，節會日，飲醉自歌。帝釋化作相似人，以惱亂之，乃令見佛，證初果。[1]

這段簡介還被引入清代的《法界聖凡水陸大齋法輪寶懺》之中，《盧至長者因緣經》也成爲水陸齋會的實用經文之一。

3.《盧至長者因緣經》的石刻本

房山雲居寺石經是中古時期中國北方地區最重要的佛教石刻。其中也刻寫了《盧至長者因緣經》。該石經高161.5釐米、寬63.5釐米，題名爲"《盧至長者因緣經》一卷并讚"，該石經有銘和序，題云："《司徒四月八日於西山上佛經銘并序》。盧龍節度巡官、宣德郎、試太常寺協律郎周瞳撰。"其文云：

> 法門傳教，經文是先。非法則無以救群生，非經則無以示知覺。期之彌劫，非我公其誰？是知佛法委付，大臣必將玄契。我大司徒杜（杜）陵公自擁節幽盧，以清淨爲理。天授慈惠，以了達誘人。是以仰之者如鳥歸林，赴之者如魚入海，皆我公之善誘也，皆我公之玄覺也。故知後來之福，由此生之修。今世之因，在前生之力。日大一日，生緣百生。輪輪轉轉，以劫繼劫。所以每歲四月八日竭清俸，採奇石，勒諸經文並真言，幡蓋雲引，笙歌鳳吟。出嚴成以風從，指靈山而逕往。佳氣籠野，祥雲滿峰。將此石經藏之巖壁，山神保衛，群靈棒（捧）護。

---

[1] CBETA, J32, no. B271, p.126c-p.127a.

知我公竭心法門，致敬諸佛，普爲遍法界盡虛空，過去未來及此見在一切有情無情、胎卵、濕化、蠢動、含靈、四生九類，兼及軍州士庶、闔境生靈，普願同霑福祐。其石經一十條，共計二十八卷。皆我公之所敬，我公之所能，我公之所立也。將冀累劫千生，保茲善法，衆聖助護，萬人布誠。生生值佛，世世聞經，願成道果，普證菩提。自然衛我公於萬年，安軍府於千秋矣。雖則川平谷滿，此經長存。人皆虔心，孰不瞻仰？既勒石紀美，敢書其辭云：

巉巉高山，上柱煙碧。公勒經文，藏之峭壁。群靈瞻仰，衆聖窟宅。谷變川平，斯文不易。爲善既利，爲福必從。如水逐風，如雲應龍。且久且長，不騫不崩。日來月往，緣流福興。浩浩山川，茫茫士庶。仰茲丹（舟）輯，同爲濟渡。無生無滅，何今何古？萬劫千秋，我公爲主。佛法廣大，慈悲是梯。功德既高，山林卻低。經文真言，普濟群迷。生生福慶，天地俱齊。

幽州盧龍節度副大使、知節度事、觀察處置、押奚契丹兩蕃、經略盧龍軍等使、銀青光祿大夫、檢校司徒、兼幽州大都督府長史、御史大夫史元忠。

尤李指出，《盧至長者因緣經》大約是唐開成五年（840）幽州盧龍軍節度副大使史元忠所造石經之一。史元忠曾經出任過幽州刺史（834—841），熱衷參與佛教活動，他主持刻寫的石經還有《維摩詰經》《千手千眼觀世音陀羅尼經》《佛說護諸童子陀羅尼呪經》《大金色陀羅尼經》《善恭敬經》《佛說鬼子母經》等，其贊助刻經的活動反映了安史之亂後唐代中後期北方盧龍鎮的政局變動、地方政府與佛教僧團和社會民衆的互動情況[1]。《司徒四月八日於西山上佛經銘並序》中並無提及《盧至長者因緣

---

1 尤李：《唐後期盧龍鎮的佛教與社會》，《中國邊疆民族研究》（第七輯），2014年，第1-46頁。

經》中對慳貪的批評和宣揚布施的思想，而主要是宣揚史元忠的奉佛之種種舉措及其護佑一方民眾安寧的良好願望，頗具歌功頌德之世俗意味。由此可見，史元忠在贊助佛經石刻的過程中，並未過多考慮該佛經的實際內容。

《盧至長者因緣經》收入歷代的刻本佛藏之中，值得一提的是，明代毛晉刻本《盧至長者因緣經》（1642），收入《嘉興藏》，其經附帶了刊刻記錄，是研究佛經刊印史的一份重要史料[1]。清代所編譯的滿文佛藏中，第九十函中也有《盧至長者因緣經》的滿文譯本（*Rudzi sere sengge niyalmai nikenjere holbohon i nonun*）[2]。這些刊印與翻譯均有效地促進了《盧至長者因緣經》在中國的傳播。

4.明雜劇《一文錢》

除了上述的摘錄、引用、石刻、刊印和翻譯情況之外，有關《盧至長者因緣經》的文本轉換與改寫情況，也是值得特別注意的。其最典型的文本改寫之例，就是明代徐復祚（1560—1627？）的六折雜劇《一文錢》（破慳道人編、栩庵居士評）。徐復祚取筆名"破慳道人"，在《一文錢》中，以十分辛辣的筆法，融匯當時社會上的可笑行為以及敷演佛經中的內容，描繪了盧至員外"錢就是命、命就是錢"的慳貪者形象，諷刺了在資本主義商業萌芽時期為富不仁的社會醜惡現象，表達了"為錢虜針砭"的主題思想。明代學者李攀龍《與王元美》書信中也有"不欲為盧至長者"之說。

有關《一文錢》的"本事"，陸林指出盧至的原型有三：清代王應奎（1684—1757）《柳南隨筆》卷二中指明是徐復祚的鄉人徐啟新；釋冰如的命運是刺激徐復祚創作的誘因；陸德原散財出家的事蹟也是盧至員外結局的寫作依據[3]。陸林的考證很有價值，揭示了徐復祚的創作與社會生活之間的

---

[1] 章宏偉：《十六—十九世紀中國出版研究》，上海人民出版社，2011年，第288頁。
[2] 北京市民族古籍整理出版規劃小組辦公室滿文編輯部：《北京地區滿文圖書總目》，遼寧民族出版社，2008年，第531頁。
[3] 陸林：《明雜劇〈一文錢〉本事考述》，《中國典籍與文化》1998年第1期，第42-45頁。

對應關係,但是他忽略了該劇的另一個文本源頭,即《一文錢》與佛經的關係。李寒晴對《一文錢》的佛經淵源進行了探析[1],其論文揭示民國津門詞人陳宗樞乃最早指明《一文錢》源自《盧至長者因緣經》者[2];但李寒晴認爲,《一文錢》的最早原型是《舊雜譬喻經》中的伊利沙的故事——依《雜譬喻經譯注》,取名爲《伊利沙慳貪爲天帝所化喻》。李寒晴對伊利沙的故事、《盧至長者因緣經》和《一文錢》三者之間的異同及其變化,進行了詳細的對比[3],此不贅述。不過,其文中認爲的幾大本土化的演變現象——"四姓"(東晉望族四大姓)、盧至(本土化的姓名)、教化者由帝釋天變爲佛陀(也是本土化的處理)——均非確論,乃是其對佛教文獻的整體把握不足所造成的誤會。

《一文錢》將佛經中伊利沙/盧至的譬喻故事轉換爲可以表演的舞台雜劇,其文體的轉換與改寫,已將該故事的傳播範圍由特定的佛經讀者群推廣到爲數更多的一般讀者(與觀衆)群。此外,需要注意的是,《一文錢》另有繪圖本流傳,其圖文關係也是一個新興的研究課題,值得另行探討。

此外,中國古代文學作品中有衆多吝嗇鬼的形象,除吳敬梓《儒林外史》的嚴監生最爲著名之外,蒲松齡《聊齋誌異》中也刻畫了一群吝嗇鬼,他們的形象塑造或多或少與印度佛經中的伊利沙/盧至等人的故事有些關係,屬於比較文學的研究範疇,已經有不少的討論[4]。有關真假盧至長者的化身之說,吳承恩《西遊記》中的真假美猴王與之的關聯性是一目了然

---

1 李寒晴:《明雜劇〈一文錢〉的故事原型與演變》,《湖州師範學院學報》2014年第7期,第82-87頁。
2 鄭振鐸:《插圖本文學史》也早注意到"《一文錢》的故事,出於佛經"。又,張鳴、丁夏、李簡編著:《簡明中國文學史》下冊,中國廣播電視大學出版社,2007年,第288-289頁。
3 李寒晴没有注意到《伊利沙慳貪爲天帝所化喻》並非《雜譬喻經譯注》作者的發明,而是源自《經律異相》中的"伊利沙四姓慳貪爲天帝所化"。
4 王立、胡瑜:《〈聊齋志異〉吝嗇鬼故事及其佛經文學淵源》,《黑龍江社會科學》2010年第1期,第96-100頁。

的[1]。此外，《太平廣記》卷九十六所引《宣室志》中的"辛七師"（化身爲七）故事、《太平廣記》卷二八六所引《靈怪集》中的"關司法"故事（鈕婆之孫，兩人難辨）等，都與佛經中的"化身"思維有密切的關係，屬於同類構思[2]。

第五節　印度伊利沙/盧至故事在朝鮮半島和日本的流變

隨著佛教從中國傳入朝鮮半島，尤其是佛經的在地刊印，促進了印度文化和文學在朝鮮半島的傳播。除《舊雜譬喻經》《盧至長者因緣經》和《經律異相》《法苑珠林》等所帶來的直接描述伊利沙/盧至故事的文本之外，受其影響所產生的同類故事變體也逐漸出現在朝鮮半島學者們的筆下。李官福的《佛經故事對朝鮮古代敘事文學的影響研究》中，找出了三個相關的故事，分別即：《雍固執傳》《金慶爭主故事》和《真許假許事》[3]。《雍固執傳》是朝鮮李朝約十八世紀的古典諷刺小說，其情節簡要概述如下：

（1）雍固執是天下罕見的守財奴，虐待乞食者和自己的老母親。

（2）一位精通道術的和尚將稻草人變成雍固執的模樣，去其家發號施令。

（3）真假雍固執碰面爭吵，其妻子、兒媳婦和金別監等人無法分辨真假。

（4）真假雍固執到官府尋求裁判，真雍固執敗訴，成爲真乞丐。假雍固執在家享樂，并生兒育女。

（5）真雍固執歷經艱苦，後悔莫及，準備跳崖自殺。大和尚救了雍固

---

[1] 郭立誠：《小乘經曲與中國小說戲曲》，收入張曼濤主編：《佛教與中國文學》，大乘文化出版社，1978年，第164頁。

[2] 王曉平：《佛典·志怪·物語》，江西人民出版社，1990年，第79-80頁。

[3] 李官福：《佛經故事對朝鮮古代敘事文學的影響研究》，延邊大學博士學位論文，2003年。

執，并讓假雍固執現出原形。

（6）雍固執洗心革面，信奉佛教，多行善事。

李官福指出，《雍固執傳》源自《高麗大藏經》中《舊雜譬喻經》的"吝嗇的伊利沙"故事，而且與《太平廣記》中的"關司法"故事略有相似。類似真假雍固執的情節也出現在朝鮮更早的書面文本《金慶爭主故事》和《真許假許事》之中，三個故事文本中有一點完全相似，即用法術變化出來的假冒人物，都是由稻草變成的，最後都現出稻草的原形[1]。李官福在上述研究中，並未提及《盧至長者因緣經》。與《盧至長者因緣經》相比，《雍固執傳》中添加了假冒者繼續生活在對方家中，以及真雍固執是通過生活的磨難（成爲真乞丐）纔心有悔悟的。真假人物這樣的結局描寫更適合朝鮮讀者的閱讀心理，也顯得更有朝鮮地方色彩。

日本的佛教故事集中，經常直接引用漢譯佛經中的故事，或者是將其中的故事作爲素材用來敷演出新的故事。《今昔物語集》是日本早期最重要的説話文學作品，其中的"天竺篇"部分第二十二個故事，就是《盧至長者語》。日本《古本説話集》（内題爲《梅沢本古本説話集》）下卷的佛教説話中，也有"《流志長者の事》第56"，其中"流志"之名亦寫作"留志"，即是帝釋天化身對慳貪者流志（即盧志/盧至）進行點撥的故事，顯然就是漢譯佛經中的伊利沙/盧至故事。不過，《古本説話集》的直接源頭並不是《盧至長者因緣經》，而是《今昔物語集》中的《盧至長者語》。《留志長者の事》對《盧至長者語》進行了一些改動和調整，比如，盧至長者在得意忘形之時所吟誦的那首偈頌："我今節慶際，縱酒大歡樂，踰過毗沙門，亦勝天帝釋。"《留志長者の事》改成："我今曠野中，飲酒大安

---

[1] 李官福：《佛經故事對朝鮮古代敘事文學的影響研究》，延邊大學博士學位論文，2003年，第128-133頁。李官福的相關研究還可參看：李官福：《漢文大藏經與朝鮮古代敘事文學》，民族出版社，2006年，第209-216頁。金寬雄、李官福：《中朝古代小説比較研究》（上），延邊大學出版社，2009年。

樂，猶過毗沙門，亦勝天帝釋。"伊藤孝子在比較《古本説話集》與《今昔物語集》之後認爲，《留志長者の事》採用的口語文體，比《盧至長者語》更流暢，其情節更生動，趣味性更強[1]。

第六節　緬甸的一幅伊利沙本生故事的泥塑圖像

受小乘佛教的影響，東南亞地區不僅流行巴利文《本生經》及其多個地方語的譯本，而且還有不少本生圖像（繪本、壁畫、泥塑、石雕等）流傳。有關小乘地區本生圖像的最早記載，見於東晉法顯的《佛國記》中描繪獅子國（錫蘭島）所説的："王便夾道兩邊作菩薩五百身已來種種變現：或作須大拏，或作睒變，或作象王，或作鹿馬。如是形象皆彩畫莊挍，狀若生人。"[2]正如法顯所看到的，東南亞地區流傳最盛的佛本生故事圖像就是分別描繪須大拏和睒子本生的。《伊黎薩本生》並非最有名的本生經，東南亞地區描繪該本生的圖像比較少見，到目前爲止，筆者僅僅見到該本生的一幅泥塑圖像（見圖一）。此則圖像資料出自緬甸學者奈昆摩（Nai Bee Htaw Monzel）在2016年12月的報道，即緬甸曼德勒地區一家寺廟的基座上，有一組本生故事的泥塑，其中有些泥塑還留有用緬甸語書寫的少量銘文。該組本生泥塑現存共有二十二幅，每幅描繪一個本生故事，所描繪的本生故事對應的編號主要有：No.80、No.88、No.87、No.82、No.66、No.84、No.89、No.72、No.73、No.85、No.83、No.446、No.78、No.67、No.108、No.63、No.86、No.62、No.61、No.60等。《伊黎薩本生》泥塑的銘文爲：(I)llisajāt mu chit (sañ) 78；英譯爲"Illisa Jātaka, barber 78"[3]。

1　伊藤孝子：《〈古本説話集〉下卷仏教説話の性格——その志向性と説話の視点》，《日本文學誌要》第23期，1980年，第54-69頁。

2　《大正新修大藏經》第五十一册，第865頁中欄。

3　Nai Bee Htaw Monzel,"Stucco Sculpture of Jātaka from Tamut Shwegugyi Pagoda near Kyaukse, Nai Bee Htaw Monzel", www.academia.edu, [2018-12-10 查閲該文的pdf版]

第五章 "伊利沙"與"盧至長者" 163

圖一 《伊黎薩本生》泥塑。原圖由悉尼大學的蒲胡遜（Bob Hudson）拍攝

該幅《伊黎薩本生》泥塑的構圖比較簡潔，沒有山水風景或任何背景元素，圖中祇有兩人一樹。兩位人物，外貌相似，都是眼睛突出，鼻子高聳，嘴闊唇厚，體現泥塑的厚重感覺。左邊的一位是在地胡跪的姿勢，右邊的一位坐在椅子上。這兩位人物無疑就是真假伊黎薩，估計左邊的是真伊黎薩，右邊的是佔據了家主位置的假伊黎薩（即帝釋天的化身）。兩人的中間是一株樹狀植物，作爲分隔。這種用植物在兩個人物之間進行分隔圖像的方式，是一種比較普遍的藝術表達方式，在印度古代繪畫和波斯細密畫中都不乏用例。《伊黎薩本生》的文本中有"夜嗇鬼行事"和"真假化身"兩個母題，但泥塑作者沒有選擇去刻畫夜嗇鬼的行爲和形象，而是用兩個模樣相似的人物，去表達"真假化身"的母題。這也是該本生的文字文本和泥塑圖像之間的差異。泥塑作者抓住了《伊黎薩本生》中最獨特的部分"真假化身"，將二者對峙的緊張場景表現出來，正符合萊辛《拉奧孔》中所說的"最富於孕育性的頃刻"。因此，這幅泥塑雖然比較簡單，但反映了緬甸古代民間藝術家對《伊黎薩本生》這一佛教本生故事的深度理解，具有緬甸當地的藝術特

色。這幅泥塑也爲我們理解該故事提供了非常罕見的形象化史料。

第七節　餘　論

　　印度古代文學作品中的吝嗇鬼形象及其對中國文學的影響，已經有不少的論述，但從更廣泛的角度，聯繫南傳佛教與北傳佛教的文本和圖像的傳承，具體討論吝嗇鬼典型形象的書寫及其流變，還是有不少的研究空間。

　　本章以印度古代吝嗇鬼典型的一組故事爲例，具體梳理其平行文本及其相關同類故事和改寫，指出巴利文《本生經》中的《伊黎薩本生》、漢譯佛經《舊雜譬喻經》中的伊利沙故事、《盧至長者因緣經》以及《鸚鵡故事七十則》中的"鳩提羅與維摩羅故事"，屬於印度吝嗇鬼典型故事的書寫鏈條，且相互之間存在平行關係。以漢譯佛經爲中介，該故事分別在"吝嗇鬼行事"和"真假化身"兩個不同的母題，以相互錯綜的維度，進行流變。其中，"伊利沙四姓慳貪爲天帝所化"故事，尤其是《盧至長者因緣經》的傳播更深廣一些，它既有敦煌寫本《佛說諸經雜緣喻因由記》和中土佛教類書《法苑珠林》中的摘錄、唐代房山石經中的刊刻以及滿文本的翻譯。最典型的影響之例是明代雜劇《一文錢》，將佛經故事與中國話語和表演方式結合起來，成爲新的表演文本。該故事的兩大母題也分別出現在朝鮮半島的《金慶爭主故事》《真許假許事》和《雍固執傳》等作品之中，又增添了新的地方元素，完成了該故事的朝鮮化蛻變。日本的《今昔物語集》與《古本説話集》中所引用和改寫的，則主要是《盧至長者因緣經》。巴利文《伊黎薩本生》主要流傳於東南亞地區。緬甸的《伊黎薩本生》泥塑還提供了具有地方特色的、該本生的直觀形象史料。

　　從小處而言，"伊利沙"（伊黎薩，Illīsa）與"盧至長者"的故事及其同類的書寫猶如散落的珠子，似乎若有若無，平淡無奇。但從大處來觀察，就時間而言，該組故事出現在從公元前四世紀的巴利文《本生經》到朝鮮李朝約十八世紀的古典諷刺小説《雍固執傳》之中，其延續的時段跨越兩千多年之久；就空間而言，也是縱貫南亞、東南亞、中國和東北亞等多個地域。勾勒出這些文本與圖像的"痕迹"，就能形成一張"帝釋珠網"。這樣的"帝釋珠網"爲我們理解印度古代佛教文學的生成、傳播、實用與影響，提供了具體的例證，更有助於我們進一步明晰跨文化、跨文本視野下的印度文學作品與形象的複雜性，及其對中國、東北亞和東南亞文化與文學的某種激發作用。

第六章
"火中取子"
——佛教醫王耆婆故事圖像的跨文化呈現

耆婆（梵名Jīvaka，全稱Jīvaka Kumārabhṛta或Jīvaka Kumārabhṛtya）是古代印度與佛陀生活在同一時期的、帶著神話色彩的名醫。他醫術高超，有"醫王"（vaidyarāja）、"童子醫王""藥王"等尊稱。耆婆的事迹見諸梵、巴、藏、漢、于闐語、粟特語等語種的多部佛經（sūtra）、律典以及相關的佛教文獻之中。耆婆的名字（原名與譯名）、稱號、事迹在南亞（印度、錫蘭）以及中亞（西域）、東亞、東南亞（泰國等）多個地區廣泛流傳，早已成爲印度古代佛教醫學的代表性符號[1]。

以往對耆婆的研究已經相當深入，但所使用的史料基本上依據的是文字文本（傳世的文獻或考古出土的寫卷等），而耆婆作爲古代印度佛教醫生的代表人物，又與多個佛教故事有密切關係，在亞洲古代乃至現當代的藝術品中，耆婆的形象並未缺席。因此，本章以與耆婆相關的"火中取子"爲例，在全面搜集耆婆圖像資料的基礎上，分析其圖像與文本的相互關係；並從跨文化的視域，梳理耆婆圖像的傳播與流變，旨在進一步理解古代絲綢之路的醫

---

[1] 有關耆婆的研究，參見陳明：《敦煌出土胡語醫典〈耆婆書〉研究》，新文豐出版公司，2005年。C. Pierce Salguero, "The Buddhist Medicine King in Literary Context: Reconsidering an Early Medieval Example of Indian Influence on Chinese Medicine and Surgery," *History of Religions*, vol.48, no.3, 2009, pp.183-210. 陳明：《天竺大醫：耆婆與〈耆婆書〉》，廣東教育出版社，2021年。

學文化交流的多元性和複雜性。

第一節　耆婆與火生童子譬喻故事的文本

在印度古代的文獻中，耆婆主要爲佛陀、國王家族以及佛教僧團中的出家人治病，並且在僧團的出家事、衣事、藥事等戒律的制定方面提出了不少建議。但總體上看，耆婆並不是一位十分典型的佛教信徒，其世俗色彩還是比較濃鬱的。不過，耆婆可以算得上是佛陀的一位熱心追隨者，他曾把自己在摩揭陀王舍城外的庵婆羅園（Jīvaka-amravana）獻給世尊，作爲世尊與弟子們的修行之所。法顯的《佛國記》（一名《高僧法顯傳》）和玄奘、辯機《大唐西域記》卷九中均記載了此園的位置[1]。印度人相信耆婆醫王在歷史上實有其人。經考古發掘，耆婆庵婆羅園遺址在王舍城東門旁，目前在當地還豎起了該園遺址的標牌（見圖一）。

圖一　印度摩揭陀 耆婆庵婆羅園（Jīvaka amravana vihara）遺址標牌（周利群攝影）

---

[1] 玄奘、辯機原著，季羨林等校注：《大唐西域記校注》，中華書局，1994 年重印本，第 723 頁及第 724 頁，注釋 1。

耆婆以醫術高超著稱，讓病人起死回生並不罕見，而從火中救出一位小兒的故事頗爲奇特。該故事一般被稱作"火生/光明童子譬喻"，有多個平行版本，至少見於梵、漢、藏等多語種的文獻之中。

該故事的梵文有《火生童子譬喻經》（梵 *Jyotiṣka-avadāna*），其抄本殘卷見於吉爾吉特（Gilgit）所出梵文寫經以及挪威收藏家邵延格（Schøyen）的梵文收藏品之中[1]，其抄寫的年代大約在七至八世紀。該譬喻故事也被收入兩種譬喻故事集之中，其一是《天神譬喻經》（《天業譬喻經》，*Divyāvadāna*），作爲第19個故事[2]。其二是十一世紀印度詩人安主（Kṣemendra）的《菩薩譬喻如意藤》（*Bodhisattvāvadānakalpalatā*，或 *Avadānakalpalatā*），作爲第9個故事[3]。

該譬喻經的藏文本出自《根本説一切有部毘奈耶雜事》（*'Dul ba phran tshegs kyi gzi*），該經是富盛（dPal 'byor）、作明光（Vidyākaraprabha）和法吉祥光（Dharmaśrīprabha）在八至九世紀翻譯的。該譬喻故事在絲綢之路東段（西域地區）也有所流傳，吐火羅語B方言的《火生譬喻》殘片（THT1165+THT1548、THT1166+THT2976R）就是證據。火生（Jyotiṣka）的吐火羅語名字爲Jotiṣke。荻原裕敏指出，其吐火羅語本比對應的梵藏漢文本都要簡略一些[4]。這種簡化故事的方式也與絲路盛行的講唱風俗有所關聯。

---

1 Stefan Baums, "Jyotiṣka-avadāna", in: Jens Braarvig, ed., *Buddhist Manuscripts*, Vol. II, (Manuscripts in the Schøyen Collection), Oslo: Hermes, 2002, pp.287-302. Stefan Baums, "A New Fragment of the Jyotiṣkāvadāna", in: Jens Braarvig, ed., *Buddhist Manuscripts*, Vol. IV, (Manuscripts in the Schøyen Collection),Oslo: Hermes, 2016, pp.345-350.

2 P.L.Vaidya, ed., "Chapter 19: *Jyotiṣkāvadāna*", in: *Divyāvadāna*, (Buddhist Sanskrit Texts, no.20), Darbhanga: The Mithila Institute, 1959, pp.162-179. Andy Rotman, tr., *Divine Stories: Divyāvadāna*, Part 2, (Classics of Indian Buddhism), Boston: Wisdom Publications, Inc.,2017, pp.45-82.

3 P.L.Vaidya, ed., *Avadāna-kalpalatā,* 2 vols. (Buddhist Sanskrit Texts, no.22,23), Darbhanga: The Mithila Institute of Post-Graduate Studies and Research in Sanskrit Learning, 1959. Padma-chos-'phel, tr., *Leaves of the Heaven Tree: The Great Compassion of the Buddha*, Berkeley: Dharma Publishing, 1997, pp.43-46.

4 荻原裕敏：《トカラ語Bの<Avadāna 寫本>斷片について》，《東京大學言語學論集》第32號，2012年，第109-243頁。

一般認爲，該譬喻經對應的漢文本有兩種：其一，唐代義淨譯《根本説一切有部毘奈耶雜事》（Vinayakṣudrakavastu）卷二、卷三中的"火生長者因緣"。其二，北宋施護譯《佛説光明童子因緣經》。不過，火生/光明童子被耆婆從火中救出的故事，最早見於北涼天竺三藏曇無讖譯《大般涅槃經》卷三十〈師子吼菩薩品〉。該故事是佛陀講述的。"耆婆前入火聚，猶入清涼大河水中，抱持是兒，還詣我所，授兒與我。"耆婆火中所救的小兒被佛陀取名爲"樹提"（Jyotiṣka），"是兒生於猛火之中，火名樹提，應名樹提"[1]。從文本發展的角度來看，該故事最早可能是由民間故事演變而來，添加了佛教的色彩之後，被《大般涅槃經》收錄，然後，該故事經過連續的演變，成爲一部獨立的譬喻類佛經；或者作爲一個譬喻故事，被收入譬喻故事集之中。其中具體的演變過程，因爲資料缺乏，無法梳理清楚。

《大般涅槃經》中的這一故事，後被寶唱《經律異相》卷四十五摘錄，名爲"瞻婆女人身死闍維於火中生子八"。此後，唐代西明寺沙門釋道世撰《法苑珠林》卷第五十八中，亦摘引了《大般涅槃經》中的這一內容。該故事文本在中國傳承的過程中，《釋氏六帖》卷十八"生在火中"條目摘引了《根本律》（即《根本説一切有部毘奈耶雜事》）的内容："《根本律》云：佛記火生童子。外道誑父母，此腹中是女。佛記是兒，外恐自言非，以藥殺母死，以燔燒難辯。佛知欲燒，令祇域火中取兒。佛使事未究竟，故無死理，其子因名火生矣。"[2]但明清時期的《釋氏源流》系列中的"火中取子"故事條目，均引用了《經律異相》的相關內容。又，清末貴陽高峰山了塵和尚撰寫的贊佛類偈頌中也有一首"火中取子（一百十四）"，其詩云：

母死就焚，胚胎安活？六師真師，大覺非覺。

焰蒸腹爆，嬰誕火中。因奇果異，于佛何功？[3]

---

1 《大正新修大藏經》第十二册，第543頁中至下欄。
2 《卍續藏經》第十三册，第375頁上欄。
3 張新民等整理：《貴陽高峰了塵和尚事迹》卷二，巴蜀書社，2000年，第80頁。

因此，整體來看，促進該故事在中土流傳並起主導作用的還是《大般涅槃經》（以《經律異相》的摘引爲中介），而不是《根本説一切有部毘奈耶雜事》或《佛説光明童子因緣經》。

爲了讓讀者對該故事有比較清晰的認識，現將上述梵漢文本中的故事（人物、譯名、情節）進行如下對照：

表一　梵漢本中的故事人物對照表

人物／文本	*Jyotiṣka-avadāna*	*Divya-avadāna*	*Avadāna-kalpalatā*	《大般涅槃經》卷三十	《經律異相》卷四十五	《根本説一切有部毘奈耶雜事》卷二	《佛説光明童子因緣經》卷一、二
耆婆	Jīvaka Kumārabhṛta / Kumārabhṛtya	Jīvaka Kumārabhūta	Jīvaka	耆婆	耆婆	侍縛迦	壽命童子
童子	Jyotiṣka	Jyotiṣka	Jyotiṣka	樹提	樹提	火生	光明、火光明
童子父	Subhadra	Subhadra	Subhadra	大長者	大長者	善賢	善賢
外道	Nirgranthas	Bhūrika	Bhūrika	外道六師	外道六師	露形外道	外道尼乾陀
國王	Bimbisāra	Bimbisāra	Bimbisāra			影勝王	頻婆娑羅王

從表一可知，該故事中的外道是耆那教的天衣派門徒。童子的母親在有的文本中沒有姓名，表明其存在度不高。

表二　Jyotiṣka/Jyotiṣa/Jyotis 的譯名一覽表

出處	音譯（新）	音譯（舊）	意譯	得名緣由
《大般涅槃經》卷三十		樹提		是兒生於猛火之中，火名樹提，應名樹提。
《金七十論》卷上		樹底張履及（反）[論]		
《根本説一切有部毘奈耶雜事》卷二			火生	此兒從火中得，可號火生。
《根本説一切有部尼陀那目得迦》卷七	聚底色迦	樹提伽		

續表

出處	音譯（新）	音譯（舊）	意譯	得名緣由
《佛説光明童子因緣經》卷二			火光、火光明	今此童子從火中得，應爲立名號火光明。
《翻梵語》卷五		樹提伽	火、明、星	譯曰：樹提者，大（火）；亦云明；亦星。伽者，行。
《翻梵語》卷六		樹提迦[耆婆]	火	譯曰：樹提伽者，大（火）。耆婆者，命。(引《佛所行贊》第四卷)
《百論疏》卷上		樹提[論]		
《大唐西域記》卷九	珠（殊）底色迦	樹提伽	唐言星曆	
《大唐大慈恩寺三藏法師傳》卷三	殊底色迦	樹提伽	唐言星曆	
《釋迦方志》卷二	殊底迦	樹提伽	此言星曆	

表二中對應三個詞形相近的梵語詞，第一個是人名Jyotiṣka，該詞源自Jyotis，後者有"光明；火焰；星辰、星宿"等意思。第二個是Jyotiṣa，也是源自Jyotis，對譯"樹提[論]""樹底[論]"，是指觀星、天文，即吠陀六支之一的天文學。從梵漢對音來看，"樹提伽"、與"樹提迦""聚底色迦""殊底色迦"和"殊底迦"對譯的衹能是Jyotiṣka，而"樹提"可以對譯Jyotis和Jyotiṣka，因爲Jyotiṣka中的最後一個ka（迦、伽）可以略去不譯，就如同Jīvaka（侍縛迦）譯爲"耆婆"或"耆域"一樣，而"樹底"衹對譯Jyotiṣa。

表三 梵漢本中的故事情節對照表

	Jyotiṣka-avadāna	*Divya-avadāna*	《大般涅槃經》卷三十	《經律異相》卷四十五	《根本説一切有部毘奈耶雜事》卷二	《佛説光明童子因緣經》卷一、二
大長者依外道求子	√	√	√	√	√	√
外道預言胎兒爲女			√	√		
佛陀預告胎兒爲男	√	√	√	√	√	√

續表

	Jyotiṣka-avadāna	*Divya-avadāna*	《大般涅槃經》卷三十	《經律異相》卷四十五	《根本說一切有部毘奈耶雜事》卷二	《佛說光明童子因緣經》卷一、二
外道占相欺騙長者	√	√			√	√
外道用毒藥僞裝助產藥，長者誤害其婦			√	√		
外道用毒藥讓長者害死其婦					√	
長者用毒藥害死其婦	√	√				√
長者安排在寒林焚燒婦屍	√	√	√	√	√	√
胎兒在火中安然降生	√	√	√	√	√	√
長者不敢入火中取兒	√	√			√	√
外道阻止耆婆入火			√			
耆婆入火中抱取小兒	√	√	√	√	√	
長者不敢帶回小兒	√	√			√	√
國王受世尊之命抱養小兒	√	√			√	√
世尊爲小兒取名	√	√	√	√	√	√
耆婆敢入火聚的原因	佛神威力，不用牛頭栴檀香	佛神威力使火聚清涼	佛神威力使火聚清涼	火聚如清涼大河	曾以牛頭栴檀香摩觸身體；佛神威力	
故事講述者	作者	作者	世尊	世尊	誦律藏的優婆離	誦經藏的阿難陀
故事的主旨	童子的生命經歷	童子的生命經歷	批駁六師	突出重業果報	凸顯佛陀威力	童子的生命經歷
故事的比例	是光明童子譬喻經的一部分	是光明童子譬喻的一部分	全部	全部	是火生童子因緣的一部分	是光明童子譬喻經的一部分

從表三可見，就耆婆火中救人這一情節而言，各文本之間存在少許的差異。在大部分的文本中，耆婆毫不猶豫踏入火聚中救人，顯示出他對佛陀的極大信任，以及他作爲名醫具有極強的防禦能力（比如，使用牛頭旃檀香）。梵文本《火生童子譬喻經》中就有耆婆火中取子而不受傷的情節[1]。而《佛說光明童子因緣經》卷二中，佛陀直接以神力使火中的童子安然無恙。此時的壽命童子（Jīvaka Kumārabhṛta）並沒有踏入火中去救助危在旦夕的火光明（Jyotiṣka）童子。佛世尊祇是讓壽命童子去護持養育火中獲救的孩童，但壽命童子的回答卻是基於自己的考慮："於我舍中，無處容受，設得此子，非我所宜。"[2] 此處佛陀還對壽命童子等人進行了警示："汝等有正信者，勿學外道邪異詭亂，當住正念。"[3] 安主《菩薩譬喻如意藤》及其藏文譯本中所收錄的火生故事，其主旨卻是對人生業報理論的闡釋，即有福之人（善業者）禍成福，無福之人（惡業者）福成禍。

第二節　犍陀羅石刻中的"火生童子譬喻"與耆婆圖像

耆婆憑藉醫王的特殊身份，不時隨侍佛陀左右，日常生活中發生了許多有趣的故事。這些故事的場景有時出現在古代南亞的石刻藝術品中。印度早期巴爾胡特的一幅石雕中，刻畫了阿闍世王與耆婆在一起的場景。該石雕上的銘文爲：A[jā]tasat[u]bhagavato vamdate，意即"阿闍世王向薄伽梵（世尊）致敬"。該石雕描繪的是阿闍世王率衆人去朝拜佛陀這一故事，隨從之

1　Stefan Baums, "Jyotiṣka-avadāna", in: Jens Braarvig, ed., *Buddhist Manuscripts*, Vol. II, Oslo: Hermes Publishing, 2002, pp.287-302.

2　《大正新修大藏經》第十四冊，第857頁下欄。

3　同上。

中就有耆婆（見圖二）¹。從克孜爾石窟乃至敦煌和中原地區²，有關這一故事場景的藝術品比印度本土還要多一些。

耆婆在石刻圖像中的角色是值得關注的。就前文所討論的五個梵漢文本而言，耆婆實際上僅僅是火生/光明童子譬喻故事的一個次要角色，他僅僅承擔一件事情。耆婆的重要性也遠不如在他治病救人的故事中那麼凸顯。雖然該故事中沒有提及耆婆的任何醫術，但耆婆之所以能在該故事中出場，主要是因爲他身具醫術而且跟隨佛陀左右。文本（文字或口頭傳誦）中對耆婆的先期限定，或許導致了耆婆在圖像中也未能成爲"主要角色"。在刻畫佛陀威力所創造的神迹（能使胎兒從被焚燒的母體安然誕生，在火場之中毫髮無損）時，耆婆是見證者，也是進入火場的親歷者，因此，該角色的意義也不是那些作爲背景出現的"旁觀者"可以相比的。

圖二 巴爾胡特石雕中的阿闍世王與耆婆

犍陀羅地區的石雕中，至少有八幅火生/光明童子譬喻故事的圖像³。這些石刻圖像的內容分述如下：

1. 傅塞（A. Foucher，福歇爾）曾經辨認出一件洛里安坦蓋出土的公元

---

1 Ananda K. Coomaraswamy, *La Sculpture de Bharhut*, Paris, 1956. Plate XI, Fig. 30. Heinrich Lüders, *Bhārhut Inscriptions*, revised by E. Waldschmidt and M. A. Mehendale, Ootacamund, 1963, p.118. 另見吳娟：《印度佛教和耆那教的拯救觀之比較》，《清華大學學報》2020 年第 2 期，第 138-155 頁。

2 Jorinde Ebert, *Parinirvāṇa: Untersuchungen zur ikonographischen Entwicklung von den indischen Anfängen bis nach China*, Stuttgart, 1985, pp.220-221, Fig.18-19.

3 在廖彩羽的博士學位論文中，收錄了六幅火生童子石雕的資料，並分析了其中的兩幅。參見廖彩羽：《犍陀羅佛傳雕刻——圖像組合與漢譯佛典》，北京大學博士學位論文，2020 年 8 月，第 79-80 頁、第 245 頁。

一至二世紀火生童子獲救故事的灰色片岩石雕（見圖三）[1]。該石雕現藏加爾各答博物館（編號5126/A23285），所描繪的就是火生童子被耆婆從火中所救、佛陀以此訓誡耆那教徒（或謂耆那教醫生）的場景。其中，最右側站立的佛陀形象巍峨，是所有人物中最高大的，佛陀的右手呈施無畏印。佛陀左側下方的那位長者就是耆婆。火生童子站在熊熊的火焰之中，耆婆微微前傾，雙手前伸，用右手抓住站立著的火中小兒。挨著耆婆的是瓶沙王（頻婆娑羅王），他也微微前傾向著火生童子。耆婆和國王的頭部打扮與衣著基本相似，不是出家人的樣子，而是剎帝利一類的外型。站在國王後側的那位光頭者，無疑就是跟隨佛陀的比丘。至於童子之父和外道應該也在其中，但較難辨認出來。

圖三　加爾各答博物館藏犍陀羅"火生童子"石雕

---

1 A. Foucher, *L'art gréco-bouddhique du Gandhāra*, tome 1: *Les bas-reliefs gréco-boud- dhiques du Gandhāra*, Paris: E. Leroux. 1905, p.526, Fig.258.

2. 美國紐約布魯克林博物館（Brooklyn Museum）收藏的二世紀貴霜時期的石雕（見圖四）[1]。該石雕要比前一幅完整一些。佛陀居中，略偏向右，右手也是施無畏印。其他人物站成兩排，分居佛陀兩側，呈對稱狀。耆婆站在佛陀的右側，雙手伸向火中站立著的小兒。耆婆右側的應是頻婆娑羅王，國王的右側依次或許爲小兒之父善賢長者和外道。

圖四　美國紐約布魯克林博物館藏犍陀羅"火生童子"石雕

3. 日本私人收藏的一件犍陀羅"火生童子"石雕（見圖五）[2]。此石雕與圖四的構圖非常相似，祇是沒有雕刻第二排的人物肖像，也是某建築基座浮雕的部分。佛陀位居中央，其左側四人，其中一位出家人應該是佛弟子阿難陀。佛的右側五人，在佛陀與耆婆之間的應是頻婆娑羅王，耆婆（頭部現已殘缺）面向火中的童子（頭部也已殘缺），正用雙手將其從火中拉出來。童子之父和外道以及其他觀衆均採用世俗人士的裝扮。此石雕是非常典型的犍陀羅藝術風格，人物面相飽滿，服裝刻畫細膩。之所以能判定此圖內容爲

---

[1] Alvan C. Eastman, "Three Hitherto Unpublished Gandharan Sculptures in the Brooklyn Museum", *Parnassus*, Vol. 4, No. 1, 1932, pp. 25-28.

[2] 栗田功（Isao Kurita）編著:《ガンダーラ美術》(Gandhāran art), I: 佛伝 (The Buddha's life story)，二玄社，1988年，第185頁，fig.367.

"火生童子"譬喻故事,是因爲童子周身的火焰雕刻得十分明顯,而一人將其從火中拉出的態勢,與該故事的情節十分吻合。

圖五　日本私人收藏的犍陀羅"火生童子"石雕

4. 馬土臘考古博物館(the Archaeological Museum at Mathura,簡稱AMM)收藏的貴霜時期石雕(見圖六)[1],編號18.1685(27-28.1685)。從整體來看,該圖可視爲圖五的簡縮版。該石雕較爲殘缺,佛陀的形象已不存,但可推測他站立在石雕的右側,即耆婆的側後方。一個小孩坐在高高的火焰之中,穿著袍服的耆婆彎下身子,雙手去抱火中的小孩。在石雕的左側,有一位站立的人物,其頭像亦缺,其身上的衣服極不明顯,似乎是耆那教中的天衣派僧人,也就是故事中蠱惑童子之父的外道。在此石刻中,火焰高過童子,甚至比站立的外道還要高,以體現火焰之盛。童子雙腳交叉端坐在火焰中間的蓮花之上,這是該石刻的一個特點。《勒克瑙博物館藏犍陀羅雕刻圖錄》(Catalogue of Gandhāra Sculptures in The State Museum, Lucknow)中有該石刻的圖錄,作者的解說爲:"佛陀拯救火生;獨特的、極爲罕見的[場景],當著一個耆那教苦行僧的面,童子被佛陀親自從火堆中

---

[1] N.P. Joshi & P.C. Sharma, *Catalogue of Gandhāra Sculptures in The State Museum, Lucknow*, Lucknow: The Archana Printing Press, 1969, p.48, fig. A.

提出。"[1]這一解說錯誤理解了圖像的內容。因爲在所有該故事的石刻中，佛陀都是身穿通體袈裟，站立狀，右手施無畏印，而從火中抱取童子的都是耆婆，此處他的穿著顯然不是袈裟，而是上身不明顯，下身爲裙服。所以，不能因爲右側殘缺就將那位手伸進火中的耆婆當成是佛陀。

圖六 馬土臘考古博物館藏的犍陀羅"火生童子"石雕

5. 巴基斯坦拉合爾博物館收藏的一件犍陀羅"火生童子"石雕（J-Ph Vogel攝影，見圖七）[2]。雖然該石刻殘缺過甚，但保存了關鍵性的圖像元素"火焰"，在火焰之上橫躺著一位女性，從其腹部出來的一個嬰兒正被人要用雙手拉出火焰，因此，該圖像無疑刻畫的是"火生童子"。不過，遺憾的是，耆婆的形象僅依稀可辨。與前述的幾幅石刻相比，該石刻火焰中出現了童子之母，這是對女性形象的重點表現，可視爲該石刻的一個特點。

圖七 拉合爾博物館藏犍陀羅"火生童子"石雕

---

1 N.P. Joshi & P.C. Sharma, *Catalogue of Gandhāra Sculptures in The State Museum, Lucknow*, p.49.
2 栗田功編著《ガンダーラ美術》，I：佛伝，二玄社，第186頁，fig.371。

第六章　"火中取子"　179

6. 日本私人收藏的另一件犍陀羅"火生童子"石雕（見圖八）[1]。該石雕也不十分完整，最右邊的佛陀站立，背有頭光，左手下垂，右手施無畏印。佛陀微向右邊側身，面向左邊的兩排人物。前排有五人，最左邊的是一位舉著右手的外道，他盯著站立在火焰頂部蓮臺上的童子，耆婆左手拉著童子的手，右手扶著童子的背部。背對著耆婆的可能是頻婆娑羅王，國王此刻已經雙手托舉著嬰孩，朝向佛陀。在佛陀的右下方，似乎有一人（童子之父）跪拜在地。藝術家爲童子之父繪製的這一新細節，正對應文本中的"長者作禮，長跪白佛"。後排最靠近佛陀的一位出家人，應該是佛弟子阿難陀。

7. 巴基斯坦拉合爾博物館收藏的另一件犍陀羅"火生童子"石雕（編號706，見圖九）[2]。此石刻與圖八的結構看似類同，卻又有很大的不同。佛陀依然被設計於最右側，其左手好似拉著袈裟下擺，而右手施無畏印。最靠近佛陀的是耆婆（頭部已經殘缺），一位貌似少年的童子站在火焰之中，其雙手與耆婆雙手搭在一起。在童子左側的兩人應該是童子之父與耆那教外道。

圖八　日本私家藏犍陀羅"火生童子"石雕　　圖九　拉合爾博物館藏犍陀羅"火生童子"石雕

---

[1] 栗田功編著《ガンダーラ美術》，I: 佛伝，二玄社，第185頁，fig.369。
[2] 栗田功編著《ガンダーラ美術》，I: 佛伝，二玄社，第185頁，fig.368。

8. 筆者近期搜索互聯網，發現另一件犍陀羅"火生童子"石雕（見圖十）。該石雕中，身材高大有背光的佛陀居中，面向自己的左側，其左手下垂，右手前伸。與他對面的就是耆婆。耆婆的左手下垂，手中執小胡瓶，其右手高高上舉。耆婆的身前下方是一個小兒，坐在火焰中的蓮臺上。此圖中，耆婆並未用雙手將童子從火中拉出。他的動作形態與前述文本中的描述存在一定差異。這可能視為藝術家本人的一個新想法的表達。此外，佛陀背後的一位有長鬍鬚之人，腰間繫著腰帶，此人應該是外道，因為他面呈惡相，且並未看向佛的方向，而是與佛背對背，說明此人與佛陀之間存在"心靈的距離"。

圖十　網路所見犍陀羅的"火生童子"石雕

以上這八件犍陀羅所出的石刻，總體上應該是公元一至三世紀的作品。其圖像的共性是突出佛陀的偉岸和神力，共同的元素至少有佛陀、火焰、童子和耆婆，其他的人物（童子之父、外道、國王、佛弟子等）是裝飾性的，屬於"背景"。耆婆雖然是故事中的次要形象，但卻是石刻圖像中必不可少的共同元素之一。

火生童子譬喻在犍陀羅藝術品中，還有一個非常獨特的表現。阿富汗喀布爾博物館1951年收藏的一件雕塑（編號Kabul Museum II - B.A.），被取名爲《火生童子之母》（見圖十一）。一位帶有犍陀羅地區特色的女性安詳地平躺在石床上，頭枕著三層的"丹枕"，雙手環抱微微凸起的腹部。在她的右手邊是一堵極爲特殊的熊熊燃燒的火焰之牆。因爲該雕塑中有女性和火焰牆，所以，儘管沒有刻畫腹部冒出來的童子和耆婆等人物的形象，但它與火生童子譬喻之間的聯繫還是很明顯的。

圖十一　火生童子之母（Kabul Museum II – B.A.）

在火生童子譬喻中，與醫療相關的因素有三點：其一，毒藥的使用。其二，嬰兒的出生。此故事中甚至暗含有剖腹生產的因素。其三，用牛頭旃檀塗身，以避開火焰灼燒。這些醫療因素與當地的醫療實踐有密不可分的關係。犍陀羅地區屬於歐亞文明和藝術交匯之地，也是佛教醫學盛行的地區[1]，因此，當地的藝術家們依託火生童子譬喻故事的石刻，將耆婆的形象呈現出來，也是佛教藝術和醫學文明的大背景之下的結晶。

---

1 Nasim H. Naqvi, *A Study of Buddhist Medicine and Surgery in Gandhara*, Delhi: Motilal Banarsidass Publishers Private Limited, 2011.

182　絲路梵華

第三節　克孜爾石窟中的火生童子的菱格故事畫

克孜爾石窟壁畫是中國古代藝術的瑰寶，也是中外宗教、文化和藝術在絲綢之路上交流的代表作之一。克孜爾石窟中繪製有許多佛教本生、因緣、譬喻、佛傳等内容的壁畫。其中也包括火生童子故事（或被稱爲"樹提火生緣"）的多種壁畫，简要敘述如下：

1. 克孜爾石窟第34窟東側壁畫中，有一幅火生童子的菱格故事畫（見圖十二）[1]。在該壁畫中，佛陀端坐正中，背有頭光，結跏趺坐，頭部微偏側，呈現慈祥的形態。其座前有一位婦人躺卧在熊熊烈焰之中，佛的右側有一人（即耆婆）將一個赤裸小孩抱起，想遞到佛的跟前。由於年代久遠，此畫面中的耆婆形象已漫漶不清。

圖十二　克孜爾第34窟火生童子的菱格故事畫

---

[1] Emmanuelle Lesbre, "An Attempt to Identify and Classify Scenes with a Central Buddha Depicted on Ceilings of the Kyzil Caves (Former Kingdom of Kutcha, Central Asia)", *Artibus Asiae*, Vol. 61, No. 2, 2001, pp. 305- 352. Cf. Fig.10. 另見《中國新疆壁畫藝術》編輯委員會，周龍勤編：《中國新疆壁畫藝術》第2卷《克孜爾石窟2》，新疆美術攝影出版社，2009年，第31頁。

第六章　"火中取子"　183

  2. 克孜爾第42窟主室正壁的火生童子的故事畫（見圖十三）。《中國新疆壁畫·龜茲》一書中，對該故事畫的描述爲："第42窟，主室正壁，公元6世紀至7世紀。……畫面上，一位穿龜茲裝的婦人依靠在佛座右前方，腹上火舌升騰，嬰兒坐火中，一天人站在火中，伸出雙手拉住嬰兒，正欲抱起。"[1] 此處所謂站在火中的"一天人"，應該就是耆婆。圖十二、圖十三都出現了童子之母的形象，這種繪製方式與出自犍陀羅的石刻圖七相似。而從文本來看，連自己名字都沒有的童子之母，被耆那教外道或自己那個受外道蠱惑的丈夫所毒殺，放置寒林，連同腹中快滿月出生的胎兒一起被柴火焚燒，她無疑是一個相當悲劇的角色。在石刻或壁畫中，藝術家將童子之母表現出來，反映了他們對這位受害女性的深切同情，以及對外道和不明事理的婆羅門長者的極大憤慨與強烈的批判。

圖十三　龜茲第42窟中的火生故事壁畫

---

1 新疆龜茲石窟研究所編：《中國新疆壁畫·龜茲》，新疆美術攝影出版社，2008年，第296頁。

3. 克孜爾第171窟主室右壁有一幅類似的壁畫（見圖十四），被認爲是火生童子因緣。"圖中佛右側有一人執小兒手，腿部以下似没入水中。"[1] 此處的辨識或許有些誤差，應該是"火"，而不是"水"。

圖十四　龜茲第171窟主室右壁的火生故事壁畫

克孜爾的這三幅火生童子因緣畫，由於受到空間的限制，所描繪的是該故事最精要的部分——佛陀、火生、耆婆、火焰和童子之母，基本上没有刻畫多餘的背景人物，甚至連國王也没有出現。這説明這些畫家們選擇了重點表現與世尊相關的因緣故事中的核心涵義，而没有去展現故事的社會背景。此外，克孜爾石窟的第8窟、第101窟中也繪製了"樹提火生緣"。新疆森木塞姆石窟的十六個洞窟也繪製了不少佛傳故事的壁畫，也含有"樹提火生緣"。此處就不一一贅述了。克孜爾第17窟中有一幅菱格畫，一人拉著一個小孩站在水中，以往也被認爲是"樹提火生緣"，任平生則將其解讀爲"阿修羅王持兒浴海"。與此類似，克孜爾第14窟、第163窟、森木塞姆第44窟所繪製的類似的壁畫也都不是火生故事[2]。這些壁畫中所描繪的是水，而不是火，因此，其内容實際與耆婆火中取子無關。

---

[1] 趙莉主編：《西域美術全集》7《龜茲卷·克孜爾石窟壁畫1》，文物出版社，2016年，第235頁。
[2] 任平生：《克孜爾壁畫"阿修羅王持兒浴海"考》，《敦煌研究》2019年第6期，第51-57頁。

第四節　耆婆與"火生的故事"在西藏佛教藝術中的呈現

西藏的佛教藝術有多種不同的流派，可謂琳琅滿目。有關佛傳、本生或因緣之類的藝術作品，依據有不同的文獻來源，主要有以下三種：

其一，比較早的一種是《一百本生》。該書是三世噶瑪巴讓迥多傑（1284—1339）在聖勇（Āryaśūra）《本生鬘》（*Jātakamalā*）基礎上改定的。"喜馬拉雅藝術"（www.himalayaart.org）網站上提供的一幅釋迦牟尼佛唐卡（編號HAR 230），大約製作於十四世紀，收藏於紐約魯賓藝術博物館（Rubin Museum of Art）（編號c2003.50.4）。該幅唐卡是由中間的釋迦牟尼佛主尊以及四周多位菩薩像，還有小方格內的故事圖組成。這種分格式是西藏比較古老的一種故事組畫的繪製方式（比如，十一、十二世紀繪製的《釋迦牟尼佛十二功德圖》[1]）。十四世紀上半葉，日喀則地區夏魯寺祖拉康一層的回廊壁畫繪製的佛本生故事系列[2]，也是根據《一百本生》而來的。

其二，覺囊派大師多羅那他編定的佛傳故事。1615年，多羅那他主持修建了甘丹彭措林寺，該寺大經堂所繪製的四十鋪壁畫就來源於此[3]。這兩類藝術品中，均沒有火生故事圖像，因為其依據的文本中本來就沒有該故事的內容。

其三，《菩薩譬喻如意藤》或《釋迦牟尼佛源流》（亦即《如意藤》《釋迦百行傳》）一類的著作。該類作品源自十三世紀雄頓・多吉堅贊等人翻譯的安主《菩薩譬喻如意藤》的藏譯本（十五世紀卻迥桑布校定）。西藏出現的火生故事圖像主要依託於此類著作。《如意藤》系列常有一百零八個故事場景，從十五世紀後半葉逐漸見於西藏地區的壁畫、版畫或者唐卡之中。西藏的火生故事圖像不少，具體數目暫時無法統計。根據廖暘老師的

---

1 李梅：《西藏納塘版畫〈釋迦牟尼佛源流〉研究》，江西師範大學碩士學位論文，2020年，第44頁。
2 熊文彬：《西藏夏魯寺集會大殿回廊壁畫內容研究》，《文物》1996年第2期，第78-87頁。
3 閆雪：《西藏甘丹彭措林寺大經堂壁畫題記識讀與研究》，《中國藏學》2014年第3期，第160-169頁。

指點以及筆者的初步搜集，西藏藝術中的火生故事的圖像大體有三種主要類型，略述如下：

1. 連續敘事場景，以西藏山南貢嘎縣曲德寺壁畫爲代表。該寺是1464年薩迦派高僧土敦貢嘎南傑始建，壁畫出自其弟子欽孜欽莫之手，大致繪製於1464—1475年間。欽孜欽莫是欽孜畫派的創始人，該寺壁畫與欽孜畫派的創建成爲西藏本土美學流派確立的標誌之一，在西藏藝術與美學史上具有重要的意義。該寺主殿集會大殿所繪製的佛本生因緣故事壁畫，被認爲是《如意藤》西藏版本最早的壁畫作品[1]。其北壁第四鋪壁畫中，所繪第九品"火生故事"圖像有多個場景，繪製得最詳細，其顔色鮮豔，對比明晰，這是目前所見火生（*Me skyes*）童子故事圖像中最爲豐富多彩的。此處的場景主要有：（1）佳良（*Rab bzaṅ*，即善賢長者Subhadra）毆打並用脚將孕期將滿的妻子真有（Satyavatī，*dDe idan ma*）踹倒在地。（2）佳良安排四人將被打死的妻子抬往屍陀林。（3）影堅王及其儀仗隊趕往墳場。（4）火生從火焰中誕生，耆婆從火中取小兒（見圖十五）。（5）火生將財寶送給阿闍世王。（6）火生將財寶奉獻給佛陀。（7）官兵搬運火生施捨的財物。（8）火生皈依佛陀出家[2]。這八個場景是

圖十五　貢嘎曲德寺壁畫中的火生童子故事場景

1　熊文彬、哈比布、夏格旺堆：《西藏山南貢嘎寺主殿集會大殿〈如意藤〉壁畫初探》，《中國藏學》2012年第2期，第176-187頁。

2　羅文華、格桑曲培編：《貢嘎曲德寺壁畫——藏傳佛教美術史的里程碑》，故宫出版社，2015年，第180-185頁。圖版65-69。

對火生故事的全景式描繪，而不僅僅是像犍陀羅石刻或者克孜爾壁畫那樣，祗取其最具神異色彩、最具有表現力的一"瞬間"——火中誕生的場景。此處有關火中誕生的場景的特點：一是在綠色的山林環境中有升騰的粉紅色雲霧；二是增加了禿鷲撲騰，或在殘缺的屍體上啄食，反映了西藏地區的喪葬習俗；三是四周的民衆驚訝地注視著火堆中升起的如小樹般的蓮花座上的一個孩童，頭戴帽服的耆婆伸手正要把童子抱過來，佛陀正慈悲地注視著這一切。畫面中還有兩位赤裸著上身、披頭散髮、雙眼放出冷酷光芒的外道，正是耆那教徒。此單一場景比起前述的所有圖像，無疑要更爲豐富多彩。

2. 單一敘事場景，以大昭寺轉經廊壁畫爲代表。大昭寺轉經廊壁畫，在五世達賴（1617—1682）時期繪製，八世達賴於1783年進行了重繪。在此處所繪製的《如意藤》系列一百零八個故事中，東壁繪製了第九分枝的火生的故事[1]。由於大昭寺的壁畫拍攝不便，此處僅根據項江濤博士論文中提供的黑白圖來略爲描述（見圖十六）。此單一性場景的特點有三：其一，佛陀是坐姿，與以往的站姿不同，身邊圍坐了幾位弟子；其二，在階梯狀祭壇上正焚燒著一位女人，火生童子坐在火堆中；其三，耆婆的動作姿態很明顯，似乎是飛奔而至的模樣，表現出他急於從火中救出童子的心情。

圖十六　大昭寺壁畫中的火生童子故事場景

---

1 項江濤：《大昭寺轉經壁畫藝術研究》，中央民族大學博士學位論文，2007年，第45頁。項江濤：《大昭寺轉經廊外側壁畫畫面故事識別》，《西藏藝術研究》2008年第4期，第54-64頁。

188　絲路梵華

圖十七　故宮《釋迦牟尼佛源流》唐卡中的火生故事

3．單一敘事場景，主要見於《如意藤》或《釋迦牟尼佛源流》唐卡組畫。故宮收藏了兩套清代《菩薩譬喻如意藤》唐卡組畫，稱爲三十一套版、四十一套版。三十一套版唐卡是典型的勉塘派風格，乃乾隆五十四年（1789）年之前"根據納唐木刻版畫作底本繪製的"；而四十一套版是藏漢畫師在内地合作完成的[1]。四十一套版《釋迦牟尼佛源流》中的第五幅唐卡（故宫舊藏，故200655 31/41）繪製了共三個場景的故事，左上方所繪製的是火生童子的故事（見圖十七）。其題記中有：ta yal vdab dgu pa me shyes kyi rtogs brjod，意即"ta號，第九品'火生故事'"[2]。該幅唐卡中釋迦牟尼佛右手結無畏印，左手施禪定印。佛像周圍繪以佛本生故事。"左上方繪第九品《火生故事》描繪在釋迦牟尼佛與影堅王面前，一個嬰兒從熊熊燃燒的火焰中誕生的奇異情景。"[3] 三十一套版《釋迦牟尼佛源流》的第五幅唐卡（故200654 6/31），繪製了第9-12品的四個場景的故事。其題記中有：yal vdab dgu pa me shyes kyi rtogs brjod，意即"第九品'火生故事'"[4]。左下方所繪第九品《火生故事》的畫面與圖十七基本相似，也是突出在佛的神力加持之下嬰兒能從火

1　王家鵬：《故宫舊藏勉塘派〈菩薩本生如意藤〉唐卡探析》，《中國民族博覽》2015年第4期，第48-54頁。
2　熊文彬、王家鵬：《故宫博物院藏清宫唐卡藏文題記釋讀》，《故宫學刊》2005年總第2輯，第289頁。
3　王家鵬主編：《故宫唐卡圖典》，紫禁城出版社，2011年，第91頁。
4　熊文彬、王家鵬：《故宫博物院藏清宫唐卡藏文題記釋讀》，《故宫學刊》2005年總第2輯，第244-291頁。此見第257頁。

中誕生的神奇景象[1]。身穿紅色外套從火中抱童子的耆婆祇是眾多人物之一而已。

此外，雍和宮萬福閣收藏的一套《如意寶樹釋迦佛本生記》（《如意藤》）四十一幅唐卡，是七世達賴1750年進貢清廷之物。該套唐卡共繪製了一百零八個故事，第九個就是火生故事圖像。十八世紀藏族藝術家司徒班欽‧曲吉迥乃創作的唐卡收入《釋迦牟尼佛本生傳》（藏文版）作爲卷首插圖（見圖十八），構圖和情節與故宮唐卡《釋迦牟尼佛源流》以及HAR網站所提供的幾套組畫接近。其中，火生故事圖在唐卡上的分佈又有三種情況：左上角、左下角、右下角（HAR65588、HAR90312、HAR93663）。比較而言，左上角、左下角的火生故事場景又稍微複雜一些，圍觀的人物（含童子之父、外道等）要多出不少。畫面繪製在等邊的菱格之中，四周用雲彩和綠草纏繞。其火堆是一個大型的梯級灶臺，戴著風帽的耆婆微屈著身子，正把初生的嬰兒從火臺上抱起。

圖十八 《釋迦牟尼佛本生傳》唐卡中的火生故事

---

1 王家鵬主編：《故宮唐卡圖典》，紫禁城出版社，2011年，第139頁。另見王家鵬主編：《藏傳佛教唐卡》，上海科學技術出版社、商務印書館（香港），2003年，第69頁，圖版60。另見 Giuseppe Tucci, *Tibetan Painted Scroll*, vol.3, Roma, 1949, plates 104。

廖晹指出，十八至十九世紀以來，西藏的《如意藤》組畫風格雖略有多樣化，但與故宮的兩套唐卡相比，火生故事畫面的核心情節相差不大，有的甚至幾乎是一個模子。就不一一列舉分析了。此外，受藏傳佛教的影響，《如意藤》的故事圖像也由西藏傳入蒙古族生活的地區。在包頭市昆都侖召和五當召的清代壁畫中，也有《如意藤》系列故事，其中蘇古沁殿西壁繪製了火生故事。這說明耆婆的形象也出現在蒙古族地區，成爲蒙古族欣賞和傳誦的藝術形象之一。

值得注意的是，西藏所傳十六羅漢之一的因竭陀尊者，是火生童子出家之後修煉而成的阿羅漢尊者。"該尊者的生平在《本生如意藤妙詞美飾注・察見功德》和《能仁王聖者十六尊者傳記・佛寶美飾金鬘》經典裡有詳細記載。"[1]這或許也是促使火生故事圖像在西藏地區流傳較廣的另一個原因。

第五節 《釋氏源流》系列中的"火中取子"故事插圖

明代（尤其是晚明三朝）是中國版畫藝術的黃金時期，特別是隨著話本小說的大量出現，商業與藝術高度結合的版畫插圖本非常流行。同樣地，佛教與道教的插圖本也應運而起。較具代表性的佛教插圖本是《釋氏源流》系列的作品。報恩寺沙門寶成在永樂二十年（1422）編集的《釋氏源流》（四卷本）初刊于洪熙元年（1425），其後經官府和坊間多次刊行。《釋氏源流》在明代至少有七個刊刻本，其版式有"上圖下文"和"左圖右文"兩種。其配圖雖有四百、四百一十一幅等差別，但相應圖像的內容和構成方式大體相同。該書清代至少有四個異本，摘取《釋氏源流》卷一和卷二的佛傳部分，改名爲《釋氏如來應化事蹟》或《釋氏如來應化錄》，也有相應的插

---

[1] 阿羅・仁青傑博、馬吉祥編著：《藏傳佛教聖像解說》，青海民族出版社，2013年，第128頁。

圖本（《釋迦如來密行化跡全譜》《釋迦世尊應化示蹟圖》《釋迦如來應化事蹟圖説》等）[1]。

《釋氏源流》卷二有"火中取子"故事，是據《經律異相》卷四十五"瞻婆女人身死闍維於火中生子"删改而成。《中國佛教版畫全集》中收錄了明、清代《釋氏源流》系列版畫共十三種。這些系列插圖本中描繪的"火中取子"故事至少有三種版式，具體分述如下：

其一，"上圖下文"。明嘉靖三十五年（1556）刻本《釋氏源流》或承襲明洪熙本（1425年刻）而來，共四卷。其卷二插圖"火中取子"（黑白版畫，見圖十九）[2]。佛陀與兩位弟子站立在右側，左邊山林旁有一大火堆，耆婆雙手抱著嬰兒正從火中跨出。在火堆的旁邊，還有兩位作悲泣狀的人物（應是旁觀者），而佛陀的前方正跪著兩人，抱著嬰兒的那位就是童子之父（對應文本中的"長者作禮，長跪白佛"），另外一位或許是六師外道。此圖中，耆婆頭戴寶冠，身穿袍服，其動作顯得輕鬆快捷。但整體的刻畫略顯粗拙。

圖十九　明嘉靖本《釋氏源流》"火中取子"

1　有關《釋氏源流》的版本與插圖情況，參見翁連溪、李洪波：《〈釋氏源流〉述略》，翁連溪、李洪波主編：《中國佛教版畫全集·目録卷》，中國書店，2014年，"序三"第1—44頁。又，邢莉莉：《明代佛傳故事畫研究》，綫裝書局，2010年，第31—83頁。

2　明嘉靖本《釋氏源流》，收入翁連溪、李洪波主編：《中國佛教版畫全集》第二十四卷，中國書店，2014年，第108頁。

圖二十 明成化本《釋氏源流》"火中取子"

其二，"左圖右文"。明成化二十二年（1486）《釋氏源流》刻本，被譽爲"明代佛教版畫扛鼎之作"。此刻本中的"火中取子"圖（見圖二十）[1]，雖構圖的主要元素與圖十九大致相同，但是增添了刻繪更爲細膩的卷雲、山石等環境因素，以襯托故事的場景。與此相應的彩繪本《釋氏源流應化事蹟》（明成化年間刻，清同治年間施彩）中，"火中取子"圖（見圖二十一）的畫面更爲清晰[2]。右側有佛祖、阿難和佛的另一位弟子（或許爲迦葉）。其左側是頭戴天冠、身穿道袍的耆婆站在熊熊燃燒的火堆中，懷抱一小兒即將跨出火堆。火焰之旁是兩位情態極爲驚訝的旁觀者。還有兩人跪拜在佛陀的面前，穿著藍色綴花外套，手抱著孩子的是火生童子之父，而另一位穿土黃色外套的應該就是外道。

其三，另一種"左圖右文"。清嘉慶十三年（1808）《釋迦如來應化事蹟》插圖刻本，被稱作是本土化佛教版畫藝術的代表作品之一，因爲該刻本"謹依本土儀式"，顯示了華夏審美趣味的特色。該刻本中的"火中取子"圖（見圖二十二）[3]，其豐富性遠遠超過前述《釋氏源流》系列插圖（如圖

---

1 明成化本《釋氏源流》，收入翁連溪、李洪波主編：《中國佛教版畫全集》第十四卷，中國書店，2014年，第18頁。明萬曆本《釋氏源流》中的"火中取子"圖與此極爲相似，僅有細微差別。耆婆的眼睛更爲有神，鼻子較尖。見《中國佛教版畫全集》第三十二卷，第20頁。

2 《釋氏源流應化事蹟》（施彩本），收入翁連溪、李洪波主編：《中國佛教版畫全集》第十七卷，中國書店，2014年，第63頁。

3 清嘉慶本《釋氏源流應化事蹟》，收入翁連溪、李洪波主編：《中國佛教版畫全集》第五十五卷，中國書店，2014年，第12頁。清光緒七年（1881）本《釋迦如來密行化跡全譜》中的"火中取子"圖，與此相同，衹是在圖左下角刻有圖名"火中取子"（見《中國佛教版畫全集》第六十七卷，第12頁）。又，清光緒三十三年（1907）本《釋迦如來應化事蹟》，依光緒七年本改繪，"火中取子"圖亦同此。

十九、圖二十、圖二十一)。該場景被設置於山間的一塊平地,獨有頭光的佛世尊被一群弟子們圍繞,火堆兩側是圍觀的男人和女人,數量超過二十人。火堆中是一具被焚燒了的屍骸。火堆側旁的耆婆以中年官吏的形象出現,他雙手抱著嬰兒,向佛祖走去。此圖的特點是:其一,有較典型的明清故事版畫的場景設計;其二,耆婆頭戴的是一頂烏紗帽,儼然是一副縣官的形象,這在以往的耆婆圖像中從未出現過。其三,圍觀的群眾分爲男女兩組,在女人組中,還牽著一位小孩。這樣的場景表現了"圍觀"的習俗。而且人群中無法分辨出童子之父以及外道的形象。其四,圖中僅僅佛祖擁有頭光,是爲了將佛祖與弟子們相區隔,凸顯佛祖獨一無二的至尊地位。這也是該版本的尊佛觀念的體現。

圖二十一　明刻清繪本《釋氏源流應化事蹟》"火中取子"

圖二十二　清嘉慶本《釋迦如來應化事蹟》"火中取子"

第六節　明清佛寺壁畫中的"火中取子"與"火中取佛"圖像

明清時期比較有名的佛寺所繪佛傳壁畫,見於四川劍閣覺苑寺、五臺山南山寺、太原的多福寺和崇善寺、青海瞿曇寺、山西榆社福祥寺等。其中,與《釋氏源流》相關的代表作是四川劍閣覺苑寺大雄寶殿明代天順初年的十四鋪彩繪佛傳壁畫。該組壁畫粉本源自《釋氏源流》，是後者的翻版，也可稱爲精裝版[1]。

1. 覺苑寺"火中取子"壁畫

覺苑寺壁畫中也有耆婆的圖像。壁畫有一個榜題，名爲"火中取子"（見圖二十三）[2]。此圖正是《釋氏源流》插圖的轉繪，二者的構圖大體相似。壁畫中的耆婆看似是一位中年富貴長者的裝扮。耆婆的帽子、衣服領口與袖口等處，施以金粉，顯得

圖二十三　覺苑寺佛傳壁畫中的"火中取子"圖

光彩亮麗，突出了人物與以前圖像的不同。在該段情節的畫面中，孩子出現了至少兩次。耆婆正抱著一個孩子從火中跳出。在佛陀的面前，一人跪拜在地，一人抱著孩子。有學者認爲，這是旁邊的婦人抱著孩子，其父親跪拜在地[3]。根據《經律異相》，此處抱著嬰兒的不是國王，也不是耆婆。從畫面推測，抱孩子的還是童子之父，而跪拜的就是外道。彩繪的"火中取子"壁畫不僅比《釋氏源流》中的插圖更加精緻，形態更爲豐富，而且和圖十九、二十、二十一一樣，採用了"異時同構"的連續敘事方式。

---

1 阮榮春：《蜀道明珠覺苑寺，佛傳圖典耀寰宇——劍閣覺苑寺明代佛傳壁畫藝術探析》，《中國美術研究》第1-2合輯，2012年，第83-90頁。劉顯成：《覺苑寺明代佛傳故事壁畫藝術探析》，《文藝研究》2013年第8期，第142-143頁。

2 Emmanuelle Lesber, "Une Vie illustrée du Buddha (*Shishi yuanliu*, 1425), modèle pour les peintures murales d'un monastère du XVᵉS. (Jueyuan *si*, Sichuan oriental)", *Arts Asiatiques*, Vol.57, 2002, pp.69-101. Fig. 10a. 另見《中國寺觀壁畫全集》編輯委員會編：《中國寺觀壁畫全集4：明代寺院佛傳圖》，廣東教育出版社，2011年。

3 王振會、阮榮春、張德榮主編：《劍閣覺苑寺明代壁畫》，文化藝術出版社，2010年，第149頁。

2. 清代山西安國寺"火中取佛"壁畫

從《釋氏源流》插圖本和覺苑寺壁畫來看，耆婆是"火中取子"圖中共同而又必需的圖像元素。似乎沒有耆婆，該類畫面就不能被稱爲"火中取子"一樣，因爲實施"取子"的行爲主體就是耆婆。如同民間故事在不同地區的流傳過程中，常常發生人物、情節、細節等方面的替換或變更一樣，與宗教故事密切相關的圖像也會在跨文化的時空中，受當地文化語境或者藝術家的主觀能動作用的影響，發生多方面的流變，成爲本土文化逐漸消化域外文明的產物。在"火中取子"故事與圖像中，不可或缺的耆婆竟然有時候也會消失。類似這種形象的變化也體現在其他外來宗教人物圖像在中國的接受與融合的過程之中[1]。

圖二十四　安國寺佛傳壁畫中的"火中取佛"圖

呂梁市離石區安國寺大雄寶殿的東、西山牆上，繪製了六十八幅《釋氏源流》的佛傳故事。該寺壁畫是明代首繪、晚清時期重繪的[2]。壁畫中有一幅"火中取佛"無疑是從"火中取子"而來[3]。在該圖右側的火堆中，一位

---

[1] 李靜蓉：《元代泉州基督教喪葬藝術的多元融合——從概念契合到圖像創新》，《福建師範大學學報》2013年第1期，第112-117頁。

[2] 柴澤俊、賀大龍：《山西佛寺壁畫》，文物出版社，2006年，第57頁。

[3] 田宏亮：《山西清代現存佛傳壁畫調查與研究》，山西師範大學研究生學位論文，2017年，第148-149頁。

婦人盤坐其中，面容祥和，左手抱著穿紅色肚兜的嬰兒，全然不懼周身燃燒的火焰。該圖的左上方，佛陀端坐石臺，身邊侍立二門徒。該圖的左下方，有三位世俗人士正朝向火堆跪拜，似乎被火中童子的神奇景象驚呆。此圖取名爲"火中取佛"，殊爲不妥，因爲佛在火外，何取之有？《經律異相》中所載"是時死屍火燒腹裂，子從中出。端坐火中，如蓮華臺"和"耆婆前入火聚，猶入清涼大河，抱持是兒"的場景，該圖均不見有。由此可見，不論是"火中取佛"的改題，還是耆婆形象的刪削，都可視爲當地佛教徒（及其繪畫人員）的"創造"，不能簡單認爲是他們對《釋氏源流》原文（與原圖）的誤讀。

第七節　餘　論

在古代印度佛教文獻中，耆婆是瓶沙王的私生子。他長大後習醫，成爲天下聞名的超級大醫，爲佛陀與出家佛僧提供醫療服務。耆婆也擔任宮廷的御醫，時常伴隨在阿闍世王的身邊。阿闍世王是佛教史上著名的惡王之一，耆婆對阿闍世王的作用不少。耆婆勸阻阿闍世王弑母與引導阿闍世王皈依佛陀等情節，出現在《沙門果經》（北傳的爲東晉西域沙門竺曇無蘭譯《寂志果經》）等經文之中。正是由於耆婆與阿闍世王有密切的關係，因此，耆婆的藝術形象也出現在刻畫佛祖以及阿闍世王的故事場景之中。

耆婆的外形既是各地社會生活的反映，也是出自各地藝術家們的想象，無論是作爲南亞的刹帝利、東南亞的"醫生之祖"（見圖二十五）、日本的"國之賢臣"（見圖二十六）和"診脈下醫"（見圖二十七）或者是中國西北（見圖二十八）和中原的富貴長者乃至佛道醫者（見圖二十九）、藏地的醫神隨從（見圖三十）乃至邊民，耆婆憑藉不同的形態在跨文化的語境中呈現出來。

第六章　"火中取子"　197

圖二十五　曼谷泰國大王宮醫學之祖耆婆塑像（李淞攝影）

圖二十六　日本金剛峰寺平安時代佛涅槃圖（耆婆大臣）

圖二十七　日本耆婆診脈塑像

圖二十八　榆林窟第3窟－東壁中央上部－八塔變之涅槃圖－西夏－耆婆長者

圖二十九　山東東營天甯寺佛門神醫

圖三十　西藏唐卡中聽藥神傳法的耆婆（中）

就"火中取子"故事的圖像而言,其形式有雕刻、壁畫、插圖(黑白版畫與彩繪本)等多種。該圖像的流傳區域也相當廣闊,涉及犍陀羅、我國新疆克孜爾、西藏山南貢嘎縣曲德寺、内蒙古包頭五當召、四川劍閣覺苑寺、山西吕梁安國寺等多地,雖以北傳佛教爲中介,但也有印度、中亞和中國的藏、蒙、漢等民族文化的差異。該故事的畫面雖各地不同,但有大體相同的内容,而且所依託的文字文本(佛教律典、譬喻故事集、《大般涅槃經》《經律異相》)有不少的差異。就耆婆的作用而言,他是以具有高超醫術和特殊才能的佛陀隨從的角色出場,在絕大部分圖景中佔據比較重要的位置。然而,該故事圖像的主體並不是耆婆,而是佛陀和火生(光明、樹提)童子。

第七章
波斯"摩尼畫死狗"故事的文圖源流探析

　　古代絲綢之路不僅僅是中外經貿往來，更是文化交流的重要途徑之一。千百年來，在絲路上人來人往的潮流中，故事、傳說、神話、民俗、藝術等不時泛起層層的波瀾，促進了不同性別、年齡、階層、語言、宗教與文化背景的人們之間的相互瞭解。以往的研究中，涉及中國和域外某地（即雙方）的交流的研究成果較多，而涉及中外三方（或更多方面）相互交流的研究尚有較大的研究餘地。絲路文化的流傳情形往往比我們想象的還要複雜得多，來自多個區域、多元語言的文化成分常常相互糾纏在一起，需要更爲細緻的梳理。本章以波斯文學作品中的"摩尼畫死狗"的傳說及其相關故事的文本與圖像，作爲絲綢之路多元文化流傳的例證，試圖揭示古代波斯、印度和中國三者之間的文化相遇及其交叉互動的情形之一斑。

第一節　摩尼畫技：來自波斯史詩《列王紀》和傳說中的記載

1. 摩尼的畫技與摩尼本人繪製的圖册

　　波斯文學史上最偉大的詩人菲爾多西（940—1020）在史詩《列王紀》（*Shāhnāmeh*，或譯《王書》）第四册有關薩珊王朝的"阿爾達希爾之子沙普爾當政"之下"摩尼傳教"中，敘述了摩尼教的創始人摩尼的畫技和辯論的過程，其詩句如下：

> 有一個人到來，他能説會道，是位舉世無雙的畫家，技藝高超。
> 他精於繪畫，有高深的造詣，他譽滿宇內，名字叫摩尼。
> 他不僅是丹青高手，而且自稱是教長，自稱比創造宗教的其他教長更強。
> 摩尼來自中國，求見沙普爾國王，説請沙普爾國王接見我這教長。
> ……
> 祭司們説：他或許祇是一位畫匠，他不能比過我們的大祭司長[1]。

在其後的詩句中，由於在與大祭司長的辯論中失敗，摩尼這位來自中國的畫匠最終被沙普爾國王下令處死。在菲爾多西的筆下，摩尼無疑具有兩個較爲明顯的特性：一位非常出色的畫家、來自中國（實際上指摩尼從中國學習了高超的繪畫藝術）[2]。菲爾多西的描述無疑來自波斯的古老傳説。作爲摩尼教的創始人，摩尼（216—274）在240年開宗立派，確定了"二宗三際"等理論作爲摩尼教的核心教義[3]。摩尼最初應該是一名畫家，後來纔成爲職業的宗教傳道者，而且還使用圖畫作爲傳教手段之一。

縱觀波斯細密畫的歷史，《列王紀》是擁有插圖本最多的文學經典。《列王紀》的插圖本風格多樣，對史詩中的相關情節或場景進行了視覺化的再現。以收藏稀有書畫聞名於世的美國紐約摩根圖書館和博物館（The

---

[1]（波斯）菲爾多西著，張鴻年、宋丕方譯：《列王紀全集》（四），湖南人民出版社，2001年，第679-681頁。

[2] 波斯古代文獻中對我國有三種稱呼：秦、中國、契丹。其中，"中國"（Chin）實際上是指中亞和新疆一帶。摩尼創教之後，首先傳教於圖蘭（即中亞地區）和北印度（大約相當於今阿富汗、巴基斯坦地區），然後蒙波斯國王召見。

[3] 芮傳明：《東方摩尼教研究》，上海人民出版社，2009年，第3-43頁。馬小鶴：《光明的使者——摩尼與摩尼教》，蘭州大學出版社，2013年，第1-85頁。

Morgan Library & Museum）收藏了一個《列王紀》插圖本。該插圖本大約是1570年在波斯設拉子（Shiraz）繪製的，其中有一幅插圖描繪了憤怒的波斯國王沙普爾下令將摩尼處死，觀看摩尼軀體被剝皮後的駭人場景（見圖一）[1]。

該圖的左上方，國王端坐在王座上，周邊圍繞的是侍從、大臣和市民們，掛在架子上的是摩尼的人皮，而躺在地上的血紅色的軀體就是被剝皮後的摩尼的軀體。這一場景對應的《列王紀》詩句如下：

圖一　摩尼被處死並且剝皮

> 國王下令左右拿下摩尼，把他捉住後，從王宮趕將出去。
> 接著他下令：不能讓這個畫匠，再招搖撞騙在人世之上。
> 有這麼個畫匠全世界都動蕩不安，要把他的皮剝下，他是動亂之源。
> 剝下皮後在皮裡填上乾草，拿去示眾，讓別人再不信這邪魔外道。
> 國王還下令把他的尸體掛在城門旁，或者掛在醫院的院墻之上。
> 左右人等按照國王的命令，把摩尼的尸身掛起來示眾。
> 天下人為此而雀躍歡呼，他們在死者的尸身蓋上黃土。[2]

在《列王紀》眾多精美的插圖本中，與摩尼故事相關的插圖不止這一幅，還有比圖一更早的。奧勒格·格拉巴（Oleg Grabar）與塞拉·巴萊爾（Sheila Blair）合編的《史詩圖像與當世歷史》（*Epic Images and*

---

[1] 圖像出處：https://www.pinterest.com/pin/476677941782872637/[訪問日期：2017-02-01]

[2]（波斯）菲爾多西著，張鴻年、宋丕方譯：《列王紀全集》（四），湖南人民出版社，2001年，第681頁。有關摩尼在波斯諸王宮廷的相關研究，參見 Iain Gardner, Jason BeDuhn and Paul Dilley, *Mani at the Court of the Persian Kings: Studies on the Chester Beatty Kephalaia Codex*, Leiden: Brill, 2015.

Contemporary History: The Illustrations of the Great Mongol Shahnama）一書中，主要研究了"大蒙古《列王紀》插圖本"[1]。該書中收錄了一位私人收藏家手中的《列王紀》中的摩尼故事插圖，可稱作"摩尼被吊在樹上"（見圖二）[2]。此圖中，摩尼的人皮內填充了乾草，僅套上一條內褲，被懸吊在一棵棕櫚樹上。他被剝皮的軀幹橫置在樹下的草地上。旁邊有六位觀衆，其中畫面的左邊有四位男子。一位站在另一株棕櫚樹下，手裡似乎揮動著一把劍。一位男子的左手指向右上方吊著的摩尼，其臉微側向左方那兩位騎在馬上有身份的人士（其中的一位很可能是波斯國王），似乎正在向他們敘述當前發生的事情。正是他的左手指向起到引導讀者（即觀畫者）的視綫的作用，直接將摩尼置於觀衆視綫的中心。畫面的右邊有一座房子（即《列王紀》中所說的皇宮或者醫院），二樓的兩個窗户邊，各有一位女性站在那兒眺望。

早在薩珊王朝時期，波斯的瑣羅亞斯德教徒就視摩尼教徒爲"異端"（zindīq，巴列維語Zandeg）。馬蘇第（九世紀後期至956年）《黃金草原》第一卷第二十四章"薩珊王朝或第二個時代的波斯國王，他們的統治時期及其歷史概述"中也指出，"摩尼尚在世時就出現了Zanādjqa一詞，Zandaqa

圖二　摩尼被吊在樹上

---

1 該插圖本也被稱爲"德莫特《列王紀》(Demotte Shahnamah)插圖本"，是1329-1330年在大不里士（即元代所稱的"桃里寺"）宮廷畫院繪製的。它是波斯細密畫走向成熟的標誌性作品。該插圖本可能原本有一百二十幅插圖，現存七十七幅插圖，流散四處，收藏在不同地方。

2 Oleg Grabar and Sheila Blair, *Epic Images and Contemporary History: The Illustrations of the Great Mongol Shanama*, Chicago and London: The University of Chicago Press, 1980, pp.148-149. Fig. 46. 該圖亦見於馬小鶴《光明的使者——摩尼與摩尼教》（蘭州大學出版社，2013年）一書的彩圖1-11。

意爲'不信教者'或'假裝虔誠的人'。……至於阿拉伯人，他們向波斯人借鑒了此詞，并使之阿拉伯文化之後，以zindîq的形式出現。當時的zindîq一詞指二元論教派信徒和所有那些宣揚相信世界的永恒和否認其創造的人。"[1]可見，伊斯蘭教興起之後，阿拔斯王朝的穆斯林也繼續將摩尼教徒作如是稱呼。因此，即便到了莫卧爾帝國時代，受伊斯蘭文化熏陶的畫家仍然將摩尼教當作伊斯蘭教的對立派，將摩尼描繪爲一個應該受到嚴厲懲罰的、可憐巴巴的異教徒形象，就如同圖一、圖二這兩幅插圖所描繪的那樣[2]。

2.《大二宗圖》（《大門荷翼圖》）等摩尼畫册在後世的流傳

爲了更加廣泛地傳播新興的摩尼教信仰，摩尼在三世紀常用繪畫作爲輔助手段來宣傳教義。摩尼本人宣稱"在我之前的衆先知和衆兄弟，他們的智慧一如我，但是在繪畫方面，他們的智慧不如我"[3]。然而時光如水流逝，摩尼本人所創作的繪畫自然早已佚散，但後世仍保留了摩尼畫作的名稱，最主要的一種是名爲《阿達罕》（Ārzhang/Ardjeng）的一種畫册[4]。馬小鶴指出，科普特文《克弗里亞》第92章中對該畫册的性質有所記載，"你在《畫集》中描繪一切""你在那本偉大的《畫集》中闡明（一切）"。[5]據波斯作家阿布·阿馬里（Abū al-Ma'ālī）的著作《宗教類述》（Bayān al-Adyān，1092）記載："人們盛傳，他（摩尼）在素絹上畫一綫，祇要抽

1（古阿拉伯）馬蘇第著，耿昇譯：《黃金草原》（上），青海人民出版社、人民出版社，2013年，第296頁。

2《列王紀》的插圖本甚多，但并不是每本都有描繪摩尼被處死的插圖。馬小鶴《光明的使者——摩尼與摩尼教》（蘭州大學出版社，2013年）一書中的彩圖1-5也是一例。此外，比魯尼《古代遺迹》抄本中也有"摩尼被殺害"的插圖。參見馬小鶴《光明的使者——摩尼與摩尼教》一書中的彩圖1-11。此處就不一一討論此類插圖了。

3 轉引自穆宏燕：《波斯細密畫對中國古代繪畫藝術的借鑒及其向印度的流傳》，《東方研究》（2012-2014），陽光出版社，2016年，第131-164頁。此見第132頁。

4 Stefano Pellò, "A Paper Temple: Mani's *Arzhang* in and around Persian Lexicography", in: *Sogdians, Their Precursors, Contemporaries and Heirs: Based on Proceedings of Conference "Sogdians at Home and Abroad" Held in Memory of Boris Il'ich Marshak (1933-2006)*, (Transactions of the State Hermitage Museum, LXII), St.Petersburg: The State Hermitage Publishers, 2013, pp.252-265.

5 轉引自馬小鶴：《光明的使者——摩尼與摩尼教》，蘭州大學出版社，2013年，第186-187頁。

出那根絹絲，整條綫就消失了。他是一本繪有各種圖畫的册子的作者，他們稱這本册子爲摩尼的《阿爾章》（*Erzang*）；它存放在加兹尼（Ghaznīn）的寶庫裡。"[1]該畫册的原本雖已不存，但其影響猶如斷藕之絲綿延不絶[2]。

受摩尼的影響，摩尼教徒也善於使用繪畫技巧，尤其是帶有插圖的經書等文獻。摩尼教在向東方流傳的漫漫過程中，圖册基本上没有缺席過。在中亞的木鹿城等地，摩尼教的文獻中提到過這一情況。"帕提亞文文書M5815II是一封書信，從信的内容看是從木鹿發出，發信者派一個兄弟到烏滸水上游左岸的一個城市去，把他派到末冒那裡去，帶去摩尼所著的《大力士經》和《大二宗圖》。在木鹿會再抄寫一本《大力士經》和描摹一本《大二宗圖》。"[3]摩尼教流傳到西域和中國西北地區之時，也是如此。"從吐魯番殘片M2，我們得知摩尼曾派遣傳教大師阿莫（Mār Āmmō）向帕提亞人（Parthians，即安息人——譯者）傳教，在委派給阿莫的隨員中，就有'一批書寫僧和一個插圖畫師'。"[4]敦煌出土的漢文本《摩尼光佛教法儀略》中明確列舉了摩尼教所傳的"七部大經及圖"，其中包括"《大門荷翼圖》一，譯云《大二宗圖》"。摩尼教的細密畫在世界藝術史上都是比較有名的佳作[5]，對後世波斯的細密畫也產生了極大的影響[6]。吐魯番出土了高昌回鶻

---

[1] Abū al-Maʿālī, *Bayān-al-Adyān*, Tehran: Intishārāt-i-Maḥmūd, 2015, p.42. 此條資料由穆宏燕老師提供，特此感謝！

[2] Zsuzsanna Gulácsi, "Searching for Mani's Picture-Book in Textual and Pictorial Sources", *Transcultural Studies*, 2011, no.1, pp.233-262. 日譯文：吉田豊譯《文獻と繪畫の資料に見えるマニ繪圖本にっての情報について》，收入（日）吉田豊、古田攝一編《中国江南マニ教絵画研究》，京都：臨川書店，2015年，第238-260頁。

[3] 馬小鶴：《光明的使者——摩尼與摩尼教》，蘭州大學出版社，2013年，第301頁。

[4] （德）克里木凱特著，林悟殊翻譯增訂：《古代摩尼教藝術》，淑馨出版社，1995年，第16頁。

[5] H.-J.Klimkeit, *Manichaean Art and Calligraphy*, Brill, 1982. （德）克里木凱特著，林悟殊翻譯增訂：《古代摩尼教藝術》，淑馨出版社，1995年，第34-54頁。

[6] 穆宏燕：《摩尼教繪畫藝術對伊斯蘭細密畫發展的影響》，《世界宗教文化》2015年第4期，第73-77頁。穆宏燕：《波斯細密畫對中國古代繪畫藝術的借鑒及其向印度的流傳》，《東方研究》（2012-2014），陽光出版社，2016年，第131-164頁。

王國時期遺留的摩尼教寫本中的精美插圖，超過同時代的其他寫本，其藝術價值引起許多學者的興趣[1]，對圖像元素及其意義進行論證[2]。這些繪圖本中也包含對摩尼本人形象的描繪[3]。古樂慈（Zsuzsanna Gulácsi）《中世紀摩尼教書籍藝術》等論著對中世紀的摩尼教插圖藝術進行了非常細緻的分析[4]。

摩尼教傳入中國，並且產生了明教等本地化的教派，但源自摩尼教的經文和圖像仍然保持一定程度的流傳。徐松《宋會要輯稿》中"刑法門二"記載："明教之人所念經文，及繪畫、佛像，號曰《訖思經》《證明經》《太子下生經》《父母經》《圖經》《文緣經》《七時偈》《日光偈》《月光偈》《平文策》《漢讚策》《證明讚》《廣大懺》《妙水佛幀》《先意佛幀》《夷數佛幀》《善惡幀》《太子幀》《四天王幀》，已上等經佛號，即於道釋經藏並無明文記載，皆是妄誕妖怪之言。多引'爾時明尊'之事，與道釋經文不同。"[5]可見宋代明教的經文中就包括多種畫像，尤其是《圖經》很可能就是與《大二宗圖》類似的畫册。宋元之後，摩尼教在中國南方的江浙、福建等地繼續傳播。元末明初寧波所出的一些摩尼教繪畫還流

---

1 Zsuzsanna Gulácsi, *Manichaean Art in Berlin Collections*, Brepols, 2001.

2 比如，許蔚：《吐魯番出土編號81TB65：1摩尼教殘卷插圖之臆説》，《敦煌研究》2011年第2期，第84-88頁。

3 馬小鶴：《明教"五佛"考——霞浦文書研究》，《復旦學報》（社會科學版）2013年第3期，第100-114頁。尤其是該文的第五部分"摩尼教圖像與回鶻文文書"，第105-109頁。

4 Zsuzsanna Gulácsi, *Mediaeval Manichaean Book Art: A Codicological Study of Iranian and Turkic Illuminated Book Fragments from 8th-11th Century East Central Asia*, Brill, 2005. Zsuzsanna Gulácsi, "Contextualized Studies on the History of Manichaean Art across the Asian Continent", *Annuaire De Lécole Pratique Des Hautes Études*, Vol., 120, 2013, pp.51-62.

5 徐松：《宋會要輯稿》一六五册《刑法》二之七八，中華書局，1957年，第6534頁。

傳到了日本。近年，古樂慈[1]、吉田豐[2]、馬小鶴[3]、森安孝夫[4]、古田攝一、科沙·巴巴爾（Kósa Gábar）等學者關注並研究了流傳日本的一批摩尼教繪畫，包括宇宙圖、天界圖、聖者傳圖、摩尼降生圖等[5]，其中的一些作品"很可能就是元末明初華南的明教徒根據摩尼的《大二宗圖》（《大門荷翼圖》，Ardhang）繪製的"[6]。經過對這批日藏繪畫的精心研究，目前學界基本上取得了一致的認識，即其中的《宇宙全圖》或可視爲《大二宗圖》的元代版。

精美的摩尼教繪畫落在其他教派信徒眼中，則是一種低下的藝術。在穆斯林看來，摩尼用他那虛假的繪畫去引誘世人遠離真主。"雖然後代的抄寫者們並未見過摩尼教徒的手抄繪本，但他們的遙遠的光輝像一個有力的、明確的神話一樣仍然閃爍在其書寫之中。"

---

[1] Zsuzsanna Gulácsi, "A Visual Sermon on Mani's Teaching of Salvation: A Contextualized Reading of a Chinese Manichaean Silk Painting in the Collection of the Yamamoto Bunkakan in Nara, Japan",《内陸アジア言語の研究》第23號，2008年，第1-15頁。古樂慈著，王媛媛譯：《一幅宋代摩尼教〈夷數佛幀〉》，《藝術史研究》第10輯，中山大學出版社，2008年，第139-190頁。

[2] 吉田豐《新出マニ教繪畫の形而上》，《大和文華》第121號，2010年，第3-34頁，圖1-9。Yutaka Yoshida, "Southern Chinese Version of Mani's Picture Book Discovered?", in: Siegfried G.Richter, Charles Horton and Klaus Ohlhafer, ed., *Mani in Dublin: Selected Papers from the Seventh International Conference of the International Association of Manichaean Studies in the Chester Beatty Library, Dublin, 8-12 September 2009*, Brill, 2015, pp.389-398. 吉田豐、古田攝一編：《中國江南マニ教繪畫研究》，臨川書店，2015年。感謝馬小鶴先生提供此書的信息。

[3] 馬小鶴：《〈地藏十王圖〉（MG17662）與摩尼教〈冥王聖幀〉》，《藝術史研究》第15輯，中山大學出版社，2013年，第161-176頁；《日藏〈摩尼誕生圖〉與〈摩尼光佛·下生讚〉》，《美術學報》2016年第5期，第5-17頁；《日藏〈摩尼誕生圖〉補考》，《西域研究》2016年第4期，第57-69頁。

[4] 森安孝夫：《日本に現存するマニ教繪畫の發見とその歷史的背景》，《内陸アジア史研究》第25號，2010年，第1-29頁。

[5] 王媛媛：《日藏"摩尼降誕圖"再解讀》，《西域研究》2014年第3期，第77-85、143頁。Wang Yuanyuan, "The Emergence of Light: A Re-interpretation of the Painting of Mani's Birth in A Japanese Collection", *The Silk Road*, Vol.13, 2015, pp.27-35. 王媛媛：《對日本藏"江南摩尼教繪畫"的一點思考》，《海交史研究》2019年第3期，第52-65頁。

[6] 馬小鶴：《光明的使者——摩尼與摩尼教》，蘭州大學出版社，2013年，第399頁。

摩尼開始假裝預言，通過在肖像畫（libas-i sūratgari）中隱形，使這種說法在人們的眼中可以接受。既然人們期待摩尼的奇迹，他就取了一段絲綢，進入一個洞穴，然後令人封閉其入口。從他入洞起，一年之後，他出現了，并展示了那塊絲綢。絲綢上他畫了畫，描繪了人物、動物、樹木、鳥兒的肖像，以及通過想象之眼僅僅出現在思維之鏡中的各種各樣的形狀，還有那坐落在可見的世界的可能性邊緣帶著夢幻般形狀的圖像。那些目光短淺的人們，其渾濁的心靈無法反映伊斯蘭的光輝，被摩尼的把戲所欺騙，將他那畫上了畫的絲綢——被稱作《阿達罕》（Ardahang or Artang）的畫卷——作爲他們信仰喪失之樣本。"[1]

據説在十世紀的上半葉，摩尼的圖畫書《阿達罕》也被哈里發下令焚燒。不過，波斯文獻和圖像中也有對摩尼畫技的想象的記載。正如克里木凱特指出的，"甚至在摩尼的宗教消失之後，伊斯蘭教的波斯仍把他作爲一位偉大的畫家來紀念，作爲畫家的摩尼比作爲異教徒的摩尼更留在人們的記憶中"[2]。大約1590年至1610年之間，波斯薩法維王朝伊斯法罕的一位佚名畫家繪製了一幅摩尼的創作圖（見圖三）。該册頁形式的紙畫現藏於大英博物館（編號爲1948,1211,0.11）。在圖三中，摩尼留

圖三 摩尼正在進行繪畫創作

著濃密的絡腮鬍子，頭纏灰白包頭，身穿淡綠色外套，纏著黑色帶花腰帶。他以蹲坐的形式，左手拿著一副小畫板，右手中的畫筆正在一個看似中國

---

1 Michael Barry, "The Islamic Book and its Illustration", In: *Treasures of the Aga Khan Museum: Arts of the Book & Calligraphy*, Istanbul: Sabanci University Sakip Sabanci Museum, 2010, pp. 238-255. 此見第244頁。

2 （德）克里木凱特著，林悟殊翻譯增訂：《古代摩尼教藝術》，淑馨出版社，1995年，第18頁。

生産的小畫碟中醮著色彩。總體上看，摩尼是一副正準備作畫的樣子。摩尼的面部圓潤，雙眼有神，腹部較爲豐滿，略顯中年男人的富態。摩尼此形象中比較有特色的地方，一是他的鼻樑上架著一副小眼鏡，二是他的綠色外套的下擺鋪在地上的褶皺非常流暢，從而和此畫上方的雲彩一起，産生了一種富有活力的動感。此圖體現了摩尼作爲"大畫家"的範兒十足，也可視爲十六七世紀之交波斯畫家的代表形象之一[1]。還有比這幅摩尼畫像更早的，同樣值得關注。馬小鶴曾注意到，"在後來波斯的民間傳説中，摩尼曾作爲畫家向瓦赫蘭·古爾（Bukhram-Gur[Bahram]，即瓦赫蘭五世，420—438）呈現自己的繪畫。十六世紀塔什干（Shakrukhia / Tashkent）畫家阿里-設·納瓦依（Ali-Shir Nava'i，1441—1501）曾以此爲題材畫過一幅畫。瓦赫蘭·古爾與摩尼不同時代，自然不可能接受摩尼的繪畫，很可能是與瓦赫蘭一世混爲一談了"[2]。此圖應該是細密畫插圖之一（見圖四）[3]，在此圖中，端坐中央的那位是内穿紅衣、外罩藍色無袖袍子的國王瓦赫蘭，而穿綠色袍子、跪坐著并帶著藍色小帽的人物就是摩尼。瓦赫蘭手中拿著的正是摩尼所畫的一幅細密畫模樣的人物肖像。此外，古樂慈還找到了《列王紀》插圖本中的一幅插圖。該插圖本是莫卧兒帝國1610—1620年間在阿格拉（Agra）爲阿卜杜·拉希姆汗（Abd al-Rahim Khankhanan）繪製的，現收藏在大英圖書館，編號爲Add.5600。該插圖本中的folio 404b是一位佚名畫家所繪製的一幅"摩尼與波斯國王沙普爾（Shāpūr）"畫（見圖五）。與圖三、圖四相比，圖五所體現的並不是作爲畫家的摩尼形象，而是作爲宗教傳道者的摩尼形象。圖五所對應的文本是《列王紀》，它並没有像圖一、圖二那樣去描繪摩尼被殺之後衆人圍觀的場景，而是摩尼正在波斯宫廷内與波斯

---

1 Zsuzsanna Gulácsi, *Mani's Pictures:The Didactic Images of the Manichaeans from Sasanian Mesopotamia to Uygur Central Asia and Tang-Ming China*, Leiden: E.J.Brill, 2015. pp.192-193. Figure 4/1a.

2 馬小鶴：《光明的使者——摩尼與摩尼教》，蘭州大學出版社，2013年，第23頁。

3 圖像出處：同上書的彩圖1-13。

國王沙普爾對面交談，向其講述摩尼教教義的這一情形。正如古樂慈所指出的，圖五的畫面中洋溢的是一種和平、寧靜的氣氛，而沒有圖一、圖二那樣的血腥氣。畫家如此描繪摩尼與波斯國王的愉快交談，或許反映了莫卧兒帝國阿克巴大帝所推行的宗教和解政策影響下的社會氛圍[1]。

圖四　摩尼將自己的畫獻給波斯國王瓦赫蘭　　圖五　摩尼與波斯國王沙普爾在一起

再從圖四來看，摩尼與一般的細密畫中的人物沒有多大的不同，也就是說此圖並未描繪出作爲歷史人物的摩尼的任何個性化特徵的形象，這也是摩尼本人的肖像從未留存下來的結果。因此，後代的畫家祇能根據自己生活時代的見聞，加以藝術想象，而繪製出一個"具有當下意涵的、大衆化的"摩尼形象罷了。無論如何，以上的三幅圖（圖三、圖四、圖五）爲我們提供了較爲豐富的摩尼的視覺形象，對深入理解摩尼這位歷史上的真實人物還是頗有益處的。

---

[1] Zsuzsanna Gulácsi, *Mani's Pictures:The Didactic Images of the Manichaeans from Sasanian Mesopotamia to Uygur Central Asia and Tang-Ming China*, Leiden: E. J. Brill, 2015, p.196. Figure 4/2c.

第二節　摩尼畫死狗：波斯文學作品中的畫師故事及其印度淵源

1. 内扎米《五部詩》中的摩尼畫死狗的故事

摩尼最爲有名的繪畫軼事是他在水上畫死狗的故事。該故事見於波斯詩人內扎米·甘哲維（Niẓāmī Ganjavi，1141—1209）的《五部詩》（Khamsa，或譯《五卷詩》）。《五部詩》由不同時期陸續創作的《秘寶之庫》（Makhzan al-asrār，或譯《秘密寶庫》，1174）、《霍斯陸與西琳》（Khusraw u Shīrīn，1181）、《蕾莉與馬傑農》（Laylā u Majnūn，1188）、《七美人》（Haft paykar，1196）和《亞歷山大故事》（Iskandarnāmah，或譯《亞歷山大紀》《亞歷山大書》，1200）共五部詩著組成，其詩作內容豐富，優美生動，膾炙人口，成爲多民族詩人模仿的楷模[1]。《亞歷山大故事》以希臘馬其頓國王亞歷山大大帝的東征爲背景，分爲《光榮篇》（Sharaf-nāma）和《幸福篇》（Iqbāl-nāma）兩個部分。亞歷山大大帝的故事流傳甚廣，有多個版本，其中融合了來自希臘、羅馬、阿拉伯、波斯、中亞、印度甚至中國等多個地區的奇聞異事以及風土人情的描繪[2]。

在《亞歷山大故事》的《光榮篇》中，內扎米記述了摩尼在水面上畫死狗的精湛技藝：摩尼在旅行中口乾舌燥，看見一水池，迫不及待地用水罐去裝水，卻不小心打碎了水罐，無奈之中，"摩尼把裝飾之筆拿在手中，魔幻般地在水面上描繪圖形；他用那聽從命令的畫筆，描繪出一條死狗在水裡；身上還有無數蛆蟲在湧動，死狗讓口渴轉變成了驚恐。"[3]張暉譯《涅扎米

---

1 張鴻年：《波斯文學史》，崑崙出版社，2003年，第190-198頁。
2 Richard Stoneman, Kyle Erickson and Ian Netton, ed., *The Alexander Romance in Persia and the East*, Gröningen: Barkhuis Publishing & Gröningen University Library, 2012. Also cf. William L. Hanaway, "*Eskandar-Nama*", in: *Encyclopædia Iranica*, Vol. VIII, Fasc. 6, pp. 609-612.
3 Niẓāmī, *Khamsa*, Intishārāt-i-Dūstān, Tehran, 2004, pp.893-894. 此段譯文由穆宏燕老師提供，特此感謝！

第七章 波斯"摩尼畫死狗"故事的文圖源流探析 211

詩選》中，選譯了《光榮篇》中的"有關摩尼繪畫的傳說"，現摘引如下：

> 據說摩尼的畫技十分高超，他曾作爲先知到中國傳教。
> 中國人一聽到這個消息，便準備迎接他的臨蒞。
> 中國人挖掘了一個水池，池水晶瑩明澄，清澈見底。
> 當秘書宣佈摩尼駕到，池水立刻激蕩，掀起波濤。
> 有如驟然起風掀動水面，一波接一波拍擊著池岸。
> 池邊的青草嫩綠如洗，把池水映得愈加澄碧。
> 由於摩尼橫跨茫茫荒原，他早已渴得舌焦口乾。
> 他迫不及待地奔向水邊，欲把空空的水瓶裝滿。
> 不慎水瓶撞上了石塊，陶製的瓶子完全毀壞。
> 摩尼氣得怨氣衝上雲天，於是把水面當成畫版。
> 摩尼把畫筆拿在手中，隨意在水上描繪圖形。
> 他一邊畫一邊念誦符咒，祇見水面浮起一條死狗。
> 狗的身上還爬滿了蛆蟲，看到它，乾渴便忘得一乾二淨。
> 不論人們如何的乾渴，都不再想把池水飲啜。
> 中國到處傳誦摩尼的奇迹：死犬怎樣在水中憑空浮起。
> 人們傾倒於他的魔法，紛紛麇集在他的門下。[1]

與克拉克（C. H. Clarke）所譯内扎米《亞歷山大故事》的英譯本第53章對比，上述的漢譯與之有一些明顯的差異。現將該段（第40—55頌）英譯轉譯如下：

> 由於他的繪畫，我聽說過摩尼，他曾作爲先知從"凱"[2]去了中國。
> 當中國人獲知這個消息，他們匆忙趕到（摩尼所要經過的）路途。

---

[1] 張暉譯：《涅扎米詩選》，新疆人民出版社，1988年，第281-283頁。
[2] "凱"（Kay），傳說中的伊朗上古時期的王朝名，在呼羅珊地區。

他們在路上建造了純淨水晶的水池，閃閃發光，猶如水漣。

作者（畫家）的蘆葦（畫筆）描繪出波紋，激起了水池上的水波。

仿佛風兒不停吹起的片片水波，層層湧動，直到岸邊。

池邊的青草嫩綠吐芽，池水被青翠巧妙地映襯。

當摩尼從遙遠的沙漠趕到，被乾渴弄得心煩意亂。

他渴望喝水，走到池邊，打開空空的水瓶蓋子。

當他的水瓶碰上石質的水池，陶製的水瓶立即碎裂。

摩尼意識到中國人的水池是他的旅途中的（災難）井。

摩尼拿起擁有裝飾和美麗的畫筆，伸進欺騙了他的這個水池。

用畫筆隨意描繪，一條死狗出現在水池的水面上。

死狗的肚腹內爬滿蛆蟲，絲絲恐懼進入了乾渴者的心中。

由此緣故，水邊的乾渴者看見死狗，不再有喝水的衝動。

這則消息傳遍了中國，摩尼在水面上畫出了死狗。

傾倒於摩尼的智慧魔法與繪畫，人們紛紛皈依他。[1]

英譯本中與漢譯之間最大區別是中國人為了阻攔摩尼入境，事先用水晶建造了一個假的大水池，欺騙了因旅途勞累而口渴心急的摩尼，這纔導致摩尼為了反擊中國人的藝術欺騙，在水晶蓋的水面上畫出了栩栩如生的長滿蛆蟲的死狗，以警示後來的行旅者，並施展了他作為先知所擁有的魔法，從而震懾了中國人來皈依他。這樣的事態描述比較符合邏輯，因此，我們在閱讀漢譯本的時候，除原典文本之外，也需要參考一些其他語種的譯本，以增加對文本的正確解讀。

---

[1] Captain H.Wilberforce Clarke, tr., *The Sikandar Nāma, E Bara, or Book of Alexander the Great*, London: W.H.Allen & Co., 1881, pp.642-643.

2. 内扎米《五部詩》插圖本中的摩尼畫死狗故事圖像

筆者目前僅發現內扎米的《五部詩》中記載了摩尼畫死狗的故事，未見於其他文獻。與《列王紀》一樣，內扎米的《五部詩》也是後世畫家們喜歡的著作，湧現出許多的插圖本。目前筆者共發現三種內扎米《五部詩》插圖本中描繪摩尼畫死狗的插圖，其情況分述如下：

其一，土耳其托普卡帕宮圖書館（Topkapi Palace Library）收藏的內扎米《五部詩》插圖本，編號爲Hazine 753。該插圖本繪製於1460年，繪製的地點是在巴格達或者設拉子。其中摩尼畫死狗故事的插圖所在頁碼爲fol.305a（見圖六）[1]。該插圖的圖形結構爲圖像居於上下欄文字的中間。畫面最有雅趣的地方就是各種開花的樹木與略有起伏感的小山梁，體現了波斯風景畫的韻味。水池的四周也畫滿了多種漂亮的花草，與詩句對水池周邊景色的描繪正相吻合。留著鬍鬚的摩尼頭戴小白帽，身裹絳色長袍，右手握著畫筆，雙膝跪坐，身體側向左方，正在作畫。一條肚腹破裂、嘴巴張開的死狗已經漂浮在水晶所製的水池的"水面"之上。這條死狗與整個畫面的優美清雅的環境形成強烈的反差[2]。

圖六　摩尼在水面上畫死狗之圖（1）

1　圖像出處：馬小鶴《光明的使者——摩尼與摩尼教》（蘭州大學出版社，2013年）一書中的彩圖4-12。

2　對此圖的研究，另見 Priscilla P.Soucek, "Niẓāmī on Painters and Painting", in: Richard Etting-hausen, ed., *Islamic Art in the Metropolitan Museum of Art*, New York: The Metropolitan Museum of Art, 1972, pp. 9-21.

其二，大英圖書館收藏的内扎米《五部詩》插圖本，編號爲Or.12208。據大英圖書館網站提供的信息，該插圖本出自印度莫卧兒帝國宫廷畫師卡維賈（Khvājah Jān）等數人之手，由阿卜杜·拉希姆·安巴利-卡拉姆（'Abd al-Rahīm 'Anbarīn-qalām）一人抄寫，繪製時間是1593—1595年。該插圖共有三十八幅插圖。從該寫本中散落出去的三十九頁（内含五幅插圖）目前保存在美國巴爾的摩市的沃特斯藝術博物館（Walters Art Gallery），編號爲MS W.613[1]。該插圖本是爲喜愛藝術的阿克巴大帝（Akbar, 1556—1605年在位）繪製的，其藝術價值廣受推崇，被稱作印度—穆斯林書籍藝術的典範作品之一[2]。在此書中，畫家蘇爾·古吉拉蒂（Sūr Gujarati）描繪了摩尼畫死狗的故事，其插圖頁碼位置爲fol.262b（見圖七）[3]。該插圖佔據單獨一頁，設計在以花鳥樹木爲背景的紙張中間的邊框之内，整個畫面顯得非常精緻。與内扎米的詩句相比，該幅細密畫描繪的故事背景更爲豐富，除綿延的城鎮、程式化的小山與石頭、各種樹木以及棲息的獸群之外，還有以印度莫卧兒帝國民衆形象出現的不同角色（相當於詩句中的"中國人"），包括了遠處城牆旁邊觀看的三位市民、畫面中間偏右部位的三位正在交談的男性，以及下方匆匆趕路的漁夫和樵夫。這些人物的活動給畫面增添了幾許動

圖七　摩尼在水晶蓋上畫死狗之圖（2）

1　http://www.bl.uk/manuscripts/Viewer.aspx?ref=or_12208_fs001r [訪問日期：2016-10-10]。
2　Barbara Brend, *The Emperor Akbar's Khamsa of Nizami*, London: The British Library, 1995.
3　http://www.bl.uk/manuscripts/Viewer.aspx?ref=or_12208_fs001r [訪問日期：2016-10-10] 有關此插圖的研究，參見 Barbara Brend, *The Emperor Akbar's Khamsa of Nizami*, pp.48-49; Nerina Rustomji, *The Garden and the Fire: Heaven and Hell in Islamic Culture*, New York: Columbia University Press, 2013, pp.124-127.

感。畫面中間偏左的那位俯身在水晶蓋上畫畫的就是摩尼。他的形體比該細密畫中的所有人物都要顯得大一些，這也是畫家要凸顯摩尼的重要性的一種表達方式。摩尼的身邊放置著繪畫的工具，還有一隻陶製的水瓶，此刻他正在繪製一條肚腹脹破的死狗，旁邊的那些星星點點就好像是那些爬動的蛆蟲。不過，整個畫面的雅緻似乎減弱了摩尼繪製死狗時所產生的複雜心理。與圖七相比，圖六中沒有描繪任何一位"中國人"的形象，僅僅祇描繪了摩尼一人，可見該畫家描繪的焦點集中在摩尼身上，而"抹去了"詩句中存在的背景人物。

其三，土耳其托普卡帕宮圖書館收藏的內扎米《五部詩》插圖本，編號爲Hazine 1008。該插圖本的f.267b中也描繪了摩尼畫死狗之圖（見圖八）。需要注意的是，圖八並非出自阿米爾·霍斯陸（Amīr Khusrau Dihlavī, 1253—1325）的《五部詩》（*Khamsa*）的插圖本。圖八限制在頁面的一個長方形方框之內，其圖形結構類似圖六，但上方的文字較多，下方的文字較少。圖八中的摩尼頭裹白色包頭，身穿藍色長袍，其袍子的顏色與水池中的水的顏色幾近相同。摩尼面向左，俯身在

圖八 摩尼在水面上畫死狗之圖（3）

水面上作畫，右手畫筆所指之處，有一條死狗正漂浮在水面上。此圖中的水池與圖六、圖七中的水晶水池很不相同，而是一個花園中的開放性的水池，其形狀與一般波斯、莫臥兒細密畫的花園水池基本相同，且表示其中的水是流動的。四周綠色的風景襯托出了故事的背景，並與摩尼的行爲形成一種反差。

從上述三幅圖（圖六、圖七、圖八）來看，雖然描述的是源自同一個詩

歌文本（内扎米《五部詩·亞歷山大故事·光榮篇》）中的故事，但是，不同時代與地域的畫家們所描繪出的畫面卻有相當大的差異。就畫中所出現的人物而言，摩尼均是三幅畫作的中心人物，但圖六中沒有任何其他人物，圖七中則有三組不同位置、不同身份的近十位人物，而圖八中出現的兩位似乎在對話的人物無疑是摩尼繪畫一事的旁觀者和評述者。三幅畫作的背景也有很大的差異，摩尼的形象也各不相同。這樣的畫作正反映了畫家對詩歌文本有各自的解讀，也表現出圖文之間的差異所在。無論是内扎米對摩尼畫死狗一事的敘述，還是畫家們對該故事的插圖再現，其中心都不是對摩尼教教主的頌揚，而是利用該故事來闡發伊斯蘭教的義理[1]。

3. 波斯"摩尼畫死狗"故事與印度佛經故事的關聯

在正統的穆斯林看來，摩尼被視爲瑣羅亞斯德教的異端分子和天才的畫匠。内扎米《五部詩》中所描繪的摩尼畫死狗的故事，並不是波斯本土起源的傳說，而是與印度佛經故事有關。杉田英明在《羅馬人畫家與中國人畫家競技》一文中，提及過波斯摩尼畫死狗的故事與唐代求法高僧義淨（637-713）譯《根本說一切有部毘奈耶藥事》卷十六中的一個故事有異曲同工之妙[2]，但他並未對此展開討論。《根本說一切有部毘奈耶藥事》卷十六中有一個"天竺牙作師與波斯巧師（畫師）競技"故事，屬於佛陀兩大弟子舍利弗與大目連二人進行神通競技的系列故事之一，該故事的主要情節如下：

> 佛告諸苾芻：汝等復聽！我今爲汝說。昔中天竺有一巧人，善解牙作。遂持象牙，刻爲粳米一斗，以充道糧，往波斯國。既至彼國，詣

---

[1] Cf. David J.Roxburgh, *Prefacing the Image: The Writing of Art History in Sixteenth-century Iran*, Leiden: Brill Academic Publishers, 2000. 尤其是該書第六章中的 "Mani's Artangi Tablet" 小節，第 174-179 頁。

[2] 杉田英明《ギリシア人画家と中国人画家の腕比べ：アラブ・ペルシア文学のなかの佛教説話》，Odysseus（《東京大学大学院総合文化研究科地域文化研究専攻紀要》）第 19 號，2014 年，第 1-29 頁。此見第 11 頁。

一巧師家中，暫寄欲住。斯人不在，但有其妻。既見妻已，報言："將此一斗白粳米爲我作飯。"其巧工妻答曰："此米留著，汝當且去。"其人留米即去。彼便爲煮，柴薪俱盡，米仍不熟。夫主來至家中，問其妻曰："賢首！汝今作何物耶？"妻即具説。夫便看米，乃知是象牙爲米，夫以誑心告曰："此水爲有灰故，米不能熟。汝用淨甜水煮，米當即熟。"後時留米人來，其妻報曰："汝宜取淨甜水來。"其人持瓦瓶取水。預前速至，畫作水池，於其池中畫作一死狗，其形脹爛。其取水人至彼池已，乃見此狗，一手掩鼻，一手下瓶。以眼視狗，遂打瓶破。瓶既破已，便自羞恥。佛言："汝等苾芻，勿作異念。其昔巧工作象牙米者，大目乾連是。畫作水池者，今舍利弗是也。"[1]

《根本説一切有部毘奈耶藥事》有梵文寫本 *Mūlasarvāstivāda Vinaya Bhaiṣajya-vastu*，1931年出土於印度迦濕彌羅的吉爾吉特地區（今屬克什彌爾的巴基斯坦控制區）的一座古佛塔遺址内。該梵文寫本約抄寫於六至七世紀，雖然有所缺漏，但其中也保留了這段"天竺牙作師與波斯巧師（畫師）競技"故事，且《根本説一切有部毘奈耶藥事》的藏文譯本中也有該故事[2]。與波斯摩尼畫死狗的故事相比，佛經中的"天竺牙作師與波斯巧師（畫師）競技"故事是一個佛弟子的本生故事，其結尾具有典型的本生故事結構，即"其昔巧工作象牙米者，大目乾連是。畫作水池者，今舍利弗是也。"不過，二者的相似之處也有不少，特別是其中的主體要素：造假的水池、水瓶、死狗、蛆蟲等，二者的内容可列表對比如下（見表一）：

---

[1]《大正新修大藏經》第二十四册，第78頁上欄。
[2]（日）八尾史譯注：《根本説一切有部律藥事》，連合出版，2013年，第461–462頁。

表一　波斯與印度畫死狗故事的內容對比

	內扎米《五部詩》	義淨譯《藥事》	備注
時代	1200 年之前	至少 711 年之前	義淨譯《藥事》是在大周證聖元年（695）至大唐景雲二年（711）之間。
故事結構	一般故事	本生故事	後者爲佛弟子的本生
宗教背景	伊斯蘭教	佛教	
故事主旨	突出摩尼的畫技與魔法	佛陀兩位大弟子前生的神通競技	
故事人物	中國人、摩尼	天竺象牙師、波斯巧師及其妻子	
故事地點	摩尼赴中國途中、水池	波斯巧師家、水池	
故事情節及次序	1 摩尼赴中國傳教。	1 天竺象牙師赴波斯巧師家。	二者均遠道旅行。
	2 中國人預先在途中用水晶假造水池。	4a 波斯巧師預先畫水池。	二處的水池都是假的，但假造者不同。
	3 摩尼在假水池邊打破水瓶。	5 天竺象牙師取水打破水瓶而羞愧。	二者均打破水瓶。
	4 摩尼畫有蛆蟲的死狗。	4b 波斯巧師在水池上畫有蛆蟲的死狗。	均畫死狗和蛆蟲。
	5 中國人嘆服而皈依摩尼。		
		2 天竺象牙師將象牙米讓人煮飯。	
		3 波斯巧師識破象牙米的真相。	
敘事差異	摩尼因瓶破而畫死狗。	波斯巧師先畫死狗而導致天竺象牙師的瓶破。	
故事框架	摩尼識破假象，展示神技。	波斯巧師識破假象，報復天竺象牙師。	二者均有民間故事中的以牙還牙的意味。

　　據此表可知，這兩個故事之間無疑存在相當大的關聯性。雖然我們沒有直接的證據來說明義淨翻譯的《根本説一切有部毘奈耶藥事》中的這一故事是如何流傳到波斯的，又是如何進入內扎米的閱讀（或口傳）視野的，但是，基本上可以明確內扎米所書寫的摩尼畫死狗的故事就是源自印度。希臘文《科隆摩尼古卷》記載，摩尼曾於240—242年間抵達西北印度，後來又派了兩位教徒到印度傳教，當時正值西北印度的大乘佛教盛行，摩尼教因此也

融入了不少佛教的因素[1]。《根本説一切有部毘奈耶藥事》中的故事並不是始於該經被編輯之時，很可能是由一個流傳甚早的印度民間故事改編而來，摩尼教信徒聽到類似的印度故事並不困難，他們也比較容易把畫死狗的神通競技與摩尼這位神筆畫家的身份嫁接在一起，從而生成一個新的摩尼神通故事，此後再進入波斯作家的視野。當然，我們也需要注意，這兩個故事中的意象及其背後隱含的宗教因素具有根本性的差異。《根本説一切有部毘奈耶藥事》中用蛆蟲充盈的腐爛死狗表述的是佛教的身體觀，以此說明由地水火風四大元素所構成的人體是虛幻不實的。在内扎米的筆下，摩尼的事迹並不是用來說明摩尼教的義理，而是用來闡釋伊斯蘭教的思想。内扎米屬於伊斯蘭教遜尼派成員，也是蘇菲修行者。在他看來，中國人用水晶假造的水池已然屬於虛假之物，而摩尼所畫的能在水上漂浮的死狗則顯然是虛幻中的虛幻，它們與真主所傳的至高之道以及蘇菲思想中推崇的對真主的狂熱愛戀，是無法相提並論的。内扎米敘述的是摩尼教主的故事，但詩句中所表述的是蘇菲思想，這些與《根本説一切有部毘奈耶藥事》的佛教義理相去甚遠。此情形正是不同文化背景的人們在傳誦情節類似的故事時所體現出的"事同而理異"現象。

此外，摩尼畫死狗的故事中沒有出現佛經中用象牙米煮飯這一情節，内扎米沒有吸收印度故事的此一元素，但後世生活在印度的波斯語作家阿米爾·霍斯陸的《五部詩》之《亞歷山大寶鑒》（Âyene-ye Eskandari）中，卻有一個"仿製大米和芝麻的故事"，該故事的內容如下：

> 一位年老的雕刻師因爲孩童般的天性，用骨頭刻出了米。
>
> 他把米拿給家人，讓他儘快把這米粒煮了。
>
> 但無論怎麼煮怎麼調味，大米都不熟。

---

[1]（德）宗德曼著，唐莉雲譯：《摩尼、印度和摩尼教》，《石河子大學學報》2015年第4期，第29-34頁。又，（德）宗德曼著，楊富學譯：《吐魯番文獻所見摩尼的印度之旅》，《敦煌學輯刊》1996年第2期，第132-136頁。

等人們再去看的時候，纔發現了其中的秘密。

因爲這大米烹煮的時間過長，纔使人們意識到這是手工而製，並由此而知雕刻師的手藝之高。

一粒久經風雨的陳芝麻，至今未發芽。

因仍没人認出它的真身，它祇是一粒由羊角精心雕琢而成的假芝麻。

雕刻者將這假芝麻送給賓客請他拿回去播種。

他是出於自己的興趣做的，並没有讓人用鋼牙咀嚼，

客人把這個小東西拿出去種下，説這粒來自沃土的芝麻一定能長得很好。

這粒芝麻與那粒被人拿去烹飪的大米出自同一片田地。

藝術家因爲藝術而飛翔，他們一個比一個優秀[1]。

這個故事篇幅短小，是作爲上下章節的過渡與連接之處出現的。阿米爾·霍斯陸筆下的年老的雕刻師用骨頭刻出的米粒讓人煮飯這一情節，與《根本説一切有部毘奈耶藥事》中的象牙米煮飯，確實有其曲同工之妙，無法不讓人將二者聯繫起來。

第三節　波斯二畫師競技故事的文本與圖像源流

除摩尼畫死狗的故事之外，波斯中古文獻中描述畫師的故事還有一種類型，可稱之爲二畫師競技，主要是有關Rūm（Rūmī）畫家與中國畫家的競技，在衆多英文論著中，Rūm有三種譯法：羅馬、希臘或拜占庭。實際上，該詞相當於中國唐宋文獻中的"拂菻"，是指拜占庭帝國或東羅馬帝

---

[1] Amīr Khusrau Dihlavī, *Khamsa*, Tehrān: Shafayegh Press, 1983, p.489. 本段譯文由賈斐老師提供，特此致謝！

國（330—1453）[1]。該類型的故事不僅出現在多部波斯名著之中，也被多位細密畫藝術家加以形象化，其文本與圖像的源流也值得細緻追溯。蘇塞克（Priscilla P.Soucek）[2]、杉田英明對此故事進行了相當細緻和深邃的分析[3]，已經奠定了非常扎實的基礎。

1. 波斯伊斯蘭教義學家安薩里筆下的二畫師競技故事

安薩里（Abū Ḥāmid bin Muhammad Ghazālī, 1058-1111）是波斯呼羅珊出生的非常權威的伊斯蘭教義學家，也是正統的蘇菲主義的集大成者，被譽爲"伊斯蘭教的奧古斯丁"。他的主要作品有《聖學復甦》（Ihyā' 'ulūm al-dīn，又譯《宗教科學的復興》）[4]、《心靈的揭示》[5]《迷途指津》（al-Munqidh min al- Dalal）和《致孩子》（Ayyuha al-Walad）等[6]。在《聖學復甦》中的"心靈奇迹之解釋"部分，安薩里記載了一個有名的故事，其大致情節是：一位國王要求分別來自中國和羅馬（rūmī）的兩組藝術家們，各在大廳的一半墻壁上繪畫，一較高下。兩組畫家由一個簾子從中分開，各憑自己的努力，互不知曉對方的繪製過程。當繪畫完成後，分離的簾子被掀開，羅馬畫家們繪製了一幅生動、絢麗奪目、五彩斑斕的肖像畫，令人驚嘆。而中國畫家們祇是簡單地擦亮了墻壁，將對方所畫的畫像鏡子一樣映射出來，其情形令人嘖嘖稱奇。國王對雙方的作爲也稱讚有加[7]。弗朗克·格

1　張緒山：《"拂菻"名稱語源研究述評》，《歷史研究》2009年第5期，第143-151頁。

2　Priscilla P.Soucek, "Niẓāmī on Painters and Painting", in: Richard Ettinghausen, ed., *Islamic Art in the Metropolitan Museum of Art*, New York: The Metropolitan Museum of Art, 1972, pp. 9-21.

3　杉田英明：《ギリシア人画家と中国人画家の腕比べ：アラブ・ペルシア文学のなかの佛教説話》，*Odysseus*（《東京大学大学院総合文化研究科地域文化研究専攻紀要》）第19號，2014年，第1-29頁。

4　(古阿拉伯)安薩里著，(沙特)薩里赫·埃哈邁德·沙米編：《聖學復甦精義》，上冊（張維真譯）、下冊（馬玉龍譯），商務印書館，2001年。

5　(古阿拉伯)安薩里著，金忠傑譯：《心靈的揭示》，商務印書館，2016年。

6　(古阿拉伯)安薩里、(古埃及)赫哲爾著，康有璽譯：《迷途指津·致孩子·箴言錄》，宗教文化出版社，2004年。

7　Imam Abu Hamed al-Ghazali, *Revival of Religion's Science*, Trans. by Mohammad Mahdi al-Sharif, Vol.3, Beirut: Dar al-Kotob al-Ilmiyah, 2011, pp.37-38.

利非（Frank Griffel）指出，"在安薩里看來，羅馬畫家們採用的是哲學家或學者們的方式，他們依賴科學知識去理解真主，以獲取他們靈魂中的'圖像'（naqsh）。而'真主之友'（即蘇菲們）是通過他們那擦亮了（無塵無染）的心靈之上顯現的真主光輝來感知真主。"[1] 很顯然，相較於獲取知識，心靈的修行要更上一層，因此中國畫家們的方式與蘇菲的精神追求更加吻合。此故事還出現在安薩里的《行爲的標準》（Mizān al-'amal）一書中[2]，大體重複，無需多言。

2. 安瓦里《詩集》中的二畫師競技故事的片段

安瓦里（Anvarī Abīvardī, 1126—1189）出生於波斯呼羅珊北部地區，是著名的詩人和學者，曾出任過塞爾柱王朝的宮廷詩人，被稱爲"伊朗頌詩大師"。他的《哲理與忠告》等大部分詩作都收錄於他的《詩集》（Dīvān）中。杉田英明已經指出，安瓦里的《詩集》（Dīvān-e Anvarī）中也讚揚中國畫師的高超技藝，涉及二畫師競技故事的片段[3]。其内容大致如下：

> 中國的畫家們在客廳作畫。
> 因爲從來沒有聽過這麼美好的故事，就好好傾聽它的内容吧。
> 一位畫師將客廳的一半打磨如鏡子一般，
> 別的畫師在（客廳的另一半）畫出摩尼一樣的畫。
> 結果，進客廳的時候，畫在半壁上的畫
> 在另一半也能通過映射看到。

---

1 Frank Griffel, "Al-Ghazālī at His Most Rationalist: *The Universal Rule for Allegorically Interpreting Revelation (al-Qānūn al-Kullī fī t-Ta'wil)*", in: Georges Tamer, ed., *Islam and Rationality: The Impact pf al-Ghazālī Papers Collected on His 900th Anniversary*, Vol.1, Leiden & Boston: Brill, 2015, pp.89-120. 此見 pp.107-108。

2 杉田英明《ギリシア人画家と中国人画家の腕比べ：アラブ・ペルシア文学のなかの佛教説話》，*Odysseus*，第19號，2014年，第23-24頁，注釋17。Frank Griffel, "Al-Ghazālī at His Most Rationalist: *The Universal Rule for Allegorically Interpreting Revelation (al-Qānūn al-Kullī fī t-Ta'wil)*", p.108, note 57.

3 杉田英明《ギリシア人画家と中国人画家の腕比べ：アラブ・ペルシア文学のなかの佛教説話》，第6-7頁。

啊，兄弟，想想你自己，就像擁有如此美且高的天井

和有著堅實基礎的客廳那樣吧。

你自己雖離不開那充滿半壁的繪畫，

如果可以，剩下的一半也要努力呀！[1]

很顯然，安瓦里的詩句中並未對該故事進行詳細的描述，但其隻言片語之中，仍然將故事的精髓表現出來，而且還提及摩尼，將其當作擁有最出色畫技的畫家。

3. 内扎米《五部詩》中的"羅馬和中國畫家的競技"

内扎米《五部詩・亞歷山大故事・光榮篇》中，在摩尼畫死狗故事之前，則有羅馬和中國畫家競技的故事。在亞歷山大大帝宴請中國大汗時，宴會廳中聚集了列國嘉賓，大家討論哪國人最聰明，從而引出二畫家競技的故事。《涅扎米詩選》中的後續詩句如下：

一個說："羅馬人絕妙的繪畫，能讓整個世界為之驚詫。"

一個說："中國繪畫更為神奇，世上無人能夠與之匹敵。"

兩種觀點，各執一方，爭論不休，互不相讓。

孰是孰非，無人能夠評定，祇好請畫家自己施展本領。

恰巧有一間橢圓形的大廳剛剛完工，好似由兩道相對的彎眉組成。

在兩道"彎眉"中間，用一塊幕布隔斷。

這邊羅馬人精心潑彩揮筆，那邊中國人使出全部絕技。

他們彼此隔絕，施展才能，始終目不別視，耳不旁聽。

當兩人的繪畫全都結束，便準備取下懸掛的帷幕。

人們紛紛向大廳聚攏，評論誰更技藝高明。

---

[1] 轉譯自杉田英明《ギリシア人画家と中国人画家の腕比べ：アラブ・ペルシア文学のなかの佛教説話》，*Odysseus*，第19號，2014年，第6頁。此譯文由徐克偉老師提供，特此致謝！

大廳的兩半完全對稱，兩位大師也好像孿生。
花的時間並不很長，就摘除了大廳中的屏障。
原來這是兩幅相同的畫，不論著色用筆都不相差。
觀看的人們驚訝不已，相互之間都竊竊私語。
"兩位大師分別作畫，怎麼畫得絲毫不差？"
國王在大廳中央就座，仔細觀看這兩幅傑作。
審視許久也不知端底，弄不清其中有何秘密。
面對著這秘密千想百思，終沒有得到合理的解釋。
若論差別祇能找到一點：兩幅畫面方向完全相反。
兩幅巨畫就像兩尊神像，贏得多少學者傾心景仰。
他們為把其中的奧秘探索，走向前去，反反復復地揣摩。
他們再次將幕布張掛，以便隔開這兩幅大畫。
一位大師顯得悒鬱不快，另一位畫師則喜笑顏開。
羅馬人的畫面依舊美麗明艷，中國人的畫面卻是一片黯淡。
中國人的圖畫霎時消失，國王驚得在那裡呆立多時。
而當把帷幕再次摘除，其畫面仍舊艷麗如初。
原來這幅畫的瑰麗妖嬈，是另外一幅畫面的反照。
當初在大廳懸起帷幕時，祇有羅馬人塗彩運筆。
中國人沒有把畫技施展，而是想方設法擦光版面。
它能把一切畫面映進，無論多麼嬌艷多麼傳神。
學者開始熱烈的品評：雙方技藝都巧奪天工。
羅馬人的繪畫飲譽國際，中國人的才智舉世無敵。[1]

---

1 張暉譯：《涅扎米詩選》，新疆人民出版社，1988年，第275-280頁。Cf. Gregory Minissale, *Images of Thought: Visuality in Islamic India 1550-1750*, Cambridge Scholar Press, 2006, pp.16-17; pp.149-151; pp. 211-212.

在內扎米的筆下，中國畫師和羅馬畫師都獲得了高度的稱讚。

4. 莫拉維《瑪斯納維》第一卷中的"羅馬人和中國人比賽繪畫技藝的故事"

莫拉維是蘇菲派長老，也是波斯文學史上最著名的詩人之一，其詩歌有非常濃郁的宗教色彩。《瑪斯納維》（*Masnavi*）"是一部講述蘇菲神秘主義玄理的博大精深的敘事詩集，一共6卷，約計25000聯詩句。……被譽為'波斯語的《古蘭經》'"[1]。《瑪斯納維》中收錄了二百七十五個故事，採用連環穿插式的敘事模式，"羅馬人和中國人比賽繪畫技藝的故事"就是由前一章詩（"聾子探望生病的鄰居"）的結尾之句"若你想要一隱秘知識的例子，就講羅馬人和中國人的故事"引出的。該故事的開端並不像內扎米《五部詩》那樣，沒有亞歷山大大帝和中國大汗宴聚以及各國嘉賓爭論的場景，而是直接由中國人和羅馬人的爭論開場，其前半部分的內容如下（第3467—3486聯句）：

> 中國人說："我們更擅長繪畫。"羅馬人說："我們更藝高偉大。"
> 蘇丹說："對此我想考一考，看看爭執中你們誰更好？"
> 中國人羅馬人爭論不休，羅馬人便沉默不再開口。
> 中國人說："請給我們一室，也給你們一間專用屋子。"
> 那是兩間門對門的廳室，中國人選一，羅馬人選一。
> 中國人向國王求顏料百種，國王打開庫房讓他們取用。
> 中國人從庫房每一清早領得所賞賜的一份顏料。
> 羅馬人說："任何顏料顏色皆於事不宜，我們祇是打磨。"
> 他們關上門打磨個不停，變得光潔單純如同蒼穹。
> 兩百種顏色一樣通向無色，顏色如雲彩，無色是明月，

---

[1] 穆宏燕：《波斯大詩人莫拉維和〈瑪斯納維〉》"譯者序"，收錄於莫拉維：《瑪斯納維全集》（一），湖南文藝出版社，2002年，第17頁。

你看見雲彩的所有光亮，皆出自星星、月亮和太陽。

當中國人從工作中解脫，興奮得不停地打鼓敲鑼。

國王駕到看見那裡的畫，能在觀看時將理智融化。

然後國王到羅馬人這邊，羅馬人拉開帷幕從中間，

那些畫圖和傑作的影像，反映在磨得光滑的牆上，

那邊所見一切這邊映得更美，眼睛被那明目般的屋子掠飛。

老爺呀，羅馬人即是蘇菲，不用複習書本且技藝不備，

但他們擦亮了自己心田，對貪婪吝嗇仇恨無所染。

無疑明亮之鏡即是心房，它匹配得上無數的圖像。[1]

其後半部分的詩句（第3486—3499聯句）主要對此事的涵義進行闡釋。莫拉維將這一故事灌注了濃郁的蘇菲思想，在他看來，羅馬畫家就是蘇菲的隱喻，他們並不需要多麼豐富的知識或者高超的技藝，他們潔淨自己的心田，使之成爲一面一塵不染的明亮的鏡子（磨光的牆就是蘇菲心靈的隱喻），没有受到貪婪、吝嗇、仇恨等惡習的污染。他們擁有對真主的純潔之愛和追求蘇菲思想的純淨之心，因此，所獲得的就是世界上最爲至美的。對於這些隱喻以及中國畫家的繪畫之意義（即形成牆上之美的基礎條件），松本耿郎等學者對此有深入的分析[2]，此不贅述。

---

[1] 莫拉維：《瑪斯納維全集》（一），穆宏燕譯，湖南文藝出版社，2002年，第349-350頁。張鴻年編選《波斯古代詩選》一書中摘譯了莫拉維（魯米）的九首詩，也有《羅馬人與中國人》的漢譯。參見張鴻年編譯：《波斯古代詩選》，人民文學出版社，1995年，第252-253頁。又，（波斯）莫拉維（魯米）著，張暉編譯：《瑪斯納維啓示錄》，寧夏人民出版社，2007年，第3-4頁。Cf. Rumi, *The Masnavi*, Book one, A new translation by Jawid Mojaddedi, Oxford: Oxford University Press, 2004, pp.212-214.

[2] 松本耿郎：《ルーミーの『靈的マスナヴィー』に見える物語に關する一考察》（A Philosophic Analysis of the Tale of the Contention between the Byzantine and Chinese Painters in Rumi's "*Mathnavi-ye Ma'navi*"），《サピエンチア：英知大學論叢》第47號，2013年，第61-73頁。Also Cf. Afzal Iqbal, *The Life and Work of Jala-ud-din Rumi*, Islamabad: Pakistan National Council of the Arts, 1991, pp.76-78. Annemarie Schimmel, *"I am Wind, You Are Fire": The Life and Work of Rumi*, Boston & London: Shambala Publications, 1992, p.111. Annemarie Schimmel, *The Triumphal Sun: A Study of the Works of Jalaloddhin Rumi,* New York: State University of New York Press, 1993, p.134.

5. 阿米爾·霍斯陸《五部詩》中的二畫師競技故事

阿米爾·霍斯陸（Amīr Khusrau Dihlavī, 1251—1325）是印度最負盛名的波斯語作家[1]，他借鑒內扎米的《五部詩》，也創作了《五部詩》（Khamsa/Khamseh），其中包括1299年前後在德里寫成的《亞歷山大寶鑒》（Âyene-ye Eskandari）[2]。內扎米的《五部詩》中，印度國王克迪（Keyd）向亞歷山大供奉了四件禮物，雙方講和後，亞歷山大又向中國進軍。在經過多次談判，以及希臘和中國畫師競技之後，中國大汗向亞歷山大臣服。而阿米爾·霍斯陸筆下的亞歷山大故事，與內扎米的描述有所不同。阿米爾·霍斯陸在有關亞歷山大大帝的發明創造和科學知識這一部分中，就包含了中國和羅馬畫師比技藝的故事，其內容如下：

> 智者們在亞歷山大面前討論著世間各種技藝。
> 有人說看看羅馬人精妙的手藝，遠超中國人。
> 而另一些人則持相反意見，他們互相爭吵。
> 國王便說可以請來兩國手藝人比試一下。
> 於是大臣遍尋羅馬和中國的領土，將最優秀的畫家帶到國王面前。
> 他們被安排在兩個不同的房間，各在一面嶄新的牆壁上作畫。
> 兩人拿著本國的作畫工具，在被遮蓋的房間內作畫。
> 同時各有大臣守在兩個房間中，看著各自的 *Arjang*
> 要想結束誰更出色的問題，祇有把它交給時間。
> 當繪畫結束之時，國王首先來到了羅馬人的房間。

1　Mohammad Wahid Mirza, *The Life and Works of Amir Khusrau*, Baptist Mission Press, 1936.

2　Angelo Michele Piemontese, "Sources and Art of Amir Khosrou's 'The Alexandrine Mirror' ", in: F.D.Lewis and S.Sharma, eds., *The Necklace of the Pleiades: Studies in Persian Literature Presented to Heshmat Moayyad on his 80th Birthday, 24 Essays on Persian Literature, Culture and Religion*, Leiden: Leiden University Press, 2010, pp.31-45.

這個房間中的畫如此不真實，仿佛是從摩尼的 $Arjang$ 中竊來的一般。

畫面顏色璀璨如春，想像豐富奇特。

國王對羅馬人大加讚賞，接著來到中國人的房間。

當人們看向牆壁時，簡直不敢相信自己的眼睛。

所有人都看到了一個如鐵的東西，牆壁整個被擦亮。

在這光亮的表面上可以映出所有觀者，就好像人的臉長在牆上一般。

不管是前移還是後退，都能看到自己的身影顯現在牆上。

與國王隨行的，都是見多識廣的人，看到這一幕也都跳了起來。

國王看到這一幕，內心也非常驚嘆。

因為過去很少見到鏡子，所以大吃一驚。

他便問道這種鐵一樣的工具是如何而來，為什麼能映出圖案。

手藝人回答是由於那些靈巧的人需要。

藝術的基礎是首先在彎曲之中尋找筆直。

中國的新娘們無論坐在哪個東西前，都可以在手上拿著這個工具。

亞歷山大聽到這個消息，對中國的手藝和手藝人都大加稱讚。

就這樣，中國的鏡子從中國傳遍了羅馬各地。

這就是事實，鏡子最初來自可汗而不是亞歷山大。[1]

後面講述臣子向亞歷山大報告海盜的事情，而沒有再引用摩尼畫死狗的故事。此故事中的比喻"仿佛是從摩尼的 $Arjang$ 中竊來的一般"，將摩尼也帶了進來，$Arjang$ 就是指摩尼傳教所用的畫冊《大二宗圖》。阿米爾·霍斯陸很可能將菲爾多西、安薩里、內扎米、莫拉維的相關描寫都有所吸收，他

---

[1] Amīr Khusrau Dihlavī, *Khamsa*, Tehrān: Shafayegh Press, 1983, pp.492-494. 本首詩的譯文由賈斐老師提供，特此致謝！

筆下最大的不同就是對中國鏡子技術的發明與推廣進行了重點的書寫，這與他將該部詩著定名爲《亞歷山大寶鑒》是一致的。

在安薩里、内扎米、莫拉維、阿米爾·霍斯陸這四位波斯語作家的上述作品中，莫拉維對人物角色的行爲書寫不同於其他三位作家。該類型故事共有兩種模式：其一，中國人畫畫與羅馬人磨墻；其二，羅馬人畫畫與中國人磨墻（或磨鏡）。前者是作者心目中持續了中國人繪畫技藝高明的傳統認知，後者則是作者凸顯了中國人在奇思妙想，尤其是發明鏡子方面的高超技藝。但無論是中國人或者羅馬人磨墻（或磨鏡），四位作家重點要闡述的還是他們心中的蘇菲思想，而繪畫技巧與心靈的潔淨相比，無疑要等而下之。

6. 波斯的二畫師競技故事與印度佛經故事的關聯

波斯作品中的"羅馬畫師和中國畫師比拼畫技"故事，也不是波斯、阿拉伯本地的産物，而與外來文化有千絲萬縷的聯繫。杉田英明在前揭文中已經梳理了該故事的淵源。一方面，該類故事中用布簾相隔、反射對方畫作的神乎其神的行爲，屬於繪畫史上的"擬態"（mimesis）故事。而"擬態"之作最早見於老普林尼的《自然史》（*Naturalis Historia*）。老普林尼認爲繪畫的布簾最能代表繪畫的幻覺性，他記載了古希臘兩位技藝精湛的畫家巴赫西斯（Parrhasius）和宙克西斯（Zeuxis）之間較勁的故事：宙克西斯將葡萄畫得惟妙惟肖，以至於引得天上的飛鳥來啄食，而巴赫西斯畫了一幅窗簾，竟然讓宙克西斯也誤以爲真[1]。宙克西斯"誤導"了小鳥，自己卻又被別人的"窗簾"所欺騙。這個布簾的故事在後世歐洲藝術史上引發了不少哲學上的闡釋，並影響了維米爾、倫勃朗、馬格利特和布萊希特等不同領域的藝術家。

---

[1] 俞雨森兄在2017年1月2日給筆者的郵件中也指出了這一點，特此感謝！參見：H.Rackham, ed., *Pliny: Natural History*, Vol.IX, Libri 33-35, (Loeb Classical Library No.394), Cambridge, Massachusetts: Harvard University Press, reprint 1961, pp.309-311。

另一方面，類似古希臘二畫師競技的故事還與印度佛經故事有密切關聯，錢鍾書在《管錐篇》中早已指出，"又可與釋典如《根本說一切有部毘奈耶藥事》卷一六中記中天竺國兩畫師事相比。"[1]該佛教故事內容如下：

> 復次苾芻，汝等諦聽！乃往古昔，別於一方聚落之中有二畫師，共鬪技能，皆稱我好、明解工巧。俱詣王所，白言云："我明圖畫。"第二亦云："我能圖畫。"時王即令壁上各畫一面："畫已能知，我不信說。"其一畫師，時經六月乃畫一面。其第二者，但唯摩飾壁面。其畫了者，即白王言："我畫牆了。"王共群臣來觀畫彩。告曰："大端正。"
>
> 第二畫師白王："看我畫作，由前壁畫光影現斯，以薄衣覆。"王見此事，甚大怪之，云："更勝彼。"其人禮王足已，白言："此非我畫，由彼壁畫於此影現。大王！爲復畫者端妙？爲復此處端正？"王言："如汝作者，甚爲端正。"佛告諸苾芻："汝意云何？爾時六月磨作畫師者，即舍利弗是。時經六月畫師者，即大目連是也。於彼時中由其工巧而能得勝，今復神通而還獲勝。"[2]

此故事中，花費六月功夫而作畫的第一畫師（大目連），比起摩飾壁面、影現前畫的第二畫師（舍利弗）還是有所不如，這與上述波斯諸作家的觀念頗爲一致，但其背後的宗教涵義不同。值得注意的是，《根本說一切有部毘奈耶藥事》同卷中有關於舍利弗與目連神通競技的系列中，另一則頗有名的是木師和畫師的故事。佛經中的印度"木師與畫師"類型的故事共有三種，分別爲比丘道略集《雜譬喻經》之八"木師畫師喻"（該譬喻故事即

---

1 錢鍾書：《管錐篇》第二册，第八六條，中華書局，1979年，第713頁。
2 《大正新修大藏經》第二十四册，第77頁上欄至下欄。

《經律異相》卷四十四所引錄的"木巧師與畫師相誑")[1]、竺法護譯《生經》卷三《國王五人經》[2]、吐火羅語本《福力太子因緣經》[3]。有關畫師的三個故事（畫師畫死狗、木師和畫師相誑、二畫師共鬥技能）還出現在西藏佛教文獻中[4]。在中國民間故事中，也有木匠和畫家相爭的故事，在金榮華的《民間故事類型索引》中，列爲第1864型"木匠和畫家"[5]。比如，四川所流傳的藏族故事"畫匠和木匠"等[6]。這類型的故事基本上未超出"兩人智慧相爭"與"一報還一報"這樣的敘事框架。

此外，漢譯佛經中的其他畫師故事還見於：比丘道略集、姚秦三藏法師鳩摩羅什譯《衆經撰雜譬喻》卷下（四一）；元魏西域三藏吉迦夜共曇曜譯《雜寶藏經》卷四（四二）"乾陀衛國畫師屓那設食獲報緣"；馬鳴菩薩造、鳩摩羅什譯《大莊嚴論經》卷四"弗羯羅衛國畫師羯那因緣"；龍樹菩薩造、鳩摩羅什譯《大智度論》卷十一〈序品〉（即《經律異相》卷四十四所收錄的"千那傭畫得金設會爲婦所訟"）。這些畫師的故事爲我們瞭解古代印度的畫師生活提供了一些信息。

7. 二畫師競技故事的圖像流傳

除前述Or.12208+W.613之外，內扎米《五部詩》插圖本還有多種，由

---

[1] 《大正新修大藏經》第四冊，第523頁下欄至第524頁上欄；《大正新修大藏經》第五十三冊，第229頁上欄。

[2] 《大正新修大藏經》第三冊，第87頁上欄至第88頁下欄。

[3] Hiän-lin Dschi, "Parallelversionen zur tocharischen Rezension des Punyavanta Jātaka", *ZDMG*, Vol.97, No.3/4, 1943, pp.284-324. G.S.Lane, "The Tocharian *Puṇyavantajātaka*, Text and Translation", *JAOS*, Vol.67, 1947, pp.33-53. Tatsushi Tamai, "Tocharian *Puṇyavantajātaka*", *ARIRIAB*, Vol. XV, 2012, pp.161-188. 又，季羨林先生1947年9月在天津《大公報》上發表了《木師與畫師的故事》一文。季羨林：《新疆與比較文學的研究》，《新疆社會科學》1981年第1期，第37-41頁。

[4] F. Anton von Schiefner, tr., *Tibetan Tales: Derived from Indian Sources*, translated from the Tibetan of the Kah-Gyur; translated from German into English by W.R.S.Ralston, London: Kegan Raul, Trench, Trübner & Co. Ltd., 1906, pp.360-363.

[5] 金榮華：《民間故事類型索引》（中冊），中國口傳文學學會，2007年，第626-627頁。

[6] 中國民間文學集成全國編輯委員會、中國民間文學集成四川卷編輯委員會：《中國民間故事集成》（四川卷）下冊，中國ISBN中心，1998年，第1058-1059頁。

於畫家的選擇（或許還有贊助人的意願）不同，並不是每一插圖本中都有二畫師競技這一故事的圖像。杉田英明在前揭文中還對波斯流傳的二畫師競技故事的圖像進行討論，他論及了内扎米《五部詩》插圖本中的三幅插圖（即下文的圖九、圖十、圖十一）。在此基礎上，筆者又找到了内扎米《五部詩》插圖本中的另外三幅插圖（即圖十二、十三、十四）[1]，簡要論述如下：

（1）愛爾蘭都柏林切斯特·貝蒂圖書館（The Trustees of the Chester Beatty Library）所藏内扎米《五部詩》插圖本，編號爲MS Pers.124，其中的《亞歷山大故事》（*Eskandar-name*）波斯語寫本的插圖繪製年代爲1435年。該插圖本中的folio 242b就有羅馬畫師和中國畫師比拼畫技的故事圖像（見圖九）。圖九是夾雜在文字中間的一小塊插圖，圖中有五位人物，由柱子分爲兩邊。左邊有一人站立，右邊有兩人站立，他們的手勢似乎在指指點點，正在評論對方。這三人的體形較大，而畫面右下方的兩個人物，則體形明顯偏小，其中左側的一位右手持畫筆，正在作畫；而右側的一位手持磨石，正在擦亮墻壁。右邊站立者的背後畫滿了裝飾，其中有插著火焰狀植物的長頸瓶子等，整體上呈現明顯的左右對稱格局。

圖九　二畫師競技圖（1）

1　Peter J. Chelkowski在《看不見的世界之鏡子》一書的附錄中，整理了内扎米《五部詩》插圖本的圖像信息，也有涉及二畫師競技故事的插圖，尚待進一步追溯。Cf.Peter J. Chelkowski, *Mirror of the Invisible World: Tales from the Khamseh of Nizami*, New York: The Metropolitan Museum of Art, 1975, pp.116-117.

第七章　波斯"摩尼畫死狗"故事的文圖源流探析　233

（2）美國紐約大都會博物館（The Metropolitan Museum of Art）所藏内扎米《五部詩》中的《亞歷山大故事》插圖本，其編號爲Accession Number 13.228.3。該插圖本是1449/1450年在波斯的設拉子繪製的，使用的材質爲牛皮紙和皮革。該插圖本是亞歷山大·柯克倫（Alexander Smith Cochran）在1913年獻給該博物館的。在該插圖本中，folio 322a也是一幅二畫師競技的圖像（見圖十）[1]。圖十也採用夾在上下文字中間的構圖，其原畫面尺寸爲10 x 6 cm，整個頁面的尺寸爲25.4 x 15.9cm。圖中有兩幅布簾，其一爲淡紅色帶黃點的，另一爲藍邊黑色帶黃點，兩幅布簾均已半卷。該圖呈現的是國王觀看二畫師完成畫作之後的情形。

圖十　二畫師競技圖（2）

1　圖像出處：http://www.metmuseum.org/collection/the-collection-online/search/446541 [訪問日期：2017-01-02]

234　絲路梵華

圖十一　二畫師競技圖（3）

（3）土耳其托普卡帕宮圖書館收藏的内扎米《五部詩》插圖本（編號Hazine 753）。該插圖本大約繪製於1460年，繪製的地點是在巴格達或者設拉子。其中二畫師競技故事的插圖所在頁碼爲fol.304a（見圖十一）[1]。從頁碼來看，摩尼畫死狗故事的插圖（前文圖六）正好在圖十一之後。此圖大體上分爲上下兩個部分，上部分表示大廳的墙壁，中間用幾塊不同顏色的布簾隔開，布簾的左右兩邊是完全對稱的畫面，描繪了一對年輕男女（戀人）在花園的樹下，沐浴在鳥語花香之中。這一"畫中畫"的場景實際上與《五部詩》的《蕾莉與馬傑農》插圖本中，對蕾莉與馬傑農二人的戀情的描繪很相似。在圖十一的下方，居中的國王頭戴王冠，内穿紅色長袍，外罩藍色短袖長袍，坐在小凳子上，面向左側，端詳著墙壁的畫面。他的手勢特別有趣，反映了他内心的驚奇。此圖左下方站立兩人，右下方站立一人，服裝不同，但均揚起臉，抬頭向上，手交叉胸前，並未指向國王或墙壁，表明這些畫師在靜候國王的評價。這些畫師手中沒有畫筆或磨石，因此，也不太容易判定其是來自中國還是羅馬。

（4）美國巴爾的摩市沃特斯藝術博物館收藏的内扎米《五部詩》插圖本，編號爲MS W.604。此插圖本是波斯帖木兒帝國時期的藝術作品，繪製於1481年。該插圖本大體上每頁分爲四行，用雙豎綫隔開，抄寫詩句文字。

1　此圖出處：Ersu Pekin, *Sultanların aynaları*, Istanbul, Ankara: T.C. Kültür Bakanlığı, Anıtlar ve Müzeler Genel Mü, 1998, p.18, Fig 5. 另見 Zeren Tanindi, "Additions to Illustrated Manuscripts in Ottoman Workshops", *Muqarnas*, Vol.17, 2000, pp.147-161. 此見 p.157, Fig.13.

第七章 波斯"摩尼畫死狗"故事的文圖源流探析 235

一般的詩句用黑色的納斯塔克體（nasta 'līq）字體抄寫，而章節的名稱用紅色標出。該插圖本共有六十幅細密畫插圖，其中的fol.261a也是一幅二畫師競技的圖像（見圖十二）[1]。這幅畫是最爲簡潔的，描繪的是二位畫師以長跪的姿勢正在工作的情形，因此，沒有國王等前來查驗的觀衆。此圖中，一條綠色的布簾掛在大廳的中間，右邊頭戴白色包頭、身穿淺藍色長袍的羅馬畫家右手持畫筆，正在牆壁上作畫，牆壁上已經畫出了一部分綿延的藍色的花兒。左邊頭戴白色包頭、身穿紅色長

圖十二 二畫師競技圖（4）

袍、中間圍著一條黑色腰帶的中國畫家雙手持天藍色的磨石，正在擦亮牆壁，其中有一部分牆面已經呈現白色，表明其初步具有了反射能力。從畫面人物的穿著、面相與神態來看，觀衆並不容易判定哪一位是中國畫家、哪一位是羅馬畫家，因爲二者與一般細密畫中所描述的波斯人並無明顯的區別。祇能根據内扎米的《亞歷山大故事》的文字文本，我們纔能將中國畫家和羅馬畫家分辨出來。這也是圖文在敘事方面的差異之表現。

（5）土耳其托普卡帕宫圖書館收藏的内扎米《五部詩》插圖本，編號爲MS H.778（即Hazine 778）。該插圖本繪製於1513年，繪製的地點是在波斯的設拉子，屬於波斯薩法維帝國時代的細密畫藝術風格。其中二畫師競技故事的插圖所在頁碼爲fol.324a（見圖十三）[2]。圖十三用豎綫將畫面分爲三個部分，共有六個人物，均爲程式化的蛋形臉龐。左邊的兩位中國畫家正雙

---

1 http://www.thewalters.org 網站提供的 *Khamsah-i Nizami* 插圖本的電子版，即 MS W.604, fol.261a。
2 此圖出處：Ersu Pekin, *Sultanların aynaları*, Istanbul, 1998, p.19, Fig 6. 該細部圖另見於：https://www.pinterest.com/pin/103864335135229028/[訪問日期：2017-01-03]

手執持磨石,用力地擦亮墙壁。右邊的兩位羅馬畫家正在作畫,墙上佈滿了纏繞的藍色花蔓,顯得非常漂亮。中間的紫色簾子已經半捲起來,頭戴王冠的國王繫著"雲肩"式樣的金色披肩,穿一身藍色的長袍,纏著金腰帶,盤坐在紅色的地毯上,右手食指頂著下嘴唇,表示驚訝的樣子。他背後的一位侍臣穿著黃色的袍子,也在一起觀看左側的中國畫師的行爲。很顯然,此圖表述的是不同時間發生的事情,即採用了"同圖異時異事"的表現方式。

圖十三　二畫師競技圖(5)

（6）土耳其托普卡帕宮圖書館收藏的另一部内扎米《五部詩》插圖本,編號爲MS H.788（即Hazine 788）。有關該插圖本的繪製時代和地點等信息暫不清楚。其中二畫師競技故事的插圖所在頁碼爲fol.319r（見圖十四）[1]。從圖十四的繪畫風格初步推測,該插圖本也是出自波斯細密畫家之手。該圖分爲上下兩個部分,上半部分又呈現明顯的對稱結構,畫面顯得華麗,其中描繪了龍頭、魚頭、獸頭和天使頭以及

圖十四　二畫師競技圖(6)

1　此圖出處：Ersu Pekin, *Sultanların aynaları*, Istanbul, 1998, p.20, Fig 7.

纏繞的花蔓等意象。這種對稱結構與詩句中描述的"繪畫"及其"映射"的情節是相吻合的。下半部分有中國畫家、羅馬畫家和國王三位人物。國王居中，頭戴王冠，內穿紅色長袍，外罩金色披風。國王面側向左，表示他凝視的是中國畫家擦亮牆壁而獲得的畫面，因此，畫面左下方穿紅色袍子的是中國畫家，畫面右下方那位鬍鬚更濃密的、穿金黃色袍子的是羅馬畫家。兩位畫家均有一隻手指向國王，表明正在向國王講述自己的作品。因此，該圖描述的是兩位畫家完工之後國王來查看評判的情形。

綜合以上圖像來看，這六幅插圖的不同點有：其一，所描述的文字文本中的情節不同。有四幅（即圖九、圖十、圖十一、圖十四）是描述兩位畫家完工之後國王來查看評判的情形，有一幅（即圖十二）是描述兩位畫家正在創作時的情形，還有一幅（即圖十三）是將畫家的創作過程與國王的評判兩個情節集中在一個畫面之中。其二，所描述的羅馬畫師筆下所繪製的圖像不同。其中，有三幅（圖九、圖十二、圖十三）中，沒有人物，僅僅是簡要的圖案或者風景。有兩幅（即圖十、圖十一）比較複雜，相當於一幅完整的"畫中畫"。而圖十四則居於簡要與複雜之間。詩句中並沒有對羅馬畫家所繪製的具體內容有所交代，因此，畫家們在這一點上沒有文字文本的限制，就能夠各顯神通，任意選擇自己所要描繪的內容。其三，對布簾的處理不同。有四幅（圖十、圖十一、圖十二、圖十三）使用了一塊或兩塊布簾，圖九中的布簾不明顯，而圖十四中則根本沒有畫出布簾。因為布簾是詩句中比較重要的意象，對布簾的不同處理反映了畫家對文本中的諸多元素的選擇存在差異。這也導致圖十四中的文圖關係與其它五幅圖的文圖關係也不相同。六幅插圖的相同點有：其一，基本上是出自波斯細密畫家之手，大多繪製於十五世紀或十六世紀。其二，畫面多採用左右對稱結構，尤其是畫中畫的部分。其三，有四幅圖（即圖十、圖十一、圖十二、圖十四）中的國王均側向左，右手食指頂著下嘴唇，表示極度驚訝的情形。從圖像的對稱佈局、國王的手勢等細節來看，有關該故事的圖像很可能也在傳播之中，後世的畫家有機會看到或者聽到前輩畫家對該故事的描繪，因此畫面中的獨特細節就被繼承下來代代相傳。

從圖文關係的角度來考察，一方面，諸位插圖畫家基本上根據文本的描繪而採用左右對稱的結構，也凸顯了磨墻與繪畫之間的對比，同時還體現了國王對雙方的觀察及其評判，並對文本中的重要意象（布簾）進行了細節化的描繪。這就是"圖文一致"的地方。另一方面，諸位插圖畫家并沒有局限在文本之中，對文本並未描述的地方（比如所畫的內容）進行藝術的想象和發揮。這種發揮就是對文本的超越。

此外，1588年，在印度拉合爾爲莫卧爾帝國阿克巴大帝繪製的安瓦里《詩集》的插圖本，現存哈佛大學佛格藝術館（Fogg Art Museum），是典型的莫卧兒細密畫作品[1]。但該書中未發現有二畫師競技故事的插圖。不過，既然莫拉維《瑪斯納維》和阿米爾·霍斯陸《五部詩》中有二畫師競技故事，而這些著作均有不少插圖本[2]，那麼，這些插圖本中或許也會有描繪二畫家競技故事的圖像，有待我們進一步查訪。

第四節　餘論：伊斯蘭學者眼中的中國藝術

中古時期的波斯學者追求多門學問，對詩詞歌賦、琴棋書畫多有涉獵，

---

[1] Cf. Annemarie Schimmel & Stuart Cary Welch, *Anvari's Divan: A Pocket Book for Akbar*, New York: The Metropolitan Museum of Art, 1983.

[2] 有關阿米爾·霍斯陸《五部詩》插圖本的研究，參見 John Seyller, "Pearls of the Parrot of India: The Walters Art Museum 'Khamsa' of Amīr Kusraw of Delhi", *The Journal of the Walters Art Museum*, vol.58, 2000, pp.5-176. Barbara Brend, "Akbar's 'Khamsah' of Amīr Khusrau Dihlavī: A Reconstruction of the Cycle of Illustration", *Artibus Asiae*, Vol. 49, No. 3/4,1988 - 1989, pp. 281-315.Barbara Brend, *Perspectives on Persian painting: Illustrations to Amīr Khusrau's Khamsah*, London & New York: Routledge Curzon, 2003. 賈斐：《阿米爾·霍斯陸的〈五部詩〉及其藝術價值》，穆宏燕主編：《東方學刊》（2014），河南大學出版社，2014年，第208-219頁。賈斐：《插圖本阿米爾·霍斯陸〈五部詩〉中的圖文關係淺析》，《東方文學研究集刊》第8輯，社會科學文獻出版社，2016年，第116-127頁。

在著作中常常談論繪畫，或者以繪畫爲題，來闡發一些宗教思想。波斯哲理詩人歐瑪爾·海亞姆（1048—1122）在《魯拜集》中有多處詠及繪畫，比如：

> 8：我生就一頭美髮和美好的面龐，
> 軀體如同松柏，面龐如同鬱金香。
> 令人不解的是那畫家何故
> 在造化的花壇上把我描繪成這般模樣？

> 13：如若我自己描繪命運的畫布，
> 我便稱心如意地繪一張畫圖。
> 把世上的憂愁一掃而光，
> 向雲天高處揚起我的頭顱。

> 355：你曾問我這幅畫的真相，
> 我若告訴你便說來話長。
> 這是一片來自海底的圖形，
> 最終還要在深深的海底收藏。[1]

在第8首詩中，海亞姆將畫家喻指造物主（真主），與將陶工師比喻成造物主是一樣的。第13首詩中，則把畫布比喻爲命運，人生繪製的精美圖畫就是對命運的改造與抗拒，倡導要追求人生的快樂。第355首中所指的"這幅畫"無疑代表著不可言說的神秘。波斯詩人薩迪（約1200—1290）著有詩集《果園》（1257）和《薔薇園》（1258）。薩迪對中國的繪畫評價很高，他甚至在《寫作〈薔薇園〉的緣起》中指出，"此書若能得到王上開恩欣賞，/

1（波斯）海亞姆著，張鴻年譯：《魯拜集》，湖南文藝出版社，2001年，分見第2-3、3-4、72頁。

它便可比摩尼畫卷和中國畫廊。"[1]在他看來，內含奇聞軼事、寓言傳聞等詩句的《薔薇園》就好比一幅繪畫，"世上萬物都不會長留久駐，/流傳下來的肯定是我這幅圖畫"。[2]薩迪認爲優秀的詩作可以與摩尼筆下的畫卷、中國畫廊上的精心之作相媲美。薩迪的詩歌在中國早已流傳，伊本·白圖泰（1304—1378）遊覽杭州時，就已聽到人們吟唱薩迪的詩句[3]。

菲爾多西《列王紀》中爲何稱摩尼來自中國，"精於繪畫，有高深造詣"？該問題涉及世界藝術史上的一個大題目，即古代中國與波斯的藝術關係與互動。一方面，早期中國與波斯的交往中，使團也常帶去一些藝術作品。據馬蘇第《黃金草原》第一卷第二十四章記載，在薩珊國王阿努希爾旺統治時期（531—579），"秦"國王贈送給阿努希爾旺一匹由各種寶石珍珠鑲嵌製作的馬和一幅金碧輝煌的絲畫。畫的是"秦"國王盛裝端坐在宮殿上，侍從手持儀仗站在國王側下方。整幅畫是用純金綫織在青金石藍的絲綢上的[4]。至少從唐代起，就有中國的畫師（或畫匠）直接赴波斯和大食國。杜環《經行記》中記載了在伊拉克南部古城庫法的見聞，"綾絹機杼、金銀匠、畫匠。漢匠起作畫者，京兆人樊淑、劉泚；織絡者，河東人樂環、呂禮"。[5]這兩位畫匠有可能是天寶十一年（752）怛邏斯（Talas）戰役中被大

---

1 （波斯）薩迪著，張鴻年譯：《薔薇園》，湖南文藝出版社，2000年，第10頁。另見（波斯）薩迪著，水建馥譯：《薔薇園》，人民文學出版社，1980年，第11頁。

2 （波斯）薩迪著，張鴻年譯：《薔薇園》，湖南文藝出版社，2000年，第13頁。（波斯）薩迪著，水建馥譯：《薔薇園》，人民文學出版社，1980年，第14頁。

3 （摩洛哥）伊本·白圖泰：《異境奇觀——伊本·白圖泰遊記》（全譯本），李光斌翻譯，馬賢審校，海洋出版社，2008年，第550頁，注釋5。

4 Mas'ūdī, *Murūj al-Zahab*, Tehran: Intishārāt-i-'Ilmī -v- Farhangī, 1390, Jild 1, p.260. 另見（古阿拉伯）馬蘇第著，耿昇譯：《黃金草原》（上），青海人民出版社，人民出版社，2013年，第311—312頁。又，《東域紀程錄叢》中的記載略有不同："在卡瓦德傑出的兒子努細爾旺執政時，中國皇帝派遣的一個使團來到波斯宮廷，帶來豪華的禮品。其中提到一件以珍珠製成的豹子，以紅寶石爲眼珠；一件極爲華麗的深藍色的錦袍，袍上以金絲繡成努細爾旺爲群臣簇擁的肖像；錦袍以金盒子裝盛，還有一幅女人畫像，畫上女人的臉龐被她的長髮遮掩着，透過長髮，她的美麗熠熠生輝，如同黑暗中透出光芒。"參見（英）H. 裕爾撰，（法）H. 考迪埃修訂，張緒山譯：《東域紀程錄叢》，雲南人民出版社，2002年，第77頁。

5 杜環原著，張一純箋注：《經行記箋注》，中華書局，2000年，第55頁。

食軍隊俘虜的唐朝軍士，流落異域，傳授畫技。十一世紀中期，伽色尼王朝迦爾迪齊（Ibn Maḥmūd Gardīzī）所著《紀聞花絮》（Zainu 'l-axbār, / Zayn al-akhbār）第十七章中，描寫了與亞歷山大的傳說有關的中亞巴爾渾城的起源，提到波斯貴胄們"派人到中國，帶回一些工匠，如泥瓦匠、木匠、畫匠，命他們在那裡仿照波斯城市修建城鎮，取名爲巴爾渾（Barsxān），意爲'波斯王子城（Amīr Pārs）。'"[1]此事雖然也有濃烈的傳說色彩，但在中古時期中國的畫匠進入波斯之域也不是無中生有之事。

中國繪畫藝術的西傳是一件客觀存在的事實。菲爾多西的描述與波斯作家對中國繪畫藝術的集體想象有關。"因爲中國人在波斯自古就以擅長丹青、畫藝高超著稱。波斯許多著名詩人都曾在自己的作品中讚揚中國人高超的繪畫技巧，如安瓦里、內扎米、阿塔爾（Farid ud-Din Attar，1145—1221）、莫拉維等人都寫過有關中國畫師的故事。在古代波斯人看來，'中國人'仿佛就是'畫家'的代名詞，高明的畫家都是來自中國，或曾師從于中國人。菲爾多西稱摩尼爲中國人，正是基於這一傳統。《列王紀》雖然不是這一傳說的濫觴，卻是現存最早一部記錄了這一傳說的波斯文學作品。"[2]蘇菲派詩人阿塔爾的詩歌《鳥兒大會》（或譯《百鳥朝鳳》）中提及神鳥斯穆格（Simurgh，鳳凰）將一片奇妙的羽毛掉落在中國的中原地區，"人們描繪出這片羽毛；看到的人都被感動。/ 如今這片羽毛放進了中國的藝術大堂；因此有了這樣的話：'追求知識，甚至到中國那樣遙遠的地方。'"[3]在阿塔爾看來，人們對神鳥羽毛的描繪，就是中國繪畫藝術的一

---

1 （匈牙利）馬爾丁奈茲著，楊富學、凱旋譯：《迦爾迪齊論突厥》，收入楊富學編著：《回鶻文譯文集新編》，甘肅教育出版社，2015年，第256頁。

2 史江華、王一丹：《伊朗民間文學》，收入張玉安、陳崗龍等著：《東方民間文學概論》第二卷，崑崙出版社，2006年，第84-85頁。

3 （美）梅維恒著，張立青譯：《歐亞鳥類對話作品的比較》，原載劉進寶、（日）高田時雄主編：《轉型期的敦煌學》，上海古籍出版社，2007年。此據（美）梅維恒著，徐文堪編：《梅維恒內陸歐亞研究文選》，蘭州大學出版社，2014年，第157-176頁。此譯詞見第157頁。

個縮影。蒙元時代，隨著蒙古大軍西征，中國繪畫藝術給波斯、阿拉伯地區帶去了持續的影響，除了水墨畫、黑筆等繪畫技巧、風景畫（山水畫）的藝術風格之外[1]，中國宮廷畫院體制也被波斯人所借鑒，對伊斯蘭細密畫藝術的成熟以及波斯畫家集體生態的改變也不無影響，這種影響也逐漸流傳到印度莫卧兒帝國和奧斯曼土耳其帝國[2]。被譽爲"設拉子的夜鶯"的波斯抒情詩人哈菲兹（Hafez, 1327—1390）的《詩集》（*Divan-e-Hafez*）是中世紀波斯文學的四大柱石之一，其中也有對中國畫的讚譽。其中第一七六首詩指出：

> 不管你是何人，
> 如不理解我激發幻想的詩韻，
> 他的畫我絕不看在眼——
> 哪怕是中國肖像畫家的作品。[3]

另一方面，波斯、阿拉伯地區的商人、畫家等在中國旅行時，常常受中國繪畫、雕塑等精美壯麗的藝術作品的震撼，在所留下的行記中，對此多有著墨，從而強化了波斯、阿拉伯地區的讀者們對中國繪畫的美好印記。即便是那些沒有親身遊歷過中國的波斯、阿拉伯學者，他們在有關中國的著作中，也會或多或少提到中國的繪畫。成書於九至十世紀初的《中國印度見聞錄》卷二指出："在真主創造的人類中，中國人在繪畫、工藝以及其他一切手工方面都是最嫺熟的，沒有任何民族能在這些領域內超過他們。中國人

---

1 俞玉森：《波斯和中國——帖木兒及其後》，商務印書館，2016年。
2 穆宏燕：《中國宮廷畫院體制對伊斯蘭細密畫藝術發展的影響》，《回族研究》2015年第1期，第59—65頁。
3（波斯）哈菲兹著，邢秉順譯：《哈菲兹抒情詩全集》（上册），湖南文藝出版社，2001年，第323頁。

用他們的手創造出別人認爲不可能做出的作品。"[1]該書甚至記載了一件繪畫方面的軼事，即一位駝背男子指出在官衙門前展示的一幅十分逼真的絹畫上的錯誤[2]。十一二世紀波斯大學者沙拉夫·阿拉-茲瑪·塔黑爾·馬衛集（Shiraf Alzamān Tāhir Marvazī）的著作《動物之自然屬性》（Ṭabāyi'al-Haivān）中，描述中國的城市，"30.他們的房屋都很大，用畫幕和雕塑進行裝飾"。"39.他們以衣著整潔、房舍精美、器具繁多爲榮，他們的房屋高大，會場裝飾著雕塑和畫幕。"[3]伊本·白圖泰是摩洛哥的大旅行家，1342年受印度德里蘇丹之命出使和遊歷中國。其代表作《異境奇觀——伊本·白圖泰遊記》中對中國人的精湛技藝讚譽有加，"中國人在繪畫方面的造詣則是無與倫比的。無論是羅姆國（即Rum——引者注）人，還是其他人，都望塵莫及。中國人具有高超的繪畫才能。我親眼看見過他們的技藝，那簡直是奇蹟。無論我走過哪一個城市，待我下次再到該城時，便會見到我和我的同伴們的畫像不是被刻在牆上，就是被畫在紙上，懸掛在他們的街市上了。一次，我和夥伴們身著伊拉克式服裝進入皇城，路過畫市，去皇宮。傍晚，當我們離開皇宮返回住地，重經畫市時，輒見我們一伙已入畫中，並被懸於壁間。我們大家都爭著觀看彼此的畫像，果然是絲毫不差"[4]。1419年2月，波斯帖木兒王朝沙哈魯派遣使團出使北京（汗八里），謁見明朝永樂帝。1423年8月返回。隨行的畫師火者·蓋耶速丁·納加昔撰寫了一部使

---

1 穆根來、汶江、黃倬漢譯：《中國印度見聞錄》，中華書局，1983年，第101頁。馬蘇第《黃金草原》第1卷第15章"中國中原和突厥人的國王"有同樣的記載："在上帝所造物中，該帝國的居民是在繪畫和所有藝術中手最靈巧者。任何一個其他民族在任何活計方面都無法超過他們。"（（古阿拉伯）馬蘇第著，耿昇譯：《黃金草原》上，青海人民出版社、人民出版社，2013年，第175頁）

2 穆根來、汶江、黃倬漢譯：《中國印度見聞錄》，中華書局，1983年，第102頁。另見（古阿拉伯）馬蘇第著，耿昇譯：《黃金草原》青海人民出版，人民出版社，2013年，第175-176頁。

3 （伊朗）烏蘇吉著，王誠譯，邱軼皓審校：《〈動物之自然屬性〉對"中國"的記載——據新發現的抄本》，《西域研究》2016年第1期，第97-110頁。

4 （摩洛哥）伊本·白圖泰：《異境奇觀——伊本·白圖泰遊記》（全譯本），李光斌翻譯，馬賢審校，海洋出版社，2008年，第540-541頁。又，馬金鵬譯：《伊本·白圖泰遊記》，寧夏人民出版社，1985年，第543頁。

團行記,可惜全本未完整留存,但遺留的《沙哈魯遣使中國記》片段中有關中國的見聞內容相當豐富,其中多處涉及蓋耶速丁對中國藝術的關注。甘州城內的一座佛寺,"在別的牆上繪有使世上所有畫工都驚嘆不止的圖畫。"甘州的另一座稱作天球的建築物,"世上所有的木工、鐵匠和畫師都會樂於去參觀它,由此爲他們的行業學點東西"。真定府的大佛寺内,"其餘牆上繪的壁畫,那怕名畫師看見都要驚嘆"。在皇宮內的見聞,"論石工、木工、裝飾、繪畫和瓦工的手藝,所有這些地方(即波斯)沒有人能與他們(即中國人)相比"[1]。又,《拉姆希奥所記哈吉·馬哈邁德關於契丹談話摘錄(約1500年)》中記載,"(甘州)城中畫工衆多,有一街道中居民全是畫工"[2]。阿里·阿克巴爾在1516年寫成的《中國紀行》,是一部有關中國知識的小型百科全書,甚至被稱作"迄今所知的唯一一部關於中國的波斯文古籍",內容豐富,大體翔實可信。該書第二十一章"中國畫院"記載:"在中國各地,每個城市或街道都有一個大的畫院,陳列著奇特的畫幅和作品。各小城鎮也有適合自己特點的繪畫展覽館。中國的畫室缺點就是其中總有幾張三頭六臂、多頭多面的畫,不然該是很愉快、有趣和怡人的地方。"[3]可見作者身爲穆斯林,雖對中國佛教繪畫不太認可,但對畫院還是很讚同的。布哈拉商人賽義德·阿里-阿克伯·契達伊在中國遊歷數年,他1516年完成波斯語著作《中國誌》,該書第二十章描述中國有無處不在的漂亮的寶塔,"其中裝飾有奇特的雕刻和神奇的繪畫"[4]。這些行記中多處描

---

[1] 何高濟譯:《沙哈魯遣使中國記》,中華書局,1981年,分見第114、115、116、126頁。有關《沙哈魯遣使中國記》的翻譯與注釋,還可參看(法)阿里·瑪扎海里著,耿昇譯:《絲綢之路:中國—波斯文化交流史》,中華書局,1993年,第33—108頁。

[2] (英)H.裕爾撰,(法)H.考迪埃修訂,張緒山譯:《東域紀程錄叢》,雲南人民出版社,2002年,第263頁。

[3] (波斯)阿里·阿克巴爾著,張至善、張鐵偉、岳家明譯:《中國紀行》,華文出版社,2016年,第105頁。

[4] (法)阿里·瑪扎海里著,耿昇譯:《絲綢之路:中國—波斯文化交流史》,中華書局,1993年,第352頁。

述中國畫院、畫市、畫師及多種類型的藝術作品，基本上都是以一種友好而崇敬的筆調來書寫。他們的見聞無疑在伊斯蘭世界的讀者心中激起漣漪，然後讀者們再在自己的作品中或以其他的方式表達出來。這些描述就是波斯著作中類似摩尼是來自中國的大畫家、二畫師競技之類的故事之所以得以形成的強大背景。

波斯經典中出現的"摩尼畫死狗""羅馬畫家與中國畫家競技"兩個故事，均不是波斯本地文化的產物，實際上源自印度故事，漢譯律典《根本説一切有部毘奈耶藥事》卷十六保存了其中的一個版本。波斯對畫師故事的改寫（變形書寫），將具有佛教意味的故事改造成適應蘇菲思想的傳説，而且同一故事在波斯出現不同的傳本，這樣的處理表明波斯對印度宗教文化的吸收存在"本土化"的現象。佛經中的二畫家競技故事並没有標明主角的身份或名稱，祇是極爲模糊的"其一畫師"和"第二畫師"，而波斯作家卻基本上是將該類故事的主角身份定位爲羅馬（Rūm）畫家與中國畫家。之所以將其定位爲羅馬畫家與中國畫家之爭，是因爲在古代波斯還有一個觀念，即羅馬與中國的工藝高下之爭。馬衛集在《動物之自然屬性》中就指出，"中國人精於手工藝，其他人都比不上他們，羅馬人也在做這一行業，但是比不上中國人，中國人説所有人在工藝上都像瞎子一樣，除了羅馬人能用一隻眼睛看待工藝，即他們對工藝祇是一知半解"[1]。此處所説的兩隻眼（指中國人）、一隻眼（指羅馬人）和瞎子（指其他人），是從薩珊波斯就開始流傳的一句諺語，"希臘人祇有一隻眼睛，惟有中國人纔有兩隻眼睛"。這一説法或來源於摩尼教："除了以他們的兩眼觀察一切的中國人和僅有一隻眼睛觀察的希臘人之外，其他的所有民族都是瞎子。"這樣的諺語是對中國人在

---

[1] （伊朗）烏蘇吉著，王誠譯，邱軼皓審校：《〈動物之自然屬性〉對"中國"的記載——據新發現的抄本》，《西域研究》2016年第1期，第103頁。

工巧技藝方面的高度肯定[1]。966年，阿拉伯史家穆塔海爾·麥格迪西（al-Muṭahhar al-Maqdisī）創作了《肇始與歷史》（al-Bad'wa al-Tārīkh），該書卷四記載了中國的一些習俗，"他們有禮教和道德，在組裝有趣好玩的物件和製作奇特工藝品方面技藝高超"[2]。雅古特（1179-1229）的《地名辭典》介紹中國國王時指出："排次上，印度國王之後是中國國王。他是體恤臣民、治國有方和工藝精湛之王。"[3]伊本·白圖泰也認爲："中國人是最偉大的民族。他們的工藝品以其精巧、細巧而馳名於世。人們在談論中國人時，無不讚嘆不已。"[4]開羅學者失哈不丁·奴瓦葉里（Shihāb al-Dīn al-Nuwayrī，1279—1333）的百科全書式著作《博雅技藝之終極目標》（Nihayat al-arāb fī funūn al-adab,有學者譯爲《文苑大全》）的第一部"天地篇"中也認爲，"中國人擅長製作新奇的玩意兒、造像、雕刻和繪畫。中國藝術家筆下的人物描繪得栩栩如生，祇差一個靈魂（就真活了）。不過，中國的畫家並不爲此感到滿足，除非他們刻畫出了在沾沾自喜的笑容和羞羞答答的笑容、快樂的微笑和驚奇的微笑、興高采烈或者輕蔑傲慢的咯咯直笑之間的不同，或者是將一幅畫置於另一幅畫之中"[5]。

祖籍波斯的伊本·赫里康（Ibn al-Khallikān, 1211—1282）在《名人列傳》第五卷中指出，"智慧與人們的品性有關，無論男人還是女人。因此據說上天將智慧賜予大地上人的三種器官，即希臘人的腦、中國人的手

1（法）阿里·瑪扎海里著，耿昇譯：《絲綢之路：中國—波斯文化交流史》，中華書局，1993年，第329頁，注釋10。

2 葛鐵鷹：《阿拉伯古籍中的中國》（十四），《阿拉伯世界》2005年第1期，第51-57頁，此見第53頁。

3 葛鐵鷹：《阿拉伯古籍中的中國》（二），《阿拉伯世界》2002年第4期，第55-59頁，此見第56頁。

4（摩洛哥）伊本·白圖泰：《異境奇觀——伊本·白圖泰遊記》（全譯本），李光斌翻譯、馬賢審校，海洋出版社，2008年，第540頁。

5 Shihāb al-Dīn al-Nuwayrī, *The Ultimate Ambition in the Arts of Erudition: A Compendium of Knowledge from the Classical Islamic World*, tr. by Elias Muhanna, New York: Penguin Books, 2016, p.41.

和阿拉伯人的舌"[1]。甚至到十七世紀麥格利·提里姆薩尼（al-Maqqarī al-Tilimsānī, 1584?-1631）的《安達盧西亞柔枝的芬芳》（Nafḥ al-Ṭīb Fi Ghuṣn al-'Andalus al-Raṭīb）中還有類似的說法："因爲人們常說上天將智慧賜予大地上的3種人，即希臘人的頭腦、中國人的手和阿拉伯人的舌頭。"[2]波斯、阿拉伯文獻中的這些描述雖不能當作歷史真實事態的客觀反映，但卻屬於對中國工藝的"形象學"建構，是一種對中國工藝（尤其是繪畫）的"集體無意識"之類的美好想象。

這兩個故事中的意象（摩尼畫、中國畫家、死狗、水上作畫、鏡子等）也重複見於其他波斯作家的作品之中。摩尼作爲中國畫家的名聲，"後來在《帝王記》作者的著作中又獲得了更爲可觀的發展，其中除了稱摩尼爲'這一中國畫家'之外再無其他稱呼了"[3]。薩迪將"摩尼畫卷"與"中國畫廊"視爲繪畫藝術之最，哈菲兹的《詩集》中則將"水上作畫""鏡子"等意象反復詠嘆。第三十四首詩中云："在夢中描繪她的形象，／如同在水上作畫一般。"[4]第四百五十六首詩中亦云："我雖然熱淚漣漣，／卻如同水上作畫一般。"[5]第九十五首詩還指出："我把心兒的鏡子寄給你，你會看到真主的形象；／對著鏡子看看你的容顏，那裡顯現真主般的靈光。"[6]"鏡子"之喻是波斯蘇菲文學的慣常比喻，比比皆是，多以鏡子比喻心靈，打磨鏡子即是打磨心靈，以映照真主美麗的圖像。因此，纔有作家詩人們用畫家競技的故事來向信衆講述此玄理。蘇菲文學以鏡子喻心靈實源自摩尼教，而

---

[1] 葛鐵鷹：《阿拉伯古籍中的中國》（十二），《阿拉伯世界》2004年第4期，第45-49、44頁，此見第45頁。

[2] 葛鐵鷹：《阿拉伯古籍中的中國》（十五），《阿拉伯世界》2005年第2期，第57-63頁，此見第57頁。

[3] （法）阿里·瑪扎海里著，耿昇譯：《絲綢之路：中國—波斯文化交流史》，中華書局，1993年，第359頁，注釋1。

[4] （波斯）哈菲兹著，邢秉順譯：《哈菲兹抒情詩全集》（上册），湖南文藝出版社，2001年，第62頁。

[5] （波斯）哈菲兹著，邢秉順譯：《哈菲兹抒情詩全集》（下册），湖南文藝出版社，2001年，第833頁。

[6] （波斯）哈菲兹著，邢秉順譯：《哈菲兹抒情詩全集》（上册），湖南文藝出版社，2001年，第179頁。

摩尼教的鏡子—心靈之喻又極有可能源自佛教。上述意象的重複使用，增強了這兩個故事在波斯民衆心目中的接受程度。佛經中記載的二畫師相爭的故事對波斯文學的影響，還反映了相同題材的故事在不同宗教（伊斯蘭教、印度教、佛教）之間的競合態勢。類似印度流傳的"木師與畫師"等故事，也出現在中國少數民族中間，相互之間是否存在關聯，還有待進一步的考察。而這兩類故事在印度、波斯和中國的流傳，正是古代東方三大文明之間相互纏繞地交流與融匯的複雜情形的反映。

第八章
跨宗教語境中的波斯摩尼故事書寫
——以《藝術家的史詩事迹》爲例

摩尼是波斯古代宗教摩尼教的創始人，其生平事迹富有濃厚的傳奇色彩。在波斯本土，摩尼教殘經被引用於三至四世紀之交的《克弗來亞》（*Kephalaion,*/ 或譯《教師章》，*Kephalaia of the Teacher*）之中，摩尼的事迹與傳説在大詩人菲爾多西（940—1020）的史詩《列王紀》中也有詳細的描述。摩尼教作爲世界性的宗教，在唐代就已傳入中國，成爲三夷教之一。敦煌出土的《摩尼光佛教法儀略》《下部讚》《摩尼教殘經》和《佛性經》等經文見證了中古摩尼教漢譯經典的風采，也與希臘文《科隆摩尼古卷》等遥相呼應，反映了摩尼教複雜而又深邃的理論色彩。

摩尼不僅是開宗立派的宗教始祖，更是聲名顯赫的大畫家，在世界宗教藝術史上留下獨特的烙印。雖然他本人親手繪製的畫作早已不存，但我國新疆吐魯番地區出土的帶有細密畫插圖的摩尼教寫本非常精美，後世讀者從中不難想像出摩尼及後世摩尼教徒們高超的繪畫技藝。古樂慈（Zsuzsanna Gulácsi）的《摩尼的圖畫：從薩珊、中亞回鶻到中國唐—明時期摩尼教徒的訓誡圖像》（*Mani's Pictures: The Didactic Images of the Manichaeans from Sasanian Mesopotamia to Uygur Central Asia and Tang-Ming China*），全面梳理了歷代文獻中有關摩尼繪畫的記載，也討論了流傳至今的摩尼教圖像史料，可謂瞭解摩尼教繪畫史的重要專著[1]。

　　作爲摩尼教的始祖、其他宗教（如瑣羅亞斯德教、伊斯蘭教等）眼中的"異教徒"、舉世無雙的畫家，摩尼的事迹在不同宗教文化語境中，不斷地被吸收、改寫或再創造，歷代相傳。克里木凱特指出："甚至在摩尼的宗教消失之後，伊斯蘭教的波斯仍把他作爲一位偉大的畫家來紀念，作爲畫家的摩尼比作爲異教徒的摩尼更留在人們的記憶中。"[2]本章以《藝術家的史詩事迹》一書中有關摩尼事迹的書寫爲例，進一步探討一個教派領袖兼藝術大師的形象在多元宗教文化背景中的再構及其所反映的文化變遷的問題，希望能夠加深對域外宗教人物的理解。

第一節　伊斯蘭文獻中的藝術雙峰：摩尼與貝赫札德

　　據穆宏燕的觀察，"波斯細密畫興起於十三世紀後半葉，主要作爲文學作品的插圖"。在藝術手法上，波斯細密畫既與中國工筆畫的筆法有密切的關係，也受到塞爾柱王朝等東西方繪畫藝術的強大影響。波斯細密畫流派紛呈，大師輩出。其中，貝赫札德（Kamal al-din Behzad, 1450—1531）"曾是帖木兒時代赫拉特畫派的領袖，又是薩法維時代大不里士畫派的創始人，被譽爲'東方的拉斐爾'"[3]。

　　土耳其作家奧爾罕·帕慕克（Orham Pamuk）2006年獲得諾貝爾文學獎。他在長篇小說《我的名字叫紅》中，將故事人物設計爲十六世紀伊斯坦布爾的細密畫家。該小說中多處穿插了對波斯細密畫的敘述，可謂"向讀

1　Zsuzsanna Gulácsi, *Mani's Pictures:The Didactic Images of the Manichaeans from Sasanian Mesopotamia to Uygur Central Asia and Tang-Ming China*, Leiden: E.J.Brill, 2015.
2　（德）克里木凱特著，林悟殊翻譯增訂：《古代摩尼教藝術》，淑馨出版社，1995年，第18頁。
3　王鏞：《印度美術史話》，人民美術出版社，1999年，第182-183頁。

者奉獻了一場波斯細密畫的盛筵"。[1] 帕慕克將波斯的貝赫札德稱作"大師中的大師、細密畫的創始人",在《我的名字叫紅》第四十六章"人們將稱我爲兇手"中,他以主人公之口,簡要敘述了貝赫札德的畫作及其巨大的影響:

> 我的名字叫貝赫札德。我來自赫拉特和大不里士。我曾經創作出最華美的圖畫、最令人讚嘆的經典畫作。從波斯到阿拉伯,在每一間穆斯林的手抄本繪畫坊,幾百年來人們談論繪畫製作時,都會提到我:它看起來好真實,就像貝赫札德的作品。

帕慕克甚至總結了貝赫札德畫作的最大特點是"呈現出心靈所見,而非眼睛所視",其繪畫觀念是:

> 其一,繪畫爲了眼睛的喜悦而鮮活地呈現出心靈所見。
> 其二,眼睛看見的世界萬物融合進繪畫中,反過來滋養心靈。
> 其三,因此,美,來自於眼睛在世界上發現了我們心靈早已知道的事務。[2]

帕慕克所説的這三點實際上歸納了細密畫的最大特點,即:"細密畫描繪的正是人的心靈之眼覺悟到的客觀世界的本來面目,直逼事物的本真。"[3] 更爲驚人的是,帕慕克對貝赫札德爲維持畫風而用金針刺瞎自己雙眼之傳説,進行了細膩的描述,從而將貝赫札德畫作的特性及其對故事主人公的内心影響連環推演,使之貫穿整部小説。帕慕克對貝赫札德的推崇並非他的一時興起或獨具隻眼,而是受波斯語、阿拉伯語或奧斯曼土耳其語傳統

---

[1] 穆宏燕:《波斯細密畫與〈我的名字叫紅〉》,《波斯劄記》,河南大學出版社,2014年,第184-230頁。
[2] (土耳其)奧爾罕·帕慕克著,沈志興譯:《我的名字叫紅》,上海人民出版社,2006年,第343頁。
[3] 穆宏燕:《波斯細密畫與〈我的名字叫紅〉》,《波斯劄記》,河南大學出版社,2014年,第202頁。

宗教文獻的影響，因爲貝赫札德作爲波斯細密畫黃金時代的巔峰畫家，"在裝飾範式和空間營造等方面對波斯本地細密畫風格的形成起到關鍵性的作用"[1]。從十六世紀以來，凡是談及波斯細密畫者，無法不提及貝赫札德。

1587—1588年，穆斯塔法·阿里（Mustafa Âli, 1541—1600）在巴格達用奧斯曼語寫成了《藝術家的史詩事迹》（*Manaqib-i Hunar-waran,/Epic Deeds of Artists*）一書[2]。該書主要記載了中古時期伊斯蘭世界的藝術家們的事迹，涉及書法、繪畫、裝幀、剪貼、鍍金等藝術類別，其中以書法家和畫家爲主。在和自己同時代的畫家中，穆斯塔法·阿里最推崇的就是貝赫札德。《藝術家的史詩事迹》第五章的內容是"本章主要關於各種相關專業的有天賦的大師，其中涉及剪紙拼貼工藝、人物畫像、描金裝飾、插圖繪製、藝術性的書籍裝訂、燙金、尺規繪製以及書籍修訂等行業的優美作品。與此同時，也提及如同掌握魔法一般的天賦畫家和對他們作品的權威評估。"該章中指出：

> 在傑出的人像畫家（muṣavvir）之中最重要的，也被看作是裝飾畫家（naqqāṣ）中的無盡寶藏的大師是來自赫拉特的凱末爾丁·貝札德(Kamāl al-Din Bihzad)。他的技藝在蘇丹侯賽因·貝卡拉(Sultan Husayn Bayqara)在位期間粗露崢嶸，在哈伊代爾(Haydar)之子沙赫·易斯邁依(Shal Isma'il)在位期間臻於完美廣受讚譽。就像中國的藝術家們一樣，他所繪製的圖畫也聞名遐邇。儘管他是後文將提及的大不里士的皮爾·賽伊德·艾哈邁德(Pir Sayyid Ahmad)的徒弟，他的作品得到承認、廣受歡迎的主要原因在於他與尊貴的帕迪沙們之間的關係以及從他

---

[1] 包玉榮：《從書籍裝飾到文化圖符——畢扎德對16世紀波斯細密畫風格的影響》，《裝飾》2014年第7期，第70-71頁。

[2] Esra Akin-Kivanç, ed., tr. and commented, *Mustafa Âli's Epic Deeds of Artists: A Critical Edition of the Earliest Ottoman Text about the Calligraphers and Painters of the Islamic World*, (Islamic History and Civilization, vol. 87), Leiden/Boston: E.J.Brill, 2011.

們那裡受到青睞[1]。

波斯細密畫的藝術源頭之一是摩尼教插圖藝術。在波斯藝術史家的眼中，固然貝赫札德等畫家十分優秀，但比其早一千多年的摩尼纔是真正的繪畫宗師。《藝術家的史詩事迹》中多處將波斯和阿拉伯地區的畫家們的業績與摩尼相比，尤其是將十分出色的畫家比作摩尼；或者將其與摩尼以及貝赫札德相提並論。穆斯塔法·阿里在《藝術家的史詩事迹》第五章中指出：

> 沙赫·庫里·那卡什(Shah Quli Naqqash)在蘇丹蘇萊曼汗(Sultan Sulayman Khan)在位晚期來到羅姆(Rum)地區，因爲受到賞識而被恩賜在王宮(Sarāy-i 'Āmire)中的一處私人工作室進行創作，這位開疆拓土的帝王仁慈地給予他豐厚的賞賜。他的地位不凡，每日的薪酬有100枚阿克切銀幣，並且成爲藝術大師們的首領。他是阿嘎·米拉克(Agha Mirak)的學生，他也意識到自己的工作印證了那句格言"一位真正的設計大師(naqqāṣ)總會用新的設計取代之前的作品。"若是他的品德也像藝術水準一樣出眾，在他的時代貝赫札德（Bihzad）也無法與他的名聲相比。若是他把認真負責的本性用在爲主道奉獻，在他的時代人們也就不會談起藝術家的支柱摩尼的藝術、名譽和作品了。[2]
>
> ……
>
> 還有大師庫德拉特（Qudrat）以鍍金技術舉世聞名，他是裝幀藝術家中的奇迹，一位有著摩尼的畫技和貝赫札德的藝術性的大師。[3]

---

1 Cf. Esra Akin-Kivanç, ed., tr. and commented, *Mustafa Âli's Epic Deeds of Artists*, Leiden / Boston: E. J. Brill, 2011, p.264. 漢譯文引自滿園譯注：《奧斯曼語〈藝術家的史詩事迹〉譯注》，廣東教育出版社，2024年。漢譯文下同，不一一出注。

2 Cf. Esra Akin-Kivanç, ed., tr. and commented, *Mustafa Âli's Epic Deeds of Artists*, Leiden / Boston: E. J. Brill, 2011, p.268.

3 Ibid. p.273.

可見無論是阿嘎・米拉克，還是沙赫・庫里・那卡什這樣的"藝術大師們的首領"，或者舉世聞名的裝幀藝術家庫德拉特，其"藝術、名譽和作品"都比貝赫札德遜色，更談不上比肩摩尼了。

摩尼的形象出現在穆斯塔法・阿里的筆下，一方面表明作者繼承了前代波斯與阿拉伯文獻對摩尼傳說的一些記敘，同時也體現了作者根據其生活的時代和區域文化語境對摩尼形象的一些新的塑造。雖然上古波斯的摩尼與自己並不是同宗同派，但在穆斯塔法・阿里看來，祇有摩尼纔可以稱得上是"非常卓越的奇迹般的畫家"：

> 但是在他們之中有一位非常卓越的奇迹般的畫家必須青史留名，就是中國藝術家摩尼。他是中國藝術工作坊中的頂級大師、繪製了《大二宗圖》(Artang/Arjang/Ardahang)一書的蘇丹、大師中的大師、在遵循創作原則的基礎上又有美妙創新的畫家。時至今日也沒有畫家能够趕超他的鉛筆畫水準，他的畫作和設計舉世無雙。在藝術中，他是創新者；在藝術家中，他是傑出者。他的每一幅作品都受到頂級大師的稱讚，他的每張圖畫都讓頑固死板的設計師們豔羨不已。他描繪的對象在作品中都那麽栩栩如生，具備一切特徵祇差注入靈魂，即便沒有靈魂但還是讓人感覺似動而靜。還有一些特定意象，比如狂風暴雨幾乎不可能表現在畫作中，但摩尼卻可以用不同的方式揭開這些無形意象的面紗。大師摩尼具有獨創的藝術表現力，在他筆下能看到清澈透明的流水，也能感受到無形卻如溪水般清涼的風。[1]

穆斯塔法・阿里將摩尼稱作"中國藝術家"，並不是説摩尼是中國人，而是波斯傳統將摩尼視爲具有中國藝術家那般高超技藝的大畫家。在中古波

---

1 Cf. Esra Akin-Kivanç, ed., tr. and commented, *Mustafa Âli's Epic Deeds of Artists*, Leiden / Boston: E. J. Brill, 2011, pp.275-277.

斯和阿拉伯地區，中國人的工藝水準被看作是世界上最高的。穆斯塔法·阿里對摩尼的這段讚嘆（"非常卓越的奇迹般的畫家""中國藝術工作坊中的頂級大師""大師中的大師""有美妙創新的畫家"）遠遠超過他筆下提及的其他畫家。《藝術家的史詩事迹》第三章中的"軼事"部分還注意到有畫家僞託摩尼的現象：

> 他們從書中得來的收益也因爲瘋狂購買書法作品而日漸縮水。以至於有些新晉的繪畫熱愛者把在漆黑夜裡畫下的速寫賣給這些人，告訴他們這是大師摩尼創作的鉛筆畫。[1]

不衹是《藝術家的史詩事迹》強調摩尼的名聲與貝赫札德的畫藝，伊朗薩法維時期的畫家、書法家和詩人薩迪基·貝格（Ṣādiq Big，1533—1609/1610）在1576—1602年間完成的《繪畫原則》（Qānūn al-ṣuvar）中指出：

> 我唯一的心願就是，擁有貝赫札德一般的志向。
> 我畫著這欲望世界的表面之景，衹爲通過表面尋找本質。
> 當我掌握描繪表面之象的技巧，就是在追求本質的道路上前行。
> 智慧的前人早已指出，若無老師指點事情就會變得困難。
> 因此我的理智告訴我，首先要去尋找一位老師。
> 抱著這個信念，我四處尋找如貝赫札德一般的老師。
> 追尋者越是心誠，就越有可能達到目標。
> 最終我找到了這位心如明鏡的老師，他手持明燈照亮了道路。
> 他有高尚的操守和善良的心靈，是這個時代獨一無二的老師。

---

[1] Cf. Esra Akin-Kivanç, ed., tr. and commented, *Mustafa Âli's Epic Deeds of Artists*, Leiden / Boston: E. J. Brill, 2011, p.236.

他繼承貝赫札德的畫筆,是這位老師讚賞不已的學生。[1]

很顯然,薩迪基是貝赫札德的"粉絲",是其藝術理念的追隨者,他遵循伊斯蘭教的觀念,亦力求通過描繪外在的表面之像,呈現事物內在的特徵和本質。在《繪畫原則》的"肖像繪製"一節中,薩迪基對摩尼和貝赫札德的高度認可,正如下列詩句所説的那樣:

> 如果你想要繪製肖像,那麽造物主就是你的老師。
> 僅靠模仿前人去畫,祇是無用的嘗試。
> 有摩尼和貝赫札德在前,誰都無法超越他們的完美。[2]

高齊·阿赫瑪德(Qāzī Aḥmad)在1598年前後完成的波斯語著作《藝術花園》(*Gulistān-i Hunar / The Rose Garden of Art*),也是由書法家、畫家等藝術家的簡要條目構成,帶有傳記色彩。他特别强調"雙筆"(du qalam)之説。他提出:

> 真主創造了兩種筆,
> 一種,陶醉靈魂,來自植物,
> 已經成了抄書吏的甘蔗;
> 另一種筆來自動物,
> 它已從生命之泉中獲得散落的珍珠。
> 畫作將會引誘摩尼的畫師啊!
> 多亏了你,才华横溢的日子纔得以裝飾。[3]

---

[1] 賈斐:《波斯繪畫理論經典——〈繪畫原則〉譯釋》,《西域研究》2019年第1期,第104-118頁。此見第107頁。

[2] 同上文,第113頁。

[3] V. Minorsky tr., *Calligraphers and Painters: A Treatise by Qādī Aḥmad, Son of Mīr Munshī (circa A.H.1015/A. D.1606)*, (Freer Gallery of Art Occasional Papers, Volume 3, no.2), Washington: Smithsonian Institution, Freer Gallery of Art, 1959, p.50.

來自植物的筆,是指蘆葦筆,乃抄書史(書法家)所用。如高齊·阿赫瑪德所言,所謂來自動物的筆,是指用動物毛髮(松鼠尾毛、貂毛、貓毛、鼠毛等)製作的畫筆,乃是畫家的工具。通過畫筆的魅力,那些像摩尼一樣有天賦的人以及中國和歐洲的行家們的作品,能夠在藝術的殿堂中躍居王座。摩尼在此仍然被視爲畫家們中的翹楚。《藝術花園》也非常推崇貝赫札德,把他視爲所有世紀的奇迹。書中還用詩歌來讚頌他,甚至把他凌駕在摩尼之上,其詩云:

> 貝赫札德是時代的主人,
> 他已經完全掌握了一切,
> 時間之母生下像摩尼那樣的人屈指可數,
> 但是,真主保佑,貝赫札德是她所生最好的。
> ……
> 他用木炭筆作畫極爲流暢,
> 超過摩尼用筆刷所畫;
> 如果摩尼知道他的名字,
> 也會模仿他的比例感。
> 他所畫的鳥兒令人心醉神迷,
> 就像基督的鳥兒,獲得了靈魂生機[1]。

貝赫札德是波斯繪畫史上承前啓後的重要畫家,其創新的風格開創了赫拉特畫派[2],聲名遠播。印度莫卧兒帝國的開創者巴布爾(Babur, 1483—1530)在《巴布爾回憶錄》中寫下了對貝赫札德畫作的評價:

---

[1] V. Minorsky tr., *Calligraphers and Painters: A Treatise by Qādī Aḥmad, Son of Mīr Munshī (circa A.H.1015/A. D.1606)*, pp.179-180.

[2] Cf. Ebadollah Bahari, *Bihzad: Master of Persian Painting*. London: I.B.Tauris, 1996.

> 畢赫札德是[米爾咱宮廷中]最著名的畫家。他的作品精緻細膩，但畫無鬍鬚的臉則畫不好，總是把下巴畫得很長。他畫大鬍子的臉畫得很出色。
>
> 另一位畫家是沙·穆札法爾。很會畫像，把頭髮畫得很美。他未能永年，剛要成名，即離人世[1]。

在雄才大略的巴布爾看來，貝赫札德並非十全十美，也有缺點，貝赫札德之所以能夠脫穎而出，成爲一代宗師，這與他生活的時代、環境以及所獲得的支持是密不可分的：

> 以前從未聽説有過像阿利·失兒·伯克這樣的學者和藝術家的贊助者和保護人。……畢赫札德大師和沙·穆札法爾也是由於他的關懷和努力纔得以在繪畫方面取得這麼大的成就和名譽[2]。
>
> ……
>
> 速檀·忽辛·米兒咱的時代，是一個奇怪的時代。呼羅珊、特別是赫拉特城，人才薈萃，充滿了學者和無與倫比的人物。每一個幹事的人都打算和希望把事情做得盡善盡美[3]。

赫拉特城成爲絲綢之路的文化重鎮之一。由於當時中亞、西亞與南亞相互之間軍事衝突較爲頻繁，赫拉特的文化繁榮也無法經久不衰。若有尊重知識和人才的明君在位，赫拉特的文化和藝術就可得到極大的支持。法國史學家勒内·格魯塞的《草原帝國》第十一章第十五節對此作了簡明扼要的評價：

> 速檀·忽辛性格溫和、仁慈，與他同時代的君主們形成了強烈的對

---

1 （印度）巴布爾著，王治來譯：《巴布爾回憶録》，商務印書館，2010年，第289頁。
2 同上書，第269頁。
3 同上書，第280頁。

比，他使赫拉特宮廷成了知識分子薈萃之地。被他邀請到赫拉特宮廷的人中有波斯詩人札米、兩位波斯史學家（祖父及孫子）米爾空和寬德密爾、偉大的波斯畫家畢赫札德和麥什德的書法家速勒坦·阿里。……在這特殊的統治時期，赫拉特是可以前如其分地被稱爲帖木兒文藝復興時期的佛羅倫薩。

因蒙古征服而帶來的中國文化的影響，給予裝飾藝術嚴謹的風格。人們祇要想起畢赫札德的袖珍畫（細密畫），就會想起這一藝術的壯觀，它們盛開在被認爲是永恒的廢墟之中。[1]

正是速檀·忽辛·米兒咱的不懈努力，赫拉特纔有了成爲人文薈萃之地的可能。反之，就有可能遭受滅頂之災。《巴布爾回憶錄》中記載，那位沒有文化而假冒斯文的昔班尼汗縱橫中亞多年，在佔領了赫拉特之後，居然做出不可思議的行爲就是"提筆修改馬什哈德人速檀·阿利的書法和畫家畢赫札德的繪畫"[2]，這正印證了"無知者無畏"的荒唐與可笑。昔班尼汗這類"無知者"雖然可以"無畏"地修改貝赫札德的繪畫，使之面目全非，但絲毫也無法減少貝赫札德和摩尼在人們心目中的形象。1721年，穆罕默德埃芬迪前往法國，在凡爾賽宮見到了一批爲國王製作的掛氈，他的直觀印象是：

在看到這些掛氈時，我們一直讚不絕口。例如上頭的繡花，簡直栩栩如生。裡頭的人物，他們的眉毛、睫毛，尤其是頭髮和鬍子，做工極爲生動自然，就連摩尼（Mani）或貝赫札德（Behzad），畫在最細緻的宣紙上，也達不到這種境界。有人顯示著喜悅，有人表現著哀愁。有人嚇得發抖，有人哭泣著，有人像生了病。每個人的心境都被刻畫得一目了然。這些作品的美，實在難以形容，超乎想象。[3]

---

[1]（法）勒內·格魯塞著，藍琪譯，項英傑校：《草原帝國》，商務印書館，1999年，第581-582頁。
[2]（印度）巴布爾著，王治來譯：《巴布爾回憶錄》，商務印書館，2010年，第328頁。
[3]（英）伯納德·劉易斯著，李中文譯：《穆斯林發現歐洲：天下大國的視野轉換》，生活·讀書·新知三聯書店，2014年，第272-273頁。

穆罕默德埃芬迪看見的是歐洲皇宮中的專用掛毯，感受的是異域藝術的直觀視覺衝擊。這些掛毯最大的藝術特色就是"栩栩如生"，體現的是歐洲寫實主義的藝術風格，其追求的就是最大限度地再現事物的原生態"真實性"。對看慣了波斯細密畫那種在宗教觀念指導下追求內在本質的繪畫風格的穆斯林來說，歐洲的"這些作品的美，實在難以形容，超乎想象"，竟然連摩尼或貝赫札德都達不到這種寫實的境界。

第二節　伊斯蘭文獻中的摩尼競技及其畫死狗的故事

帕慕克在《我的名字叫紅》第四十二章"我的名字叫黑"中，借英俊的蘇丹之口，說："我不喜歡詩人的競賽，或是講述中國畫家和西方畫家與鏡子之爭的故事。我最喜歡的比賽，是大夫的死亡之爭。"[1]很顯然，帕慕克非常熟悉波斯文獻中流傳的有關中國畫家與羅馬畫家競技的故事。

《藝術家的史詩事迹》中對摩尼的事迹描述主要有兩件事情：其一，摩尼與三位畫家之間的競技。其二，摩尼裝飾皇家亭閣的第四面牆壁。摩尼畫死狗的故事被放置在第一件事情之中。此處的主要情節歸納如下：

（1）三位畫家聯手對付其他藝術家，宣告爲沙普爾帕迪沙新修建的亭閣繪畫。

（2）三位畫家在皇家園林繪製的溪水和噴湧甘泉的水池非常逼真。

（3）其他畫家被這三人作弄，試圖去繪製的水池中打水而打破了水罐。

（4）這三位畫家由此誇口，斷言無人能與他們相比。

（5）摩尼聽到了此事，因追尋藝術水準的提高，穿過荒原沙漠，去接受挑戰。

（6）摩尼也去打水，見到打碎的瓦罐，意識到事情的原委。

1（土耳其）奧爾罕·帕慕克著，沈志興譯：《我的名字叫紅》，上海人民出版社，2006年，第331頁。

（7）摩尼取筆在水池邊細緻描繪了一條狗的腐爛屍體。

（8）摩尼讓三位畫師去看死狗的殘骸，他們看到摩尼所繪製的作品不禁鼓掌喝彩。

（9）三位畫師因爲嫉妒而勸說摩尼離開，阻攔他與國王見面。摩尼打算離開。

（10）國王來園中看到摩尼所繪製的死狗，派人追回摩尼，恩賜摩尼，命他設計並裝飾第四面宮牆。

（11）四位藝術家各自設計牆壁的裝飾，在帷幕之後繪畫，開始競技。

（12）三位畫家各自升起帷幕，向國王及來賓們展示牆壁上充滿奇妙的創作。

（13）摩尼巧妙地結合了繪畫和設計的技藝，"把這石頭做的牆壁變成了映照出衆生的明鏡。"

（14）來自中國的國王等來賓們紛紛稱讚摩尼的傑作[1]。

著名的波斯詩人内扎米·甘哲維（Nizami Ganjavi,1141-1209）在《五部詩》（Khamsa）的第五部《亞歷山大故事》的《光榮篇》中，敘述了摩尼繪畫的傳說，主要就是摩尼畫死狗的故事。内扎米筆下的主要情節是：摩尼遠赴中國，爲了讓他知難而退，中國畫家用水晶建造一個假的水池，以欺騙長途跋涉而口渴的摩尼。摩尼識破騙局，奮起反擊，在水晶蓋上畫了一條長滿蛆蟲的腐爛死狗，從而震撼了中國人來投奔他。

如不少學者所認識到的那樣，内扎米筆下摩尼畫死狗的故事源頭應該是印度古代民間故事，唐代求法高僧義淨翻譯的《根本説一切有部毘奈耶藥事》卷十六中的"天竺牙作師與波斯巧師（畫師）競技"的故事，就是早於

---

[1] Cf. Esra Akin-Kivanç, ed., tr. and commented, *Mustafa Âli's Epic Deeds of Artists*, Leiden / Boston: E. J. Brill, 2011, pp.277-281.

摩尼該故事的平行傳本[1]。除摩尼畫死狗的故事之外，内扎米《五部詩》中還有另一個"羅馬和中國畫家的競技"故事。該二畫師競技的故事至少見於安薩里（Abū Ḥāmid bin Muhammad Ghazālī, 1058-1111）的《聖學復甦》（Iḥyā' 'ulūm al-dīn）、安瓦里（Anvarī Abīvardī, 1126-1189）的《詩集》（Dīvān）、莫拉維的《瑪斯納維》（Masnavi）、阿米爾·霍斯陸（Amīr Khusrau Dihlavī, 1251-1325）的《五部詩》（Khamsa/Khamseh）中的《亞歷山大寶鑒》（Âyene-ye Eskandari）。該故事的源頭也是印度民間故事，與《根本説一切有部毘奈耶藥事》卷十六中的中天竺國兩畫師競技之事非常相似。

值得注意的是，在上述的波斯和阿拉伯語諸文本中，摩尼畫死狗與二畫師競技這兩個故事是分開的。也就是説，後一個故事與摩尼無關，而基本上是指中國畫師與羅馬畫師比賽技藝，没有出現過摩尼這一大畫師的身影。很顯然，《藝術家的史詩事迹》將摩尼畫死狗與二畫師競技這兩個故事連接起來，都放在了摩尼的身上。這兩個故事都放在一個稍大的故事框架之中，即三位大畫師與摩尼之間的競爭。

《藝術花園》中没有直接描述摩尼畫死狗的故事，但在講述一位昔日國王的故事時，也如此述説：

> 一個人能像摩尼一樣繪畫，當他繪製的時候，
> 命運的印記使他永恒：
> 當他在石頭上畫上水流，
> 任何人看到它，都會在上面打破他的水罐，
> 如果他圍繞著月亮伸展他的畫筆，

---

[1] 參見杉田英明《ギリシア人画家と中国人画家の腕比べ：アラブ・ペルシア文学のなかの佛教説話》, Odysseus（《東京大学大学院総合文化研究科地域文化研究專攻紀要》）第19號, 2014年, 第1-29頁。

第八章　跨宗教語境中的波斯摩尼故事書寫　263

那麼，在月末的最後一天，月亮不會看到黑暗。[1]

很顯然，此處把在石頭上畫出水池，讓人信以為真，取水時就打破水罐這一軼事，看成是摩尼般的奇迹。實際上，石上畫水本身就與摩尼有關，是他畫死狗故事的組成部分之一。《藝術花園》接下來也描述了兩位畫師的競技，摩尼也沒有出場，並非故事的實際參與者。此競技的具體內容與波斯文獻中常見的中國畫師與羅馬畫師競技故事也不相同。就此而言，《藝術花園》與《藝術家的史詩事迹》中對摩尼故事的書寫並不相同。

《藝術家的史詩事迹》並不是簡單地將摩尼畫死狗與二畫師競技這兩個故事直接拼接，而是在並不複雜的文字敘述中，對摩尼這位大畫家的藝術特徵進行了更深一步的闡釋。穆斯塔法・阿里對摩尼畫死狗的具體過程有簡要而精彩的敘述：

他立刻取出他那支神奇的蘆葦毛筆，那支創作了《大二宗圖》的頂樑柱，筆尖的黑貂毛有著與成吉思汗披肩相同的質地成色，這筆在《大二宗圖》的繪製中就像戰場上英雄所執的寶劍所向披靡。他用這支速寫筆細緻描繪了一條狗的屍體，呈現出一幅完美無瑕的神奇畫作，太過逼真以至於可以看出屍體上蛆蟲在蠕動，從任何角度這具動物的屍體都足以以假亂真，就差一股腐臭的氣味了，但那些栩栩如生的蟲子似乎把這個缺點也彌補了。

作者詩句：

那殘骸祇缺失一點，
腐臭大概是唯一不足。[2]

---

[1] V. Minorsky tr., *Calligraphers and Painters: A Treatise by Qāḍī Aḥmad, Son of Mīr Munshī (circa A.H.1015/ A. D.1606)*, Washington: Smithsonian Institution, Freer Gallery of Art, 1959, p.177.

[2] Cf. Esra Akin-Kivanç, ed., tr. and commented, *Mustafa Âli's Epic Deeds of Artists*, Leiden / Boston: E. J. Brill, 2011, p.278.

如果讀者沒有宗教史的背景知識，那麼，很難發現《大二宗圖》在此已被視爲伊斯蘭教的著作之一，基本沒有其作爲摩尼教藝術著作的本來特性。内扎米對摩尼手中的畫筆祇有"擁有裝飾和美麗的"這個修飾語，而穆斯塔法·阿里將摩尼的畫筆視爲"神奇的蘆葦毛筆"、"創作了《大二宗圖》的頂樑柱"、"這筆在《大二宗圖》的繪製中就像戰場上英雄所執的寶劍所向披靡"，甚至"筆尖的黑貂毛有著與成吉思汗披肩相同的質地成色"。穆斯塔法·阿里之所以如此重點突出摩尼的畫筆，是因爲他的《藝術家的史詩事迹》是一部帶有傳奇色彩的藝術史著作，畫筆不僅是畫家的重要工具，也是承載藝術傳奇的載體，是該類故事中不可或缺的角色。薩迪基在《繪畫原則》的"有關繪畫和扎筆"部分曾經指出過：

當你滿懷熱情開始繪畫時，第一件事就是要扎筆。
不要用別人的情書表達自己的欲望，不要用他人的筆作自己的畫。
若蘆葦筆也要他人代削，這位書法家的技藝定不高超。
畫筆需用松鼠尾毛來做，而且最好是柔軟的部分。[1]

惟其如此，讀者方可明白穆斯塔法·阿里對摩尼的畫筆的描繪背後所包含的意義。此外，就該故事書寫的形式而言，穆斯塔法·阿里使用了韻散結合的方式，用"作者詩句"引出的詩歌部分來歸納或提升前文。比如，前文描繪摩尼見到"破碎的瓦罐，他天賦的甘泉被激發了"：

作者詩句：

初見似是潺潺流水，
清泉汩汩湧出。
眾人皆上前無疑，

---

[1] 賈斐：《波斯繪畫理論經典——〈繪畫原則〉譯釋》，《西域研究》2019年第1期，第109頁。

空餘碎罐落滿地。[1]

這類韻散結合的方式，既可以在印度佛經中的散文與偈頌（"重頌""孤起頌"等）相互交織的篇章中見到，也可以在波斯散文著作《四類英才》[2]、巴布爾用察合台語寫的《巴布爾回憶錄》、甚至是中國明清傳奇小說中見到。到十六世紀末期，該方式已經是東方文學作品中常見的共通形式之一。

與內扎米《五部詩》等著作中的二畫師競技故事不同的是，穆斯塔法·阿里將摩尼替換爲其中的中國畫師，而且對競技的緣由、摩擦牆壁的過程、所謂鏡子的來源等細節都沒有清晰的交代。但穆斯塔法·阿里最大的特色就是對摩尼簡明而有深度的評價：

其中摩尼更是巧妙地結合了繪畫和設計的技藝，他用多樣的技巧和富於變化的色彩展現了真主在藝術家頭腦和想象力中的神奇創造。而且其他幾位藝術家在壁畫上使用的技巧也在摩尼的作品中有所體現。

半行詩：

他們所繪即存在。

散文

換言之，這位傑出的藝術家讓牆壁變得如此光彩照人，即使純淨的水也無法這樣通透。凡他所繪的圖畫都是光輝的，把這石頭做的牆壁變成了映照出眾生的明鏡。

作者詩句：

因其純淨天然質地，

---

[1] Cf. Esra Akin-Kivanç, ed., tr. and commented, *Mustafa Âli's Epic Deeds of Artists*, Leiden / Boston: E. J. Brill, 2011, p.278.

[2] （伊朗）內扎米·阿魯茲依·撒馬爾罕迪著，張鴻年譯：《四類英才》，商務印書館，2005年。

> 摩尼的設計成了對手的鏡子。
> 他爲聞名的傑作添上光澤，
> 讓其徹底展現天意。[1]

內扎米《五部詩》中僅僅稱讚了摩尼畫技的高超，而穆斯塔法·阿里明確指出"他用多樣的技巧和富於變化的色彩展現了真主在藝術家頭腦和想象力中的神奇創造"。這句話看似簡單，但實際上，它試圖揭示摩尼畫作與伊斯蘭教真主之間的內在關聯。換言之，正是通過畫死狗和競技的故事，穆斯塔法·阿里把一位摩尼教的"他者"——具有多種身份（穆斯林眼中的異教徒、摩尼教的創始人、"中國藝術家"）的摩尼——變成了一位受真主驅使、並能展示出真主"神奇創造力"的"同道中人"，能"徹底展現天意"的大藝術家。有關這種轉變的書寫在以往的穆斯林文獻中並不明顯，它將導致摩尼得到穆斯林的認同，而促成這種轉變的根本力量當然是穆斯塔法·阿里本人的宗教觀念。或許正是穆斯塔法·阿里將摩尼的身份進行了徹底的更換，從摩尼教徒變成了真主的追隨者。

與前述內扎米《五部詩》等文獻的比較可見，穆斯塔法·阿里對兩個故事的拼接以及將摩尼置入二畫師競技故事之中的做法，也體現了他所處的時代對口口相傳的故事、傳說或寓言的一種處理方式。由於摩尼作爲高超畫師的形象以及摩尼畫死狗等故事，在波斯與阿拉伯地區以口頭流傳的方式，傳播了很長的時間，並且擴展到西亞、南亞甚至中亞等廣大的區域。可以説，在經過了從上古至前近代的長時段、跨地域、跨宗教、跨語言、跨文化的流變之後，摩尼畫死狗的故事與其他能表現摩尼卓越才能的故事相互結合，並產生出新的故事形態，這也是跨宗教和文化交流中的一種常態。

從文體來看，《藝術家的史詩事迹》還是中古以來迅速發展的波斯與阿

---

[1] Cf. Esra Akin-Kivanç, ed., tr. and commented, *Mustafa Âli's Epic Deeds of Artists*, Leiden / Boston: E. J. Brill, 2011, pp.279-280.

拉伯傳記文學影響下的作品。用波斯語、阿拉伯語或者西亞其他語言創作的科學技術類著作，有時也採用傳記的形式，比如，十二世紀出現的託名蓋倫的插圖本《底野迦書》（*Kitāb al-Diryāq*，/Book of Antidotes or Theriac）中收錄了多種用於解毒的底野迦方，每條方劑下收錄了該方的來歷，特別敘述了配製該藥方的醫家的簡要傳記，可以説，該書就是伊斯蘭傳記文學流派流行時的產物[1]。之所以説《藝術家的史詩事迹》中對摩尼的書寫帶有傳記文學影響的印記，是因爲該書中除了敘述摩尼的那兩個故事之外，還記載了摩尼的出生地以及人生結局等情況。其内容如下：

  摩尼生於沙赫·巴赫拉姆·本·霍爾姆兹·本·沙普爾在位的時期。巴赫拉姆對他和他的親戚、好友都很仁慈慷慨，當摩尼的藝術水準逐漸成熟臻於完美之時，當時的聖賢都對他的晉升羡慕不已，甚至監視猜忌他。當聖賢們的離間計得逞，並向巴赫拉姆控告摩尼時，國王把他們聚集在一起，要求他們拿出真憑實據。儘管知道這些僞善之人在他死後也不會放過他，摩尼也没有理會對於他創作邪惡圖畫的控告。當他被要求悔過並拒絶交出所謂的邪惡圖片時，他們説應該放棄他，而摩尼一直都鄙視這些搬弄是非之人。最後根據法令，摩尼被判處剥皮並填以稻草示衆的極刑。因爲懼怕，他的追隨者紛紛陷入迷途，他們破壞了畫家的圈子。以下的詩句就是本書作者爲摩尼所作：
真理如令人費解的左手書體，
當世界的眼睛昏暗無光。
筆是繪畫藝術的魔法棒，
明亮的神聖旨意於他則是暗夜。
巴赫拉姆啊，那是中國的肖像畫家，

---

 1 Jaclynne J. Kemer, *Art in the name of science: Illustrated manuscripts of the Kitāb al-diryāq*, Ph.Dissertation, New York University, 2004.

身軀卻長眠於黃土之中。

嗜血的創子手將他剝皮，

摩尼的肚臍沒了麝香樟腦，

巴赫拉姆，沙普爾之子，這樣你就知道，

畫家摩尼如何作畫。

從此段可見，穆斯塔法·阿里筆下對摩尼的描述，一定程度上帶有傳記意味，但還算不上是嚴格的傳記文學作品或者宗教傳記。摩尼被控告的根本原因是因爲宗教衝突，即摩尼教和瑣羅亞斯德教之間的矛盾升級，而不是單純因爲摩尼畫藝高超所招致的羨慕和嫉恨，可見，穆斯塔法·阿里要麼是不熟悉以往的宗教史，要麼是有意識地淡化了這種宗教衝突。他並沒有說明歷史上的摩尼教和瑣羅亞斯德教之間的矛盾，其結果是容易讓讀者將摩尼"誤讀"爲伊斯蘭教史上的聖賢。

摩尼被害、剝皮和被塞填稻草示衆的情節，見於菲爾多西的《列王紀》、比魯尼（al-Biruni，973—1048）的《古代遺迹》（*Kitāb al-Āsār al-Bāqiya 'an al-Qurūn al-Khāliya,/The Remaining Signs of Past Centuries*；或名《古代民族編年史》，*The Chronology of Ancient Nations*）等文獻之中，并在《列王紀》和《古代遺迹》等著作的插圖本中，以圖像的方式得到更爲廣泛的流傳。《列王紀》有不同時代的許多插圖本，其中德國柏林國家圖書館所收藏的波斯語《列王紀》的一個十六世紀插圖本（編號 MS or.fol.359），繪製了摩尼被處死並被剝皮示衆而衆人圍觀的場景（見圖一）。該場景中，摩尼出現了兩次：被吊死和躺在地上示衆，在五顔

圖一 菲爾多西《列王紀》中的"畫家摩尼被處死"插圖

六色的人群映襯之下，摩尼那被剝去了皮膚的軀幹顯得格外地"奪目"，與四周的環境格格不入，也顯得格外淒慘。法國國家圖書館收藏的比魯尼的阿拉伯語本《古代遺迹》（編號BNF Arabe 1489），帶有精美的插圖，是十六七世紀之間繪製和抄寫的。該寫本或爲《古代遺迹》早期插圖本（比如英國愛丁堡大學圖書館收藏的十四世紀《古代遺迹》插圖本，編號MS Arabe 161）的複製本，其中也有一份有關摩尼被殺害的插圖（見圖二）。該圖構圖比較簡潔，在一座看似城門的建築旁邊，左右各有

圖二　比魯尼《古代遺迹》中的"摩尼被殺"插圖

兩位帶有頭光的"貴人"（宮廷人士或宗教高層），在察看並議論摩尼被殺之事。摩尼的頭顱被懸掛在建築上方，而其無頭並被剝了上身之皮的軀體斜躺在地上。雖然此圖中的圍觀者遠不如圖一那麼"熱鬧非凡"，但是該圖中摩尼尸首分離的場景顯得更爲血腥，與其他四人的表情所形成的衝突也更爲劇烈。穆斯塔法·阿里是否曾經見到過這些圖像，還不清楚。但無論如何，在他的心目中，摩尼被"無端"處死一事是藝術史上的一大慘劇，也是人類藝術史的一大損失，因此，他纔會賦詩一首，質問遠古的波斯國王巴赫拉姆，並對摩尼表達了深刻的同情和遺憾。就此而言，在穆斯塔法·阿里的心中，摩尼就不再是一位異端邪教的領袖，而是一位具有伊斯蘭教色彩的命運悲慘的大藝術家。

第三節 小 結

　　穆斯塔法·阿里《藝術家的史詩事迹》中對摩尼的描述雖然不多，但也是摩尼形象與故事流傳史中的重要一環，值得讀者關注。一方面，穆斯塔法·阿里從藝術史的視角，將摩尼視爲"中國藝術家"，是大師中的大師；將其他有名的大畫家與之相比，或者將其他畫家與摩尼和貝赫札德相比。另一方面，穆斯塔法·阿里從自身宗教觀的角度，有意（或"下意識地"）將摩尼的身份從異教徒的"他者"轉變爲受真主精神澆灌并能表達真主本質的"自己人"。雖然在某種程度上承襲了前代文獻對摩尼的書寫方式，但就總體書寫而言，穆斯塔法·阿里對摩尼形象的書寫，稱得上是"再造"或者"重塑"。其一，他補充與改寫了摩尼畫死狗的故事；其二，他又將摩尼置身於原有的"兩大畫家競技"的故事場景，使摩尼由與該故事毫不相干者變成該故事的主角。這樣的改寫既與一般的民間故事在口傳過程中所出現的衍變現象有關，也與十五六世紀絲綢之路的主要宗教舞台中，摩尼教日漸衰微，而伊斯蘭教日益佔據較大的話語權的態勢有關。

　　將《藝術家的史詩事迹》中與其他著作（如內扎米《五部詩》、莫拉維《瑪斯納維》、阿米爾·霍斯陸《五部詩》等）和圖像（如《列王紀》《古代遺迹》插圖本）中的摩尼故事進行比較，也有助於我們理解在不同時空與文化語境中，具有代表性的宗教人物形象的複雜變化過程，而相應的變化又總是與當時當地的宗教文化現實態勢息息相關，因爲所有的改寫都有其自身的宗教和文化邏輯。祇有清晰梳理了文本與圖像背後所引出的這些宗教與文化邏輯，我們纔能明瞭爲什麼在穆斯塔法·阿里的筆下摩尼會從"異教徒"變成顯示真主天意的大畫家。

第九章
佛教譬喻"二鼠侵藤"在古代亞歐的文本源流

魯迅先生在《集外集·〈痴華鬘〉題記》中說過:"嘗聞天竺寓言之富,如大林深泉,他國藝文,往往蒙其影響。"[1]不唯如此,印度古人慣於爭鳴,擅長玄想,廣爲譬喻,文學作品中的譬喻也是千姿百態,如遍地花開,琳瑯滿目。譬喻文學變化多端,從單個的譬喻、譬喻故事、譬喻經,乃至譬喻鬘集,連環纏繞,呈不可思議之態,起豁然開朗之效。印度譬喻流傳之廣大、影響之深遠,往往令讀者得未曾有,嘆服不已。本章以敦煌文獻中出現的"二鼠侵藤"譬喻爲例,在追溯該典故的文獻源頭的基礎上,分析該譬喻以佛教文獻爲中介在中國、日本和朝鮮半島的傳播,同時梳理該譬喻在古代歐亞的雙向與多維度的傳承。通過考察該譬喻在西亞民間故事集《凱里來與迪木奈》以及歐洲《伯蘭及約瑟夫書》等古代歐亞文本中的長時段流變,比較該譬喻的涵義在不同時空的宗教與文化場域中的異同,以揭示印度佛教文學的豐富性與傳承的複雜性,爲古往今來的人們在跨文明語境中的相互理解提供一個具有豐富內涵的實例。

---
[1] 魯迅:《魯迅文集》第七卷,人民文學出版社,1981年,第101頁。

第一節　敦煌文獻中"二鼠侵藤"譬喻的運用

在敦煌出土文獻中，除唐五代時期的官方文書之外，還有一些與宗教活動相關的實用型文書，其中包括書儀、患文、願文、齋琬文、邈真讚等。在這些體裁的作品中，常常會使用一些源自譬喻故事的典故或者意象，以增強作品的韻味，使表達更加多元和生動。太史文（Stephen F.Teiser）教授注意到，在敦煌患文的寫作中，不僅有一套大體相似的文本格式，而且也引用一些套式話語[1]。在這些套式話語中，就包含了類似"二鼠侵藤""四蛇毀篋"等來自印度的典故。

"二鼠侵藤"是姚秦時期漢譯佛經中出現的譬喻故事（詳下），常略稱爲"二鼠"。"二鼠"是指黑白兩隻老鼠，分別代表黑夜（月亮）和白天（太陽），表達光陰似箭、日月如梭的意思，以喻人命脆危。"二鼠侵藤"的較早用例出現在六朝時期的詩歌以及碑刻之中。道宣《廣弘明集》卷三十引梁天監年中的皇太子（蕭統）同作"八關齋夜賦四城門更作四首"，其中吟詠"南城門老"一事的四句詩乃諸葛巙所作，詩云："虛蕉誠易犯，危藤復將囓。一隨柯已微，當年信長訣。"[2] 其中"危藤復將囓"就使用了黑白二鼠咬囓危藤的典故。"二鼠"意象見於六朝的一些造像記等碑刻中，造像記的作者們常依漢地作文時講究詞語或意象對稱的習慣，將"二鼠"和"四蛇"並用。北齊天統五年（569）《棲閑寺邑義六十人造像記》中有"蕞悲二鼠交侵，形從電逝"之語。北齊武平元年（570）《楊映香等八十人造像記》中有"四蛇吐毒，二鼠侵株"之辭。武平二年（571）《邑師道略等造神尊碑像記》中也有"故知二鼠之暴不停，四蛇之毒蕞在"之表述。"二

---

[1] Stephen F.Teiser, "The Literary Style of Dunhuang Healing Liturgies (患文)",《敦煌吐魯番研究》第十四卷，2014年，第355-377頁。

[2]《大正新修大藏經》第五十二册，第354頁下欄至第355頁上欄。

鼠"譬喻在造像記中的出現，說明該典故開始從佛教的經典文獻中逐漸脫離出來，以獨立的、簡要的表述形態，已經"下行"，進入到中國北方民間的生活空間，成爲"群衆性功德活動"信仰形態中的一部分。這也是六朝時期佛教譬喻滲透到中國民間的初始化過程，其目的是爲了以多元的方式化導民衆。

"二鼠""四蛇"之喻的使用並無明顯的地域之分，也沒有雅俗之別，當然也不是佛教僧侶精英的專用之詞。敦煌文獻中的用例甚夥，其文體主要有以下數種：

1. 詩歌。P.2914《王梵志詩一卷》中的"愚夫癡杌杌"云："頂戴神靈珠，隨身無價物。二鼠數相侵，四蛇催命疾。似露草頭霜，見日一代畢。"[1]在王梵志的詩句中，還有不與"二鼠"合用的"四蛇"例，如"三毒日日增，四蛇不可觸"、"不覺四蛇六賊藏身內，貪癡五欲競相催"[2]。又，S.427《禪門十二時》詩云："喁（隅）中巳，所恨流浪俱生死，法船雖達涅槃城，二鼠四蛇從後至。人身猶如水上泡，無常煞鬼忽然至，三日病臥死臨頭，善惡之業終難避。"[3]敦煌本《佛說十王經讚一卷附圖》中的讚文也是詩歌："一身危厄似風燈，二鼠侵期（欺）嚙井螣（藤）；苦海不修橋筏渡，欲憑何物得超昇？"該詩後來成爲成都府大聖慈寺沙門藏川述《佛說預修十王生七經》中的一首詩偈。1987年，浙江台州靈石寺塔發現了十世紀中期的繪圖本《佛說預修十王生七經》（共五卷），其中也有這一詩偈[4]。

敦煌本《九想觀》一卷中的"第六觀 病在床"描述了病苦的情形，頗具特色：

---

1 項楚校注：《王梵志詩校注》，上海古籍出版社，1991年，第442頁。
2 同上書，第794、814頁。
3 郝春文編著：《英藏敦煌社會歷史文獻釋錄》（第二卷），社會科學文獻出版社，2003年，第313頁。
4 楊松濤：《靈石寺塔〈佛說預修十王生七經〉簡況》，《上海文博》2014年第1期，第49-57頁。楊松濤：《靈石寺塔〈佛說預修十王生七經〉考釋》，《佛教文化研究》第一輯，2015年，第307-326頁。（兩文實爲一文）。

第六觀　病在床。想中困苦斷人腸。

百骨節頭一時痛，黃昏魂魄膽飛揚。

左隨右轉如山重，昔時氣力阿誰將。

百味飲食將來吃，口苦嫌甘不肯嘗。

丈夫今日到如此，黃金白玉用何將。

縱使神農多本莫（草），唯遺老病斷承望。

路逢狂象來相趁，怕急將身入井藏。

井下四蛇催命促，攀枝二鼠咬藤傷。

此是眾生命盡處，君知者，審思量。

吾我只今何處在，千金究竟是無常。

如來上床靴履別，況凡夫，得久長[1]。

上博本《九想觀》中的"病在床"，不僅刻畫了患者的身節骨痛、飲食無味的慘狀，而且其中引用的四蛇二鼠譬喻，也強烈表達了生命的無常感。佛教通俗文藝中所敘述的這些病相與唐代墓誌中的疾病抒寫不無相似之處，都給了讀者難以言說的病苦感[2]。

2. 邈真讚。P.3718所收《馬靈信邈真讚》云："四蛇不順，二鼠侵煎。膏肓湊染，會散難蠲。"《閻子悅邈真讚》云："四蛇不順於斯晨，二鼠暗吞於寳（實）體。"《張良真寫真讚》云："四蛇不順於胸懷，二鼠闇吞於己體。"《范海印寫真讚》云："四蛇不順，二鼠侵牽。風燈不久，逝暎難延。"又，P.3930所收《張安信邈真讚》云："何期二鼠忽臨，四蛇將逼。

---

1 徐俊：《敦煌詩集殘卷輯考》，中華書局，2000年，第902-903頁。參見鄭阿財：《敦煌寫本〈九想觀〉詩歌新探》，《普門學報》第12期，2002年。該文收入鄭阿財：《敦煌佛教文獻與文學研究》，上海古籍出版社，2011年，第276-304頁。

2 陳昊：《石之低語——墓志所見晚唐洛陽豫西的疾疫、饑荒與傷痛敘述》，《唐研究》第十九卷，2013年，第331-360頁。

情歸大也（夜），魂掩泉臺。"[1]

3. 齋文。S.343《齋儀》中的"願文"云："知[泡]幻之不堅，悟浮生之難保。每驚二鼠，常懼（懼）四蛇。是知紅顏[易]念念之間，白髮變須臾之際。"[2] 王三慶整理的敦煌本《諸雜齋文》中也有"遂所（使）威力解骨，被二鼠之侵年；毒火熒（熒）軀，為四蛇[之]促命"的類似表述[3]。

4. 願文。S.2832《願文等範本》云："惟願病刀落刃，疾樹摧鋒；二鼠延長，色身堅固。"[4] 此處用"二鼠延長"來表達長壽之願望。P.2313《亡文等句段集抄》之六"願亡人"云："是以兩鼠催年，恒思囓葛；四蛇捉（促）命，本自難留。""囓葛"就是"侵藤"的同義語。又，同卷云："夫四山（蛇）逼命，千古未免其禍；二鼠催年，百代同追其福。是以擾擾娑婆，俱悲夭傷之痛；浩浩閻浮，共注枉奪之憂。"[5]

5. 患文。S.5561《僧患文》云："豈謂業風動性，水有逝流；往疾纏身，力微難進。每恐四蛇[之]毀怯（篋），二鼠之侵騰（藤）；霧露之軀，俄然變沒。"[6]

6. 其他佛文類。P.2341《佛文》云："然今施主知四蛇而同篋，悟三界之無常；造二鼠之侵騰（藤），識六塵之非救（久）。"[7] S.1523、S.2717《逆修》："加以性珠久清，心鏡先明；知泡幻之不返，[悟]浮生之難駐；每驚二鼠，恒懼四蛇。是知紅顏[易]念念之間，白髮變須臾之際。"[8] 此段與上引S.343《齋儀》中的文字大同小異。P.2587《建佛堂門樓文》中也有

---

1 姜伯勤、項楚、榮新江著：《敦煌邈真讚校錄并研究》，新文豐出版公司，1994年，第269、273、277、323頁。
2 郝春文編著：《英藏敦煌社會歷史文獻釋錄》（第二卷），社會科學文獻出版社，2003年，第136頁。
3 參見王三慶：《敦煌佛教齋願文本研究》，新文豐出版公司，2009年，第258頁。
4 黃徵、吳偉校注《敦煌願文集》，岳麓書社，1995年，第81頁。
5 同上書，第260頁。
6 同上書，第692頁。
7 同上書，第441頁。
8 同上書，第711頁。

對施主發願的同樣文句，云："加以性珠久淨，心鏡先明；知絕（泡）患（幻）而不堅，悟浮生而難駐。每驚二鼠，恒其（懼）四蛇。是知弘傾（紅顔）易念念之間，白髮變須臾之傾（頃）。"[1]又，P.2226中的《燃燈號》有云："既而歲侵鍾（鐘）漏，日逼幸（桑）榆；懼二鼠之危騰（藤），憂四蛇而毀篋。"[2]此段文字與P.2341中的《燃燈文》是完全一致的。又，S.543背《戒懺文等佛事文文集》中的"表嘆文"內，有一段對在座施主的描述："比爲寒暑差候，攝養乖方，染流疾於五情，抱煩痾於六府（腑）。力微動止，怯二鼠之侵騰（藤）；氣掇（惙）晨宵，懼四蛇之毀篋。"[3]S.2113V/4《乾寧三年（896）沙州龍興寺上座德勝宕泉勤修功德記》中，也有"二鼠來侵，四蛇定其昇降"的用法。

7. 疑僞經。敦煌本S.2692《法王經》在描述一位名叫"多欲"的人時，也有類似的譬喻："爾時衆中有一闡提，名曰多欲。從昔以來，多作惡業，專行十惡。爲諸憎恚嫉妒，四蛇牽引；爲諸妄想，二鼠嚙斷心根。猶如有人繩懸在樹，四蛇在下，吐毒向之。樹上二鼠嚙繩欲斷。若心滅，即三業淨。"杏雨書屋藏三階教寫本《普親觀盲頓除十惡法》中亦云："無常峻速，由如赤電。念念不住，如川馱流。亦如二鼠，日月相催。"[4]

8. 辭書。P.3650《籯金》的"佛法篇第卅八"，收錄了一個詞條："二鼠四蛇：日月相催，喻之二鼠。四大假和合，地水火風也。"

在這些不同體裁的文本中，"四蛇"是人體"四大"的譬喻用法。作爲一個帶有典故意義的固定譬喻程式，"四蛇"與"二鼠"並舉，用來表達對人生短暫、生命易逝的感嘆，或者是描述病患之際難以救治的無奈狀態。上

---

1 黃徵、吳偉校注：《敦煌願文集》，岳麓書社，1995年，第427頁。
2 同上書，第507頁。
3 郝春文編著：《英藏敦煌社會歷史文獻釋錄》（第三卷），社會科學文獻出版社，2003年，第158頁。
4 西本照真：《杏雨書屋所藏三階教写本〈普親観盲頓除十惡法〉の基礎の研究》，《印度學佛教學研究》第63冊第1號，2014年，第1–10頁。此見第7頁。

述文體性質略有不同的諸文本均使用了"二鼠"與"四蛇"的譬喻意象，無疑表明了該譬喻作爲一個典故在當時的敦煌及周邊地區是較爲流行的。

第二節 "二鼠侵藤"譬喻意象在中古中國及後世的流傳

"二鼠侵藤"譬喻不祇是見於隋唐五代時期的敦煌文獻之中，亦見於吐魯番地區的墓誌。《唐咸亨五年（674）張歡□妻唐氏墓表》的墓磚上刻有"爲四蛇奔逐，二鼠相摧，一旦無常，生於淨國"的慣用語[1]。在唐代内地的墓誌或者造像碑等石刻中，有的作者直接使用"二鼠侵藤"這個譬喻。許敬宗在《大唐弘福寺故上座首律師高德頌》中，用"皇情軫悼，怛二鼠之侵藤；列辟纏哀，驚四蛇之毁篋"來描繪唐貞觀九年圓寂的智首律師[2]。《唐故處士霍君（方）墓誌銘》中也有相同的表述："豈謂春秋代謝，寒暑推遷，二鼠侵藤，兩楹入夢。以長安二年（702）五月十八日，卒於弦歌里私第，春秋七十有六。"[3]在中古以來的石刻或其他文獻中，"二鼠侵藤"譬喻故事的意象有多種表達形式，試述如下：

1. 二鼠。在周紹良、趙超主編的《唐代墓誌彙編》中[4]，唐代永徽年間的《上故王氏郭夫人墓誌》中，有"何期逝川□駐，二鼠争催，構疾彌流，奄辭塵網"之語。龍朔年間的《大唐故張君墓誌銘》中，有"嗚呼！英聲遠振，隨二鼠而保全；懿範良規，□四時而不朽"的感嘆。《□□故郭處士墓誌銘並序》則描繪了"青蓮現相，浮光沙界之中；妙偈開流，乘法宇之内。

---

1 邱陵：《交河新出唐張歡□妻唐氏墓表釋讀訂正》，《西域研究》1998年第1期，第62-63頁。侯燦、吳美琳：《吐魯番出土磚誌集注》（下册），巴蜀書社，2003年，第556-558頁。又，町田隆吉：《〈唐咸亨四年（673）西州左憧憙墓誌〉をめぐって：左憧憙研究覚書（2）》，《国際学研究》第4號，2014年，第59-71頁（此見第65頁）。

2 王建中：《唐〈弘福寺首律師碑〉考釋》，《碑林集刊》第十輯，2004年，第31頁。

3 中國文物研究所、河北省文物研究所編：《新中國出土墓誌》（河北壹 下），文物出版社，2004年，第53頁。

4 周紹良主編，趙超副主編：《唐代墓誌彙編》，上海古籍出版社，1992年。

而四蛇難駐，汾川興漢帝之歌；二鼠不停，逝水發宣尼之嘆。"乾封年間的《唐故任同州白水縣令右任苑丘縣令各墓誌銘》則指出："不謂居詩易往，氣序遄流，嘆二鼠之相誣（噬），傷四蛇之見侵，巾承命鬢，啓期之壽爰登；眉秀素豪，黄公之齡斯契。"[1]此處就是將"二鼠"和"四蛇"相對應。咸亨年間的《口唐故王君墓誌銘並序》也指出，"既而四蛇不駐，方摧白鶴之姿；二鼠難停，詎閟青鳥之兆。"唐代開元年間的《幽棲寺尼正覺浮圖銘》也是"不謂三龍從毒，蔭宅將危；二鼠挺災，憂殘意樹"。乾元年間的《威神寺故大德思道禪師墓誌》云："時催二鼠，妖纏十夢，其年十二月，示身有疾，隨爲衆生。其月二日，禪河流竭，坐般涅槃，驚慟知聞，悲覃飛走。"咸通年間的《唐故天水狄府君墓銘》云："公於家夙夜匪懈，軌範有彰。豈謂四蛇吞運，二鼠侵魂。不康其身，疾裕漸殛。"

2. 鼠藤。唐代永徽年間的《大唐蜀王故西閣祭酒蕭公（勝）墓志》中描述墓主生病的情形爲"然而過鳥忽驚，悲鼠藤之何促；隙駒俄謝，怨鶴林之已空"。顯慶年間的《唐故李府君夫人安平鄉君吕氏（華）墓誌銘並序》也是以"憾以陽烏靡駐，隙驥難羈，三相弗留，鼠藤易盡"來描述人生易逝的感慨。兩個墓誌中的"鼠藤"就是"二鼠侵藤"意象的再現，許建平、王惠《碑誌典故詞考》一文對這兩處"鼠藤"用例進行了解釋[2]。

3. 井藤。唐代長安年間的《大周故處士邢府君墓誌銘並序》描述墓主是一名佛教信徒，"尤好內典，讀誦無倦，禮懺不疲，輕此身心，勤於舍施"。他受到佛教理論的熏陶，採取了一些佛教的處事態度，即"乘羊自樂，出火宅而遊四衢；畏鼠成災，攀井藤而離八難"。此處的"井藤"就是指受到"黑白二鼠"威脅的"井邊之藤"。墓誌的書寫者化用了原有的意象

---

1 參見曾良：《隋唐出土墓誌文字研究及整理》，"二鼠相噬"條，齊魯書社，2007年，第197頁。
2 許建平、王惠：《碑誌典故詞考》，《漢語史學報》第14輯，2014年，第183-189頁。"鼠藤"條，見第186頁。

涵義，而用"畏鼠成災，攀井藤而離八難"來表達出離俗世、追求涅槃的佛教理想，而不是用來表達人生易逝的感慨。唐代的另一方殘志也用"姜萱失榮，井藤仍謝"來描述生命的無奈凋謝過程。

"井藤"常與"岸樹"對應，或二者合爲"岸樹井藤"，其典均源自"二鼠侵藤"譬喻。"岸樹井藤"一語始見於玄奘法師的表文之中，即《大慈恩寺三藏法師傳》卷九中所引用的玄奘法師《請入嵩嶽表》。玄奘在表中就自己年邁的情形進行説明，"玄奘每惟此身衆緣假合，念念無常。雖岸樹井藤不足以儔免脆，乾城水沫無以譬其不堅。所以朝夕是期，無望長久，而歲月如流，六十之年颯焉已至。念兹遄速，則生涯可知。"[1]玄奘法師用"岸樹井藤"來比喻身體的脆弱不實。唐代殘志《唐故上騎都尉通直郎行永康令杜府君夫人朱氏墓誌銘並序》中就有相同的用法，"祈以淨因，虔仰六時，匪虧一念。知岸樹之非久，識井藤之不堅，豈積善之無徵，忽遷神於大暮"。

4. 藤鼠。梁元帝《梁安寺刹下銘》詩云："篋蛇未斷，藤鼠方緣。"梁簡文帝《淨居寺法昂墓銘》亦云："隟漏白駒，簾緣黑鼠。""藤鼠"與"鼠藤"是一對同素異序詞，所表達的意思基本相同。道宣《續高僧傳》卷十三《道岳傳》中云："自曠師没後，心常怏怏。恐藤鼠交侵，欻然長逝。異生難會，可不思耶？"[2]唐景雲年間的《大唐故毛處士夫人賈氏（三勝）墓誌銘》云："遂乃擯絶塵俗，虔歸淨土。最凡寫大乘經五百餘卷，造金、銅及素像一千餘軀。菜食長齋，禮懺忘倦。而篋蛇遄駭，藤鼠易危。諸佛來迎，忽睹白蓮之應；高梯已至，更聞青建之談。以景雲二年（711）閏六

---

1 參見慧立、彥悰著，孫毓棠、謝方點校：《大慈恩寺三藏法師傳》，中華書局，2000年，第206-207頁。該表亦收録於《大唐三藏玄奘法師表啓一卷》（或名《寺沙門玄奘上表記》）中。
2《大正新修大藏經》第五十册，第528頁中欄。

月九日,終於洛陽立行里之私第,春秋七十有四。"[1]天寶年間的《唐故上騎都尉王君之志銘並敘》亦云:"豈意藏舟□遠,藤鼠彫年,以天寶六載(747)正月十八日終於家,春秋七十有二。"

5. 懸藤。貞觀年間的《大唐雍州萬年縣故趙君墓誌銘》中云:"豈謂桑榆未照,暮槿遽彫。二鼠不停,懸藤已絕。"[2]此處的"懸藤"與"二鼠"相應,很顯然它就是指"二鼠侵藤"這一譬喻。

6. 危藤。調露年間的《大唐故亡尼七品誌文並序》云:"而露草忽凋,嘆危藤之易葩;馳波不駐,嗟聚沫之難□。"此處的"危藤"看似與"二鼠侵藤"譬喻沒有直接聯繫,但該詞與"露草"相對應,也是表示生命的脆弱。道世《法苑珠林》卷三十六中的一首偈頌曰:"雖寤危藤鼠,終悲在篋蛇。"此處的"危藤鼠"就是源自"二鼠侵藤"譬喻,它與"在篋蛇"相對應,也是偏正式詞組,其中的"危藤"是用來修飾"鼠"的一個名詞。

7. 井中蛇。蘇東坡的《三朵花》詩云:"兩手欲遮瓶裡雀,四條深怕井中蛇。"詩中的"四條井中蛇"很顯然也是用來指代"二鼠侵藤"這個譬喻,而不是源自《金光明經》中的"四蛇同篋"之説[3]。

自唐五代以後,禪宗語錄中常以"二鼠侵藤"作爲引起禪悟的習見話頭。北宋法眼宗禪僧道原編撰的《景德傳燈錄》卷十七的"湖南龍牙山居遁禪師"中,記載了一條相關的禪話。"僧問龍牙遁禪師:'二鼠侵藤時如何?'牙云:'須有隱身處始得。'僧云:'如何是隱身處?'牙云:'還見儂家麼。'"[4]此條禪話流傳不少,見於《四家錄》等禪宗文獻之中[5]。南宋普濟禪師編集《五燈會元》卷十三之"潭州龍牙山居遁證空禪師"中,禪

---

1 吳鋼主編:《全唐文補遺》第六輯,三秦出版社,1995年,第379頁。
2 周紹良、趙超主編:《唐代墓誌彙編續集》,上海古籍出版社,2001年,第21頁
3 陳明:《中古醫療與外來文化》,北京大學出版社,2013年,第21-23頁。
4《大正新修大藏經》第五十一冊,第337頁下欄。
5 椎名宏雄:《元版〈四家錄〉とその資料》,《駒澤大學佛教學部論集》第10號,1979年,第227-256頁。

第九章　佛教譬喻"二鼠侵藤"在古代亞歐的文本源流　281

師之間的問答也使用了"二鼠侵藤"[1]《五燈會元》卷十六的"福州中際可遵禪師"中云："上堂。禾山普化忽顛狂，打鼓搖鈴戲一場。劫火洞然宜煮茗，嵐風大作好乘涼。四蛇同篋看他弄，二鼠侵藤不自量，滄海月明何處去，廣寒金殿白銀牀。"[2]宋代懷深和尚的《慈受懷深禪師廣錄》卷三中，引用了《賓頭盧爲優陀延王說法經》故事，"復拈云：二鼠侵藤真百苦，四蛇圍井過千憂。忽然我（截）斷藤根子，道是千休與萬休。"[3]南宋四明石芝沙門宗曉編次《樂邦文類》卷五中的一首偈頌云："四蛇同篋險復險，二鼠侵藤危更危。不把蓮華栽淨域，未知何劫是休時。"[4]

在南宋僧人趙智鳳鐫刻的寶頂山石窟大佛灣北巖西部地獄變龕，有多首詩偈被稱作《地獄變經文偈頌》。其中的"太山大王"所附詩乃引自成都府大聖慈寺沙門藏川述《佛説預修十王生七經》的詩偈，即前文所云："一身危脆似風燈，二鼠侵欺嚙井籐（藤）。苦海不修橋筏渡，欲憑何物得超昇？"宋代呂徽之《詠雪用縢字韻》一詩的來歷，也與此譬喻有關。元代陶宗儀的《南村輟耕録》卷八中的"隱逸"條記載，"衆以'藤''縢'二字請先生足之，即援筆書曰：'天上九龍施法水，人間二鼠嚙枯藤。鷿鵜聲亂功收蔡，蝴蝶飛來妙過縢。'"[5]《宋稗類鈔》卷二亦引此事。

明代萬曆年間彭大翼編著了大型類書《山堂肆考》，其書卷一百五十三有"遇蛇逢鼠"條，文云："昔有人入井，遇四蛇傷足，上樹逢二鼠咬藤。四蛇喻四時，二鼠喻日月，迫促大限，無所逃耳。有偈曰：'入井四蛇催命促，攀枝二鼠咬藤傷。'"又，同書卷二百三有"鼠咬"條云："昔有人逃死入井，遇四蛇傷足，欲上樹，遇二鼠咬藤。"明代董斯張的《廣博物

1　CBETA, X80, p.271a.
2　CBETA, X80, p.338c.
3　CBETA, X73, p.124a.
4　《大正新修大藏經》第四十七册，第230頁上欄。
5　陶宗儀：《南村輟耕録》，中華書局，2004年，第98頁。此本中的"二鼠"原爲"一鼠"，顯誤，今改。

志》卷四十六引《法苑珠林》卷四十四中的《賓頭盧爲優陀延王説法經》故事。明代屠隆《婆羅館清言》中也有詩偈用此譬喻："天上兩輪逐電，晝夜不休；人間二鼠嚙藤，刹那欲斷。"清代陶季《舟車集》卷七所收《自警二首》詩，其一云："二鼠傷藤不可昇，四蛇螫足退無能。光陰類此宜先避，莫學空堂假雛僧。"類似的表述説明該譬喻在中土文獻（類書、筆記、詩歌等）中逐漸成爲了一個具有普遍意義的典故了。

"二鼠侵藤"譬喻的故事情節在明代小説中被套用或者加以改寫。最顯著的例子就是明代萬曆年間羅懋登的《三寶太監西洋記通俗演義》。該書共二十卷一百回。其中卷八的第三十九回《張天師連迷妖術，王神姑誤掛數珠》描述了下西洋取寶的張天師懸掛在半山之中的葛藤上的場景："一個白白如雪，一個黑黑如鐵"的"兩個小老鼠兒"來咬藤，而山脚下有正噴出毒氣的三條大龍與四條大蛇[1]。張培鋒已經指出，這一"藤摧墮井命難逃"式的情節"完全演義佛典，即《佛説譬喻經》"，且張天師所吟誦的以"藤摧墮海命難逃"爲首句的一首律詩，就是《十牛圖頌》中的偈語，"亦全取自《新刻禪宗十牛圖》"[2]。很顯然，羅懋登是化用了"二鼠侵藤"譬喻，將其用到一位具有道教色彩的天師身上，爲了符合故事的場景，他將"墮井"改爲了"墮海"。

"二鼠侵藤"不僅成爲文人學者和禪師常用的典故，也進入民間社會，用來表達民間信仰。寶卷是"一種帶有信仰色彩的民間説唱文學形式"，是民間宗教文獻的一種，内容非常豐富[3]。寶卷中不僅有世俗的口頭傳説資料，也多方引用文人詩文，以增強寶卷的藝術感染力，擴展其社會影響力。明清時期流傳民間的《梁皇寶卷》將"二鼠侵藤"譬喻故事的情節化入梁皇

---

1 羅懋登著，陸樹崙、竺少華校點：《三寶太監西洋記通俗演義》，上海古籍出版社，1985年，第504-509頁。

2 張培鋒：《佛禪詩話十則》（下），《書品》2010年第5期，第79頁。

3 車錫倫：《中國寶卷研究》，廣西師範大學出版社，2009年。

的夢中，并藉助誌公和尚的解夢來揭示該譬喻中各個意象的涵義：

> 那梁皇睡到三更，得其一夢。夢見二虎隨身，緊趕緊走，慢趕慢走，逃向前去，又見那萬丈深坑，上前無路。正在心慌之際，忽見坑邊有一株松樹，樹傍有株枯藤垂地。那武帝手攀枯藤上樹。又見左邊有四根毒蛇，右邊有三條惡龍。樹上蜜蜂做蜜，忽有幾點垂於武帝口中。帝吞貪味滋甜，擡頭一望，只見樹上有紅白二鼠，只齩枯藤。乃在樹上避虎，全要靠在此藤。若是此藤齩斷，跌下深坑，豈不被龍虎所害。忽然原來跌落深坑，嚇得那帝徧身冷汗，醒來卻是一夢。……
>
> 臣僧啓奏萬歲，一一詳解。那二虎是萬歲心猿意馬。萬丈深坑是萬歲身邊婦女姣妻。左邊四條毒蛇即是酒色財氣。右邊三條惡龍乃是三宮六院，彈唱笙歌，合宮嬪妃。枯藤乃是萬歲龍身。上有紅白二鼠，即是日月催過光陰。那蜜蜂之蜜是萬歲的花花世界。故此帝王貪愛甜和快樂，失墮凡塵。

可以説《梁皇寶卷》對"二鼠侵藤"譬喻進行了比較典型的本土化處理，其中對該譬喻中各個意象的涵義的解釋，與印度佛經中的解釋（見下文）有很大的差別，凸顯了"美色是割骨鋼刀"這一觀念。

中土的道教典籍中也有對"二鼠侵藤"譬喻的使用，甚至修改。宋代蕭廷芝《修真十書金丹大成集》卷十一的第四十三首偈云："玄珠搬運上崑山，兩扇朱門日月閑。捉取四蛇並二鼠，虎龍交媾一時間（間）。"此處既然是"四蛇"和"二鼠"並列，那麼，它的源頭就是這個二鼠侵藤譬喻。很顯然，在道教徒的眼中，他們也認可這個譬喻。元代李道純撰、門弟子柴元臯等編次《清庵瑩蟾子語錄》卷一《答問錄》中，引述了唐大顛禪師寶通對《心經》的注疏內容，即：

> 大顛《心經注》云：有僧問岑和尚："二鼠侵藤如何淘汰？"岑

曰："今時人須是隱身去。""敢問何謂隱身？"師曰："何須待零落，然後始知空。須是只今件件不着，事事不染，我不見一切物，則一切物亦不見我，是謂隱身也。"[1]

這是對佛教注疏的直接引用。明代理學家羅洪先《衛生真訣》所載"仙傳四十九方"，得自於在洛陽梨春院邂逅的朱神仙，屬於道教導引功法。其四十九法均以道教人物或神仙命名，第九方爲"張紫陽（即北宋道士張伯端）搗礎勢"，在功法和藥方（寬中湯）之後，有一首詩，其詩曰："二鼠侵藤不自由，四蛇圍井繞藤遊。一朝咬斷藤根子，正便千休及萬休。"[2] 這首詩也是改寫自前文所引宋代《慈受懷深禪師廣録》卷三中的那首偈頌。"二鼠侵藤"譬喻被道教徒化用，旨在説明人生虛弱，從而強調道教功法可以延年養生。

元浮雲山聖壽萬年宮道士趙道一修撰《歷世真仙體道通鑑》卷十八"張天師"，引述了一個真人鎮壓鬼軍的故事，其中的情節有："真人化一大石，可重千餘斤，以藕絲懸之，徧滿鬼帥營上，令二鼠争噴（嚙）其絲，欲壓殺其衆。鬼帥等無所逃避，同聲哀告，願乞餘生，即當遠去，不敢害及生民。"[3] 雖然這個道教故事的語境與佛教二鼠侵藤譬喻完全不同，但其中二鼠咬斷藕絲可以滅殺鬼軍的情節，卻又與二鼠咬斷藤根讓人毁滅有幾分神似。這説明道書在設計此故事時，或許受到了此佛教譬喻片段的啓發。

1《清庵瑩蟾子語録》出自《正統道藏》的"太玄部"。

2 羅洪先：《衛生真訣·仙傳四十九方》，中醫古籍出版社，1987年，第21頁。此處還有導引功法圖。參見魏燕利：《明代理學家羅洪先所傳道教導引功法"仙傳四十九方"考》，《宗教學研究》2015年第4期，第44-51頁。

3 趙道一撰：《儷鑒》（上）卷十八，江蘇廣陵古籍刻印社，1997年，第581-630頁。

第三節　單個譬喻、譬喻故事與譬喻經：漢譯佛經中的"二鼠侵藤"源流

"四蛇"與"二鼠"之典故無疑來自佛經。前輩學者也早已指出，"四蛇同篋"之說源自《金光明經》，而"二鼠侵藤"與漢譯的多個佛教譬喻故事有關。

"兩鼠""四蛇"之單個譬喻用法，在漢譯佛經中不乏其例。北宋法護譯《佛說大乘菩薩藏正法經》卷二十四〈持戒波羅蜜多品第七〉云："又此眼等猶如苦井，老病、死苦、四蛇、二鼠交相侵迫。此苦井中，無我無人，乃至離一切相，此中何有貪愛之者？"[1]此處將"眼"（人體的代表器官之一）比喻爲一口苦井（即指人生），與老病死苦相關的"四蛇"與"二鼠"對人體交相進行侵迫。此處的單個譬喻應該是從早期的相關譬喻故事濃縮而來，換言之，該單個譬喻的背後實際隱含了一個完整的故事，因此，祇有知曉此故事的全貌，纔能理解這類單個譬喻的準確涵義。

1.《衆經撰雜譬喻》中的譬喻故事

比丘道略集、姚秦三藏法師鳩摩羅什（344-413）譯《衆經撰雜譬喻》卷上的第八個故事，沒有故事的名稱。該故事主要批評"一切衆生貪著世樂，不慮無常，不以大患爲苦"的現象。爲了說明這一情況，作者使用了一個聖人常用的譬喻故事。具體內容如下：

> 譬如昔有一人遭事應死，繫在牢獄，恐死而逃走。國法若有死囚踰獄走者，即放狂象令蹋殺，於是放狂象令逐此罪囚。囚見象欲至，走入墟井中，下有一大毒龍張口向上，復四毒蛇在井四邊，有一草根，此囚怖畏，一心急捉此草根。復有兩白鼠嚙此草根，時井上有一大樹，樹中

---

[1]《大正新修大藏經》第十一冊，第840頁中欄至下欄。

有蜜，一日之中有一滴蜜，墮此人口中。其人得此一滴，但憶此蜜不復憶種種衆苦，便不復欲出此井。[1]

聖人借此故事爲喻，是爲了說明人生苦短，日月如梭，壽命日日損減而不會有片刻的停息，然而衆生貪著世間的各種娛樂，卻忘記了生死之大患。該故事的主旨是強調"行者當觀無常，以離衆苦"。在該故事中，其主人公是一名逃獄的死囚，他被狂象追殺而走入墟井，是當地法律處置的結果。值得注意的是，該故事中的"兩白鼠"不確，其中的"兩"很可能是"黑"字之形誤。

2. 十卷本《譬喻經》第七卷中的"人遇象逐墮深谷際天降甘露遂得昇天"故事

寶唱《經律異相》卷四十四中，收錄了一個名爲"人遇象逐墮深谷際天降甘露遂得昇天"的故事，并注明其出自《譬喻經》第七卷。《經律異相》摘錄了多種名稱略異、卷數不同、出自不同作者、譯者（或編撰者）之手的《譬喻經》[2]。《經律異相》中標注的譬喻類相關經本有《百句譬喻經》《惟婁王師子乳譬喻經》《舊譬喻經》《舊雜譬喻經》《法句譬喻經》《雜譬喻經》《十卷譬喻經》《一卷雜譬喻經》等。其中的十卷本譬喻經又有三種，即東晉成帝在位時期由康法邃撰集的十卷本《譬喻經》、失譯十卷本《譬喻經》和失譯十卷本《雜譬喻經》。"人遇象逐墮深谷際天降甘露遂得昇天"的原本或許是康法邃的十卷本《譬喻經》。該故事的主要內容如下：

　　昔有人行空澤中，見一黑象。人念："此象必來害我，我當殺之。"象亦念言："人必殺我，我當厄之。"人便捨去，象從後逐。前走數里，墮一深谷。谷絕無底，即於岸邊捉持樹根。其形如指，尋根而

---

[1]《大正新修大藏經》第四冊，第533頁上欄至中欄。
[2] 陳洪：《〈經律異相〉所錄譬喻類佚經考論》，《淮陰師範學院學報》2003年第3期，第384-389、393頁。收入氏著：《佛教與中古小說》，附錄二，學林出版社，2007年，第240-254頁。

下，懸在岸邊。象於谷上以鼻撈之，欲及不及。下向見底，但是舒鐵，復有兩鼠共齧樹根。又三黑蛇出頭欲嚙。復有蚖蛇來螫其眼。其人念曰："今日死矣。"仰天求救，聲哀情至。天降甘露淦其口。始得一渧，二鼠去。得二渧，毒蛇捨之。得三渧，黑象自還。得四渧，蚖蛇除。得五渧，深谷自平，出在平地。天爲化導，將還天上。[1]

此故事的前半部分"人遇象逐，墮深谷際"與《衆經撰雜譬喻》中的"二鼠侵藤"故事大體相似，而後半部分"天降甘露，遂得昇天"則與之基本不同，因此，此故事與"二鼠侵藤"譬喻應該屬於平行故事文本的關係。此故事中也沒有《衆經撰雜譬喻》中那樣一一列舉出故事中的意象及其譬喻意涵，因此，二者的故事主旨也存在根本的差異，此故事是説明"天降甘露"的神奇，而不是批評世人貪圖享受而忘記修習佛法脱離生死輪迴之苦。

3.《賓頭盧突羅闍爲優陀延王説法經》

《賓頭盧突羅闍爲優陀延王説法經》（一卷本）是劉宋天竺三藏求那跋陀羅譯。該經的開篇沒有漢譯佛經常見的"如是我聞，一時佛在……"這類序文，而是直接以"欲樂味甚少，憂苦患甚多，是以智者應修方便，速離衆欲，勤修淨行"這樣的主旨開篇點題。此句之後纔出現了"我昔曾聞"，引導出經文。類似這樣的經文結構在其他漢譯佛經中也有。僧伽斯那撰、吳月支優婆塞支謙譯《菩薩本緣經》分爲三卷，共有八品。其開篇〈毘羅摩品第一〉在五言偈頌之後，就是由"我昔曾聞"來引導出故事。《菩薩本緣經》中類似的表述還有"如我曾聞""如我昔曾聞"等。馬鳴菩薩造、後秦三藏鳩摩羅什譯《大莊嚴論經》中，也有幾處的格式與《賓頭盧突羅闍爲優陀延王説法經》基本相似，也是先簡要點明主旨，再以"我昔曾聞"來引導故事。這些經文提醒我們，在漢譯佛經的開篇敘事中，存在著多種方式，不僅

---

[1]《大正新修大藏經》第五十三册，第233頁下欄至第234頁上欄。

僅是"聞如是"或"如是我聞"而已。

《賓頭盧突羅闍爲優陀延王説法經》的主體是輔相之子賓頭盧突羅闍（Piṇḍola- bhāradvāja）與優陀延（Udāyi）王子之間的對話。該經的後半部分爲了闡述在危脆無常的人生中若嗜欲愚癡則會導致墮落這一道理，賓頭盧突羅闍略説了一個譬喻，來强調"諸有生死，著味過患"這一主旨。該譬喻的主要内容是：

> 昔日有人，行在曠路，逢大惡象。爲象所逐，狂懼走突。無所依怙，見一丘井，即尋樹根，入井中藏。有白黑鼠，牙齧樹根。此井四邊，有四毒蛇，欲螫其人。而此井下，有大毒龍。傍畏四蛇，下畏毒龍。所攀之樹，其根動摇。樹上有蜜三渧，墮其口中。于時動樹撑壞蜂窠，衆蜂散飛，唼螫其人。有野火起，復來燒樹。[1]

賓頭盧突羅闍在經文中一一解釋了該故事涉及的多個意象（大惡象、丘井、樹根、白黑鼠、四毒蛇、大毒龍、蜜、衆蜂等）的譬喻涵義，進而點明世間之人衆苦所逼，不應愛著的佛教義理。值得注意的是，"樹上有蜜三渧"中的"三"字或許是"五"字之誤。《賓頭盧突羅闍爲優陀延王説法經》的這個譬喻又被道世《法苑珠林》卷四十四所引用，進一步擴展了該經的影響範圍。

4.《佛説譬喻經》

大唐三藏法師義淨譯《佛説譬喻經》是一部很簡短的經文，其開篇爲常見的佛經序文"如是我聞：一時薄伽梵，在室羅伐城逝多林給孤獨園"。該經没有過多的理論鋪墊，而是直接敘述佛世尊向勝光王略説一個譬喻。該經與《賓頭盧突羅闍爲優陀延王説法經》的後半部分大體相同，其結構是世尊略説譬喻——勝光王詢問原因——世尊解釋譬喻的意涵——世尊重説頌。

---

[1]《大正新修大藏經》第三十二册，第787頁上欄至中欄。

"世尊重説頌"是指佛陀用"重説頌"形式的詩句將譬喻的意涵再説一遍。這種"重説頌"的格式未出現在《賓頭盧突羅闍爲優陀延王説法經》之中。《佛説譬喻經》中的故事主體内容爲：

> 乃往過去，於無量劫，時有一人，遊於曠野，爲惡象所逐，怖走無依。見一空井，傍有樹根，即尋根下，潛身井中。有黑白二鼠，互齧樹根；於井四邊有四毒蛇，欲螫其人；下有毒龍。心畏龍蛇，恐樹根斷。樹根蜂蜜，五滴墮口，樹搖蜂散，下螫斯人。野火復來，燒然（燃）此樹。[1]

又，明代宣城人徐元太所編類書《喻林》卷二十八中也引用了此《佛説譬喻經》。該經的主旨與《賓頭盧突羅闍爲優陀延王説法經》所闡發的義理没有什麽不同。不過，從形式上看，"二鼠相侵"在《佛説大乘菩薩藏正法經》中僅僅是一個典故；"二鼠侵藤"譬喻在《衆經撰雜譬喻》中是譬喻故事集的故事之一，具有相對的獨立性；"二鼠侵藤"譬喻在《賓頭盧突羅闍爲優陀延王説法經》中則是唯一的故事，用來闡明佛理；而在《佛説譬喻經》中，該譬喻演變成一部單獨流行的佛經。此外，該譬喻的平行文本也被收録到譬喻故事集《譬喻經》（十卷本）之中。雖然該譬喻的篇幅不大，但是，它的衍生與變化過程仍然值得我們去充分地關注，因爲它是考察佛教譬喻文學演變（從譬喻到譬喻故事，再到譬喻故事集或者單獨流通的譬喻經）的重要實例之一。

5.《注維摩詰經》與《維摩經義疏》中的闡釋

同樣的故事還見於後秦釋僧肇選《注維摩詰經》卷第二"方便品"、胡吉藏撰《維摩經義疏》卷第二"方便品"之中。釋僧肇在《注維摩詰經》中解釋"是身如丘井"這一譬喻時，引用了鳩摩羅什法師對該譬喻的講

---

[1]《大正新修大藏經》第四册，第801頁中欄。

解，即：

> 什曰：丘井，丘墟枯井也。昔有人有罪於王。其人怖罪逃走，王令醉象逐之。其人怖急，自投枯井。半井得一腐草，以手執之。下有惡龍，吐毒向之。傍有五毒蛇復欲加害。二鼠嚙草，草復將斷。大象臨其上，復欲取之。其人危苦，極大恐怖。上有一樹，樹上時有蜜滴落其口中。以著味故，而忘怖畏。丘井，生死也。醉象，無常也。毒龍，惡道也。五毒蛇，五陰也。腐草，命根也。黑白二鼠，白月、黑月也。蜜滴，五欲樂也。得蜜滴而忘怖畏者，喻眾生得五欲蜜滴不畏苦也。[1]

鳩摩羅什在譯經的同時，將相關的佛經內容向僧徒或信眾們進行講解。羅什法師對此"二鼠侵藤"譬喻是很熟悉的，他的這一講解後世也多被引用於《維摩經無我疏》《維摩經文疏》和《溈山警策句釋記》等文本之中。

《維摩經義疏》卷第二"方便品"中，吉藏實際上引用了僧肇和鳩摩羅什有關"人在丘井"的解釋，其文字與《注維摩詰經》基本相似，即：

> 羅什曰：丘墟，朽井也。前有人，犯罪於王。其人逸走，令醉象逐之。其人怖急，自投枯井。半井得一腐草，以手執之。下有惡龍，吐毒向之。傍有五毒蛇，復欲加害。二鼠嚙草，草復欲斷。大象臨其上，復欲取之。其人危苦，極大怖畏。上有一樹，樹上時有蜜滴，落其口中。以著味故，而忘怖。丘井，生死也。醉象，無常也。毒龍，惡道也。五毒蛇，五陰也。腐草，命根也。白黑二鼠，白月、黑月也。蜜滴，五欲樂也。得蜜滴而忘畏苦，喻眾生得五欲蜜滴不畏苦也。[2]

---

[1]《大正新修大藏經》第三十八冊，第342頁中欄。
[2] 同上書，第934頁下欄。

"二鼠侵藤"的典故也被收入佛教辭典之中，南宋姑蘇景德寺法潤大師法雲編《翻譯名義集》卷五"增數譬喻篇第五十三"的"四蛇"條，就有相應的歸納：

> 四蛇　《金光明》云：猶如四蛇，同處一篋。四大蚖蛇，其性各異。《天台釋》云：二上昇是陽，二下沈是陰。何故相違，猶其性別。性別那能和合成身？故《大集》云：昔有一人，避二醉象生死，緣藤命根入井無常，有黑白二鼠日月，嚙藤將斷。旁有四蛇欲螫四大，下有三龍吐火，張爪拒之三毒。其人仰望，二象已臨井上，憂惱無託，忽有蜂過，遺蜜滴入口五欲，是人唼蜜，全亡危懼。[1]

此處的"二鼠侵藤"譬喻引自"《大集》云"，與宋代元照《四分律行事鈔資持記》卷二中的説法一致。但《大集》一般是指《大方等大集經》，而在《大方等大集經》中並無與此段相應的文字，故此處的"《大集》"疑有誤。

第四節　印度史詩《摩訶婆羅多》與耆那教文獻中的"二鼠侵藤"譬喻

作爲印度古典文學的代表作品之一，《摩訶婆羅多》的内容極爲豐富，收錄了很多來自民間的故事、插話等内容，其中有不少亦見於佛經之中[2]，

---

[1] 《大正新修大藏經》第五十四册，第1141頁下欄。
[2] Renate Söhnen-Thieme, "Buddhist tales in the *Mahābhārata*?" In: Petteri Koskikallio, ed., *Proceedings of the Fourth Dubrovnik International Conference on the Epics and Puranas.* Zagreb: Croatian Academy of Sciences and Arts. 2009.pp.1-24.

比如，"三條魚"的故事[1]、一角（獨角、鹿角）仙人的故事等[2]。《摩訶婆羅多》中有許多不同形式的譬喻，其譬喻的内容來源包羅萬象，包括天神類、自然類、獸類、鳥類、昆蟲、植物、金屬、珠寶、親屬、仙人、國王、歷史與傳説人物、其他各色人等、哲學術語、物質文化、超自然事物等，這些譬喻既有强烈的文學色彩，又反映了印度古代文化的一些内在特徵，因此值得在比較文學和比較文化研究的視野中進行深入的探討[3]。

用老鼠侵藤來表明生命岌岌可危的譬喻用法，並不僅僅見於古代印度的佛經之中。印度大史詩《摩訶婆羅多》中就有三處類似的用法。

其一，《摩訶婆羅多》的《初篇》第十三章中的"阿斯諦迦篇"就描寫了，"阿斯諦迦的父親闍羅迦盧在漫遊的途中，看見自己的列位祖先，一個個腳朝上、頭朝下倒懸在一個大洞穴中，一簇毗羅那香草雖然把他們掛住了，但久住在這洞穴的一隻老鼠，卻在偷偷地從四面咬那草根呢。"[4]闍羅迦盧的祖先們懸掛在毗羅那香草上，老鼠正在從四面咬那草根這一場景，與前文所述《衆經撰雜譬喻》等佛經中的"二鼠侵藤"譬喻的前半部分，有異曲同工之妙。

其二，《摩訶婆羅多》的《初篇》第四十一章中歌人進一步描述了這一場景，"祖先們憑借的毗羅那香草，祇剩下細細的一條根了。有一隻住在洞穴里的老鼠，又將那惟一的根慢慢地啃食"[5]。而這隻老鼠也被視爲"它就是具有偉力的死神"。那細細的一條草根是其家族之綫的單脈相傳。

1　陳明：《三條魚的故事——印度佛教故事在絲綢之路的傳播例證》，《西域研究》2015年第2期，第63-83頁。該文收入陳明：《印度佛教神話：書寫與流傳》，中國大百科全書出版社，2016年，第397-424頁。

2　陳明：《一角仙人故事的文本、圖像與文化交流》，《全球史評論》第八輯，2015年，第32-83頁。該文收入陳明：《印度佛教神話：書寫與流傳》，中國大百科全書出版社，2016年，第258-315頁。

3　參見謝秉强：《〈摩訶婆羅多〉譬喻研究》，北京大學碩士學位論文，2012年6月。

4　（印）毗耶娑著，金克木、趙國華、席必莊譯：《摩訶婆羅多》（一），中國社會科學出版社，2005年，第53-54頁。

5　同上書，第104頁。

其三，《摩訶婆羅多》中與佛教二鼠侵藤譬喻總體相似的敘述，出現在該史詩第十一篇《婦女篇》的第五至第六章[1]。持國（Dhṛtarāṣṭra）請求維杜羅（Vidura）爲他詳細講述智慧之路，維杜羅就用"通曉解脱的人們運用的一個比喻"。該故事的大致情節是：一位婆羅門跑到了充滿野獸的大森林中，在恐懼中亂闖，掉進一口水井，倒懸在井邊的蔓藤上。一頭六嘴、十二足的黑斑大象向井邊走來。森林中有可怕的女人，井下有蛇。蔓藤樹枝上的蜂蜜滴落到他的口中，而此時許多黑鼠和白鼠在啃掛住他的樹，大樹搖搖欲墜。他還迷戀在蜂蜜的甜味之中，而没有顧及身處恐怖和危難之中。維杜羅又詳細地向持國講解了這個譬喻中的各個意象（森林、猛獸、女人、水井、大蛇、藤蔓、大象、黑白老鼠、蜂蜜等）所表示的涵義。《摩訶婆羅多》中的這一比喻與佛教二鼠侵藤譬喻的情節没有太大出入，但《摩訶婆羅多》對森林恐怖環境的描述是佛經中没有的，而且該史詩中還出現了"一個極其可怕的女人用雙臂環抱森林"的獨特意象。當然，史詩與佛經二者最大的不同表現在宗教色彩的差異上。《摩訶婆羅多》是比較典型的婆羅門教（印度教）作品，與佛經中所宣揚的佛教義理有根本的差異。不過，就此"二鼠侵藤"譬喻而言，其中的各個意象在《摩訶婆羅多》以及上述的《佛説譬喻經》等佛經文本中的涵義解説差别并不大。《摩訶婆羅多》中，該故事屬於"通曉解脱的人們運用的一個比喻"，其主旨是講述智慧之路，使聰明人聽了之後，能砍掉輪迴之輪的運轉，擺脱輪迴之輪的束縛[2]。上述佛經中的"二鼠侵藤"譬喻則多是强調人們應該認識到生命的脆危而不應去貪圖愛欲。

由於印度古代文獻的年代次序比較難以考查，且《摩訶婆羅多》這類大

---

1 （印）毗耶娑著，黃寶生等譯：《摩訶婆羅多》（四），中國社會科學出版社，2005年，第908-910頁。

2 Cf. Nicholas Sutton, *Religious Doctrines in the Mahābhārata*, Delhi: Motilal Banarsidass, 2000, p.78.

型史詩基本上是長期層累而形成的，其中的譬喻故事收錄的年代與來源均無法釐清，祇能有大致的時限。就年代而言，收錄了"二鼠侵藤"譬喻的相關佛經的漢譯年代是在五世紀，其翻譯年代或許比《摩訶婆羅多》的成書年代要晚一些，因此，我們大致可以認爲，來自民間的"二鼠侵藤"譬喻被史詩《摩訶婆羅多》收錄，同時也進入了佛教徒的視野之中，被編入佛教譬喻故事集，此後還成爲一部獨立的佛經而傳世。其中，鳩摩羅什不僅翻譯過《衆經撰雜譬喻》，而且在講解《維摩詰經》時，還用此譬喻來爲"人身如丘井"作注釋。此外，鳩摩羅什所譯《大莊嚴論經》卷五中云："我昔曾聞，有婆迦利人至中天竺，時天竺國王即用彼人爲聚落主。時聚落中多諸婆羅門，有親近者爲聚落主説《羅摩延書》，又《婆羅他書》，説陣戰死者命終生天，投火死者亦生天上，又説天上種種快樂。"[1]這一記載點明《婆羅他書》（即《摩訶婆羅多》）在當時已經有所傳唱，而鳩摩羅什對此史詩也不無瞭解。在鳩摩羅什的知識庫中，就此"二鼠侵藤"譬喻的流傳而言，《摩訶婆羅多》與《衆經撰雜譬喻》等相關的佛經有了交集。

耆那教是與佛教同時期出現的印度宗教流派，同爲古代印度文化的産物，二者的傳統文獻中均有不少與婆羅門教（及印度教）相關的譬喻與敘事[2]，"二鼠侵藤"譬喻就是三大宗教交叉共用的故事之一。有學者（博客網名Mondanité，在"豆瓣"的網名爲Mondain）指出，該譬喻在耆那教傳統里稱爲"蜜滴譬喻"（Madhubindu-dṛṣṭānta，故事主人公名爲"蜜滴"），共有四處用例，即：其一，六世紀的《富天遊記》（Vasudevahiṇḍi）在記載黑天（Kṛṣṇa）之父富天（Vasudeva）的百年遊歷奇遇時，使用了此譬喻。其二，約生活於七世紀中期的耆那教白衣派僧人師子賢（Haribhadra，

1　《大正新修大藏經》第四册，第280頁下欄至第281頁上欄。
2　Cf. Naomi Appleton, *Shared Characters in Jain, Buddhist and Hindu Narrative: Gods, Kings and Other Heroes*, Routlegde, 2016.

或謂459—529）的著作Samarāicca-kathā（The Story of Samarāicca）與其簡本《戰日故事》（Samarāditya-kathā / The Story of Samarāditya），該書用故事的形式講述業報在輪迴中的功效。其三，十二世紀耆那教僧人金月（Hemacandra）的《耆那教諸長老傳》（Sthavirāvalīcarita / The Lives of the Jain Elders）第二章（2: 191-221）。其四，無量行（Amitagati）的著作《法觀》（Dharmaparīkṣā）第二章（2:5-21）[1]。

在上述四部耆那教著作中，《戰日故事》一書中（2: 55-80）的情節大致如下[2]：

> 一位男子因為家境貧寒而外出遊蕩，迷路之後誤入一片森林，碰見了一頭發瘋的大象以及一群妖魔鬼怪。他嚇得發抖，四處亂竄，看見東邊有一株榕樹。他趕緊跑到樹邊，由於害怕而四肢發軟，無法爬到高高的樹上。他看到旁邊一口覆蓋著草的舊井，就沿著榕樹的根而下到井邊。他抓住井邊的蘆葦叢，在他下方有可怕的蛇群，井底有一條黑色的巨蟒，其身軀如大象粗壯，瞪著血紅的眼睛。抓住蘆葦可確保性命一時無憂，他正這麼想著，抬頭一望，祇見一白一黑兩隻大老鼠正在咬著蘆葦根，而發狂的大象也來到了井口，撞擊著榕樹。樹上群蜂亂飛，有的飛過來螫他。蜂巢上滴落的蜂蜜從他頭上流到了他的唇邊，他渴望般地舔著甜甜的蜂蜜，而忘記了所有面臨的恐懼。什麼巨蟒、蛇群、大象、

---

[1] Mondanité 的博文《人云亦云》比較詳細地討論了這個譬喻的流傳情況，尤其是其在古代歐洲文獻中的演變情形，可謂資料宏富，令人大開眼界。Cf. http://www.mondanite.sodramatic.net/archives/165，[訪問日期：2016-12-20] 根據該博文對耆那教文獻中的"蜜滴"譬喻的列舉，還可參見以下文獻：R.C.C.Fynes, tr., *Hemacandra: The Lives of the Jain Elders*, Oxford, New York: Oxford University Press, 1998, pp.52-54. Narendra Singh, ed., *Encyclopaedia of Jainism*, Anmol Publications Pvt Ltd, 2001, pp. 6979–80. Helmuth von Glasenapp, *Jainism: An Indian Religion of Salvation*, Delhi: Motilal Banarsidass Pulication, 1999, p. 341, n. 22.

[2] Cf. Ainslie T. Embree, ed., *Sources of Indian Tradition*, Volume One: *From the Beginning to 1800*, New York: Columbia University, Second Edition, 1988, pp.59-61. Also Cf. Duli Chandra Jain, ed., *Studies in Jainism: Reader 2*, New York: Jain Study Circle Inc., 1997, pp.13-14.

老鼠、深井、蜜蜂等，都被他置於腦後。

在耆那教徒看來，這個譬喻故事"有力地揭示了通往自由之途中的人們的思想"，其中的諸意象也有深刻的象徵意義：

> 該男子是生命靈魂，他在森林中的遊蕩是四種生存的方式；狂象是死亡；鬼怪喻老年；榕樹是拯救，在那裡沒有死亡（大象）的恐懼，不沉湎於肉欲的人方可抵達；井是人的生命，而群蛇是諸般情感；祇有克服了情感的人纔知道自己不應該做什麽；蘆葦簇是人的生命跨度，在此期間靈魂得以依存；咬草根的老鼠分別是黑夜和白天；螫人的蜜蜂是諸病，病痛折磨人使之無一刻的歡愉；可怕的巨蟒是地獄，受制於感官娛樂的人纔會掉進地獄，人在其中靈魂也會受到千般痛苦；蜜滴是平凡的快樂，最後卻很可怕。在這樣的危險和困難之中，一個聰明人怎麽可能去渴望這些欲樂呢？

對比上文所引的佛經、史詩《摩訶婆羅多》可知，"蜜滴譬喻"和"二鼠侵藤"譬喻的諸意象涵義基本相似，主要涉及身體觀和人生觀，而沒有體現出更多明顯的耆那教宗教特徵。

第五節　從"二鼠"到"月鼠"：東亞文獻中的"二鼠侵藤"譬喻

"二鼠侵藤"譬喻不僅見於多種古代印度文獻之中，而且還通過中國佛教這一中介而廣爲流傳，初唐時期就已傳入日本。隨遣唐使入唐的山上忆良在神龜五年（728）六月廿三日所作的《大宰帥大伴卿報凶問歌》中，其中有"二鼠競走，而度目之鳥旦飛；四蛇争侵，而過隙之駒夕走"的詩句，用來譬喻時光之無情流逝。該首詩引入日本最早的詩歌總集《萬葉集》（五卷本，多數爲八世紀奈良年間的作品），再被轉引入日本順德天皇（1197—

1242)《八雲御抄》第四"言語部"之中[1]。古代日本學者多從中國文史典籍中吸收語彙和思想,來表達類似的情感共鳴,因此,引用"二鼠侵藤"譬喻者應不在少數。日本奈良正倉院所藏聖武天皇(701—756)《雜集》(即《聖武天皇宸翰雜集》)乃"從六朝隋唐人集中刺取義關釋教者一百餘首","《聖武天皇宸翰雜集》與敦煌佛教文學同源同時,不僅書寫中的俗字,多有相同,而且内容上可用以比較研究的詩文頗多。"[2]《聖武天皇宸翰雜集》收錄的詩文中有五處與"二鼠侵藤"譬喻有關,簡介如下:

其一,《王居士涅槃詩廿五首》中的一首偈頌:"何爲出世俗,本欲避塵喧。身尚如丘井,心猶似戲猿。蓋纏恒見蓋,煩惱更相煩。必願防三毒,應當備四怨。"此處没有出現二鼠之類的字眼,但如前所述,"身如丘井"之説是"二鼠侵藤"譬喻的另一種表達方式。

其二,《真觀法師無常頌》描繪了該譬喻的細節,即:

  浮生易盡,幻質難堅。四心役慮,三相催年。
  象來行及,鼠至彌煎。猶貪蜜滴,豈懼藤懸。
  迅同過隙,危若臨淵。誰能迴悟,自果長仙。

其中的"象""鼠""蜜滴"和"藤懸"這些意象,在在表明了該處引用了"二鼠侵藤"譬喻。

其三,《鏡中釋靈寶集》中的《畫觀音菩薩像讚一首 並序》亦云:"況深達幻境,洞曉身城。嗟二鼠之侵藤,俱四蛇之恚篋。解兹瓔珞,命彼丹青,圖等覺之圓常,祈普門之妙力。"

其四,《周趙王集》(北周趙王宇文招的文集)中的《平常貴勝唱禮

---

[1] 鈴木儀一、佐原作美、片山晴賢:《〈八雲御抄〉翻刻本文》,《駒沢短期大学研究紀要》第13集,1985年,第1—104頁。此見第20頁。

[2] 王曉平:《日本正倉院藏〈聖武天皇宸翰雜集〉釋録》,《國際中國文學研究叢刊》第3集,2015年,第61—104頁。此見第104頁。

文》云:"今假施主,衆多檀越,並皆生鍾險世,運屬危時。二鼠常煎,四蛇恒逼。若非妙善,何以自安?除此勝緣,孰知請護?道場大衆,普爲證明。"

其五,《周趙王集》的《無常臨殯序》:"況復閻浮世界,命脆藤懸;娑婆國土,身危驚電。"[1]

"二鼠侵藤"譬喻在日本的流傳,有一個本土化的過程,即經過了直接引用中國文獻之後,再被日本學者逐步演化爲本土的新詞。他們直接將侵藤之鼠與其所代表的日(白天)、月(黑夜)等涵義聯繫起來,從而新造了一些詞語,即"二鼠侵藤"演變成了"月鼠""月の鼠""日月の鼠"等意象。日本學者小峯和明的《東亞的二鼠比喻談——説"月之鼠"》等論文中[2],拈出"月鼠""月の鼠""日月の鼠"等日本古代文學典籍中的意象,梳理了"二鼠侵藤"譬喻在東亞的傳播。"命似草根露,騷如月之鼠"也成了日本古典文學中比較常見的譬喻。源俊賴(1055?—1129)十二世紀初所撰《俊賴髓腦》中有對"二鼠侵藤"譬喻的改寫。十三世紀奈良學僧貞慶《表白集》中有"四蛇吐毒,月鼠常騷。六賊拔劍,步羊逐近"的敘述。後世學者對平安時代漢文學家藤原公任(966—1041)編撰的《和漢朗詠集》的注釋、以及《古今集》的注釋等,都有對"月鼠"的解説。此外,北駕文庫藏《類題和歌集》中的"雜部(下)",也有一首和歌,即"闇路にやまよひはつべき情をもしらぬ心の月の鼠は"(畜生・相広)[3]。十四世紀軍記物語《太平記》卷三十三的"新田左兵衛佐義興自害事"條,有兩處對

---

[1] 王曉平:《日本正倉院藏〈聖武天皇宸翰雜集〉釋録》,《國際中國文學研究叢刊》第3集,2015年,第64、70、75、87頁。有關《聖武天皇宸翰雜集》中所收《周趙王集》的研究,參見安藤信廣:《聖武天皇〈雜集〉所收〈周趙王集〉訳注(II)》,《日本文學》第94集,2000年,第1-25頁。

[2] (日)小峯和明著,秦嵐譯:《東亞的二鼠比喻談——説"月之鼠"》,《文史知識》2015年第4期,第114-118頁。其他日本學者的相關研究見下文。

[3] 三村晃功:《版本〈類題和歌集〉未收載歌集成——北駕文庫藏〈類題和歌集〉と比較して》,《光華女子大學研究紀要》第36卷,1998年,第83-200頁。此見第177頁。

"月の鼠"的闡釋:

其一,"無常之虎責身,行過上野平原,因我喧囂,月鼠齧根,牆草能幾何,應似露懸命。終將破滅之水泡流停處云。"["無常の虎(とら)の身を責(せむ)る、上野(うへの)の原を過(すぎ)行(ゆけ)ば、我ゆへさはがしき、月の鼠(ねずみ)の根をかぶる、壁草(いつまでぐさ)のいつまでか、露の命の懸るべき。とても可消水の泡(あわ)の流(ながれ)留(とどま)る処とて。"]

其二,"細喻之,遭無常之虎追趕渡煩惱大河,三毒大蛇浮出欲吞而暢舌,欲遁其餐害抓取岸邊繫命之草根,黑白二月鼠齧其草根,與無常譬喻無異。"["倩(つらつら)是(これ)を譬(たと)ふれば、無常の虎に追(おは)れて煩悩(ぼんなう)の大河を渡れば、三毒(さんどく)の大蛇(だいじや)浮(うかび)出て是(これ)を呑(のま)んと舌を暢(の)べ、其餐害(そのざんがい)を遁(のがれ)んと岸の額(ひたひ)なる草の根(ね)に命を係(かけ)て取(とり)付(つき)たれば、黒白二(ふたつ)の月の鼠が其(その)草の根をかぶるなる、無常の喩(たと)へに不異。"][1]

朝鮮半島的文獻中,也有此譬喻的運用。其一,如小峯和明指出,朝鮮半島十四世紀高麗時代的佛傳《釋迦如來行迹鈔》中有類似的偈頌,"又念無常身,猶如石火光。井枯魚少水,象逼鼠侵藤。"[2]此處表示的是該詩中"念念命隨滅"的主旨。所謂《釋迦如來行迹鈔》應該是指元代高麗天臺僧人雲默(浮庵無寄)所撰的《釋迦如來行迹頌》。其二,林中基主編《燕行錄全集》第十二冊所收趙濈《燕行錄》(一云《朝天錄》,1623年成書)的詩作《昨日東關諸老請邀偕守庚申病不得赴,述懷三十韻,呈之》,其中有

---

1 此兩段譯文由北京大學外國語學院日語系博士後徐克偉提供,特此感謝!
2 CBETA, X75, p.43b.

一段描述了漫長旅途中的疾病及其無奈的心態：

> 正當時序好，端合杖巾親，寒入痰經久，聲隨肺病呻。
> 守蟲難達夜，引蝶可窮晨，盛意嗟孤負，微誠竟莫伸。
> 任教藤嚙鼠，惟想甕醅春，心醉頻擡首，神凝屢接脣[1]。

所謂"任教藤嚙鼠，惟想甕醅春"，就是指"老鼠要嚙藤就隨它去吧，心中祇想著那罈美酒"的意思，表達了放任不羈的心態，也是對無端病苦的一種反抗吧。上述日本和朝鮮詩文中對此譬喻的運用，乃是其在東亞流行過的、不可磨滅的痕迹。

第六節 "井中男"與"空井喻"：
"二鼠侵藤"譬喻在古代西亞與歐洲的演變及其在東亞的回流

佛教文獻中常見的"二鼠侵藤"譬喻，並非僅僅局限在佛教文化流傳的地區，而是滲透到古代西亞，乃至歐洲地區。錢鍾書在《管錐編》中的"焦氏易林二三·大壯"條和《容安館札記》第七六三則（下）對此有所揭示[2]，歐美學者（溫特尼茲等）[3]、日本也有多位學者（小堀桂一郎、原實、柳瀨睦男、伊藤博之、松村恒、杉田英明、小峯和明等）以及中國台灣地

---

1 林中基編：《燕行錄全集》第十二冊，（首爾）東國大學校出版部，2002年，第345頁。
2 錢鍾書：《管錐編》第二冊，中華書局，1986年，第574-575頁。又，錢鍾書：《容安館札記》共3冊，（《錢鍾書手稿集》第一輯），商務印書館，2003年影印。
3 比如，Luitgard Soni, "Narratives on World Tours and Detours: The Buddha Disguised and the Parable of the Man in the Well", *Journal of International Philosophy*, no.4, 2015, pp.261-265. 溫特尼茲的相關研究見下文。

第九章　佛教譬喻"二鼠侵藤"在古代亞歐的文本源流　301

區的李奭學先生等也有深入的討論[1]，尤其以Mondanité（Mondain）的博文《人云亦云》中所列舉的文獻信息最爲豐富。筆者在這些前輩論述的基礎上，略作如下梳理。

1.《凱里來與迪木奈》

伊本·穆格法譯《凱里來與迪木奈》是推動印度民間故事集《五卷書》在古代歐亞傳播的重要推手[2]。該書中的"白爾澤維篇"，是波斯大醫師白爾澤維（Burzuyah/ Burzoe）的一段自傳，正是此人將《五卷書》從印度抄回波斯。白爾澤維的這一自傳是《五卷書》中沒有的內容。其中，白爾澤維爲了說明"若貪圖得小便宜而迷失自我就無法自救了"這一簡明的人生哲理，將該類人物比作"人正像因怕大象而跌入枯井喪命的那個男子"。此譬喻也不見於梵本《五卷書》，其具體的故事情節是：

　　一個男子看見大象襲來，匆忙來到枯井旁，抓住井口上方的兩條樹枝，腳踩井壁的磚石。此時，四條蛇從洞里探出頭來，井底一條巨蟒正張開大口。上方的樹根旁有黑白二鼠，正在啃食樹根。他看到旁邊蜂巢

---

[1] 參見小堀桂一郎《日月の鼠——説話流伝の一事例》，《比較文化研究》（東京大學教養學部比較文學比較文化研究室）第15期，1976年，第47-100頁。原實《丘井の喻：二鼠譬喻譚》，《東洋学報》第66號，1985年，第580（019）-561（038）頁。柳瀨睦男《月の鼠　日の鼠——時の譬》，《ソフィア：西洋文化ならびに東西文化交流の研究》第36卷第2號，1987年，第163-177頁。伊藤博之《月の鼠：譬喻経をめぐる問題》，《成城國文學論集》第23號，1995年，第1-32頁。松村恒，"Analecta Indica", XXXIX. "井戸に落ちた男補足"，《大妻比較文化：大妻女子大学比較文化学部紀要》第7卷，2006年，第103-104頁。杉田英明《中東世界における「二鼠譬喻譚」——佛教説話の西方伝播》，*Studies of comparative literature* 第89號（特輯 異文化接触と宗教文学），すずさわ書店，2007年，第68-101頁。又，杉田英明《佛教説話「井戸のなかの男」の西方伝播——ペルシア文学の貢献を中心に（東西交渉とイラン文化）》，《アジア遊学》第137號，勉誠出版，2010年，第78-89頁。又，2016年9月16日，應北京大學東方文學研究中心的邀請，小峯和明教授作了題爲《東アジアの"二鼠譬喻譚"——説話の東西交流》的專題講座，筆者主持此次講座，得以向小峯教授請教，并受益良多，特此感謝！

[2] George Grigore, "*Kalila wa Dimna* and its Journey towards World Literatures", *Romano-Arabica*, XIII: *Arab Lingustic, Literary and Cultural Studies*, 2013, pp.139-150. Cf. Sharon Kinoshita, "Translatio/n, empire, and the worlding of medieval literature: the travels of Kalila wa Dimna", *Postcolonial Studies*, vol.11, no.4, 2008, pp. 371-385.

内的蜂蜜，開始品嘗，而忘記了身邊的各種恐懼。不久，樹根被咬斷，他掉進井底，被巨蟒吞食[1]。

白爾澤維然後闡釋了該譬喻中的意象的涵義。他還對照自身的情況，說明要步上人生的正道。從白爾澤維自己所說的"我正是處於這種情況時，抄錄了許多書。我抄完此書後，便離開了印度。"很顯然，白爾澤維是從印度的某部（或某些）書中看到這則"二鼠侵藤"譬喻，然後將其收錄到自己的傳記中，並且放在《凱里來與迪木奈》一書的前半部分，使之流傳後世。再者，從內容來看，白爾澤維所引述的這則譬喻與印度史詩和佛經中的"二鼠侵藤"譬喻是非常吻合的。不過，《凱里來與迪木奈》還描述了該男子掉進井底被巨蟒吞噬的悲慘結局。

《凱里來與迪木奈》是《五卷書》的譯本，但不是嚴格意義上的一一對應式的翻譯，而是有添加和改寫內容的一種"不純正"的譯本。《凱里來與迪木奈》本身又有很多的譯本與再譯本、轉譯本等複雜層次的文本，正是透過《凱里來與迪木奈》，"二鼠侵藤"譬喻以"井中男"故事的形式，進入了古代歐亞讀者的閱讀視野。該譬喻依託的文本有兩種形式，即《凱里來與迪木奈》系列的文本和其他的歐亞文本。

就文本的內容、結構和主旨而言，《五卷書》與由其衍生出來的《凱里來與迪木奈》《老人星之光》以及《智慧的試金石》等文本，存在著相當大的差異[2]。《老人星之光》中刪去了《凱里來與迪木奈》原有的"白爾澤維篇"，因此，也就沒有"井中男"這一故事譬喻。但《智慧的試金石》

1　（阿拉伯）伊本·穆格法著，李唯中譯：《凱里來與迪木奈》，天津古籍出版社，2004年，第62-65頁。有關波斯語版《克里萊和迪木乃》中的這一故事"危機四伏的井"，參見劉麗譯，葉奕良審校：《克里萊和迪木乃》（精選），少年兒童出版社，2006年，第212-213頁。

2　余玉萍：《伊本·穆格法對〈五卷書〉的重新解讀》，《國外文學》2003年第2期，第104-110頁。Christine van Ruymbeke, *Kashefi's Anvar-e Sohayli: Rewriting Kalila wa-Dimna in Timurid Herat*, Leiden: E.J.Brill, 2016.

又與《老人星之光》不同，重新納入了這一譬喻，美國巴爾的摩市的華特斯藝術博物館（The Walters Art Museum）所收藏的圖繪本《智慧的試金石》（W.692）中還有此譬喻的一幅精美插圖[1]。

在伊斯蘭世界，除了《凱里來與迪木奈》系列文本之外，還有其他的波斯語和阿拉伯語文獻中也記載了與此相關的譬喻故事。有學者指出另外兩個例子：其一，波斯中世紀蘇菲派詩人莫拉維的《詩集》（Dīwān）中，有一首詩描述"一敘利亞旅人遭駱駝攻擊'入井中藏'"。其二，十五世紀阿拉伯文的《醫生與廚師》中有關名醫伊本·西那（Ibn Sina，阿維森納）的一則故事，"講的也同樣是落井之人"[2]。伊斯蘭世界的文本中是否還有此譬喻的用例，值得進一步追溯。

2.《伯蘭及約瑟夫書》（Book of Barlaam and Joasaph）

德國學者溫特尼茲（Maurice Wenternitz）的《印度文學史》是二十世紀前半葉頗爲流行的重要印度學著作之一[3]。他在《印度文學和世界文學》（金克木譯）一文中簡析了《摩訶婆羅多》的《婦女篇》中的"二鼠侵藤"譬喻的意涵，他認爲，"這寓言的意思是指這包括罪惡與危險的輪迴世界（Samsara）以及不顧一切仍圖感官享樂的人"。溫特尼茲還指出，該寓言見於《伯蘭及約瑟夫書》和《凱里來與迪木奈》中。又，"波斯的蘇菲派詩人魯米把它譯成波斯語，德國詩人呂克爾（Rückert，即Friedrich Rückert，1788-1866）又從此譯爲德文詩，德國每一個兒童都知道它，它同樣的給婆羅門教徒、佛教徒、耆那教徒、猶太教徒、伊斯蘭教徒、基督教徒

---

[1] Cf. http://art.thewalters.org/detail/9478/. [訪問日期：2016-05-03]

[2] Mondanité《人云亦云》，Cf. http://www.mondanite.sodramatic.net/archives/165. [訪問日期：2016-12-20]

[3] Maurice Wenternitz, *A History of Indian Literature*, tr. by V.Srinivasa Sarma, 3 vols., Delhi: Motilal Banarsidass Publishers Private Limited, 1981.

起了教訓的功能。"[1]

　　《伯蘭及約瑟夫書》是歐洲基督教的佛陀傳記，部分內容源自印度佛教傳記《普曜經》（*Lalitavistara*）中的佛陀傳說。該書的作者很可能是一名基督教徒。該書有巴列維語、阿拉伯語、敘利亞語、希臘語、拉丁語等多個語種的版本，在中古歐洲與西亞地區流傳甚廣[2]，現存的阿拉伯語本《伯蘭及約瑟夫書》（*Kitāb Bilawhar wa Būḏāsf*）還有三個版本[3]。學者們早已指出，此書故事的主人公約瑟夫（拉丁文Ioasaph、Joasaphat、阿拉伯語Būḏāsf）之名的源頭是梵語中的菩薩（Bodhisattva，此處代指佛陀）一詞。在歐洲，伯蘭與約瑟夫後來被當成基督教的聖徒，其形象類似唐代《老子化胡經》中所描繪的去西域教化佛教徒的道教祖師老子。《伯蘭及約瑟夫書》書中插入的譬喻故事多直接來自印度古典作品，也有是從伊斯蘭文獻中轉引的印度史料。"二鼠侵藤"譬喻就是其中之一。《伯蘭及約瑟夫書》中的"二鼠侵藤"譬喻是伯蘭在第一次秘密遇到印度王子約瑟夫之後所講述的。其大致的情節如下：

　　　　俗世貪戀者的命運就像那個被一頭發怒的獨角獸所追逐的人一樣，他在掉進一口井的瞬間抓住了井邊的一顆小樹。在井底，有一條正在吐火的惡龍。四條蝰蛇在他旁邊逼近，而井上方傳來獨角獸的咆哮聲。此時，黑白二鼠正在啃他抓住的樹根。而樹枝中的一滴蜂蜜掉進了他的嘴巴裡，他品嘗到甜味，而忘記了周邊所有的危險。伯蘭再講述了該譬喻

---

[1]（德）温特尼茲著，金克木譯：《印度文學和世界文學》，《外國文學研究》1981年第2期，第92-101頁、第77頁。

[2] Donald S. Lopez and Peggy McCracken, *In Search of the Christian Buddha: How an Asian Sage Became a Medieval Saint*, New York: Norton, 2014.

[3] Mondanité《人云亦云》, Cf. http://www.mondanite.sodramatic.net/archives/165. [訪問日期：2016-12-20]

中各故事元素的象徵涵義，以此來評判世人對俗世享樂的貪著。[1]

《伯蘭及約瑟夫書》中有源自印度佛典的佛陀傳記，但其中的"二鼠侵藤"譬喻並非直接來自印度，而是與《凱里來與迪木奈》中的"井中男"譬喻有密切的關係[2]。與《凱里來與迪木奈》一樣，《伯蘭及約瑟夫書》系列也有著許多不同的抄寫版本、譯本和轉譯本[3]，因此，在"二鼠侵藤"的譬喻書寫方面，《伯蘭及約瑟夫書》系列文本也出現了不少的異文。這些異文也有助於我們瞭解"二鼠侵藤"譬喻的傳播與改寫過程中所反映出的文化差異。《伯蘭及約瑟夫書》傳播甚廣，因此這個譬喻故事也被歐洲多部文獻所引用，比如《聖傳金庫》（Legenda aura）中的第180章"聖徒伯蘭與約瑟夫"[4]、《基督讚美詩》（Psalms of Christ）等許多文獻中就引用了它。前引的博文《人云亦云》中對此已經有非常詳細的列舉，值得參考。

3. 龍華民譯《聖若撒法始末》

最值得注意的是，"二鼠侵藤"譬喻從印度、伊斯蘭地區傳入歐洲之後，在明末清初時期，隨著大航海時代歐洲的對外探險以及歐洲文化向外傳播浪潮的推動，該譬喻又依託基督教、天主教文獻的譯傳，再度回流到中國

---

1 John Damascene, Rev.G.R.Woodward and H.Mattingly, eds., *Barlaam and Ioasaph* (Loeb Classical Library), William Heinemann Ltd. & Harvard University Press, reprinted 1937, pp.189-191. Cf. F.C.Conybeare, "The Barlaam and Josaphat Legend in the Ancient Georgian and Armenian Literatures", *Folklore*, vol.7, no.2, 1896, pp.101-142. W.F.Bolton, "Parable,Allegory and Romance in the Legend of Barlaam and Josaphat", *Traditio*, vol.14, 1958, pp.359-366. Monique B.Pitts, "Barlaam and Josaphat: A Legend for all Seasons", *Journal of South Asian Literature*, vol.16, no.1, Part 1: East-West Literary Relations, 1981, pp.3-16. Philip Almond, "The Buddha of Christendom: A Review of the Legend of Barlaam and Josaphat", *Religious Studies*, vol.23, issue 3, 1987, pp.391-406. Also Cf. Keiko Ikegami, *Barlaam and Josaphat: A Transcription of MS Egerton 876 with Notes, Glossary, and Comparative Study of the Middle English and Japanese Versions*, New York: AMS Press, 1999.

2 Enrico Cerulli, "The '*Kalilah wa-Dimnah*' and the Ethiopic '*Book of Barlaam and Josaphat*' (British Museum MS Or.534)," *Journal of Semitic Studies*, vol.9, no.1, 1964, pp.75-99.

3 Constanza Cordoni, *Barlaam und Josaphat in der Europäischen Literatur des Mittelalters*, Walter de Gruyter, 2014.

4 Cf. Jacobus de Voragine, *The Golden Legend: Readings on the Saints*, tr. by William Granger Ryan, Princeton University Press, reprinted 2012, p.746.

和東亞地區。第一部記載了"二鼠侵藤"譬喻的漢譯歐洲文獻就是《聖若撒法始末》。《聖若撒法始末》又名《聖若瑟法行實》，是晚明入華耶穌會士龍華民（Nicolas Longobardi，1565—1654）在明末萬曆三十年（1602）所譯。李奭學指出，該書"可謂歐洲最早來華的文學作品之一"。《聖若撒法始末》是希臘文《伯蘭及約瑟夫書》（或譯名《巴蘭與約瑟法書》）的拉丁文版《聖傳金庫》簡本的漢譯本。《聖若撒法始末》中有二鼠譬喻，而與若撒法故事相關的《聖年廣益》（馮秉正譯述，1783）中的"聖者撒法國王苦修"段落和《衫松行實》中，則未收錄此譬喻。《聖若撒法始末》中的這一譬喻，出自把臘盆（Barlaam）之口。爲了教化應帝亞（India）的太子若撒法（Iosaph），天主托夢給遠在非洲寐林亞（Sennar）的修道長老把臘盆。把臘盆便以商人的身份，抵達印度，與太子交談。交談期間，把臘盆使用了多個譬喻。爲了說明"世人肉身之快樂，皆虛僞有盡；死候險危，可畏可懼，反爲貪迷不覺"這一現象，把臘盆列舉了一個被虎狼追逐的人掉入坎穴的譬喻，其内容與前文所述的二鼠侵藤譬喻並無二致[1]。李奭學稱此版本中的這一譬喻爲"空井喻"（或"空阱喻"），他在《如來佛的手掌心——試論明末耶穌會證道故事的佛教色彩》一文已經作了比較詳細的探討[2]，值得參看。

4. 利瑪竇《畸人十篇》

晚於龍華民譯《聖若撒法始末》而有此譬喻的是利瑪竇（1552—1610）的《畸人十篇》（1608年刻）。利瑪竇《畸人十篇》卷上的第四節"常念死候備死後審"之二"世人取非禮之樂之喻"，將此"二鼠侵藤"故事作了些

---

[1] 李奭學、林熙强主編：《晚明天主教翻譯文學箋注》，第一卷，"中央研究院"中國文哲研究所，2014年，第82-126頁。該譬喻見第108頁。

[2] 李奭學：《如來佛的手掌心——試論明末耶穌會證道故事的佛教色彩》，《中國文哲研究集刊》第19期，2001年，第451-498頁。又，李奭學《中國晚明與歐洲文學——明末耶穌會古典型證道故事考詮》（修訂版），生活·讀書·新知三聯書店，2010年，第341-357頁。

許的修改。該處是利瑪竇回答徐太史（徐光啓）時所講，作爲"若翰聖人"（或許即Joasaph）所設的一個譬喻，用來描述世人取非禮之樂。其内容主要是：

> 嘗有一人行於曠野，忽遇一毒龍欲攫之，無以敵即走，龍便逐之，至大阱不能辟，遂匿阱中。賴阱口旁有微土，土生小樹，則以一手持樹枝，以一足踵微土而懸焉。俯視阱下，則見大虎狼張口欲吞之；復俯視其樹，則有黑白蟲多許，齕樹根欲絕也。其窘如此，倏仰而見蜂窩在上枝，即不勝喜，便以一手取之而安食其蜜都忘其險矣。惜哉！食蜜未盡，樹根絕而人入阱，爲虎狼食也。

此故事的主旨是批評愚妄的世人祇沉迷於一時的享樂以至於忘記面前的大危險而不肯拯拔。一方面，利瑪竇對原故事中的意象作了改編，比如，將追逐該人的動物改成了毒龍，井底的動物改成了大虎狼，齕樹根的不是黑白二鼠，而是改成了一群黑白蟲。此外，他還將原故事中有的四蛇也删去了。另一方面，利瑪竇對故事元素象徵意涵的分析，與以往的表述卻又没有根本性的差異。其文云：

> 是奚謂乎？人行曠野，乃汝與我生此世界也。毒龍逐我者，乃死候隨處逐人如影於形也。深阱者，乃地獄之憂淚苦谷也。小樹者，乃吾此生命也。微土者乃吾血肉軀也。虎狼者，乃地獄鬼魔也。黑白蟲齕樹根者，乃晝夜輪轉，減少我命也。蜂窩者，乃世之虛樂。哀哉！人之愚，甘取之迷而忘大危險，不肯自拯拔焉。哀哉！[1]

利瑪竇和徐光啓在《畸人十篇》中有關基督教神學的對話，涉及死亡、

---

[1]（意）利瑪竇：《畸人十篇》，收錄於鄭安德編：《明末清初耶穌會思想文獻彙編》第一卷，北京大學出版社，2003年，第209頁。

審判和靈魂等多個理論範疇[1]。二者的相互激蕩對擴大西方天主教在中國的傳播有重要的意義。

5. 高一志《天主聖教四末論》

李奭學指出，"《畸人十篇》之後，高一志（Alfonso Vagnone, 1566—1640）《天主聖教四末論》中也援引同譬，用字幾乎與利氏相同。"[2]《天主聖教四末論》署名"遠西耶穌會士高一志撰"，第一卷末署有"耶穌會中同學龍化民、羅雅谷、湯若望共訂"[3]。該書現存有法國國家圖書館藏本，編號爲 BNF cat. M.Courant Chinois 6857。《天主聖教四末論》分爲"死候""審判""地獄""天堂"等四卷。其第四卷章中的"終末之記甚利于精修第十三"引用了此二鼠譬喻，即"古聖設喻，狀世人迷于污樂，以至忘己。"該譬喻的情節及其意涵如下：

嘗有一人行于曠野，忽遇一猛獸欲攫而逐之，走匿一大阱中。賴阱口旁有微土，土生小樹，則以一手持樹枝，以一足踐微土而懸焉。俯視阱下，則見毒龍張口望吸。復俛視其樹，則有黑白二蟲，齕其根欲絶。其窘如此，俟仰而見蜂窩在上枝，即不勝喜，便以一手取之，而安食其蜜，悉忘其險矣。惜哉！食蜜未盡，樹根絶而人落阱，爲毒龍食也。是奚謂哉？人行曠野者，凡生世界者也。猛獸逐人者，死候也。深阱者，地獄之冥幽谷也。小樹者，人之生命也。微土者，人之肉軀也。毒龍者，地獄鬼魔也。黑白二蟲齕樹根者，乃晝夜輪轉，减少人命也。蜂窩者，乃世之虛樂也。哀哉！人之愚，甘取之迷而忘大危，不覺而落于冥

---

1 張中鵬、湯開建：《徐光啓與利瑪竇之交游及影響》，《華南師範大學學報》2011年第5期，第71-80頁。

2 李奭學、林熙強主編：《晚明天主教翻譯文學箋注》，第一卷，"中央研究院"中國文哲研究所，2014年，第108-109頁，注釋162。

3 該書第二卷末、第三卷首均署有"耶穌會中同學郭居靜、陽瑪諾、伏若漢共訂"。

獄，終爲鬼魔所攫，而永謬矣！[1]

其文字雖與《畸人十篇》上引譬喻多有相同，但其中的"猛獸""毒龍""黑白二蟲"卻與《畸人十篇》中的"毒龍""大虎狼""黑白蟲多許"不同，這説明在耶穌會士們的筆下，該譬喻故事實際上也有或多或少的變化，這與不同時期口傳故事的流傳形態頗爲類似。

6. 列夫·托爾斯泰《懺悔錄》（Confession）

塔天亞（Tatiana Sklanczenko）指出，與佛陀生活有關的"二鼠侵藤"譬喻也出現在俄羅斯作家的筆下。朱柯維斯基（Vasily Andreyevich Zhukovsky，1783-1852）受德國東方學家吕克爾（Fr. Rückert）的影響，在其詩歌《兩個故事》（Two Stories）中也引用了這則譬喻。他所用的譬喻與《伯蘭及約瑟夫書》中的"二鼠侵藤"譬喻略有不同，追逐故事主人公的動物是發瘋的駱駝而不是獨角獸[2]，這一點或許説明該故事與《凱里來與迪木奈》的關係更密切一些。另一位使用二鼠侵藤譬喻的是俄國大文豪列夫·托爾斯泰。托爾斯泰在《懺悔錄》中談到自己的思想危機時，引用了"東方一個很古老的寓言"：一個旅人在沙漠中突然碰到野獸，跳入井中，井下有惡龍，他抓住井邊伸出的一個小樹枝，手卻益發無力，"接著他看見兩隻老鼠，一黑一白，繞著他攀著的樹叢，啃咬他的樹根。"死亡即將來臨之際，他發現樹叢的枝葉上有幾滴蜂蜜，於是他"伸出舌頭，舔著這些蜜，感到一陣狂喜。"[3]托爾斯泰對東方的民間故事情有獨鍾，他親自選編（或編譯）

1（意）高一志：《天主聖教四末論》(法國國家圖書館藏本) 第四卷，第十九頁。

2 Tatiana Sklanczenko, "The Legend of Buddha's Life in the Works of Russian Writers", *Études Slaves et Est-Européennes /Slavic and East-European Studies*, Vol.4, No.3/4, 1959-1960, pp.226-234.

3（俄）列夫·托爾斯泰著，馮增義譯：《懺悔錄》，收入《列夫·托爾斯泰文集》第十五卷（《政論·宗教論著》），人民文學出版社，1987年，第18頁。又，（俄）列夫·托爾斯泰著，馮增義譯：《懺悔錄》，譯林出版社，2012年，第25頁。感謝王文瀾同學提醒我此單行本的信息！另轉見（美）威廉·詹姆斯著，蔡怡佳等譯：《宗教經驗之種種：對人性的研究》，廣西師範大學出版社，2008年，第113頁。Cf. Tatiana Sklanczenko, "The Legend of Buddha's Life in the Works of Russian Writers", *Études Slaves et Est- Européennes / Slavic and East-European Studies*, Vol. 4, No. 3/4 , 1959-1960, pp.226-234.

了不少的民間故事作爲俄語讀本。正是由於托爾斯泰這樣的大文豪加以引用，此"二鼠侵藤"譬喻在十九世紀末期更廣爲近代世界的讀者們所知。

7. 丁韙良《喻道集》

李奭學还指出，"耶穌會士之外，基督教長老會傳教士丁韙良（William Alexander Parsons Martin, 1827—1916）在其寓言專集《喻道傳》（1858）中，一則名爲《分陰當惜》的寓言中也用了雷同的譬喻。"[1]《喻道傳》中的這則譬喻描寫了一場夢，有一位倜儻不羈的士人在野外遊覽，其內容如下：

> 於是捫巘履險，漸入佳境，忽失足墮於潭，不勝驚駭。幸潭口垂藤倒掛，隨手攀附，不致陷溺。窺見明光一綫，直射潭內，知生路去此未遠，意方稍安。回顧潭下，黑不見底，毛髮森然，心又惕惕。然緣藤迅速而上，見有兩鼠囓藤之根，一色白者，一色黑者，互易囓之不休。竊藤被鼠囓，勢必至於斷絕，然亦無奈，只是著急攀援不捨。倏忽間，又見藤生果累累，其色鮮紅可愛，心知爲佳品。摘而嗅之，有異香，嘗之，甘且美，覺人世無此珍異。意欲盡噉之以爲快。遂一心豔美，曾不冀一隙之明尚可通，且并忘二蟲之害爲已甚也。無何，果未食竟，藤忽中折，一跌之餘，方知爲夢[2]。

從內容來看，此段描述沒有動物追逐，也沒有毒蛇和惡龍在潭中，還將原譬喻故事中的蜂蜜替換成了藤生的甘果，因此，整體來看，它僅僅相當於二鼠侵藤譬喻的一部分。這種書寫方式與中國民間的《梁皇寶卷》一樣，均是化譬喻入夢境，但二者對原有譬喻的改寫程度並不一樣。

---

[1] 李奭學、林熙強主編：《晚明天主教翻譯文學箋注》，第一卷，"中央研究院"中國文哲研究所，2014年，第108-109頁，注釋162。

[2] 周燮藩主編，王美秀分卷主編：《東傳福音》第十八冊，黄山書社，2005年，第104頁。

8. 平田篤胤《本教外篇》

近世日本所傳耶穌會文獻中也有該譬喻的使用，松原秀一、小峯和明等日本學者指出，十六世紀由歐洲傳入日本九州的《桑托斯的偉業》中有黑白二鼠譬喻回流日本的最早例證。日本學者平田篤胤（1776—1843）《本教外篇》（1806）也引用了利瑪竇《畸人十篇》中的這個故事。《本教外篇》的"第四　常念死而備死時之審"中，平田篤胤引用并闡發了利瑪竇筆下所提及的"若常念死，則有五大益"，有兩處涉及二鼠侵藤譬喻，其一：

> 若常念死，則有五大益。其一，斂心，撿身，脫死後之殃苦。……其二，治淫欲危害德行。若淫欲之炎，發於心則德危，被彼炎燒壞。死之念滅彼熾炎。故懲戒色欲之最上良藥。于此有古歌[見於《散木集》]有言月鼠，斯于俊賴朝臣歌（詩），"齧我所賴草根之鼠，思之若月之幽怨哉"[1]。

其二：

> 清輔朝臣《奧義抄》有歌（詩）"草根之露，瞬息殞命，月鼠喧哉"。此世間趣意之譬喻。曠野之行人，遭數惡獸追襲而逃，陷入深井。落於井之半腰，有草數根，抓取而視之，井底有大蛇，脊如塗紺青綠青，腹如塗朱，眼如金碗閃耀，口張見其舌，若火焰閃爍，吐出惡臭暖氣。待其墜而食之。欲上，井口有眾惡獸。又抓取之草根，有白黑二鼠輪番齧之，既絕其根。然草葉之末有滴露，甘甜，隻手受而嘗之，喜而忘苦。曠野之行人者，吾人生於此顯世也。惡獸追吾者，必死之期迫近也。待落井底欲食者，死後之苦也。草者，吾之生命也。白鼠者，日也。黑鼠者，月也，日月晝夜之輪替流逝，吾人之生命減少，譬如彼鼠

---

[1] 平田篤胤全集刊行會編：《新修平田篤胤全集》第七卷，東京：名著出版，1977年，第23-24頁。此處及上引《太平記》中的漢譯文由北京大學日語系博士後徐克偉提供，特此感謝！

之蘗所賴之草根。甘露，譬喻耽世之虛樂。此雖異國典籍之譬喻，載於《奧義抄》等諸多書，校看引文舉之。[久安]如百首"悠然閒適之月鼠喲，露之身，於弗如宿草葉之世"所詠。歲月悠然流逝，雖欲挽留，如白駒過隙，安然而過。啊，誰之失，至於慨嘆之時也速。俗人常所經營者，多甘嘗彼草葉之露，思井底之苦。務惜積德行之日少。可憐愚人甘而取之。

很顯然，平田篤胤在闡述近世西方學者所傳揚的宗教內容時，雖引用"異國典籍之譬喻"，但同時是以中古日本源自中國的"月鼠"等意象來加以論證。這種寫作方法是江户時期日本學者在吸收蘭學等西方知識時所常用的。

綜上所述，在佛教、印度教、耆那教、伊斯蘭教和基督教（含天主教）的不同文本中，"二鼠侵藤"譬喻的故事元素略有差異，而其相對應的象徵涵義大體是相似的，可以列表比較如下：

表一　亞歐文獻中"二鼠侵藤"譬喻意涵的比較一覽表

書名 喻體 本體	《眾經撰雜譬喻》	《賓頭盧突羅闍為優陀延王說法經》	《佛說譬喻經》	《注維摩詰經》	《翻譯名義集》	《摩訶婆羅多》	《凱里來與迪木奈》	《伯蘭及約瑟夫書》	《畸人十篇》	《天主聖教四末論》
獄	囚眾生之三界									
象/ 狂象/ 醉象	無常	無常	無常	無常	生死	年份 (六嘴：六季；十二足：十二月)				
毒龍									死候	
獨角獸								死亡		

第九章　佛教譬喻"二鼠侵藤"在古代亞歐的文本源流　313

續表

書名 喻體 本體	《衆經撰雜譬喻》	《賓頭盧突羅闍爲優陀延王説法經》	《佛説譬喻經》	《注維摩詰經》	《翻譯名義集》	《摩訶婆羅多》	《凱里來與迪木奈》	《伯蘭及約瑟夫書》	《畸人十篇》	《天主聖教四末論》
井/丘井/水井/深阱/深潭/大阱	衆生宅	人身	生死/生死岸	生死	無常	人的身體	塵世	世界	地獄之憂	地獄之冥幽谷
井下毒龍/三龍/三巨蟒	地獄	死	死/死苦	惡道	三毒		命運最後歸宿	地獄		地獄鬼魔
猛獸						各種疾病				死候
大虎狼									地獄鬼魔	
身軀龐大的女人						失去美貌的衰老				
四毒蛇/五毒蛇/大蛇	四大	四大	四大	五陰	四大	時間，奪去一切者	人體的四體液	人體的四體液		
草根/樹根/腐草/藤/藤蔓/小樹	人命根	人命	命	命根	命根	衆生的求生欲望	人生的大限正在來臨	生命	生命	人之生命
[黑]白鼠/白黑鼠	日月	晝夜	晝夜	白月、黑月	日月	白晝與黑夜	黑夜與白天	黑夜與白天		
黑白蟲/黑白二蟲									晝夜	晝夜
曠野		生死	無明長夜/無明路			大輪迴			人生世界	凡生世界

續表

書名 喻體本體	《衆經撰雜譬喻》	《賓頭盧突羅闍爲優陀延王説法經》	《佛説譬喻經》	《注維摩詰經》	《翻譯名義集》	《摩訶婆羅多》	《凱里來與迪木奈》	《伯蘭及約瑟夫書》	《畸人十篇》	《天主聖教四末論》
微土									血肉軀	人之肉軀
男子	凡夫	異生/凡夫								
齧樹根	念念滅	念念滅/念念衰							晝夜減命	晝夜輪轉，減少人命
蜜/蜜滴/蜂窩/滴露	五欲	五欲	五欲樂	五欲		愛欲、欲樂	人生少許甜味	塵世的歡樂	世之虛樂	世之虛樂
衆蜂	惡覺觀	邪思								
野火燒		老	老病							
得蜜滴而忘怖畏	老	老病	衆生得五欲蜜滴不畏苦							

第七節　餘　論

　　值得注意的是，"二鼠侵藤"譬喻呈現出非常多元的形態，在古代歐亞多個地區的流傳過程中，出現了很多的故事變體或者異文譬喻。在該故事中，追逐人的動物多爲猛獸，在不同的地區，該動物的種類也有變化，分別出現了狂象、獅子、猛虎、駱駝、獨角獸、瘋牛等不同的形象。在中國的佛、道和儒三家的文獻中，"二鼠侵藤"的佛教色彩最爲濃厚。《百喻經》的佚文中，有"求蜜墮井喻"，可視爲二鼠侵藤的異文譬喻之一[1]。道世在

---

[1]《遺教經論記》卷二："《百喻經》云：昔有貪夫，於野求蜜。既得一樹，舉足前進，欲取蜂蜜，不覺草覆深井，因跌足而亡。"參見王孺童：《〈百喻經〉之研究》，《法音》2007年第10期，第37頁。

《法苑珠林》卷五"人道部"之"述意部"中，用"生同險樹，命等危城。口蜜易消，井藤難久"來描述生命的脆弱和無常。[1]在歷代的禪宗語錄中，亦不時出現"二鼠侵欺嚙井藤"（《昭覺竹峰續禪師語錄》卷二）、"昧井藤之危脆，忘白鼠之交侵"（《布水臺集》卷十一）之類的表述。此外，用人牛之間的關係來描述禪宗的十個境界，形成了多種配詩的《禪宗十牛圖》或《新刻禪宗十牛圖》。其中佛弟子覺因錢塘胡文煥的《新刻禪宗十牛圖》較爲特別，將《賓頭盧突羅闍爲優陀延王說法經》中的黑白二鼠譬喻引入其中，并以偈作結，其偈云：

二鼠侵藤真百苦，四蛇圍井復千憂。
忽然咬斷藤根子，淪没何時得出頭。

胡文煥還對此故事的譬喻意涵進行了新的解說，將三龍比作三惡道和三毒，將四蛇比作四非（酒色財氣）和四門（生老病死），并將蜂蜜比作夫妻，由此而感悟并提出要專念阿彌陀佛號，以便尋求往生西方極樂世界。這是禪淨合流觀念的體現。胡文煥用來作結的偈頌也值得一讀：

藤摧墮井命難逃，象鼠蛇攻手要牢。
自己彌陀期早悟，三塗苦趣莫教遭。
肥甘酒肉砒中蜜，恩愛夫妻笑裡刀。
奉勸世人須猛省，毋令今日又明朝。

明代《合訂天臺三聖二和詩集》亦云：

并（井）上一株木，藤纏枝已傾。
上有二鼠侵，下有四蛇橫。

---

[1]《大正新修大藏經》第五十三册，第305頁中欄。

>　　牛怒來觸之，勢危難久停。
>
>　　是身大患本，道亦因他成。（楚石）

該詩中將追逐此人的動物改成了憤怒的牛，實現了本地意象的替換。

綜上所述，"二鼠侵藤"譬喻在古代歐亞的流傳時間長（至少從四至十九世紀）、地域廣（南亞、中國、東亞、西亞、歐洲），既體現了印度文化對外流傳的複雜性，也體現了古代歐亞文化之間相互交錯的的網狀文化傳播特徵。大而言之，從全球史的視野來考察，"二鼠侵藤"譬喻在古代歐亞的流變有兩條主要途徑：第一條網綫是以南亞次大陸的印度爲核心，由印度文化孕育出的這一譬喻在本土的多元宗教（含婆羅門教/印度教、佛教、耆那教）文獻（如《摩訶婆羅多》《戰日故事》等）中得到壯大，分別向東（中國和東北亞）和向西（西亞和歐洲）的傳播。第二條網綫是該譬喻通過近代歐洲的耶穌會等派別的傳教士之手，將《伯蘭及約瑟夫書》等文本的翻譯向中國或日本的流傳。該譬喻分成兩條綫路，在中古到近代的歐亞之間流動，並在大航海時代之後再度回傳到東亞，從而構成了東西文學與宗教思想交流的複雜網絡之一。

小而言之，第一條網綫又分爲以下不同時段、不同區域和不同宗教語境中的分支：

第一分支，從四、五世紀之交，以佛教文獻爲中介，來自天竺的"二鼠侵藤"譬喻沿著絲綢之路，流傳到中國，在六朝隋唐之間的印度佛經的漢譯本（《衆經撰雜譬喻》《賓頭盧突羅闍爲優陀延王説法經》《佛説譬喻經》等）中呈現出來，并依託佛教類書（《經律異相》《法苑珠林》）禪宗語錄和詩偈、佛教徒的表文與注疏（《注維摩詰經》《維摩經義疏》）乃至辭典（《翻譯名義集》）等工具書廣泛使用，成爲中土多種不同性質文本（如墓誌、詩歌、小説、儀式文書、辭書等）中常見的譬喻，從六朝到晚清一直延綿不絕。其中既有對二鼠譬喻故事的改寫（如《三寶太監西洋記通俗演義》

第九章　佛教譬喻"二鼠侵藤"在古代亞歐的文本源流　317

和《梁皇寶卷》），也有對該譬喻的濃縮詞語（如"二鼠""鼠藤""藤鼠""井藤""懸藤""井中蛇"等），這説明該譬喻已經逐步在中土的典籍（包含佛、道、儒家的文獻）中内化爲本土的概念。值得注意的是，在這一分支之下，自八世紀早期之後，以中國佛教典籍爲依託，該譬喻進入到日本和朝鮮半島學者的視野中，並演化爲當地的文學意象，尤其以日本的"月鼠""日月の鼠"等意象而具有代表性。

第二分支，從六、七世紀開始，以民間故事爲中介，天竺的"二鼠侵藤"譬喻被波斯學者白爾澤維引用，置入民間故事集《凱里來與迪木奈》之中。《凱里來與迪木奈》有多種譯本、再譯本和轉譯本，包括波斯語本《老人星之光》和《智慧的試金石》，其中有些文本收録了"二鼠侵藤"譬喻，并從宗教的角度對這個譬喻進行了伊斯蘭化。除《凱里來與迪木奈》系列之外，穆斯林也從波斯詩人魯米的《詩集》以及阿拉伯語的《醫生與廚師》等文本中，進一步熟悉了這一來自"二鼠侵藤"譬喻的"井中人"故事。

第三分支，從中世紀開始，雜糅了印度佛經和伊斯蘭故事集《凱里來與迪木奈》部分内容而成的基督教的佛陀故事集《伯蘭及約瑟夫書》，也收録了"井中人"（或"空阱"）的譬喻，該譬喻由此進入歐洲人的閲讀視野。一方面，由於《伯蘭及約瑟夫書》也有多重的文本（含不同時期、不同語言的譯本、改譯本、再譯本等），該譬喻在歐洲的傳播日漸廣泛，并進入次一級的文獻（如《聖傳金庫》而流傳）。另一方面，該譬喻也從《凱里來與迪木奈》《伯蘭及約瑟夫書》等文本中被挑選出來而單獨流傳，在《基督讚美詩》等詩集、文集或故事集中擴散。它就好像一點濃墨滴在水面上而向歐洲的四周浸透，越走越遠，其外來的特色也越發淡漠，成爲歐洲日常教育中的一個例子，並延續到十九、二十世紀之交俄國作家列夫·托爾斯泰的《懺悔録》等文本之中。

第二條網綫之下也至少有以下的另兩條分支：

第四分支，在明末清初，隨著歐洲耶穌會士到中國的傳教活動，源自《伯蘭及約瑟夫書》的"空阱"譬喻，在《聖若撒法始末》（龍華民譯）、《畸人十篇》（利瑪竇撰）、《天主聖教四末論》（高一志撰）、《喻道傳》（丁韙良撰）等文獻中，並以基督教一系的宗教涵義用於教化中國的信衆。此時期的"空阱"譬喻與早在五世紀就從天竺譯傳的"二鼠侵藤"譬喻在中國的知識界和民間並行不悖，並教化不同信仰的中國人。

第五分支，自十六世紀起，《桑托斯的偉業》就將歐洲的二鼠侵藤譬喻傳入日本九州。十九世紀初期成書的《本教外篇》（平田篤胤撰）中，既有八世紀從中國傳入并且本土化的"月鼠"意象，也有從中國傳入的耶穌會士利瑪竇《畸人十篇》中的敘述，還有來自歐洲的"異國典籍之譬喻"，這充分説明了江户時期日本學者在東西文化相遇浪潮中的書寫特色。

此外，"二鼠侵藤"譬喻不僅以多種形態在古代亞歐地區流傳，而且在亞歐藝術家的筆下（或手下）出現了該譬喻故事的許多圖像。該譬喻以多樣化的圖像形式（插圖、銅版畫、壁畫、浮雕、石刻以及單幅的紙畫圖像等）出現在歐亞不同時代的文本、藝術創作和宗教場所之中。可以説，藝術家們似乎熱衷於對該譬喻進行視覺化的處理，用不同的藝術形象將該故事表現在讀者或觀衆的眼前，從而擴大了該故事的流傳範圍，加强了該故事在人們心目中的影響程度[1]。這些圖像的流傳也使這一飽含人生哲理意味的故事在多元宗教（佛教、婆羅門教/印度教、耆那教、伊斯蘭教、道教和基督教/天主教）的語境得到人們的普遍認同，從而爲古往今來的亞歐多元文明的理解提供了具有豐富内涵的一個實例。

---

[1] 細田あや子《〈井戸の中の男〉·〈一角獸と男〉·〈日月の鼠〉の図像伝承に関する一考察》，新潟大學《人文科學研究》109號，2002年，左第89-121頁。Monika Zin, "The Parable of 'The Man in the Well'. Its Travels and its Pictorial Traditions from Amaravati to Today," in: *Art, Myths and Visual Culture of South Asia*, ed. by P. Balcerowicz and J. Malinowski, (Warsaw Indological Studies 4), Delhi: Manohar. 2011, pp. 33-93.

第十章
"二鼠侵藤"譬喻在古代亞歐的圖像流變

敦煌文獻中經常出現的"二鼠侵藤"譬喻,源自印度,在《眾經撰雜譬喻》《賓頭盧突羅闍為優陀延王說法經》和《佛說譬喻經》等漢譯佛經、史詩《摩訶婆羅多》、耆那教《財天遊記》(*Vasudevahiṇḍi*)等四部典籍中均有記載。該譬喻還通過《凱里來與迪木奈》《智慧的試金石》《伯蘭及約瑟夫書》《聖傳金庫》《聖若撒法始末》《天主聖教四末論》和《分陰當惜》等不同層次的譯本,在古代亞歐的多種故事集或宗教典籍之中流傳,堪稱古代歐亞文化交流的典型例證之一[1]。該故事及其衍生的不同變體,也得到了古代歐亞藝術家們的青睞,對其進行了非常豐富的視覺化處理,在漫長的時段、不同的地域,用不同的藝術形象將其表現在讀者(或觀眾)的眼前,從而擴大了該譬喻故事的流傳範圍,加強了該故事在人們心目中的影響力。

不少學者對"二鼠侵藤"故事(及其衍生的故事系列)的文本及其圖

---

[1] Constanza Cordoni, *Barlaam und Josaphat in der europaischen Literatur des Mittelalters*, Berlin/Boston, 2014. De Gruyter, 2014. Georgios Orfanidis, "Chased by a Unicorn: Re-Studying and De-Coding the Parable of the Futile Life in the Novel Barlaam and Josaphat (Medieval Greek Version),"*Medievalista*,vol.29, 2021, pp.183-209.

像已經進行過相當深入的探討，尤其是細田あや子[1]、杉田英明[2]、秦莫逆（Monika Zin）[3]、馬淘波（Marina Toumpouri）[4]、小峯和明[5]等學者對其圖像有透徹的分析。本章在前輩研究的基礎上，全面搜集該故事在古代印度、中國與東亞、伊斯蘭世界（波斯、阿拉伯地區與北非）以及歐洲（意大利、德國、羅馬尼亞、俄羅斯等）多地區的圖像[6]，對相關圖像進行分類，對圖像的流變再度進行爬梳，並探討其對應的不同文本、在不同載體（石刻、壁畫、插圖、掛軸、散頁等）中的不同藝術表現特色，旨在進一步加深對古代亞歐文學、藝術與文化交流複雜性的認知。

---

1 細田あや子：《〈井戸の中の男〉・〈一角獸と男〉・〈日月の鼠〉の図像伝承に関する一考察》，新潟大學《人文科學研究》第109輯，2002年，左第89-121頁。

2 杉田英明：《中東世界における「二鼠譬喻譚」——佛教説話の西方傳播》，《比較文學研究》第89號（特輯《異文化接触と宗教文學》），東京：株式會社すずさわ書店，2007年，第68-101頁。

3 Monika Zin, "The Parable of 'The Man in the Well'. Its Travels and its Pictorial Traditions from Amaravati to Today," in: *Art, Myths and Visual Culture of South Asia*, ed. by P. Balcerowicz and J. Malinowski, (Warsaw Indological Studies 4), Delhi: Manohar. 2011, pp. 33-93.

4 Marina Toumpouri, "L'homme chassé par l'éléphant: de l'Inde au Mont-Athos", in G. Ducoeur, ed., *Autour de Bāmiyān. De la Bactriane hellénisée à l'Inde bouddhique*, Paris：De Boccard, 2012, pp. 425-444. Idem, "Marlaam and Ioasaph", in V. Tsamakda, ed., *A Companion to Byzantine Illustrated Manuscripts*, Leiden / Boston: E.J.Brill, 2017, pp.149-168.

5（日）小峯和明著，秦嵐譯：《東亞的二鼠比喻談——説"月之鼠"》，《文史知識》2015年第4期，第114-118頁。小峯和明：《東アジアの"二鼠譬喻譚"——説話の東西交流》，2016年9月16日北京大學東方文學研究中心專題講座。

6 法文網站 www.faidutti.com 刊發了一組有關獨角獸傳奇的博文（Les legendes de la licorne），其中2022年4月4日刊發的《伯蘭與約瑟夫》（"Barlaam et Josaphat"）一文，提供了與《伯蘭及約瑟夫書》文本有關的四十餘幅獨角獸圖像，實際就是"二鼠侵藤"譬喻的圖像。其中有不少圖像是首次刊布，爲本書提供了極爲重要的綫索，特此説明，并表達感謝！Cf. https://faidutti.com/blog/licornes/ category/contes-legendes-et-allegories/[訪問日期：2020年8月10日] 又，Peter (Petrus.agricola) 在 www.flickr.com 網站有一個名爲《伯蘭與約瑟夫：寓言》（"Barlaam & Josaphat: Allegory"）的相册（圖檔），共收集了29幅圖（除去重複的，實爲16幅），其中的幾幅圖也頗具參考價值。Cf. https://www.flickr.com/photos/ 28433765@N07/ albums/72157714450581563。[訪問日期：2020年8月10日]

第一節　古代印度的"二鼠侵藤"故事的石刻與繪畫

沃格爾（J. Ph. Vogel）[1]、秦莫逆等人早已從古代印度的佛教石雕中，辨認出了幾種表現"二鼠侵藤"故事的圖像，主要有以下四種：

其一，南印度安得拉邦（Andhra Pradesh）龍樹山（Nāgārjunakoṇḍa）博物館收藏的第二十四號石雕（出自龍樹山遺址九，見圖一a，圖一b）。該石雕是長條型的，中間有明顯的分隔標誌。"二鼠侵藤"故事雕刻在其中一格的最左側，呈豎式圖樣。該圖雕刻了一個被大象追逐的人（胖小孩狀）正雙手抓住樹根，懸吊在井中，樹根的兩旁各有一隻老鼠在撕咬。左側井壁有四條蛇，井底盤旋著一條張開大嘴的惡龍。該場景的右邊雕刻的是佛在向夜叉Alavaka講法，以此"二鼠侵藤"故事勸導夜叉皈依佛教。

圖一a　印度龍樹山博物館藏"二鼠侵藤"石雕（Nagarjunakonda Museum, No.24）　圖一b　圖一a的細節圖

其二，龍樹山博物館收藏的第十八號石雕（出自龍樹山遺址二，見圖二）。"二鼠侵藤"故事僅佔據整個石雕一格畫面中的很小部分，作爲佛陀

---

[1] J. Ph. Vogel, "The Man in the Well and some Other Subjects Illustrated at Nāgārjunikonda", *Revue des arts asiatiques*, Vol. 11, No. 3,1937, pp. 109-121.

所講述的故事而呈現出來。雕刻者將故事的講述者與故事本身在同一個大場景中同時表現出來，屬於"異時同構"的手法。這一手法在後世亞歐的使用範圍比較廣泛。

圖二　印度龍樹山博物館藏"二鼠侵藤"石雕（Nagarjunakonda Museum, No.18）

其三，法國巴黎集美博物館（Musée Guimet）收藏的第17067號石雕（有可能出自龍樹山遺址六，見圖三a、圖三b）。"二鼠侵藤"故事見於殘存佛塔石板下層的最左側一條的上半部分，該故事圖像的右側也是一位交脚盤坐的僧人，其周邊還有雙手致敬的其他人等。

圖三 a　集美博物館藏"二鼠侵藤"石雕（Musée Guimet, No.17067）　　圖三 b　圖三 a 的細節圖

第十章 "二鼠侵藤"譬喻在古代亞歐的圖像流變 323

其四，大英博物館收藏的阿馬拉瓦蒂（Amaravati）佛塔的第69號石雕（見圖四）。"二鼠侵藤"故事的雕刻也是位於佛塔中部一格石雕的最左邊，其構圖場景與圖一極爲相似。

圖四 大英博物館藏"二鼠侵藤"石雕（British Museum, No.69）

以上四種石雕中的"二鼠侵藤"故事，所刻畫的場景大體一致，具有一些共性：第一，均爲早期佛教石雕（佛塔或其他佛教紀念雕刻）中的"補白"部分，該故事的場景與周邊的石雕内容，似乎没有直接的聯繫，但可以視爲是佛或某位菩薩的講説内容的藝術呈現。第二，從構圖來看，空間受限，基本上是上下兩個部分相連的豎式構圖。上半部分的追逐動物（大象）不是横向的，而是頭朝下、尾巴朝上的縱向姿勢。第三，與文本相比，所表現的均是單一性的場景，可以稱爲單景叙事。所刻畫的故事元素均包括大象、井中人、二鼠、樹木與樹根、四蛇、一惡龍等，但缺少表現"蜜滴"或者"品味五滴蜂蜜"的内容。第四，從時間上看，這些石雕基本上是在三四世紀完成的，略早於五六世紀的漢譯佛經《衆經撰雜譬喻》（比丘道略集、姚秦三藏法師鳩摩羅什譯）、《賓頭盧突羅闍爲優陀延王説法經》（劉宋天竺三藏求那跋陀羅譯）。這説明"二鼠侵藤"故事不僅廣泛流傳於龍樹山和阿馬拉瓦蒂地區，而且進入印度本土的梵文佛經之中，並陸續被翻譯成漢文。不過，就圖像的流播來看，在此後的犍陀羅石雕、阿旃陀石窟壁畫中，乃至中國的克孜爾石窟、敦煌莫高窟等地的壁畫或雕塑中，均未再出現該故事的圖像。這一點也是特別值得在考察印度故事的圖像傳播時加以深思的。

除了佛教雕刻中的圖像之外，印度還有耆那教的一些現代圖像中也描繪了該故事（見圖五）。很顯然，該耆那教的"蜜滴"（madhubindu）譬喻故事圖像與早期佛經石刻中的"二鼠侵藤"故事場景有非常大的差異。此耆那教的圖像可稱之爲"懸掛型"（即人懸掛在半空中的樹枝上），大象用鼻子卷著樹幹的中間，而該人的腳下從井中冒出了五條蛇，另在樹的左側出現了坐在小飛車中的天神。與此"蜜滴"譬喻圖像大體相似的還有另一些圖（見圖六、圖七），其中的圖像元素基本相同，但構圖大致相反。大象用鼻子卷著樹幹，黑白二鼠在撕咬樹枝的末端部位。圖六的水池中是四條毒蛇和一條惡龍。圖七裝飾性很強，圖中的井口邊是四條毒蛇，其飛車的周圍有梵文標題"madhu-bindu"兩個詞語。這幾幅圖中的耆那教天神應該是來救助這位沉溺享受蜂蜜之甜美而不知死亡降臨的傢伙。

圖五　現當代耆那教的"蜜滴"譬喻圖像之一

第十章　"二鼠侵藤"譬喻在古代亞歐的圖像流變　325

图六　現當代耆那教的"蜜滴"譬喻圖像之二　　图七　現當代耆那教的"蜜滴"譬喻圖像之三

第二節　"二鼠侵藤"故事在中國的圖像表現

目前，在中國僅僅發現與"二鼠侵藤"譬喻相關的兩種古代圖像。其一，福建泉州開元寺鎮國塔（東塔）須彌座上的"丘井狂象"石雕（見圖八）。該塔的須彌座共有近四十幅佛傳、譬喻和本生的浮雕，乃南宋之作。

图八　福建泉州開元寺鎮國塔須彌座中的"丘井狂象"石雕

法國漢學大家戴密微（Paul Demiéville）與德國學者艾鍔風（Gustav Ecke）在合著的《刺桐雙塔》（*The Twin Pagodas of Zayton*，即《泉州雙塔》）一書中，最早刊布了該幅石刻圖像[1]。該圖右側是一頭大象正在逼近，其中央是一位男子正吊著一根纏繞在樹幹上的藤條，藤條邊有蜂巢，周邊有飛舞的蜜蜂，男子抬頭向上，而兩隻老鼠正在嚙咬樹藤，井中有四條蛇。此石刻完全是中國化的藝術風格，幾乎可以看作是一幅中國畫的石雕再現。從該圖的題詞"丘井狂象"可知，此圖來自漢譯佛經。

在中國歷代藝術作品中，筆者尚未發現該石刻圖像的流傳痕迹，不過，該圖像在當代得到了傳承。1985年，泉州重建了三大佛教叢林之一的承天寺，該寺大雄寶殿兩側長廊新繪的壁畫，就是泉州開元寺鎮國塔須彌座石刻浮雕的模仿之作，其中也有一幅工筆重彩的"丘井狂象"圖（見圖九）。二者的載體雖有不同，但描繪的內容和場景幾乎完全相同。

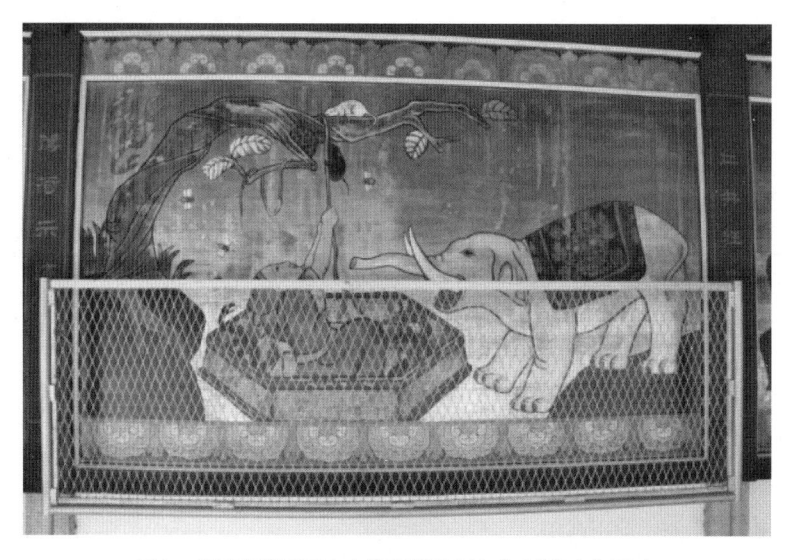

圖九　福建泉州承天寺大雄寶殿長廊的"丘井狂象"壁畫

1　Gustav Ecke & Paul Demiéville, *The Twin Pagodas of Zayton: A Study of Later Buddhist Sculpture in China*, Massachusetts: Cambridge, 1935. fig.E base 18.

其二，十九世紀杭州刊印的類似教化文書的木版畫中的"二鼠侵藤"圖（見圖十）。英國聖公會傳教士、華中區（杭州）主教慕稼穀（George Evans Moule，1828—1912）著有《杭州記略》（1907）一書，早在1884年《皇家亞洲文會北華支會會刊》（*Royal Asiatic Society North China Branch Journal*）中，就將杭州木版畫的這一頁傳單譯成了英文[1]。從內容上看，該"二鼠侵藤"

圖十 十九世紀杭州木版畫中的"二鼠侵藤"圖

圖對應的文本源頭爲《賓頭盧突羅闍爲優陀延王説法經》。此版畫中，用來宣講佛教義理的通俗偈頌文字（警句）與圖像穿插交錯在一起，不過前半部分的偈頌並未直接提及"二鼠侵藤"故事，其後半部分對該譬喻的解釋，則來自明代錢塘胡文焕的《新刻禪宗十牛圖頌》，根源仍是《賓頭盧突羅闍爲優陀延王説法經》。該版畫的右上方是一位頭有圓光、端坐在雲彩寶座上的菩薩。右下方有三人站立，最左側手持禪杖的是已經出家的輔相之子賓頭盧突羅闍尊者，中間的一位無疑是優陀延王，右側的則是國王的無名隨從。賓頭盧突羅闍微微側向優陀延王，表明他正在向國王講述這則"二鼠侵藤"故事。該版畫中，大象正抬頭緊盯著雙手拉著藤懸掛在半空中的男子。井邊有四條蛇，井中的惡龍似乎噴出了熊熊的火焰。樹枝上的黑白二鼠正在嚙咬樹藤。該男子面向右側，似乎在品嘗從樹上蜂巢中滴落的蜂蜜。該版畫與"丘井狂象"石刻最大的不同之處是，版畫藝術家將該故事的講述人（賓頭盧突

---

[1] Bishop Moule, tr., "A Buddhist Sheet-Tract", *Royal Asiatic Society North China Branch Journal*, XIX, 94-102. [read in 1884]. Also cf. Monique B.Pitts, "Barlaam and Josaphat: A Legend for all Seasons", *Journal of South Asian Literature*, vol.16, no.1, Part 1: East-West Literary Relations, 1981, pp.3-16. 此見第6頁。

羅閣）、聽衆（優陀延王與隨從）以及被講述的故事（"二鼠侵藤"）一併呈現出來，使整個畫面具有一種"異時同構"的風格。

除了上述這些圖像之外，日本駒澤大學收藏的和刻本《新刻禪宗十牛圖》中也有一幅二鼠侵藤圖（詳下），其源頭應該是中國。因東亞佛教的相互影響，朝鮮半島、日本的多種二鼠侵藤譬喻圖像，也對中國當代佛畫創作有借鑒作用。中國當代流行的佛畫"攀藤食蜜圖"（或稱爲"吊藤食蜜圖"，見圖十一a-c）[1]採用掛軸畫的形式，以老虎追逐、男人懸藤於半空並且品嘗蜂蜜、二鼠咬藤、深淵中惡龍（一條或三條）吐毒氣爲要素，描繪出一幅漂亮的風景畫。類似的創作還有一些，甚至有題畫的詩頌，但整體上大同小異，就不一一贅述了。

圖十一 a-c　當代中國佛畫"攀藤食蜜圖"（"吊藤食蜜圖"）

[1] http://www.amitabha18.org/Page/GeneralContent/GeneralContentList.aspx?TopCategoryNo=551[訪問日期：2022 年 8 月 13 日]

第三節　伊斯蘭世界的"二鼠侵藤"故事的插圖

　　現存最早的一批阿拉伯語插圖本應是蘇菲（al-Sūfi）的《星座書》（*Book of the Fixed Stars*），其次是古希臘醫學家迪奧斯科里德斯（Dioscorides）的《本草誌》（*De Materia Medica*）的譯本。在十三至十四世紀中葉，帶有敘事性質的阿拉伯語插圖本主要有哈利里（al-Ḥarīrī）的《瑪卡梅集》（*Maqāmāt*）以及《凱里來與迪木奈》[1]。

　　印度民間故事集《五卷書》（*Pañcatantra*）中的故事文本及圖像在亞歐多地流傳甚廣[2]，被譯成西亞地區的多種語言，包括古敘利亞語、波斯語和阿拉伯語等。其中在西亞流傳最廣的是伊本·穆格法的阿拉伯語譯本《凱里來與迪木奈》。後者又有多個語種的譯本，尤其受畫家們的青睞，在西亞等地繪製了不少的插圖本[3]。梵本《五卷書》中並沒有"二鼠侵藤"故事，《凱里來與迪木奈》中的這一故事很可能來自印度史詩《摩訶婆羅多》或者耆那教經典《財天遊記》（*Vasudeva- hiṇḍi*）中對應的"蜜滴"故事。在《凱里來與迪木奈》（阿拉伯語、波斯語文本）、《伯蘭及約瑟夫書》等古代西亞的插圖本中，"二鼠侵藤"譬喻的圖像比較常見，是古代西亞畫家喜歡繪製的題材之一。伯納德·凱恩（Bernard O'Kane）的《早期波斯繪畫：十四世紀晚期的〈凱里來與迪木奈〉寫本》一書中，就列舉了十三幅"生命

1　J.Raby, "Between Sogdia and the Mamluks : A Note on the Earliest Illustrations to *Kalīla wa Dimna*", *Oriental Art*, Vol.33, No.4, 1987, pp.381-398.

2　Monika Zin, "The *Pañcatantra* in Sogdian Paintings", *Berliner Indologische Studien / Berlin Indological Studies*, vol.24, 2019, pp.279-298.

3　Linda Pellecchia, "From Aesop's Fables to the *Kalila wa-Dimna*: Giuliano da Sangallo's Staircase in the Gondi Palace in Florence", *I Tatti Studies: Essays in the Renaissance*, vol.14-15, 2011-2012, pp. 137-207; Fig.1-35. Simona Cohen and Housni Alkhateeb Shehada, "From the *Panchatantra* to La Fontaine: Migrations of Didactic Animal Illustrations from India to the West", *Artibus Asiae*, vol.76, no.2, 2017, pp.5-68. Anna Contadini, "Intertextual Animals: Illustrated *Kalila wa-Dimna* Manuscripts in Context", Éloïse Brac de la Perrière, Aïda El Khiari & Annie Vernay-Nouri, ed., *Les périples de Kalila et Dimna Quand les fables voyagent dans la littérature et les arts du monde islamique* (*The Journeys of Kalila and Dimna Fables in the Literature and Arts of the Islamic World*), E.J. Brill, 2022, pp.95-129.

之危"(The Perils of Life,亦即"二鼠侵藤")故事的插圖[1]。根據插圖文本的不同以及繪製時間的先後順序,以下將"二鼠侵藤"譬喻的圖像進行分類,以便於理解和比較相關的圖像。

(一)阿拉伯語《凱里來與迪木奈》插圖本中的"二鼠侵藤"譬喻圖像

1. 法國國家圖書館藏《凱里來與迪木奈》插圖本(MS Arabe 3465)

法國國家圖書館(Bibliothèque nationale de France in Paris,以下簡稱BNF)收藏了伊本・穆格法的阿拉伯語譯本《凱里來與迪木奈》的多種不同時期的抄本,其中還有不少的插圖本。各插圖本出自不同時代和地域的藝術家之手,其中的插圖多種多樣,也各有不同的藝術風格。法國國家圖書館中的一種阿拉伯語《凱里來與迪木奈》的插圖本,編號MS Arabe 3465,原編號為Arabe 1483 A。該插圖本約繪製於十三世紀的早期(1200—1220年),很可能是在敘利亞地區繪製的,具有古典時期的特徵[2]。該插圖本第四十三頁背面就繪製了"二鼠侵藤"故事(見圖十二)。法國國家圖書館收藏的另一個《凱里來與迪木奈》插圖本(MS Arabe 3467)是1350年繪製的,具有馬穆魯克時期的藝術特點,但該插圖本中沒有"二鼠侵藤"故事的插圖。圖十二繪製在一頁的中間,圖像上下各

圖十二 法國國家圖書館藏阿拉伯語《凱里來與迪木奈》中的"二鼠侵藤"(BNF MS Arabe 3465, fol.43v)

---

1 Bernard O'Kane, *Early Persian Painting: Kalila and Dimna Manuscripts of the Late Fourteenth Century*, London & New York: I.B.Tauris, 2003, pp. 58-69.

2 Kazue Kobayashi, "Some Problems on the Origin of the Illustrations of *Kalila wa Dimna* (Paris B.N.MS Arabe 3465)", *Journal of Art History*, vol.40, no.2, 1991, pp.183-197+ pp.2-3.

有三行文字。該圖爲左右對稱式的構圖，描繪一個人雙手各握著帶大葉片的小樹幹，雙腿橫跨在井邊沿的情形。這個人的面部偏向畫面的左側，長髮披肩，類似突厥人的髮型；上身赤裸，腰繫土黃色的短裙，光腳。雙腳下各有兩條蛇，井底有一盤旋著身子且張開大嘴的惡龍。兩隻肥碩的黑白老鼠正在咬著樹根。該圖中沒有出現追趕此人的動物形象。其井是虛擬透明狀的。該圖呈現出集中聚焦的狀態，周邊沒有描繪出任何自然環境。

2. 摩洛哥拉巴特皇家圖書館的《凱里來與迪木奈》插圖本（Bibliothèque Royale, MS 3655）

摩洛哥首都拉巴特皇家圖書館（Bibliothèque Royale）收藏的阿拉伯語本《凱里來與迪木奈》，編號爲MS 3655。此寫本現存一百一十三頁（雙面，部分是殘頁），有大量波斯風格的插圖，被學者稱爲"現存阿拉伯寫本中插圖最多的"。該寫本大約繪製於1265—1280年，地點可能是在巴格達。其中有"二鼠侵藤"故事的插圖（見圖十三）。插圖夾在上下文字之中，其中的人物爲正面，頭戴蒙古式的帽子，身穿長袍，雙腳橫跨在U形坑道的兩側，雙手握住被兩隻老鼠嚙咬的藤根。這一插圖採用左右對稱型的構圖，夾在文字之中，呈橫向的扁平狀。此圖中的蒙古服飾形象正說明當時蒙元與西亞地區密切的文化關係。

圖十三　摩洛哥拉巴特皇家圖書館藏阿拉伯語《凱里來與迪木奈》中的"二鼠侵藤"（Rabat, Bibliothèque Royale, MS 3655, fol.17v）

3. 德國巴伐利亞州立圖書館的《凱里來與迪木奈》插圖本（BSB Cod. arab. 616）

德國巴伐利亞州立圖書館（Bayerische Staatsbibliothek）所藏的阿拉伯

圖十四　巴伐利亞州立圖書館藏阿拉伯語《凱里來與迪木奈》中的"二鼠侵藤"（BSB Cod. arab. 616, fol.40v）

圖十五　鮑德利圖書館藏阿拉伯語《凱里來與迪木奈》中的"二鼠侵藤"（Bodleian Library, MS Pococke 400, fol.36v）

語《凱里來與迪木奈》插圖本，編號爲BSB Cod.arab. 616。此插圖本是1340-1350年在埃及或者敘利亞繪製的，其中有"二鼠侵藤"故事的圖像（見圖十四）。該頁採取了上文下圖的結構，圖上方有6行文字。圖中的人物有頭光，頭髮不太長，但有濃密的鬍鬚。此人也是上身赤裸，腰部繫著淡藍色的裙子，赤足。與圖十二、圖十三一樣，該圖也是左右對稱式的構圖，也沒有繪製周邊的環境以及追趕此人的動物形象。但與圖十二不同的是，此圖中的人物橫跨在兩塊大石之間，也沒有繪出井的形狀。

4. 英國牛津大學鮑德利圖書館的《凱里來與迪木奈》插圖本（MS Pococke 400）

牛津大學鮑德利圖書館（Bodleian Library）收藏的阿拉伯語《凱里來與迪木奈》插圖本（編號爲MS Pococke 400），是1354年在敘利亞或謂埃及地區繪製的。該寫本共有七十七幅細密畫插圖。筆者在討論絲綢之路"三條魚的故事"的插圖時，曾經注意到該插圖本與美國紐約大都會博物館藏阿拉伯語《凱里來與迪木奈》的插圖本（編號爲MS 1981.373）有圖像上的傳承關係。此插圖本中的"二鼠侵藤"故事的圖像（見圖十五），夾在上下文字的中間，其構圖、元素、組合等與前述圖十四基本上是一致的，僅存在顏色等細微的差異。二者的關係也可視爲是圖像流傳的例證。

5. 英國劍橋大學聖體學院帕克圖書館的《凱里來與迪木奈》插圖本（MS 578）

劍橋大學聖體學院（Corpus Christi College）的帕克圖書館（Parker Library）收藏的阿拉伯語《凱里來與迪木奈》插圖本（編號爲MS 578），可能是1389年在埃及、敘利亞或安納托利亞地區繪製的。此插圖本中的"二鼠侵藤"故事的圖像（見圖十六），也是夾在上下文字的中間。由於受空間的限制，此幅插圖採取了橫向的左右對稱構圖。插圖中沒有描繪出"井"的形象，但故事中的人物、黑白二鼠、四蛇、惡龍等形象元素均出現了。

圖十六　帕克圖書館藏阿拉伯語《凱里來與迪木奈》中的"二鼠侵藤"（Cambridge, Parker Library MS 578, fol.27r）

6. 德國巴伐利亞州立圖書館的《凱里來與迪木奈》插圖本（BSB Cod.arab. 615）

德國巴伐利亞州立圖書館所藏的另一種阿拉伯語《凱里來與迪木奈》插圖本，編號爲BSB Cod.arab. 615。此插圖本是十六至十七世紀在埃及繪製的，其中也有"二鼠侵藤"故事的圖像（見圖十七）。此圖的上、左、下三面被黑紅二色的文字圍繞，其構圖爲左右對稱型。圖中人物是正面像，有披肩髮和長鬍鬚，上身赤裸，穿紅色短裙。圖

圖十七　巴伐利亞州立圖書館藏阿拉伯語《凱里來與迪木奈》中的"二鼠侵藤"（BSB Cod. arab. 615, fol.33v）

中的井非常明顯，人物胸部以下在井中，雙手各握著小樹的上端（而非樹根），樹旁各有對稱的紅花植物，作爲圖像的裝飾之用。

7. 法國國家圖書館藏《凱里來與迪木奈》插圖本（MS Arabe 3470）

法國國家圖書館藏阿拉伯語《凱里來與迪木奈》插圖本，編號爲MS Arabe 3470。這是十七世紀的插圖本，共有七十八幅插圖。其中也有"二鼠侵藤"故事插圖（見圖十八）。此圖所在的頁面畫有邊框，圖像夾在文字之間，其中框內的圖之上有三行文字，圖之下有四行文字。還有部分的文字和圖像溢出了邊框。這種突破邊框的設計在伊斯蘭藝術史上有一定的涵義。該圖與圖十二均爲左右對稱式的構圖，有非常多的相似之處，包括在視覺上頗有突兀感的兩片大樹葉、比例不協調的兩隻老鼠、人物單側的面部和赤裸的上身與披肩的髮型、對井穿透狀的描繪、蚯蚓狀的四條蛇、盤旋身體並張開大嘴的龍。此外，這兩幅圖也沒有描繪追趕的動物和貪食蜂蜜的情景。因此，從整體來看，這兩幅插圖存在某種藝術上的繼承感。換言之，當文字文本在流傳的時候，與該故事相關的圖像也有可能在傳播。也就是説，後世的畫家在繪製該故事時，有可能承襲了前輩畫家在構圖與具體描繪方面的一些做法，這樣就使不同時期的兩幅畫出現某種程度的"類同"。讀者在面對這兩種插圖本中的該故事圖像時，就會浮現出"似曾相識"的閱讀感。

圖十八　法國國家圖書館藏阿拉伯語《凱里來與迪木奈》中的"二鼠侵藤"（BNF MS Arabe 3470, fol.61r）

8. 法國國家圖書館藏《凱里來與迪木奈》插圖本（MS Arabe 5881）

法國國家圖書館藏阿拉伯語《凱里來與迪木奈》插圖本，編號爲MS Arabe 5881。該插圖本繪製於1681年，共九十五幅插圖。其中也有"二鼠侵藤"故事的插圖（見圖十九）。此圖所在的頁面也有邊框，所有的文字和圖像都在邊框之內。插圖在本頁的上下文字之間。其中比較特別的是，圖上方有兩行紅色的文字可能是該插圖的標題。此圖也是對稱構圖，圖中的人物是正面形象，雙手各抓住一株蔓草（而不是樹根），兩隻大老鼠分置兩邊。與上述諸插圖不同的是，人物戴著包頭，有向兩邊嘴角翹起的大鬍子，穿著大長袍和褲子，還繫著腰帶，因此，此人是比較典型的阿拉伯人貴族的形象。此外，該圖沒有畫出追趕人物的動物以及井底的惡龍，在井底畫的是四條向上竄的蛇頭。上述的其他插圖基本上是把四條蛇分置在人物的腳下，一般是左右腳邊各有兩條小蛇。

圖十九　法國國家圖書館藏阿拉伯語《凱里來與迪木奈》中的"二鼠侵藤"（BNF MS Arabe 5881, fol.17v）

9. 法國國家圖書館藏《凱里來與迪木奈》插圖本（MS Arabe 3475）

法國國家圖書館收藏的另一種阿拉伯語《凱里來與迪木奈》插圖本，編號爲MS Arabe 3475。此插圖本是1762年繪製的，非常完整，共有一百九十九頁（雙面），含一百八十幅插圖。這些插圖有的是佔一頁，有的佔半頁，偶爾還有一頁出現兩幅圖的。值得注意的是，該插圖本中還留有六十個空位，是準備用於插圖的，但畫家最後没有繪製。該書的插圖基本上都很簡潔，以人物爲主，幾乎没有什麽細節，但配色比較鮮明，對比感强烈。其中也有一幅"二鼠侵藤"故事插圖（見圖二十）。該圖是佔據單頁的圖像，其對應的文字在另一頁面。該圖的構圖也是對稱式的，没有任何的風景作爲背景，與前述的幾幅插圖很近似，尤其是U形的構造與圖十三非常接近。從圖像的藝術風格來看，很顯然，該圖多少帶有一些民間漫畫的意味，

圖二十　法國國家圖書館藏阿拉伯語《凱里來與迪木奈》中的"二鼠侵藤"（BNF MS Arabe 3475, fol.34r）

圖二十一　美國大都會博物館藏阿拉伯語《凱里來與迪木奈》中的"二鼠侵藤"（MET MS 1981.373, fol.22v）

與前述的幾幅插圖均不相同。人物的服飾也與一般的阿拉伯人不同，而是帶有奧斯曼人的特點。此圖詳細的不同細節就不一一列舉了，讀者一看便知。

10. 美國大都會博物館藏《凱里來與迪木奈》（MS 1981.373）

美國紐約大都會博物館藏阿拉伯語本《凱里來與迪木奈》的插圖本，屬於艾利斯與納斯利收集品（The Alice and Nasli Heeramaneck Collection, Gift of Alice Heeramaneck）之一，編號爲MS 1981.373。該插圖本是十八世紀在敘利亞或者埃及繪製的。該書中插圖所在的頁面有些是與文字相連的，有些是插圖佔據一單頁而沒有任何文字（與圖二十相似）。該插圖本的第二十二頁是"二鼠侵藤"故事插圖（見圖二十一）。該圖與圖十四（以及圖十五）頗有一些相似之處。其不同之處是人物的朝向（左/右）、短裙的顏色（藍/金黃/紅）、小樹的顏色（綠/紅）、石頭的顏色等，其相同之處是二者均爲左右對稱型的構圖，其中的人物爲正面像，有濃密的大鬍鬚，雙手各持一株開花的植物，黑白兩隻老鼠在分別啃著植物的根部，而人物的雙脚各踩著兩條蛇頭，在井中的惡龍盤旋著張開大嘴。畫家在龍嘴部塗上紅色，頗有暗示血盆大嘴的意味。這兩幅圖均沒有追趕人的動物，也沒有周邊環境的描繪，讀者的視野直接面對此人落在半井之中的情形，而惡龍誇張的嘴部描繪最能體現人物處境的危險感。

11. 牛津大學鮑德利圖書館藏《凱里來與迪木奈》（E.D. Clarke.Or. 09）

牛津大學鮑德利圖書館收藏另一個阿拉伯語《凱里來與迪木奈》的插圖本（編號爲E.D. Clarke.Or. 09），其製作時代要晚於前述1354年繪製的版本（MS Pococke 400）。此插圖本的圖像多有些褪色，其中的"二鼠侵藤"譬喻插圖（見圖二十二）也略顯模糊。其整體的構圖與上述十幅阿拉伯語版的整體對稱式插圖不太一致。此圖中，左側是一棵大樹，長長的枝條從左向右方斜著延伸。一位身穿紅色長袍的男子，站在較低的兩根樹枝上，其左手叉腰，右手抓住樹枝，頭略微左傾。兩隻面對面的老鼠在啃著粗壯的樹根，一頭體型肥碩的大象從右向左走來。圖中的地面散佈著較大的花朵圖案。對照文本，可以發現，此圖中缺乏最基本的一些圖像元素，比如，深井的形狀、井中的四條毒蛇和一條惡龍、樹上的蜂巢和一群蜜蜂均不清晰，或許是未曾繪出。此圖不僅色彩搭配豐富，而且其中有一個很罕見的表達方式，就是畫家爲了描述井中四條蛇的情景，他在圖的右上方畫了一個黑色的圓圈，圈中有黑色豎狀條紋，貌似四條蛇的樣子。根據文本，所謂的"井"應該是在"樹"根部的底下，但本圖中的"井"與左下方的"樹"根部的位置相距較遠，無法產生聯繫，因此，畫家就在"井"的外圍畫了一條粗的淡綠色的圓圈，再用延長綫拉伸到"樹"下，這樣，讀者在觀看此圖時，就能夠把"井"和"樹"從視覺上聯繫在一起了，從而印證了文本中的敘述。從圖像所產生的視覺力量而言，此插圖固然可以讓讀者感覺到大象追逐與逼近的壓力，但因爲缺乏清晰的毒蛇與惡龍的形象，從而無法感受到"命懸一綫"的巨大危機，這樣就形成了文圖之間的錯位。

圖二十二　牛津大學鮑德利圖書館藏阿拉伯語《凱里來與迪木奈》中的"二鼠侵藤"（Bodleian Library, E.D. Clarke.Or. 09, fol.38r）

12. 英國曼切斯特大學圖書館藏《凱里來與迪木奈》插圖本（Arabic MS 486）

英國曼切斯特大學圖書館（The University of Manchester Library, U.K.）收藏的一個阿拉伯語本《凱里來與迪木奈》，編號Arabic MS 486。該插圖本繪製於1631年，出自兩個不同的抄手（或畫家）。該抄本每頁大約三十三行文字，共有七十五幅插圖，每幅插圖頁邊的空白處均有比較完整的解釋[1]。其中的"二鼠譬喻"插圖（見圖二十三）也有邊框，位於當頁的最上方，是上圖下文的格式。該圖的右側頁邊空白有六行文字，用於描述該圖的內容。該圖主要有黃、綠、紅三種顏色。一位光著上身、穿著短褲、長絡腮鬍、有黃色頭光的男子，雙腳橫跨在井邊，雙手握住井邊的兩株植物。此人的腳下各踩著兩條蛇的頭部，而兩隻老鼠在咬著植物，井底翻滾著一條長舌頭的惡龍。此圖也採用"跨越式"的對稱圖型。從寫本的製作過程來看，它是先由抄手抄寫了文字，留下相應的繪圖位置；再由畫家完成插圖。最後

---

[1] https://luna.manchester.ac.uk/luna/servlet/detail/Manchester~91~1~376315~125577. [訪問日期：2022年8月2日]

第十章 "二鼠侵藤"譬喻在古代亞歐的圖像流變 339

由畫家（或抄手）完成每幅插圖的文字說明。這些說明文字的位置大多是在圖框的兩側，與正文處於垂直的位置關係。雖然該插圖本中的插圖不少借鑒了前代的《凱里來與迪木奈》插圖本，但其主要的特色是每幅圖都有說明文字，而且該特色是唯一的。

圖二十三　曼切斯特大學圖書館藏阿拉伯語《凱里來與迪木奈》中的"二鼠侵藤"（University of Manchester Library, Arabic MS 486, fol.32v）

上述伊本・穆格法的阿拉伯語譯本《凱里來與迪木奈》的插圖本中，十二幅不同的"二鼠侵藤"故事插圖也有三點極爲相似：其一，基本上採取了左右對稱型的構圖；其二，除圖二十二之外，其餘十一幅插圖中没有描繪任何與故事發生地相關的背景（如山林等），基本上採用了單一性場景敘事的方法（即單景敘事），選取的是被追逐人落在井中的場景，這也是故事中最具高潮性的場景，即最能吸引讀者（閲讀插圖本的觀衆）眼球的時刻。它也相當於萊辛在《拉奥孔》中所説的"最富於孕育性的頃刻"。其三，除圖二十二之外，其餘十一幅插圖描繪的内容大體上均依據《凱里來與迪木奈》的文字文本，但它們有兩點與文字文本不同：既未描繪出追逐人物的某一大型動物（大象、駱駝）的形象，也没有描繪人物在享受蜂蜜的情形，可以説插圖畫家們給讀者留下了許多的想象空間。插圖中没有描繪享受蜂蜜的情形，也就無法像文字文本那樣去表述此人生死危亡之際的那種巨大的衝突感（即短暫的享受vs迫在眉睫的死亡威脅），因此，有關該故事的譬喻涵義在畫面中無法表述，也就需要讀者去自我"填充"和感悟。就大象這一形象而言，祇出現在圖二十二之中，可以說，該幅插圖未遵循其他十一幅的圖像敘事傳統，而是與印度本土（及其衍生影響的東亞地區）的此類圖像傳統形成了呼應。因此，該圖或許體現了畫家對印度文化的體認與接受。

（二）波斯文《凱里來與迪木奈》插圖本中的"二鼠侵藤"譬喻圖像

1. 土耳其伊斯坦布爾托普卡帕宮圖書館藏波斯語《凱里來與迪木奈》插圖本（H.363）

土耳其伊斯坦布爾托普卡帕宮圖書館（Topkapi Saray Library）收藏的納斯里翻譯的波斯語《凱里來與迪木奈》插圖本（編號爲H.363），大約是1260—1285年間在巴格達地區繪製的，其中有"二鼠侵藤"的故事插圖（見圖二十四）。此圖與上述阿拉伯語《凱里來與迪木奈》的前十幅插圖的構圖相似，爲左右對稱型，但在該圖的右上角出現了駱駝的前半身形象，這說明波斯語本《凱里來與迪木奈》系列插圖中，開始繪製了追趕人的大型動物。畫家們用當地常見的駱駝替代了文本中的大象。很顯然，這些當地的畫家們對生活在印度熱帶地區的大象並不熟悉，而選用了本地熟悉的動物形象，更適合當地觀衆或讀者的審美認知。此圖也有了一些風景的描繪。圖中人物的頭部與頸部幾乎呈九十度彎曲，似乎是爲了表現此人正在用嘴接受小樹上滴下的蜂蜜。這說明此幅插圖是從阿拉伯語本《凱里來與迪木奈》向波斯語本《凱里來與迪木奈》插圖風格的過渡形式，即：整體的對稱構圖、有蜂蜜、少量的風景、開始在插圖的角落出現追逐人的動物。

圖二十四　托普卡帕宮圖書館藏波斯語《凱里來與迪木奈》中的"二鼠侵藤"（Topkapi Saray Library, H.363, f.35v）

2. 大英圖書館藏波斯語《凱里來與迪木奈》插圖本（Or.13506）

大英圖書館收藏的納斯里波斯語《凱里來與迪木奈》插圖本（編號爲Or.13506），大約是1260—1285年間在巴格達地區繪製的，全書插圖六十七幅，其中有"二鼠侵藤"的故事插圖（見圖二十五a）。此頁有邊框，而插圖的四周又加了邊框（見圖二十五b），圖上下分別有二行和八行文字。此插圖中，也出現了駱駝（以代替文本中的大象）形象。駱駝僅繪出了前半身身軀，被放置在人物的右側。此圖整體上不再是那種左右對稱的結構，而是呈豎式，使用了紅色平塗的背景，人物有頭光，在其頭部左側畫出了一個蜂窩。此人的面部不清晰，呈現空白狀，或許是受早期伊斯蘭藝術的影響。此人身穿綴著黃邊的黑袍，雙手與身體垂直，左右伸開搭在井邊，分別握著井邊的一株特別小的樹苗，身體懸吊在井中。由於受空間的限制，一黑一白兩隻肥大的老鼠也被繪成了豎式。如果不考慮駱駝的形象，僅僅觀察此插圖的左側，那麼，其構圖與前述阿拉伯文本《凱里來與迪木奈》的"二鼠侵藤"插圖有許多相似之處。

圖二十五a 大英圖書館藏波斯語《凱里來與迪木奈》中的"二鼠侵藤"（British Library, Or.13506, f.35v）

圖二十五b 圖二十五a的細節圖

图二十六　大英圖書館藏波斯語《凱里來與迪木奈》中的"二鼠侵藤"
（British Museum, 1955-07-09-01）

3. 大英博物館藏波斯語《凱里來與迪木奈》插圖散頁（1955-07-09-01）

大英博物館收藏的一個納斯里翻譯的波斯語《凱里來與迪木奈》插圖本僅存的散頁（編號1955-07-09-01），恰好描繪了"二鼠侵藤"的故事（見圖二十六），該插圖本是1333年在伊朗設拉子（Shiraz）完成的。該頁有邊框，文圖均置於邊框之內，是上圖下文的結構，而其中的插圖則爲倒L形，即上橫左豎的直角結構。一隻單峰駱駝幾乎佔據了上橫部位的一大半。懸掛在樹枝上的井中人物爲豎式，所抓的那棵樹似乎起到了視覺分隔的作用，將駱駝和井中的人物左右分隔。與前述阿拉伯語本《凱里來與迪木奈》中的十幾幅插圖不同的是，井中的人物不是左右對稱的姿勢（即雙手分別抓住井邊左右的小樹，雙脚分跨在左右井壁），而是雙手上舉去抓住同一顆樹的枝節。此插圖在平塗的紅色背景中，繪出了數種不同的花草。井中惡龍的形狀也與上述所有插圖中的惡龍不同。從整體上看，該幅插圖具有波斯細密畫南部畫派（設拉子畫派）的風格，該插圖本可能出自因珠（Injuids）家族在設拉子建立的宮廷畫院畫家之手。該插圖的紅色背景、花草的設計、人物與動物的形象，與設拉子畫院創作的《列王紀》頗爲相似。

4. 土耳其伊斯坦布爾大學圖書館藏波斯語譯本《凱里來與迪木奈》插圖本（F.1422）

土耳其伊斯坦布爾大學圖書館藏納斯里波斯語譯本《凱里來與迪木奈》插圖本，其中描繪"二鼠侵藤"故事的是一個殘頁（見圖二十七），文字部分僅存一行,插圖部分也是倒L形,祇是左邊的長豎部分不存在了[1]。該圖中樹木的形狀和程式化的山石,表明其具有典型的波斯細密畫風格。該幅插圖的整體面貌還可以從下述的一幅插圖(見圖三十六)中得到體現。

圖二十七　伊斯坦布爾大學圖書館藏波斯語《凱里來與迪木奈》中的"二鼠侵藤"(Istanbul University Library, F.1422, fol.25v)

5. 法國國家圖書館藏波斯語譯本《凱里來與迪木奈》插圖本(MS Persan 376)

法國國家圖書館收藏的納斯里波斯語譯本《凱里來與迪木奈》也有數種之多。其中的一種插圖本編號爲MS Persan 376,約繪製於1279—1280年。插圖本中的第二百五十四頁的題記注明該書是在巴格達複製完成的。插圖本中的第三十七頁背面爲"二鼠侵藤"之圖(見圖二十八)。該插圖有波斯細密畫的風景畫風格,出現了對周邊自然環境以及駱駝的描繪。在《凱里來與迪木奈》文本中,追趕此人的是一頭大象,因

圖二十八　法國國家圖書館藏波斯語《凱里來與迪木奈》中的"二鼠侵藤"(BNF MS Persan 376, fol.37v)

1　Jill Sanchia Cowen, *Kalila wa Dimna: An Animal Allegory of the Mongol Court; The Istanbul University Album*, New York: Oxford University Press, 1989, pp.52-54. Fig.6a.

爲在西亞多沙漠的環境中，主要的動物是駱駝，因此，畫家就以當地常見的駱駝來取代了印度的大象，以完成故事圖像元素的本地化。井中的人物身穿紅色長袍，頭部仰起，看向上方，似乎正在享受從小樹叢中滴下的蜂蜜。

6. 法國國家圖書館藏波斯語譯本《凱里來與迪木奈》插圖本（MS Persan 377）

法國國家圖書館藏另一種納斯里波斯語譯本《凱里來與迪木奈》的插圖本，編號爲MS Persan 377。此插圖本大約繪製於十四世紀晚期（約1380—1390年），出自波斯的設拉子。此插圖本中的f.26v頁爲"二鼠侵藤"之圖（見圖二十九）。此圖夾在文字之中，畫面整體呈現爲典型的T字形。T字形的下半部分剛好符合故事中的"井"的場景。圖二十九的上半部分描繪的自然環境不多，但無疑爲沙漠中的景色，而且出現了沙漠中的駱駝的形象。井中的人物身穿紅色長袍，其頭部偏向畫面的右側。該圖中的惡龍與上述所有惡龍形象均不相同，雖僅展示了部分盤旋的軀體，但卻是比較典型的中國龍的形象。

圖二十九　法國國家圖書館藏波斯語《凱里來與迪木奈》中的"二鼠侵藤"（BNF MS Persan 377, fol.26v）

7a. 埃及國家圖書館藏波斯語《凱里來與迪木奈》插圖本（Adab Farisi 61）

埃及首都開羅的國家圖書館（Dar al-Kutub）收藏的一部納斯里波斯語譯本《凱里來與迪木奈》的插圖本，編號爲Adab Farisi 61。此插圖本大約是1385—1395年之間製作於賈拉伊爾（Jalayirid）王朝。1336—1432年間，原隸屬於蒙古部落的賈拉伊爾人在巴格達建立了一個短暫的王朝，統治伊拉克

第十章 "二鼠侵藤"譬喻在古代亞歐的圖像流變 345

和阿塞拜疆約一個世紀，曾大力贊助細密畫藝術。該插圖本中也有一幅"二鼠侵藤"故事之圖（見圖三十a）。此圖與圖二十八有相似之處，亦採用橫向的結構。二者都是上圖下文的形式，均有邊框圍繞。二幅插圖中的駱駝形體較大，佔據畫面右邊的大部分空間。井中人物的頭部偏轉向上，表明其嘴巴正在接受滴落的蜂蜜。該人穿著長袍，鬚鬢濃密，其右手（在圖右側）抓住一棵樹的根部，而左手（在圖右側）握著另一棵小枝，其葉片較大。黑白二鼠的形象也比較清晰。在駱駝形象的擠壓下，此人仿佛感受到極大的壓力。此人腳下各踩著兩條蛇的頭，坑底的惡龍也是盤旋著張開大嘴。此圖中的山石呈現波斯細密畫中的普遍造型，缺乏個性。

圖三十a 埃及國家圖書館藏波斯語《凱里來與迪木奈》中的"二鼠侵藤"（Cairo, Dar Al-Kutub, Adab Farisi 61, fol.20v）

7b. 英國曼切斯特大學圖書館藏阿拉伯語《凱里來與迪木奈》插圖本

英國曼切斯特大學圖書館收藏的另一個阿拉伯語本《凱里來與迪木奈》，編號Arabic MS 487（Reference Number Arabic MS 537）。該彩色

346　絲路梵華

插圖本繪製於1672年，共有一百一十三幅插圖，每幅插圖的框邊有一行或幾行説明文字。其中的"二鼠侵藤"譬喻插圖（見圖三十b）[1]，也有

圖三十b　曼切斯特大學圖書館藏波斯語《凱里來與迪木奈》中的"二鼠侵藤"（University of Manchester Library, Arabic MS 487, fol.48v）

邊框，位於當頁的正中間，是圖在文中的格式。該圖的右側頁邊空白有三行文字。從整個圖形來看，該圖與圖三十a幾乎完全相同。由於目前可從網絡獲取該圖的彩色寫本[2]，因此，據此可見一溜白色的液體（蜂蜜）從樹上滴

---

[1] Rima Redwan, "Illustrations in Arabic Kalila wa-Dimna Manuscripts: What Is Their Story?" in: Beatrice Gruendler and Isabel Toral, et. al., *An Unruly Classic: Kalila and Dimna and Its Syriac, Arabic, and Early Persian Versions*, Freie Universitat, Berlin, 2022, pp.67-102. (Fig.12) Also cf. https://refubium.fu-berlin.de/ bitstream/handle/fub188/33237/Gruendler_Toral_Gesamt.pdf?sequence=7&isAllowed=y. [訪問時間：2022年8月3日]

[2] https://luna.manchester.ac.uk/luna/servlet/detail/Manchester~91~1~376327~220513. [訪問時間：2022年8月3日]

進此人的嘴巴中。很顯然，該圖更完整地繪製了文本的內容。從前述十幾個阿拉伯語《凱里來與迪木奈》插圖本來看，圖中幾乎没有追逐人的動物（駱駝），而此圖不僅有駱駝，而且與波斯語《凱里來與迪木奈》插圖本中的幾幅圖（圖二十七、圖二十八）幾乎一模一樣。這説明十七世紀的畫家在繪製阿拉伯語《凱里來與迪木奈》的插圖時，有可能直接就挪用或抄襲了波斯語《凱里來與迪木奈》插圖本中的相關圖像。因此，要特别注意兩個不同語種的插圖本之間，其文圖關係是不一致的。換言之，就《凱里來與迪木奈》文本的層次而言，波斯語本是譯自阿拉伯語本的；而此阿拉伯語插圖本的相關插圖卻是源自波斯語本。當我們討論此"二鼠侵藤"圖時，應該對應其波斯語本和阿拉伯語本兩種文本，而不能僅僅對應阿拉伯語本。

8. 法國國家圖書館藏波斯語《凱里來與迪木奈》插圖本（MS Supplément Persan 913）

　　法國國家圖書館藏第三種納斯里翻譯的波斯語《凱里來與迪木奈》的插圖本，編號爲MS Supplément Persan 913。此插圖本繪製於1392年。其中的第三十三頁背面爲"二鼠侵藤"之圖（見圖三十一）。該圖採用上文下圖的式樣，但其文字僅僅祇有兩行多一點，其插圖佔據該頁的絶大部分。該圖最出色的描繪是井中人雙手抓住搖搖欲墜的小樹，畫面體現出一種強烈的緊張感。與其他畫面中黑白二鼠分置兩邊不同，此處的兩隻老鼠正集中在一邊嚼著小樹根。此畫面右側的駱駝也祇是描繪出其頭部和兩隻前腿，給讀者（觀衆）留下了想象的空間。其井的描述也很有想象力，井中人也穿著淡紅

圖三十一　法國國家圖書館藏波斯語《凱里來與迪木奈》中的"二鼠侵藤"（BNF MS Supplément Persan 913, fol.33v）

色的長袍。畫面上方遠處的藍色表示天空，還有一些花草隱約可見。畫面中的白色沙漠雖點綴著又小又淺的雜草，但整體環境還給讀者一種較爲空曠的感覺。

9. 土耳其伊斯坦布爾托普卡帕宮藏波斯語《凱里來與迪木奈》插圖本（MS Hazine 362）

土耳其伊斯坦布爾托普卡帕宮（Topkapi Sarayi）收藏的一部納斯里波斯語譯本《凱里來與迪木奈》的插圖本，編號爲MS Hazine 362。此插圖本繪製於十五世紀早期（1410年，或謂1430年），出自帖木兒帝國的赫拉特（Herat，今阿富汗西北赫拉特城）或者黑羊王朝的大不里士（Tabriz，今伊朗東阿塞拜疆省會）[1]。此插圖本中有一幅"二鼠侵藤"故事之圖（見圖三十二）。此圖夾在文字之間，有幾個特點：風景（樹木、鳥兒）的內容溢出邊框；T形的構圖；完整的駱駝形象；白色的沙漠等。井中人身穿綠色長袍，其動作、姿勢以及周邊的二鼠、四蛇、一龍的分佈，與前述的圖像差別不大。畫面右邊旁逸斜出的一株樹，雖與故事無關，但將圖像的空間延伸出處，增加了審美的力度。

圖三十二　托普卡帕宮圖書館藏波斯語《凱里來與迪木奈》中的"二鼠侵藤"（Topkapi Saray Library, MS Hazine362, fol.27v）

10. 土耳其伊斯坦布爾托普卡帕宮藏波斯語《凱里來與迪木奈》插圖本（MS Revan 1022）

土耳其伊斯坦布爾托普卡帕宮收藏的另一部納斯里的波斯語譯本《凱里來與迪木奈》的插圖本，編號爲MS Revan 1022。此插圖本是1429年在帖木

---

[1] 有學者認爲，該插圖本是1375-1385年之間製作於賈拉伊爾王朝統轄之地。

兒帝國的赫拉特完成的。此插圖本中也有一幅"二鼠侵藤"故事之圖（見圖三十三）。此圖是上文下圖的形式，上面的文字用邊框限定。右上方的一棵大樹（與故事無關，僅僅是其背景）溢出了邊框，而文字下方的圖像祇有左下方有邊框，而右下方是開放的空間，因此，整幅圖不顯得侷促。圖中的山石嶙峋，但山石的描繪是程式化的。圖中的駱駝形體碩大，壓制了左邊的井中人，使其僅佔據四分之一的畫面。單就井中人的形象與構圖而言，與上述阿拉伯語本《凱里來與迪木奈》的插圖基本相似，也是左右對稱型的。因此，我們可以看到，阿拉伯語本《凱里來與迪木奈》中的"二鼠侵藤"故事插圖對納斯里的波斯語譯本《凱里來與迪木奈》中的相關插圖，是有一定的影響的。這也是圖像（及其相關元素）在伊斯蘭世界傳承的一個例子。

圖三十三　托普卡帕宮圖書館藏波斯語《凱里來與迪木奈》中的"二鼠侵藤"（Topkapi Sarayi Library, MS Revan 1022, fol.22v）

11．法國國家圖書館藏波斯語《凱里來與迪木奈》插圖本（MS Supplément Persan 1639）

法國國家圖書館藏第四種納斯里的波斯語譯本《凱里來與迪木奈》的插圖本，編號爲MS Supplément Persan 1639。此插圖本繪製於1467年，出自阿塞拜疆。其中的第四十一頁背面爲"二鼠侵藤"之圖（見圖三十四）。此圖夾在上下文字之間，是典型的T形構圖，有邊框分隔，其圖形與圖二十九完全一致。井中人裹著白色頭巾，身穿紅色長袍，面容豐滿圓潤，略顯富態。暗灰色駱駝的前半身被置於畫面的最左側。右下角的植物爲兩棵球狀的樹。整個畫面由淡綠、淺黃、灰白等淡雅色調構成，顯得較爲素雅，長袍的紅色又讓畫面中心的人物更爲突出。

350　絲路梵華

圖三十四　法國國家圖書館藏波斯語《凱里來與迪木奈》中的"二鼠侵藤"（BNF MS Supplément Persan 1639, fol.41v）

圖三十五　倫敦哈利利收藏品波斯語《凱里來與迪木奈》中的"二鼠侵藤"（London, Khalili Collection MS, fol.168v）

12. 倫敦哈利利（Nasser D. Khalili）收藏品中的波斯語《凱里來與迪木奈》插圖本

倫敦哈利利收藏品中，也有一種納斯里波斯語譯本《凱里來與迪木奈》的插圖本。該插圖本大約十五世紀繪製於伊朗南部的設拉子。其中第一百六十八頁背面爲"二鼠侵藤"之圖（見圖三十五）。此圖是上圖下文的形式，文圖均用邊框限定，其圖也是典型的T形構圖，與圖二十九、圖三十四完全一致。此圖有幾個很典型的特點：其一，井中人（似乎是波斯人的面貌，頭裹白色頭巾，身穿長袍）在T形構圖的豎綫部分，頭部低於井口，他採用蹲式，雙手向上左右打開，蹲著的雙脚下各踩著兩條蛇。龍的形狀較大，類似中國畫家筆下所畫的龍。其二，井中人的雙手似乎沒有抓住任何樹根、草根或者藤根之類的東西，而是攀著井沿，但兩隻老鼠正分別啃著他的左右手指。其三，駱駝以跨越井口的方式，正位於該人物的頭部上方，形成一種泰山壓頂之式。該駱駝的背上還馱著物品。駱駝周邊的風景描繪並不複雜，也沒有開展空間視覺的成分出現。

13. 印度北方邦拉扎圖書館藏波斯語《凱里來與迪木奈》插圖本（MS 2982）

印度北方邦（Uttar Pradesh）蘭普爾的拉扎圖書館（Rampur Raza Library）中，也有一種納斯里的波斯語譯本《凱里來與迪木奈》的插圖本（編號MS 2982）。該插圖本是1520—1539年間（或謂大約1550年前後）繪製，出自赫拉特。它共有八十二幅插圖，其中的第十八頁背面爲"二鼠侵藤"之圖（見圖三十六）[1]。從整體的圖形來看，此圖完全襲自前述圖二十七。它保留了前圖的完整形態，因此，可以對缺損的圖二十七進行補充。這樣的例子也是最典型的圖像傳遞的例證。

圖三十六　印度拉扎圖書館藏波斯語《凱里來與迪木奈》中的"二鼠侵藤"（Rampur Raza Library, MS 2982, fol.18v）

---

[1] National Mission for Manuscripts, ed., *Vijnananidhi: Manuscript Treasures of India*, Azure Press Services, 2007, pp.132-133.

14. 美國巴爾的摩華特斯藝術博物館藏《智慧的試金石》中的單頁繪畫（MS W. 692）

美國馬里蘭州巴爾的摩城中的華特斯藝術博物館（Walters Art Museum）藏有《智慧的試金石》（'Iyar-I Danish）的單頁繪畫，其編號爲MS W.692。此書是由法茲爾（Abu al-Fazl ibn Mubarak，1551—1602）從《凱里來與迪木奈》翻譯的波斯語本。此單頁繪畫描述的就是不知命運危在旦夕的井中人的故事（見圖三十七）[1]。不過，在該博物館的網頁介紹中，又將此單頁歸屬於侯賽因·卡斯菲（Ḥusayn ibn 'Alī Vā'iẓ Kāshifī, ?-1504/1505）編譯的《老人星之光》（Anvār-i Suhaylī，或譯《蘇海力之光》《天狼星之光》）。《老人星之光》也有好多種插圖本。該博物館另有一部《老人星之光》的寫本，編號爲MS W.599，但該書中並無有關"二鼠侵藤"之圖。圖三十七應該屬於十六世紀的印度莫卧兒時期的細密畫作品。就藝術性而言，圖三十七是最爲精細的。其對井中情形的描述採用了剖面式的視角，祇畫了一半，就將井内全部的情形表述出來了。圖三十七還有一個重要的特點，即它是單頁的插圖，似乎沒有任何對應的文字。筆者目前知道的阿迦汗博物館（Aga Khan Trust for Culture Museum）收藏的一種《老人星之光》插圖本中，也未繪製"二鼠侵藤"譬喻的插圖。而倫敦大學亞非學院

圖三十七　華特斯藝術博物館藏波斯語《凱里來與迪木奈》中的"二鼠侵藤"（Walters Art Museum, MS W.692, 單頁）

---

[1] http://art.thewalters.org/detail/9478/single-leaf-from-anvar-i-suhayli-by-khashifi-2/ [訪問時間：2022年8月4日]

收藏的《老人星之光》插圖本中[1]，也未見繪製"二鼠侵藤"譬喻的插圖。

就上述十多幅《凱里來與迪木奈》波斯語譯本中的插圖而言，其圖像表述的共性有幾點：（1）添加了追擊人的動物——駱駝的形象。（2）所有的駱駝都是單峰的。（3）插圖基本上是與文字連在一起的，可以進行文圖關係的考察。（4）大部分的圖形都是橫狀的，也有T型和L型的。（5）井中人的動作、形態等也多有相似之處。值得關注的是，與圖三十a完全相同的圖三十b，並非出自《凱里來與迪木奈》波斯語譯本，而是其阿拉伯語本的插圖本。

（三）阿拉伯語版《伯蘭及約瑟夫書》插圖本中的"二鼠侵藤"譬喻圖像

除了阿拉伯語、波斯語《凱里來與迪木奈》的插圖本之外，還有《伯蘭及約瑟夫書》的阿拉伯語版等文獻中，也有"二鼠侵藤"譬喻的插圖。現略述如下：

1. 黎巴嫩藏阿拉伯語版《伯蘭及約瑟夫書》的插圖本（Balamand 147）

《伯蘭及約瑟夫書》是一部非常罕見的基督教化的佛教故事集，原書的部分內容來自佛陀傳記（Buddha-carita）、《普曜經》（*Lalita-vistara*）中的故事、《五卷書》和《凱里來與迪木奈》等。蘭達姆（D.M.Lang）在《聖約瑟夫的生平》（The Life of the Blessed Iodasaph）一文中，歸納了《伯蘭及約瑟夫書》的文本源流：其源頭是佛教文本，編譯為摩尼教版本（中古伊朗語），再發展出兩種版本：吐魯番殘片（回鶻語）、阿拉伯語《伯勞與佛陀薩之書》（*Kitāb Balauhar wa Būdhāsaf*，已佚）。後者發展

---

[1] John Seyller, "The School of Oriental and African Studies 'Anvār-i Suhaylī': The Illustration of a 'de luxe' Mughal Manuscript", *Ars Orientalis*, Vol. 16 ,1986, pp.119-151.

出至少六種版本：（1）拉希齊（Abān al-Lāḥiqī，d.815-6）的阿拉伯語詩體版（已佚）；（2）伊本·巴布耶（Ibn Bābūya，d.991）的阿拉伯語版；（3）哈梨（Halle）的阿拉伯語摘要版；（4）來自《佛陀之書》（*Kitāb al-Budd*）篡改的孟買阿拉伯語版；（5）耶路撒冷格魯吉亞語版《聖約瑟夫的生平》（*Life of the Blessed Iodasaph*）；（6）伊本·奇斯代（Ibn Chisdai，d.c. 1220）的希伯來語版《王子與苦行者之書》（*Book of the King's son and the Ascetic*）。再由耶路撒冷格魯吉亞語版《聖約瑟夫的生平》生發出兩種：格魯吉亞語《伯蘭的智慧》（*The Wisdom of Balahvar*）縮略本、希臘語《伯蘭及約瑟夫書》（*Barlaam and Ioasaph*）。此希臘語本再產生出亞美尼亞語（Armenian）、拉丁語、基督教阿拉伯語（Christian Arabic）、古斯洛文尼亞語（Old Slavonic）、以及其他的基督教諸版本。這些版本形成一個複雜的文本網絡群，在歐亞地區流傳甚廣[1]。書中兩位主人公的名字也有不同的寫法，比如，希臘語Barlaam/Ioasaph、格魯吉亞語Balahvar/Iodasap、阿拉伯語Balauhar/Būdhāsaf (Yūdāsaf)。多個版本中也有"井中人"（The man in the Chasm）的譬喻，其內容與"二鼠侵藤"譬喻相當[2]。在阿拉伯語本、格魯吉亞語本中，追逐此人的一般是大象；而希臘語本（及其該體系相關的其它文本）中，該動物則換成了獨角獸。

據不完全統計，阿拉伯語版《伯蘭及約瑟夫書》有多部抄本存世，即梵蒂岡圖書館（Vatican Library）收藏的一部十五世紀的抄本（Arabe 692）、黎巴嫩達·希爾（Dayr As-Shir）收藏的一部十七世紀插圖本（即黎巴嫩的朱尼耶的一家天主教修道院收藏的抄本（The Jounieh, Saint George

---

[1] D. M. Lang, "*The Life of the Blessed Iodasaph*: A New Oriental Christian Version of *the Barlaam and Ioasaph Romance* (Jerusalem, Greek Patriarchal Library: Georgian MS 140)", *Bulletin of the School of Oriental and African Studies, University of London*, Vol.20, No. 1/3, *Studies in Honour of Sir Ralph Turner, Director of the School of Oriental and African Studies, 1937-57*, 1957, pp.389-407.

[2] Francois de Blois, *Burzoy's Voyage to India and the Origin of the Book of Kalilah wa Dimnah*, Chapter 5, "the man in the well", Royal Asiatic Society, 1990, pp.34-37.

Monastery of the Melkite Greek-Catholic Aleppan Basilian Order, B5/5））、法國國家圖書館收藏的兩部十八世紀的抄本（BNF MS Arabe 273和MS Arabe 274）；此外還有黎巴嫩的一家基督教修道院收藏的抄本（Zuq, Monastery of the Basilian Chouerite Order of Our Lady of the Annunciation, 31）等[1]。

另一部就是黎巴嫩巴拉曼城（Dayr al-Balamand）的聖母修道院（The Monastery of Our Lady，或稱爲Library of the Monastery of Balamand）也收藏了一部用奈斯赫字體抄寫的阿拉伯語版《伯蘭及約瑟夫書》（*The Legend of Barlaam and Joasaph*）的插圖本，其舊編號爲Balamand 6，新編號爲Balamand 147。利瑪·斯米奈（Rima E. Sminé）曾撰文對此插圖本進行過深入的討論[2]。該紙質插圖本約繪製於十六世紀（或謂十三世紀下半葉）的敘利亞，其使用的材質與中古時期的一般阿拉伯語抄本大體相似；共有一百四十九頁，包含了九幅用彩色顏料混合金粉的插圖。其中就有"二鼠侵藤"故事（parable of the man chased by a unicorn）的圖像（見圖三十八）。該圖是上文下圖的形式，其中文字部分佔頁面的三分之二，插圖

圖三十八　黎巴嫩聖母修道院藏阿拉伯語《伯蘭及約瑟夫書》中的"二鼠侵藤"（Monastery of Our Lady of Balamand, MS 147, fol.129r）

1　Marina Toumpouri, "Byzantium and the Arab world: encounter of civilization or parallel universes? The case of the Illustration of the Barlaam and Joasaph romance", in: ApostolosvKralides and Andreas Gkoutzioukostas, eds., *Proceedings of the International Symposium Byzantium and The Arab World Encounter of Civilizations*, Aristotle University of Thessaloniki, 2013, pp.445-462. (Cf. p.448)

2　Rima E. Sminé, "The miniatures of a christian arabic barlaam and joasaph, Balamand 147", In : *Parole de l'Orient: revue semestrielle des études syriaques et arabes chrétiennes: recherches orientales : revue d'études et de recherches sur les églises de langue syriaque*. vol.18, 1993, pp. 171-229. 該文的第215頁就有"二鼠侵藤"故事的圖像。

祇佔據一小部分，因此，整個插圖呈現一種扁平化的感覺。圖上方的三行字描述了此畫的大致內容。儘管此圖版不夠清晰，但大致可以看出，該圖是左右對稱狀的，沒有繪出追趕井中人的動物，也沒有周邊的景物。圖面中的樹及葉子佔據的空間較多，而張開大嘴并伸出舌頭的井中惡龍也僅僅繪製了頭部，但這種聚焦式的頭部描寫也給讀者一種很壓抑和急迫的視覺感。該插圖本中還有阿拉伯語和古敘利亞語的題記。從畫面的感覺來説，該圖與上述阿拉伯語本《凱里來與迪木奈》中的相關插圖，存在藝術上的親近關係。

2．梵蒂岡圖書館收藏的阿拉伯語《伯蘭及約瑟夫書》插圖本（Vaticanus Arabe 692）

梵蒂岡圖書館（Vatican Library）收藏的一部十五世紀的阿拉伯語《伯蘭及約瑟夫書》插圖本，編號Vatican. Arabe 692，其中有一幅 "二鼠侵藤" 故事的插圖（見圖三十九）[1]。雷羅伊（J. Leroy[2]）、魯斯·皮特曼（Ruth Pitman）等人對此圖略有討論[3]。此插圖夾雜在文字之間，圖上方有六行文字，其中有兩行紅字，乃是對該圖的內容説明，相當於標題及其簡釋。該插圖中添加了一隻體型較小的獨角獸，但其位置是在右上方，從視覺上看似接近樹木頂端，實際上是井口的外

圖三十九　梵蒂岡圖書館藏阿拉伯語《伯蘭及約瑟夫書》中的 "二鼠侵藤"（Biblioteca Apostolica Vaticana, MS Arabe 692, fol.42r）

---

[1] https://digi.vatlib.it/view/MSS_Vat.ar.692［訪問日期：2022年8月1日］

[2] J. Leroy, "Un nouveau manuscrit arabe-chrétien illustré du roman de Barlaam et Joasaph", *Syria*, T. 32, Fasc. 1/2, 1955, pp. 101-122. Cf. p.111.

[3] Ruth Pitman, "Some Illustrations of the Unicorn Apologue from Balaam and Joseph," *Scriptorium*, vol.31, no.1, 1977, pp.85-90.

側。畫中之人有頭光，上身赤裸，腰繫紅色的短裙。另一個需要注意的細節是，他抓住的是兩棵筆挺樹木的上端，兩隻形體比毒蛇還大的老鼠並未嚙咬人的手部，而是在樹的根部。捲曲的惡龍昂著頭，張開大嘴，伸出長長的大紅舌頭。而獨角獸顯得小巧悠閒，雖然無法給觀者造成"追逐"的感覺，但很顯然，獨角獸這一動物的繪製是受到《伯蘭及約瑟夫書》希臘文本及其歐洲體系插圖本的影響，而不是源自阿拉伯文化與《凱里來與迪木奈》系列的插圖本。換言之，該插圖從總體上承襲了阿拉伯語版、波斯語版《凱里來與迪木奈》插圖本中的圖式，但添加了獨角獸這一來自歐洲的文化元素。

3. 倫敦拍賣的一部阿拉伯語本《伯蘭及約瑟夫書》插圖本

1978年10月12日，倫敦的佳士得拍賣行（Christie Manson & Woods Ltd）拍賣了一批伊斯蘭寫本與細密畫。其圖錄《重要的伊斯蘭寫本與細密畫》（*Important Islamic Manuscripts and Miniatures*）中的第三十二號寫本，就是一部阿拉伯語《伯蘭及約瑟夫書》（*Khbar-al-Shaykh Barlam wa-Ibn al-Malik Yawasaf*）插圖本。該書原由在耶路撒冷的瑪爾‧薩巴斯（Mar Saba St. Sabas）寺院的葉赫納（Yahanna al-Qis al-Dimashqi）譯成阿拉伯語。此寫本共一百五十七頁，每頁十九行，採用黑色的奈斯赫字體抄寫，書寫流暢優雅。其中有二十八幅與抄寫者同時代的細密畫插圖，製作年代是1630年。此插圖本也有一幅"二鼠侵藤"故事（The fall of Man from grace）的插圖（見圖四十）[1]。此

圖四十 佳士得拍賣行的阿拉伯語《伯蘭及約瑟夫書》中的"二鼠侵藤"（Christie 1978, MS 32, fol.49r）

---

1 *Important Islamic Manuscripts and Miniatures*, London : Christie Manson & Woods Ltd, 1978, pp.14-15；p.32, plate 6.

圖爲圖在文中的格式，圖在方框之內，但兩隻老鼠的形象略微溢出了框外。此圖没有繪製明顯的"井"，也没有蜜滴的場景，但其中的樹木繁雜，且惡龍的形象非常完整，翻滚捲曲而龐大，比其他圖中衹有惡龍的頭部則更能顯示龍之作用。

4. 阿勒頗所出的一部十七世紀阿拉伯語版《伯蘭及約瑟夫書》插圖本

1639年6月6日，玉素甫·安東尼奧斯（Yusuf ibn Antonios，即pupil of Patriarch Kir Aftimios）在敘利亞阿勒頗（Aleppo）爲沙伊卡·加納姆（al-Shaykh Usta Ghannam）及其子沙馬斯·雅各布（Shammas Yaʿqub）完成了一部阿拉伯語版《伯蘭及約瑟夫書》。此寫本有二百二十七頁，其中的插圖爲兩位藝術家完成，包括有一張單頁的細密畫和二十六幅矩形的細密畫。其中的"二鼠侵藤"故事的插圖（見圖四十一），也是上文（十三行，其中有兩行紅字）下圖的形式，其圖的四周邊框之間有類似連珠的裝飾花紋。整體上看，該插圖中身穿紅色長袍的人物採用半蹲坐式。二鼠爬在樹上，正在咬人的雙手分別抓住的樹枝的分叉處，而不是兩棵大樹的根部。該插圖借鑒了希臘和亞美尼亞插圖藝術，在一些裝飾細節上又受到奧斯曼繪畫的影響，正體現了阿勒頗當時作爲阿拉伯世界的重鎮和東西方文化匯點之一的特徵[1]。

圖四十一　阿勒頗阿拉伯語《伯蘭及約瑟夫書》中的"二鼠侵藤"（Aleppo 1639, *Barlaam and Ioasaph*, fol.38）

---

[1] https://www.christies.com/en/lot/lot-3822689 [訪問日期：2022年8月4日].

5. 黎巴嫩達·希爾收藏的阿拉伯語《伯蘭及約瑟夫書》插圖本（MS Arabe de Deir Eš-Šir）

1955年，雷羅伊在《一部新的阿拉伯-基督教徒的〈伯蘭及約瑟夫書〉插圖抄本》一文中，較早關注到黎巴嫩達·希爾收藏的這部十七世紀繪製的阿拉伯語版《伯蘭及約瑟夫書》插圖本，其編號爲MS Arabe de Deir Eš-Šir（或Deir-es-Sir MS Arabe B 5/5）。該文中介紹了一幅"二鼠侵藤"故事插圖，命名爲"逃離獨角獸的男人"（L'homme fuyant la licorne，見圖四十二）[1]。該圖位於頁面的局部，從周邊殘存的文字來看，該插圖應該夾在上下多行文字之中。目前看到的該圖是不完整的，將原頁邊緣進行了裁剪。該圖原有

圖四十二 達·希爾收藏的阿拉伯語《伯蘭及約瑟夫書》中的"二鼠侵藤"（Dayr As-Shir, MS Arabe de Deir Es-sir, B5/5, fol.111r）

框，其典型特徵是樹幹粗大而枝繁葉茂，該名男子身穿長袍和褲子，瘦削的臉上襯著較密的鬍鬚，頭上纏著厚布，呈半蹲式，雙手抓住細小的樹枝。樹枝上畫出很多蜜蜂，但該男子面向前方，似乎並未在享受蜂蜜。畫中最突出的是井底的惡龍，一隻眼睛鼓出，一排鋒利尖銳的長牙齒已經到達男人的脚面。兩側各有兩條纏繞的長蛇上竄至男子的腋窩，作出要咬住男子手臂的模樣。該圖中也沒有畫出追逐人的動物形象。該圖同樣採取對稱式的構圖，與圖四十一很相似，與上述阿拉伯語本《凱里來與迪木奈》中的相關插圖雖有不少相似之處，但其藝術風格有著明顯的不同，帶有版畫的特點。

---

[1] J. Leroy, "Un nouveau manuscrit arabe-chrétien illustré du roman de Barlaam et Joasaph," *Syria*, T.32, Fasc.1/2, 1955, pp.101-122.

6. 俄羅斯莫斯科收藏的阿拉伯語版《伯蘭及約瑟夫書》插圖本

俄國國家圖書館（莫斯科）收藏了一部阿拉伯語版《伯蘭及約瑟夫書》，編號Moscow Norov Collection 201, nr.44（或標記爲Ф.201 №44）[1]。此插圖本完成於1707年，其中也有"二鼠侵藤"圖（見圖四十三）。此圖佔據一頁的篇幅，有用金粉等勾勒的數道邊框，邊框的四角有同樣的裝飾圖案。該圖上方大小邊框中的兩行文字，顯示圖畫的內容。該圖最典型的特徵是採用站立式，呈大字型的人物，頭部稍向左偏轉，其上方有紅色標識的蜂蜜正滴進他的嘴巴，正好描繪了"蜜滴"的場景。圖中的四條蛇都向上伸直，伸出大紅舌頭的惡龍瞪著大眼睛側面向上。其餘的場景與圖四十二大致差不多，也沒有出現獨角獸或其他動物。

圖四十三　莫斯科藏阿拉伯語《伯蘭及約瑟夫書》中的"二鼠侵藤"（Moscow Norov Collection 201, nr.44, fol.68r）

7. 法國國家圖書館藏阿拉伯語本《雜集》插圖本（MS Arabe 273）

法國國家圖書館收藏的一種來自埃及的阿拉伯語本《雜集》（Recueil [Collection]），成書於1752-1763年。該書是諸多文獻的匯抄，其中包括《聖徒傳》（Barlaam）的譯本內容。據介紹，該書中還有一些插圖，乃抄自1468年某一寫本的匿名副本。該書中也有一幅"二鼠侵藤"故事的插圖

---

[1] https://lib-fond.ru/lib-rgb/201/f-201-44/［訪問日期：2022年8月5日］.

第十章 "二鼠侵藤"譬喻在古代亞歐的圖像流變 361

（見圖四十四）。該頁也是上文下圖的形式，最上面的文字有六行，下面的圖用邊框限制。圖中有紅字標題，題為"一個男人逃離獨角獸落在破井中的圖片"。該頁上方的文字內容翻譯如下：

> 他看到有蜜蜂從有兩個樹枝的樹上釀出蜂蜜，他品嘗了蜂蜜就不把他的事情和煩惱放在心上了。他沒想到井口的背後有一個長著獨角的怪獸被激怒了，並且一直在尋找他。在男人下方有龍張著口想要吞食他，有兩個樹枝勉強掛著他但也要斷了。這個男人處在一個很不穩定而且危險的處境。[1]

圖四十四 法國國家圖書館藏阿拉伯語《雜集》中的"二鼠侵藤"（BNF MS Arabe 273, fol.42r）

此幅插圖用紅綫勾勒了邊框，畫面整體採用左右結構，左邊是形體碩大的獨角獸，正在逼近。右邊是上下結構，上方是站立在井口的男人，左右手各執一株開花的植物（樹枝），植物根部各有一隻啄木鳥（實際為老鼠）；下方是正方形的井，井壁各有兩個蛇頭，井底向上的惡龍也被畫成較大的蛇頭。此男人正視前方，雙眼有神，絲毫不見恐懼的神色。很有意思的是，此插圖畫面採用黃色背景，有一種粗放的民間藝術風格。從惡龍的畫法來看，此畫家估計要麼不是十分熟悉該故事的文本，要麼就是較為粗心出現了誤差。與其他的"二鼠侵藤"圖像相比，此圖是比較獨特的，未見與其他圖像之間的聯繫。

---

1 此處的阿拉伯語譯文由北京大學外國語學院阿拉伯語系碩士滿園同學提供，特此感謝！

8. 法國國家圖書館藏阿拉伯語《伯蘭及約瑟夫書》插圖本（MS Arabe 274）

法國國家圖書館藏的阿拉伯語本《伯蘭及約瑟夫書》（*Histoire de Barlaam et de Joasaph*），編號爲BNF MS Arabe 274，是埃及1778年的寫本。該本中也有"二鼠侵藤"故事的插圖（見圖四十五）。此插圖在八行文字的下方，最末的兩行紅色文字也是圖題之內容。該圖與圖三十九一樣，風格亦略顯清秀。二者構圖的元素（男人、井、樹木、二鼠、四蛇、獨角獸、惡龍）基本一致，僅獨角獸的位置、男人的項鏈、樹木的形狀、四蛇的動態等略有差別，這說明二者的圖式（對稱的"跨越式"構圖）有類似的圖像來源。這兩幅圖還有一個相同點，就是均缺乏有關蜂蜜的細節描繪。從文圖關係的角度來說，這兩幅圖均未能將此人沉溺於世俗的享受（即品嘗蜜滴）而忽視了當前的生命危險之場景充分地呈現出來，也就缺乏故事文本中的那種劇烈的衝突以及對故事內涵的深層挖掘。

圖四十五　法國國家圖書館藏阿拉伯語《伯蘭及約瑟夫書》中的"二鼠侵藤"（BNF MS Arabe 274, fol.55v）

9. 黎巴嫩一家基督教修道院藏阿拉伯語《伯蘭及約瑟夫書》插圖本

黎巴嫩的一家基督教修道院收藏了一部十七世紀的阿拉伯語《伯蘭及約瑟夫書》插圖本，編號爲MS 31。該插圖本有二十六幅插圖，其中也有一個"人被獨角獸追逐"譬喻（The Apologue of the man chased by the Unicorn）的圖像（見圖四十六）[1]。此圖夾在當頁的文字中間，屬於圖在文

1　Marina Toumpouri, "Byzantium and the Arab world: encounter of civilization or parallel universes? The case of the Illustration of the Barlaam and Joasaph romance", in: Apostolosv Kralides and Andreas Gkoutzioukostas, eds., *Proceedings of the International Symposium Byzantium and The Arab World Encounter of Civilizations*, Aristotle University of Thessaloniki, 2013, pp.445-462; Cf. p.461, Fig. 6.

第十章 "二鼠侵藤"譬喻在古代亞歐的圖像流變 363

中的佈局。此圖所描繪的那株植物佔據的空間太多，圖中沒有背景、井或坑，但穿長袍的男子似乎站在井或坑的邊緣，他雙腳所踩的部位，似乎各有兩個蛇頭，而畫面最底端好像是一條惡龍的頭。此男子的頭略偏向上，似乎在吸吮植物的果或者蜜。總體來看，此圖與西亞的《凱里來與迪木奈》中的二鼠譬喻插圖關聯度較大，而與拜占庭流行的《伯蘭及約瑟夫書》中的相關插圖不太相似。

圖四十六　黎巴嫩一家修道院藏阿拉伯語《伯蘭及約瑟夫書》中的"二鼠侵藤"（Zuq, Monastery of the Basilian Chouerite Order of Our Lady of the Annunciation, MS 31, fol. 58r）

《伯蘭及約瑟夫書》的系列文本比較複雜[1]，即便是阿拉伯語本，也有不同時期的多種版本，所配製的插圖也有多種風格。單就該語種版本系列中的"二鼠侵藤"的多種圖像而言，相互之間也存在圖像的承襲與改進之關係。

---

[1] Marina Toumpouri, "Barlaam and Ioasph", Vasiliki Tsamakda, ed., *A Companion to Byzantine Illustrated Manuscripts*, Leiden/Boston: E.J.Brill, 2017, pp.149-168.

第四節　歐洲多語種插圖本中的"二鼠侵藤"譬喻的圖像

"二鼠侵藤"譬喻的圖像不僅依託《凱里來與迪木奈》與《伯蘭及約瑟夫書》的系列文本，而且出現在歐洲的其他多類著作（《西奧多詩篇》《嘉都西會雜集》《歷史之鏡》《奔跑者》與其他故事集等）的插圖本中，按時間順序，大體敘述如下：

1. 大英圖書館藏《西奧多詩篇》（*Theodore Psalter*）插圖本

大英圖書館收藏的一部希臘語本《西奧多詩篇》（*Psautier grec de Théodore*），編號BL Additional MS 19352。此書是拜占庭時期最有代表性的插圖本之一，1066年2月繪製於君士坦丁堡。該書現存二百零八頁（雙面），大體分爲四個部分，即：一百五十一首詩篇、有關大衛早期生活的詩歌、禱告詞、聖歌、以及獻詞和題記。根據其題記（fol.208r），本書是由來自凱撒里亞（Caesarea）的長老西奧多（Theodore）受斯托迪奧修道院（Stoudios Monastery）住持邁克爾（Michael）之命而撰寫的，他還用金粉對文本進行了裝飾。本書含有四百四十幅插圖，用花式字體和人物、動物、植物等精美的元素繪製而成[1]。"二鼠侵藤"譬喻圖像出現在第一部分的詩篇（Psalms）中（見圖四十七）。由於時代久遠，此圖有些模糊了，但大致的圖像脈絡還是很清晰的，該圖從左至右，分爲兩個部分，一是體型較大的獨角獸正在彎曲的道路上追逐一人，二是該人被追而爬到了樹上，他站在樹上啃著蘋果。而在樹底下，隱約可見一個大坑，樹根及坑內應有該故事常規的圖像元素——惡龍、四蛇、二鼠。這或許是該故事圖像中新的"上樹型"的發端。

---

[1] "The Theodore Psalter", in: Medieval manuscripts blog of British Library, cf. https://blogs.bl.uk/digitisedmanuscripts/2012/03/the-theodore-psalter.html. [訪問日期：2022 年 8 月 6 日]

第十章 "二鼠侵藤"譬喻在古代亞歐的圖像流變 365

圖四十七 大英圖書館藏《希奧多詩篇》中的"二鼠侵藤"（British Museum Additional MS 19352, fol.182v）

2. 聖彼得堡國立圖書館藏《基輔詩篇》插圖本

俄羅斯聖彼得堡國立圖書館（Saint-Petersbourg, Bibliothèque Nationale de Russie）收藏的《基輔詩篇》（*Psautier de Kiev*），編號MS ОЛДП. F.6，乃是1397年成書於基輔。該插圖本中也有二鼠譬喻的圖像（見圖四十八）。此圖繪製於當頁的右側，呈反L形的佈局。在橫條部位，畫家描繪了一座小山坡，獨角獸正追逐著一個穿長袍和戴披風的男人，男人還回頭望著獨角獸。在豎條部位，有一棵高高的樹。此男人已經爬上樹的高處。在

圖四十八 聖彼得堡國立圖書館藏《基輔詩篇》中的"二鼠侵藤"（Bibliothèque Nationale de Russie, MS ОЛДП. F.6, fol.197r）

366 絲路梵華

樹根處，有兩隻小老鼠。樹下黑色的大坑中，露出了一個惡龍頭和一個黑蛇頭。此圖的周邊有多處細小的紅字，對該圖的內容進行描述。從整體上看，該圖與圖四十七基本上是類似的佈局和圖像元素，而且男人也都是出現了兩次，表明這些畫家認同具有連續性的圖像敘事方式。

3. 梵蒂岡圖書館藏希臘語《巴貝里尼詩篇》（*Barberini Psalter*）插圖本

梵蒂岡城的使徒圖書館（Biblioteca Apostolica Vaticana/ BAV; Bibliothèque du Vatican）收藏的希臘語《巴貝里尼詩篇》插圖本，編號爲MS Barb Gr 372，大約成書於1095年（或謂1055年）。該寫本繪製精良，應該屬於當時知識精英階層所有，而不是底層的貧窮百姓。此《巴貝里尼詩篇》中有伯蘭和約瑟夫的故事，畫家也恰好繪製了其中的"二鼠侵藤"譬喻（見圖四十九a、四十九b）。獨角獸成爲負面形象，其尖銳的長角刺向天空，向男子狂奔而去，男子脖子上的披巾向後飄揚，其側向後方的臉孔與向前奮力擺動的雙手，顯示此人正處於末路狂奔的狀態。下一個場景是他爬到樹上，面向獨角獸來的方向，一溜黃色的蜂蜜似乎正從樹枝向他滴下。黑白

圖四十九 a 梵蒂岡使徒圖書館藏《巴貝里尼詩篇》中的"二鼠侵藤"（Bibliothèque du Vatican, MS Barb Gr 372, fol. 231v）

圖四十九 b 圖四十九 a 的細節圖

二鼠已經把樹根部分咬掉了一圈，在樹下的一個大黑洞中，一條紅色鱗片的惡龍將黃色頭顱昂起向上，旁邊不是四條蛇，而是一個失去了生命的骷髏。骷髏表明該黑洞爲地獄之象徵。此圖可視爲"追逐型"+"上樹型"，有兩個不同時段的連續場景。在"追逐型"中，既有人物（男子）兩次出現於兩個不同時段的連續場景，也有單一場景的描繪。男子被獨角獸追到樹上，就可歸納爲"上樹型"。

4. 劍橋大學國王學院圖書館藏希臘語《伯蘭及約瑟夫書》插圖本

劍橋大學國王學院圖書館收藏了一部希臘語《伯蘭及約瑟夫書》，編號爲Cambridge, King's College MS Gr. 45，是十二世紀寫本。此書應該是先有完整的文字文本，每頁大約二十四行，然後纔由畫家選擇其中的敘事性場景補充繪製了插圖。書寫者事先並未給插圖預留空間，更不是先繪插圖再書寫文字文本。但偶爾的幾幅插圖的旁邊，也有一些文字，應該是繪圖之後所加的補充性說明。插圖分佈在九十頁，共描繪了一百三十四個不同的場景。插圖都是在文本的頁邊空白處，位於文本的最上方、最下端或者側面。由於受到頁面空間的限制，所有的圖像都是綫描式樣的，衹有簡單的人物、建築、坐具等，沒有自然風景以及細節性的描繪。該書中的第四個譬喻被稱作"男人與獨角獸"（Man and Unicorn），即是"二鼠侵藤"譬喻，也有補繪的圖像（見圖五十）。此圖構圖非常簡潔，從左至右，分爲三個部分。左邊爲獨角獸追逐男人，中間爲男人爬上了樹，又似乎在吸吮樹上的蜂蜜，樹下另有兩隻老鼠在咬著樹根；右邊看似一座小樓，四條蛇伸著頭正對著樹上的人。在該圖的中間及右下方，實際上是一條身軀較長的翻滾的惡龍，向上昂頭露牙。此圖把該譬喻中的主要元素都表現了出來，但缺乏其他的細節描繪。其圖像敘事的方式也是簡潔的連續場景敘事。

368 絲路梵華

圖五十　劍橋國王學院圖書館藏希臘語《伯蘭及約瑟夫書》中的"二鼠侵藤"（Cambridge, King's College Library, MS Gr. 45, fol.41v）

5. 法國國家圖書館藏希臘語《伯蘭及約瑟夫書》插圖本

　　法國國家圖書館收藏的一部希臘語《伯蘭及約瑟夫書》插圖本，編號爲BNF Cod. MS gr. 1128，是十四世紀寫本。其中有"二鼠侵藤"（Man fleeing the unicorn）譬喻圖像（見圖五十一），爲上文下圖式，該圖有金黃色的背景，又分爲上下兩欄。上欄是四人坐在桌旁敘談，一位紅衣侍者站在右側。他們似乎是在講述和討論此譬喻故事。下欄是獨角獸追逐男人，男人欲攀上樹的場景。該圖有所脫落，依稀可辨的有山崗、小樹等，男人與獨角獸均出現了兩次，表明這是兩個不同時段的連續場景。此類"追逐型"的圖像敘事方式，無疑可以視之爲連續敘事。

圖五十一　法國國家圖書館藏希臘語《伯蘭及約瑟夫書》中的"二鼠侵藤"（BNF Cod. MS gr. 1128, fol. 68r）

此類譬喻或稱爲"人與獨角獸"譬喻（The man and the unicorn apologue），其圖像至少還出現在另外兩個希臘語《伯蘭及約瑟夫書》插圖本之中。[1]

6. 聖彼得堡國立圖書館藏《伯蘭及約瑟夫史》插圖本

俄羅斯聖彼得堡國立圖書館收藏的《伯蘭及約瑟夫史》（L'histoire de Barlaam et Josaphat），編號MS F.I 880，大約成書於十七世紀。該插圖本中也有二鼠譬喻的圖像（見圖五十二）。此圖繪製於當頁的下方，呈上文下圖的佈局。該圖有邊框，背景爲淡黃色。圖右是幾條起伏的山巒，一頭獨角獸向左猛撲而來。圖左是一個很大的坑，

圖五十二　聖彼得堡國立圖書館藏希臘語《伯蘭及約瑟夫史》中的"二鼠侵藤"（Bibliothèque Nationale de Russie, MS F. I 880, fol.87v）

坑邊是一棵樹。一個穿紅色長袍之人雙手抱樹，頭向上仰起，似乎在接收樹枝上滴落的蜂蜜。坑的右側底部是伸出長舌頭的惡龍頭，往上則是四隻獸頭（不太像是蛇頭）。畫家將該故事中的主要元素（樹上人、獨角獸、二鼠、惡龍、四獸）都表現了出來，體現了比較完整的故事內涵。

1　Marina Toumpouri, "The illustration of Barlaam and Josaph Romance of the Athens, Library of the Greek Senate, 11 by the Cypriot Loukas (†1629)", in E.Antoniou, ed., *Papers of the Fourth International Congress of Cypriot Studies (Nicosia, 29/4-3/5/2008)*, 2012, pp.927-936. Cf. p.935, Table 1. 兩個插圖本即：Jerusalem, Library of the Greek Orthodox Patriarchate, Staurou 42 + Saint-Petersbourg, Saltykov-Scedrin State Public Library, Gr. 379 和 Cambridge, University Library Add.4491+Ioannina, Zosimaia School, 1 + New York, Columbia University Library, Plimpton 9。

7. 聖彼得堡國立圖書館藏《伯蘭及約瑟夫史》插圖本

俄羅斯聖彼得堡國立圖書館收藏的另一種《伯蘭及約瑟夫史》，編號 MS ОЛДП Q. 17，也是大約繪製於十七世紀。該插圖本中也有二鼠譬喻的圖像（見圖五十三）。此圖有邊框，位於當頁的上方，其下有文字，形成上圖下文的形式。此圖中間也有分欄綫，將其分爲左右結構。圖左邊是黃褐色的岩石和左下方威猛的獨角獸；右邊是一株綠色的大樹，其樹幹似乎劈開爲兩半，白黑二鼠分置左右，啃食樹根。一位捲髮長鬚的男子身穿紅色上衣，站立在樹幹上，面向右方。中間框綫和右框綫各有兩隻動物紅色的頭，伸出長長的紅舌頭，象徵著毒蛇的形象。樹根下方的惡龍的頭部、雙翅和兩隻前爪也是紅色的，其身體捲曲。惡龍伸出長舌頭，似乎正在蓄力，準備一口吞下樹上之人。該圖雖與圖五十二有不少的差異，但二者整體的構圖理念實際上存在相似之處。兩個插圖本之間的關聯性也值得進一步探討。

圖五十三　聖彼得堡國立圖書館藏希臘語《伯蘭及約瑟夫史》中的"二鼠侵藤"（Bibliothèque Nationale de Russie, MS ОЛДП Q.17, fol.92r）

8. 法國國家圖書館藏《雜集》插圖本

法國國家圖書館藏的一部十三世紀法文寫本，雜抄了伯蘭及約瑟夫的故事等內容，編號爲BNF MS Fr.1553。此寫本不僅有插圖，還有裝飾字母等，其中有二鼠譬喻的插圖（見圖五十四）。此圖屬於真正的細密畫形式，位於該頁雙欄之右欄的下方，有一小方框，以及一條飄帶似的裝飾。此圖結構簡單，在紅色背景中，穿深藍色衣服的男子交脚坐在一株帶四根枝葉的樹上。黑白二鼠準備啃樹根，左下角的獨角獸站立著。此圖比較有特色的場景是該男子左手捧著一個高脚杯，正在喝杯中之物。此場景替換了文本中男子喝蜂蜜的情節。

圖五十四 法國國家圖書館藏法語《雜集》中的"二鼠侵藤"（BNF MS Fr.1553, fol.432v）

9. 大英圖書館藏中古英語《嘉都西會雜集》插圖本（BL Add MS 37049）

大英圖書館收藏的一部《嘉都西會雜集》（*A Carthusian Miscellany of Poems*）寫本，編號BL Add MS 37049，用中古英語書寫，字體爲哥特式草書，大約抄寫於1460—1500年。該寫本來自約克郡或者林肯郡的一個嘉都西會修道院，其主要內容有：詩歌、編年史、論文、曼德維爾（Mandeville）遊記等的雜集[1]。在第十九頁背面，有一首諷喻詩（Verse allegory），內容爲"二鼠侵藤"（a man pursued by a unicorn）

---

[1] http://www.bl.uk/manuscripts/FullDisplay.aspx?ref=Add_MS_37049. [訪問日期：2022 年 8 月 5 日] James Hogg, "Unpublished Texts in the Carthusian Northern Middle English Religious Miscellany British Library MS. ADD. 37049", in *Essays in Honor of Erwin Stürzl on his Sixtieth Birthday*, ed. by James Hogg (Salzburg: Institut für Anglistik und Amerikanistik, 1980), pp. 241-84.

譬喻，來自《伯蘭及約瑟夫書》。該詩也配有插圖（見圖五十五）。該圖的左邊是文字，右邊是圖，每行文字還用紅色的符號隔開。此頁面的文本開端有類似標題的句子，即"一個男人站在樹上"（Behalde here as pou may se / a man standyng in a tree）[1]。此圖因爲受頁面限制，畫家僅能設計爲長條形，而不是如圖五十那樣橫向展開。最下方是惡龍張開的大嘴，井中環繞的四條蛇，兩隻老鼠正在咬剩下一半的樹根。其左側是豎立的獨角獸，它的長角幾乎刺向了男人的左膝蓋。一位卷髮的男人身穿紅色長褲、藍色上衣，正站在樹枝上，貼著樹幹。其左手正拿著蜂巢，他似乎在吸吮其中的蜂蜜，呈享受的模樣。由於獨角獸的身上、井的邊沿、樹根的上方部分都寫有文字，這似乎表明，此插圖繪製在先，而文字文本的書寫要晚於插圖。此圖採用單一場景的敘事，獨角獸、男人都僅出現了一次。

圖五十五　大英圖書館藏中古英語《嘉都西會雜集》中的"二鼠侵藤"（British Library, Add MS 37049, fol.19v）

10. 牛津大學鮑德利圖書館藏拉丁語《雜集》插圖本

牛津鮑德利圖書館藏的拉丁語《雜集》羊皮紙寫本，編號MS Lyell 71，大致製作於十四五世紀的意大利北部地區。據介紹，該寫本包含了雨果·佛列托（Hugo de Folieto，約1096/1111—約1172）的《阿努比斯》（De auibus）、《宗教信仰自由》（Liber de rota uerae et falsae religionis）、《動物醫學》（De medicina animae）、普瓦捷彼得（Peter of Poitiers，約1130—約1215）的《歷史簡編》（Compendium historiae）、以及

---

[1] Julia Boffey and A. S. G. Edwards, *A New Index of Middle English Verse*, London: British Library, 2005, p.491.

《詩篇第四十四篇沉思錄》（Meditation on Ps.44）[1]。該寫本至少有七幅插圖，其中也有類似的二鼠譬喻之圖（見圖五十六），或被稱作《從山頂最高的樹上》（De arbore altissima supra montem posita）。該圖描述了文本中的"二鼠侵藤"的相應場景。此圖的結構非常有特點，採用了倒T型的圖式，圖用邊框所限，而文字剛好分佈在中間豎式圖的兩邊，形成左右對稱的格局。其文字文本部分有大寫的美工字母，左邊的文字頁邊還有長條的花紋，起到裝飾頁面的作用。這類的美工字母和花紋實是中世紀歐洲插圖本的慣用技巧。其圖像部分中，人物上方增加了與文字文本未描述的動物格里芬（獅身鷹首獸）。在歐洲文化語境中，格里芬是邪惡的形象，它在此取代了以往圖像中的獨角獸。被追逐的人半趴在分叉的兩根樹枝上，而樹幹的中間是黑白兩隻蟲子（老鼠的化身）在啃咬著。兩個小動物纏繞在樹幹上，似乎要向他發起攻擊。樹幹的底下是小山，左邊似乎是兩頭狼；右邊有兩隻熊，它們作爲四蛇的替代形象，正往山上爬。此圖並不清晰，各圖像元素需仔細辨認和推敲。從總體來看，畫家改變了文本中的一些動物形象，但內容主旨的表述則沒有根本性的變化。

圖五十六　鮑德利圖書館藏拉丁語《雜集》中的"二鼠侵藤"（Bodleian Library, MS Lyell 71, fol.53v）

11. 大英圖書館藏《馬斯特里赫特的時辰書》插圖本

大英圖書館收藏了中世紀的一部祈禱書《馬斯特里赫特的時辰書》（The Maastricht Hours）的插圖本，編號爲Stowe MS 17[2]。該書是十四世

1　https://medieval.bodleian.ox.ac.uk/catalog/manuscript_7806.［訪問日期：2022年8月5日］
2　https://www.bl.uk/manuscripts/Viewer.aspx?ref=stowe_ms_17_fs001r.［訪問日期：2022年8月5日］

紀初期在比利時列日地區繪製的。書中採用了許多藍色或紅色等彩色的字母，尤其是首字母的花體，色彩艷麗，是典型的中世紀手抄本。該書中繪製了西奧菲勒斯與魔鬼簽訂契約的故事等，也包括了"二鼠侵藤"譬喻的圖像（見圖五十七）。該圖位於當頁的左側，整體呈現為⊥型佈局。一棵樹向上升起，一位穿紅衣藍袍、戴頭冠的男子坐在樹端兩個分叉的枝節之間。他正用嘴吸著樹上的花蕾。樹的下部有一頭藍色花斑的獨角獸，用角刺向樹幹，黑白二鼠在啃咬樹根。左下方最突出的是一個張開大嘴的惡龍頭，從其嘴中似乎吐出一個全身通紅的小魔鬼，用前爪指向樹上的人。該插圖本中刻畫了許多魔鬼的形象，因此，畫家在畫此二鼠譬喻時，也樂於添加小魔鬼的形象。這也是歐洲中世紀宗教文獻或繪畫中魔鬼形象演化史的一個環節之例證。

圖五十七　大英圖書館藏《馬斯特里赫特的時辰書》中的"二鼠侵藤"
（British Library, Stowe MS 17, fol.84v）

圖五十八　聖彼得堡國立圖書館藏《老信徒手稿》中的"二鼠侵藤"
（Bibliothèque Nationale de Russie, MS HCPK. Q.320, fol.74r）

12. 聖彼得堡國立圖書館藏《老信徒手稿》插圖本

俄羅斯聖彼得堡國立圖書館收藏的《老信徒手稿》（*Manuscrit de vieux croyants*），編號MS HCPK. Q.320，也是大約繪製於十九世紀。該插圖本中也有"二鼠譬喻"的圖像（見圖五十八）。此圖有邊框，是一頁的單幅畫，由紅、黑、土褐色構

第十章 "二鼠侵藤"譬喻在古代亞歐的圖像流變 375

成。該圖的背景極爲簡潔，由四、五條坡道組成。最右上端的一頭暗紅色獨角獸，略向下望。圖中的黑色背景映襯出一棵樹，六根樹枝上開出紅色的花瓣。穿紅袍的男子站在最低的一根樹枝上，他的左手抓握樹幹，右手拿著一顆紅色的果實。碩大的樹根已經被黑白二鼠啃掉了四分之三，樹已有搖搖欲墜之感。與此人雙腳平齊的位置還有三隻紅色惡獸的頭，畫面最下端則是惡龍的頭部和部分身軀。此圖的顏色對比鮮明，搖搖欲墜的樹幹與渾然不覺的男子構成此故事的內在衝突，讓讀者能深入理解此故事的涵義。

13. 紐約摩根圖書館與博物館藏德語本《奔跑者》（*Der Renner*）插圖本

紐約摩根圖書館與博物館（Morgan Library & Museum）收藏的德語本《奔跑者》，其編號爲MS M.763。該書原是由特里姆堡的雨果（Hugo von Trimberg, 1230-1313）在1300年左右從各種拉丁語本編譯成德語的一部訓誡故事集。該寫本製作於奧地利，或者是在奧地利西部與意大利北部相鄰的阿爾卑斯山脈的提洛爾（Tyrol）地區。它是用提洛爾的德語方言書寫的，時間約是在十五世紀的後半頁。該寫本中有三十幅全頁和六十幅半頁的插圖，其中有"二鼠侵藤"之圖（見圖五十九）[1]。這是一幅單頁的插圖，描繪的是單一場景，故事發生在山坡上。一隻獨角獸將一個男人追趕到樹上，他雙腿岔開站在樹枝上，回頭看著獨角獸。兩隻老鼠正在咬著樹根。樹邊的一個深坑（或空井）中有兩大一小的三條惡龍，正抬起頭，

圖五十九　紐約摩根圖書館藏德語《奔跑者》中的"二鼠侵藤"（Morgan Library & Museum, MS M.763, fol.251r）

---

[1] http://corsair.themorgan.org/vwebv/holdingsInfo?bibId=133202；http://ica.themorgan.org/manuscript/ page/85/133202. [訪問日期：2022年8月5日]

盯著該人。畫家既沒有精確繪出四條毒蛇的模樣，也没有繪出該人品嘗蜂蜜的形態。

14. 荷蘭萊頓大學圖書館藏德語本《奔跑者》（*Der Renner*）插圖本

荷蘭萊頓大學圖書館收藏的特里姆堡的雨果的德語本《奔跑者》，其編號爲MS VGG F4。該寫本製作於1402年。其中也有"二鼠侵藤"之圖（見圖六十）[1]。這是一幅單頁的插圖，加有黑色的較粗的邊框，畫面顏色對比鮮明。金黃色的獨角獸伸出長長的角，幾乎刺到了懸崖邊斜出的一棵樹上那位穿紅色長袍的人。此人伏在樹枝上端，雙腳踩在另一根樹枝上，正面對著獨角獸。樹下深坑中，有一條綠色的蛇，還有一條藍色的帶翼的惡龍。此圖與圖五十九有相似之處，均無背景，但繪出了兩山崖對峙之間的深坑，因此，此樹有搖搖欲墜之感。可見，該畫家對此譬喻的涵義理解比圖五十九的繪製者更爲透徹一些。

圖六十　萊頓大學圖書館藏德語《奔跑者》中的"二鼠侵藤"（Leiden, University Library, MS VGG F4, fol.146r）

1　https://www.flickr.com/photos/28433765@N07/49927495786/in/photostream/. ［訪問日期：2022年8月5日］

第十章　"二鼠侵藤"譬喻在古代亞歐的圖像流變　377

15. 德國萊比錫州立圖書館藏德語《奔跑者》（Der Renner）插圖本

德國萊比錫州立圖書館（Staatsbibliothek Leipzig）收藏的特里姆堡的雨果的德語本《奔跑者》，其編號爲MS Rep II 21。該寫本製作於1402年。其中也有"二鼠侵藤"之圖（見圖六十一）。此圖位於當頁的上方，其下爲文字，爲上圖下文的格式。此圖以淺綠色爲主，略微描繪了山巒。畫家將樹置於左邊，一個穿灰褐色衣服的男子正在爬樹，一頭獨角獸自右向左，其長角幾乎刺到了此人的身體。在樹下有兩隻老鼠。在獨角獸的右邊，還有兩條帶飛翼的惡龍，其頭部一向左，一向右，獠牙森冷，體現了強烈的敵意。圖中還有一個紅色詞語，似乎爲此圖的標題。

圖六十一　萊比錫州立圖書館藏德語《奔跑者》中的"二鼠侵藤"（Staatsbibliothek Leipzig, MS Rep II 21, fol.176r）

16. 瑞士日内瓦州科洛尼博德莫基金會藏德語本《奔跑者》（*Der Renner*）插圖本

瑞士日内瓦州科洛尼博德莫（Bodmer）基金會收藏的特里姆堡的雨果的德語本《奔跑者》（*Der Renner*），其編號爲MS Bodmer 91。該寫本製作於1468年。其中也有"二鼠侵藤"之圖（見圖六十二）。這是一幅單頁的插圖，用邊框勾勒，但一棵樹突破了邊框的上沿，從而帶有些許立體效果。在黃褐色的大地上，有一棵樹突兀而起，一位捲髮男子側坐在樹上，望著樹下的黑白二鼠。一頭白色的獨角獸在右側呈奔跑狀。樹下碩大的坑中，畫滿了藍色的條紋，其中隱約可見有四隻蛇狀的小動物。此畫中的岩石和樹枝帶有寫意的風格，好似畫家隨意揮筆而就。

圖六十二　瑞士博德莫基金會藏德語《奔跑者》中的"二鼠侵藤"（Cologny, foundation Bodmer, MS Bodmer 91, fol.185r）

17. 奧地利因斯布魯克大學圖書館藏德語《奔跑者》（*Der Renner*）插圖本

奧地利西部城市因斯布魯克大學圖書館（Universitäsbibliothek, Innsbruck）收藏的特里姆堡的雨果的德語本《奔跑者》（*Der Renner*），其編號爲MS Cod. 900。該寫本大約繪製於1410年。其中也有"二鼠侵藤"之圖（見圖六十三）[1]。此圖是加紅框的單頁圖像，以淡綠色爲主景。邊框的右上與正下方均有紅色文字。樹上點綴著的那些紅色，應該是果實。一個穿半紅半淺色衣服的捲髮男人爬跪在地上，雙手捧著樹上的果子似乎在吸吮。一頭長有紅色長角的獨角獸站

圖六十三　奧地利因斯布魯克大學圖書館藏德語《奔跑者》中的"二鼠侵藤"（UB Innsbruck, MS Cod. 900, fol.163r）

1　https://www.bavarikon.de/object/bav:BSB-HSS-00000BSB00097019?lang=en#［訪問日期：2022年8月5日］

在左上角的山坡上，向下俯視此人，仿佛要一沖而下。樹根部有黑白二鼠在啃咬。樹下的小坑內有一條惡龍、兩條蛇和兩隻青蛙。畫面整體上紅綠對比分明，並不複雜，頗有幾分清新簡潔之感。此圖最大的"怪異"之處是男人沒有在樹上，而是爬跪在地上。這樣的描述不祇是人物的位置發生了變化，更主要的是，這樣的人物姿態和位置無法表述出人物處於生命垂危的關鍵時刻的那種"令人揪心"的瞬間效果，從而出現了"圖""文"之間的巨大落差。

18. 德國巴伐利亞州立圖書館藏德語《奔跑者》（Der Renner）插圖本

德國巴伐利亞州立圖書館收藏的特里姆堡的雨果的德語本《奔跑者》（Der Renner），其編號爲BSB cgm 7375。該寫本製作於1450年。其中也有"二鼠侵藤"之圖（見圖六十四）[1]。此圖也是加紅框的單頁圖像，以淡綠色爲主景色調。一個穿淡色衣服的男人附著在一棵樹上，位於畫面的正中。樹上有不少白色的圓點，應該是果實。他左手抱著樹幹，右手拉著樹枝緊貼著臉，仿佛吮吸樹上的某物。一頭獨角獸站在右上角的岩石上，向下俯視此人。黑白二鼠在樹根下啃咬。樹根邊的小坑內有一條惡龍、兩條長蛇在游弋。畫面整體上顯得清新簡潔，有幾分水彩畫的效果。與圖六十三相比，

圖六十四　巴伐利亞州立圖書館藏德語《奔跑者》中的"二鼠侵藤"（BSB cgm 7375, fol.111v）

1　https://www.bavarikon.de/object/bav:BSB-HSS-00000BSB00097019?lang=en#〔訪問日期：2022年8月5日〕

380 絲路梵華

此圖就像調換了左右順序，其他大體相類，祗是男人的位置不同。

19. 法國國家圖書館藏法文本《史鑒》插圖本

法國國家圖書館寫本部（Département des manuscrits）收藏的法文本《史鑒》，編號爲NAF 15942（=BNF FR NOUV. ACQ. 15942）。該書是博韋的樊尚（Vincent de Beauvais，約1184/1194—約1264）的選集《大鏡》（*Speculum Maius;* 或名《史鑒》(*Speculum historiale*)）的法語譯本，由讓·維格奈（Jean de Vignay，約1282/1285—約1350）在1333年完成翻譯，取名爲《史鑒》（*Le Miroir historial / Le mirouer historial*）。此寫本是《史鑒》的第四卷第十四至十六冊，製作於1478—1480年（或謂製作於十四世紀）[1]。此插圖本中有伯蘭及約瑟夫故事語境中的一個"二鼠侵藤"譬喻的插圖（見圖六十五），名爲"人、龍、蛇和兩隻老鼠的譬喻"（parabole: l'homme, le dragon, les serpents et les deux rats）[2]。該插圖僅佔據一雙欄頁面的左欄上方的一部分。此圖在一方框之中，上方是藍色格子，就像星空一樣。方框周邊有精美的裝飾，體現了中世紀歐洲寫本的一些特點。此圖描繪了一隻獨角獸在山頭追逐男子，使其上樹的情景。獨角獸抬起的前肢幾乎觸到他的身體，表達了極強的壓迫感。此人雙手

圖六十五　法國國家圖書館藏法語《史鑒》中的"二鼠侵藤"（BNF NAF 15942, fol.69v）

1　https://iiif.biblissima.fr/collections/manifest/93ee7f929fcf616d90f68c7445ede6dbd2713741. [訪問日期：2022年8月5日]

2　https://archivesetmanuscrits.bnf.fr/ark:/12148/cc785246/ca59929064793237. [訪問日期：2022年8月5日]

抱樹，雙脚交叉夾緊樹幹，頭偏向右邊，看著深井中露出的一隻動物的頭。此動物與一般歐洲寫本中的惡龍不一樣，而是一頭露出舌頭、張開大嘴的大熊。該動物的出現可能是畫家所在地域的一個"劇透"。此外，畫面中的黑白二鼠在咬著樹根，而左下方露出的四個蛇頭正是邪惡的象徵物。

20. 法國國家圖書館藏法文本《史鑒》插圖本

法國國家圖書館收藏的法文本《史鑒》（*Speculum Historiale*），編號爲BNF Arsenal MS Rés 5080。此寫本是1335年製作的插圖本，其中也有伯蘭及約瑟夫故事語境中的一個"二鼠侵藤"譬喻的插圖（見圖六十六），被稱爲"獨角獸的譬喻故事圖"（la parabole de l'unicorne）。該插圖畫在一個方框之中，位於一雙欄頁面的下方，其上下均有文字。而且其右欄有兩行紅色文字，應該與此圖的説明有關。該插圖橫跨雙欄，與圖六十五僅僅佔據左欄的格式不同。此圖與圖六十五所繪製的內容與形式大體相似，祇是在一些細節（比如，圖左多出一棵樹，男人的服裝顏色爲紅色、作爲背景的方格顏色有紅藍兩種、惡龍的頭部、以及未繪製出四條蛇等）上有些出入。這兩個插圖本不僅屬於同一部著作的內容，且二者的插圖之間也存在模仿的關係。這説明該譬喻故事的插圖在歐洲有著借鑒和模仿的情形，也值得進一步關注。

圖六十六　法國國家圖書館藏法語《史鑒》中的"二鼠侵藤"（BNF Arsenal MS Rés 5080, fol.378r）

21. 法國國家圖書館藏法文本《史鑒》插圖本

法國國家圖書館收藏了另一部博韋的樊尚的法文本《史鑒》（*Le mirouer historial*），編號爲BNF MS Fr.51。該插圖本採用一頁雙欄的形式，用紅、黑雙色書寫，是十五世紀繪製的。其中也有伯蘭及約瑟夫故事語境中的一個"二鼠侵藤"譬喻的插圖（見圖六十七）。該圖有金色的邊框，在當頁右欄中間偏下的位置。該右欄的右邊另有通欄的裝飾，比較精美。此圖下方有兩行紅色文字，表明該圖的內容。此圖分爲前景、中景、遠景三部分。中景是比較清晰的

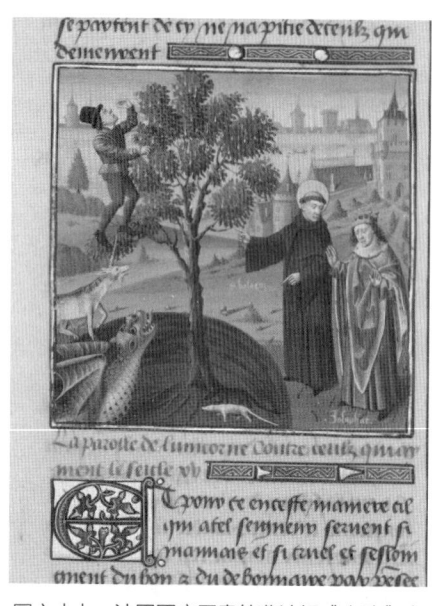

圖六十七　法國國家圖書館藏法語《史鑒》中的"二鼠侵藤"（BNF MS Fr. 51, fol.175r）

城堡和塔樓的一部分，而遠景是隱約可見的大城。前景描繪了此譬喻故事。畫面分左右兩部分，右邊分別站著有頭光、穿黑色通體長袍的伯蘭和戴王冠及穿金色長袍的約瑟夫，兩個人旁邊有用金粉書寫的名字伯蘭和約瑟夫。伯蘭轉頭向約瑟夫說話，其右手食指指向樹上的人，左手食指指向樹下。約瑟夫頭微向下，雙手張開，也是一副說話的樣子。頭戴禮帽、身穿金色上衣和藍色褲子的男子，站在左邊的一根樹枝上，右手抓住樹枝，左手摘取樹上的金黃色果實，正往嘴裡送。從其站立的細節來看，此人並未踩在樹枝上，而是貼著樹葉，有懸空之感。黑白二鼠在粗壯的樹根部，一隻灰白色的獨角獸在此人的下方，而另一頭有紅黑藍相間花紋的、體型更大的惡龍，正向樹上的男人發出嘶吼。此圖比較有特色的也是出現了講故事的人，將不同時空中的人物融匯在同一畫框之中，體現了繪畫藝術用圖像空間來替換文字文本的時間敘事的特點。

22. 法國國家圖書館藏法文本《史鑒》插圖本

法國國家圖書館收藏了又一部博韋的樊尚的法文本《史鑒》（*Le mirouer historial*），編號爲BNF MS Fr.313。該插圖本是1378年繪製的，採用了一頁雙欄的形式，雙欄中間常用枝蔓、捲曲的葉子和彩色字母作爲裝飾。其中也有"二鼠侵藤"譬喻的插圖（見圖六十八）。該圖是純白色的背景，位於本頁右欄的上方，夾在文字中間，圖下有兩行紅色文字。一位長卷髮的男子跨坐在樹杈上，面向左側，右手張開。樹下有露出半截身子的獨角獸，圍繞著樹幹的還有一頭獅子、三頭狼、兩隻老鼠以及一條身體長長的惡龍，可見畫家基本上把文本中的故事元素都簡要描繪了出來。此圖不以描繪精細見長，尤其是兩棵樹貌似寫意而成。從畫面的形態來看，此人頗爲悠閒地坐在高高的樹上，下方的諸般惡獸幾乎無法威脅到他，讀者也就難以體會到文本中描述的那種生命垂危之急難，以及由此而生發的人生感悟。

圖六十八　法國國家圖書館藏法語《史鑒》中的"二鼠侵藤"（BNF MS Fr. 313, fol.355r）

23. 波蘭克拉科夫市恰爾托雷斯基王子圖書館藏《伯蘭及約瑟夫的故事》插圖本

波蘭克拉科夫市（Karków）恰爾托雷斯基王子圖書館（Prince Czartoryskis Library）藏《伯蘭及約瑟夫的故事》插圖本，編號Sygn 2097。根據秦莫逆的論文，該插圖本是十三世紀製作的，其中也有一個二鼠的插圖（見圖六十九），或擬名"生命之樹與一人和獨角獸"（Tree of life with a man and the unicorn）[1]。此圖畫在文字中間，圖中有一個穿袍子的卷髮男子雙手緊緊抱著樹幹，吸吮著蜂巢滴下的蜜。兩隻碩大的老鼠在啃著樹幹。圖右有一隻四脚長著長爪的獨角獸。而樹根部有一條長鬚惡龍，張牙舞爪，似乎要把一棵樹直接吞進去。在歐洲中世紀的圖像譜系中，如此張開大嘴的惡龍，實際上是地獄的象徵。此圖中也沒有出現四條蛇，其最有特色的是，伯蘭正端坐在一張高背的大椅子上，手握著面前的一根手杖，似乎在聽著（或講述）這個故事，或者是看著樹上的那名男子。這是歐洲爲數不多的講故事人出現在所講故事畫面之中的例子。

圖六十九　波蘭恰爾托雷斯基王子圖書館藏《伯蘭及約瑟夫的故事》中的"二鼠侵藤"（Prince Czartoryskis Library, Sygn 2097 IV, p.78）

1　Monik Zin, "The Parable of 'The Man in the Well'. Its Travels and its Pictorial Traditions from Amaravati to Today," in: *Art, Myths and Visual Culture of South Asia*, ed. by P. Balcerowicz and J. Malinowski, (Warsaw Indological Studies 4), Delhi: Manohar. 2011, p.69, fig.22.

24. 紐約摩根圖書及博物館藏《〈詩篇〉與〈時令之書〉》插圖本

紐約摩根（Pierpont Morgan）圖書及博物館藏《〈詩篇〉與〈時令之書〉》插圖本，編號MS M.729。該寫本中抄錄了《詩篇》（*Psalter*）和《時令之書》（《祈禱書》，*Book of Hours of Yolande de Soissons*），其語言是拉丁文和法文。該寫本爲法國亞眠地區使用的《祈禱書》，是當地於1280-1299年（或謂大約1290年）所繪製的[1]。其中也有與《詩篇》相關的伯蘭與約瑟夫故事場景。該插圖本也有"二鼠侵藤"譬喻的圖像（見圖七十）[2]，擬名爲"生命樹"（Tree of

圖七十　紐約摩根圖書及博物館藏《〈詩篇〉與〈時令之書〉》中的"二鼠侵藤"（Morgan Library & Museum, MS M. 729, fol.354v）

Life）。一位穿著套頭長袍的男人（或許是修士）雙腿站在果樹上端的枝幹上，手中拿著一枚紅色果實。很顯然，這枚果實是畫家用來替代蜂蜜之物的象徵。黑白二鼠正在咬啃樹根，圖左下蹲著一頭獨角獸，而圖右下是惡龍張開大嘴露出獠牙。由於畫面空間的局限，畫家將惡龍的下巴畫在了黑鼠的下方，與其連在一起。該圖中也沒有四條蛇。此圖的色彩多元而鮮艷，畫面裝飾性很強，與歐洲中世紀常用的徽章圖像文化有密切的關聯。該圖上方的背景是哥特式建築，圖中的背景是馬賽克式的貼磚。

---

[1] Cecily J. Hilsdale, "Worldliness in Byzantium and Beyond: Reassessing the Visual Networks of Barlaam and Ioasaph", *The Medieval Globe*, Volume 3.2, *Reassessing the Global Turn in Medieval Art History*, Edited by Christina Normore, 2017, pp.57-96.

[2] http://ica.themorgan.org/manuscript/page/112/128492. [訪問日期：2022年8月5日]

25. 意大利米蘭的特里烏爾齊亞（Trivulziana）圖書館的《伯蘭及約瑟夫的故事》插圖本

意大利米蘭的特里烏爾齊亞圖書館（Biblioteca Trivulziana）收藏的《伯蘭及約瑟夫的故事》（*Leggenda di Barlaam e Josaphat*），編號manoscritto 89，它是十五世紀在意大利北部繪製的插圖本[1]。該插圖本中有二鼠譬喻的圖像（見圖七十一）。此圖也限制在門式的框內，圖中一條橫綫，將其大致分爲上下兩層。穿長袍的男子面向左，雙腿成右弓左曲的姿勢。他雙手各抓著一條長長的樹根，而樹根在其頭頂，黑白二鼠一左一右，正啃著樹根。這一圖形結構與前述多數的歐洲圖像均不相同，因爲一般的圖式是男人在上而二鼠在下。男子所踩著的橫綫兩端，各有兩條蛇的頭。獨角獸在圖左，正對著此人。巨大無比的惡龍張開誇張的大嘴，正躺在下層虎視眈眈。圖中還有幾處文字，可能是對圖中的元素加以說明。但由於該圖比較模糊，無法辨認相關的文字。總體而言，此圖顛覆了對文字文本的認識，將二鼠置於故事主人公頭部的上方。相對於上述二鼠啃著大樹幹，此圖的二鼠位置連帶造成的佈局，反到給讀者帶來一種新鮮的視圖壓迫感，以及對生命脆危現象的深入理解。

圖七十一　意大利米蘭特里烏爾齊亞圖書館藏《伯蘭及約瑟夫的故事》中的"二鼠侵藤"（Milano, Biblioteca Trivulziana, manoscritto 89）

---

1 Giovanna Frosini, Alessio Monciatti, ed., *Storia di Barlaam e Josaphas secondo il Manoscritto 89 della Biblioteca Trivulziana di Milano*, (Biblioteche e archivi 18), 2 volumes, Firenze: Sismel - Edizioni del Galluzzo, 2009.

26. 西班牙國家圖書館藏意大利語《伯蘭及約瑟夫書》插圖本

西班牙國家圖書館（Bibliothèque Nationale d'Espagne）藏的一個意大利語《伯蘭及約瑟夫書》插圖本，繪製於十四世紀，編號爲MS Res 239。其中也有一幅與圖六十四非常相似的插圖（見圖七十二）。該圖也是中間用紅色粗綫分爲上下兩層，穿綠色長袍的男子雙手伸開抓住樹根，黑白二鼠同樣分佈在他的上方。紅色的獨角獸前腿騰空，似乎要撲向此人。此圖中四蛇的形象與圖六十四差別較大。其上圖右側是兩個似龍的蛇頭，上圖左則是兩隻長長的爪子，以此來替代表達四蛇的涵義。這兩幅相似度很高的插圖，其相互之間的影響關係，還有待進一步探討。無論如何，這表明在繪製同一故事的圖像時，畫家之間存在借鑒的現象也是很有可能的。這也是圖像可以脫離文字文本，而產生自主傳播的契機。

圖七十二　西班牙國家圖書館藏意大利語《伯蘭及約瑟夫書》中的"二鼠侵藤"（BNE, MS Res 239, fol.20v）

27. 1672年版《伯蘭及約瑟夫書》插圖本

1672年，安特衛普的沃爾·伍兹（Voor Cornelis Woons）出版了一部《伯蘭及約瑟夫書》（*1672 Barlaam & Josaphat Martyrs Buddha John of Damascus Buddhism Christian Arab*）。該書也有一幅"二鼠侵藤"的木刻畫（見圖七十三）[1]。此圖以一位卷髮長袍男子雙脚夾著大樹，雙手緊抱著樹爲主體，背對著讀者。在圖右側是樹木等自然風景，還有一匹奔騰而來的獨角獸。圖左側男人脚部有捲曲的樹枝（或許就是毒蛇）。此人下方的樹幹，有兩隻老鼠正拼命啃著，顯出一道深槽。一頭體型較大的帶翼惡龍身體纏著樹根，揮動長而尖的利爪，口吐怒火，而惡龍周圍的火焰正代表著恐怖的地獄。雖然此圖無法看到此人的面部表情，但從其抱樹的姿勢來看，這表現了他内心的極度恐懼。

圖七十三　1672年版《伯蘭及約瑟夫書》中的"二鼠侵藤"（*1672 Barlaam & Josaphat* 木刻插圖）

圖七十四　法國國家圖書館藏希臘語《雜集》中的"二鼠侵藤"（BNF MS Grec 36, fol.203v）

28. 法國國家圖書館藏希臘語《雜集》插圖本

法國國家圖書館藏的一個希臘語寫本，彙編了許多學科的内容，姑且稱之爲《雜集》，其編號爲（BNF MS Grec 36）。這是大約1350—1450年之間完成的一個寫本，該紙本共二百二十九頁，有多幅插圖，其中也有一幅二鼠譬喻的插圖（見圖七十四）。此圖比上述歐洲的同類插圖顯得更繁複一些，先圖後文的

1　https://www.abebooks.com/first-edition/1672-Barlaam-Josaphat-Martyrs-Buddha-John/17770673024/bd#&gid=1&pid=5. [訪問日期：2022年8月6日]

形式，以生命樹作爲核心。整體上看，樹爲畫面的核心，左右呈對稱狀的構圖，各圖像元素分列大樹的兩側。畫面上端兩側各有一隻火雞（或鴕鳥、但不會是孔雀），樹的最高枝上有兩隻鳥兒。樹的中間部位，左右各有一隻老鼠。樹幹已經被二鼠啃食了半圈，似乎很快就會啃斷，樹將從中斷爲兩截。獨角獸與獅子左右對峙，向人發出挑戰的姿勢。身著長披風的男子站在樹上，手扶著樹幹或枝條，向上偏昂著頭，正在品嘗花蕾上的果子。樹下的坑中有一體型較大的惡龍，而坑邊的樹根兩側各有兩條帶翅膀的小惡龍（看起來絕對不會是蛇），均在張牙舞爪，等待著男人從樹上摔落下來。此圖的典型特徵是亂花雜樹，爲滿足對稱構圖的形式需要，畫家將獨角獸和獅子都描繪出來，而前述的圖像中僅僅繪製出獨角獸或者獅子一種。

29. 法國國家圖書館藏拉丁文譯本《凱里來與迪木奈》的插圖本

法國國家圖書館收藏了一部《凱里來與迪木奈》的拉丁文譯本，編號爲BNF MS Lat. 8504，該書配有插圖，完成於1313年。從已經刊佈的幾幅圖來看，該插圖本分爲雙欄排印，非常精緻，無論是抄寫、插圖，還是裝飾和裝幀，其效果上佳，堪稱歐洲富貴階層的精品之作。令人遺憾的是，由於法國國家圖書館提供給公衆的是掃描效果較差的黑白文本，很多插圖模模糊糊，看不清楚。其中的"二鼠侵

圖七十五　法國國家圖書館藏拉丁語《凱里來與迪木奈》中的"二鼠侵藤"（BNF MS Lat. 8504, fol.24v）

藤"圖（見圖七十五），在當頁右欄中間偏下的部位，是一幅篇幅很小的插圖。該圖基本上是一團漆黑，似乎有一人抓住兩顆樹，橫跨在井口上，其它的就無法描述了。期待今後有機會去巴黎，親眼看一看該寫本中的這幅精美插圖，並與其他圖像進行比較。

30. 德國柏林國家圖書館藏德文本《伯蘭及約瑟夫書》木刻插圖本

德國柏林國家圖書館（全稱德國柏林國立普魯士文化遺産圖書館，Staatsbibliothek zu Berlin - Preußischer Kulturbesitz，簡稱SBB）收藏的德文本《伯蘭及約瑟夫書》，編號No. 4° Inc 35。該木刻本刊印於1476年，最前面的八幅圖加了彩色，其餘爲黑白版。有些段落的首字母是紅色，保留了中世紀歐洲手抄本的一些特色。其中的二鼠譬喻插圖（見圖七十六）頗具特色，是將伯蘭和約瑟夫兩人繪進了圖中，且出現了兩次。該圖在邊框之中，分爲左右兩個部分。圖右側爲伯蘭和約瑟夫兩人均戴著王冠，坐在沙發上交談。兩人背後的牌子上分別寫出了他們的名字伯蘭和約瑟夫，以此來標明他們的身份。圖左側也可細分爲兩個部分，最左邊的是伯蘭和約瑟夫站立著，似乎在交談。二人的上方是從兩棵樹之間沖出來的獨角獸，下方是張開大嘴的惡龍頭。其右邊的是二鼠譬喻的主體呈現：一個男人在井中，井邊的黑白二鼠在咬著他雙手所抓的樹根，他腳下分佈著幾條毒蛇，另有一條惡龍在井底。很顯然，在木刻藝術家的筆下，多出了一條惡龍。而最值得關注的是，

圖七十六　德國柏林國家圖書館藏德文本《伯蘭及約瑟夫書》中的"二鼠侵藤"（SBB, No. 4° Inc 35, fol.22v）

伯蘭和約瑟夫分別出現了兩次，他們既是故事的講述者，在時間上與故事的發生有明顯的距離；但在空間上，他們又成了故事的參與者。兩次形象的疊加正是"異時同構"的帶有連續性特點的圖像敘事方式的表現。這樣的圖像敘事方式的源流值得深入地探討。

31. 鮑德利圖書館藏德文本《伯蘭及約瑟夫書》

牛津大學鮑德利圖書館收藏的德文本《伯蘭及約瑟夫書》，編號爲Bodleian Library Douce 184。此爲木刻插圖本，插圖畫家爲安東·索格（Anton Sorg，1430-1493）。其刊印時間爲1480年，地點是在德國東南部的奧格斯堡市（Augsburg）。索格就是曾在當地執業的木刻版畫家。該書中的二鼠譬喻插圖（見圖七十七）[1]，與圖七十六相比，可見該木刻本的此幅圖是左右反印的，其餘的畫面二者基本相似。

圖七十七　鮑德利圖書館藏德文本《伯蘭及約瑟夫書》中的"二鼠侵藤"（Bodleian Library Douce 184, fol.[c2]v）

32. 荷蘭國家圖書館藏《聖母院的奇迹》插圖本

荷蘭海牙的國家圖書館（Koninklijke Bibliotheek / National Library of

1　https://digital.bodleian.ox.ac.uk/objects/5b26a9f6-ef37-4c25-875b-2068bb7a48a2/surfaces/ d326ffac-74d7- 481f-9ab5-43b3097d2e93/. [訪問日期：2022 年 8 月 6 日]

the Netherlands）收藏了一部《聖母院的奇迹》（Les miracles de Notre Dame）插圖本，編號爲KB, MS NL 71A24。該插圖本也是一頁雙欄的形制，繪製於1330年前後（或謂1327年）。其中有二鼠譬喻的插圖（見圖七十八）[1]，被稱爲"貴族遇到死亡的傳奇"（Legend of the nobleman meeting Death）。該圖也有方框，位於當頁右欄，夾在文字中間。該圖下方另有紅色文字。該圖有暗綠色和暗黃色的背景，構圖相當簡潔，一位穿黑衣的捲髮男子（貴族）跨坐在分叉的兩個樹枝之間，雙手分開，似乎放在枝葉上。一頭暗褐色的獨角獸蹲坐在右下角，而左下角有碩大腦袋的惡龍張開大嘴。樹下的一黑一白兩隻動物，其體型絕對非老鼠可比，貌似爲野狼。此圖中沒有井或者大坑，也沒有四蛇，而且該男人也沒有品嘗蜂蜜的動作。

圖七十八　荷蘭國家圖書館藏《聖母院的奇迹》中的"二鼠侵藤"（La Haye, KB, MS NL 71A24, fol.52r）

33. 美國巴爾的摩華特斯藝術博物館藏《時光之書》插圖本

美國巴爾的摩市的華特斯藝術博物館（Walters Art Museum）藏有一部《時光之書》（Livre d'heures / The Book of Hours）的插圖本，其編號爲MS W.105。此本是用墨水、油漆、金銀粉在羊皮紙上製作的書頁，繪製於十四至十五世紀之間（或謂是在1350年）。其中有一頁與二鼠譬喻相關的插

1　https://manuscripts.kb.nl/zoom/BYVANCKB%3Amimi_71a24%3A052r_min. [訪問日期：2022 年 8 月 6 日]

第十章　"二鼠侵藤"譬喻在古代亞歐的圖像流變　393

圖（見圖七十九）[1]。與一般的二鼠譬喻插圖相比，此圖要複雜得多。在豎式佈局中，一株大樹成爲畫面的中心，從高到低，樹上共有九個人和數隻鳥兒。其金色背景中，襯托出綠色的大樹和穿著五顏六色衣服的人物。此畫中還有許多的榜題，寫滿各式的文字。此圖没有什麽空白，顯得非常的擁擠，各式的人物似乎是在展示人生百態。與二鼠譬喻相關的元素是，正在啃著樹根的黑白二鼠，還有分别蹲坐在左右下角的獨角獸與獅子。很顯然，此圖的畫家既超過了一般的二鼠譬喻圖像的簡潔設計，也遠遠超過了文字文本所描繪的相關内容。

圖七十九　華特斯藝術博物館藏《時光之書》中的"二鼠侵藤"（Walters Art Museum, MS W.105, fol.9v）

34. 法國尚蒂伊的孔戴博物館藏佚名插圖本

　　法國北部尚蒂伊（Chantilly）的孔戴博物館（Musée Condé）與前文所提及的城堡圖書館（Bibliothèque du château）實爲一家。該館收藏了一部佚名手抄本，或擬名爲《上帝之城》，編號爲Musée Condé MS 26。此書約是1340年繪製的，每頁均有邊框。其中也有一幅二鼠譬喻插圖（見圖八十）[2]。該圖是横向的，在邊框内，并用横綫與文字部分分開。此圖爲大紅色背景，以一棵大樹居中；蹲坐的獨角獸居圖左，而一頭貌似駱駝的帶翼惡龍從畫的右邊咆哮而來，但此龍缺乏其他二鼠譬喻畫像中常見的長獠牙。

---

[1] https://art.thewalters.org/detail/6722/leaf-from-book-of-hours-83/.［訪問日期：2022年8月6日］

[2] https://portail.biblissima.fr/ark:/43093/mdata40b3588fd51f7e4dfe49e8c10eb3a0f78e1e8609.［訪問日期：2022年8月6日］

一人穿淺棕色長袍，端坐在樹上。樹葉環繞著他，他的右手似乎把某種東西往嘴裡塞。兩隻體型較大的老鼠在咬啃樹的底部。此圖呈現一種左右對稱的佈局。

圖八十　法國尚蒂伊的孔戴博物館藏佚名插圖本中的"二鼠侵藤"（Chantilly, Musée Condé MS 26, fol.124v）

35. 聖奧古斯丁《上帝之城》插圖本

聖奧古斯丁（Saint Augustin, 354-430）的《上帝之城》（La cité de Dieu / The City of God）有中世紀的插圖本，其中的一種大約製作於1375年。該插圖本中有一幅畫（見圖八十一）應當是來源於伯蘭及約瑟夫故事中的二鼠侵藤譬喻。此圖相似的元素是：穿著講究的男人站在樹上，畫左側的一位帶翼的小天使捧著葡萄飛向他，而畫右側的一位帶翼的魔鬼則捧著一個箱子或者一疊書。一位僵屍鬼手持鋸子，將樹幹幾乎鋸掉了一半。兩條帶翼的惡龍正瘋狂撕咬樹根，將樹根部撕開了一個大洞。雖然此圖中沒有黑白二鼠，但很顯然，畫家的靈感及其所欲表達的意涵，均與二鼠譬喻圖像有密切的關係。比如，人在樹上、鬼怪用鋸子鋸樹、樹下的惡龍形象等，無不透露出此圖與中世紀歐洲流行的二鼠譬喻圖像之間的關係。

圖八十一　聖奧古斯丁《上帝之城》插圖本中的"二鼠侵藤"（Saint Augustin, *La cité de Dieu*, circa 1375）

第五節　歐洲多語種譯本《人生指南》（*Directorium Humanae vite/ Guide for Human Life*）中的"二鼠侵藤"譬喻的插圖

（一）羅馬尼亞國家圖書館藏《人生指南》木刻插圖本

據介紹，十二世紀拉比·喬爾（Rabbi Joel）將阿拉伯語本《凱迪拉與迪姆奈》譯成希伯來語本（或謂成書於約1250年）。活躍在十三世紀的吉恩·德·卡普（Jean de Capoue / Giovanni da Capua）選擇該譯本中的一些故事，編譯成拉丁語本的寓言選集《人生指南》（*Directorium Humanae vite/ Guide for Human Life*,1263）。該書的全稱為《人生指南或古代智者的其他格言》（*Directorium humanae vitae alias parabola antiquorum sapientum /Guide for human life or other proverbs of the ancient sages*）。1489年，約翰·普魯士（Johann Prüss）在斯特拉斯堡（Strasbourg）地區刊印了該書的木刻插圖本。羅馬尼亞國家圖書館（National Library of Romania/ Biblioteca Națională a României，簡稱BNR）收藏的該書初刻本已

在世界數字圖書館（World Digital Library）的官網上公佈[1]。美國國會圖書館（Library of Conference）的控制編號爲2021667027。該刊本中有"二鼠侵藤"的插圖（見圖八十二）。圖中掉入井内的人已經不見其形象，僅露出井口邊的兩隻手，正抓住小樹枝。兩隻老鼠在啃著樹根，而兩隻兇猛的獅子盯著井中之人。此處沒有繪製該人品嘗蜂蜜（或吃水果）的情景，也沒有井中的四條蛇和惡龍，祇是井外多添加了一頭踡曲的獅子。該刊本在歐洲有多種譯本，其圖像也隨著譯本而流傳，屬於直接借用而未加改變。

圖八十二　羅馬尼亞國家圖書館藏《人生指南》中的"二鼠侵藤"（BNR, Directorium Humanae vite, fol.10r）

（二）德國慕尼黑巴伐利亞州立圖書館藏德文版《古代智者之書》插圖本

德國慕尼黑巴伐利亞州立圖書館收藏了安東·馮·普福爾（Anton von Pforr, ？—1483）1480年翻譯的《凱里來與迪木奈》序列的德文譯

---

[1] 其網址爲：https://hdl.loc.gov/loc.wdl/wdl.17169。［訪問日期：2022年8月6日］

本《古代智者之書》(Buch der Beispiele der alten Weisen，簡稱Buch der Beispiele)，編號爲BSB-Ink I-378; GW M13178。此書的内容與《人生指南》(Directorium Humanae vite)也有密切關係。該木刻插圖本是約翰·舍恩斯佩克(Johann Schönsperger)在1484年3月17日刊印的。該書中的插圖是套色印刷的，其中也有二鼠譬喻的圖像(見圖八十三)[1]，除了添加了紅、綠等簡單的色彩之外，其圖像内容與圖八十二完全相同。

圖八十三　巴伐利亞州立圖書館藏德語《古代智者之書》中的"二鼠侵藤"
(BSB-Ink I-378; GW M13178, fol.13r)

(三)德國海德堡大學圖書館藏四種德文版《古代智者之書》插圖本

德國海德堡大學圖書館(Universitätsbibliothek, Heidelberg)也收藏了德文譯本《古代智者之書》。此書的内容與《人生指南》(Directorium Humanae vite)也有密切關係。該書的插圖本大約是1482年前後出自德國西南部的士瓦本(Schwaben)地區。

1　https://www.digitale-sammlungen.de/en/view/bsb00029301?page=34.［訪問日期：2022年8月6日］

該圖書館收藏了多種《古代智者之書》的插圖本，含有二鼠譬喻插圖的文本至少有四種，但所繪各不相同。其中編號爲Manuscrit Cod Pal Germ 127的是一種混編本，含有《古代智者之書》等多種内容。此中的插圖（見圖八十四）與圖八十二是同樣的，不必贅述。另三種單行本的《古代智者之書》插圖本，其編號分別爲Manuscrit Cod Pal Germ 84、85、466。其中CPG 84 成書於1475年或1482年[1]，該書的二鼠譬喻插圖（見圖八十五）屬於"圖在文中"的格局，在典型的井中，此人背向讀者，露出頭部和雙手。黑白二鼠正在啃著他雙手所抓樹枝的枝節處。井外的一頭惡獅子半蹲著，扭頭沖向他。遠處的建築和樹林給此圖添加了幽深的背景，而蜂蜜、四蛇和惡龍形象的缺乏，讓此圖不能充分呈現文本中的譬喻涵義。這也説明此類畫家似乎也沒有想把文本中的所有元素都表示出來的打算。

圖八十四　海德堡大學圖書館藏德語《古代智者之書》中的"二鼠侵藤"（Universitätsbibliothek Heidelberg, Manuscrit Cod Pal Germ 127, fol.193v）

圖八十五　海德堡大學圖書館藏德語《古代智者之書》中的"二鼠侵藤"（Universitätsbibliothek Heidelberg, Manuscrit Cod Pal Germ 84, fol.29r）

1　https://digi.ub.uni-heidelberg.de/diglit/cpg84/. [訪問日期：2022 年 8 月 6 日]

第十章　"二鼠侵藤"譬喻在古代亞歐的圖像流變　399

　　另一個抄本CPG 85成書於1480年或1490年[1]，其中的二鼠譬喻的插圖（見圖八十六），與CPG 84中的圖大體相同，祇在邊框、獅子、二鼠的姿勢、遠處的建築和樹木，以及背景的顏色上有一些差異。

　　第三個抄本CPG 466是1475年成書於德國南部的上士瓦本地區[2]，其中的插圖用彩筆和墨水在紙本上繪製而成。其二鼠譬喻的插圖（見圖八十七），以淺綠爲背景，且有遠景，形成錯落的層次。該人的頭髮爲紅色，内衣和褲子也爲紅色，形成視覺聚焦的中心。此人面向讀者，雙手抓著很細的小樹枝，身懸半剖面的井中。其雙腳踩在一塊圓石頭上，似乎正落在惡龍張開獠牙的大嘴中。井邊有四種動物，分別爲獅子、熊、狼、狗，成爲獨角獸和四蛇的替代形象。

圖八十六　海德堡大學圖書館藏德語《古代智者之書》中的"二鼠侵藤"（Universitätsbibliothek Heidelberg, Manuscrit Cod Pal Germ 85, fol.17v）

圖八十七　海德堡大學圖書館藏德語《古代智者之書》中的"二鼠侵藤"（Universitätsbibliothek Heidelberg, Manuscrit Cod Pal Germ 466, fol.25r）

1　https://digi.ub.uni-heidelberg.de/diglit/cpg85/. [訪問日期：2022年8月6日]
2　https://digi.ub.uni-heidelberg.de/diglit/cpg466/. [訪問日期：2022年8月6日]

（四）法國尚蒂伊城堡圖書館藏德文版《古代智者之書》插圖本

法國北部尚蒂伊（Chantilly）的城堡圖書館（Bibliothèque du château）也收藏了一種德文版《古代智者之書》，是牛皮製作的手抄本，編號爲MS 680[1]。十五世紀末期，一位佛蘭德（Flemish）裔的畫家應符騰堡伯爵（Count of Württemberg）的要求，對此德譯本的插圖進行了重新繪製，現有一百三十二幅插圖。其中的二鼠譬喻的圖像（見圖八十八）與圖八十四、圖八十五有共通之處，也是男人掉落在圓筒狀的井中，背對讀者，祇露出頭部和雙手。與圖八十四、圖八十五不同的是，該圖沒有遠處的建築，遠景都是淺綠的樹林。獅子在樹前道路的右邊，而左邊分佈著四頭野獸，它們都是對人的生命構成威脅的象徵之物。從此圖與圖八十四、圖八十五的比較來看，三幅圖像具有一些相似的構圖要素，但在流傳的過程中也有一些變化，體現了不同畫家在思考同一故事時也會有自己的特點。

圖八十八　法國尚蒂伊城堡圖書館藏德語《古代智者之書》中的"二鼠侵藤"（Bibliothèque du château, MS 680, fol.25v）

1　http://initiale.irht.cnrs.fr/codex/10538.［訪問日期：2022 年 8 月 6 日］

（五）德國奧古斯堡圖書館藏德文版《人生指南》插圖本

德國奧古斯堡（Augustana）圖書館（Bibliotheca Augustana）收藏1483年的德文版《人生指南》插圖本。該圖書館的官網上恰好刊佈了一幅二鼠譬喻的插圖（具體頁碼未明，見圖八十九）[1]。此圖比較典型的特徵是男人掉進了一個修建好的方形井中，除二鼠咬樹枝之外，井的四周有一頭獅子和四隻動物（熊、狼或惡犬）。此圖的佈局與圖八十二至圖八十六和圖八十八一樣，均是以井爲圖像的中心，雖然井的形狀有圓形和方形之別，但"井中人"均聚焦了譬喻的其他圖像元素。

圖八十九　德國奧古斯堡圖書館藏德語《人生指南》中的"二鼠侵藤"（Bibliotheca Augustana, *Directorium Humanae Vitae*）

1　http://www.hs-augsburg.de/~harsch/Chronologia/Lspost13/IohannesCapua/cap_di01.html.［訪問日期：2022年8月6日］

（六）德國慕尼黑巴伐利亞州立圖書館藏拉丁文版《人生指南》插圖本

德國慕尼黑巴伐利亞州立圖書館所藏的拉丁語《人生指南》插圖本，編號爲BSB Rar 2143。此插圖本印製於1501年，其中有"二鼠侵藤"故事的圖像（見圖九十）。該圖與圖八十九的構圖是一樣的，也是以方形井（井中人）爲中心，井邊圍繞的動物是獅子、熊、犬、狼、野豬，具有強烈的攻擊性。與此版本相同的還有該圖書館所藏的BSB Rar 2144、2145、2146、2147等四種《人生指南》插圖印本。其中的二鼠譬喻插圖也是相同的，就不一一贅述了。

圖九十　巴伐利亞州立圖藏拉丁語《人生指南》中的"二鼠侵藤"（BSB Rar 2143, fol.15r）

（七）英文版《比得佩寓言》插圖本

《凱里來與迪木奈》系列的最早英譯本是托馬斯·瑞斯（Thomas North，1535—1601？）爵士翻譯的，取名爲《多尼的道德哲學》（*The Moral Philosophy of Doni*），有1610年的版本。約瑟夫·雅各（Joseph Jacobs，1854—1916）所編譯的該書英譯本，常簡稱爲《比得佩寓言》（*The fables of Bidpai*），有1888年的木刻插圖版。該書中的二鼠譬喻，稱爲"生命短暫的寓言"（An Allegory of Life's Brevity），其中的插圖（見圖九十一）刻畫了四頭獅子追逐一男子，該男子掉進井中的場景，此處將男人的奔跑和掉進井中作爲核心要素，其圖像呈現出連續敘事的意味。正在咬樹根的兩隻老鼠看起來完全不是同類動物。有一隻像肥碩的老鼠，而另一隻類似小山羊。

圖九十一　英文版《比得佩寓言》中的"二鼠侵藤"（*The fables of Bidpai*, fol.61）

第六節　歐洲其他藝術種類中的"二鼠侵藤"譬喻的圖像

除了上述筆者目前找到的近百幅插圖之外，"二鼠侵藤"譬喻的圖像還出現在歐洲其他多種藝術種類之中，包括修道院的壁畫、教堂（或其他建築）的雕刻、單幅的銅版畫等。根據藝術形式的不同，現將相關圖像分別論述如下：

（一）歐洲壁畫中的"二鼠侵藤"譬喻的圖像

1. 意大利科博理宮基督教堂壁畫

意大利阿西亞諾（Asciano）的科博理考古博物館及神聖藝術宮

（Palazzo Corboli，即Archaeological Museum and Sacred Art Palace Corboli）的基督教堂壁畫，大約繪製於1370年。其牆面上有一圓形畫（見圖九十二a），圓圈中間套有一幅圓形的小畫，就是描繪伯蘭及約瑟夫故事中的"二鼠侵藤"譬喻（見圖九十二b）。此小畫的周圍是八幅面積更小的聯珠式圓形畫，分別表述了八位昔日強大的國王之宏偉業績均"俱往矣"，消逝在歷史的長河中，已被雨打風吹去[1]。

圖九十二a 意大利科博理宮基督教堂壁畫中的"二鼠侵藤"（Palazzo Corboli, Fresque de Cristoforo di Bindoccio et Meo di Pero）

圖九十二b 圖九十二a的細節圖

根據彼得（Peter）的博文，"二鼠侵藤"譬喻之圖邊緣的金色拉丁語銘文讀作"Hic est omins homo decieptus ab arbore mundo"，可譯作"這是每個被世界之樹所欺騙的人"（This is every man deceived by the tree of the world）；此圖內的白色拉丁語銘文讀作"Quilibet h(ab)et in mu(n)do"，可譯作"任何住世之人"（Anyone who lives in the world）。此外，圖中的各種元素的拉丁文分別爲：樹（Arbor mundis）、獨角獸（Unicorn）、龍（Drago）、白鼠（白天、Die）、黑鼠（黑夜、Notte）[2]。此圖中，一位捲

---

[1] Francesca Tagliatesta, "Les représentations iconographiques du IVe apologue de la légende de Barlaam et Josaphat dans le Moyen Âge italien", *Arts Asiatiques*, Vol. 64, 2009, pp. 3-26. (cf. pp.15-16, Fig.24)

[2] https://www.flickr.com/photos/28433765@N07/49926865828/in/album-72157714450581563/. [訪問日期：2022年8月6日]

髮的年輕男子，身穿一件半邊棕色、半邊金色的長袍，跨站在樹枝上。此人右手所在的部位是一個金色的器皿。獨角獸和龍站在樹的兩邊，而黑白二鼠已經將樹根快咬斷了。在基督教堂中，畫家繪製這則譬喻就是為了讓來往的觀眾能體味到人生的脆危，并強調基督教的一個觀念，即世俗的財富和享樂是多麼的短暫，惟有神的天國纔是永恒的。

2. 丹麥維斯特·布羅比教堂廣場的壁畫

丹麥的維斯特·布羅比教堂廣場（Plafon de l'église de Vester Broby）的穹頂部位，有1380年繪製的壁畫，其中也有源自伯蘭及約瑟夫故事中的二鼠侵藤譬喻（見圖九十三）。此圖位於一個三角形內，其兩條斜邊描繪了常見的枝蔓狀聯珠大花紋，花紋之中是一棵樹，一人站在樹上，樹根部有兩隻老鼠，樹之左右分別為獨角獸和帶翼惡龍。此圖沒有背景、井或坑、四蛇與蜂蜜（或樹上之果）等故事中的必要元素。而且就此圖的位置來看，它不太容易被觀眾看清楚，因此，該圖與周邊的花環等主要起裝飾作用，用來突出教堂內部建築之美。它的設計很可能不是為了讓觀者來思考這個故事，而有走馬觀花的嫌疑。

圖九十三　丹麥維斯特·布羅比教堂廣場的壁畫中的"二鼠侵藤"（Plafon de l'église de Vester Broby, mural）

3. 俄羅斯索洛維茨基修道院的瑪利亞聖像畫

在俄羅斯北部的阿爾漢格爾斯克州（Архангельск / Arkhangelsk）的白海中之索洛韋茨基群島，有一座同名的索洛維茨基修道院（Solovetsky Monastery / Monastère de Solovetsky）。該修道院有俄羅斯北部最有名的聖像畫，包括了1545年繪製的瑪利亞聖像（Icone mariale）畫（見圖九十四a）。該幅聖像畫居中是聖母瑪利亞接受聖衆敬拜的場景，其四周有分格的小幅圖像。其中下方居中的就是"二鼠侵藤"譬喻的畫像（見圖九十四b）。此聖母像的主要功能是供信徒們祈禱和敬拜之用。但信徒在觀看其中的"二鼠侵藤"圖像時，就可以看見一幅色彩斑斕而艷麗的圖景。黑色背景的大坑邊，隱約有一株樹。一位穿鑲金邊的黑色長袍、紅色披風的男子（修士）站在樹上。他雙手抓住樹枝，頭偏向左下，盯著坑中的一頭紅色的帶翅惡龍。大坑右側還有另一條紅色惡龍，而樹根部有兩隻體型似小豬的黑白二鼠。一隻健壯的青銅色的獨角獸站在黃褐色背景的山地上，揚起左前蹄，似乎要向樹上的人撲過去。一般而言，插圖本中的二鼠譬喻圖像基本上是單幅

圖九十四a 俄羅斯索洛維茨基修道院的瑪利亞聖像畫中的"二鼠侵藤"（Monastère de Solovetsky, Icone mariale）

圖九十四b 圖九十四a的細節圖

第十章 "二鼠侵藤"譬喻在古代亞歐的圖像流變 407

的,且不與其他故事的圖像發生聯繫。而要深入瞭解此處的二鼠譬喻圖像,必須將其視爲該聖母像及其周邊圖像的一部分,要在"圖像組合"的視野中去觀察和探討其關係、功能及其涵義,不宜將其視爲單一的獨立圖像,割裂其與該畫像組合的聯繫。

4. 德國凱澤爾斯圖爾的沃茨堡的比肖芬根聖勞倫斯教堂壁畫

德國凱澤爾斯圖爾的沃茨堡的比肖芬根聖勞倫斯教堂(Fresque de l'église Saint-Laurent à Bischoffingen, Vogtsburg in Kaiserstuhl)有一幅佔據了小面墻壁的壁畫,人稱其爲"樹上的避難者"(L'homme réfugié dans l'arbre,見圖九十五)。此畫是淺黃和白色相間的背景,以一株甚高的樹爲中軸,樹的枝葉繁密。枝葉間還有多根飛騰的飄帶以及一位帶雙翼的小天使及一隻能飛的獸類。這些都給畫面增添了裝飾的美感。樹的中部站著一位穿著奇特的天使狀的人物,頂端則是一位身穿短圍裙、光膀子、赤腳的男子。距離此男子甚遠的樹底端左右各有一騰空而起的獨角獸和手持盾牌與斧頭、準備砍樹的魔鬼。此外,黑白二鼠也在樹根部準備啃咬。樹根底下已經模糊不清,可能曾繪有惡龍的頭部。在獨角獸、魔鬼、樹幹、黑白二鼠的旁邊,均有拉丁文的名詞。此畫給觀衆的直觀感覺是樹木的高大和樹枝與飄帶的繁雜,由於視覺距離的差異,樹上男子與樹下動物的視覺脫節,也就很難建立起對故事內涵的理解。

圖九十五 德國比肖芬根聖勞倫斯教堂壁畫中的"二鼠侵藤"(Fresque de l'église Saint-Laurent à Bischoffingen, Vogtsburg in Kaiserstuhl)

5. 羅馬尼亞科齊亞修道院大教堂的壁畫

羅馬尼亞科齊亞修道院大教堂(église principale du monastère de Cozia,

圖九十六　羅馬尼亞科齊亞修道院大教堂壁畫中的"二鼠侵藤"（église principale du monastère de Cozia, Roumanie, mural）

圖九十七　羅馬尼亞科齊亞修道院大教堂壁畫中的"二鼠侵藤"（bolnita du monastère de Cozia, mural）

Roumanie，即Mănăstirea Cozia）是東正教建築，始建於1388年前後，保留了中世紀的壁畫等當地有代表性的民族藝術品。該修道院的壁畫是1390年之後陸續繪製的。其修道院牆壁的一個方框内，有一幅繪於十六世紀的"被獨角獸追殺的人"譬喻的壁畫（L'homme chassé par la licome，見圖九十六）[1]。此圖可能受到過《伯蘭與約瑟夫書》等插圖本的影響，以一棵樹爲中心，一位身穿長袍的男子貼著樹，雙手抓著樹枝，雙脚踩在下面的樹杈上。兩隻老鼠在他下方的樹根處，另一隻捲曲著身體的大惡龍似乎正向他發出吼叫。此圖比較暗淡，獨角獸以及上下方的兩處白色詞語均已模糊。從構圖來看，此圖確定無疑就是"二鼠侵藤"譬喻系列圖像。

瑪琳娜·托普莉（Marina Toumpouri）還在科齊亞修道院中發現了另一處"被獨角獸追殺的人"譬喻的壁畫（L'homme chassé par la licome，見圖九十七）、以及在羅馬尼亞的尼姆圖修道院入口門廊（porche d'entrée du

---

[1] Marina Toumpouri, "L'homme chassé par l'éléphant: de l'Inde au Mont-Athos", in G. Ducoeur, ed., *Autour de Bāmiyān. De la Bactriane hellénisée à l'Inde bouddhique*, Paris：De Boccard, 2012, pp. 425-444. Cf. p.23, Fig.10.

monastère de Neamtu）也有一處該譬喻的圖像（見圖九十八）[1]。不過，這兩處圖像都比較模糊，其中前者依稀可見有一棵樹、獨角獸和兩隻鳥兒，而後者衹有一棵樹的樣子，其餘的都無法辨識。儘管上述三幅圖像都不夠清晰，但已經能夠説明在中世紀的羅馬尼亞地區"二鼠侵藤"譬喻隨著伯蘭與約瑟夫系列的故事，在當地的基督教和天主教教堂建築中，得到藝術呈現的機會，這也爲完整繪製該譬喻圖像在歐洲的傳播地圖，補充了重要的一塊區域。

圖九十八　羅馬尼亞尼姆圖修道院壁畫中的"二鼠侵藤"（porche d'entrée du monastère de Neamtu, Roumanie, mural）

6. 羅馬尼亞奧爾特尼亞教堂壁畫

羅馬尼亞奧爾特尼亞（Oltenia）教堂有不少的外部壁畫，是後拜占庭晚期藝術的代表。這些壁畫既有宗教内容的描繪，也涵蓋當地日常生活的一些場景。其中有一幅"二鼠侵藤"譬喻相關的壁畫（見圖九十九）[2]。此幅壁畫有暗紅色的邊框，是豎式長方形的。該畫顔色對比強烈，但整體畫面並不十分靚麗。在上方暗藍色的背景中，一個穿紅色束袖長袍的男子，站在樹上的枝葉叢中。他左手伸開，右手上舉，似乎把一個果子放到嘴邊。樹梢的兩邊各有白色的詞語，應該是對此圖内容的描述。下方半圓弧的黃色背景中，

---

[1] Marina Toumpouri, "L'homme chassé par l'éléphant: de l'Inde au Mont-Athos", in G. Ducoeur, ed., *Autour de Bāmiyān. De la Bactriane hellénisée à l'Inde bouddhique*, Paris: De Boccard, 2012, p.23, Fig.11 and Fig.12.

[2] Cosmin Nasui, "Biserici cu pictură murală exterioară din Oltenia", https://www.modernism.ro/2011/01/06/ biserici-cu-pictura-murala-exterioara-din-oltenia/.［訪問日期：2022年8月6日］Also Cf. Muzeograf Albinel Firescu,"Biserici cu pictură murală exterioară din Oltenia", https://www.verticalonline.ro/biserici-cu-pictura-murala-exterioara-din-oltenia.［訪問日期：2022年8月6日］

樹幹爲偏暗的猩紅色。左白右黑的兩隻動物（看起來像驢子），正在啃樹幹，樹幹已經被啃了大半。兩隻動物的上方各有一個黑色詞語，應該是來指代它們。在樹底部的半圓灰白色部位，似乎沒有繪製任何動物。與一般的二鼠譬喻圖像相比，此壁畫缺乏常見的獨角獸、吐火的龍頭、四條蛇、蜂蜜，而且啃樹幹的兩隻動物顯得比老鼠大得太多。但就此圖的整體而言，它還是屬於二鼠譬喻系列的圖像，同樣是來描述時光快速流逝、人生短暫和因爲貪圖享樂而忘記危險處境的不良人生態度。

圖九十九　羅馬尼亞奧爾特尼亞教堂壁畫中的"二鼠侵藤"（Pictura murala din Oltenia）

7. 羅馬尼亞斯切維塔修道院的壁畫

小峯和明注意到，羅馬尼亞斯切維塔（Slatonia）修道院（十六世紀）的壁畫中有一幅二鼠侵藤譬喻圖像（見圖一百）[1]。該圖以黑色爲背景，是大型壁畫的一部分，主要描述了一位站在樹頂的男子高舉雙手，仰頭接食從天而降的蜜滴的情形。兩頭如驢子的動物（與圖九十九中的動物非常相似）正在啃食下方的樹

圖一百　羅馬尼亞斯切維塔修道院壁畫中的"二鼠侵藤"（Pictura murala, Slatonia, Roumanie）

---

[1] 小峯和明《東アジアの"二鼠譬喻譚"——説話の東西交流》，北京大學 2016 年 9 月 16 日講座 ppt。感謝小峯教授惠允使用！

幹。在樹下還有一頭張嘴噴毒氣的惡龍，其頭碩大，令人恐怖。

8. 羅馬尼亞阿尼諾薩修道院的壁畫

小峯和明還注意到，尼古拉・卡多傑（Nicolae Cartojan）的《羅馬文學史》（*Istoria literaturii romane*）一書中，刊布了羅馬尼亞阿尼諾薩修道院（Mănăstirea Aninoasa）的一幅壁畫，也是"二鼠侵藤"譬喻的圖像（見圖一百〇一）。此圖大體是對稱構圖，其背景是山地。圖左側是前腿高抬的獨角獸，圖右側是舌頭如三叉戟狀的帶翼惡龍，二者將站在中間的樹上的男子包夾著。樹根部位也是兩隻正在啃食的老鼠。從上述三幅壁畫來看，中世紀之後的羅馬尼亞的修道院教堂採用了不同的畫風來描述該譬喻。

圖一百〇一　羅馬尼亞阿尼諾薩修道院壁畫中的"二鼠侵藤"（Pictura murala, Mănăstirea Aninoasa, Roumanie）[1]

---

[1] Nicolae Cartojan, *Istoria literaturii romane*, vol 1, Fundatia pentru Literatura si Arta Regele Carol II, Bucharest, 1940, p.79.

412　絲路梵華

（二）歐洲多類雕刻藝術品中的"二鼠侵藤"譬喻圖像

在中世紀以來，歐洲的多類雕刻藝術品（如石刻浮雕、木雕、銅版畫、泥塑等）中，藝術家們通過各種不同的藝術形式表現"二鼠侵藤"譬喻的內涵。根據學界已有的研究成果，目前能找到以下有關"二鼠侵藤"譬喻的圖像。

1. 意大利帕爾馬的洗禮堂門楣浮雕

1196年開始動工興建的意大利帕爾馬洗禮堂南門門楣上的浮雕，也雕刻著"二鼠侵藤"譬喻的圖像（見圖一百〇二a-b）。當然，如果不是對該故事非常熟悉的話，一般的遊客恐怕不一定能看出該幅浮雕的真實內容與宗教涵義。1964年，意大利學者恩里克·切魯利（Enrico Cerulli, 1898-1988）在討論《凱里來與迪木奈》與《伯蘭及約瑟夫書》的關係時，已經解釋了這幅浮雕[1]。2015年，多羅斯·格拉斯（Dorothy F. Glass）對帕爾馬洗

圖一百〇二 a　意大利帕爾馬洗禮堂南門門楣全景

圖一百〇二 b　意大利帕爾馬洗禮堂南門門楣的"二鼠侵藤"浮雕（局部）

---

[1] Enrico Cerulli, "The '*Kalilah wa Dimnah*' and the Ethiopic 'Book of *Barlaam and Josaphat*' (British Museum MS.Or.534),"*Journal of Semitic Studies*, vol.9, no.1, 1964, pp.80-88.

禮堂的所有雕刻進行來源及意義分析時，也對該浮雕進行了新的解說[1]。在國內，2006年，張國榮的博士學位論文《圖像與文化——從意大利帕爾馬（Parma）洗禮堂雕刻看中世紀基督教文化》，對此建築的雕刻進行了專題研究[2]。

從圖一百〇二來看，此浮雕的內容顯然來自《伯蘭及約瑟夫書》，但對文字文本的內容進行了一些變更。從浮雕的位置來看，黑白二鼠譬喻的圖像被安排在門楣正上方的半圓拱券的正中央，呈現長方形的構圖。該圖像的左右兩邊分別是太陽神和月亮神駕著車子的情形，以表示時光的流逝。這與該譬喻圖像中二鼠的象徵意義相吻合。此浮雕中沒有出現追趕人的動物獨角獸，也沒有用來描述"井"這一故事空間的圖像元素，而原故事中的男人似乎被刻畫成了一個坐在樹杈上的小孩，他的左手指向樹杈上的一個蜜罐。井底的惡龍長出了翅膀，兩隻黑白老鼠也變成了小豬（或狼）的形狀。張國榮認為該故事浮雕的佈局與整個洗禮堂雕刻所要表述的宗教意涵是相聯繫的。該處石雕很可能是現存歐洲最早描述黑白二鼠譬喻的石刻史料，其藝術價值是不容忽視的。

2. 威尼斯聖馬可教堂的"二鼠侵藤"譬喻的雕刻

意大利威尼斯的聖馬可大教堂（Basilique de Saint Marc à Venise）有不少的雕刻，其中在一個基座角落的下方，有一幅爲"二鼠侵藤"譬喻圖像（見圖一百〇三）[3]。此石雕由於受空間的限制，本應站在樹上的男子根本無法直立，祇能是側躺在大葉樹枝上，其左手放在身側，雙腿微曲。此圖中，雕刻家既沒有雕刻出獨角獸和四蛇的形象，也沒有蜂巢和蜂蜜，僅僅保

---

[1] Dorothy F. Glass, "The Sculpture of the Baptistery of Parma: Context and Meaning", *Mitteilungen des Kunsthistorischen Institutes in Florenz*, 57.Bd., H.3, 2015, pp.255-291. Cf. pp.276-280.

[2] 張國榮：《圖像與文化——從意大利帕爾馬（Parma）洗禮堂雕刻看中世紀基督教文化》，中國美術學院博士學位論文，2006年2月。

[3] Francesca Tagliatesta, "Les représentations iconographiques du IVe apologue de la légende de Barlaam et Josaphat dans le Moyen Âge italien", *Arts Asiatiques*, Vol. 64, 2009, pp. 3-26. (Cf. p.10, Fig.12)

留了文本中最核心的故事元素，即二鼠、人及樹。如果不熟悉該故事的內容，那麼觀衆就很難理解該石雕的涵義。從圖文關係角度來考察，此雕刻很可能是根據口頭流傳的二鼠侵藤譬喻，而不是根據《伯蘭及約瑟夫書》等文字文本。

3. 意大利費拉拉大教堂博物館藏圓頂講壇的浮雕

意大利北部費拉拉（Ferrara）大教堂博物館收藏的用於裝飾圓頂講壇的浮雕（Dôme de Ferrare）。此浮雕已經脱離了原建築的語境，其建造年代是十三世紀（或謂是十六世紀）。該浮雕的内容與"二鼠侵藤"譬喻相關（見圖一百〇四）[1]。在拱門狀的框架中，藝術家雕刻出此故事的圖像。由於空間的佈局考慮，該浮雕有一個非常典型的特點，在人物的頭部上方有一道環拱，而獨角獸站在環拱之上。環拱中間刻著一行文字，説明此圖的内容。獨角獸低頭盯著跨坐在兩株交叉的植物中間的男子。此人的頭部微偏向獨角獸，仰向上方，與獨角獸的視綫交叉。其

圖一百〇三　威尼斯聖馬可教堂的"二鼠侵藤"浮雕（Basilique de Saint Marc à Venise, 雕刻）

圖一百〇四　意大利費拉拉大教堂博物館藏圓頂講壇的"二鼠侵藤"浮雕（Dôme de Ferrare, 雕刻）

---

[1] Francesca Tagliatesta, "Les représentations iconographiques du IVe apologue de la légende de Barlaam et Josaphat dans le Moyen Âge italien", *Arts Asiatiques*, Vol. 64, 2009, p.13, Fig.16. Cf. Monika Zin, "The Parable of 'The Man in the Well'. Its Travels and its Pictorial Traditions from Amaravati to Today," in: *Art, Myths and Visual Culture of South Asia*, ed. by P. Balcerowicz and J. Malinowski, (Warsaw Indological Studies 4), Delhi: Manohar. 2011, p.72, Fig.24.

第十章 "二鼠侵藤"譬喻在古代亞歐的圖像流變 415

左手張開，大拇指向上，似乎與獨角獸形成一種呼應的關係。交叉的植物上還有兩顆大花球。兩隻肥碩的老鼠正在分別咬著植物的根部。植物下方有一惡龍，頭部向上，正向男子噴出怒火。受空間的影響，此浮雕中沒有四條蛇的形象，也沒有男子吸吮蜂蜜的場景。但二鼠、獨角獸、惡龍、樹上人等元素，已經比較清晰地表明了該圖像的內容。它無疑就是"二鼠侵藤"譬喻的刻畫。

4. 意大利費拉拉大教堂博物館收藏的牌匾

意大利費拉拉大教堂博物館（Musée de la cathédrale de Ferrara）還收藏了一塊石刻牌匾，出自某一墓地建築（tombeau d'Adélaïde de Champagne），也是"二鼠侵藤"譬喻的浮雕（見圖一百〇五）[1]。此圖在方框內，再度設計了一個門廊的形式。中間的一棵樹上站著一個人，但從此人面帶微笑的面容看起來似乎更像一位女性，其左手摟住樹枝，右手不清晰。在樹下的兩隻動物正在咬嚙樹根。令人驚奇的是，這兩隻動物既不是老鼠，也不像驢子或小豬，而更像是鱷魚。藝術家此處沒有雕刻獨角獸、惡龍、四蛇等有象徵涵義的動物形象，但從樹上人和

圖一百〇五 意大利費拉拉大教堂博物館藏"二鼠侵藤"石刻匾額（détail du tombeau d'Adélaïde de Champagne, Saint-Jean de Joigny）

動物（鱷魚）嚙樹根這兩個有代表性的圖像元素來看，此圖無疑屬於"二鼠侵藤"譬喻系列的藝術品。它雕刻在墓地建築之中，實際就表明了對生命短暫的嘆息。

---

[1] Marina Toumpouri, "L'homme chassé par l'éléphant: de l'Inde au Mont-Athos", in G. Ducoeur, ed., *Autour de Bāmiyān. De la Bactriane hellénisée à l'Inde bouddhique*, Paris: De Boccard, 2012, p.26, Fig.18.

5. 聖彼得堡收藏帶有"二鼠侵藤"譬喻圖像的木雕棋子

日本學者細田あや子在討論"二鼠侵藤"譬喻圖像的論文中，注意到聖彼得堡收藏有一幅該譬喻的木雕棋子（見圖一百〇六）[1]。此圓形木雕是十二世紀下半葉在科隆製作的，其周圍刻滿一圈裝飾符號。棋子的中間是一棵樹，人站在樹上，雙手抓著樹枝，面向下方，似乎正在用力往下壓。樹的下方有一獨角獸和另一四足動物（似乎是惡

圖一百〇六　聖彼得堡藏"二鼠侵藤"木雕棋子

龍）。雖然二鼠與四蛇的形象均未雕刻出來，但該圖像還是屬於獨角獸追逐人這一譬喻系列。該棋子的圖像設計也反映了此譬喻在歐洲社會多個階層的娛樂活動中的藝術再現。

（三）歐洲的"空井喻"銅版畫

1. 博斯維特製作的"空井喻"銅版畫

銅版畫是歐洲十五世紀發明的一種新雕版藝術形式，後逐漸流行於歐洲各地，出現了大量的優秀作品。版畫家兼印刷出版家博斯維特（Boetius Adamsz Bolswert，1580或約1583—1633）在歐洲大陸多地工作過，大約在1616年完成了一幅被稱爲"空井喻"的銅版畫，或稱"人在井中"圖像（見圖一百〇七）[2]。此圖採用俯視的形式，强壯有力的獨角獸趴在井邊，正盯

---

1 細田あや子《〈井戸の中の男〉・〈一角獸と男〉・〈日月の鼠〉の図像伝承に関する一考察》，新潟大學《人文科學研究》第109輯，2002年，左第89-121頁。此見第102頁、圖5。

2 Monika Zin, "The Parable of 'The Man in the Well'. Its Travels and its Pictorial Traditions from Amaravati to Today," in: *Art, Myths and Visual Culture of South Asia*, ed. by P. Balcerowicz and J. Malinowski, (Warsaw Indological Studies 4), Delhi: Manohar. 2011, p.73. Fig.25. Also Cf. Jonathan Pater, "A Man Fleeing from a Unicorn Falls into a Well with a Dragon: Parables in the Legend of Barlaam and Josaphat", https://parabelproject.nl/ a-man-fleeing-from-a- unicorn- falls-into-a-well-with-a-dragon-parables-in-the-legend-of-barlaam-and-josaphat-2/. [訪問日期：2022年8月6日]

著井中之人。此人身著袍子，正站在大井的第二個內壁凸起邊沿。其左手拉著一根樹枝，不遠處的兩隻黑白老鼠已經將樹枝快咬斷了。其右手將樹上滴落的蜂蜜，正塗抹進自己的嘴中。井壁中有四條蛇，伸出長長的蛇身，正向此人噴射毒液。井的底部有一條巨大的惡龍，張牙舞爪，口噴怒火。象徵井底的地獄也發出熊熊火光。惡龍的體型比此人還大，似乎可以直接吞噬就要掉下來的他。獨角獸的旁邊寫有一個詞語。圖的邊框下部有一首拉丁文詩，應是描繪此圖的內容，或許還闡發其內

圖一百〇七　博斯維特製作的"空井喻"銅版畫（Gravure de Boetius Adamsz Bolswert, circa 1616）

涵。此圖堪稱銅版畫的精品之作，其畫面內容豐富，形態生動，刻畫極為細緻，並且形成具有極大張力的視覺衝突，以表現出譬喻的深刻內涵。

2. 倫敦衛康圖書館收藏的一幅銅版畫

倫敦衛康圖書館的收藏品（Courtesy Wellcome Collection）中，有一幅銅版畫，是荷蘭畫家兼雕刻家米希爾・蒙楊（Michiel Mouzyn，約1630—？）大約在1656年仿照多才多藝的畫家、藝術家阿德里安・范・德・韋恩（Adriaen van de Venne，1589-1662）的原作刻製的。此圖（編號為Wellcome Library no.38975i，見圖一百〇八）[1]左上方有一頭巨熊，在兩個前爪之間、熊的頭部下方的陰影中，有一顆骷髏頭，顯示出幾分陰冷的恐怖氣氛。巨熊的目光顯得陰沉，緊盯著樹上的男子。該男子雙手緊緊抓住帶

---

[1] https://wellcomecollection.org/works/qvug9m3e。[訪問日期：2022年8月7日] Also Cf. Hari Kunzru, "Dangling Man", in: *Harper's Magazine*, 2022, no.1, Cf. https://harpers.org/archive/2022/01/ dangling- man/。[訪問日期：2022年8月7日]

果子的樹枝，左脚跨在樹幹上，右脚還在樹幹下晃動，似乎正用力想用雙腿夾住樹幹。此人背朝著觀衆，但略向左側，臉對著一顆果實，而臉上的表情並不是享受的模樣，而是看起來極爲緊張和恐懼。地上的四條蛇從四個不同的方位向此人噴射毒液，形成一條條射綫狀。樹幹處有黑白兩隻老鼠快要咬斷樹幹了，樹上的人將很快掉進下面的一個圓坑中。此坑就像是一個燃燒的火爐，一頭大惡龍從嘴巴和雙眼中噴射毒氣或怒火，等待將掉下來的人一口吞噬。此圖刻畫得非常細膩，動物與人物的動作細節與情態都很清晰，畫面顯得衝擊感十足，極大地強化了此譬喻故事的內涵。此外，在圖的上方和下方左右兩側，還有三條飄帶，飄帶上書寫了一些文字，用來說明此圖的內容。

圖一百〇八　米希爾·蒙楊製作的"空井喻"銅版畫（Engraving by M. Mouzyn, Wellcome Library no.38975i）

與上述歐洲的插圖本相比，這兩幅版畫比其中的細密畫表現力更強，不僅所刻畫的內容豐富，而且形象比較完整，顯示了獨具特色的藝術風格。這也反映出在文藝復興的前後，歐洲藝術家們利用多種不同的藝術形式，來描繪此"二鼠侵藤"譬喻，強化了不同層次的觀衆與受衆對該譬喻的瞭解，甚至是深入感悟。

第七節　近代以來東亞地區的"岸樹井藤"圖像

"二鼠侵藤"譬喻在東亞的文獻中有多種流傳形式，包括故事、詞語、

第十章　"二鼠侵藤"譬喻在古代亞歐的圖像流變　419

典故等，也有"月鼠"等不同的名稱。其中有一種不是直接來自《衆經撰雜譬喻》、《賓頭盧突羅闍爲優陀延王説法經》和《佛説譬喻經》等漢譯佛經，而是出自玄奘法師筆下的"岸樹井藤"。沙門慧立、彥悰所著《大唐大慈恩寺三藏法師傳》（或稱《玄奘傳》）卷九中，引用了玄奘給唐高宗的上表，其中提及"玄奘每惟此身衆緣假合，念念無常，雖岸樹井藤不足以儔危脆，乾城水沫無以譬其不堅。所以朝夕是期，無望長久。"[1]玄奘所用的"岸樹井藤"典故就是佛經中的"二鼠侵藤"譬喻。東亞地區的學者不僅在詩文中常引用玄奘的"岸樹井藤"一詞，而且還喜歡題寫橫幅或匾額，比如韓國學者鄭雲在書寫的橫幅（見圖一百〇九），題記爲"癸巳 雁來月，時習齋主人 青泉鄭雲在書"[2]。此外，有些畫家還以此爲題，來描繪該詞語的圖像。

圖一百〇九　鄭雲在書"岸樹井藤"橫幅

1. 韓國萬德山白蓮寺的"岸樹井藤"壁畫（벽화 '안수정등화'）

韓國全羅南道的萬德山白蓮寺始建於新羅末期，後來成爲朝鮮半島著名的佛教寺院。該寺風景秀美，其大雄殿建於朝鮮王朝後期，周圍還有不少的壁畫。其中有一幅豎式長方形壁畫，在兩木欄之間，其左上題名"岸樹井藤"（見圖一百一十）[3]。此圖上方是一隻兇猛的獅子，趴在山巖之上，

1　慧立本、彥悰箋：《大唐大慈恩寺三藏法師傳》卷九，《大正新修大藏經》第五十册，第273頁中欄。
2　https://blog.daum.net/25ans-2121/393.［訪問日期：2022年8月7日］
3　http://www.baekryunsa.net/bbs/board.php?bo_table=01_1&wr_id=24.［訪問日期：2022年8月7日］

朝向下方的男子。男子雙手抓住山巖之間一棵樹的長藤，懸掛在半空中，而黑白兩隻老鼠正在咬著樹根。四條紅色的大蛇在山巖之下吐著長長的蛇信子，正等待男子掉落。這幅"岸樹井藤"圖的題名來自《玄奘傳》卷九，但所描繪的細節卻是來自漢譯佛經，而不是《玄奘傳》，因爲《玄奘傳》卷九中並沒有該典故的詳細描述。

2. 其他韓國寺院或現當代的"岸樹井藤"壁畫（或畫作）

儘管朝鮮半島現存不少的佛教版畫或者插圖本，但筆者暫未能從中找到相關的圖像。不過，藉助互聯網，我們找到十五幅韓國其他寺院的"岸樹井藤"壁畫或現當代的畫作（見圖一百十一至圖一百二十五）。不過，有關這些壁畫（或畫作）的信息（繪製者、時代、甚至所在的寺院或收藏單位）尚欠詳細，我們祇能就目前所能看到的圖像略作探討。

圖一百一十　韓國萬德山白蓮寺的"岸樹井藤"壁畫

圖一百十一　韓國全羅南道馬耳山佛寺的"岸樹井藤"壁畫

第十章 "二鼠侵藤"譬喻在古代亞歐的圖像流變 421

圖一百十二 韓國月岳山德周寺的"岸樹井藤"壁畫　圖一百十三 韓國某寺院的"岸樹井藤"壁畫[1]

圖一百十四 韓國某寺院的"岸樹井藤"壁畫

圖一百十五 韓國某寺院的"岸樹井藤"壁畫[2]

---

1 圖一百十一、一百十二、一百十三見於小峯和明《東アジアの"二鼠譬喻譚"——説話の東西交流》，北京大學 2016 年 9 月 16 日講座 ppt。
2 https://m.blog.naver.com/PostView.naver?isHttpsRedirect=true&blogId=purers&logNo=220823769828.[訪問日期：2022 年 8 月 9 日]

422　絲路梵華

圖一百十六　韓國某寺院的"岸樹井藤"壁畫[1]

圖一百十七　韓國現代的"岸樹井藤"圖[2]

---

1 https://m.blog.daum.net/kangjin67/306?np_nil_b=-1（여수의 항일암에 그려져있는 안수정등벽화）.[訪問日期：2022年8月9日]

2 https://blog.daum.net/osowny/15973099.[訪問日期：2022年8月9日]

第十章　"二鼠侵藤"譬喻在古代亞歐的圖像流變　423

圖一百十八　韓國現代的"岸樹井藤"圖[1]

圖一百十九　韓國現代的"岸樹井藤"圖[2]

1　http://blog.daum.net/yeonmiso/14698197. [訪問日期：2022 年 8 月 9 日]
2　http://blog.daum.net/yeonmiso/14698197. [訪問日期：2022 年 8 月 9 日]

圖一百二十　韓國現代的"岸樹井藤"圖[1]

圖一百二十一　韓國海印寺的"岸樹井藤"壁畫[2]

---

1 http://blog.daum.net/yeonmiso/14698197. [訪問日期：2022年8月9日]
2 https://yeonhak.com/7. [訪問日期：2022年8月9日]

第十章 "二鼠侵藤"譬喻在古代亞歐的圖像流變 425

圖一百二十二 韓國現代的"岸樹井藤"圖[1]

圖一百二十三 韓國現代的"岸樹井藤"圖[2]

---

[1] https://www.clien.net/service/board/park/16527459.[訪問日期:2022年8月9日]
[2] https://www.clien.net/service/board/park/16527459.[訪問日期:2022年8月9日]

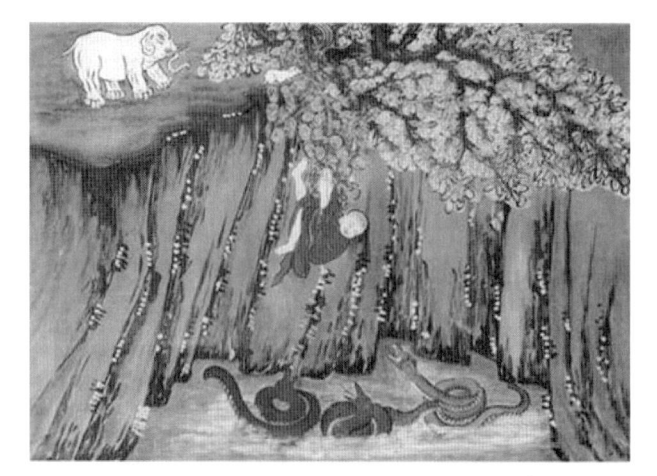

圖一百二十四　韓國現代的"岸樹井藤"圖[1]

圖一百二十五　韓國現代的"岸樹井藤"圖[2]

1　http://edu.chosun.com/m/view.html?contid=2012091800348（김제 흥복사 안수정등 벽화）.［訪問日期：2022 年 8 月 9 日］

2　https://m.blog.naver.com/PostView.naver?isHttpsRedirect=true&blogId=woowaa09&logNo=220618363318.［訪問日期：2022 年 8 月 9 日］

這十五幅圖均採用風景畫的方式，色彩對比相對淡雅，構圖形式大體相似。山林、樹木、原野、平地等風景元素比較齊全，但沒有像歐洲插圖本那樣出現建築。這些圖像的特點是以一個拉著懸崖邊的樹藤懸掛在半空的男子爲中心。追逐該男子的動物分別是大象或老虎。圖像中（圖一百十三和圖一百十五）甚至出現了白髮老頭的形象。懸掉在半空中的男子呈現不同的姿勢，有的頭朝下，有的頭朝上，有的類似平躺。圖一百十七中的大象甚至用鼻子捲起了那根長藤。十五幅圖中，象徵地獄的井坑基本上不是"井"的形狀，而是開放型的懸崖底部、大坑或者深淵。坑中也很少出現惡龍的形象，而多描繪四蛇（或五蛇）的攻擊姿態。圖一百十七中的坑內甚至出現了兩個骷髏頭，以表明人掉下去被蛇咬死這樣的悲劇早已經出現過了。大部分圖都繪製了蜂蜜滴落而人在品嚐的細節，且有二鼠啃咬藤根的場景。這些圖像中沒有描繪惡龍，或許與東亞流行的一些佛教詩偈有關。比如，《寒山詩集》中所收錄的楚石和尚的一首五言偈：

井上一株木，藤纏枝已傾。上有二鼠侵，下有四蛇橫。
牛怒來觸之，勢危難久停。是身大患本，道亦因他成。[1]

此偈中就沒有提及惡龍。在這些於民間較爲流行的佛教文學作品的影響下，東亞的"二鼠侵藤"譬喻圖像中有時也就沒有繪出惡龍了。

這十五幅圖的題名比較一致，基本上是以"岸樹井藤"爲主題。這些圖像比較完整體現了"二鼠侵藤"譬喻的場景及其涵義，而且還是以中國佛教文獻和圖像爲中介的、再被日本佛教圖像所借鑒的、朝鮮半島的"在地化"風格。

此外，當代韓國的漫畫家也把"岸樹井藤"作爲題材，繪製了不少帶有誇張風格的漫畫（見圖一百二十六）。此處就不贅述了。

---

[1] 葉珠紅編：《寒山資料類編》，秀威資訊科技股份有限公司，2005年，第158頁。

图一百二十六　韓國當代的"岸樹井藤"漫畫[1]

3. 日本的"黑白二鼠"與"無常の虎"圖像

"二鼠侵藤"譬喻在日本的詞語流變形式比朝鮮半島更多一些，據日本學者的歸納，主要有"月の鼠""日月の鼠""黑白二鼠喻""岸樹井藤""無常の虎"等。該譬喻的日本圖像也是以中國、朝鮮半島的相關圖像爲模版的，並且帶有日本本土美術的一些特色。現將相關圖像梳理如下：

（1）日本駒澤大學藏和刻本《新刻禪宗十牛圖》

宋代以來，以"牛之喻"來比擬禪修的"牧牛圖"或"十牛圖頌"較爲流行，有《廓庵禪師十牛圖頌》《普明禪師牧牛圖頌》等多個不同的版本。《普明禪師牧牛圖頌》所配的"十牛圖"，分別爲"未牧""初調""受制""廻首""馴服""無碍""任運""相忘""獨照""雙泯"圖，以

---

[1] http://www.beopbo.com/news/articleView.html?idxno=65077.［訪問日期：2022年8月9日］

第十章 "二鼠侵藤"譬喻在古代亞歐的圖像流變　429

牧牛的十個階段來比擬禪修的修行次第與實踐進程。明代胡文煥《新刻禪宗十牛圖·序》中，在敘述了普明與雲菴和尚的十牛頌之後，引用優填國王請問賓頭盧尊者有關佛法修行的"二鼠侵藤"譬喻，並對此進行解釋。在序末的偈頌中，胡文煥還指出該譬喻與牧牛頌圖之間的關聯，即"觀罷牛圖覺了然，再觀苦樂有因緣"。因此，在牧牛頌圖之後，就出現了"苦樂因緣"之圖。駒澤大學藏明萬曆元年（1573）的和刻本《新刻禪宗十牛圖》中，就有這樣的"苦樂因緣之圖"（第十二頁，見圖一百二十七）。根據對應頁的文字所述，可知該圖的右邊是賓頭盧尊者與優填王（優陀延王）談話的場景。

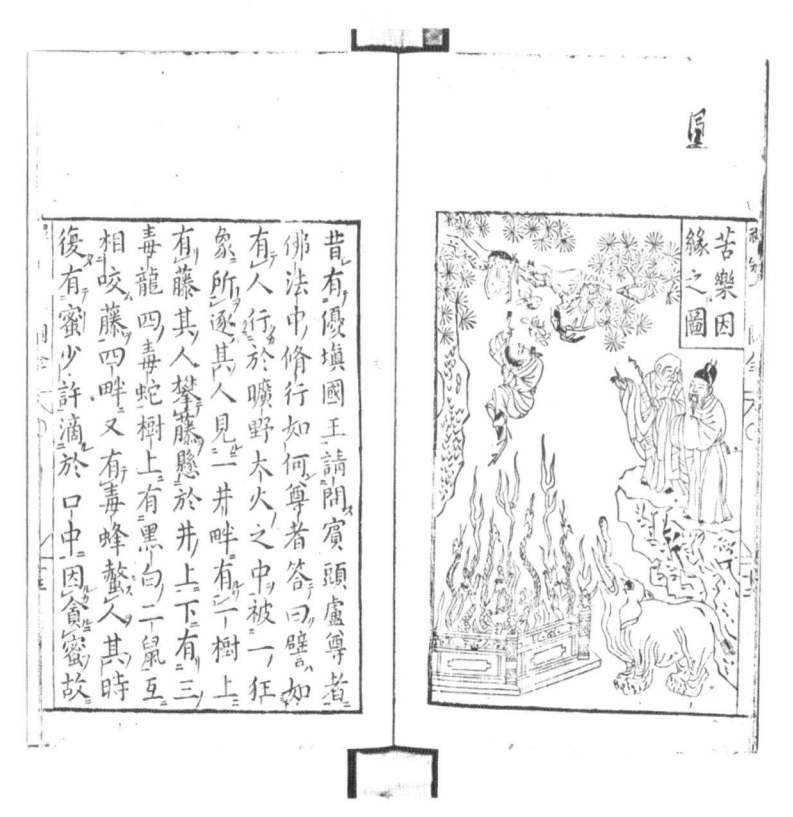

圖一百二十七　駒澤大學藏和刻本《新刻禪宗十牛圖》，第十二頁，"苦樂因緣之圖"

很顯然，此圖與劉宋天竺三藏求那跋陀羅譯《賓頭盧突羅闍爲優陀延王説法經》有關，是對該經中的"二鼠侵藤"譬喻的圖像描述。圖中描繪了一個男子抓著松樹上的野藤懸掛在半空。黑白二鼠爬在松樹枝上，正啃咬藤根。在下方的一口人工建造的井中，三條惡龍正在噴出火焰。此圖也同時出現了優填王、賓頭盧尊者及其所講述的該譬喻的場景。就構圖方式而言，前述杭州的教化文書册頁畫（圖十）與此圖基本上是一致的。此圖出自《新刻禪宗十牛圖》一書，屬於插圖本中的一頁。就版本來説，此書既然是和刻本，那麼，其原書自然是來自中國。因此，此圖也應被視爲中國的"二鼠侵藤"譬喻圖像系列的作品之一。禪宗《十牛圖》系列繪畫作品中，以描繪牧童與牛的活動爲主，基本上不描繪"苦樂因緣之圖"，這也體現了駒澤大學收藏的這一和刻本《新刻禪宗十牛圖》的獨特版本價值。

（2）日本鐮倉光明寺藏《淨土五祖繪》（善導卷）

日本神奈川縣鐮倉市光明寺收藏的一卷本《淨土五祖繪》是該國的重要文化財，紙本著色，屬於佛教繪卷精品之一。該繪卷是十四世紀的作品，描繪了中國淨土宗五位祖師（曇鸞、道綽、善導、懷感、少康）的形象及其相關事迹，並附錄了五祖的傳記資料。《淨土五祖繪》採用了長卷連環畫的形式，其中的一節稱爲"善導卷"，描繪了位居淨土五祖之三的善導（613—681）法師之圖傳。"善導卷"中的一部分圖繪描述了"無常の虎"追逐一男子的畫面（第23—24紙，見圖一百二十八）[1]，就是"二鼠侵藤"譬喻的一種圖像表現形式。此圖乃是"追逐型"，老虎在曠野中追逐一男子，在樹叢中還隱藏了另一隻野獸（惡龍），也準備向此人發起攻擊。被追逐之人慌不擇路，抓住山崖邊的樹藤而懸垂半空，其脚下是深淵。多隻老鼠正在咬著男人所抓的那根樹藤。男人在圖中出現了兩次，此圖體現了兩個不同時段的

---

[1] 杉田英明《中東世界における「二鼠譬喻譚」——佛教説話の西方伝播》，《比較文學研究》第89號（特輯《異文化接触と宗教文學》），東京：株式會社すずさわ書店，2007年，第68-101頁。

連續場景，帶有連續敘事的意味。善導的傳記中並沒有與"無常の虎"相關的情節，被追逐之人也與善導本人毫不相幹。就圖文關係而言，正如小峯和明所指出的，善導本事中，一個企圖加害善導的男人被他説服而從柳樹上跳下，而"二鼠比喻談與整個故事情節畫面毫不相幹地被插入其中，佔據其位"；"在善導講解的場面與男人從柳樹上跳下場面之間，這幅畫被嵌入，位置非常不恰當，難於理解。"[1]由此可見，此段圖像是畫家的自由創作，他基本上未考慮善導傳記的文本內容。這是跳脱了文字文本的圖像創作，雖看似"文圖無關"，但畫家爲何在此"添加"了此"二鼠侵藤"譬喻之圖，其原因仍然值得我們進一步深入思考。

圖一百二十八　日本鎌倉光明寺藏《淨土五祖繪》"善導卷"（節選）

（3）江户時期葛飾北齋的《無常の虎図》

葛飾北齋（1760-1849）被稱爲日本江户後期的天才型浮世繪畫家，據説留下了三萬多件作品，其種類繁多，涉及浮世繪版畫、親筆畫、漫畫、春畫等多種形態。其中的一幅掛軸《無常の虎図》（見圖一百二十九）[2]，絹

---

[1] 小峯和明著，秦嵐譯：《東亞的二鼠比喻談——説"月之鼠"》，《文史知識》2015年第4期。另參見小峯和明：《その後の「月のねずみ」考——二鼠譬喻譚・東アジアへの視界》，《アジア遊学》第79號，《共生する神・人・仏——日本とフランスの学術交流》，勉誠出版，2005年，第21-32頁。小峯和明：《世界は説話にみちている》，岩波書店，2024年。

[2] https://aucview.aucfan.com/yahoo/q227700388/.［訪問日期：2022年8月9日］

本著色，別題"四面楚歌"，有北斎的親筆落款。此畫描繪精細，屬於工筆畫風。所描繪的內容就是"二鼠侵藤"譬喻。所謂"四面楚歌"正表明懸藤的男子正遭受猛虎、二鼠、惡龍（及四蛇）的攻擊，處於命懸一綫的險境之中。惡龍的頭部還噴出兩條紅色的火焰，表示所吐的毒氣。男子品嘗蜂巢滴落的蜂蜜顯得怡然自得，全然忘記了周邊迫在眉睫的生命危難。

圖一百二十九　葛飾北斎《無常の虎圖》

(4) 日本現當代的"無常の虎圖"

江戸時代之後的日本畫家受佛教的影響，繪製了多幅"無常の虎圖"（見圖一百三十至圖一百三十二）。這三幅圖像分別來自某部道德教科書、榊栄樹的筆下、本願寺派的寺物。它們基本上採用了掛軸的形式，以上方的老虎、中間的懸藤之人、下方深淵的惡龍爲主體，樹藤處另有黑白二鼠。榊栄樹1974年繪製的《無常の虎》圖（圖一百三十一）是一幅很有藝術感的山水畫，畫面深淵中有三條毒龍。敦煌本《秀和尚勸善文》（S.5702、P.3521）中有一首偈頌，描述了"二鼠侵藤"譬喻，即："狂象趁急投枯井，鼠嚙藤根命轉細。上有三龍吐毒氣，下有四蛇螫蜂蠆。"此處提及了"三龍吐毒氣"，或許該偈頌乃是榊栄樹此幅畫的一個遠源。

圖一百三十　日本某部道德教科書中的《無常の虎圖》　圖一百三十一　榊栄樹《無常の虎》圖（1974年）　圖一百三十二　本願寺派的寺物《無常の虎》圖

（5）日本現當代的"黑白二鼠"圖

自江户後期以來，日本還有數幅與"無常の虎"之圖相似的圖像，取名為"黑白二鼠"圖。目前利用網絡，我們可以查找到至少六幅（見圖一百三十三至圖一百三十八）。其中包括了方丈堂出版的國井道成繪《黑白二鼠圖》（見圖一百三十三）[1]、秀鳳繪《黑白二鼠圖》（掛軸、絹本、肉筆、泥金，見圖一百三十四）[2]、另一幅無名氏掛軸《黑白二鼠圖》（見圖一百三十五）、愛知縣安城市的名刹本證寺藏的《黑白二鼠喻》掛版及其圖繪《黑白二鼠圖》（見圖一百三十六a-b）[3]、偶堂繪《黑白二鼠圖》（掛

1　https://hojodo.jp/works/premium.php.［訪問日期：2022年8月9日］
2　https://aucview.aucfan.com/yahoo/o1057712606/.［訪問日期：2022年8月9日］
3　https://chouonji.net/blog/ 大谷派東別院皆様がお越しになりました.［訪問日期：2022年8月9日］

轴，纸本，题签"偶堂"，另有"偶堂"印，见图一百三十七）[1]，以及一幅题签"地獄の上人"的《黑白二鼠圖》（絹本，见图一百三十八）[2]。

图一百三十三　國井道成《黑白二鼠圖》　　图一百三十四　秀鳳《黑白二鼠圖》

---

[1] https://page.auctions.yahoo.co.jp/jp/auction/j1052929919.［訪問日期：2022年8月9日］
[2] https://page.auctions.yahoo.co.jp/jp/auction/x794432224.［訪問日期：2022年8月9日］

第十章 "二鼠侵藤"譬喻在古代亞歐的圖像流變 435

圖一百三十五 日本無名氏掛軸《黑白二鼠圖》[1]

圖一百三十六 a-b 本證寺《黑白二鼠喻》掛版及其圖繪《黑白二鼠圖》

---

1 https://karimon.cocolog-nifty.com/photos/uncategorized/img_2389.jpg.﹝訪問日期：2022年8月9日﹞

圖一百三十七　偶堂《黑白二鼠圖》　　圖一百三十八　題簽"地獄の上人"的《黑白二鼠圖》

　　這六幅圖均是掛軸形式，畫家所繪的細節有很大的不同。比如，國井道成繪製了深淵中的兩條惡龍、秀鳳筆下的則是盤踞在溪流邊大石上的一條大蛇，未出現惡龍的形象；圖一百三十五與圖一百三十一一樣，也是三條惡龍；圖一百三十八中的人物如同老太太的模樣。此外，秀鳳還在圖的左上方添繪了腳踩祥雲之上的蓮花座的佛世尊的形象，作爲畫中的一位"觀察者"，凝視著圖中的懸藤男子。但是，總體看來，這六幅圖均用來繪解佛教譬喻經中的黑白二鼠喻。

　　（6）日本現當代的"無常虎猿圖"

　　除了上述"黑白二鼠"圖和"無常之虎"圖之外，日本還出現了兩幅掛軸"無常虎猿"圖，即：嘉田耕收的《無常虎猿圖》（見圖一百三十九）[1]和難転昇運的掛軸《無常之虎》（實爲《無常虎猿圖》，見

1　https://k-ippuku.com/item/ 嘉田耕収 %E3%80%80 無常虎猿図 /. [訪問日期：2022年8月9日]

圖一百四十）[1]。這兩幅圖的構圖與"黑白二鼠"圖或"無常之虎"圖沒有本質的不同，其最大的差別是懸藤的不是男子，而是一隻猿猴。很顯然，這是兩位畫家對"二鼠侵藤"譬喻的修改，這樣的修改導致文字文本意義上對人生與命運認知的消解，而在圖像上，成爲"動物大匯聚"，出現了新元素和觀看的新"美感"，與人類則不再相關。這也是原初的文圖關係的極大變化，讀者不得不察。

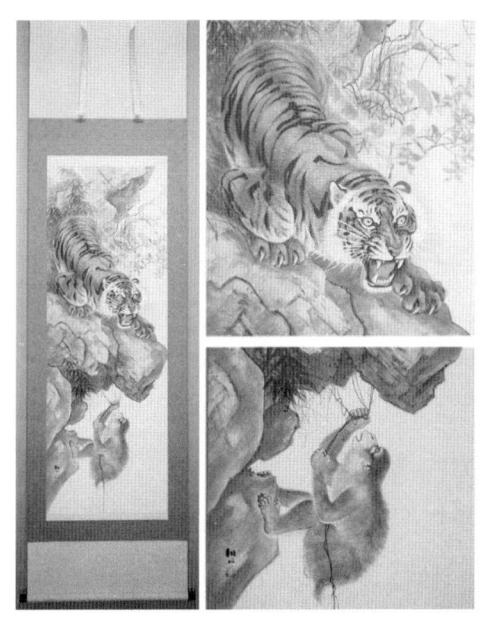

圖一百三十九　嘉田耕收《無常虎猿圖》　　圖一百四十　難転昇運《無常之虎》（實爲《無常虎猿圖》

日本的漫畫極爲發達。在漫畫的視域中，也出現了黑白二鼠譬喻的形式。東京都港區的淨土宗法音寺正殿壁畫所繪的"黑と白の鼠"圖（見圖一百四十一）[2]，就有較爲明顯的漫畫色彩。小峯和明還注意到，中國台灣

---

[1] http://blog-imgs-15.fc2.com/i/k/i/ikiruimiwositte/201106092036432f4.jpg. ［訪問日期：2022 年 8 月 9 日］

[2] https://houonji.org/2019/10/01/%E9%BB%92%E3%81%A8%E7%99%BD%E3%81%AE%E9%BC%A0/. ［訪問日期：2022 年 8 月 9 日］

438 絲路梵華

地區畫家蔡志忠的漫畫作品（見圖一百四十二）被和田武司譯成日文《マンガ　禅の思想》，1998年由講談社出版，在日本流傳。該書中也有"二鼠侵藤"譬喻的圖像[1]。這也是該譬喻的文本與圖像在當代跨文化交流的一個例證。

圖一百四十一　東京都港區法音寺正殿壁畫"黑と白の鼠"　圖一百四十二　蔡志忠著、和田武司譯《マンガ　禅の思想》

第八節　小　結

"二鼠侵藤"譬喻的文本與圖像是長時段、跨地域、多語種、多宗教、多形態的。其時間跨度從不晚於三世紀（或二世紀）到十九世紀中期（甚至延續到現當代），幾乎達二千年之久。其地域跨度涉及多個區域，即印度—中國—東亞；印度—西亞—歐洲；歐洲—（南亞/東南亞）—中國/東亞。"二鼠侵藤"譬喻散佈於多語種的文本之中，所涉及的語言至少有：梵語、漢語、波斯語、阿拉伯語、拉丁語、希臘語、希伯來語、格魯吉亞語、俄語、德語、法語、英語、日語、韓語等。該譬喻所在文本涉及多種類型的宗

1　小峯和明《東アジアの"二鼠譬喩譚"——説話の東西交流》，北京大學2016年9月16日講座ppt。

第十章　"二鼠侵藤"譬喻在古代亞歐的圖像流變　439

教，涵蓋印度教、佛教、耆那教、伊斯蘭教、基督教、天主教、道教等。這些文本的形態也特別複雜，具有不同的文本特徵，有原典、譯本、再譯本、轉譯本、改譯本、縮略本、節引故事、詞語典故等，不一而足，需要進行細緻的甄別。

"二鼠侵藤"譬喻不僅以多種文本形態在古代亞歐地區流傳，而且在亞歐藝術家的筆下（或手下）出現了該譬喻故事的許多圖像。該譬喻以多元視覺化的圖像形式出現在歐亞不同時代的文本、藝術創作和宗教場所之中。

經初步梳理，前文所論的"二鼠侵藤"譬喻圖像超過一百幅，可以稱爲一個圖像群。該群像幾乎是同一個故事的圖像，屬於"應文直繪"式的圖像，但有著不同的類型，具有異常豐富的多元性。其中有些圖像是獨立的（比如插圖、掛軸），有些則是包含在其他圖像之中（比如壁畫、雕刻），是大圖像當中的一部分，需要分析其所在的圖境語境及其功能。該圖像群主要表述"人"（男子爲主，偶爾爲老人、小孩與女人）被追逐不得不抓住樹藤（或樹枝）以免掉進井中（坑中或深淵）的情景，其事由四個階段組成，即：追趕—抓藤/陷落—享受—滅亡。所描繪的故事元素主要涉及男子、追趕的動物、黑白二鼠、蜂巢與蜂蜜、果實、毒蛇、惡龍、樹木、鳥兒、井（坑、深淵、懸崖）、山地、風景、魔鬼、以及建築（民居、城堡、教堂等），但並非每幅圖像都描繪了所有這些元素。絕大部分圖像是描述單一場景，即突出抓住樹藤（兼享受蜂蜜或果實）時的關鍵節點，祇有少量的圖像出現連續場景，描繪追趕和抓藤兩個場景，男子與動物（獨角獸、猛虎等）在畫面中出現了兩次。所有的圖像均未描繪男子掉落井坑而被惡龍（或毒蛇）吞噬（或咬死）的場景。另外，在少量出現於印度、中國、日本、歐洲的圖像中，講故事與聽故事的人物（賓頭盧尊者與優填王/優陀延王、伯蘭與約瑟夫）或佛世尊（菩薩、天神等）也出場了，形成"異時同構"的空間敘事形式。

該圖像群所涉及的不同類型，根據圖中男子的動作與行爲方式，可歸納爲：垂懸型（印度）、橫跨型/跨越型（西亞）、蹲坐型（西亞）、上樹型（歐洲）、井中型（歐洲）、懸掛型（藤懸在樹，中國、朝鮮半島、日本）、追逐型（歐洲、日本）等，而上樹型又可細分爲爬樹、掛樹、坐樹、躺樹等不同情形。

該圖像群雖是描繪同一故事，但有著不同的物質載體，涉及石刻（印度、中國）、插圖（西亞、歐洲、東亞）、銅版畫（歐洲）、壁畫（歐洲、東亞）、浮雕（歐洲）、木雕（歐洲）、掛軸（單幅的紙畫或絹畫、山水畫，東亞）、漫畫（中國、東亞）等。

就文圖關係而言，該圖像故事對應著不同的文本層次或形態：印度——佛經、印度教史詩或耆那教典籍；中國——漢譯佛經；中國、東亞——中土著述（玄奘的"岸樹井藤"典故、禪詩等）；西亞、歐洲——民間故事（書面文本、口頭文本）、宗教文學、歷史著作等；印度、歐洲、西亞——宗教傳記等。換言之，該圖像群具有不同的文本依據，具體包括：印度——佛經、史詩、耆那教文獻；中國——漢譯佛經與注疏、玄奘的著作、禪詩等；伊斯蘭地區——阿拉伯語《凱里來與迪木奈》、波斯語《凱里來與迪木奈》、波斯語《智慧的試金石》、阿拉伯語本《伯蘭及約瑟夫書》、阿拉伯語本《雜集》等；歐洲——多語種的《伯蘭及約瑟夫書》（拉丁語、希臘語、德語、意大利語等）、《凱里來與迪木奈》的歐洲譯本（拉丁語本、希臘語等）、《伯蘭及約瑟夫史》《伯蘭及約瑟夫的故事》《嘉都西會雜集》、希臘語本《西奧多詩篇》《基輔詩篇》《巴貝里尼詩篇》《馬斯特里赫特的時辰書》《老信徒手稿》、法語本《史鑒》《聖母院的奇迹》《上帝之城》《時光之書》《〈詩篇〉與〈時令之書〉》《人生指南》（拉丁語本、德語本等）、德語本《古代智者之書》《雜集》（拉丁語本、法語本、希臘語本等）、德語本《奔跑者》、英語本《比得佩寓言》、其他的故事集

第十章　"二鼠侵藤"譬喻在古代亞歐的圖像流變　441

等。日本與朝鮮半島——漢譯佛經、玄奘的著作、東亞當地的佛教作品或詩歌等。

該圖像群的題名也是多元的，有些是圖中自題，有些是學者們對圖的內容歸納。具體的題名有：丘井狂象、岸樹井藤、二鼠侵藤、"黑白之鼠"（日月之鼠）、黑白二鼠、無常之虎、苦樂因緣之圖、空井喻、井中人、獨角獸與男子、人之命運、生命之危、蜜滴譬喻、男人與獨角獸、被獨角獸追殺的人、樹上的避難者、生命短暫的寓言、貴族遇到死亡的傳奇、生命樹、生命之樹與一人和獨角獸、獨角獸的譬喻故事圖、"人、龍、蛇和兩隻老鼠的譬喻"、人與獨角獸譬喻、從山頂最高的樹上、一個男人站在樹上、一個男人逃離獨角獸落在破井中的圖片、人被獨角獸追逐譬喻、逃離獨角獸的男人等。這些不同的題名從多個不同的側面闡釋了該譬喻圖像的涵義。

在考察這一譬喻的文圖流傳時，既要關注該圖像群並不是靜止的，而是流動的，從中可以看到圖像之間的相互關聯，甚至是圖像的借鑒或複製，可以進行不同時空畫派的特點比較；同時也要注意到圖像的變化與不同地域的圖像中體現出的一些"地方化"的因素。以追逐人的動物形象而言，在阿拉伯語版《凱里來與迪木奈》的插圖本中，作爲追逐者的動物是不出場的。而波斯語版《凱里來與迪木奈》的插圖本中，則出現了動物（駱駝）的形象。出場的動物種類有：大象（印度、中國）、駱駝（西亞）、獨角獸（歐洲）、格里芬（歐洲）、老虎（東亞）、獅子（歐洲、東亞）等。侵藤（樹根）的動物除了常見的黑白二鼠之外，有的藝術家將其替換爲驢子、鱷魚等形象。歐洲的圖像中還將井中的惡龍改繪成了大熊（見圖六十五）。更明顯的圖像流變例子是日本的《無常虎猿圖》，將懸藤之人替換成了猿猴，從而消解了該譬喻的内涵。此外，我們也要充分注意到中國古代學者對該譬喻的吸收、運用與改寫，從"二鼠侵藤"到"岸樹井藤"的變化，就表現了中國文化的主體意識，及其對東亞地區所產生的影響。

概言之，從上述一百多幅圖像史料中，我們可以看到"二鼠侵藤"譬喻體現了生命觀、人生觀、宗教觀的相融，得到了不同時期、不同地域、多個藝術畫派（設拉子畫派、赫拉特畫派、布哈拉畫派、馬什哈德畫派、伽茲溫畫派、歐洲、中國、日本、朝鮮半島等地的畫派）的藝術家們的青睞，其藝術風格變化多樣，以插圖本、壁畫、浮雕、木雕等多種形式，使各個階層的讀者（或觀眾）們都能從中有所受益。

這些圖像的流傳也使這一飽含人生哲理與宗教意味的故事在多元宗教（佛教、婆羅門教/印度教、耆那教、伊斯蘭教、基督教、天主教等）的語境得到人們的認同。作爲一個跨越和連接古代歐亞宗教與文化的"長時段"交流的實例，它也是一個文本與圖像相互輝映、能夠"以小見大"的體現文化互動和文明理解的實例，還是一個爲古往今來的亞歐多元文明互鑒提供了具有豐富内涵的一個實例，因此，它可以放在全球史視域中進行討論，既能補充人們對全球化之前的東西方相遇與交流的認識，也能爲如何勾勒故事圖像的全球化網絡提供新的思路。

結　語

　　在陳寅恪、胡適、湯用彤、季羨林、金克木等前輩學者的努力下，中印文化交流史已經成爲一個比較成熟的研究領域。《陳寅恪集》《湯用彤集》《季羨林全集》和《金克木集》等文集中有大量的中印文化交流史研究的一流成果。近年來，中國與南亞的關係研究變得更加多元化，對中印歷史互動的分析方面繼續出現重大進展，其中包括王邦維、船山徹、寧梵夫（Max Deeg）等對佛教僧人行記和貢獻的研究，陳明對印度醫藥影響的考察；布歇（Daniel Boucher）、辛嶋靜志對大乘佛教傳入中土的研究；劉欣如、沈丹森（Tansen Sen）對古代南亞和中國之間商業往來的討論；以及瑪妲玉（Mahavi Thampi）、狄伯傑（B. R. Deepak）和馬世嘉（Mathew Mosca）等人對殖民時期中國與南亞聯繫的探討。此外，薛克翹的《印度中世紀宗教文學》《佛教與中國文化》和《印度中國文化交流史》、陳明的《印度佛教神話：書寫與流傳》、中印學術界合作推出的《中印文化交流百科全書》、郁龍餘的《梵典與華章：印度作家與中國文化》《中國印度詩學比較》以及與劉朝華合著的《中外文學交流史大系：中國—印度卷》和尹錫南的《印度漢學史》等著作，亦可謂中印文學交流史研究在當代的重要收穫。但上述這些著作並未能深挖敦煌、吐魯番等絲路重鎮的出土文獻和圖像史料中所蘊含的中印文學交流的歷史面貌，該領域中還有許多資料和問題值得關注與探討，這也是本書得以成立的基礎和價值所在。

　　本書的研究至少體現了以下三個方面值得關注的進展和比較明顯的學術

特色，具體如下：

其一，衆所周知，古代中印文化交流是以佛教爲主的，但是，佛教並不能代表中印文化尤其是文學、藝術交流的全部。如果將絲綢之路出土的含有文學色彩或文學因素的各類型文獻放到文化交流史和社會生活史的大背景中進行考察，視野從與古代新疆臨近的中亞、印度，向西擴展到波斯、阿拉伯地區，甚至是古希臘和羅馬，向南注視到東南亞，向東延伸到朝鮮和日本，必然能從中得到不同於一時一地的認識。祇有在長時段、跨地域的綜合研究中，我們纔能更清晰地認識中古文學與外來文明的複雜關係。而這種複雜的文學關係的揭示，往往不是來自大部頭的佛經，也不是成册或成體系的文學翻譯作品，而是隱藏在出土殘卷與碎片中，這些碎珠般的文明精華曾經孕育了歷代學人或普通百姓的内在世界。

其二，本書十分强調以原典語言文本爲基礎的實證性研究，但不局限於單一文本的深入挖掘，而是倡導長時段、跨區域和跨文化的多元研究模式，及其由此產生的示範作用。受全球史研究的影響，本書積極推動跨區域（南亞、中亞、中國與東亞的日本和朝鮮半島、東南亞、西亞，乃至歐洲等地區）、跨宗教（佛教、印度教、耆那教、伊斯蘭教、基督教、天主教、東正教等）、跨語系（漢語、梵語、絲綢之路少數民族語言等）、跨民族（漢族、藏族、西北少數民族、中亞與印度的多個民族等）、跨載體（語言文本、多元類別的圖像）的五重研究視野和不同的層次，爲文學母題的跨文化流變研究展示了前所未有的空間。本書同樣十分重視新史料的發現和利用。新史料既包括絲綢之路流散的多民族語言的文學作品，也包括中亞出土的梵語譬喻故事選集和民間故事的壁畫史料，還包括海外多家博物館收藏的經典文學作品的手抄本和插圖本，以及文學作品從寫本到印本的多元文本形態。正是利用這些多源頭與多元化的文學史料，還利用了壁畫、石刻、雕塑、插圖本、册頁、銅版畫、木雕、貝葉經等多形態的圖像，纔讓本書的研究顯得基礎扎實、論證深入而透徹。

其三，本書不是基於一個宏大理論展開的敘事，而是從故事、典故、詞語、圖像等材料中，以小見大，由點及面，並進行文圖互證和圖文關係研究，從而顯示了研究的多層化與豐富性，揭示出一個較爲龐大、廣闊而深邃的文學交流的畫面。正如有學者關注和總結的那樣，"《佛教譬喻"二鼠侵藤"在古代歐亞的文本源流》一文從敦煌遺書的儀式類文書（如書儀、患文、願文、邈真贊、齋文等）及疑偽經《法王經》入手，但討論的對象與思路是'二鼠侵藤'文本及圖像在古代歐亞的印度、波斯、中國、日本、朝鮮半島的跨區域傳播；在佛典、民間信仰、耆那教等跨宗教傳播；在印度佛經、漢譯佛典、伊斯蘭故事、基督教文本乃至日本江户故事中的跨媒介、跨文體傳播。《'老鼠嗑鐵'型故事及圖像在古代亞歐的源流》一文從敦煌研究院收藏的一件敦煌卷子（敦研256）中，抄錄了一則'老鼠嗑鐵'的故事。該故事(ATU1592)從印度分別流傳到中國（敦煌、新疆地區）、波斯與阿拉伯地區、東南亞乃至歐洲的法國和俄羅斯等地，其時間悠久，範圍廣闊。該文共找出了十九個異本，分析了不同版本故事的主旨、結構、情節、細節等方面的異同，以及形成異同的原因。該故事流傳背後所隱含的商業、貿易流通與誠信原則等社會因素，是促進該故事廣泛流傳的基本因素。更重要的是，該文還找出了五幅該故事的插圖，並分析了其圖像與文字文本的關係，以豐富對古代絲綢之路文學插圖本的認知。"[1]這樣的研究方法得到了學界的認同，並將逐漸產生重要的影響。

本書以原典實證、圖文互證、多語種文獻比較以及全球史視野下的綜合研究等方法，繼續深化以絲綢之路爲橋樑的古代中印文學與文化交流研究，特別強調多元文化語境下的多層次互動性研究，具有時間跨度大、地域廣、語種多、資料全、文圖結合的研究特色，充分揭示了中古時代（及其以後）

---

[1] 鄭弌：《敦煌學與敦煌美術研究新動向》，《美術大觀》2019年第10期，第41-45頁。

中印（及其多個地區）文學交流的繁榮與複雜的圖景，爲理解文化交流和文明互鑒提供了實證研究的範例。

近年來，隨著新時代世界形勢的發展變化，在中國和平崛起的大背景之下，中國與周邊地區的文化交流與經濟外貿也愈發頻密。在大力推行"一帶一路"發展倡議的新形勢下，我國與"一帶一路"沿綫國家的文化交往也就顯得格外重要。在南亞地區中，印度作爲一個正在快速發展的人口大國，中印雙方的關係有著不同以往的格局之變，雙方友好關係的急劇變化，導致相互之間存在競爭、誤會甚至有時不無敵對情緒。而中印關係的解讀不僅需要從當代國際局勢與地緣政治角度討論，也需要從歷史和文化的層面進行探討。深入瞭解印度的歷史文化和宗教習俗，以及瞭解歷史上的中印文學關係，是踐行"一帶一路"國家倡議的急需。因此，筆者希望本書不僅對研究和發展中外文學與文化關係有重要的參照價值，而且對當下的"一帶一路"倡議與建設，對回顧中印關係的演變和正確處理當下的中印關係，也能有一定的借鑒和啓發意義。

主要參考書目

（阿富汗）伊德里斯・沙赫著，戈梁譯：《納斯爾丁・阿凡提的笑話》，陝西少年兒童出版社，1983年。

（阿拉伯）安薩里著，（沙特）薩里赫・埃哈邁德・沙米編《聖學復甦精義》，上冊（張維真譯）、下冊（馬玉龍譯），商務印書館，2001年。

（阿拉伯）伊本・穆格法著，李唯中譯：《凱里來與迪木奈》，天津古籍出版社，2004年。

（波斯）阿里・阿克巴爾著，張至善、張鐵偉、岳家明譯：《中國紀行》，華文出版社，2016年。

（波斯）菲爾多西著，張鴻年、宋丕方譯：《列王紀全集》(四)，湖南人民出版社，2001年。

（波斯）哈菲茲著，邢秉順譯：《哈菲茲抒情詩全集》，湖南文藝出版社，2001年。

（波斯）海亞姆著，張鴻年譯：《魯拜集》，湖南文藝出版社，2001年。

（波斯）莫拉維（魯米）著，張暉編譯：《瑪斯納維啟示錄》，寧夏人民出版社，2007年。

（波斯）莫拉維著，穆宏燕譯：《瑪斯納維全集》（一），湖南文藝出版社，2002年。

（波斯）薩迪著，水建馥譯：《薔薇園》，人民文學出版社，1980年。

（波斯）薩迪著，張鴻年譯：《薔薇園》，湖南文藝出版社，2000年。

（德）克里木凱特著，林悟殊翻譯增訂：《古代摩尼教藝術》，淑馨出版社，1995年。

（俄）列夫·托爾斯泰著，陳馥譯：《列夫·托爾斯泰文集》，第十二卷《故事》，人民文學出版社，1989年。

（俄）列夫·托爾斯泰著，馮增義譯：《懺悔錄》，譯林出版社，2012年。

（俄）列夫·托爾斯泰著，馮增義譯：《列夫·托爾斯泰文集》第十五卷（《政論·宗教論著》），人民文學出版社，1987年。

（俄）莫·喀必洛夫、維·沙河馬托夫 原譯，劉華蘭、陳動 譯，蔡時濟校：《維吾爾民間故事》，時代出版社，1954年。

（法）阿里·瑪扎海里著，耿昇譯：《絲綢之路：中國—波斯文化交流史》，中華書局，1993年。

（法）拉封丹原著，（法）多雷繪圖，樊兆鳴等譯：《拉封丹寓言》，上海科學技術文獻出版社，2004年。

（法）拉封丹著，李玉民譯：《拉封丹寓言詩全集》，漓江出版社，2014年

（法）勒內·格魯塞著，藍琪譯、項英傑校：《草原帝國》，商務印書館，1999年。

（法）讓·德·拉·封丹著，多雷繪圖，李玉民譯：《拉封丹寓言：多雷插圖本》，安徽人民出版社，2013年。

（古阿拉伯）安薩里、（古埃及）赫哲爾著，康有璽譯：《迷途指津·致孩子·箴言錄》，宗教文化出版社，2004年。

（古阿拉伯）安薩里著，金忠傑譯：《心靈的揭示》，商務印書館，2016年。

（古阿拉伯）馬蘇第著，耿昇譯：《黃金草原》，青海人民出版社、人民出版社，2013年。

（韓）林中基編：《燕行錄全集》第十二冊，（首爾）東國大學校出版部，

2002年。

（美）艾伯華著，王燕生、周祖生譯：《中國民間故事類型》，商務印書館，1999年。

（美）梅維恒著，徐文堪編：《梅維恒內陸歐亞研究文選》，蘭州大學出版社，2014年。

（美）梅維恒著，王邦維等譯：《繪畫與表演——中國繪畫敘事及其起源研究》，燕山出版社，2000年。

（美）威廉·詹姆斯著，蔡怡佳等譯：《宗教經驗之種種：對人性的研究》，廣西師範大學出版社，2008年。

（摩洛哥）伊本·白圖泰，李光斌翻譯，馬賢審校：《異境奇觀——伊本·白圖泰遊記》（全譯本），海洋出版社，2008年。

（日）八尾史譯注：《根本説一切有部律藥事》，（東京）連合出版，2013年。

（日）宮井里佳、本井牧子：《〈金藏論〉本文と研究》，臨川書店，2011年。

（日）國際佛教學大學院大學學術フロンティア實行委員會、京都大學人文科學研究所21世紀COE實行委員會編：《佛教文獻と文學：日臺共同ワークショップの記錄2007》，國際佛教學大學院大學學術フロンティア實行委員會，2008年。

（日）荒見泰史：《敦煌講唱文學寫本研究》，中華書局，2010年。

（日）吉田豊、古田攝一編：《中國江南マニ教絵画研究》，臨川書店，2015年。

（日）栗田功（Isao Kurita）編著：《ガンダーラ美術》（Gandhāran art），I：佛伝（The Buddha's life story），二玄社，1988年。

（日）平田篤胤全集刊行會編：《新修平田篤胤全集》第七卷，（東京）名著出版，1977年。

（蘇）М·克里雅金娜—孔德拉切娃俄譯，烏國棟中譯，周彤校：《印度鸚鵡故事》（原本烏爾都文），天津人民出版社，1958年。

（蘇）恩·霍茲編寫，徐亞倩譯：《神罐：印度民間故事集》，少年兒童出版社，1957年。

（土耳其）奧爾罕·帕慕克著，沈志興譯：《我的名字叫紅》，上海人民出版社，2006年。

（新加坡）廖裕芳著，張玉安、唐慧等譯：《馬來古典文學史》（下卷），崑崙出版社，2011年。

（伊朗）內扎米·阿魯茲依·撒馬爾罕迪著，張鴻年譯：《四類英才》，商務印書館，2005年。

（印）巴布爾著，王治來譯：《巴布爾回憶錄》，商務印書館，2010年。

（印）毗耶娑著，黃寶生等譯：《摩訶婆羅多》（四），中國社會科學出版社，2005年。

（印）毗耶娑著，金克木、趙國華、席必莊譯：《摩訶婆羅多》（一），中國社會科學出版社，2005年。

（印）月天著，黃寶生、郭良鋆、蔣忠新譯：《故事海選》，人民文學出版社，2001年。

（印）月天著，黃寶生、郭良鋆、蔣忠新譯：《故事海》，中西書局，2024年。

（英）H.裕爾撰，（法）H.考迪埃修訂，張緒山譯：《東域紀程錄叢》，雲南人民出版社，2002年。

（英）伯納德·劉易斯著，李中文譯：《穆斯林發現歐洲：天下大國的視野轉換》，生活·讀書·新知三聯書店，2014年。

《中國寺觀壁畫全集》編輯委員會編：《中國寺觀壁畫全集4：明代寺院佛

傳圖》，廣東教育出版社，2011年。

《中國新疆壁畫藝術》編輯委員會，周龍勤編：《中國新疆壁畫藝術》第2卷《克孜爾石窟2》，新疆美術攝影出版社，2009年。

阿羅・仁青傑博、馬吉祥編著：《藏傳佛教聖像解說》，青海民族出版社，2013年。

班貢帕巴・魯珠著，李朝群譯：《尸語故事》，西藏人民出版社，1983年。

北京市民族古籍整理出版規劃小組辦公室滿文編輯部：《北京地區滿文圖書總目》，遼寧民族出版社，2008年。

畢桪：《哈薩克民間文學概論》，中央民族大學出版社，2006年。

畢桪：《哈薩克民間文學探微》，中央民族大學出版社，2012年。

曾長清等編譯：《一天一個好故事》，河北少年兒童出版社，1987年。

曾良：《隋唐出土墓誌文字研究及整理》，齊魯書社，2007年。

柴澤俊、賀大龍：《山西佛寺壁畫》，文物出版社，2006年。

車錫倫：《中國寶卷研究》，廣西師範大學出版社，2009年。

陳洪：《佛教與中古小說》，學林出版社，2007年。

陳明：《敦煌出土胡語醫典〈耆婆書〉研究》，新文豐出版公司，2005年。

陳明：《文本與語言——出土文獻與早期佛經翻譯研究》，蘭州大學出版社，2013年。

陳明：《中古醫療與外來文化》，北京大學出版社，2013年。

陳明：《印度佛教神話：書寫與流傳》，中國大百科全書出版社，2016年。

陳明：《天竺大醫：耆婆與〈耆婆書〉》，廣東教育出版社，2021年。

陳清章、賽西、芒・牧林：《巴拉根倉的故事》（漢譯本），內蒙古人民出版社，1959年。

陳慶浩、王秋桂主編：《蒙古民間故事集》，遠流出版事業股份有限公司，1989年。

陳慶浩、王秋桂主編：《青海民間故事集》，遠流出版事業股份有限公司，1989年。

陳允吉：《古典文學佛教溯源十論》，復旦大學出版社，2002年。

陳允吉：《佛教與中國文學論稿》，上海古籍出版社，2010年。

陳允吉主編：《佛經文學研究論集》，復旦大學出版社，2004年。

丁敏：《佛教譬喻文學研究》，東初出版社，1996年。

丁乃通編著，鄭建成等譯，李廣成校：《中國民間故事類型索引》，中國民間文藝出版社，1986年。

董志翹主撰，張淼等參校：《〈經律異相〉整理與研究》，巴蜀書社，2011年。

杜環原著，張一純箋注：《經行記箋注》，中華書局，2000年。

甘肅藏敦煌文獻編委會、甘肅人民出版社、甘肅省文物局編：《甘肅藏敦煌文獻》第一卷，甘肅人民出版社，1999年。

戈寶權主編，劉謙等譯：《朱哈趣聞軼事》，中國民間文藝出版社，1982年。

戈寶權主編：《阿凡提的故事》，中國民間文藝出版社，1981年。

郭建新：《〈五卷書〉與哈薩克民間文學的比較研究》，伊犁師範學院碩士學位論文，2015年。

郭良鋆、黃寶生譯：《佛本生故事選》，人民文學出版社，2001年。

郝春文編著：《英藏敦煌社會歷史文獻釋錄》（第二卷），社會科學文獻出版社，2003年。

郝春文編著：《英藏敦煌社會歷史文獻釋錄》（第三卷），社會科學文獻出版社，2003年。

郝春文、金瀅坤編著：《英藏敦煌社會歷史文獻釋錄》第四卷，社會科學文獻出版社，2006年。

何高濟譯：《沙哈魯遣使中國記》，中華書局，1981年。

侯燦、吳美琳：《吐魯番出土磚誌集注》，巴蜀書社，2003年。

許章真譯：《西域與佛教文史論集》，臺灣學生書局，1989年。

黃寶生、郭良鋆譯：《佛本生故事選》（增訂本），中西書局，2022年。

黃徵、吳偉校注：《敦煌願文集》，岳麓書社，1995年。

慧立、彥悰著，孫毓棠、謝方點校：《大慈恩寺三藏法師傳》，中華書局，2000年。

季羨林譯：《五卷書》，人民文學出版社，1959年。

季羨林：《比較文學與民間文學》，北京大學出版社，1991年。

季羨林：《季羨林文集第八卷·比較文學與民間文學》，江西教育出版社，1996年。

季永海譯：《尸語故事》，中央民族大學出版社，2001年。

姜伯勤、項楚、榮新江合著：《敦煌邈真讚校錄并研究》，新文豐出版公司，1994年。

金寬雄、李官福：《中朝古代小說比較研究》，延邊大學出版社，2009年。

金榮華：《民間故事類型索引》（共三冊），中國口傳文學學會，2007年。

孔菊蘭、袁宇航、田妍譯：《鸚鵡故事·僵屍鬼故事》（烏爾都語民間故事集），中西書局，2016年。

孔菊蘭：《巴基斯坦民間故事》，寧夏人民出版社，2008年。

李官福：《佛經故事對朝鮮古代敘事文學的影響研究》，延邊大學博士學位論文，2003年。

李官福：《漢文大藏經與朝鮮古代敘事文學》，民族出版社，2006年。

李奭學：《中國晚明與歐洲文學——明末耶穌會古典型證道故事考詮》（修訂版），生活·讀書·新知三聯書店，2010年。

李奭學、林熙強主編：《晚明天主教翻譯文學箋注》，第一卷，"中央研究院"中國文哲研究所,2014年。

李小榮:《敦煌道教文學研究》,巴蜀書社,2009年。

李小榮:《漢譯佛典文體及其影響研究》,上海古籍出版社,2010年。

李小榮:《晉宋宗教文學辨思錄》,人民出版社,2014年。

李小榮:《圖像與文本——漢唐佛經敘事文學之傳播研究》,福建人民出版社,2015年。

李中傑譯:《天竺夜譚——印度民間故事選》,山東文藝出版社,1987年。

梁麗玲:《〈賢愚經〉研究》,法鼓文化事業股份有限公司,2002年。

梁麗玲:《漢譯佛典中的動物故事之研究》,文津出版社,2010年。

廖彩羽:《犍陀羅佛傳雕刻——圖像組合與漢譯佛典》,北京大學博士學位論文,2020年。

林繼富主編:《中國民間故事講述研究》,中國社會科學出版社,2013年。

劉發俊編:《維吾爾族民間故事選》,上海文藝出版社,1980年。

劉發俊等編:《中華民族故事大系》第2卷《藏族民間故事、維吾爾族民間故事、苗族民間故事》,上海文藝出版社,1995年。

劉進寶、高田時雄主編:《轉型期的敦煌學》,上海古籍出版社,2007年。

劉麗譯,葉奕良審校:《克里萊和迪木乃》(精選),少年兒童出版社,2006年。

劉守華:《比較故事學論考》,黑龍江人民出版社,2003年。

劉守華:《佛經故事與中國民間故事演變》,上海古籍出版社,2012年。

魯迅:《魯迅文集》第七卷,人民文學出版社,1981年。

羅洪先:《衛生真訣·仙傳四十九方》,中醫古籍出版社,1987年。

羅懋登著,陸樹崙、竺少華校點:《三寶太監西洋記通俗演義》,上海古籍出版社,1985年。

羅文華、格桑曲培編:《貢嘎曲德寺壁畫——藏傳佛教美術史的里程碑》,

故宫出版社，2015年。

馬金鵬譯：《伊本·白圖泰遊記》，寧夏人民出版社，1985年。

馬小鶴：《光明的使者——摩尼與摩尼教》，蘭州大學出版社，2013年。

穆根來、汶江、黃倬漢譯：《中國印度見聞錄》，中華書局，1983年。

穆宏燕：《波斯剳記》，河南大學出版社，2014年。

帕麗旦木·熱西提：《維吾爾文版〈鸚鵡故事〉研究》，西北民族大學碩士論文，2013年。

潘珊：《鸚鵡夜譚——印度鸚鵡故事的文本與流傳研究》，中國大百科全書出版社，2016年。

祁連休編：《外國民間故事選》第2輯，春風文藝出版社，1983年。

錢鍾書：《管錐編》第二册，中華書局，1986年。

錢鍾書：《容安館札記》共3册，（《錢鍾書手稿集》第一輯），商務印書館，2003年影印。

芮傳明：《東方摩尼教研究》，上海人民出版社，2009年。

僧旻、寶唱等撰集：《經律異相》，影印磧砂藏大藏經版本，上海古籍出版社，1988年。

上海古籍出版社、法國國家圖書館編：《法藏敦煌西域文獻》第二十四册，上海古籍出版社，2002年。

邵焱等譯：《亞洲民間故事選》，黑龍江人民出版社，1982年。

施萍婷：《敦煌習學集》，甘肅民族出版社，2004年。

釋道世撰，周叔迦、蘇晉仁校注：《法苑珠林校注》第三册，中華書局，2003年。

釋僧祐撰，蘇晉仁、蕭鍊子點校：《出三藏記集》，中華書局，1995年。

陶宗儀：《南村輟耕録》，中華書局，2004年。

田宏亮：《山西清代現存佛傳壁畫調查與研究》，山西師範大學研究生學位論文，2017年。

王邦維、陳金華、陳明編：《佛教神話研究：文本、圖像、傳說與歷史》，中西書局，2013年。

王邦維選譯：《佛經故事》，中華書局，2013年。

王堡、雷茂奎主編：《新疆民族民間文學研究》，新疆人民出版社，1986年。

王家鵬主編：《藏傳佛教唐卡》，上海科學技術出版社、商務印書館（香港），2003年。

王家鵬主編：《故宮唐卡圖典》，紫禁城出版社，2011年。

王三慶：《敦煌佛教齋願文本研究》，新文豐出版公司，2009年。

王樹英、雷東平、張光璘、臧峻編譯：《印度神話與民間故事選》，中國社會出版社，2013年。

王樹英、石懷真、張光璘、劉國楠編譯：《印度民間故事》，北京大學出版社，1984年。

王維正、曉河：《世界民間故事選》第二輯，福建人民出版社，1982年。

王曉平：《佛典·志怪·物語》，江西人民出版社，1990年。

王鏞：《印度美術史話》，人民美術出版社，1999年。

王振會、阮榮春、張德榮主編：《劍閣覺苑寺明代壁畫》，文化藝術出版社，2010年。

翁連溪、李洪波主編：《中國佛教版畫全集》第二十四卷，中國書店，2014年。

翁連溪、李洪波主編：《中國佛教版畫全集》第十七卷，中國書店，2014年。

翁連溪、李洪波主編：《中國佛教版畫全集》第十四卷，中國書店，2014年。

翁連溪、李洪波主編：《中國佛教版畫全集》第五十五卷，中國書店，2014年。

翁連溪、李洪波主編：《中國佛教版畫全集·目錄卷》，中國書店，2014年。

吳鋼主編：《全唐文補遺》第六輯，三秦出版社，1995年。

項楚校注：《王梵志詩校注》，上海古籍出版社，1991年。

項江濤：《大昭寺轉經壁畫藝術研究》，中央民族大學博士學位論文，2007年。

謝秉強：《〈摩訶婆羅多〉譬喻研究》，北京大學碩士學位論文，2012年6月。

忻儉忠、王維正、高山、曉河編譯：《世界民間故事選》（上冊），1994年。

忻儉忠等編譯：《世界民間故事選》（全五冊），福建人民出版社，1982-1983年。

新疆龜茲石窟研究所編：《中國新疆壁畫·龜茲》，新疆美術攝影出版社，2008年。

邢莉莉：《明代佛傳故事畫研究》，綫裝書局，2010年。

徐時儀校注：《〈一切經音義〉三種校本合刊》，上冊，上海古籍出版社，2008年。

徐松：《宋會要輯稿》，中華書局，1957年。

玄奘、辯機原著，季羨林等校注：《大唐西域記校注》，中華書局，1994年重印本。

楊松河譯：《拉封丹寓言詩全集》，譯林出版社，2004年。

揚帆編譯：《阿拉伯民間故事》，世界知識出版社，1987年。

楊富學：《印度宗教文化與回鶻民間文學》，民族出版社，2007年。

楊富學編著：《回鶻文譯文集新編》，甘肅教育出版社，2015年。

姚元之撰，李解民點校：《竹葉亭雜記》，中華書局，1997年。

葉穗、金風主編：《幼兒故事口袋》（紅寶石卷），安徽少年兒童出版社，1997年。

葉緒民：《原始文化與比較文學研究》，山東畫報出版社，2007年。

葉珠紅編：《寒山資料類編》，秀威資訊科技股份有限公司，2005年。

義淨原著，王邦維校注：《南海寄歸內法傳校注》（修訂本），中華書局，2009年。

銀帆：《哈薩克族民間故事》，上海文藝出版社，1986年。

于淑健：《敦煌佛典語詞和俗字研究——以敦煌古佚和疑偽經爲中心》，上海古籍出版社，2012年。

余玉萍：《伊本‧穆格法及其改革思想》，中國對外經濟貿易出版社，2007年。

俞玉森：《波斯和中國——帖木兒及其後》，商務印書館，2016年。

遇笑容：《〈撰集百緣經〉語法研究》，商務印書館，2010年。

章宏偉：《十六—十九世紀中國出版研究》，上海人民出版社，2011年。

張國榮：《圖像與文化——從意大利帕爾馬（Parma）洗禮堂雕刻看中世紀基督教文化》，中國美術學院博士學位論文，2006年2月。

張鴻年：《波斯文學史》，崑崙出版社，2003年。

張鴻年編選：《波斯古代詩選》，人民文學出版社，1995年。

張暉譯：《涅扎米詩選》，新疆人民出版社，1988年。

張曼濤主編：《佛教與中國文學》，大乘文化出版社，1978年。

張鳴、丁夏、李簡編著：《簡明中國文學史》下冊，中國廣播電視大學出版社，2007年。

張新民等整理：《貴陽高峰了塵和尚事迹》，巴蜀書社，2000年。

張玉安、陳崗龍等著：《東方民間文學概論》（共四卷），崑崙出版社，2006年。

趙道一撰：《儷鑒》（上），江蘇廣陵古籍刻印社，1997年。

趙莉主編：《西域美術全集》7《龜茲卷·克孜爾石窟壁畫1》，文物出版社，2016年。

鄭阿財：《敦煌佛教文獻與文學研究》，上海古籍出版社，2011年。

鄭安德編：《明末清初耶穌會思想文獻彙編》第一卷，北京大學出版社，2003年。

中國民間文學集成全國編輯委員會、中國民間文學集成四川卷編輯委員會：《中國民間故事集成》（四川卷）下冊，中國ISBN中心，1998年。

中國文物研究所、河北省文物研究所編：《新中國出土墓誌》（河北壹下），文物出版社，2004年。

周季文、謝後芳譯：《藏文佛經故事選譯》，中國藏學出版社，2008年。

周紹良、趙超主編：《唐代墓誌彙編續集》，上海古籍出版社，2001年。

周紹良主編，趙超副主編：《唐代墓誌彙編》，上海古籍出版社，1992年。

周燮藩主編，王美秀分卷主編：《東傳福音》第十八冊，黃山書社，2005年。

Al-Ghazali, Imam Abu Hamed, *Revival of Religion's Science*, Trans. by Mohammad Mahdi al-Sharif, Vol.3, Beirut: Dar al-Kotob al-Ilmiyah, 2011.

Al-Nuwayrī, Shihāb al-Dīn, *The Ultimate Ambition in the Arts of Erudition: A Compendium of Knowledge from the Classical Islamic World,* tr. by Elias Muhanna, New York: Penguin Books, 2016.

Antoniou, E., ed., *Papers of the Fourth International Congress of Cypriot Studies (Nicosia, 29/4-3/5/2008)*, 2012.

Appleton, Naomi, *Shared Characters in Jain, Buddhist and Hindu Narrative: Gods,*

Kings and Other Heroes, Routlegde, 2016.

Bahari, Ebadollah, *Bihzad: Master of Persian Painting.* London: I.B.Tauris, 1996.

Balcerowicz, P. and J. Malinowski, ed., *Art, Myths and Visual Culture of South Asia*, ed. by (Warsaw Indological Studies 4), Delhi: Manohar. 2011.

Benson, Sandr, tr., *Tales of the Golden Corpse: Tibetan Folk Tales*, Massachusettes: Interlink Publishing Group, 2007.

Bhatta, Somadeva, *The Ocean of Story: being C.H.Tawney's translation of Somadeva's Kathāsaritsāgara*, Volume 5, London : Privately printed for subscribers only by Chas. J. Sawyer, 1924-1928.

Blois, Francois de, *Burzoy's Voyage to India and the Origin of the Book of Kalilah wa Dimnah*, Royal Asiatic Society, 1990.

Boffey, Julia and A. S. G. Edwards, *A New Index of Middle English Verse*, London: British Library, 2005.

Boucher, Daniel, *Bodhisattvas of the Forest and the Formation of the Mahayana: A Study and Translation of the Rāṣṭrapāla-paripṛcchā-sūtra,* Honolulu: University of Hawai'i Press, 2008.

Braarvig, Jens, ed., *Buddhist Manuscripts*, Vol. II, (Manuscripts in the Schøyen Collection), Oslo: Hermes, 2002.

Braarvig, Jens, ed., *Manuscripts in the Schøyen Collection: Buddhist Manuscripts,* Volume III. Oslo: Hermes Publishing, 2006.

Braarvig, Jens, ed., *Buddhist Manuscripts*, Vol. IV, (Manuscripts in the Schøyen Collection),Oslo: Hermes, 2016.

Brend, Barbara, *The Emperor Akbar's Khamsa of Nizami*, London: The British Library, 1995.

Brend, Barbara, *Perspectives on Persian painting: Illustrations to Amīr Khusrau's*

Khamsah, London & New York: Routledge Curzon, 2003.

Chelkowski, Peter J., *Mirror of the Invisible World: Tales from the Khamseh of Nizami*, New York: The Metropolitan Museum of Art, 1975.

Clarke, Captain H.Wilberforce, tr., *The Sikandar Nāma, E Bara, or Book of Alexander the Great*, London: W.H.Allen & Co., 1881.

Coomaraswamy, Ananda K., *La Sculpture de Bharhut*, Paris, 1956.

Cordoni, Constanza, *Barlaam und Josaphat in der europaischen Literatur des Mittelalters*, Berlin/Boston, 2014.

Cowen, Jill Sanchia, *Kalila wa Dimna: An Animal Allegory of the Mongol Court; The Istanbul University Album*, New York: Oxford University Press, 1989.

Damascene, John, Rev.G.R.Woodward and H.Mattingly, eds., *Barlaam and Ioasaph* (Loeb Classical Library), William Heinemann Ltd. & Harvard University Press, reprinted 1937.

Ducoeur, G., ed., *Autour de Bāmiyān. De la Bactriane hellénisée à l'Inde bouddhique*, Paris: De Boccard, 2012.

Ebert, Jorinde, *Parinirvāṇa: Untersuchungen zur ikonographischen Entwicklung von den indischen Anfängen bis nach China*, Stuttgart, 1985.

Ecke, Gustav & Paul Demiéville, *The Twin Pagodas of Zayton: A Study of Later Buddhist Sculpture in China*, Massachusetts: Cambridge, 1935.

Embree, Ainslie T., ed., *Sources of Indian Tradition*, Volume One: *From the Beginning to 1800*, New York: Columbia University, Second Edition, 1988.

Ettinghausen, Richard, ed., *Islamic Art in the Metropolitan Museum of Art*, New York: The Metropolitan Museum of Art, 1972.

Fontaine, Jean de La, *Fables de La Fontaine*, avec les dessins de Gustave Doré, Paris: Hachette, 1868.

Fontaine, Jean de La, *The Fables of La Fontaine*, Translated from the French by Elizur Wright. A new edition with notes by J. W. M. Gibbs, Book 9, fable 1, London: George Bell and Sons, 1888.

Foucher, A., *L'art gréco-bouddhique du Gandhāra*, tome 1: *Les bas-reliefs gréco-boud- dhiques du Gandhāra*, Paris: E. Leroux. 1905.

Francis, H.T., tr., *The Jātaka or Stories of the Buddha's Former Births*, Vol.2, ed. by E.B. Cowell, Cambridge at the University Press, 1901; London: Pali Text Society, 1981.

Frosini, Giovanna, Alessio Monciatti, ed., *Storia di Barlaam e Josaphas secondo il Manoscritto 89 della Biblioteca Trivulziana di Milano*, (Biblioteche e archivi 18), 2 volumes, Firenze: Sismel - Edizioni del Galluzzo, 2009.

Fynes, R.C.C., tr., *Hemacandra: The Lives of the Jain Elders*, Oxford, New York: Oxford University Press, 1998.

Gardner, Iain, Jason BeDuhn and Paul Dilley, *Mani at the Court of the Persian Kings: Studies on the Chester Beatty Kephalaia Codex*, Leiden: Brill, 2015.

Gerrans, M., tr.,*Tales of a Parrot: Done into English, from A Persian Manuscript, Intitled Tooti Nameh,* Vol.I, London: Minerva Press, 1792.

Gladwin, Francis, tr., *The Tooti Nameh, or Tales of a Parrot: In the Persian Language, with An English Translation.* London: J. Debrett, 1801. Calcutta reprinted, 1977.

Glasenapp, Helmuth von, *Jainism: An Indian Religion of Salvation*, Delhi: Motilal Banarsidass Pulication, 1999.

Gnoli, Raniero, ed., *The Gilgit Manuscript of the Saṅghabhedavastu: Being the 17thand Last section of the Vinaya of Mūlasarvāstivādin,* part I, Part II, Rome: Instituto Italiano par il Medio ed Estremo Oriente, 1977-1978.

Graba, Oleg r and Sheila Blair, *Epic Images and Contemporary History: The*

Illustrations of the Great Mongol Shanama, Chicago and London: The University of Chicago Press, 1980.

Grube, Ernst J., ed., *A Mirror for Prince from India*, by, Bombay: Marg Publications, 1991.

Gruendler, Beatrice and Isabel Toral, et. al., *An Unruly Classic: Kalila and Dimna and Its Syriac, Arabic, and Early Persian Versions*, Freie Universitat, Berlin, 2022.

Gulácsi, Zsuzsanna, *Manichaean Art in Berlin Collections*, Brepols, 2001.

Gulácsi, Zsuzsanna, *Mediaeval Manichaean Book Art: A Codicological Study of Iranian and Turkic Illuminated Book Fragments from 8th-11th Century East Central Asia*, Leiden: E.J.Brill, 2005.

Gulácsi, Zsuzsanna, *Mani's Pictures:The Didactic Images of the Manichaeans from Sasanian Mesopotamia to Uygur Central Asia and Tang-Ming China*, Leiden: E.J.Brill, 2015.

Haksar, A.N.D., tr., *Shuka Saptati: Seventy Tales of the Parrot*, New Delhi: HarperCollins Publishers India Pvt Ltd., 2000.

Hogg, James, ed., *Essays in Honor of Erwin Stürzl on his Sixtieth Birthday*, (Salzburg: Institut für Anglistik und Amerikanistik), 1980.

Ikegami, Keiko, *Barlaam and Josaphat: A Transcription of MS Egerton 876 with Notes, Glossary, and Comparative Study of the Middle English and Japanese Versions*, New York: AMS Press, 1999.

Important Islamic Manuscripts and Miniatures, London : Christie Manson & Woods Ltd, 1978.

Iqbal, Afzal, *The Life and Work of Jala-ud-din Rumi*, Islamabad: Pakistan National Council of the Arts, 1991.

Jain, Duli Chandra, ed., *Studies in Jainism: Reader 2*, New York: Jain Study Circle

Inc., 1997.

Jones, J., trans., *Mahāvastu*, London, 1949. London: The Pali Text Society, 1978.

Joshi, N.P. & P.C. Sharma, *Catalogue of Gandhāra Sculptures in The State Museum, Lucknow*, Lucknow: The Archana Printing Press, 1969.

Karashima, Seishi and Margarita I. Vorobyova-Desyatovskaya, eds., *Buddhist Manuscripts from Central Asia: The St.Petersburg Sanskrit Fragments (StPSF)*, Volume I, Tokyo, The Institute of Oriental Manuscripts of the Russian Academy of Sciences, The International Research Institute for Advanced Buddhology, Soka University, 2015.

Kemer, Jaclynne J., Art in the name of science: Illustrated manuscripts of the Kitāb al-diryāq, Ph.Dissertation, New York University, 2004.

Kivanç, Esra Akin-, ed., tr. and commented, *Mustafa Âli's Epic Deeds of Artists: A Critical Edition of the Earliest Ottoman Text about the Calligraphers and Painters of the Islamic World*, (Islamic History and Civilization, vol. 87), Leiden/Boston: E.J.Brill, 2011.

Klimkeit, H.-J., *Manichaean Art and Calligraphy*, Brill, 1982.

Koskikallio, Petteri, ed., *Proceedings of the Fourth Dubrovnik International Conference on the Epics and Puranas*. Zagreb: Croatian Academy of Sciences and Arts. 2009.

Kralides, Apostolosv and Andreas Gkoutzioukostas, eds., *Proceedings of the International Symposium Byzantium and The Arab World Encounter of Civilizations*, Aristotle University of Thessaloniki, 2013.

Lenz, Timothy, with contributions by Andrew Glass and Bhikshu Dharmamitra, *A New Version of the Gāndhārī Dharmapada and a Collection of Previous-Birth Stories: British Library Kharoṣṭhī Fragments 16+25(*= Gandhāran Buddhist

Texts, Volume 3), Seattle and London: University of Washington Press, 2003.

Lenz, Timothy, *Gandhāran Avadānas: British Library Kharoṣṭhī Fragment 1-3 and 21 and Supplementary Fragments A-C*(= Gandhāran Buddhist Texts, Volume 6), Seattle and London: University of Washington Press, 2010.

Lewis, F.D. and S.Sharma, eds., *The Necklace of the Pleiades: Studies in Persian Literature Presented to Heshmat Moayyad on his 80th Birthday, 24 Essays on Persian Literature, Culture and Religion*, Leiden: Leiden University Press, 2010.

Lopez, Donald S. and Peggy McCracken, *In Search of the Christian Buddha: How an Asian Sage Became a Medieval Saint*, New York: Norton, 2014.

Lüders, Heinrich, *Bhārhut Inscriptions*, revised by E. Waldschmidt and M. A. Mehendale, Ootacamund, 1963.

Meisterernst, Desmond Durkin-, Christiane Reck und Dieter Weber, ed., *Literarische Stoffe und ihre Gestaltung in mitteliranischer Zeit: Kolloquium anlässlich des 70. Geburtstages von Werner Sundermann*, Wiesbaden: Dr. Ludwig Reichert Verlag, 2009.

Minissale, Gregory, *Images of Thought: Visuality in Islamic India 1550-1750*, Cambridge Scholar Press, 2006.

Minorsky, V., tr., *Calligraphers and Painters: A Treatise by Qāḍī Aḥmad, Son of Mīr Munshī (circa A.H.1015/A. D.1606)*, (Freer Gallery of Art Occasional Papers, Volume 3, no.2), Washington: Smithsonian Institution, Freer Gallery of Art, 1959.

Mirza, Mohammad Wahid, *The Life and Works of Amir Khusrau*, Baptist Mission Press, 1936.

Naqvi, Nasim H., *A Study of Buddhist Medicine and Surgery in Gandhara*, Delhi: Motilal Banarsidass Publishers Private Limited, 2011.

Natif, Mika, *Mughal Occidentalism: Artistic Encounters between Europe and Asia at the Courts of India, 1580-1630*, Leiden/Boston: E.J.Brill, 2018.

National Mission for Manuscripts, ed., *Vijnananidhi: Manuscript Treasures of India*, Azure Press Services, 2007.

O'Kane, Bernard, *Early Persian Painting: Kalila and Dimna Manuscripts of the Late Fourteenth Century*, London & New York: I.B.Tauris, 2003.

Olivelle, Patrick, tr., *Pañcatantra: The book of India's Folk Wisdom*, Oxford: Oxford University Press, 1999.

Padma-chos-'phel, tr., *Leaves of the Heaven Tree: The Great Compassion of the Buddha*, Berkeley: Dharma Publishing, 1997.

Pekin, Ersu, *Sultanların aynaları*, Ankara: T.C. Kültür Bakanlığı, Anıtlar ve Müzeler Genel Mü, 1998.

Perrière, Éloïse Brac de la, Aïda El Khiari & Annie Vernay-Nouri, ed., *Les périples de Kalila et Dimna Quand les fables voyagent dans la littérature et les arts du monde islamique* (*The Journeys of Kalila and Dimna Fables in the Literature and Arts of the Islamic World*), E.J. Brill, 2022.

Rackham, H., ed., *Pliny: Natural History*, Vol.IX, (Loeb Classical Library No.394), Cambridge, Massachusetts: Harvard University Press, reprint 1961.

Rajan, C., ed., *Viṣṇu Śarma: The Pancatantra*, London: Penguin,1993.

Richter, Siegfried G., Charles Horton and Klaus Ohlhafer, ed., *Mani in Dublin: Selected Papers from the Seventh International Conference of the International Association of Manichaean Studies in the Chester Beatty Library, Dublin, 8-12 September 2009*, Brill, 2015.

Rizkallah, Wafaa, *The Earliest Arab Illustrated Kalila wa Dimna Manuscript (BN Arabe 3465): A Study of its Miniatures.* Cairo: The American University in Cairo

Press, 1991.

Robinson, B.W., *A Descriptive Catalogue of the Persian Paintings in the Bodleian Library*, Oxford: The Clarendon Press, 1958.

Rotman, Andy, tr., *Divine Stories*, Part 1, Boston: Wisdom Publications, 2008.

Rotman, Andy, tr., *Divine Stories: Divyāvadāna*, Part 2, (Classics of Indian Buddhism), Boston: Wisdom Publications, Inc.,2017.

Roxburgh, David J., *Prefacing the Image: The Writing of Art History in Sixteenth-century Iran*, Leiden: Brill Academic Publishers,2000.

Rumi, *The Masnavi*, Book one, A new translation by Jawid Mojaddedi, Oxford: Oxford University Press, 2004.

Rustomji, Nerina, *The Garden and the Fire: Heaven and Hell in Islamic Culture*, New York: Columbia University Press, 2013.

Ruymbeke, Christine van, *Kashefi's Anvar-e Sohayli: Rewriting Kalila wa-Dimna in Timurid Herat*, Leiden: E.J.Brill, 2016.

Ryder, A.W., ed., *The Panchatantra*, Chicago: University of Chicago Press, 1956.

Salomon, Richard, *Ancient Buddhist Scrolls from Gandhāra: The British Library Kharoṣṭhī Fragments*. Seattle and London: University of Washington Press, 1999.

Śarma, Viṣṇu, *The Five Discourses on Worldly Wisdom*, New York: New York University Press, 2006.

Schiefner, F. Anton von, tr., *Tibetan Tales: Derived from Indian Sources*, translated from the Tibetan of the Kah- Gyur; translated from German into English by W.R.S.Ralston, London: Kegan Raul, Trench, Trübner & Co. Ltd., 1906.

Schimmel, Annemarie, *"I am Wind, You Are Fire": The Life and Work of Rumi*, Boston & London: Shambala Publications, 1992.

Schimmel, Annemarie, *The Triumphal Sun: A Study of the Works of Jalaloddhin Rumi*, New York: State University of New York Press, 1993.

Schimmel, Annemarie & Stuart Cary Welch, *Anvari's Divan: A Pocket Book for Akbar*, New York: The Metropolitan Museum of Art, 1983.

Schmitz, Babara & Ziyaud-Din A. Desai, *Mughal and Persian Paintings and Illustrated Manuscripts in The Raza Library, Rampur*, New Delhi: Indira Gandhi National Centre for the Arts, 2006.

Sen, Tansen and Bangwei Wang, eds., *India and China: Interactions through Buddhism and Diplomacy, A Collection of Essays by Professor Prabodh Chandra Bagchi,* London, New York and Delhi: Anthem Press, 2009.

Sen, Tansen, ed., *Buddhism Across Asia: Networks of Material, Intellectual and Cultural Exchange*, Volume One, Manohar: Institute of Southeast Asian Studies, Singapore, 2014.

Sharma, Sharmistha, *Buddhist Avadānas: Socio-Political Economic and Cultural Study*, Delhi: Eastern Book Linkers, 1985.

Singh, Narendra, ed., *Encyclopaedia of Jainism*, Anmol Publications Pvt Ltd, 2001.

Speyer, J. S., ed., *Avadānaśataka: A Century of Edifying Tales Belonging to the hīnayāna*. Vol. I & Vol. II. St. Petersbourg: Imprimerie de l'Academie Imperiale des Sciences, 1906-1909.

Stoneman, Richard, Kyle Erickson and Ian Netton, ed., *The Alexander Romance in Persia and the East*, Gröningen: Barkhuis Publishing & Gröningen University Library, 2012.

Strong, John S., *The Legend of King Aśoka: A Study and Translation of Aśokāvadāna*, New Jersey: Princeton University Press, 1983.

Sutton, Nicholas, *Religious Doctrines in the Mahābhārata*, Delhi: Motilal

主要參考書目　469

Banarsidass, 2000.

Tamer, Georges, ed., *Islam and Rationality*: *The Impact pf al- Ghazālī Papers Collected on His 900th Anniversary*, Vol.1, Leiden & Boston: Brill, 2015.

Tatelman, Joel, *The Heavenly Exploits: Buddhist Biographies from the Divyāvadāna*, NYU Press, 2005.

Taylor, McComas, *The Fall of the Indigo Jackal: The Discourse of Division and Pūrṇabhadra's Pañcatantra*, Albany: State University of New York Press, 2007.

Tsamakda, Vasiliki, ed., *A Companion to Byzantine Illustrated Manuscripts*, Leiden/Boston: E.J.Brill, 2017.

Tucci, Giuseppe, *Tibetan Painted Scroll*, vol.3, Roma, 1949.

Uther, Hans-Jörg, *The Types of International Folktales: A Classification and Bibliography. Based on the system of Antti Aarne and Stith Thompson.* FF Communications no. 284. 3 vols. Helsinki: Suomalainen Tiedeakatemia, 2004.

Vaidya, P.L., ed., *Avadānaśataka*, (Buddhist Sanskrit Texts, 19), Darbhanga: Mithila Institute, 1958.

Vaidya, P.L., ed., *Avadāna-kalpalatā,* 2 vols. (Buddhist Sanskrit Texts, no.22,23), Darbhanga: The Mithila Institute of Post-Graduate Studies and Research in Sanskrit Learning, 1959.

Vaidya, P.L., ed., *Divyāvadāna*, (Buddhist Sanskrit Texts, no.20), Darbhanga: The Mithila Institute, 1959.

Voragine, Jacobus de, *The Golden Legend: Readings on the Saints*, tr. by William Granger Ryan, Princeton: Princeton University Press, reprinted 2012.

Wenternitz, Maurice, *A History of Indian Literature*, tr. by V.Srinivasa Sarma, 3 vols., Delhi: Motilal Banarsidass Publishers Private Limited, 1981.

Wollaston, Arthur N., tr., *Anwār- i Suhailī or Lights of Canopus, Commonly known as*

Kalilah and Damnah, London: John Murray, 1904.

Yuyama, Akira, ed., *The Mahāvastu Avādana: In Old Palm Leaf and Paper Manuscripts*, Tokyo: Centre for East Asian Cultural Studies for Unesco, Toyo Bunko, 2001.

後　記

雲若滿了雨，
　　就必傾倒在地上。
樹若向南倒，或向北倒，
　　樹倒在何處，就存在何處。
看風的必不撒種，
　　望雲的必不收割。
……
早晨要撒你的種，
　　晚上也不用歇你的手，
因爲你不知道哪一樣發旺，
　　或是早撒的，或是晚撒的，
　　或是兩樣都好。

——《糧食撒在水上》

七年之後，拙著有幸再度入選《國家哲學社會科學成果文庫》，衷心感謝全國哲學社會科學工作辦公室，衷心感謝王邦維老師以及所有鼓勵、支持和幫助過我的學界師友和同道（尤其是在阿拉伯語、波斯語文獻方面提供幫助的穆宏燕、賈斐、劉英軍、廉超群、高山等老師），也特別感謝北京大學出版社及責任編輯嚴悅老師！

世界與個體每天都在不可控或可控的變化趨勢之中，唯一不變的就是雙手可以付出的勞作，雙腿可以邁動的步伐。日出而作，日落未息。看山看雲，看湖念海；走南闖北，問東問西；一口真氣，自在胸襟！落筆的每個字都那麼普通平凡，如同再多的汗水也驚動不了風雨，惟有家人溫婉的目光相伴相隨。寫不出的是醞釀許久的竹枝詞，看得見的是書中那頁歲月磨煉的插圖，久久凝視，而沉思與嘴角的笑悄然淡去。

　　"雲彩將雨落下，沛然降於世人。"願海棠花開，初心不改，看山還是山，"使我的腳立在磐石上，使我腳步穩當"！

陳明

北京大學東方文學研究中心

北京大學外國語學院南亞學系

2025年3月8日